MIRA®

Wer die Sterne von Mithra besitzt, dem schenken sie Unsterblichkeit – so heißt es in einer alten Legende! Den drei besten Freundinnen, die versuchen, die blauen, unermesslich wertvollen Diamanten vor dem Zugriff eines besessenen Schmucksammlers zu bewahren, werden sie zum Schicksal ...

Der verborgene Stern

Geheimnisvoll bricht sich das Licht in dem großen blauen Diamanten, den Bailey in dem schlichten Leinensack findet, der auch noch eine Waffe und über eine Million Dollar enthält. Doch Bailey hat keine Ahnung, wie sie in den Besitz dieses unermesslich wertvollen Schmuckstücks, der Waffe und des Geldes gekommen ist. Totaler Gedächtnisverlust! Vielleicht kann ein Privatdetektiv helfen? Und so sucht sie den smarten Cade Parris auf. Er vermutet, dass ein Trauma das Erinnerungsvermögen dieser schönen jungen Frau ausgelöscht hat – hat sie einen Juwelendiebstahl oder sogar einen Mord begangen?

Der gefangene Stern

Von einem Tag zum anderen verändert sich das Leben der schönen M.J. O'Leary dramatisch: Gestern noch war sie in ihrer eigenen Bar in Washington – heute ist sie mit dem smarten Jack Dakota auf der Flucht, der sie – zu ihrem eigenen Schutz – gekidnappt hat. Wenigstens weiß M.J., warum: Ihre Freundin Bailey hat ihr per Express einen Diamanten geschickt. Blau, groß, mit intensiv leuchtendem Feuer ist dieser Stein einer der drei Sterne von Mithra. Der Legende nach versprechen sie dem, der sie alle besitzt, Unsterblichkeit. Ein Märchen – aber auf jeden Fall sind sie ein Vermögen wert! Und deshalb wurde Jack auf M.J. angesetzt, deshalb musste sie mit ihm flüchten und befindet sich jetzt mit ihm auf dem Weg nach Nirgendwo.

Der geheime Stern

Zwei der drei Sterne von Mithra, blaue Diamanten von unermesslichem Wert, sind für den besessenen Schmucksammler DeVane bereits unerreichbar geworden. Nun will er um jeden Preis den dritten an sich bringen, den die hinreißend schöne Grace Fontaine in Verwahrung hat. Lieutenant Seth Buchanan, dem Täter ganz dicht auf der Spur, weiß, dass Grace deshalb in größter Lebensgefahr ist. Er muss sie beschützen, was bei einer so unnahbaren Frau nicht leicht ist. Fast zu spät erkennt Seth, dass er Grace falsch eingeschätzt hat, dass er sie liebt: Sein Feind hat nicht nur den Stern von Mithra, sondern auch Grace in seine Gewalt gebracht. Denn so viel Schönheit will er für immer besitzen.

Nora Roberts

Die Sterne Mithras

MIRA® TASCHENBUCH
Band 25007
1. Auflage: Juni 2002

MIRA® TASCHENBÜCHER
erscheinen in der Cora Verlag GmbH & Co. KG,
Axel-Springer-Platz 1, 20350 Hamburg
Deutsche Taschenbucherstausgabe

Titel der nordamerikanischen Originalausgaben:
Hidden Star
Captive Star
Secret Star

erschienen bei: Silhouette Books, Toronto
Published by arrangement with
Harlequin Enterprises II B.V., Amsterdam

Übersetzung: Emma Luxx
Konzeption/Reihengestaltung: fredeboldpartner.network, Köln
Umschlaggestaltung: pecher und soiron, Köln
Titelabbildung: Bavaria, München
Autorenfoto: © by Harlequin Enterprise S.A., Schweiz
Satz: Berger Grafikpartner GmbH, Köln
Druck und Bindearbeiten: Elsnerdruck, Berlin
Printed in Germany
ISBN 3-89941-007-6

Nora Roberts

Der verborgene Stern

Roman

1. KAPITEL

Cade Parris hatte nicht unbedingt seinen besten Tag, als die Frau seiner Träume in sein Büro hereinspazierte. Seine Sekretärin hatte am Tag zuvor den Kram hingeschmissen – nicht dass das ein großer Verlust gewesen wäre, da sie ohnehin mehr an ihrer Maniküre als an ihrer Arbeit interessiert gewesen war. Aber er brauchte jemanden, der das Büro hütete, wenn er unterwegs war, und den anfallenden Papierkram in die Aktenordner einsortierte. Selbst die Gehaltserhöhung, die er ihr aus reiner Verzweiflung angeboten hatte, hatte es nicht vermocht, sie von ihrem plötzlichen Entschluss, eine berühmte Country- und Westernsängerin zu werden, abzuhalten.

Aus diesem Grund also zockelte nun seine Sekretärin in einem alten Pick-up in Richtung Nashville, und sein Büro sah aus wie die holprige Straße, über die sie, wie er aus tiefstem Herzen hoffte, gerade fuhr.

Richtig betrachtet war sie bereits seit zwei Monaten mit ihren Gedanken nicht mehr bei der Arbeit gewesen. Dieser Eindruck verstärkte sich noch, als er aus der Hängeregistratur ein Sandwich herausfischte. Zumindest hielt er das zermatschte Etwas in der Plastiktüte für ein Sandwich. Und sie hatte es unter L eingeordnet – L für Lunch?

Er machte sich nicht die Mühe zu fluchen, ebenso wenig wie er sich die Mühe machte, das Telefon abzunehmen, das auf dem verlassenen Schreibtisch im so genannten Empfangszimmer penetrant klingelte. Er musste einen Bericht tippen, und da Tippen weiß Gott nicht zu seinen Stärken zählte, wollte er es endlich hinter sich bringen.

Parris Investigations war nicht gerade, was man ein blühendes Unternehmen nennt. Aber es erfüllte seinen Zweck, genau wie das enge, voll gestopfte Büro, das sich in der obersten Etage eines abgewirtschafteten Backsteingebäudes mit schlechten sanitären Anlagen im Nordwesten von Washington D.C. befand.

Er brauchte keine dicken Teppichböden und auf Hochglanz polierten Schreibtische. Mit all dem war er aufgewachsen, er kannte den ganzen Protz und Prunk und hatte bereits mit zwanzig davon die Nase gestrichen voll gehabt. Jetzt, mit dreißig, nach einer gescheiterten Ehe und gesegnet mit einer Familie, die es rätselhafterweise nicht lassen konnte, ihre Nase ständig in seine Angelegenheiten zu stecken, war er im Großen und Ganzen zufrieden.

Er verfügte über eine Lizenz als Privatdetektiv und einen recht ordentlichen Ruf als jemand, der etwas von seinem Job verstand, sowie über ein Einkommen, das es immerhin schaffte, die Detektei zu tragen.

Obwohl das Geschäft im Augenblick zugegebenermaßen nicht ganz so gut lief. Ach was, Flauten gab es eben immer wieder. Die meisten seiner Fälle waren Versicherungsfälle mit schauerlich viel Schreibkram – nicht ganz so aufregend vielleicht, wie er es sich früher ausgemalt hatte. Er hatte soeben zwei Fälle abgeschlossen, bei denen es sich um kleinere Versicherungsschwindeleien handelte, die zu lösen keine sonderliche Anstrengung oder Kombinationsgabe erfordert hatten.

Ein neuer Fall war bis jetzt noch nicht in Sicht, sein Vermieter, dieser Blutsauger, hatte die Miete erhöht, der Motor seines Wagens hatte kürzlich beunruhigende Geräusche von sich gegeben, seine Klimaanlage war im Eimer. Und das Dach leckte schon wieder.

Er nahm den spillerigen, gelbblättrigen Philodendron, den seine untreue Sekretärin zurückgelassen hatte, und stellte ihn unter das stetig tropfende Leck auf den Fußboden in der stillen Hoffnung, das Gewächs möge ersaufen.

Er hörte die Stimme, die ihm etwas auf seinen Anrufbeantworter sprach. Es war die Stimme seiner Mutter. Herrgott noch mal, schaffte es ein Mann eigentlich nie, seiner Mutter zu entkommen?

„Cade, mein Liebling. Ich hoffe, du hast den Embassy Ball nicht vergessen. Du weißt, dass du Pamela Lovett begleiten sollst. Ich habe heute mit ihrer Tante zu Mittag gegessen, und sie hat mir erzählt, dass Pamela einfach großartig aussieht nach ihrem Kurztrip nach Monaco."

„Ja, ja, ja", brummte er und starrte mit misstrauisch zugekniffenen Augen auf seinen Computer. Seine Beziehungen zu Maschinen waren stets unbefriedigend und wenig vertrauensvoll.

Er setzte sich vor den Bildschirm, während seine Mutter ihr Geplapper fortsetzte: „Hattest du deinen Smoking in der Reinigung? Ich hoffe nur, du hast dir die Zeit genommen, zum Friseur zu gehen, das letzte Mal sahst du nämlich wirklich reichlich verwahrlost aus."

Und vergiss nicht, dich hinter den Ohren zu waschen, dachte er genervt. Sie würde es niemals begreifen, dass der Parrissche Lebensstil nicht sein Lebensstil war, dass er ganz einfach keine Lust hatte, zum Essen in irgendeinen idiotischen Club zu gehen, ebenso wie es ihn schlicht und ergreifend anödete, irgendwelche Langweilerinnen aus der Washingtoner Schickeria durch die Stadt zu eskortieren, und dass er seine Meinung trotz all ihrer Überredungsversuche um keinen Deut ändern würde.

Er hatte das Abenteuer gesucht, und obwohl der erbärmliche Betrugsfall, den zu Papier zu bringen er sich im Moment abmühte, nicht unbedingt filmreife Ausmaße hatte, machte er doch seinen Job.

Die meiste Zeit über fühlte er sich nicht nutzlos oder gelangweilt oder fehl am Platz. Er mochte das Geräusch des Verkehrs draußen unter seinem Fenster, obwohl das Fenster nur offen war, weil sich dieser Geizhals von einem Vermieter nicht zu einer zentralen Klimaanlage durchringen konnte, und die Klimaanlage in seinem Büro war im Eimer. Die schwüle Hitze war schlimm, außerdem regnete es herein, aber mit geschlossenem Fenster würde es in beiden Räumen stickig sein wie in einem Treibhaus.

Die Schweißtropfen, die ihm den Rücken hinabrannen, waren wenig geeignet, seine Stimmung zu heben. Er hatte sich bis auf ein T-Shirt und seine Jeans alles ausgezogen. Ständig musste er sich das Haar aus der Stirn streichen, was ihm auf die Nerven ging. Seine Mutter hatte Recht. Er musste dringend zum Friseur.

Doch schließlich vergaß er alles um sich herum, den Schweiß, der ihm über den Rücken lief, die schwüle Hitze, das Brummen des Verkehrs, das stetige Tropfen von der Decke.

Ein paar Minuten später riss ihn erneut das Klingeln des Telefons aus seiner Konzentration. Diesmal hörte er die Stimme seiner

Schwester, die sich darüber beschwerte, dass sie ihn auf irgendeiner lahmen Cocktailparty zu Ehren eines dickbäuchigen Senators vermisst hätte.

Er erwog, den Stecker aus der Wand zu reißen und den verdammten Anrufbeantworter mitsamt der quengelnden Stimme seiner Schwester aus dem Fenster zu schmeißen.

Dann fing der Regen, der die stickige Luft nur noch stickiger machte, an, ihm auf den Kopf zu tropfen. Und schließlich stürzte aus reiner Gemeinheit auch noch sein Computer ab, und der Kaffee, den er auf der Warmhalteplatte, die immer zu glühen anfing, wenn man sie nicht abschaltete, vergessen hatte, kochte mit einem gehässigen Zischen über.

Cade sprang auf und verbrannte sich die Finger an der Kanne. Er stieß einen hässlichen Fluch aus, als ihm die Glaskanne aus der Hand rutschte und auf dem Fußboden, ihren Inhalt in alle Himmelsrichtungen verspritzend, zerschellte. Er riss eine Schublade auf, schnappte sich eine Hand voll Papierservietten und ritzte sich den Daumen an dem tödlichen Ende der Nagelfeile seiner früheren und jetzt hoffentlich bis in alle Ewigkeit verdammten Sekretärin.

Als die Frau hereinkam, stolperte er gerade über den Philodendron, den er mitten im Raum auf den Fußboden gestellt hatte.

Es war kein Wunder, dass sie wie zur Salzsäule erstarrt stehen blieb, klatschnass vom Regen, das Gesicht bleich wie der Tod und die Augen weit aufgerissen vor Schreck.

„Entschuldigung." Ihre Stimme klang eingerostet, als ob sie sie seit Tagen nicht benutzt hätte. „Ich muss mich im Büro geirrt haben." Sie wich langsam zurück, und diese großen, weit aufgerissenen Augen richteten sich auf das Namensschild an der Tür. „Sind Sie Mr. Parris?"

Einen Moment lang brachte er keinen Ton heraus. Ihm war bewusst, dass er sie anstarrte, aber er war machtlos dagegen. Sein Herz stand einfach still. Seine Knie drohten nachzugeben. Und der einzige Gedanke, der ihm durch den Kopf schoss, war: Da bist du ja endlich. Wo zum Teufel hast du bloß so lange gesteckt?

Und weil das so lachhaft war, gab er sich die allergrößte Mühe, den nichts sagenden oder besser noch zynischen Gesichtsausdruck eines Privatdetektivs aufzusetzen.

„Ja." Er erinnerte sich an das Taschentuch in seiner Hosentasche, zog es heraus und wickelte es sich um seinen heftig blutenden Daumen. „Nur ein kleiner Unfall."

„Ich verstehe." Obwohl sie, ihrer Miene nach zu urteilen, rein gar nichts verstand. „Ich komme ungelegen. Ich habe keinen Termin. Ich dachte, dass Sie vielleicht..."

„Sieht so aus, als hätte ich Zeit."

Er wollte, dass sie näher kam. Wie auch immer seine erste absurde Reaktion auf sie ausgefallen sein mochte, sie war eine potenzielle Klientin. Und gewiss war keine schöne Maid, die je Sam Spades geheiligte Hallen betreten hatte, jemals perfekter gewesen.

Sie war blond und schön und völlig durcheinander. Der Regen hatte ihr die schulterlangen Haare eng an den Kopf geklatscht. Ihre Augen standen bourbonbraun in einem Gesicht, das – obwohl ihm ein bisschen Farbe nichts hätte schaden können – so schön war wie im Märchen. Es war herzförmig mit sanft gerundeten Wangen, der Mund war üppig, ungeschminkt und ernst.

Der Regen hatte ihr Kostüm und ihre Schuhe ruiniert. Cade stufte beides als Topqualität ein, die sich nur in ausgesuchten Designerläden finden ließ. Im Vergleich zu dem durchnässten, eleganten dunkelblauen Seidenkostüm wirkte die Leinentasche, die sie mit beiden Händen umklammerte, merkwürdig fehl am Platz.

Eine schöne Maid in Schwierigkeiten, ging es ihm durch den Kopf, und seine Mundwinkel hoben sich angenehm berührt. Exakt was der Doktor verordnet hatte.

„Warum kommen Sie nicht rein und schließen die Tür, Miss...?"

Ihr Herz hämmerte zwei Mal so schnell wie normal, und sie umklammerte die Griffe der Tasche fester. „Sind Sie Privatdetektiv?"

„So steht es an der Tür." Cade lächelte wieder, wobei er schonungslos seine Grübchen zum Einsatz brachte, während er zuschaute, wie sie an dieser hübschen Unterlippe nagte. Er wollte verdammt sein, wenn er nicht selbst Lust hätte, daran zu nagen.

„Kommen Sie, gehen wir nach hinten in mein Büro." Er ließ seinen Blick über die angerichtete Bescherung schweifen – die in tausend Scherben gegangene Kaffeekanne, die über den Fußboden verstreute Erde, die Kaffeelache. „Ich denke, hier bin ich so weit fertig."

„Ja gut." Sie holte tief Atem wie vor dem Sprung von einem Zehnmeterbrett, kam ganz ins Zimmer und schloss die Tür. Irgendwo musste sie schließlich anfangen.

Vorsichtig über das Chaos hinwegsteigend, folgte sie ihm in den Raum nebenan, der kaum mehr als einen Schreibtisch und ein paar billige Stühle beherbergte. Nun, in Bezug auf die Ausstattung konnte sie im Moment nicht wählerisch sein. Sie wartete, bis er sich hinter seinem Schreibtisch niedergelassen hatte und ihr erneut dieses schnelle Lächeln, das „vertrau mir" zu sagen schien, schenkte.

„Haben Sie... könnte ich vielleicht..." Sie kniff die Augen zu und versuchte, sich ganz auf sich zu konzentrieren. „Können Sie sich legitimieren?"

Nachdem er ihr einen Stuhl angeboten hatte, kramte er seine Lizenz heraus und reichte sie ihr. Sie trug zwei hübsche Ringe, an jeder Hand einen. Der eine war ein quadratisch geschliffener Zitrin in einer antik wirkenden Fassung, der andere war mit drei bunten Steinen besetzt. Als sie sich beim aufmerksamen Durchlesen seiner Lizenz die Haare hinter die Ohren strich, registrierte er, dass ihre Ohrringe zu dem zweiten Ring passten.

„Würden Sie mir vielleicht erzählen, was Ihr Problem ist, Miss...?"

„Ich denke..." Sie gab ihm die Lizenz zurück, dann umklammerte sie die Leinentasche, die sie sich auf den Schoß gestellt hatte, wieder mit beiden Händen. „Ich glaube, ich möchte Sie engagieren." Jetzt forschte sie mit derselben Gründlichkeit, mit der sie sich eben die Lizenz durchgelesen hatte, in seinem Gesicht. „Bearbeiten Sie auch Vermisstenfälle?"

Wen hast du denn verloren, Schätzchen? fragte er sich. Er hoffte zu ihrem Besten und zum Besten der hübschen kleinen Fantasie, die sich eben in seinem Kopf zu formen begann, dass es sich nicht um ihren Ehemann handelte. „Ja, ich bearbeite auch Vermisstenfälle."

„Und Ihr... Honorar?"

„Zweihundertfünfzig pro Tag plus Spesen." Als sie nickte, zog er sich ein Blatt heran und griff nach einem Kugelschreiber. „Wen soll ich denn für Sie finden?"

Sie holte lang und zitternd Atem. „Mich. Ich möchte, dass Sie mich finden."

Ohne sie aus den Augen zu lassen, klopfte er mit dem Kugelschreiber auf das Blatt. „Sieht so aus, als hätte ich Sie bereits gefunden. Wünschen Sie eine Rechnung, oder möchten Sie bar bezahlen?"

„Nein." Sie hörte es knacken. Sie hatte sich so lange festgeklammert – oder zumindest schien es ihr so lange –, aber jetzt spürte sie, wie der Ast nachgab, den sie in ihrer Not ergriffen hatte, als ihr der Boden unter den Füßen weggerutscht und ihre Welt eingestürzt war. „Ich erinnere mich nicht mehr. An nichts. Ich..." Ihre Stimme begann zu beben. Sie nahm die Hände von der Leinentasche und schlug sie vors Gesicht. „Ich weiß nicht, wer ich bin. Ich weiß nicht, wer ich bin." Und dann schluchzte sie die Worte ein drittes Mal. „Ich weiß nicht, wer ich bin."

Cade hatte jede Menge Erfahrung mit hysterischen Frauen. Er war mit Frauen groß geworden, die Tränenströme und Schluchzer als Antwort auf alles, angefangen von einem abgebrochenen Fingernagel bis hin zu einer gescheiterten Ehe, benutzten. Deshalb stand er jetzt auf, bewaffnete sich mit einer Schachtel Papiertücher und kauerte sich vor sie hin.

„Jetzt sind Sie hier, Schätzchen. Keine Sorge. Alles wird wieder gut werden." Sanft trocknete er ihr die Tränen, doch sie kullerten ohne Unterlass über ihre sanft gerundeten Wangen. Er tätschelte ihre Hand, streichelte ihr übers Haar und schaute ihr in die tränenfeuchten Augen.

„Es tut mir Leid. Ich kann nicht..."

„Weinen Sie sich einfach aus", riet er ihr. „Hinterher fühlen Sie sich bestimmt besser." Er stand auf, ging ins WC, das etwa die Größe einer Schuhschachtel hatte, und füllte einen Pappbecher mit Wasser.

Nachdem sie auf ihrem Schoß einen ganzen Berg nasser Papiertücher und drei zusammengeknüllte Pappbecher angehäuft hatte, stieß sie einen kleinen zitternden Seufzer aus. „Es tut mir Leid. Vielen

Dank. Aber jetzt fühle ich mich wirklich schon ein ganzes Stück besser." Leicht errötend sammelte sie die Papiertücher und die zerdrückten Pappbecher ein.

Cade nahm ihr alles ab und warf es in den Papierkorb, dann ließ er sich auf einer Ecke seines Schreibtischs nieder.

„Wollen Sie mir jetzt ein bisschen mehr erzählen?"

Sie nickte, dann verschränkte sie nervös ihre Finger. „Ich... Es gibt nicht viel zu erzählen. Ich erinnere mich an rein gar nichts mehr. Ich weiß nicht, wer ich bin, was ich tue, woher ich komme. Meine Familie, meine Freunde. Nichts." Sie rang erneut nach Atem, dann atmete sie langsam aus. „Nichts", wiederholte sie.

Es ist ein Traum, der in Erfüllung geht, dachte er. Die schöne Frau ohne Vergangenheit war aus dem Regen in sein Büro gekommen. Er warf einen Blick auf die Leinentasche, die sie noch immer auf dem Schoß hielt. Sie würden gleich darauf zu sprechen kommen. „Warum erzählen Sie mir nicht das Erste, an das Sie sich erinnern können?"

„Ich wachte in einem Zimmer auf – einem kleinen Hotelzimmer auf der sechzehnten Straße." Sie ließ ihren Kopf gegen die Stuhllehne sinken, während sie versuchte, ihre Gedanken zu ordnen. „Aber auch daran erinnere ich mich nur dunkel. Ich lag auf dem Bett, und unter der Türklinke stand ein Stuhl. Draußen regnete es in Strömen. Ich konnte es hören. Ich fühlte mich völlig zerschlagen und desorientiert, und mein Herz klopfte so schnell, als sei ich aus einem Albtraum erwacht. Ich hatte noch immer meine Schuhe an. Ich erinnere mich daran, mich gefragt zu haben, warum ich mit Schuhen ins Bett gegangen war. Im Zimmer war es dämmrig und stickig. Alle Fenster waren zu. Ich war völlig kaputt, deshalb ging ich ins Bad und spritzte mir eine Hand voll Wasser ins Gesicht."

Jetzt machte sie die Augen wieder auf und schaute ihn an. „Ich sah mein Gesicht im Spiegel. In diesem hässlichen kleinen Spiegel mit den schwarzen Flecken. Und es sagte mir nichts. Das Gesicht." Sie hob eine Hand, zeichnete ihre Wange nach, das Kinn. „Mein Gesicht sagte mir nichts. Ich konnte mich weder an den Namen erinnern, der zu diesem Gesicht gehört, noch an sonst etwas. Ich wusste nicht, wie ich in diesen scheußlichen Raum gekommen war. Dann schaute ich in den Schrank und die Kommode, aber da war nichts. Keine Kleider. Ich hatte Angst, dort zu bleiben, aber ich wusste nicht, wo ich hingehen sollte."

„Die Tasche? War sie alles, was Sie bei sich hatten?"

„Ja." Ihre Hand umklammerte jetzt wieder die Henkel. „Keine Handtasche, keine Brieftasche, keine Schlüssel. Das hier fand ich in meiner Jackentasche." Sie griff hinein und holte einen Zettel heraus.

Cade nahm ihn entgegen und überflog die flüchtig hingekritzelten Worte.

Bailey, Samstag um sieben, okay? M.J.

„Ich weiß nicht, was das bedeutet. Ich habe eine Zeitung gesehen. Heute ist Freitag." „Hmm. Schreiben Sie es hier drauf", forderte Cade sie auf und reichte ihr einen Kugelschreiber und ein Blatt Papier.

„Was?"

„Schreiben Sie das, was auf dem Zettel steht, auf das Blatt."

„Oh." Wieder an ihrer Unterlippe nagend, folgte sie seiner Aufforderung.

Obwohl er die beiden Schriften nicht vergleichen musste, um zu einem Schluss zu gelangen, nahm er ihr das Blatt aus der Hand und legte es neben das Blatt auf seinen Schreibtisch. „Also, da Sie offensichtlich nicht M.J. sind, schätze ich, dass Sie Bailey sind."

Sie blinzelte, schluckte. „Was?"

„Allem Anschein nach ist M.J. Linkshänder oder Linkshänderin. Sie sind Rechtshänderin. Sie haben eine ordentliche Handschrift, M.J.s Handschrift ist ein ungeduldiges Gekritzel. Der Zettel war in Ihrer Jackentasche. Alles spricht dafür, dass Sie Bailey sind."

„Bailey." Sie lauschte dem Klang des Namens nach in der Hoffnung, dass er ihr vertraut vorkam. Doch er hörte sich in ihren Ohren spröde und fremd an. „Der Name sagt mir nichts."

„Also, irgendwie müssen wir Sie ja nennen, deshalb schlage ich vor, dass wir Sie fürs Erste Bailey nennen. Erzählen Sie mir, was als Nächstes geschah."

Aus ihren Gedanken gerissen, blinzelte sie ihn an. „Oh, ich... in dem Zimmer war ein Telefonbuch. Ich suchte mir die Detekteien heraus."

„Wie sind Sie auf mich gekommen?"

„Der Name. Er hat einen starken Klang." Sie bewerkstelligte ihr erstes Lächeln, auch wenn es ein bisschen zittrig war. „Ich wählte Ihre Nummer, aber dann fiel mir ein, dass es noch zu früh am Morgen war. Also wartete ich eine Weile, dann machte ich noch einen kleinen Spaziergang und nahm mir schließlich ein Taxi. Und hier bin ich nun."

„Warum sind Sie nicht in ein Krankenhaus gegangen? Oder zu einem Arzt?"

„Ich habe daran gedacht." Sie schaute auf ihre Hände. „Aber ich habe es nicht gemacht."

Sie ließ offensichtlich eine Menge aus. Er ging um seinen Schreibtisch herum, zog eine Schublade heraus und entnahm ihr einen Schokoriegel. „Sie haben nichts davon gesagt, dass Sie irgendwo unterwegs angehalten hätten, um zu frühstücken." Er beobachtete sie, als sie den Schokoriegel entgegennahm und mit offensichtlicher Überraschung, die sich alsbald in Belustigung wandelte, genauer unter die Lupe nahm. „Ich schätze, das tut's fürs Erste, bis wir etwas Besseres für Sie finden."

„Danke." Mit präzisen Bewegungen wickelte sie den Schokoriegel aus. Vielleicht war ihr ja wirklich zum Teil so flau im Magen, weil sie hungrig war. „Mr. Parris, es kann sein, dass es Menschen gibt, die sich Sorgen um mich machen. Eine Familie, Freunde. Vielleicht habe ich ja ein Kind. Ich weiß es nicht." Sie fixierte einen Punkt über seiner Schulter. „Obwohl ich das nicht glaube. Ich kann mir nicht vorstellen, dass irgendjemand sein eigenes Kind vergessen könnte. Aber alles ist möglich. Vielleicht fragt sich ja irgendjemand, warum ich letzte Nacht nicht nach Hause gekommen bin."

„Sie hätten zur Polizei gehen können."

„Das wollte ich nicht." Diesmal klang ihre Stimme kurz angebunden und entschlossen. „Nicht bis... nein, ich möchte die Polizei nicht einschalten." Sie wischte sich die Finger an einem frischen Papiertuch ab, das sie anschließend in schmale Streifen zu zerlegen begann. „Womöglich sucht ja jemand nach mir, der mir nicht sehr freundlich gesonnen ist. Ich weiß nicht, wie ich darauf komme, ich weiß nur, dass ich Angst habe. Es ist mehr als nur eine Erinnerung. Aber ich werde es nicht wissen, bis ich weiß, wer ich bin."

Vielleicht waren es diese großen, sanften, feucht schimmernden Augen, aus denen sie ihn fragend anschaute, oder ihre schmalen Hände, mit denen sie nervös an dem Papiertuch zupfte. Wie auch immer, jedenfalls konnte er der Versuchung nicht widerstehen, ihr ein bisschen Honig um das hübschen Mäulchen zu schmieren.

„Ich kann Ihnen schon jetzt ein paar Dinge ganz sicher sagen. Sie sind eine intelligente Frau von Anfang bis Mitte zwanzig. Sie haben ein gutes Auge für Farben und Stil und genug Geld, um sich italienische Schuhe und ein Seidenkostüm leisten zu können. Sie sind ordentlich, womöglich sogar ein bisschen pedantisch. Ihnen liegt Untertreibung näher als Übertreibung. Der Tatsache, dass Sie nicht sonderlich gut ausweichen können, entnehme ich, dass Sie eine erbärmlich schlechte Lügnerin sind. Sie tragen einen guten Kopf auf den Schultern, Sie denken nach, bevor Sie handeln. Und Sie mögen Schokolade."

Sie zerknüllte das Schokoladenpapier. „Woher nehmen Sie Ihre Gewissheiten?"

„Sie drücken sich gewählt aus und haben sich ihre Schritte genau überlegt. Ihre Nägel sind sorgfältig manikürt, aber Sie tragen keinen auffallenden Nagellack. Ihr Schmuck fällt ins Auge, wirkt jedoch nicht überladen. Und Sie sagen mir nicht alles, was Sie wissen, weil Sie noch nicht entschieden haben, wie weit Sie mir vertrauen können."

„Wie weit sollte ich Ihnen denn vertrauen?"

„Sie sind zu mir gekommen."

Sie stand auf und ging zum Fenster. Das Trommeln des Regens verstärkte den vagen Kopfschmerz, der hinter ihren Augen pochte. „Ich erkenne die Stadt nicht wieder", murmelte sie. „Und doch spüre ich, dass ich es sollte. Ich weiß, wo ich bin, weil ich eine Zeitung sah, die ‚Washington Post'. Ich könnte Ihnen das Weiße Haus und das

Capitol beschreiben, aber genauso gut ist es möglich, dass ich es nur aus dem Fernsehen kenne."

Obwohl es nass war vom hereinfallenden Regen, legte sie ihre Hände auf das Fensterbrett und genoss die angenehme Kühle dort. „Ich fühle mich, als wäre ich aus dem Nichts in dieses hässliche Hotelzimmer gefallen. Und trotzdem kann ich lesen und schreiben und laufen und sprechen. Der Taxifahrer hatte das Radio an, und ich erkannte die Musik. Es hat mich nicht überrascht zu spüren, dass der Regen nass war. Ich roch angebrannten Kaffee, als ich hier hereinkam, und es war kein unbekannter Geruch. Ich weiß, dass Ihre Augen grün sind. Und wenn der Regen aufhört, weiß ich, dass der Himmel blau wird."

Sie seufzte. „Deshalb bin ich nicht aus dem Nichts gefallen. Es gibt Dinge, die ich kenne, deren ich mir sicher bin. Aber mein Gesicht sagt mir nichts, ich bin für mich wie ein leeres weißes Blatt. Vielleicht habe ich jemandem ein Leid zugefügt, vielleicht habe ich sogar ein Verbrechen begangen. Es könnte sein, dass ich selbstsüchtig bin und berechnend, womöglich grausam."

Jetzt wandte sie sich wieder zu ihm um, und ihr Gesicht war ruhig und gefasst, ein scharfer Kontrast zu ihren noch immer von Tränen benetzten Wimpern. „Ich weiß nicht, ob mir die Frau gefällt, die Sie finden, wenn Sie mich finden, Mr. Parris, aber ich muss es wissen." Sie stellte die Leinentasche auf den Tisch, zögerte kurz, dann öffnete sie sie. „Ich denke, ich habe genug, um Ihr Honorar bezahlen zu können."

Er stammte aus wohlhabendem Haus. Seine Familie besaß Geld, das sich über Generationen weitervererbt und vermehrt hatte. Doch selbst mit diesem Hintergrund hatte er noch nie so viel Geld auf einem Haufen gesehen. Die Leinentasche war prall gefüllt mit Bündeln von Hundert-Dollar-Scheinen – alle funkelnagelneu. Fasziniert nahm Cade ein Bündel heraus und blätterte es durch. Tatsächlich, jeder Geldschein trug Ben Franklins vertrautes, würdevolles Gesicht.

„Ungefähr eine Million, würde ich schätzen", murmelte er.

„Eine Million zweihunderttausend." Bailey erschauerte, als sie einen Blick in die Tasche warf. „Ich habe es durchgezählt. Ich weiß nicht, woher ich es habe oder warum ich es mit mir herumschleppe. Vielleicht habe ich es ja gestohlen."

Ihre Augen begannen wieder feucht zu werden, und sie wandte sich ab. „Es kann Lösegeld sein. Vielleicht bin ich ja in eine Entführung verwickelt. Vielleicht wird irgendwo ein Kind festgehalten, und ich habe das Lösegeld an mich genommen. Ich könnte sogar..."

„Sie sollten Ihre blühende Fantasie auf nützlichere Dinge verschwenden."

Es war der kühle und beiläufige Ton, der sie veranlasste, sich umzudrehen. „Hier ist ein Vermögen drin."

„Eine Million zweihunderttausend ist heutzutage kein sonderlich großes Vermögen." Er ließ das Geldscheinbündel wieder in die Tasche fallen. „Und es tut mir Leid, das sagen zu müssen, Bailey, aber der kalte, berechnende Kidnappertyp sind Sie einfach nicht."

„Sie könnten es überprüfen. Sie könnten diskret herauszufinden versuchen, ob in letzter Zeit irgendjemand entführt worden ist."

„Ja sicher. Sofern man die Polizei eingeschaltet hat, kann ich alles herausfinden."

„Und wenn es einen Mord gegeben hat?" Sie bemühte sich, ruhig zu bleiben, als sie erneut in die Tasche griff. Diesmal holte sie eine 38er heraus.

Vorsichtig, wie er war, schob Cade den Lauf behutsam beiseite, dann nahm er ihr die Waffe aus der Hand. Es war eine Smith and Wesson, und bei seiner schnellen Überprüfung entdeckte er, dass das Magazin voll war. „Wie liegt sie in Ihrer Hand?"

„Ich verstehe nicht."

„Wie fühlt sie sich an, wenn Sie sie in die Hand nehmen? Das Gewicht, die Form?"

Obwohl die Frage sie verblüffte, tat sie ihr Bestes, sie zu beantworten. „Weniger schwer als vermutet. Es kommt mir so vor, als ob etwas, das die Macht besitzt, ein Menschenleben auszulöschen, mehr Gewicht haben sollte, mehr Substanz. Ich nehme an, es fühlt sich ungewohnt an."

„Der Kugelschreiber nicht."

Diesmal fuhr sie sich mit der Hand ratlos durchs Haar. „Ich weiß nicht, wovon Sie sprechen. Ich habe Ihnen eben mehr als eine Million Dollar und eine Pistole gezeigt. Und Sie reden über Kugelschreiber."

„Als ich Ihnen einen Kugelschreiber in die Hand drückte, fühlte es sich nicht ungewohnt an. Darüber mussten Sie gar nicht weiter nachdenken. Sie nahmen ihn einfach und schrieben." Er lächelte ein bisschen und schob die Pistole in seine Hosentasche, anstatt sie wieder in die Leinentasche zurückzulegen. „Ich denke, Sie sind wesentlich mehr daran gewöhnt, einen Kugelschreiber zu halten als eine 38er spezial."

In dieser schlichten Logik lag eine gewisse Erleichterung. Aber sie konnte nicht alle schwarzen Wolken verjagen. „Vielleicht haben Sie Recht. Es muss nicht bedeuten, dass ich sie benutzt habe."

„Nein, das bedeutet es nicht. Und da Sie sie eben angefasst haben, können wir auch nicht beweisen, dass Sie sie nicht benutzt haben – falls sie benutzt worden ist. Aber ich kann überprüfen lassen, ob sie registriert worden ist und von wem."

In ihren Augen glomm ein Hoffnungsschimmer auf. „Sie könnte mir gehören." Sie griff nach seiner Hand und drückte sie spontan. „Dann haben wir zumindest einen Namen. Ich würde meinen Namen kennen. Mir war gar nicht klar, dass es so einfach ist."

„Es könnte so einfach sein."

„Sie haben Recht." Sie ließ seine Hand los und begann im Zimmer auf und ab zu gehen. Ihre Bewegungen waren geschmeidig, kontrolliert. „Ich bin wohl zu voreilig. Aber es tut so gut, jemanden zu haben, dem ich alles erzählen kann. Jemanden, der weiß, wie man Dinge herausfindet. Ich weiß nicht, ob ich im Rätselraten sehr gut bin, Mr. Parris..."

„Cade", sagte er, fasziniert davon, dass er ihre kontrollierten Bewegungen so sexy fand. „Machen wir es nicht komplizierter, als es ist."

„Cade." Sie holte tief Atem und ließ ihn wieder heraus. „Es tut gut, jemanden beim Namen zu nennen. Sie sind der einzige Mensch, den ich kenne, der einzige, mit dem unterhalten zu haben ich mich erinnere. Ich kann Ihnen gar nicht sagen, wie seltsam das ist und wie getröstet ich mich jetzt fühle."

„Warum sollten Sie nicht mit dem ersten Menschen, an den Sie sich erinnern, frühstücken? Ein Schokoriegel reicht nicht, um über den Tag zu kommen. Sie sehen ziemlich geschafft aus, Bailey."

Es war so komisch, ihn diesen Namen sagen zu hören, während er sie anschaute. „Ja, ich bin müde", räumte sie ein. „Ich glaube nicht, dass ich sehr viel geschlafen habe. Ich weiß nicht, wann ich zum letzten Mal etwas gegessen habe."

„Was halten Sie von Rühreiern?"

Das Lächeln huschte wieder um ihren Mund. „Ich habe nicht den blassesten Schimmer."

„Nun, dann lassen Sie es uns herausfinden." Er machte Anstalten, nach der Leinentasche zu greifen, aber sie legte eine Hand über seine.

„Da ist noch etwas." Sie schwieg einen Moment, schaute ihn jedoch weiterhin unverwandt an, genauso wie sie ihn angeblickt hatte, als sie zur Tür hereingekommen war. Als ob sie sich ein Urteil über ihn bilden wollte. Aber sie hatte im Grunde genommen keine Wahl. Er war alles, was sie hatte. „Bevor ich es Ihnen zeige, möchte ich, dass Sie mir etwas versprechen."

„Sie haben mich engagiert, Bailey, ich arbeite für Sie."

„Ich weiß nicht, ob das, worum ich Sie bitten möchte, ganz korrekt ist, aber ich brauche dennoch Ihr Wort. Wenn Ihre Ermittlungen ergeben, dass ich mich eines Verbrechens schuldig gemacht habe, brauche ich Ihr Wort, dass Sie so viel wie möglich über die Hintergründe herausfinden, ehe Sie mich der Polizei übergeben."

Er legte den Kopf schräg. „Sie fürchten, ich könnte Sie verpfeifen."

„Falls ich gegen das Gesetz verstoßen habe, erwarte ich selbstverständlich, dass Sie mich der Polizei übergeben. Ich muss jedoch erst alles wissen, bevor Sie es tun. Ich muss verstehen, was ich warum, wann und mit wem gemacht habe. Geben Sie mir darauf Ihr Wort?"

„Natürlich." Er nahm die Hand, die sie ihm hinstreckte. Sie fühlte sich zerbrechlich an wie dünnes Porzellan, aber ihr Händedruck war sehr fest. Und sie verkörperte, wer auch immer sie sein mochte, eine faszinierende Mischung aus Zerbrechlichkeit und Stärke. „Keine Polizei, bis wir alles wissen. Sie können mir vertrauen, Bailey."

„Sie möchten erreichen, dass ich mich an meinen Namen gewöhne.“ Impulsiv küsste sie ihn auf die Wange. „Sie sind sehr freundlich zu mir.“

Freundlich genug, dachte er, um sie in den Arm zu nehmen, wenn sie ihn darum gebeten hätte. Und sie wollte im Augenblick so verzweifelt gern in den Arm genommen und getröstet werden, sie wünschte sich so sehr zu hören, dass ihre Welt gleich wieder zurechtgerückt sein würde. Aber sie musste sich selbst helfen. Blieb nur zu hoffen, dass sie zu den Frauen gehörte, die es gewohnt waren, auf eigenen Beinen zu stehen.

„Es gibt da noch etwas.“ Sie wandte sich wieder der Leinentasche zu, versenkte ihre Hand tief ins Innere und tastete nach dem Samtbeutel. „Ich denke, es ist vielleicht das Wichtigste.“

Sie holte den Beutel heraus, schnürte ihn auf und ließ den Inhalt auf ihre Handfläche gleiten.

Das Geld hatte ihn überrascht, die Pistole hatte ihn beunruhigt. Aber jetzt war er schlicht von den Socken. Das Glitzern, dieses majestätische Glitzern, entfaltete selbst in diesem vom Regen verdüsterten Raum eine verschwenderische Pracht, die einen schier sprachlos machte.

Der riesige Edelstein füllte fast die gesamte Fläche ihrer Hand aus, seine Kanten waren sauber und scharf genug geschliffen, um auch noch den winzigsten Lichtstrahl einzufangen und in strahlender Helle wieder zurückzuwerfen. Er gehört in die Krone einer Märchenkönigin, dachte er. Oder er war dazu bestimmt, eingebettet in dem sanften Tal zwischen den Brüsten einer antiken Göttin zu ruhen.

„Ich habe noch nie einen so großen Saphir gesehen.“

„Es ist kein Saphir.“ Und als sie ihm den Edelstein in die Hand legte, hätte sie geschworen, den Hitzeaustausch verspürt zu haben. „Es handelt sich um einen blauen Diamanten von ungefähr hundert Karat. Wahrscheinlich stammt er aus Kleinasien. Mit bloßem Auge sind keine Einschlüsse zu erkennen, und sowohl von der Farbe als auch von der Größe her ist er äußerst ungewöhnlich. Ich schätze, sein Marktwert ist leicht drei Mal so hoch wie die Summe in der Leinentasche.“

Er schaute nicht länger den Edelstein an, sondern sie. Als sie den

Blick hob, um ihn anzusehen, schüttelte sie den Kopf. „Ich weiß nicht, woher ich das weiß. Aber ich weiß es. Genauso wie ich weiß, dass es nicht alles ist... dass es nicht... vollständig ist."

„Was meinen Sie damit?"

„Ich wünschte, ich wüsste es. Aber es ist so ein starkes Gefühl, fast ein Wiedererkennen. Ich weiß, dass der Stein nur Teil eines Ganzen ist. Ebenso wie ich weiß, dass er unmöglich mir gehören kann. Er gehört überhaupt niemandem wirklich. Niemandem", wiederholte sie, und es sah aus, als lausche sie dem Klang des Wortes nach. „Ich muss ihn gestohlen haben."

Sie presste ihre Lippen aufeinander, hob das Kinn und straffte die Schultern. „Vielleicht habe ich dafür sogar getötet."

2. *KAPITEL*

Cade nahm Bailey mit zu sich nach Hause. Es war die beste Lösung, die er sich vorstellen konnte. Und er wollte diese Leinentasche samt Inhalt so schnell wie möglich in seinem Tresor wegschließen. Sie hatte keine Einwände gemacht, als er sie aus dem Gebäude gelotst und in seinen schnittigen Jaguar verfrachtet hatte.

Normalerweise zog er es vor, in seiner hübsch verbeulten Limousine zur Arbeit zu fahren, aber bis diese aus der Werkstatt kam, musste er mit dem auffälligen Jaguar vorlieb nehmen.

Doch Bailey sagte nichts, selbst als er in ein gepflegtes Wohnviertel mit anmutigen Schatten spendenden Bäumen und akkurat geschnittenen Rasenflächen sowie sauber angepflanzten Blumenrabatten einbog und schließlich die Auffahrt zu einer alten Villa im Konföderiertenstil hinauffuhr.

Er hatte sich darauf vorbereitet, ihr zu erzählen, dass er das Haus von einer Großtante, die eine Schwäche für ihn hatte, geerbt hätte – was die Wahrheit war. Und dass er hier lebte, weil er die Ruhe und Annehmlichkeiten des gutbürgerlichen Wohnviertels zu schätzen wusste.

Aber sie fragte nichts.

Offensichtlich war sie völlig am Ende. Welcher Energieschub auch immer sie hinaus in den strömenden Regen getrieben haben mochte, die Anstrengung, sein Büro aufzusuchen und ihm ihre Geschichte zu erzählen, hatte sie vollkommen ausgelaugt.

„Also Rühreier", sagte er, nachdem sie in seiner Küche angelangt waren und er sie auf einen Stuhl gedrückt hatte.

„Ja, gern. Ja. Danke."

Sie war ganz zittrig auf den Beinen und heilfroh, dass sie wieder saß. Und sie verspürte schreckliche Dankbarkeit ihm gegenüber. Er hatte sie weder mit Fragen gelöchert, noch wirkte er im Mindesten schockiert oder gar entsetzt angesichts ihrer Geschichte. Vielleicht lag es ja an seinem Beruf, dass er alles so gelassen hinnahm, doch wie auch immer, auf jeden Fall war sie ihm dankbar dafür, dass er ihr Zeit gab, Luft zu holen.

Jetzt werkelte er mit lässiger Kompetenz in seiner Küche herum. Zerschlug braune Eier auf dem Rand einer weißen Schüssel, warf Brotscheiben in einen Toaster, der auf einem granitfarbenen Tresen stand. Sie sollte ihm ihre Hilfe anbieten. Es erschien ihr nur angemessen. Aber sie war so entsetzlich müde, und es war so angenehm, in dieser großen Küche zu sitzen und ihm einfach nur zuzuschauen, wie er Frühstück machte, während der Regen rhythmisch gegen die Fensterscheiben klopfte.

Er kümmerte sich um sie. Und sie ließ es zu. Sie schloss die Augen und fragte sich, ob sie wohl zu den Frauen gehörte, die sich von einem Mann verhätscheln ließen, denen es Spaß machte, die Hilflose zu spielen.

Sie hoffte, dass dem nicht so war, sie hoffte es fast verzweifelt. Dann begann sie sich zu wundern, warum eine so nebensächliche Sache ihr so viel bedeutete, wo sie sich doch nicht einmal sicher sein konnte, dass sie keine Mörderin war.

Sie schaute auf ihre Hände und unterzog sie einer eingehenden Musterung. Kurze, sorgfältig manikürte Fingernägel, mit farblosem Lack überzogen. Bedeutete das, dass sie ein praktischer Mensch war? Ihre Hände waren weich, ohne Schwielen. Es war kaum anzunehmen, dass sie damit arbeitete, zumindest keine schwere Arbeit.

Die Ringe... sehr hübsch, weniger auffällig als einzigartig. Zumindest schien es so. Sie kannte die Steine, die sie anfunkelten. Granat, Zitrin, Amethyst. Wie konnte es sein, dass sie zwar die Namen der Steine kannte, aber nicht die Namen ihrer besten Freunde?

Hatte sie überhaupt Freunde?

War sie eine freundliche Person oder eine gehässige, war sie großzügig oder kleinkariert? Lachte sie leicht und weinte sie im Kino, wenn der Film traurig wurde? Gab es da einen Mann, den sie liebte und umgekehrt?

Hatte sie mehr als eine Million Dollars gestohlen und diese hässliche kleine Pistole benutzt?

Sie zuckte zusammen, als Cade einen Teller vor sie hinstellte, wurde jedoch wieder ruhig, als er ihr die Hand auf die Schulter legte.

„Sie müssen essen." Er ging zurück zum Herd und holte die Tasse, die er dort zurückgelassen hatte. „Und ich denke, Tee ist besser als Kaffee."

„Ja. Danke." Sie häufte sich ein bisschen Rührei auf die Gabel. „Hmm, schmeckt gut." Sie bewerkstelligte erneut ein Lächeln, es wirkte zögerlich und ein bisschen scheu und ging ihm ans Herz. „Richtig gut."

Er setzte sich ihr mit seiner Tasse Kaffee gegenüber. „Ich bin weltberühmt für meine Rühreier."

Ihr Lächeln verfestigte sich, erblühte. „Ich weiß, warum. Die Zugabe von einem bisschen Dill und Paprika ist genial."

„Warten Sie, bis Sie erst mein spanisches Omelett probiert haben."

„Der Meister der Eierspeisen." Sie aß weiter, getröstet von dem leichten Umgangston, zu dem sie gefunden hatten. „Kochen Sie viel?"

Sie schaute sich in der Küche um. Steingraue Schränke und warmes helles Holz. Ein Fenster ohne Vorhang über einer Doppelspüle aus weißem Porzellan. Kaffeemaschine, Toaster, eine zerfledderte Morgenzeitung.

Der Raum war ordentlich, aber nicht penibel aufgeräumt. Und er war ein erstaunlicher Kontrast zu dem Chaos in seinem Büro. „Ich habe Sie noch gar nicht gefragt, ob Sie verheiratet sind."

„Geschieden, und ich koche, wenn ich es satt habe, auswärts zu essen."

„Ich frage mich, was ich mache – auswärts essen oder kochen."

„Sie haben Paprika und Dill auf Anhieb herausgeschmeckt." Er lehnte sich zurück und schaute sie an. „Sie sind schön." Sie hob den Blick, aufgeschreckt und, wie er registrierte, umgehend wachsam. „Nur eine Beobachtung, Bailey. Wir müssen mit dem arbeiten, was wir haben. Sie sind schön – und es macht Sie verlegen, Komplimente über Ihr Aussehen entgegenzunehmen. Genau betrachtet habe ich Sie ziemlich nervös gemacht."

Sie nahm ihre Tasse, hielt sie in beiden Händen. „War das denn Ihre Absicht? Mich nervös zu machen?"

„Nein, aber es ist interessant und ganz reizend anzuschauen – die Art, wie Sie erröten und mich gleichzeitig misstrauisch beäugen. Entspannen Sie sich, ich habe nicht vor, mich auf Sie zu stürzen." Aber es war ein Gedanke, das musste er zugeben, ein faszinierender und erregender Gedanke. „Ich glaube nicht, dass Sie so leicht zu überrumpeln sind. Ich bezweifle, dass ein Mann sehr weit bei Ihnen kommen würde, nur indem er Ihnen erzählt, dass Sie Augen haben wie warmer Brandy und dass der Kontrast zwischen diesen Augen und Ihrem kühlen, kultivierten Tonfall ausgesprochen sexy ist. In diesem Tonfall schwingt Neuengland mit, Bailey."

Sie ließ ihre Tasse sinken und starrte ihn an. „Neuengland?"

„Connecticut, Massachusetts – ich bin mir nicht sicher. Aber da ist ein Hauch von Ostküsten-Aristokratie in Ihrer Stimme, besonders wenn sie kühl wird."

„Neuengland." Sie suchte nach einer Verbindung, nach einem Kettenglied, sei es auch noch so klein. „Es sagt mir nichts."

„Wir müssen weiter dran arbeiten. Auf jeden Fall steht Ihnen Ihre Klasse auf der Stirn geschrieben. Entweder sind Sie schon damit auf die Welt gekommen, oder Sie haben sie sich antrainiert, wie auch immer, Sie ist da." Er stand auf, nahm ihr den Teller weg. „Ebenso wie die Erschöpfung. Sie müssen sich ausruhen."

„Ja." Die Vorstellung, wieder in ihr Hotelzimmer zurückzugehen, jagte ihr einen Schauer über den Rücken. „Soll ich Sie in Ihrem Büro anrufen, damit wir einen neuen Termin vereinbaren können? Ich könnte Ihnen auch die Telefonnummer des Hotels und meine Zimmernummer aufschreiben, damit Sie mich anrufen, wenn Sie etwas herausgefunden haben."

„Sie gehen nicht mehr dorthin zurück." Er hatte wieder ihre Hand ergriffen, zog sie auf die Füße und führte sie aus der Küche. „Sie können hier bleiben. Ich habe viel Platz."

„Hier?"

„Ich denke, es ist das Beste, wenn Sie da sind, wo ich Sie im Auge behalten kann." Im Foyer angelangt, führte er sie die Treppe nach oben. „Ich wohne hier in einem ruhigen, sicheren Viertel, und ich möchte nicht, dass Sie durch die Straßen spazieren, ehe wir herausgefunden haben, wie Sie an einskommazwo Mille und einen faustgroßen Diamanten gekommen sind."

„Sie kennen mich nicht."

„Sie mich auch nicht. Das ist ebenfalls etwas, woran wir arbeiten müssen."

Er öffnete die Tür zu einem Raum, wo gedämpftes Licht durch Spitzenvorhänge auf einen blank polierten Eichenholzfußboden fiel. Vor einem Kamin stand eine kleine Sitzgruppe mit einem Tisch. Über dem anmutigen Baldachinbett lag eine handgearbeitete Tagesdecke.

„Schlafen Sie sich erst einmal aus", riet er ihr. „Dort drüben ist das Bad, und ich suche Ihnen etwas zum Anziehen heraus, wenn Sie sich ausgeruht haben."

Sie spürte die Tränen wieder kommen, in ihrer Kehle stieg eine Mischung aus Angst, Dankbarkeit und unendlicher Erschöpfung auf. „Laden Sie alle Ihre Klienten in Ihr Haus ein?"

„Nein." Er berührte ihre Wange und ließ die Hand schnell wieder sinken, als ihm bewusst wurde, dass er sich auszumalen begann, wie es sich wohl anfühlen mochte, wenn ihr Kopf an seiner Schulter ruhte. „Nur die, die auf meine Hilfe angewiesen sind. Ich gehe wieder nach unten. Ich muss ein paar Dinge erledigen."

„Cade." Sie griff nach seiner Hand, hielt sie einen Moment lang fest. „Danke. Es sieht ganz danach aus, als ob ich den richtigen Namen aus dem Telefonbuch herausgepickt hätte."

„Schlafen Sie jetzt. Überlassen Sie Ihre Sorgen für eine Weile mir."

„Das werde ich tun. Machen Sie die Tür nicht zu", bat sie hastig, als er auf den Flur trat.

Er stieß die Tür wieder auf und schaute sie noch einen Moment an, wie sie da stand in dem gedämpften Licht, das durch die Spitzenvorhänge fiel und Muster auf den Parkettfußboden malte. Sie sah so zerbrechlich, so verloren aus. „Ich bin unten."

Sie wusste nicht, ob es ein Traum war oder Realität. Aber es kam ihr vertraut vor, so merkwürdig vertraut...

Das dunkle Zimmer, der helle Lichtschein der Schreibtischlampe. Der Elefant. Wie seltsam, der Elefant schien sie anzugrinsen, er hob den Rüssel zum Zeichen, dass er Glück brachte, seine blauen Augen funkelten belustigt.

Weibliches Lachen – wieder vertraut und so tröstlich.

Diesmal ist Paris angesagt, Bailey. Wir verbringen nicht wieder zwei Wochen mit dir, nur um zuzuschauen, wie du die ganze Zeit im Dreck buddelst. Was dir fehlt, ist eine Romanze, Leidenschaft, heißer Sex, und deshalb wird es diesmal Paris sein.

Ein Dreieck, golden und glänzend. Und ein Raum, angefüllt mit Licht, gleißendem Licht. Ein Mann, der kein Sterblicher zu sein scheint, mit einem Gesicht, so voller Liebe, so klug, so großzügig, dass es ans Herz geht. Und das goldene Dreieck in seiner Hand, die Aufforderung, die darin liegt. Die Kraft, die von diesen tiefblauen Steinen ausgeht, die sich in die drei Ecken des gleichschenkligen Dreiecks schmiegen, ist fast mit Händen zu greifen.

Die Steine sind so schön, dass sie blenden.

Und sie hält sie in ihren zitternden Händen. Wut, so eine Wut kocht in ihr hoch und Panik und Angst. Die Steine entgleiten ihr, erst einer, dann zwei, sie schwingen sich in die Lüfte wie mit Edelsteinen besetzte Vögel. Und den Dritten drückt sie sich an die Brust.

Silberne Blitze. Ein Trommelwirbel lässt die Luft erzittern. Blut. Überall Blut, wie ein grauenhafter Fluss, der über die Ufer tritt.

Mein Gott, es ist so nass, so rot und nass.

Rennen, Stolpern, Herzklopfen. Es ist wieder dunkel. Das Licht ist weg, die Sterne sind weg. Da ist ein Korridor, das Echo ihrer Absätze hallt laut wie die Donnerschläge, die auf die Blitze folgen. Es verfolgt sie, jagt sie durch die Dunkelheit, während die Wände auf sie zukommen und sie enger und enger umschließen.

Sie hört den Elefanten trompeten, wieder zucken grelle Blitze über den Himmel. Sie verkriecht sich in der Höhle wie ein verängstigtes Tier, zitternd und wimmernd, während die Blitze dicht neben ihr in den Boden fahren...

„Komm, Schätzchen. Komm, Honey. Es ist nur ein böser Traum."

Sie versuchte aus dem Dunkel emporzutauchen, um zu der ruhigen, festen Stimme vorzudringen, vergrub ihr nasses Gesicht an der breiten starken Schulter.

„Blut. So viel Blut. Die Blitze. Sie werden mich erschlagen. Das Gewitter kommt näher. Es ist ganz nah."

„Nein, jetzt ist es vorüber." Cade presste seine Lippen in ihr Haar und wiegte sie sanft hin und her. Als er ins Zimmer geschlüpft war, um ihr einen Bademantel hinzulegen, hatte sie im Schlaf geweint. Jetzt klammerte sie sich zitternd an ihn, deshalb zog er sie auf seinen Schoß wie ein Kind. „Sie sind jetzt in Sicherheit. Ich verbürge mich dafür."

„Die Sterne. Drei Sterne." Balancierend zwischen Traum und Wirklichkeit bewegte sie sich rastlos in seinen Armen. „Ich muss nach Paris."

„Du bist schon dort. Bei mir." Er bog ihr sanft den Kopf zurück und streifte mit seinen Lippen ihre Schläfe. „Direkt hier", erklärte er, während er darauf wartete, dass ihr verschleierter Blick wieder klar wurde. „Entspann dich. Ich bin hier."

„Geh nicht weg." Sie erschauerte kurz und bettete den Kopf an seine Schulter, genau wie er es sich ausgemalt hatte. Das Ziehen in seinem Herzen kam schlagartig und wirkte sich verheerend aus.

Er vermutete, dass es Liebe auf den ersten Blick war.

„Ich gehe nicht weg. Ich bin ganz für dich da."

Das war genug, um sie weniger zittern zu lassen. Sie entspannte sich, hielt jedoch ihre Augen weiterhin geschlossen. „Es war nur ein Traum, aber er war so verwirrend, so erschreckend. Und ich verstehe ihn nicht.“

„Erzähl ihn mir.“

Er hörte aufmerksam zu, während sie sich abmühte, sich an jede Einzelheit zu erinnern, eine Ordnung hineinzubringen. „Da waren so viele Gefühle, von denen ich mich überschwemmt sah. Zorn, Schock, das Gefühl von Verrat und Angst. Dann panischer Schrecken, bei dem es unmöglich war, auch nur noch einen einzigen klaren Gedanken zu fassen.“

„Das könnte deinen Gedächtnisschwund erklären. Es gibt da etwas, von dem du noch nicht weißt, wie du damit umgehen sollst, deshalb verdrängst du es. Es ist eine Art Hysterie.“

„Hysterie?“ Die Verwendung dieses Begriffs veranlasste sie, das Kinn zu heben. „Ich bin hysterisch?“

„In gewisser Weise.“ Er strich gedankenverloren über ihr Kinn. „Es steht dir gut.“

Mit einer entschlossenen Bewegung schob sie seine Hand von ihrem Gesicht weg. „Ich mag den Begriff nicht.“

„Ich verwende ihn in streng medizinischem Sinn. Du hast dir nicht irgendwo den Kopf angestoßen, nein?“

Jetzt kniff sie die Augen zusammen. „Ich kann mich nicht erinnern, aber was weiß ich schon, immerhin bin ich ja hysterisch.“

„Süß. Ich wollte damit nur sagen, dass ein Grund für Gedächtnisschwund eine Gehirnerschütterung sein kann.“ Er wickelte sich eine Haarsträhne von ihr um den Finger. „Ein anderer Grund ist eine Funktionsstörung, die man – entschuldige den Begriff – als Hysterie bezeichnet.“

Jetzt presste sie die Kiefer fest aufeinander. „Ich bin nicht hysterisch, obwohl ich mir sicher bin, dass ich es werden könnte, falls du eine Kostprobe möchtest.“

„Nicht nötig, Bailey. Ich habe Schwestern.“ Er umrahmte ihr Gesicht so entwaffnend mit den Händen, dass sie die Augen wieder weit aufriss. „Du bist in Schwierigkeiten, so viel steht fest. Und wir werden sie klären.“

„Indem du mich auf deinem Schoß hältst?"

„Das ist nur ein Nebeneffekt." Als ihr Lächeln verblasste und sie Anstalten machte, sich von ihm zu lösen, verstärkte er seinen Griff. „Es gefällt mir. Sehr."

Sie sah mehr als Belustigung in seinen Augen, etwas, das ihren Puls schneller schlagen ließ. „Ich bin mir nicht sicher, ob es sehr weise ist, mit einer Frau zu flirten, die nicht einmal weiß, wer sie ist."

„Kann sein, aber es macht Spaß. Und dich bringt es auf andere Gedanken."

Es war unmöglich, seinem Charme zu widerstehen, als sie sah, wie sich seine Grübchen vertieften, wie sich ein Mundwinkel gerade genug hob, um sein Lächeln ein bisschen schief erscheinen zu lassen. Es war ein schöner Mund, wie geschaffen zum Küssen. Sie konnte sich nur allzu gut ausmalen, wie er sich auf ihrem anfühlen würde.

Vielleicht weil sie sich nichts anderes vorstellen konnte, weil sie sich an keinen anderen Geschmack, keine andere Struktur erinnerte. Und weil das so war, würde er, irgendwie, der erste Mann sein, der sie küsste. Ein Erregungsschauer rieselte ihr über den Rücken.

Er bog ihren Kopf zurück, ganz langsam, sein Blick wanderte von ihren Augen zu ihren Lippen, dann wieder zurück. Er konnte sich den Kuss bestens vorstellen und hörte fast schon, wie die Musik anschwoll, wenn ihre Lippen sich trafen.

„Willst du es versuchen?"

Verlangen, so stark, dass es sie erschreckte, schoss ihr durch die Blutbahn, zerrte an ihren Nerven, schwächte ihre Widerstandskraft. Sie war allein mit ihm, mit diesem Fremden, dem sie ihr Leben anvertraut hatte. Mit diesem Mann, von dem sie mehr wusste als von sich selbst.

„Ich kann nicht." Sie legte ihm eine Hand auf die Brust, wobei sie überrascht feststellte, dass sein Herz ebenso raste wie ihres, obwohl seine Stimme sehr ruhig klang. Weil das so war, konnte sie aufrichtig sein. „Ich habe Angst."

„Meiner Erfahrung nach ist ein Kuss keine gefährliche Sache, es sei denn, wir zögen in Erwägung, Großmutter Parris zu küssen, das wäre wahrhaft erschreckend."

Darüber musste sie wieder lächeln, und als sie diesmal Anstalten machte, sich von ihm zu lösen, ließ er es zu. „Besser die Dinge nicht noch komplizierter machen, als sie ohnehin schon sind." Mit einer nervösen Geste strich sie sich das Haar aus dem Gesicht, wobei sie es vermied, ihn anzuschauen. „Ich würde gern duschen, wenn dir das recht ist. Mich ein bisschen frisch machen."

„Ja klar. Ich habe dir einen Bademantel mitgebracht und eine Jeans, die Beine kannst du hochkrempeln. Der Gürtel wird dafür sorgen, dass sie dir nicht runterrutscht, wer weiß, vielleicht kreierst du ja eine ganz neue Mode."

„Du bist wirklich lieb, Cade."

„Das sagen sie alle." Er stand auf. „Meinst du, du kommst eine Stunde lang allein zurecht? Ich habe noch ein paar Dinge zu erledigen."

„Kein Problem."

„Ich möchte, dass du mir versprichst, das Haus nicht zu verlassen, Bailey."

„Wo sollte ich denn hingehen?"

Er legte ihr die Hände auf die Schultern und wartete, bis sie ihn anschaute. „Versprich es mir."

„Also gut, ich verspreche es."

„Ich bleibe nicht lange weg." Er ging zur Tür, blieb stehen. „Und Bailey? Denk darüber nach."

Sie sah es an dem Glitzern in seinen Augen, bevor er sich abwandte, dass er nicht von den Umständen sprach, die sie hierhergebracht hatten.

Als sie zum Fenster ging, zuschaute, wie er in sein Auto stieg und wegfuhr, dachte sie schon darüber nach. Über ihn.

Jemand anders dachte über Bailey nach. Es waren dunkle, rachsüchtige Gedanken. Sie war ihm durch die Finger geschlüpft und mit ihr das, was er am meisten begehrte.

Er hatte den Preis, den sie bezahlen sollte, schon bestimmt, aber jetzt erschien er ihm kaum hoch genug. Er würde sie finden, und wenn er sie gefunden hatte, würde sie einen viel höheren Preis bezahlen. Gewiss würde sie am Ende mit ihrem Leben bezahlen müssen, aber das spielte keine Rolle.

Vorher würden da Schmerz sein und Todesangst. Und er würde sich daran weiden.

Das Geld, das er verloren hatte, war nichts, fast so unwichtig wie das Leben einer törichten Frau. Aber sie hatte, was er begehrte, was ihm bestimmt war. Und er würde es sich holen.

Es waren drei. Einzeln war ihr Wert astronomisch hoch, zusammen jedoch waren sie unbezahlbar. Er hatte bereits die notwendigen Schritte eingeleitet, um die beiden Ersten in seinen Besitz zu bringen.

Natürlich würde es ein bisschen Zeit erfordern, aber er würde sie bekommen. Es war wichtig, vorsichtig zu sein, genau hinzuschauen, damit er sich seiner Sache sicher sein konnte, und darauf zu achten, dass er sich – falls Gewaltanwendung nötig sein sollte – nicht selbst die Finger schmutzig machte.

Aber bald würde er zwei sagenhafte Sterne mit all ihrer Schönheit, ihrem Licht und ihrer Kraft in Händen halten.

Er saß in dem Tresorraum, den er für seine geraubten Schätze hatte bauen lassen. Schmuck und Gemälde, Statuen und wertvolle Pelze glänzten und schimmerten in seiner mit Geheimnissen voll gestopften Höhle.

Das altarähnliche Podest, das er für den Besitz, nach dem er sich am meisten verzehrte, errichtet hatte, war leer und wartete.

Aber bald...

Er würde die beiden Ersten bekommen, und wenn er den Dritten in Händen hielt, würde er unsterblich sein.

Und die Frau würde tot sein.

3. KAPITEL

Das da in dem Spiegel ist dein Körper, ging es Bailey durch den Kopf. Sie sollte besser anfangen, sich daran zu gewöhnen. In dem von Wasserdampf beschlagenen Spiegel sah ihre Haut weiß und glatt aus. Gedankenverloren legte sie sich eine Hand auf ihre Brust.

Schlanke Finger, kurze gefeilte Nägel, sehr kleine Brüste. Ihre Arme waren ein bisschen dünn. Sie zog die Augenbrauen zusammen. Vielleicht sollte sie ein bisschen Krafttraining machen.

Fettpolster hatte sie nirgendwo, was möglicherweise darauf schließen ließ, dass sie regelmäßig Gymnastik trieb.

Ihre Haut war nicht gebräunt, nirgends Bikinistreifen.

Wie groß mochte sie sein? Einsfünfundsechzig? Sie wünschte sich, größer zu sein. Wenn eine Frau ihr Leben erst mit über zwanzig begann, sollte sie sich ihren Typ selbst aussuchen dürfen. Mehr Busen und längere Beine wären schön.

Belustigt über sich selbst, drehte sie sich um und verrenkte sich fast den Hals, um sich von hinten im Spiegel betrachten zu können. Der Mund blieb ihr offen stehen. Auf ihrer Pobacke war ein Tattoo.

Warum in drei Teufels Namen hatte sie sich ein – war das ein Einhorn? – auf ihren Po tätowieren lassen? War sie verrückt geworden? Nichts gegen Körperschmuck, aber eine Tätowierung am Po bedeutete, dass sie diesen speziellen Körperteil vor irgendeinem nadelschwingenden Fremden entblößt hatte.

War sie betrunken gewesen oder was?

Gelinde empört über sich selbst, wickelte sie sich in ein Badetuch und verließ eilig das mit Dunstschwaden verhüllte Bad.

Sie brauchte eine ganze Weile, bis sie die Jeans und das Hemd von Cade so hindrapiert hatte, dass es einigermaßen nach etwas aussah. Anschließend hängte sie ihr Kostüm ordentlich auf einen Bügel und zog die Tagesdecke glatt. Dann stieß sie einen Seufzer aus und fuhr sich mit den Fingern durch das nasse Haar.

Cade hatte sie gebeten, das Haus nicht zu verlassen, aber er hatte nicht verlangt, dass sie in ihrem Zimmer blieb. Sie würde sich nur wieder aufregen, an die Tasche mit dem Geld und den riesigen blauen Diamanten denken, an Mörder und Tattoos, wenn sie sich nicht ein bisschen ablenkte.

Während sie durchs Haus wanderte, merkte sie, dass es ihr kein Unbehagen einflößte, allein hier zu sein. Wahrscheinlich war das ja eine Widerspiegelung dessen, was sie für Cade empfand. Er flößte ihr keinerlei Unbehagen ein. Sie hatte von der ersten Minute an eine große Vertrautheit verspürt.

Aber vielleicht lag das ja daran, dass sie mit sonst niemandem gesprochen hatte und dass sie außer ihm niemanden hatte, auf den sie sich verlassen konnte.

Nichtsdestotrotz war er ein großzügiger, sensibler Mann. Er hatte ein wundervolles Lächeln und Augen, die einen in ihren Bann zogen. Er hatte Kraft in den Armen und, das nahm sie jedenfalls an, einen starken Charakter.

Und Grübchen, bei deren Anblick es sie juckte, sie zu berühren.

Sein Schlafzimmer. Sie nagte an ihrer Unterlippe, während sie verunsichert auf der Schwelle stehen blieb. Es war unfein herumzuschnüffeln. Sie fragte sich, ob sie womöglich unfein war, sich nicht um die Gefühle und Intimsphäre anderer scherte. Aber sie brauchte etwas, irgendetwas, um diese leeren Stellen in ihrem Kopf zu füllen. Und er hatte seine Tür offen gelassen.

Sie ging hinein.

Es war ein herrlicher großer Raum, und alles darin erinnerte sie an ihn. Jeans über einem Stuhl, Socken auf dem Fußboden. Sie hielt sich im letzten Moment davon ab, sie aufzuheben und nach einem Wäschepuff Ausschau zu halten. Auf einer Kommode lagen ein paar Münzen und zwei Hemdknöpfe. Eine wundervolle antike Kommode, deren Schubladen zweifellos jede Menge Sachen von ihm enthielten.

Sie zog nicht an den Messinggriffen, obwohl sie es gern getan hätte.

Das Bett war groß und ungemacht. Die zerknitterten Decken und das Laken waren mitternachtsblau, und sie konnte nicht widerstehen, mit den Fingern darüber zu streichen. Vielleicht haftete an der Bettwäsche ja sein Duft – dieser schwache Minzegeruch, den er ausströmte.

Als sie sich bei der Überlegung ertappte, ob er wohl nackt schliefe, schoss ihr die Hitze in die Wangen, und sie wandte sich hastig ab.

Ohne nachzudenken griff sie nach einem benutzten Kaffeebecher und einer leeren Bierflasche und trug beides nach unten in die Küche.

Sie hatte dem Haus keine besondere Aufmerksamkeit geschenkt, als sie vor ein paar Stunden mit ihm hereingekommen war. Sie war so schrecklich durcheinander gewesen. Aber jetzt betrachtete sie die schlichten, eleganten Linien, die hohen schönen Fenster mit ihrer klassischen Form, die auf Hochglanz polierten Antiquitäten dafür umso eingehender.

Der Kontrast zwischen diesem kultivierten Heim und dem schäbigen Büro war verblüffend. Sie spülte die Kaffeetasse aus, fand den Recycling-Behälter für Flaschen, dann beschloss sie, sich noch ein bisschen umzuschauen.

Sie brauchte weniger als zehn Minuten, um zu einem Urteil zu gelangen. Der Mann war reich.

Das Haus war angefüllt mit Schätzen – von Museumsqualität. Dessen war sie sich ganz sicher. Sie mochte vielleicht nicht verstehen, was das Einhorn auf ihrem Po zu bedeuten hatte, aber sie wusste doch zumindest annähernd, was ein mit Intarsien unterlegter Kirschholzsekretär aus dem 19. Jahrhundert wert war. Sie hätte jedoch nicht sagen können, woher.

Sie erkannte Waterford-Vasen, georgianisches Silber, und sie bezweifelte entschieden, dass die Landschaft von Turner, die im Wohnzimmer hing, eine Kopie war.

Sie schaute aus dem Fenster. Gut gepflegter Rasen, ausladende hohe Bäume, Rosensträucher in voller Blüte. Warum sollte ein Mann mit einem derartigen Lebensstil sich entscheiden, in einem stickigen, voll gestopften Büro in einem heruntergekommenen Gebäude zu arbeiten?

Dann lächelte sie. Cade Parris war nicht weniger ein Rätsel als sie selbst. Und das war äußerst tröstlich.

Sie ging wieder in die Küche in der Hoffnung, sich nützlich machen zu können, indem sie Eistee machte oder irgendetwas zum Mittagessen zusammenstellte. Als das Telefon klingelte, zuckte sie zusammen. Der Anrufbeantworter schaltete sich ein, und Cades volltönende Stimme füllte den Raum: „Sie haben 555-2396 gewählt. Wenn Sie mir eine Nachricht hinterlassen, rufe ich Sie zurück."

„Cade, das wird langsam höchst ärgerlich." Die Stimme der Frau klang gepresst vor Ungeduld. „Ich habe heute Morgen schon ein halbes Dutzend Nachrichten auf dem Anrufbeantworter in deinem

Büro hinterlassen, und ich finde, du könntest wenigstens die Güte haben, mich zurückzurufen. Ich kann mir beim besten Willen nicht vorstellen, dass du zu beschäftigt bist, um deine Mutter anzurufen." Es folgte ein langer schwerer Seufzer. „Ich weiß sehr gut, dass du dich mit Pamela wegen heute Abend noch nicht in Verbindung gesetzt hast. Du bringst mich wirklich in eine entsetzlich peinliche Lage. Ich gehe jetzt zu Dodie zum Bridge. Du kannst mich dort bis vier erreichen. Mach mir keine Schande, Cade, hörst du? Ach, dabei fällt mir noch ein, Muffy ist sehr aufgebracht deinetwegen."

Es folgte ein entschiedenes Klick. Bailey merkte, dass sie sich räusperte. Sie fühlte sich, als hätte diese kühle Strafpredigt ihr gegolten. Und sie fragte sich, ob sie womöglich auch eine Mutter hatte, die nervte und Gehorsam verlangte. Die sich um sie sorgte.

Sie füllte den Teekessel, stellte ihn auf die Platte, nahm aus dem Küchenschrank einen Henkelkrug heraus. Sie suchte gerade nach Teebeuteln, als das Telefon erneut klingelte.

„So, Cade, hier ist Muffy. Mutter hat mir erzählt, dass sie dich noch nicht erreicht hat. Es ist offensichtlich, dass du unseren Anrufen ausweichst, weil du nicht mit deinem eigenen erbärmlichen Benehmen konfrontiert werden willst. Du weißt sehr gut, dass Camilla gestern ihren Klavierabend hatte. Du hättest dich mindestens, allermindestens wenigstens sehen lassen und so tun können, als ob. Aber selbst das ist anscheinend zu viel verlangt. Nicht dass ich etwas anderes von dir erwartet hätte. Ich hoffe nur, du hast wenigstens so viel Anstand, Camilla anzurufen und dich zu entschuldigen. Und bis dahin weigere ich mich, auch nur ein einziges Wort mit dir zu sprechen."

Klick.

Bailey atmete laut aus und schaute zur Decke. Familien waren offensichtlich sehr empfindsame und komplexe Gebilde. Aber womöglich hatte sie ja auch einen Bruder und war genauso... na ja... biestig wie diese Muffy.

Sie bereitete den Eistee zu und inspizierte anschließend den Kühlschrank. Es gab Eier, und zwar viele. Darüber musste sie lächeln. Sie entdeckte in Honig ausgebackenen Schinken, Schweizer

Käse, und als sie die dicken Fleischtomaten sah, wusste sie, was zu tun war.

Sie zerbrach sich den Kopf über die Frage, ob sie zum Sandwich lieber Mayo oder Senf aß, ob sie den Eistee gesüßt oder ungesüßt trank. Jede Einzelheit, die ihr einfiel, war wie ein Mosaikstein, mit dem sie ihr Bild von sich selbst neu erschuf. Als sie gerade dabei war, die Tomaten sorgfältig in Scheiben zu schneiden, hörte sie die Wohnungstür gehen, und ihr Stimmungsbarometer schnellte schlagartig hoch.

Aber als sie seinen Namen rufen wollte, blieb ihr das Wort im Hals stecken. Was, wenn es gar nicht Cade war? Was, wenn sie sie gefunden hatten? Ihr nachgekommen waren? Ihre Hand umklammerte den Griff des Messers fester, während sie bis an die Hintertür zurückwich. Eine schreckliche, unkontrollierbare Angst trieb ihr den Schweiß aus allen Poren. Das Herz klopfte ihr wild im Hals.

Rennen, bloß wegrennen von diesem scharfen grellen Blitz. In die Dunkelheit, mit ihrem eigenen Schrei im Kopf. Überall Blut.

Ihre Finger umklammerten den Türknopf, drehten ihn, während sie gefasst darauf war zu fliehen oder zu kämpfen.

Als Cade in die Küche trat, brach sich ein erleichtertes Aufschluchzen in ihr Bahn. Das Messer fiel klappernd zu Boden, als sie sich in seine Arme warf. „Du bist es. Du."

„Natürlich bin ich es." Er wusste, dass er sich schuldig fühlen sollte, weil es ihre Angst gewesen war, die sie in seine Arme katapultiert hatte, aber er war schließlich auch nur ein Mensch. Sie duftete herrlich. „Ich habe dir gesagt, dass du hier sicher bist, Bailey."

„Ich weiß. Ich habe mich auch sicher gefühlt. Aber als ich die Tür hörte, bekam ich eine Minute lang Panik." Sie klammerte sich an ihn, unendlich dankbar dafür, dass er da war. Den Kopf in den Nacken legend, schaute sie ihn an. „Ich wollte wegrennen, einfach nur wegrennen, als ich die Tür hörte, weil ich dachte, es könnte jemand anders sein. Ich hasse es, so feige zu sein und nicht zu wissen, was ich tun soll. Ich kann anscheinend... nicht mehr klar denken."

Sie unterbrach sich, wie hypnotisiert. Er streichelte ihre Wange, während sie plapperte, und schaute sie eindringlich an. Ihre Arme hatte sie um seine Taille geschlungen, als wollte sie mit ihm verschmelzen. Die Hand, die ihr über den Kopf gestreichelt hatte, lag jetzt um ihren Hals, wobei seine Finger sie sanft liebkosten.

Er wartete, sah die Veränderung in ihren Augen. Seine Mundwinkel hoben sich, gerade genug, um ihr Herz erzittern zu lassen, bevor er seinen Kopf senkte und mit seinen Lippen sanft ihren Mund berührte.

Oh, wie schön... Das war ihr erster Gedanke. Es war so schön, von ihm so gehalten, so liebkost zu werden. Das war ein Kuss, dieses süße Zusammentreffen zweier Lippenpaare, das ihr Blut träge summen und ihre Seele aufseufzen ließ. Mit einem leisen Murmeln ließ sie ihre Hände über seinen Rücken gleiten, erhob sich auf die Zehenspitzen, um seiner geduldigen Forderung nachzukommen.

Als seine Zungenspitze über ihre Lippen wanderte, sich dazwischenschob, erbebte sie vor Verlangen. Und öffnete sich ihm so selbstverständlich wie eine Rose der Sonne.

Er hatte es gewusst, dass sie es tun würde. Irgendwie hatte er gewusst, dass sie sowohl scheu als auch verschwenderisch sein würde, dass sie frisch schmecken und wie ein Sommertag duften würde. Es war unmöglich, dass er sie erst vor ein paar Stunden kennen gelernt hatte. Es schien ihm, als wäre die Frau, die er da in Armen hielt, schon seit einer Ewigkeit die seine.

Und es war ein erregendes Gefühl zu wissen, dass dieser Kuss der erste Kuss war, an den sie sich erinnerte. Dass er der einzige Mann in ihrem Kopf und ihrem Herzen war, der sie je so gehalten, je so berührt hatte. Er war der Erste, der sie erbeben ließ, sein Name war der erste Name, den sie flüsterte, wenn sie von ihrem Begehren überschwemmt wurde.

Und als sie seinen Namen murmelte, lösten sich alle Frauen, die er je im Arm gehalten hatte, in Luft auf. Sie war die Erste für ihn.

Behutsam vertiefte er seinen Kuss in dem Bewusstsein, wie leicht er ihr wehtun oder sie erschrecken konnte. Aber sie wurde plötzlich so lebendig in seinen Armen, regierte mit so wilder Leidenschaft auf seine Zärtlichkeiten, ihr Mund war heiß und hungrig, ihr Körper presste sich verlangend gegen seinen.

Sie fühlte sich lebendig, so quicklebendig, ihr Herz tanzte einen tollen Tanz. Ihre Hände, die eben noch in seinen Haaren gewühlt hatten, waren dort jetzt zur Faust geballt, als ob sie versuchte, ihn in sich hineinzuziehen. Er füllte all diese Leerstellen, all diese erschreckenden weißen Flecken. Das war das Leben. Das war real. Nur das allein zählte.

„Ganz ruhig." Er brachte die Worte kaum heraus, wobei er sich leidenschaftlich wünschte, sich nicht verpflichtet zu fühlen, sie auszusprechen. Er zitterte ebenso sehr wie sie, und er wusste, dass wenn er sich nicht sofort zurückzog, dass wenn er nicht augenblicklich versuchte, sich wieder unter Kontrolle zu bekommen, er sie genau hier nehmen würde, wo sie standen. „Ganz ruhig", sagte er wieder, wobei er sich selbst mindestens ebenso meinte wie sie, und presste ihr den Kopf auf seine Schulter, damit er nicht in Versuchung kam, diesen vollen, willigen Mund zu verschlingen.

Sie vibrierte wie eine straff gespannte Gitarrensaite, ihr Körper warf die Echos ihrer Empfindungen mit einem Donnerhall zurück. „Ich weiß nicht, ob es immer so war, ich weiß es einfach nicht."

Das brachte ihn wieder auf die Erde zurück, ein bisschen zu abrupt vielleicht. Sie weiß es nicht, ermahnte er sich. Er wusste es. Für ihn war es noch niemals so gewesen. „Keine Sorge." Er löste sich von ihr, dann begann er, ihr die schon wieder verspannten Schultern zu massieren. „Du weißt, dass das nicht normal war, Bailey. Wir sollten es damit fürs Erste genug sein lassen."

„Aber..." Sie biss sich auf ihre Unterlippe, als er sich abwandte und die Kühlschranktür aufzog. „Ich habe... ich habe Eistee gemacht."

„Ich brauche ein Bier."

Angesichts seines schroffen Tonfalls zuckte sie zusammen. „Du bist verärgert."

„Nein." Er hebelte den Kronkorken ab und trank drei lange Schlucke. „Ja. Über mich selbst, ein bisschen. Immerhin war ich es, der die Sache ins Rollen gebracht hat." Er ließ die Flasche sinken und schaute sie forschend an. Sie stand, die Arme fest um ihre Taille geschlungen, da. Seine Jeans beulte sich an ihren Hüften, sein Hemd rutschte ihr von den Schultern. Ihre Füße waren nackt, das Haar hing ihr zerzaust über die Schultern.

Sie wirkte absolut wehrlos.

„Lass uns einfach damit aufhören, okay?" Er lehnte sich gegen den Tresen, darauf bedacht, Abstand zu wahren. „Es hat klick gemacht bei mir in dem Augenblick, in dem du in mein Büro hereinspaziert bist. So etwas ist mir noch nie vorher passiert. einfach klick, da ist sie. Ich glaubte zuerst, es wäre nur, weil du so schön bist und weil du mich ausgesucht hast und weil es mir Spaß macht, dir bei deinen Schwierigkeiten zu helfen."

Er trank wieder, langsamer diesmal, während sie ihn mit gespannter Aufmerksamkeit beobachtete. „Aber das ist es nicht, Bailey, zumindest ist es nicht alles. Ich möchte dir helfen. Ich will genauso viel über dich herausfinden wie du. Aber ich will auch Liebe machen mit dir. Langsam, genüsslich jeden Augenblick auskostend, bis sich eine Minute wie eine Stunde dehnt. Und wenn wir uns genug geliebt haben und du nackt und erschöpft unter mir liegst, möchte ich wieder von vorn anfangen."

Sie hatte ihre Arme jetzt über der Brust verschränkt, um ihr Herz, das wilde Bocksprünge machte, an Ort und Stelle zu halten. „Oh", war alles, was sie herausbrachte.

„Und das ist es, was ich tun werde. Wenn du wieder ein bisschen sicherer auf den Beinen bist."

„Oh", sagte sie wieder. „Also..." Sie räusperte sich. „Cade, ich könnte eine Verbrecherin sein."

„Hmm-mmmh." Wieder ruhiger geworden, inspizierte er die Sandwichvorbereitungen auf dem Tresen. „Ist das das Mittagessen?"

Sie kniff die Augen zusammen. Was für eine Reaktion war das von einem Mann, der ihr eben erst gesagt hatte, dass er so lange Liebe mit ihr machen wolle, bis sie völlig ermattet wäre? „Es kann sein, dass ich eine große Menge Geld gestohlen, Menschen getötet oder ein unschuldiges Kind gekidnappt habe."

„Richtig." Er stapelte sich mehrere Scheiben Schinken aufs Brot. „Ja, du bist ein wahrer Desperado, Schätzchen. Das sieht man auf den ersten Blick. Du hast dieses tückische Killerglitzern in den Augen."

Dann drehte er sich auflachend zu ihr um. „Du lieber Gott, Bailey, schau dich doch an. Du bist eine wohlerzogene, ordentliche junge Frau, die keiner Fliege etwas zu Leide tun kann. Ich bezweifle, dass du schon mal in deinem Leben einen Strafzettel bekommen oder je etwas Wilderes getan hast, als unter der Dusche zu singen."

Das tat weh. Sie hätte nicht sagen können, warum, aber die Beschreibung als Tugendlamm schmeckte ihr ganz und gar nicht. „Ich habe ein Tattoo auf meinem Po."

Er legte das höchst salopp zusammengestellte Sandwich hin. „Wie bitte?"

„Ich habe ein Tattoo auf meinem Po", erwiderte sie mit einem kämpferischen Funkeln in den Augen.

„Wirklich?" Er konnte es gar nicht erwarten, es zu sehen. „Na, dann muss ich dich wohl der Polizei übergeben. Und wenn du mir jetzt noch erzählst, dass nicht nur deine Ohrläppchen durchstochen sind, muss ich zur Waffe greifen."

„Freut mich, dass ich dich so amüsiere."

„Schätzchen, du faszinierst mich." Er verstellte ihr den Weg, bevor sie an ihm vorbei aus der Küche stürmen konnte. „Wut. Das ist ein gutes Zeichen. Bailey ist kein Feigling." Sie wich nach rechts aus. Er ebenfalls. „Sie isst gern Rühreier mit Dill und Paprika, weiß, wie man Eistee zubereitet, zerschneidet Tomaten in äußerst präzise Scheiben und kann sogar einen Seemannsknoten."

„Was?"

„Dein Gürtel", sagte er mit einem lässigen Schulterzucken. „Vielleicht war sie ja Pfadfinderin, oder sie segelt gern. Ihre Stimme wird eisig, wenn sie wütend ist, sie hat einen exzellenten Geschmack, was ihre Garderobe anbelangt, sie beißt sich auf die Unterlippe, wenn sie nervös ist."

Seine Grübchen vertieften sich, als sie augenblicklich aufhörte, an ihrer Unterlippe zu nagen, und sich räusperte. „Sie trägt ihre Nägel praktisch kurz", fuhr er fort. „Und sie kann einen Mann blind küssen. Eine interessante Frau, unsere Bailey."

Er zog sie freundschaftlich an den Haaren. „Warum setzen wir uns nicht und verputzen unser Mittagessen, während ich dir erzähle, was ich herausgefunden habe? Nimmst du Senf oder Mayo?"

„Ich weiß nicht." Noch immer schmollend, ließ sie sich auf einen Stuhl fallen.

„Ich nehme Senf." Er stellte das Senfglas zusammen mit dem Belag für ihr Sandwich auf den Tisch. „Und was ist es?"

Sie schmierte sich Senf aufs Brot. „Was?"

„Das Tattoo? Was ist es?"

Peinlich berührt klatschte sie sich eine Scheibe Schinken auf den Senf. „Ich kann nicht sehen, was das jetzt damit zu tun hätte."

„Ach komm schon." Er grinste, lehnte sich vor und zog sie erneut spielerisch an den Haaren. „Ein Schmetterling? Eine Rosenknospe? Bist du womöglich in Wirklichkeit eine verkleidete Rockerbraut mit einem Totenschädel über gekreuzten Knochen unter meiner Jeans?"

„Ein Einhorn", murmelte sie.

Er biss sich auf die Zunge. „Hübsch." Er beobachtete, wie sie ihr Sandwich in präzise Dreiecke zerschnitt, enthielt sich jedoch jeglichen Kommentars.

Weil es ihr peinlich war, beschloss sie, das Thema zu wechseln. „Erzähl mir jetzt, was du herausgefunden hast."

Da es seinem Blutdruck gewiss zuträglicher war, wenn er aufhörte, sich Einhörner auf sanft gerundeten Pobacken auszumalen, ließ er sie vom Haken. „Richtig. Also, die Pistole ist nicht registriert. Mein Informant hat bis jetzt noch nicht herausgefunden, woher sie stammt. Das Magazin ist voll."

„Das Magazin?"

„Die Pistole war geladen, was bedeutet, dass entweder in letzter Zeit nicht damit geschossen wurde oder dass man sie nachgeladen hat."

„Nicht geschossen." Sie schloss erleichtert die Augen. „Dann habe ich sie vielleicht doch nicht benutzt."

„Ich würde sagen, es sähe dir absolut nicht ähnlich, wenn du es getan hättest, aber mit einem bisschen Glück werden wir bald ein klareres Bild haben."

„Du hast schon so viel herausgefunden."

Er hätte sich gern noch ein bisschen länger in ihrem Lob gesonnt, aber dafür gab es wenig Grund, deshalb zuckte er nur wegwerfend die Schultern und biss ein großes Stück von seinem Sandwich ab. „Das meiste, was ich herausgefunden habe, ist negativ. Bei der Polizei ist weder ein Diamantendiebstahl gemeldet worden, noch hat irgendjemand den Verlust von einskommazwei Millionen Dollar angezeigt. Die örtliche Polizei weiß nichts von einer Entführung oder Geiselnahme, und ein ungeklärter Mord mit einer Waffe, wie du sie hast, ist in der letzten Woche auch nicht verübt worden."

Er nahm noch einen Schluck von seinem Bier. „Und eine Vermisstenanzeige, die auf dich zutreffen könnte, hat in der letzten Woche auch niemand erstattet."

„Aber wie kann das sein?" Sie schob ihr Sandwich beiseite. „Ich habe den Edelstein, ich habe das Geld. Ich bin vermisst."

„Es gibt natürlich noch andere Möglichkeiten." Er schaute sie eindringlich an. „Vielleicht gibt es da jemanden, der nicht will, dass diese Information an die Öffentlichkeit gelangt. Du hast gesagt, du glaubst, dass der Diamant Teil eines Ganzen ist, Bailey. Und als du aus deinem Albtraum aufgewacht bist, hast du von drei Sternen gesprochen. Sterne. Diamanten. Es könnte dasselbe sein. Glaubst du, dass es drei von diesen Steinen gibt?"

„Sterne?" Sie presste ihre Finger an ihre Schläfe, hinter der es anfing zu pochen. „Habe ich wirklich von Sternen gesprochen? Ich erinnere mich nicht an Sterne."

Weil es schmerzte, darüber nachzudenken, versuchte sie sich auf das Naheliegendste zu konzentrieren. „Drei einzelne Steine in dieser Größe und Qualität würden unglaublich selten sein. Als Dreierset aber würde ihr Preis alle Grenzen sprengen, sie wären schlicht unbezahlbar, selbst wenn die anderen nicht ganz so lupenrein wären wie jener, der sich augenblicklich in meinem Besitz befindet. Man könnte nicht einmal annähernd schätzen..." Sie rang nach Atem. „Ich kriege keine Luft mehr."

„Okay." Er war schon aufgestanden, hatte ihren Stuhl herausgezogen, so dass sie den Kopf zwischen ihre Knie legen konnte, und rieb ihr den Rücken. „Das reicht für den Augenblick. Entspann dich jetzt und zwing dich zu nichts."

Während er ihr weiter beruhigend den Rücken massierte, fragte er sich, was sie wohl gesehen haben mochte, das ihr diese nackte Panik in die Augen trieb.

„Es tut mir Leid", brachte sie mühsam heraus. „Ich möchte helfen."

„Das tust du. Das wirst du." Er half ihr wieder auf und wartete, bis sie sich die Haare aus dem wachsbleichen Gesicht gestrichen hatte. „Hey, wir sind erst bei Tag eins, erinnerst du dich?"

„Okay." Erleichtert, weil sie sich vor ihm wegen ihrer Schwäche nicht schämen musste, holte sie tief Atem. „Ich weiß nicht, woher diese schreckliche Angst kommt. Wenn ich versuche nachzudenken, bekomme ich sofort Panikzustände."

„Wir müssen es eben langsamer angehen. Aber wenn wir über den Stein sprechen, den du hast, bekommst du diese Panikzustände nicht?"

Sie schloss einen Augenblick die Augen und versuchte vorsichtig, sich den Stein vorzustellen. Er war so schön, so außergewöhnlich. Sie verspürte Betroffenheit, Sorge, das ja. Auch eine leichte Angst, aber sie war nicht so allumfassend wie die Panik, die sie eben verspürt hatte. „Nein. es ist nicht dieselbe Reaktion." Sie schüttelte den Kopf, öffnete die Augen. „Ich weiß nicht, warum."

„Wir werden daran arbeiten." Er schob ihr den Teller wieder hin. „Iss. Wir haben heute noch viel vor uns, und ich möchte nicht, dass du mir vom Fleisch fällst."

„Was denn?"

„Ich war in der Bibliothek und habe einen ganzen Stapel Bücher über Edelsteine mitgebracht – technischen Kram, Bilder, Bücher über seltene Steine, seltenen Schmuck, die Geschichte berühmter Steine, solche Sachen eben. Wir werden den ganzen Abend damit zubringen."

„Vielleicht finden wir ja etwas." Diese Aussicht heiterte sie genug auf, um sie zu veranlassen, noch ein bisschen an ihrem Sandwich herumzuknabbern. „Wenn wir den Stein identifizieren könnten, könnten wir den Besitzer herausfinden und dann... oh, heute Abend kannst du gar nicht."

„Was kann ich nicht?"

„Arbeiten. Du musst mit Pamela irgendwo hingehen."

„Was? Himmel..." Er presste sich die Finger an die Augen, als es ihm wieder einfiel.

„Es tut mir Leid. Ich vergaß, es zu erwähnen. Deine Mutter hat angerufen, ich war gerade hier, deshalb hörte ich, wie sie auf den Anrufbeantworter sprach. Sie ist sehr aufgebracht, weil du dich noch nicht gemeldet hast. Sie ist bis vier bei Dodie. Du kannst sie dort erreichen. Und Muffy ist sehr böse auf dich. Sie rief kurz nach deiner Mutter an und ist sehr unglücklich, weil du Camillas Klavierabend verpasst hast. Sie spricht nicht mehr mit dir, bis du dich entschuldigt hast."

„Darüber sollte ich vor Glück einen Luftsprung machen", brummte er und ließ die Hände sinken. „Das war ein hübscher Überblick. Willst du einen Job?" Als sie nur lächelte, schüttelte er den Kopf. „Nein, ich meine es ernst. Du bist viel organisierter als meine letzte Sekretärin. Ich könnte eine Hilfe im Büro gebrauchen, und du hättest so ein bisschen Ablenkung."

„Ich weiß ja nicht mal, ob ich tippen kann."

„Ich weiß, dass ich es nicht kann, du bist mir also einen Schritt voraus. Aber ans Telefon kannst du doch gehen, oder?"

„Natürlich, aber..."

„Du würdest mir damit einen großen Gefallen tun." Es war der perfekte Weg, sie in seiner Nähe und beschäftigt zu halten. „Ich würde im Moment nicht gern Zeit damit verplempern, nach einer Sekretärin zu suchen. Ich wüsste es wirklich zu schätzen, wenn du mir ein paar Stunden am Tag helfen könntest."

Sie dachte an sein Büro und entschied, dass ihm mit einem Bulldozer wahrscheinlich mehr geholfen wäre als mit einer Sekretärin. Nun gut, vielleicht konnte sie sich trotzdem auf die eine oder andere Art nützlich machen. „Es würde mich freuen, dir helfen zu können."

„Großartig. Gut. Hör zu, ich habe dir ein paar Sachen mitgebracht."

„Sachen?"

„Etwas zum Anziehen und so."

Sie schaute ihn verdutzt an, als er aufstand und begann, die Teller wegzuräumen. „Du hast mir Kleider gekauft?"

„Nichts Besonderes. Ich musste die Größe schätzen, aber ich habe ein gutes Augenmaß." Er sah, dass sie schon wieder besorgt an ihrer Unterlippe nagte, und hätte fast geseufzt. „Nur eine Grundausstattung, Bailey. So niedlich du in meinen Klamotten auch aussiehst, du brauchst etwas Eigenes, und du kannst nicht Tag für Tag dasselbe Kostüm anziehen."

„Nein, das kann ich vermutlich wirklich nicht", murmelte sie, gerührt, dass er daran gedacht hatte. „Danke."

„Keine Ursache. Es hat aufgehört zu regnen. Weißt du, was du brauchen könntest? Ein bisschen frische Luft. Lass uns einen Spaziergang machen, damit dein Kopf wieder klar wird."

„Ich habe keine Schuhe." Sie nahm die Teller, die er auf den Tresen gestellt hatte, und räumte sie in die Spülmaschine ein.

„Ich habe dir Sneakers mitgebracht. Fünfeinhalb?"

Mit einem kleinen Auflachen wickelte sie den Schinken wieder ein. „Sag du es mir."

„Probier sie an, dann werden wir es sehen."

Sie stellte die Platte in den Geschirrspüler und machte ihn zu. „Cade, du musst wirklich deine Mutter anrufen."

Er grinste. „Hmmm-mmmh."

„Ich sagte dir bereits, dass sie aufgebracht ist über dich."

„Sie ist immer aufgebracht über mich. Ich bin das schwarze Schaf."

„Wenn schon." Bailey machte einen Lappen nass und wischte methodisch den Tresen ab. „Sie ist deine Mutter und wartet auf deinen Anruf."

„Nein, sie wartet darauf, dass sie mich zu etwas drängen kann, das ich nicht will. Und wenn ich mich weigere, ruft sie Muffy, meine teuflische Schwester, an, und dann zerreißen mich die beiden genüsslich in der Luft."

„Das ist keine Art, über seine Familie zu sprechen – und du hast Camillas Gefühle verletzt. Ich nehme an, sie ist deine Nichte."

„Das ist nur ein Gerücht."

„Das Kind deiner Schwester."

„Falsch, Muffy hat keine Kinder. Sie hat Kreaturen. Und Camilla ist ein ständig herumquengelnder pausbäckiger Mutant."

Sie weigerte sich zu lächeln, wrang den Lappen aus und hängte ihn dann akkurat über den Wasserhahn. „Es ist geschmacklos, so über deine Nichte zu sprechen. Selbst wenn du für Kinder nichts übrig hast."

„Ich mag Kinder." Mittlerweile Geschmack an der Sache findend, lehnte er sich an den Tresen und schaute ihr zu. „Ich sage dir, Camilla ist nicht menschlich. Und dann gibt es da noch meine andere Schwester, Doro, sie hat zwei Sprösslinge, aber irgendwie ist es dem jüngeren auf wundersame Weise gelungen, dem Parris-Fluch zu entkommen. Er ist wirklich ein toller Bursche, der Baseball und Käfer liebt. Doro ist der Meinung, dass er in Therapie muss."

Das Kichern entschlüpfte ihr, ehe sie es hinunterschlucken konnte. „Du übertreibst schamlos."

„Schätzchen, glaub mir, nichts, was ich je über die Mitglieder des Parris-Clans erfinden könnte, käme der grausigen Wahrheit auch nur annähernd nahe. Sie sind selbstsüchtig, eingebildet und überheblich. Hast du vor, jetzt auch noch den Boden zu wischen?"

Sie verschluckte den Kommentar, der sich ihr angesichts der schonungslosen Verdammung seiner Familie über die Lippen drängte, und schaute auf die glänzenden elfenbeinfarbenen Kacheln hinunter. „Oh, ja klar. Wo ist..."

„Bailey, das war doch nur Spaß." Er nahm lachend ihre Hand und zog sie aus der Küche, im selben Moment begann das Telefon zu läuten. „Nein", sagte er, bevor sie den Mund aufmachen konnte. „Ich gehe nicht dran."

„Das ist schändlich."

„Es ist reiner Selbstschutz. Ich habe niemals von mir aus zu dieser Pamela Kontakt gesucht, und ich habe auch nicht die Absicht, mich in etwas hineindrängen zu lassen, das ich nicht will."

„Cade, ich möchte nicht, dass du deine Familie brüskierst und meinetwegen eine Verabredung absagst. Ich komme gut allein zurecht."

„Ich sagte es bereits, dass ich diese Verabredung nicht getroffen habe. Das habe ich meiner Mutter zu verdanken. Und deshalb bin ich froh, dass ich dich jetzt als Ausrede benutzen kann. Ich bin dir dankbar. Hier." Er griff nach einer der Einkaufstüten, die er an der Eingangstür abgestellt hatte, und zog eine Schuhschachtel heraus. „Deine Glaspantöffelchen, Cinderella. Wenn sie passen, kannst du sie zum Ball anziehen."

Sie kapitulierte, ließ sich auf der untersten Treppenstufe nieder und warf einen Blick in die Schuhschachtel. „Rote Sneakers?"

„Ich finde sie hübsch. Sie sind sexy."

„Sexy Sneakers." Und während sie sich die Schnürsenkel band, fragte sie sich, wie es möglich war, dass sie bis zum Hals in einem solchen Schlamassel steckte und sich trotzdem wie eine Schneekönigin über ein dummes Paar Schuhe freuen konnte. Sie passten wie angegossen, und aus irgendeinem Grund erweckte das in ihr den Wunsch, gleichzeitig zu lachen und zu weinen. „Perfekt."

„Hab ich dir doch gleich gesagt, dass ich ein gutes Augenmaß habe." Er grinste, als er sah, wie sie die Schnürsenkel präzise zurechtzog. „Ich hatte Recht, sehr sexy." Er nahm ihre Hand und zog sie hoch. „Tatsächlich bist du jetzt ein sehr hübsches Päckchen."

„Ganz bestimmt, wo das Einzige, was mir passt, meine Schuhe sind." Sie erhob sich auf die Zehenspitzen, um ihm einen Kuss auf die Wange zu geben, aber dann überlegte sie es sich anders.

„Angsthase", sagte er.

„Vielleicht." Sie hielt ihm stattdessen die Hand hin. „Ich würde wirklich gern einen Spaziergang machen."

Rätsel faszinierten ihn. Cade hatte am Morgen, nachdem er Bailey verlassen hatte, eine Menge Zeit in der Bibliothek verbracht in der Hoffnung, irgendeine Spur von einem irgendwo und irgendwann abhanden gekommenen blauen Diamanten zu finden. Er hatte es nicht übers Herz gebracht, Bailey mit der Nase darauf zu stoßen, dass sie keine Ahnung hatten, wo sie herkam. Schließlich musste sie nicht notwendigerweise aus D.C. oder der Gegend hier stammen. Sie konnte von überall her sein.

Die Tatsache, dass sie, der Diamant und das Geld jetzt hier waren, hieß noch lange nicht, dass hier alles seinen Anfang genommen hatte. Keiner von ihnen wusste, wie lange sie schon an Gedächtnisverlust litt.

Er zweifelte nicht daran, dass sie ein traumatisches Erlebnis gehabt hatte. Ebenso sicher war er sich, dass sie kein Verbrechen begangen hatte.

Wie konnte eine Frau mit solchen Augen etwas Unrechtes tun?

Doch wie sich die Dinge auch immer verhalten mochten – er war wild entschlossen, sie zu beschützen. Er war sogar bereit, die schlichte Wahrheit zu akzeptieren, dass er ihr auf den ersten Blick verfallen war. Wer oder was auch immer Bailey sein mochte, sie war die Frau, auf die er gewartet hatte.

Deshalb musste er sie nicht nur beschützen – er musste sie auch halten.

Seit seiner Scheidung – bei der alle Federn gelassen hatten bis auf die beiden Menschen, die es am meisten betraf –, hatte er eine meisterhafte Geschicklichkeit entwickelt, allen Verbindlichkeiten, die Frauen anbelangten, aus dem Weg zu gehen.

Er war fest davon überzeugt, dass der Grund dafür jetzt hier im Schneidersitz auf dem Teppich vor ihm saß und mit zusammengekniffenen Augen in ein Buch über Edelsteine schaute.

„Bailey, du brauchst eine Brille."

„Hmmm?" Sie hielt das Buch fast einen Meter weit von sich ab.

„Es ist nur eine wilde Vermutung, aber ich würde sagen, du trägst normalerweise eine Lesebrille. Du renkst dir ja fast den Arm aus."

„Oh." Sie zwinkerte, rieb sich die Augen. „Es ist nur, weil es so schrecklich klein gedruckt ist."

„Nein, das ist es nicht. Aber keine Sorge, wir kümmern uns morgen darum. Wir sitzen jetzt schon zwei Stunden über den Büchern. Möchtest du ein Glas Wein?"

„Ja, gern." An ihrer Unterlippe herumnagend, versuchte sie, den Text zu entziffern. „Der Stern von Afrika ist mit 530.2 Karat der größte existierende geschliffene Diamant."

„Klingt wie ein Whopper", bemerkte Cade und beschloss, den

Sancerre aufzumachen, den er sich für die richtige Gelegenheit aufgehoben hatte.

„Er befindet sich im Szepter der englischen Königin. Er ist zu groß, und er ist kein blauer Diamant. Bis jetzt habe ich noch keine Beschreibung gefunden, die auf unseren Stein passen könnte. Ich wünschte, ich hätte ein Refraktometer."

„Ein was?"

„Ein Refraktometer", wiederholte sie und schob sich das Haar aus dem Gesicht. „Ein Refraktometer ist ein Instrument, mit dem man den Brechungsindex eines Edelsteins misst." Ihre Hand, mit der sie eben beim Sprechen eine Geste beschrieben hatte, blieb in der Luft hängen. „Woher weiß ich das?"

Er setzte sich mit den beiden Gläsern auf den Fußboden neben sie. „Was ist der Brechungsindex?"

„Die relative Fähigkeit, Licht zu brechen. Diamanten brechen das Licht einfach. Cade, ich verstehe nicht, woher ich das weiß."

„Woher weißt du, dass es kein Saphir ist?" Er griff nach dem Stein, der neben ihr auf dem Boden lag. „Für mich sieht er so aus."

„Saphire brechen das Licht doppelt." Sie erschauerte. „Ich bin ein Juwelendieb. Das kann gar nicht anders sein."

„Oder du bist Juwelier, Edelsteinexpertin oder einfach nur ein reiches Mädchen, das gern mit Murmeln spielt." Er reichte ihr ein Glas. „Zieh keine voreiligen Schlüsse, Bailey. Sonst entgeht dir womöglich etwas Entscheidendes."

„Also schön." Aber sie sah sich, wie sie, ganz in Schwarz gekleidet, in Häuser einbrach. Sie nahm einen großen Schluck. „Ich wünschte, ich wüsste, warum ich mich an bestimmte Sachen erinnern kann. Refraktometer, Der Malteser Falke..."

„Der Malteser Falke?"

„Der Film – Bogart, Mary Astor. Du hast das Buch, und als ich es sah, kam mir sofort der Film in den Sinn. Oder nimm Rosen, ich weiß zwar, wie Rosen duften, aber mein Lieblingsparfüm kenne ich nicht. Ich weiß, was ein Einhorn ist, aber ich weiß nicht, warum ich ein Tattoo auf meinem Po habe."

„Ein Einhorn." Seine Mundwinkel bogen sich nach oben, die Grübchen blitzten auf. „Das Symbol der Unschuld."

Sie tat es mit einem Schulterzucken ab und trank schnell den Rest ihres Weins aus. Cade reichte ihr sein eigenes Glas und stand auf, um das ihre wieder aufzufüllen. „Und dann war da diese Melodie in meinem Kopf, als ich unter der Dusche stand. Ich weiß nicht, was es ist, aber ich konnte sie nicht loswerden." Sie nippte wieder, zog nachdenklich die Brauen zusammen und fing an, vor sich hinzusummen.

„Beethovens Neunte. Beethoven, Bogart und ein Fabelwesen. Du faszinierst mich immer mehr, Bailey."

„Und was soll das eigentlich für ein Name sein, Bailey?" fragte sie und gestikulierte wild mit ihrem Glas. „Ist es mein Nachname oder mein Vorname? Wer mutet einem Kind so einen Namen zu? Ich würde viel lieber Camilla heißen."

Er grinste wieder, wobei er erwog, ihren Wein außer Reichweite zu stellen. „Nein, das würdest du nicht. Darauf gebe ich dir mein Wort."

Sie blies sich das Haar aus dem Gesicht und zog einen Schmollmund.

„Erzähl mir mehr über Diamanten."

„Sie sind der beste Freund eines Mädchens." Sie kicherte, dann strahlte sie ihn an. „Habe ich das jetzt frei erfunden?"

„Nein, Honey, das hast du nicht. Der Text stammt aus einem Lied von Marilyn Monroe." Behutsam nahm er ihr das Glas aus der Hand. „Erzähl mir, was du sonst noch über Diamanten weißt."

„Sie fangen das Licht ein und strahlen es ab. Sie sehen kalt aus und fühlen sich auch kalt an. Das ist der Unterschied zu Glas. Glas ist warm, Diamanten sind kalt. Weil sie exzellente Wärmeleiter sind. Kaltes Feuer."

Sie legte sich auf den Rücken, streckte sich wie eine Katze. Ihm lief das Wasser im Mund zusammen. Sie schloss die Augen.

„Diamanten sind die härteste bekannte Substanz. Alle hochwertigen Diamanten sind weiß. Ein Gelb- oder Braunton wird als Mangel betrachtet."

Ach du meine Güte, dachte sie und seufzte, als sie merkte, dass sich in ihrem Kopf alles drehte. „Blaue, grüne und rote Diamanten sind sehr selten und teuer."

„Gut." Er studierte ihr Gesicht, die schön geschwungenen Lippen, die geschlossenen Augen. Sie hätte ebenso gut über einen Liebhaber sprechen können. „Mach weiter."

„Von ihrem spezifischen Gewicht her bewegen sich Diamanten zwischen 3.15 und 3.53, aber der Wert für reine Kristalle ist fast immer 3.52", murmelte sie und streckte sich wieder träge.

All seine guten Vorsätze vergessend, ließ er seinen Blick von ihrem Gesicht weiter abwärts wandern und schaute auf ihre kleinen festen Brüste, die sich unter dem Stoff seines Hemdes abzeichneten.

„Ungeschliffene Diamanten sind matt, aber wenn sie geschliffen sind, leuchten sie einfach herrlich." Sie rollte sich auf den Bauch und streckte ihre Beine, an den Knöcheln überkreuzt, in die Luft. „Das Wort Diamant kommt von dem griechischen Wort adamas, was so viel wie ‚unbesiegbar' heißt. In der Kraft liegt so viel Schönheit."

Sie öffnete ihre Augen wieder, ihre Lider waren schwer, und ihr Blick war verhangen. Sie verlagerte ihr Gewicht, schwang die Beine herum, bis sie saß, und zwar fast auf seinem Schoß. „Du bist schrecklich stark, Cade. Und so schön. Wenn du mich küsst, fühlt es sich an, als wolltest du mich auf der Stelle verschlingen, und ich könnte nichts dagegen tun." Sie seufzte, rutschte ein bisschen herum, um es bequemer zu haben, und gestand dann: „Ich mag es, wirklich."

„Oh, Junge." Er spürte, wie sein Blut die Reise von seinem Kopf in seine Lenden antrat, und legte vorsichtshalber seine Hände auf ihre, die auf seiner Brust ruhten. „Besser, wir gehen zu Kaffee über."

„Du willst mich wieder küssen."

„So sehr wie den nächsten Atemzug." Ihr Mund war voll und willig und geschlossen. Ihre Augen waren verträumt und dunkel.

Und sie hatte schwer einen im Tee.

„Lass es uns im Auge behalten."

Sanft versuchte er, sie von sich wegzuschieben, aber sie saß schon auf seinem Schoß und schlang ihm in einer geschmeidigen Bewegung die Beine um seine Taille.

„Ich glaube nicht... hör zu ..." Sie ging ganz schön ran. Er schaffte es, ihre Hände einzufangen, bevor es ihr gelang, ihm das Hemd ausziehen. „Lass das. Ich meine es ernst."

Er meinte es tatsächlich ernst und akzeptierte die überraschende Tatsache, dass er offensichtlich verrückt war.

„Glaubst du, ich bin gut im Bett?" Angesichts dieser Frage fing er fast an zu schielen, und er brachte kein Wort heraus. Sie seufzte in der Zwischenzeit nur, bettete ihren Kopf an seine Schulter und murmelte: „Hoffentlich bin ich nicht frigid."

„Ich glaube nicht, dass dafür eine große Chance besteht." Cades Blutdruck ging schlagartig hoch, als sie anfing, an seinem Ohrläppchen zu knabbern. Ihre Hände stahlen sich unter sein Hemd und wanderten an seiner Wirbelsäule entlang aufwärts, wobei ihre Fingernägel leicht über seinen Rücken kratzten.

„Du schmeckst so gut", flüsterte sie, während sich ihre Lippen über seinen Hals bewegten. „Mir ist so schrecklich heiß. Dir auch?"

Mit einem Fluch wandte er den Kopf, erbeutete ihren Mund und küsste sie hungrig.

Sie schmeckte wie eine reife Frucht und pulsierte vor Hitze. Er versank in ihr, ertrank in diesem heißen, köstlichen Mund, während das Gurren, das ihrer Kehle entstieg, ihn verrückt machte.

Als sie den Kopf in den Nacken legte und ihm ihre Kehle darbot, hätte nicht einmal ein Heiliger widerstehen können. Er ließ seine Zähne über die glatte weiße Haut gleiten, lauschte ihrem Stöhnen und spürte, wie sie einladend ihren Schoß gegen seinen presste.

Er hätte sie nehmen können, einfach hier auf dem Fußboden zwischen all den Büchern und Papieren. Er hätte sich in ihr verlieren können, er konnte ihn schon fast spüren, den Rhythmus, der ihrer und nur allein ihrer beider Rhythmus sein würde.

Aber ebenso gut wie er wusste, dass es richtig, dass es perfekt sein würde, wusste er, dass es weder jetzt noch hier sein konnte.

„Ich habe noch nie eine Frau so sehr begehrt wie dich." Er wühlte seine Finger in ihr Haar und drehte ihren Kopf, bis sich ihre Blicke trafen. „Verdammt, versuch wenigstens einen Augenblick einen festen Punkt zu fixieren. Schau mich an."

Sie sah nichts anderes. Sie wollte nichts anderes. Ihr Körper fühlte sich leicht an wie Luft, ihr Kopf war leer bis auf ihn. „Küss mich noch einmal, Cade. Es ist wie ein Wunder."

Den Himmel um Stärke anflehend, lehnte er seine Stirn gegen ihre, bis sich sein Atem etwas verlangsamt hatte. „Wenn ich dich das nächste mal küsse, wirst du nicht mehr wissen, wo oben und unten ist." Er zog sie auf die Füße und stand mit ihr zusammen auf.

„Puh, ist mir schwindlig." Kichernd ließ sie sich zurückfallen.

„Wem nicht?" Mit wirklich heroischer Selbstkontrolle legte er sie auf die Couch. „Schlaf deinen Rausch aus."

„Okay." Gehorsam schloss sie die Augen. „Du bleibst doch hier? Ich fühle mich sicher, wenn du hier bist."

„Ja, ich bleibe hier." Er raufte sich mit beiden Händen die Haare und beobachtete, wie der Schlaf sie übermannte. Eines Tages werden wir darüber lachen, dachte er.

Er ließ sie schlafen und setzte sich wieder an seine Arbeit.

Sie buddelte im Dreck. Die Sonne loderte wie eine Fackel an einem saphirblauen Himmel. Die Landschaft, bei der rote, braune und lavendelfarbene Töne vorherrschten, war felsig und in gedämpftes Licht getaucht. Die blassgrünen Salbeibüschel, die sich überall aus dem Erdspalten drängten, verströmten einen scharfen und durchdringenden Geruch.

Unter dem Schatten einer Felsnase saßen zwei junge Frauen und beobachteten sie. Ein starkes Glücksgefühl durchströmte sie, das noch stärker wurde, als sie aufschaute und die beiden Frauen anlächelte.

Eine hatte kurzes rotes Haar, das in der Sonne leuchtete wie Kupfer, und ein scharf geschnittenes Gesicht. Und ihre Augen waren, wie Bailey trotz der großen Sonnenbrille, die sie abschirmten, wusste, von einem sehr tiefen Grün.

Die andere hatte langes Haar, das so schwarz war wie Ebenholz und das sie sich jetzt hochgesteckt hatte. Wenn sie es offen trug, reichte es ihr bis zur Taille. Es passte zu der geradezu magischen Schönheit ihres Gesichts, der sahneweißen Haut und den unglaublich blauen Augen.

Bailey fühlte sich von einer Welle der Zuneigung überschwemmt, als sie die beiden anschaute und ihre Stimmen hörte, ein entferntes Lied, von dem sie nur Teile verstand.

Könnte ein schönes kaltes Bier vertragen.

Egal was, Hauptsache kalt.

Was meinst du, wie lange sie noch da rumbuddelt?

Den Rest unseres Lebens. Nächstes Jahr ist Paris angesagt. Definitiv.

Damit sie endlich mal von den Felsen wegkommt.

Und diesen Schuften.

Definitiv.

Es verlangte eine Menge Geduld und ein gutes Auge. Was immer sie heute finden würde, sie war entschlossen, es mit den beiden zu teilen.

Dann purzelten ihr plötzlich die Steine regelrecht in die Hand. Drei perfekte blaue Diamanten von spektakulärer Größe und Leuchtkraft. Es war eine Freude, sie zu untersuchen, und sie spürte die Kraft, die von ihnen ausging, als sie auf ihrer Handfläche lagen.

Der Sturm kam ohne Vorwarnung auf, schwarze Wolken verdunkelten die flammende Sonne, tiefe Schatten legten sich wie ein riesiges schwarzes Tuch über die Landschaft. Jetzt war da Panik, die Notwendigkeit, sich zu beeilen. Schnell. Schnell. Ein Stein für jede von ihnen, bevor es zu spät war. Bevor der Blitz sie erschlug.

Aber es war schon zu spät. Ein Blitz versengte ihre Haut, scharf wie eine glühende Messerspitze, und sie rannte, rannte blindlings in die pechschwarze Dunkelheit hinein. Allein und verängstigt, mit Wänden, die immer näher auf sie zukamen, und den sengenden Blitzen auf den Fersen...

Sie erwachte nach Luft ringend und setzte sich kerzengerade auf der Couch auf. Was hatte sie getan? Großer Gott, was hatte sie getan? Sich hin und her wiegend, eine Hand an den Mund gepresst, wartete Bailey darauf, dass ihre Angst sich legte.

Im Zimmer war es still. Da waren weder Donner noch Blitze, kein Sturm jagte sie. Und sie war nicht allein. Auf der anderen Seite des Raums, im weichen Schein der Stehlampe, döste Cade in einem Sessel vor sich hin. Auf seinem Schoß lag ein aufgeschlagenes Buch.

Die Erleichterung war so groß, dass sie sofort wieder in die Kissen zurücksank und die Augen schloss. Gleich darauf war sie eingeschlafen.

5. KAPITEL

Sofort nach dem Frühstück am nächsten Morgen fuhren Bailey und Cade in sein Büro, wo er ihr zeigte, wie sie sich am besten nützlich machen konnte. Eine der ersten Überraschungen des Tages war es für Bailey, festzustellen, dass sie sich am Computer vollkommen zu Hause fühlte. Gegen Mittag erklärte Cade ihr, dass er die Absicht hätte, sie zu seinem Schwager, einem Juwelier, mitzunehmen.

„Deinem Schwager gehört also Westlake Jewelers?" fragte sie, während sie auf dem Beifahrersitz neben ihm zitterte, weil er die Angewohnheit zu haben schien, ständig bei Dunkelgelb über die Ampeln zu fahren.

„Nicht persönlich. Es ist ein Familienunternehmen."

„Aha." Sie lauschte noch immer dem Klang des Namens nach, aber er sagte ihr nichts.

„Sie haben in vielen Städten Niederlassungen, hier in Washington befindet sich jedoch der Hauptsitz."

„Ich verstehe. Und du glaubst, dass er nichts dagegen hat, wenn wir seine Ausstattung benutzen?" Cade hatte ihr den Vorschlag gemacht, dass sie sich den Diamanten ein bisschen näher anschauen sollte.

„Ich habe mir von Muffy grünes Licht geben lassen. Ronald sagt zu allem Ja und Amen, was Muffy will. Der Ärmste ist wirklich geschlagen."

Bailey beobachtete im Vorüberfahren die Touristen, die Stadt war voll von ihnen, und alle waren in Feiertagsstimmung, weil es das verlängerte Wochenende des 4. Juli war. „Ich dachte, sie ist böse mit dir."

„Das habe ich ihr ausgeredet. Oder sagen wir besser, ich habe sie bestochen. Das Wunderkind Camilla nimmt nämlich nicht nur Klavier-, sondern auch Ballettstunden. Und da sie nächsten Monat eine Aufführung haben, habe ich mich breitschlagen lassen zuzuschauen, wie Camilla in einem Tutu rumhopst, was, wie ich dir versichern kann, alles andere als ein erhebender Anblick ist."

Bailey schluckte ihr Kichern hinunter. „Du bist gemein."

„He, ich habe Camilla schon in einem Tutu gesehen und du nicht. Wenn ich sage, dass es kein erhebender Anblick ist, drücke ich mich noch sehr wohlwollend aus." Er wollte ihr Lächeln sehen. „Und dann ist da noch Chip. Das ist Muffys anderer Mutant. Er spielt Pikkoloflöte."

„Ich bin mir sicher, du übertreibst."

„So viel kann ich gar nicht übertreiben. Meiner Fantasie sind Grenzen gesetzt. In zwei Wochen sitze ich ganz vorn in der Mitte und lausche Chip und seiner Pikkoloflöte bei einem Wohltätigkeitskonzert." Er schauerte zusammen. „Ich kaufe mir Ohrstöpsel. Aber vorher kaufen wir dir noch eine Lesebrille. Und zwar jetzt gleich."

Westlake Jewelers befand sich in einem prächtigen alten Gebäude mit Granitsäulen und hohen Fenstern, die mit Satinvorhängen drapiert waren. Gewiss kein Ort für eine Schnäppchenjagd. Das einzige Zeichen, das darauf hindeutete, was sich hinter diesen ehrwürdigen dicken Mauern verbarg, war ein Messingschild von diskreter Eleganz neben dem Rundbogeneingang.

Cade fuhr um das Haus herum.

„Sie haben schon geschlossen", erklärte er, nachdem er einen Blick auf seine Armbanduhr geworfen hatte. „So wie ich Muffy kenne, wird sie Ronald verdonnert haben zu warten. Er ist wahrscheinlich nicht sonderlich begeistert, deshalb... Ja, da steht sein Wagen." Cade fuhr in die Parklücke neben einer grauen Mercedeslimousine. „Du musst einfach nur mitspielen, okay?"

„Mitspielen? Was soll das heißen?"

„Ich war leider gezwungen, mir für Muffy eine kleine Geschichte auszudenken." Er lehnte sich zu ihr hinüber und öffnete ihre Tür. „Spiel einfach mit."

Sie stieg aus und ging mit ihm zum Hintereingang. „Es würde mir vielleicht helfen, wenn ich wüsste, was für ein Spiel wir spielen."

„Keine Sorge." Er drückte auf den Klingelknopf. „Verlass dich einfach auf mich."

Sie hängte sich ihre neue Handtasche über die Schulter, die sie vorhin neben einer Lesebrille und einigen anderen lebensnotwendigen Kleinigkeiten bei ihrem Einkaufsbummel für sie erstanden hatten. „Wenn du deine Familie schon anlügen musst, sollte ich wenigstens..." Sie unterbrach sich, als sich die schwere Tür öffnete.

„Cade." Ronald Westlake nickte etwas ungnädig mit vorwurfsvoll gerunzelter Stirn. Cade hat Recht, dachte Bailey. Besonders glücklich sah der Mann wirklich nicht aus. Er wirkte wie aus dem Ei gepellt in seinem dunkelblauen Anzug und der fein gestreiften Krawatte, die so eng geknotet war, dass Bailey sich fragte, wie er es schaffte, Luft zu holen.

„Hallo, Ronald, schön, dich zu sehen", sagte Cade munter und schüttelte seinem Schwager enthusiastisch die Hand. „Wie geht's denn so?"

Während er sprach, drängte er sich an seinem Schwager vorbei ins Haus. Wie ein Vertreter, dachte Bailey, der einem den Fuß zwischen die Tür stellt. Ronald runzelte weiterhin die Stirn und wich zurück.

„Das ist Bailey. Muffy hat dir vielleicht schon von ihr erzählt." Mit besitzergreifender Geste legte Cade Bailey einen Arm um die Schultern und zog sie an sich.

„Ja, ein bisschen. Wie geht es Ihnen?"

„Ich habe sie gern für mich allein", redete Cade weiter, ehe Bailey auf Ronalds Höflichkeitsfloskel etwas erwidern konnte. „Ich schätze, jetzt, wo du sie siehst, weißt du, warum." Cade legte Bailey einen Finger unters Kinn und hob sich ihr Gesicht entgegen, dann küsste er sie. „Ich weiß es zu schätzen, dass du uns ein bisschen mit deiner Ausrüstung spielen lässt. Bailey ist ganz aus dem Häuschen darüber, dass sie mir ein paar Sachen zeigen kann."

„Soweit ich weiß, hast du noch nie Interesse an Edelsteinen gezeigt", wandte Ronald ein.

„Da kannte ich ja auch Bailey noch nicht", tat Cade den Einwand lässig ab. „Jetzt bin ich fasziniert davon. Und nachdem es mir gelungen ist, sie zu überreden, in den Staaten zu bleiben, wird sie langsam daran denken müssen, ihren eigenen kleinen Laden aufzumachen. Richtig, Schätzchen?"

„Ich...“

„Englands Verlust ist unser Gewinn“, fuhr er fort. „Und wenn einem Mitglied der königlichen Familie wieder mal der Sinn nach einer neuen Glasmurmel steht, muss er sich schon hierher bemühen. Ich lasse sie jedenfalls nicht wieder weg.“ Er küsste sie erneut tief und lange, während Ronald mit säuerlicher Miene danebenstand und seine Krawatte zurechtzupfte.

In diesem Stil ging es noch eine ganze Weile weiter, doch als Ronald erfuhr, dass Baileys Mutter über mehrere Ecken mit dem englischen Königshaus verwandt war, taute er merklich auf und konnte schließlich gar kein Ende mehr finden.

„Lass dich nicht aufhalten“, schnitt Cade ihm schließlich kurz entschlossen das Wort ab, nachdem Ronald sich erbötig gezeigt hatte, mit Bailey einen Rundgang durch die diversen Abteilungen des Geschäfts zu machen. „Muffy hat mir erzählt, dass ihr heute noch etwas vorhabt.“

„Es war wirklich schrecklich anmaßend von Cade, Ihre Feiertagsruhe zu stören“, warf Bailey mit vornehmem Oxfordakzent ein. „Ein andermal würde ich sehr gern auf Ihr freundliches Angebot zurückkommen.“

„Natürlich, natürlich, jederzeit, jederzeit. Und Sie müssen unbedingt versuchen, heute Abend noch bei uns vorbeizuschauen.“ Mehr als angetan von der Vorstellung, durch eine, wenn auch noch so lose Verbindung zum englischen Königshaus sein Ansehen vor sich selbst und anderen aufzupolieren, führte Ronald sie jetzt ins Atelier. „Wir suchen uns unsere Ausstattung ebenso sorgfältig aus wie unsere Steine. Wir haben seit Generationen einen untadeligen Ruf.“

„Ah ja.“ Ihr Herz begann schneller zu klopfen, als sie sich in dem Atelier umschaute. „Die Instrumente sind wirklich von höchster Qualität, wie ich sehe.“

„Wir sind stolz darauf, unseren Kunden nur das Beste vom Besten anbieten zu können. Nicht selten schleifen wir unsere Steine auch selbst, wir beschäftigen eigene Diamantenschleifer.“

Baileys Hand zitterte, als sie über eine Schleifscheibe fuhr.

„Ich liebe Schleifarbeiten“, sagte sie matt. „Die Präzision, die darin liegt.“

„Ich kann diese Künstler nur bewundern. Das ist ein bemerkenswerter Ring. Darf ich?“ Ronald nahm ihre Hand und untersuchte die drei Steine. „Eine wunderbare Arbeit. Ihr eigener Entwurf?“

„Ja.“ Es schien ihr die beste Antwort. „Ich arbeite am liebsten mit farbigen Steinen.“

„Sie müssen sich unbedingt bald unsere Vorräte ansehen.“ Ronald warf einen Blick auf seine Uhr, dann schnalzte er mit der Zunge. „Oh, ich bin spät dran.“ Er wandte sich zum ersten Mal seit langem wieder an Cade. „Der Wachmann lässt euch raus, wenn ihr fertig seid. Lasst euch ruhig Zeit. Der Ausstellungsraum selbst ist leider schon abgeschlossen, er hat ein Zeitschloss, aber wenn ihr hinein möchtet, braucht ihr nur den Wachmann zu bitten, euch aufzuschließen.“ Er warf Bailey einen Blick von Profi zu Profi zu. „Sie wissen ja, wie wichtig die Sicherheitsvorkehrungen in diesem Geschäft sind.“

„Natürlich. Vielen Dank, dass Sie uns Ihre wertvolle Zeit geopfert haben, Mr. Westlake.“

Ronald nahm Baileys Hand. „Ronald, bitte. Und es war mir ein Vergnügen. Sie dürfen es nicht zulassen, dass Cade Sie so selbstsüchtig mit Beschlag belegt. Muffy freut sich sehr darauf, ihre zukünftige Schwägerin kennen zu lernen. Sorgen Sie dafür, dass Sie noch heute Abend bei uns reinschauen.“

Bailey gab einen erstickten Laut von sich, den Cade mit einem schnellen Einwurf geschickt überspielte, während er Ronald eilig aus dem Atelier schob. „Schwägerin?“ brachte Bailey mühsam heraus, nachdem sie schließlich allein waren.

„Irgendetwas musste ich ihnen schließlich erzählen.“ Unschuldig breitete Cade die Hände aus. „Seit die Tinte unter meiner Scheidungsurkunde trocken ist, versuchen sie mich unters Ehejoch zu zwingen. Und da du sozusagen zur königlichen Familie gehörst, stehst du um einige Stufen höher als alle Frauen, mit denen sie mich ständig verkuppeln wollen.“

„Armer Cade.“

„Ich habe gelitten wie ein Hund.“ Angesichts des gefährlichen Funkelns in ihren Augen versuchte er sein charmantestes Lächeln. „Du kannst dir gar nicht vorstellen, wie ich gelitten habe. Halte mich.“

Sie schlug seine Hand weg. „Das ist alles ein Riesenspaß für dich, stimmt's?"

„Nein, aber dieser Teil eben war wirklich ein Spaß." Er steckte die Hände in die Hosentaschen, wo sie sicherer aufgehoben waren. „Ich garantiere dir, dass bei meiner Schwester seit heute Morgen die Telefondrähte heiß laufen. Und jetzt, nachdem Ronald..."

„Du hast deine Familie belogen."

„Ja. Das macht mir manchmal Spaß. Und manchmal ist es nötig fürs Überleben." Er legte den Kopf schräg. „Du hast gut mitgespielt, Schätzchen. Dieser Akzent war ein gelungener Streich."

„Ich habe mich auf dein Spiel eingelassen, und ich bin nicht stolz darauf."

„Du würdest einen guten Detektiv abgeben. Schnell und gut lügen zu können ist eine der wichtigsten Qualifikationen in diesem Beruf."

„Und der Zweck heiligt die Mittel?"

„Meistens." Die Missbilligung, die in ihrer Stimme mitschwang, begann ihn zu ärgern. Er hatte das Gefühl, dass Bailey sich in Grauzonen nicht halb so wohl fühlte wie er. „Wir sind drin, oder etwa nicht? Und Ronald und Muffy sind glücklich."

„Also wirklich, ich weiß nicht. Es gefällt mir nicht." Eine Lüge, der schlichte Fakt einer Lüge, verursachte ihr Unbehagen. „Eine Lüge führt zur nächsten."

„Und genug davon führen manchmal zur Wahrheit." Er nahm ihr ihre Tasche aus der Hand, öffnete sie und holte den Samtbeutel heraus. „Willst du die Wahrheit, Bailey? Oder willst du nur Ehrlichkeit?"

„Ich wüsste nicht, was da für ein Unterschied besteht." Aber sie nahm den Stein, den er ihr hinhielt. „Also gut, du hast Recht, wir sind hier. Was möchtest du, dass ich jetzt tue?"

„Überprüf, ob er wirklich echt ist."

„Natürlich ist er echt", sagte sie ungeduldig. „Ich weiß, dass er echt ist."

Er hob eine Augenbraue. „Überprüf es."

Mit einem beleidigten Ausatmen schaute sie sich nach einem Mikroskop um.

„Wunderschön“, sagte sie einen Augenblick später, als der Stein unter dem Vergrößerungsglas lag, wobei ein Hauch von Feierlichkeit in ihrer Stimme mitschwang. „Einfach wunderschön.“

„Was siehst du?“

„Das Innenleben des Steins. Es gibt keinen Zweifel, dass er natürlichen Ursprungs ist. Die winzigen Einschlüsse sind charakteristisch.“

„Lass sehen.“ Er schob sie beiseite und beugte sich über das Mikroskop. „Könnte sonst was sein.“

„Nein, nein. Es gibt keine Luftblasen. Die müssten da sein, wenn es Similistein oder Strass wäre. Und die Einschlüsse.“

„Sagt mir nichts. Er ist blau, und blau ist für mich ein Saphir.“

„Um Himmels willen, Saphir ist Korund. Glaubst du, ich kenne nicht den Unterschied zwischen Kohlenstoff und Korund?“ Sie schnappte sich den Stein und marschierte zu einem anderen Gerät. „Das ist ein Polariskop. Damit kann man feststellen, ob ein Edelstein das Licht einfach oder doppelt bricht.“

Sie machte sich an die Arbeit, setzte sich ihre Brille auf, wenn sie sie benötigte, und klemmte die Bügel in den Ausschnitt ihrer Bluse, wenn nicht. Jede Bewegung war kompetent, eingeübt und präzise.

Cade schob seine Hände in seine Gesäßtaschen, wiegte sich auf seinen Absätzen vor und zurück und schaute ihr zu.

„Hier, das Refraktometer“, murmelte sie in sich hinein. „Jedem Idiot sagt der Brechungsindex dieses Steins, dass es sich um einen Diamanten und nicht um einen Saphir handelt.“ Sie drehte sich um und hielt den Stein hoch. „Das ist ein geschliffener blauer Diamant mit einem Gewicht von 102.6 Karat.“

„Alles, was dir jetzt noch fehlt, ist ein Laborkittel“, sagte er ruhig.

„Was?“

„Du arbeitest beruflich mit diesem Zeugs, Bailey. Ich dachte erst, es wäre vielleicht nur ein Hobby von dir, aber dafür ist alles, was du tust, zu präzise, zu selbstverständlich. Und du bist zu leicht verärgert, wenn jemand dumme Fragen stellt. Daraus ziehe ich den

Schluss, dass du mit Edelsteinen arbeitest. Diese Gerätschaften sind dir so vertraut wie eine Kaffeemaschine. Sie sind Teil deines Lebens."

Sie ließ die Hand fallen und sank auf einen Stuhl. „Du hast das alles gar nicht deshalb angeleiert, damit wir feststellen, ob es sich um einen Diamanten handelt, stimmt's?"

„Sagen wir, es ist ein Nebeneffekt. Jetzt müssen wir nur noch herausfinden, ob du im Schmuck- oder im Edelsteingewerbe arbeitest. Dann wissen wir, wie du zu dem hier gekommen bist." Er nahm ihr den Diamanten aus der Hand und betrachtete ihn eingehend. „Und das ist nicht die Sorte, wie man sie bei Westlake oder einem anderen Juwelier bekommt. Ich möchte wetten, er stammt aus einer Privatsammlung oder einem Museum. Wir haben ein sehr gutes Museum hier in der Stadt, das Smithsonian." Er ließ den Stein sinken. „Vielleicht hast du schon davon gehört."

„Du denkst... dass ich ihn aus dem Smithsonian habe?"

„Ich denke, dass sie dort vielleicht schon von ihm gehört haben." Er ließ den unbezahlbaren Stein achtlos in seiner Hosentasche verschwinden. „Es wird bis morgen warten müssen. Heute haben sie bestimmt schon zu. Oh, Himmel, nein, bis Dienstag." Er zischte durch die Zähne. „Morgen ist der Vierte, und Montag ist Feiertag."

„Was machen wir bis Dienstag?"

„Wir können uns die Telefonbücher vornehmen. Ich frage mich, wie viele Edelsteinexperten es im weiteren Umkreis der Stadt gibt?"

Die Lesebrille bedeutete, dass sie sämtliche Bücher durchschmökern konnte, ohne zu riskieren, dass sie Kopfschmerzen bekam. Und sie schmökerte. Stundenlang. Es war, wie geliebte alte Kindermärchen wieder zu lesen. Alles war ihr bestens vertraut, aber es machte ihr Spaß, sich die Geschichten über berühmte Edelsteine und deren Besitzer oder technische Erklärungen über das Schleifen und Identifizieren von Edelsteinen wieder und wieder zu Gemüte zu führen.

Wie konnte es sein, dass sie sich an Steine erinnerte und nicht an Menschen? Es gelang ihr mit Leichtigkeit, die Eigenschaften von Hunderten von Kristallen und Edelsteinen aufzuzählen, aber es gab nur eine einzige Person auf der ganzen Welt, die sie kannte.

Und das war nicht einmal sie selbst.

Sie kannte nur Cade. Cade Parris mit seinem scharfen, sie oft verwirrenden Verstand. Cade mit den sanften, geduldigen Händen und den wunderschönen grünen Augen. Augen, die sie anschauten, als sei sie der Mittelpunkt seiner Welt.

Obwohl seine Welt so riesig war im Vergleich zu der ihren. Die seine war bevölkert mit Menschen und Erinnerungen und Orten, an denen er gewesen war, Dingen, die er getan und Augenblicken, die er mit anderen geteilt hatte.

Der riesige leere Bildschirm ihrer Vergangenheit verhöhnte sie.

Welche Menschen kannte sie, wen hatte sie geliebt oder gehasst? Gab es jemanden, der sie liebte oder jemals geliebt hatte? Wen hatte sie verletzt oder von wem war sie verletzt worden? Und wo war sie gewesen, was hatte sie getan?

War sie eine Wissenschaftlerin oder eine Diebin? Geliebte oder Einzelgängerin?

Sie wollte eine Geliebte sein. Cades Geliebte. Es war erschreckend, wie sehr sie das wollte. Der Gedanke, mit ihm im Bett zu liegen, jagte ihr wollüstige Schauer über den Rücken. Sie wünschte sich, dass er sie berührte, richtig berührte. Wollte seine Hände auf sich spüren, wie sie über die nackte Haut fuhren, ihr Fleisch erhitzten, sie mitnahmen an einen Ort, wo die Vergangenheit nichts bedeutete und die Zukunft unwichtig war.

Wo es nur das Jetzt gab, das maßlose, herrliche Jetzt.

Und dann würde auch sie ihn berühren, spüren, wie sich die Muskelstränge in seinem Rücken und seinen Schultern kraftvoll zusammenzogen, wenn er sich auf sie legte. Sein Herz würde gegen das ihre hämmern, und sie würde sich ihm voller Sehnsucht entgegenwölben, um ihn in sich aufzunehmen. Und dann...

Sie zuckte zusammen, als er das Buch zuklappte.

„Mach eine Pause“, befahl Cade, während er das Buch über den Tisch schob, an dem sie sich niedergelassen hatte, um zu lesen. „Sonst fallen dir noch die Augen aus dem Kopf.“

„Oh, ich...“ Guter Gott, dachte sie und starrte ihn an. Sie zitterte am ganzen Leib, stark erregt von ihrer eigenen Fantasie. Ihr Puls schlidderte wie Schlittschuhe über holpriges Eis. „Ich habe nur...“

„Du bist ja ganz rot."

Er wandte sich um, um den Krug mit Eistee aus dem Kühlschrank zu holen, und sie schaute auf seinen Rücken. Rot? Sie war rot? Sah der Mann nicht, dass sie fieberte, fieberte vor Verlangen, in seinen Armen zu liegen?

Er goss ihr Eistee ein und machte sich ein Bier auf. „Wir haben für heute genug getan. Ich denke, ich lege jetzt langsam die Steaks auf den Grill. Mal sehen, ob du uns einen Salat machen kannst. Hey." Er streckte die Hand aus, um das Glas festzuhalten, das er ihr gereicht hatte. „Deine Hände zittern ja. Du hast dich überanstrengt."

„Nein, ich..." Sie konnte ihm schlecht sagen, dass sie gerade ernsthaft überlegt hatte, ihm in den Hals zu beißen. Vorsichtig nahm sie ihre Brille ab, klappte sie zusammen und legte sie auf den Tisch. „Vielleicht ein bisschen. Mir schwirrt der Kopf."

„Ich kenne ein perfektes Mittel gegen übermäßig viele Gedanken." Er nahm sie bei der Hand, zog sie zur Tür und nach draußen in den Garten, wo die warme Luft schwer war vom Duft der Rosen. „Eine halbe Stunde Faulenzen."

Er nahm ihr das Glas aus der Hand, stellte es auf einen kleinen schmiedeeisernen Tisch neben einer zwischen zwei Bäumen aufgespannten Hängematte und stellte sein Bier daneben. „Komm, wir schauen ein bisschen in den Himmel."

Er wollte, dass sie sich mit ihm hinlegte? Sich ruhig neben ihn in diese Hängematte legte, während ihre Lust nach Erlösung schrie? „Ich glaube nicht. Ich sollte..."

„Klar solltest du." Um die Sache zu beschleunigen, streckte er die Hände nach ihr aus und zog sie in die Hängematte. Die Matte schaukelte wild hin und her, und er lachte, während sie sich abmühte, ihr Gleichgewicht wiederzufinden. „Entspann dich einfach. Es ist einer meiner Lieblingsplätze. Hier unter diesem Baum hängt, solange ich denken kann, eine Hängematte, mein Onkel pflegte früher immer sein Mittagsschläfchen darin zu machen."

Er legte den Arm um sie und nahm ihre Hand. „Es ist gemütlich. Durch die Blätter kann man kleine Stückchen vom Himmel sehen."

Es war kühl unter dem Schatten spendenden Blätterdach. Sie

spürte sein Herz klopfen, als er ihre ineinander verschlungenen Hände auf seine Brust legte.

„Ich habe mich oft nach hier draußen geschlichen, um Träume zu schmieden. Wenn man hier liegt und gemütlich schaukelt, wird plötzlich alles, was einem sonst so dringend erscheint, unwichtig."

„Vermutlich ist es wie in einer Wiege." Sie befahl sich zu entspannen, zutiefst erschrocken darüber, wie sehr sie sich nach ihm verzehrte.

„Die Dinge werden einfacher in einer Hängematte." Er spielte mit ihren Fingern, bezaubert von deren Anmut und dem Funkeln der Ringe. Er küsste sie gedankenverloren alle einzeln, und ihr ging das Herz über. „Vertraust du mir, Bailey?"

In diesem Moment war sie sich sicher, dass sie in ihrer Vergangenheit noch niemals einem Menschen wirklich vertraut hatte. „Ja."

„Lass uns ein Spiel spielen."

Ihre Fantasie begann wilde erotische Blüten zu treiben. „Ah... ein Spiel?"

„Gedankenassoziationen. Du machst deinen Kopf ganz leer, und ich sage ein Wort. Das Erste, was dir dazu einfällt, sagst du."

„Gedankenassoziation." Unsicher, ob sie lachen oder weinen sollte, schloss sie die Augen. „Du glaubst, das könnte vielleicht meine Erinnerung auf Trab bringen."

„Es kann nichts schaden, aber ich möchte, dass du es ganz entspannt siehst. Bist du bereit?"

Sie nickte, hielt die Augen geschlossen und ließ sich von dem langsamen Schaukeln der Hängematte einlullen. „Fang an."

„Stadt."

„Überfüllt."

„Wüste."

„Sonne."

„Arbeit."

„Befriedigung."

„Feuer."

„Blau."

Als sie die Augen öffnete und Anstalten machte, sich anders hinzusetzen, zog er sie noch enger an sich. „Nein, mach keine Pause, um es zu analysieren, sondern lass es einfach kommen. Fertig? Liebe."

„Freunde." Sie atmete aus und merkte, dass sie sich wieder entspannte. „Freunde", wiederholte sie.

„Familie."

„Mutter." Sie gab einen leisen Laut von sich, und er drückte beruhigend ihre Hand.

„Glücklich."

„Kindheit."

„Diamant."

„Kraft."

„Blitz."

„Mord." Sie atmete erstickt aus und barg das Gesicht an seiner Schulter. „Ich kann nicht. Dort kann ich nicht hinschauen."

„Okay, es ist in Ordnung. Das ist genug." Er streichelte ihr Haar, und obwohl seine Hand sanft war, glühte in seinen Augen ein leidenschaftliches Feuer, als sie gemeinsam durch das Schatten spendende Blätterdach in den Himmel hinaufschauten.

Wer auch immer sie in Angst und Schrecken versetzt haben mochte, er würde dafür bezahlen, das schwor sich Cade.

Während Cade und Bailey eng aneinander geschmiegt unter dem Ahorn in der Hängematte schaukelten, stand jemand anders auf einer Steinterrasse, von der aus man einen weiten Besitz mit sanften, saftig grünen Hügeln, gepflegten Blumenrabatten und einem Springbrunnen, der seine weiße Gischtfontäne in die Luft schoss, übersehen konnte.

Er schäumte vor Wut.

Die Frau hatte sich mit seinem Eigentum davongemacht. Sie war wie vom Erdboden verschluckt.

Dabei hätte alles ganz einfach sein können. Er hatte sie bereits in Händen gehabt. Aber dieser Vollidiot hatte Panik bekommen. Oder vielleicht war er auch nur zu gierig gewesen. Wie auch immer, auf jeden Fall hatte er die Frau entkommen lassen und mit ihr die Diamanten.

Mittlerweile ist zu viel Zeit vergangen, dachte er und trommelte nervös mit seinen schlanken, sorgfältig manikürten Fingern auf dem Geländer herum. Eine Frau war wie vom Erdboden verschluckt, die andere auf der Flucht und die Dritte nicht in der Lage, seine Fragen zu beantworten.

Es musste etwas passieren, und zwar bald. Der Terminplan war zerstört. Daran trägt nur einer die Schuld, ging es ihm durch den Kopf, während er wieder in sein erlesen eingerichtetes Büro zurückging und nach dem Telefonhörer griff.

„Bring ihn zu mir", war alles, was er sagte. Er legte den Hörer mit der sorglosen Arroganz eines Mannes auf, der es gewohnt ist, dass man seinen Befehlen Folge leistet.

6. KAPITEL

Trotz der Tatsache, dass sie wenig und schlecht geschlafen hatte, war Bailey am nächsten Morgen bereits um sieben wach und aus dem Bett. Sie schloss daraus, dass irgendeine innere Uhr sie jeden Tag zu einer bestimmten Zeit aufwachen ließ, und wagte nicht zu entscheiden, ob das ein Zeichen für ihre Langweiligkeit oder ihre Zuverlässigkeit war. Was auch immer, auf jeden Fall zog sie sich an, widerstand dem Drang, einen Blick durch die halb offen stehende Tür in Cades Zimmer zu werfen, und ging in die Küche, um Frühstück zu machen.

Sie wusste, dass er böse auf sie war. Sie waren am Abend zuvor beim Tanzen gewesen und hatten eine Menge Spaß miteinander gehabt, doch als er sie dann mitten auf der Tanzfläche mit wilder Leidenschaft geküsst hatte, war ihr Verlangen nach ihm schlagartig so stark geworden, dass sie Panik bekommen und sich zurückgezogen hatte. Auf der Heimfahrt von Georgetown hatte er sich daraufhin in eisiges Schweigen gehüllt, das von seiner – dessen war sie sich sicher – sexuellen Frustration kündete. Und sie hatte keinen Schimmer gehabt, wie sie dieses Eis zum Schmelzen bringen könnte.

Sie fragte sich, ob sie zuvor schon jemals einen Mann sexuell frustriert hatte, und wünschte sich, nicht insgeheim diesen gänzlich weiblichen Triumph darüber zu verspüren, einen Mann wie Cade derart frustrieren zu können.

Alles in allem jedoch war ihr seine heftige Reaktion ein Rätsel. Sie fand sie unangemessen. Benahmen sich alle Männer so unerklärlich? Und wenn sie es taten, wie reagierte eine kluge Frau am besten darauf? Sollte sie die Kühle und Unnahbare spielen, bis er sich zu einer Erklärung herabließ? Oder war es besser, wenn sie freundlich und lässig war und so tat, als ob nichts vorgefallen wäre?

Als ob er sie nicht geküsst hätte wie ein Verzweifelter. Als ob er sie nicht berührt hätte, als wäre es sein gutes Recht, die größte Selbstverständlichkeit auf der Welt, dass sie sich in ein vor Lust erbebendes Bündel von Begierden verwandelte.

Während sie jetzt den Kühlschrank öffnete, um die Milch herauszuholen, schlug ihre Stimmung um, und an die Stelle ihrer Unsicherheit trat Verärgerung. Woher zum Teufel sollte sie wissen, wie sie sich verhalten sollte? Sie wusste ja nicht einmal, ob sie schon jemals vorher so geküsst worden war, ob sie jemals vorher ein derart starkes Verlangen empfunden hatte. Sollte sie, nur weil sie ihr Gedächtnis im Stich ließ, widerspruchslos in jede Richtung gehen, in die Cade Parris deutete?

Und wenn er auf sein Bett deutete, war sie dann womöglich verpflichtet hineinzuhüpfen?

Oh, nein, ganz gewiss nicht. Sie war eine erwachsene Frau und in der Lage, ihre eigenen Entscheidungen zu treffen. Sie war nicht dumm, und sie war nicht hilflos. Immerhin hatte sie es geschafft, einen Detektiv anzuheuern, oder etwa nicht?

Verdammt.

Nur weil sie keine Wertmaßstäbe aus der Vergangenheit für ihr Verhalten hatte, bedeutete das noch lange nicht, dass sie nicht hier und jetzt damit anfangen konnte, sich welche zu schaffen.

Sie würde kein Fußabtreter sein.

Sie würde keine Idiotin sein.

Sie würde kein Opfer sein.

Sie knallte die Milchtüte auf den Tresen und schaute mit finsterem Gesicht aus dem Fenster. Es war Cades Pech, dass Bailey ihn ausgerechnet in dem Augenblick in der Hängematte erblickte, in dem ihre Wut ihren Höhepunkt erreicht hatte.

Er hätte nicht so friedlich geschlafen, wenn er hätte sehen können, wie ihre Augen Funken sprühten.

Kampfentschlossen riss Bailey die Hintertür auf und marschierte über den Rasen.

Sie versetzte der Hängematte einen harten Stoß.

„Für wen zum Teufel hältst du dich eigentlich?"

„Was?" Er schreckte abrupt hoch und krallte auf der Suche nach Gleichgewicht die Finger rechts und links in die Hängematte, wobei er versuchte, seinen Kopf klar zu kriegen. Als er sich anschickte, sich aufzusetzen, versetzte sie der Hängematte erneut einen harten Stoß.

„So, jetzt hörst du mir mal genau zu", fuhr sie wutschnaubend fort. „Ich habe dich engagiert, damit du mir hilfst herauszufinden, wer ich bin und was mit mir passiert ist. Ich bezahle dich nicht dafür, dass du dich in den Schmollwinkel zurückziehst, nur weil ich nicht in dein Bett hüpfe, wenn dich der Hafer sticht."

„Schön." Er rieb sich die Augen und schaffte es schließlich, das fuchsteufelswütende Gesicht, das sich über ihn beugte, scharf zu stellen. „Wovon zum Teufel redest du eigentlich? Ich schmolle nicht, ich..."

„Erzähl mir jetzt nicht, dass du nicht schmollst", fuhr sie ihn an. „Im Garten zu schlafen wie ein Penner."

„Es ist mein Garten." Es ärgerte ihn, dass er das betonen musste. Es ärgerte ihn noch mehr, dass sie ihn direkt aus dem Schlaf in einen Streit verwickelt hatte, ohne ihm vorher Zeit zu lassen, sich eine geeignete Strategie zurechtzulegen.

„Mit mir tanzen zu gehen", fuhr sie, aufgeregt hin und her rennend fort, „zu versuchen, mich mitten auf der Tanzfläche zu verführen, und dann einen Tobsuchtsanfall zu kriegen, nur weil ich..."

„Einen Tobsuchtsanfall." Das saß. „Hör zu, Schätzchen, ich habe noch nie im Leben einen Tobsuchtsanfall bekommen."

„Wenn ich sage, es war so, dann war es so, und hör gefälligst auf, mich in diesem Ton Schätzchen zu nennen."

„Jetzt gefällt dir auch mein Ton schon nicht mehr." Er kniff bedrohlich die Augen zusammen. „Schön, dann versuche ich es eben mit einem brandneuen Ton, mal sehen, wie dir das…" Er beendete seinen Satz mit einem Fluch, als sie blitzschnell nach der Hängematte griff und sie umkippte, so dass er sich mit dem Gesicht nach unten im Gras wiederfand.

Zuerst bekam sie einen Riesenschreck, gleich darauf verspürte sie den Drang, sich zu entschuldigen. Doch sie hielt sich zurück, hob das Kinn und marschierte wortlos davon.

Der Aufprall auf dem Boden war hart gewesen, und Cade war sich sicher, dass er seine Knochen klappern gehört hatte. Aber er war schnell genug auf den Beinen, um sie, ein bisschen humpelnd zwar, noch vor der Tür abzufangen.

Er legte ihr eine Hand auf die Schulter und riss sie herum. „Welcher Floh hat dich denn gebi…"

„Das war die Strafe." Das Blut rauschte ihr in den Ohren, ihr Herz hämmerte, aber sie war entschlossen, sich zu behaupten.

„Strafe wofür denn zum Teufel?"

„Für… was auch immer."

„Schön, das genügt."

„Lass mich durch. Ich mache einen Spaziergang."

„Nein", widersprach er entschieden. „Das tust du nicht."

„Du kannst mir nichts vorschreiben."

Er verzog den Mund. „Doch, das kann ich. Du bist hysterisch."

Das brachte das Fass zum Überlaufen. „Ich bin ganz sicher nicht hysterisch. Wenn ich hysterisch wäre, würde ich dir dieses widerliche Grinsen aus dem Gesicht kratzen und dir diese süffisanten Augen ausstechen und…"

Um die Angelegenheit abzukürzen, hob er sie kurzerhand hoch und trug sie ins Haus. Sie wehrte sich mit Händen und Füßen und spuckte Gift und Galle, doch er schleppte sie ungerührt in die Küche, wo er sie auf einem Stuhl ablud. Mit den Händen auf ihrer Schulter und seinem Gesicht ganz nah vor dem ihren befahl er schroff: „Bleib sitzen."

Er brauchte auf der Stelle einen Kaffee, andernfalls würde er sterben. Oder ihr den hübschen Hals umdrehen.

„Du bist gefeuert."

„Hurra."

Sie schäumte vor Wut, während er sich Kaffee eingoss und ihn wie Wasser hinunterschüttete. „Gott, was für eine Art, den Tag zu beginnen." Er riss den Küchenschrank auf, holte Aspirin heraus und kämpfte mit der idiotischen Kindersicherung.

„Ich werde es nicht zulassen, dass mich eine Frau ankeift, noch ehe ich die Augen aufgeschlagen habe. Welcher Teufel dich auch immer geritten haben mag, Schätzchen, du musst..." Er fluchte wieder, er bekam das verdammte Arzneifläschchen nicht auf und schlug den Verschluss mit aller Kraft auf die Kante des Tresens, doch vergebens, die Kindersicherung hielt stand.

Sein Kopf dröhnte, sein Knie brannte von dem Sturz, und er hätte die Plastikflasche am liebsten zerbissen, um an das Aspirin zu kommen.

Lauthals fluchend griff er nach einem Fleischermesser, das in dem Holzklotz auf dem Tresen steckte, und hackte damit so lange auf den Behälter ein, bis er ihn enthauptet hatte. Mit vor Wut verzerrtem Gesicht drehte er sich, in einer Hand die Flasche, in der anderen das Messer, um.

„So, und jetzt hörst du mir mal sehr gut zu...", begann er.

Bailey verdrehte die Augen, dann kippte sie ohnmächtig vom Stuhl, bevor er auch nur den kleinen Finger rühren konnte.

„Heiliger Himmel." Das Messer rutschte ihm aus der Hand und fiel mit einem Klirren zu Boden, und die weißen Tabletten spritzten in alle Himmelsrichtungen auseinander, als der übel zugerichtete Behälter auf die Kacheln fiel. Cade hob Bailey behutsam auf und legte sie auf den Küchentisch. Dann machte er ein Geschirrtuch nass und drückte es ihr auf die Stirn. „Komm, Bailey, komm, wach auf, Schätzchen."

Er wischte ihr das Gesicht ab und scheuerte ihr fast die Handgelenke wund mit den nassen Lappen in dem verzweifelten Bemühen, sie aus ihrer Ohnmacht zu holen, wobei er sich ununterbrochen verfluchte. Wie hatte er sie nur so anbrüllen, so rüde behandeln können, wo sie doch so empfindsam war? Herrgott noch mal, wie konnte er sich bloß so gehen lassen?

Als sie sich leise stöhnend bewegte, presste er ihre schlaffe Hand an seine Lippen. „Hallo, Schätzchen", flüsterte er. „Komm zurück." Ihre Augenlider hoben sich flatternd, während er ihr über den Kopf streichelte. „Es ist okay, Bailey. Es ist nichts passiert."

„Er wird mich umbringen." Ihre Augen waren jetzt offen, aber sie sahen nichts. Sie klammerte sich schwer atmend an Cade. „Er wird mich umbringen."

„Niemand wird dir etwas antun. Ich bin bei dir."

„Er wird mich umbringen. Er hat ein Messer. Wenn er mich findet, tötet er mich."

Er sprach sehr ruhig, während er ihre Finger behutsam aus seinem Hemd löste und ihre Hand festhielt. „Wer hat das Messer, Bailey? Wer will dich töten?"

„Er... er..." Sie konnte es fast sehen, wie die Hand immer wieder vorschnellte, während der Stahl kalt aufblitzte. „Da ist überall Blut. Blut überall. Ich muss von dem Blut weg. Das Messer. Die Blitze. Ich muss rennen."

Er hielt noch immer ihre Hand und gab sich Mühe, seine Stimme weiterhin ruhig zu halten. „Wo bist du? Sag mir, wo du bist."

„Im Dunkeln. Das Licht ist aus. Er wird mich umbringen. Ich muss rennen."

„Rennen wohin?"

„Irgendwohin." Ihr Atem kam schnell und keuchend, die Anstrengung, Luft zu holen, verursachte ihr ein Brennen in der Kehle. „Irgendwohin, weg. Wenn er mich findet..."

„Er wird dich nicht finden. Ich lasse es nicht zu, dass er dich findet." Er umrahmte ihr Gesicht mit den Händen und drehte es so, dass sie ihn anschauen musste. „Versuch, langsamer zu atmen. Versuch es." Wenn sie weiter so hechelte, würde sie hyperventilieren und erneut ohnmächtig werden. Er glaubte nicht, das ein zweites Mal durchstehen zu können. „Du bist sicher hier. Du bist sicher bei mir. Hast du das verstanden?"

„Ja. Ja.“ Sie schloss die Augen und erschauerte. „Ja. Ich brauche Luft. Bitte, ich brauche Luft.“

Er hob sie wieder hoch und trug sie nach draußen auf die Terrasse, wo er sie der Länge nach auf die Hollywoodschaukel bettete und sich danebensetzte. „Atme langsam. Denk dran, du bist sicher hier. Du bist sicher.“

„Ja gut.“ Mit Anstrengung ließ sie die Luft langsam heraus, die sich in ihren Lungen gestaut hatte. „Mir geht es gut.“

Weit gefehlt, dachte er. Sie war weiß wie ein Laken, ihre Hände fühlten sich feucht und kalt an, und sie zitterte. Aber ihre Erinnerung war nahe daran, sich Bahn zu brechen, und er musste ihr dabei helfen. „Niemand kann dir hier etwas tun. Niemand. Halte dich an diesem Gedanken fest und erzähl mir alles, woran du dich erinnerst.“

„Es kommt in Schüben.“ Sie versuchte, tief Atem zu holen, um den Druck in ihrer Brust loszuwerden. „Als du das Messer in der Hand hattest...“ Erneut schlug die Angst ihre rasiermesserscharfen Krallen in sie.

„Ich habe dich erschreckt. Es tut mir Leid.“ Er nahm ihre Hände und hielt sie fest. „Ich würde dir niemals wehtun.“

„Ich weiß.“ Sie schloss wieder die Augen, ließ die Sonne auf ihre Lider brennen. „Da war ein Messer. Eine lange gebogene Klinge. Es war schön. Ein verzierter Horngriff. Ich habe es schon gesehen – vielleicht habe ich es sogar benutzt.“

„Wo hast du es gesehen?“

„Ich weiß nicht. Da waren Stimmen, Gebrüll. Ich kann nicht hören, was sie sagen. Es hört sich an wie Wellen, ein lautes, gewaltiges Rauschen.“ Sie presste ihre Hände auf die Ohren, als wolle sie sie sich zuhalten. „Und dann ist da Blut, plötzlich ist überall Blut. Der ganze Boden ist voll.“

„Was für ein Boden?“

„Grauer Teppichboden. Blitze zucken, die Messerklinge blitzt auf.“

„Gibt es ein Fenster? Siehst du die Blitze durch das Fenster?“

„Ja, ich denke...“ Sie erschauerte wieder. „Es ist dunkel. Alles ist dunkel, und ich muss weg. Ich muss mich verstecken.“

„Wo versteckst du dich?"

„Es ist eng dort, eigentlich kein Raum, und wenn er mich entdeckt, sitze ich in der Falle. Er hat das Messer. Ich kann es im Licht der Blitze sehen, seine Hand liegt auf dem Griff. Es ist so nah, wenn er sich umdreht..."

„Erzähl mir von der Hand", unterbrach Cade sie sanft. „Wie sieht die Hand aus, Bailey?"

„Es ist meistens dunkel, genau kann ich ihn nicht erkennen. Fast hat er mich. Er hält das Messer, und seine Knöchel sind weiß. Auf ihnen ist Blut. Auf seinem Ring."

„Was für ein Ring ist das, Bailey?" Sein Blick lag intensiv forschend auf ihrem Gesicht. „Wie sieht er aus?"

„Es ist ein schwerer Goldring. Gelbgold. Der Stein in der Mitte ist ein Rubin. Rechts und links davon sitzt je ein kleinerer Brillant. Initialen. T und S in geschwungenen Buchstaben. Die Brillanten sind blutverschmiert. Er ist nah, so nah, ich kann ihn riechen. Wenn er nach unten schaut, sieht er mich. Er wird mich töten, erstechen, wenn er mich findet."

„Er findet dich nicht." Cade hievte sie behutsam in eine sitzende Position hoch, hielt sie fest. „Du konntest fliehen, Bailey. Wie?"

„Ich weiß es nicht." Die Erleichterung war so groß – Cades Arme um sie, die warme Sonne auf ihrem Rücken, seine Wange an ihrem Haar, sie hätte weinen mögen. „Ich erinnere mich nicht."

„Es ist in Ordnung. Das ist genug."

„Vielleicht habe ich ihn getötet." Sie lehnte sich etwas zurück, schaute in Cades Gesicht. „Vielleicht habe ich die Pistole in der Tasche benutzt und ihn erschossen."

„Das Magazin war voll, Bailey."

„Ich kann es nachgeladen haben."

„Schätzchen, ich glaube nicht, dass du gewusst hättest, wie."

„Aber wenn..."

„Und wenn du es getan hast...", er ergriff sie jetzt bei den Schultern und schüttelte sie kurz, „... dann nur, um dich zu verteidigen. Er war bewaffnet, und du hattest Angst, und es klingt, als hätte er bereits jemanden getötet. Was auch immer du getan hast, um zu überleben, war richtig."

Sie rutschte von ihm ab, ließ ihren Blick über den Garten schweifen, über die Blumenbeete, die hohen alten Bäume, den hübschen Gartenzaun. „Was für ein Mensch bin ich? Mit sehr hoher Wahrscheinlichkeit habe ich gesehen, wie jemand ermordet wurde. Ich habe nichts getan, um das aufzuhalten, um zu helfen."

„Sei vernünftig, Bailey. Was hättest du tun können?"

„Irgendetwas", murmelte sie. „Ich habe nicht versucht, an ein Telefon zu kommen, um die Polizei zu rufen. Ich bin einfach nur weggerannt."

„Und wenn du es nicht getan hättest, wärst du jetzt tot." Er sah an der Art, wie sie zusammenzuckte, dass sein Tonfall schroff gewesen war. Aber das brauchte sie jetzt. „Stattdessen hast du überlebt, und wir werden Stück für Stück herausfinden, was passiert ist."

Er stand auf und ging ein paar Schritte hin und her. „Du warst in einem Gebäude. In einem Raum mit grauem Teppichboden, wahrscheinlich mit einem Fenster. Dort fand eine Auseinandersetzung statt, und irgendjemand hatte ein Messer. Er machte davon Gebrauch. Seine Initialen könnten T. S. gewesen sein. Höchstwahrscheinlich gab es dort einen Stromausfall, deshalb war es so dunkel. Im Nordwesten von Washington gingen in der Nacht, bevor du in mein Büro kamst, für zwei Stunden die Lichter aus. Wir könnten uns dort umschauen. Du kanntest das Gebäude gut genug, um ein Versteck zu finden. Ich nehme an, dass du dort hingehörst. Entweder wohnst du dort, oder es ist dein Arbeitsplatz."

Er wandte sich um, bemerkte, dass sie ihn beobachtete. Ihre Hände, die in ihrem Schoß lagen, waren jetzt wieder ruhig. „Ich kann über einen Freund bei der Polizei herausfinden lassen, ob es irgendwo in dieser Nacht eine Messerstecherei gab, allerdings habe ich in den letzten Tagen aufmerksam die Zeitungen gelesen und nichts entdeckt."

„Aber es ist schon Tage her. Irgendjemand muss sie gefunden haben... die Leiche, meine ich, falls es eine gab."

„Nicht wenn es ein Privathaus war oder ein Büro, das über die Feiertage geschlossen ist."

Es klang alles ziemlich logisch, und das beruhigte sie. „Was tun wir jetzt?“

Er sah, dass sie sich die Hände gegen die Schläfen presste. „Hast du Kopfschmerzen, Bailey?“

„Hmm... na ja... es war wohl alles etwas viel für mich.“

Bailey wusste, dass Cade sich durch nichts von seiner Fürsorglichkeit abbringen lassen würde. Deshalb gehorchte sie, als er darauf beharrte, dass sie sich hinlegte, und schluckte pflichtschuldigst die Schmerztabletten, die er ihr gab. Gehorsam schloss sie die Augen und schlief sogar ein bisschen. Sie wachte erst wieder auf, als Cade mit einer Tasse Hühnersuppe an ihr Bett kam.

„Sie ist nur aus der Dose“, erklärte er, während er ihr fürsorglich ein Kissen hinter den Rücken schob. „Aber bestimmt erfüllt sie trotzdem ihren Zweck.“

„Ich kann in der Küche essen, Cade. Es waren nur Kopfschmerzen, kein Tumor. Und sie sind praktisch weg.“

„Lass dich doch ein bisschen verwöhnen, solange Zeit dafür ist.“

„Na schön.“ Sie kostete von der Suppe. „Hmm... schmeckt wundervoll. Du hast Thymian reingetan.“

„Einen Hauch Frankreich.“

Ihr Lächeln verblasste. „Paris“, murmelte sie. „Irgendetwas ist mit Paris.“ Als sie versuchte, sich zu konzentrieren, meldeten sich die Kopfschmerzen wieder.

„Lass es für jetzt gut sein.“ Er setzte sich neben sie. „Es scheint so, als versuche dein Unterbewusstsein dir zu sagen, dass du noch nicht bereit bist, dich an alles zu erinnern. Was wir bisher wissen, reicht fürs Erste.“

„Wahrscheinlich hast du Recht.“ Sie lächelte wieder und deutete auf die Suppe. „Willst du auch ein bisschen?“

„Jetzt, wo du es sagst.“ Er beugte sich vor und öffnete den Mund für den Löffel, den sie an seine Lippen hob. „Wirklich gar nicht so schlecht.“

„Bei diesem Kochtalent wundert es mich, dass deine Frau dich hat gehen lassen“, sagte Bailey und schob sich selbst einen Löffel in den Mund.

„Exfrau. Und wir hatten eine Köchin."

„Oh." Jetzt war er wieder dran mit einem Löffel. „Ich möchte dich gern etwas fragen, aber ich will nicht unhöflich sein."

Er strich ihr das Haar hinter die Ohren. „Frag einfach."

„Na ja, dieses schöne Haus, die Antiquitäten, der Jaguar... und dann dieses Büro. Ich bringe das alles irgendwie nicht zusammen."

Seine Mundwinkel hoben sich. „Stimmt etwas nicht mit meinem Büro?"

„Nein. Oder doch... also schön, da würde wahrscheinlich nicht mal eine Planierraupe und ein Trupp Bauarbeiter helfen... ich meine... es passt einfach nicht zu dem Rest."

„Ich lege Wert darauf, dass sich meine Firma allein trägt, und mehr als dieses beeindruckende Büro wirft sie eben nicht ab, aber immerhin kann ich mit meiner Arbeit meine laufenden Kosten gut genug decken, dass unterm Strich sogar immer noch ein bisschen was übrig bleibt. Und dann gibt es natürlich noch andere Geldquellen, aber die haben nichts mit meiner Arbeit oder meinem Büro zu tun." Seine Augen lachten sie an. „Ich halte Arbeit und Privatleben strikt getrennt."

„Dann bist du also vermögend."

„Das hängt ganz davon ab, ob du mich persönlich meinst oder die gesamte Familie. Meine Familie ist in der Tat recht vermögend. Sie besitzt Einkaufszentren, Häuser, Grundstücke. Wir haben eine Menge Geschäftsleute und Juristen und Banker in der Familie. Und ich bin..."

„Das schwarze Schaf", beendete sie den Satz für ihn. „Du wolltest nicht in die Fußstapfen deiner Familie treten. Du wolltest kein Geschäftsmann oder Jurist oder Banker sein."

„Richtig. Ich wollte Sam Spade sein."

Sie kicherte erfreut. „Der Malteser Falke. Ich bin froh, dass du kein Banker sein willst."

„Ich auch." Er nahm ihre Hand, die sie an seine Wange gelegt hatte, presste sie an die Lippen und spürte, wie sie erbebte.

„Ich bin froh, dass ich deinen Namen im Telefonbuch gefunden habe.“ Ihre Stimme klang heiser. „Ich bin froh, dass ich dich gefunden habe.“

„Und ich erst.“ Er nahm ihr das Tablett weg und stellte es beiseite. Selbst wenn er mit Blindheit geschlagen wäre, hätte er den Ausdruck in ihren Augen zu entziffern gewusst. Und sein Herz fieberte dem, was sie sich wünschte, nicht weniger entgegen. „Ich könnte jetzt rausgehen und dich noch für eine Weile dir selbst überlassen.“ Er fuhr ihr mit einem Finger übers Schlüsselbein, dann ließ er ihn auf ihrem Puls liegen, der schnell an ihrem Hals klopfte. „Aber das ist nicht das, was ich möchte.“

Es war ihre Entscheidung, das wusste sie. Ihre Wahl. Sie konnte sich entscheiden, sein Angebot anzunehmen oder nicht. „Ich auch nicht.“ Er nahm ihr Gesicht zwischen seine Hände, sie schloss die Augen. „Cade, es kann sein, dass ich etwas Schreckliches getan habe.“

Seine Lippen stoppten einen Zentimeter vor ihren. „Das ist mir egal.“

„Ich habe vielleicht... ich könnte...“ Entschlossen, nichts im Raum stehen zu lassen, öffnete sie wieder die Augen. „Es könnte da jemand anderes geben.“

Seine Hände umschlossen ihr Gesicht fester. „Das ist mir egal, wenn du mich nur willst.“

Sie atmete erleichtert auf und ergriff ihre Chance. „Mir auch“, sagte sie und zog ihn an sich.

7. KAPITEL

So fühlte es sich also an, unter einem Mann zu liegen. Unter dem harten, verlangenden Körper eines Mannes. Eines Mannes, dem man mehr bedeutete als alles andere auf der Welt.

Im Augenblick jedenfalls.

Es war atemberaubend und verwirrend und aufregend und neu. Die Art, wie sich Cades Finger in ihr Haar wühlten, während seine Lippen auf ihren lagen, erregte Bailey. Das Gefühl, Mund an Mund mit ihm zu sein, als ob Lippen allein dazu geschaffen wären, von den

Lippen des anderen zu trinken. Und es war sein Geschmack, der sie ganz und gar erfüllte – stark und männlich und real

Was auch immer vorher gewesen war und was danach kommen mochte, jetzt waren sie beide das Einzige auf der Welt, was zählte.

Sie ließ ihre Hände über seinen Körper gleiten, und es fühlte sich herrlich an. Diese breiten, starken Schultern, sein langer Rücken, der sich zur Taille hin verjüngte, die harten Muskelstränge, die sie unter dem weichen Stoff seines Hemds ertasten konnte.

„Oh, wie sehr habe ich mir gewünscht, dich so zu berühren." Sie liebkoste sein Gesicht. „Ich befürchtete schon, es würde nie dazu kommen."

„Ich habe dich vom ersten Moment an begehrt." Er lehnte sich gerade genug zurück, um ihre Augen sehen zu können, dieses samtige helle Braun. „Noch ehe du durch meine Tür kamst. Schon immer."

„Das macht keinen Sinn. Wir haben uns vorher noch nie..."

„Das spielt keine Rolle. Was einzig eine Rolle spielt, ist dies." Seine Lippen legten sich wieder auf ihre, diesmal vertiefte er den Kuss noch ein bisschen mehr.

Er wollte es langsam angehen, die Lust steigern, indem er ihre Erfüllung hinauszögerte. Es erschien ihm, als hätte er sein ganzes Leben lang auf diesen Moment gewartet, deshalb konnte er sich jetzt alle Zeit der Welt lassen, um sie zu berühren, von ihrer Süße zu kosten, ihren Körper zu erforschen. Jede Bewegung, die sie unter ihm machte, war ein Geschenk des Himmels. Jeder Seufzer, der sich ihrer Kehle entrang, ein kostbarer Schatz.

Sie so vor sich zu haben, mit der gleißenden Sonne, die durchs Fenster fiel, mit ihrem Haar, das wie Gold über das Kissen floss, und ihrem Körper, der sich seinem verlangend entgegenwölbte, war süßer als jeder Traum.

Sie waren füreinander geschaffen. Das war alles, was er wusste.

Sie zu sehen, ihr das schlichte Hemd aufzuknöpfen, das er für sie ausgesucht hatte, um Zentimeter für Zentimeter die cremig weiße, samtige Haut freizulegen, war alles, was er wollte. Er fuhr mit seinen Fingerspitzen über die Wölbung ihrer Brüste, spürte, wie sie erschauerte, sah, wie ihre Augen dunkler wurden und ihn dann anschauten.

„Du bist wunderschön.“ Er legte seine Hände auf ihre Brüste, sie waren klein und fest und wie geschaffen für seine Hand. Er beugte sich darüber, liebkoste mit den Lippen die Stelle, wo der Spitzenbesatz ihres BHs mit ihrem Fleisch zusammentraf, dann ließ er die Lippen langsam und träge an ihrem Hals nach oben wandern und kehrte zu ihrem Mund zurück.

Niemand hatte sie jemals vorher so geküsst. Das wusste sie genau, weil es für jemand anders vollkommen unmöglich sein würde, mit einer derartigen Behutsamkeit zu Werke zu gehen. Mit einem leisen Seufzer ergab sie sich seinem süßen Kuss, murmelte irgendetwas in sich hinein, als er sie leicht anhob, um ihr das Hemd über die Schultern zu streifen, erbebte, als er ihren BH herunterschob und begann, mit den Händen ihre entblößten Brüste zu liebkosen.

Und mit dem Mund.

Sie stöhnte, ganz verloren, herrlich verloren in einem dunklen Nebel von Empfindungen. Erst weich, dann hart, kalt, gleich darauf sengend heiß, jede einzelne Empfindung ging sacht in die nächste über, verschmolz mit ihr und wurde zu reiner Lust. Wie auch immer sie sich unter ihm wand und drehte, immer war es neu und aufregend. Als sie ihm das Hemd abstreifte, spürte sie unter ihren Fingerspitzen die Intimität des feinen Schweißfilms, der sich auf seiner Haut gebildet hatte, spürte, wie sein Herz hart an ihrem Herzen pochte.

Die Luft war wie Sirup, dick und schwer, als er ihr die Hose über die Hüften schob. Bailey rang nach Luft, aber jeder ihrer Atemzüge war flach und kurz. Er liebkoste sie überall, seine Hände waren heiß und feucht, sie peitschten ihre Lust auf, bis die Hitze in ihrem Schoß fast unerträglich wurde. Die Flammen schossen empor und breiteten sich aus wie ein Steppenbrand.

Sie stöhnte seinen Namen, krallte ihre Finger in die Laken, während ihr Körper nach etwas lechzte, das ganz nah war, ganz nah, aber noch außerhalb ihrer Reichweite lag. Als sie sich ihm in verzweifeltem Begehren entgegenwölbte, beobachtete er sie. Ließ seine Lippen wieder an ihrem Körper aufwärts gleiten, bis sie ganz nah an ihrem Mund lagen. Schaute sie eindringlich an, während er ihr mit einer schnellen Bewegung das Höschen nach unten schob.

Es war sein Name, der sich ihrer Kehle entrang, als die Hitze den Siedepunkt erreichte, und sein Körper, an den sie sich klammerte, während ihr eigener, von heißen Lustschauern überschwemmt, heftig erbebte.

Das war es, was er gewollt hatte.

Ihr wilder Lustschrei war noch nicht verklungen, als er mit ihr übers Bett rollte in dem blinden Verlangen zu nehmen und zu besitzen. Keuchend zerrte er an seinen Jeans und erbebte jetzt ebenfalls, als er ihren Mund an seinem Hals spürte.

Sie war verlockender, als jede Fantasiegestalt es je hätte sein können. Von Sonnenlicht übergossen, hob sie ihm aus den zerwühlten Laken verlangend ihren Körper entgegen und öffnete ihm ihren Schoß, als ob sie das ganze Leben auf ihn gewartet hätte. Das Blut rauschte in seinen Ohren, während er sich anschickte, behutsam in sie einzudringen in dem heißen Verlangen, sie ganz und gar auszufüllen.

„Du", war alles, was sie sagte, als er sie nahm. „Nur du."

Nachdem es vorbei war, lag er ganz still und lauschte ihrem hämmernden Herzschlag. Nur du, dachte er und schloss die Augen. Sie war unschuldig gewesen. Unberührt. Ein Wunder. Er fühlte sich hin und her gerissen zwischen Schuldgefühlen und reiner selbstsüchtiger Freude.

Sie war unschuldig gewesen, und er hatte sie genommen.

Sie war unberührt gewesen, bis er sie berührt hatte.

Er wollte sie bitten, ihm zu vergeben.

Er wollte aufs Dach klettern und es laut in alle Welt hinausschreien.

Unsicher, wie sie es aufnehmen würde, machte er einen behutsamen Vorstoß.

„Bailey?"

„Hmm?"

„Ähem... meiner fachkundigen Meinung als geprüfter privater Ermittler zufolge schätze ich die Wahrscheinlichkeit, dass du verheiratet sein könntest, als verschwindend gering ein." Er spürte ihr Lachen und hob den Kopf, um sie anzugrinsen „Ich werde es in meinen Bericht aufnehmen."

„Tu das."

Er strich ihr das Haar aus dem Gesicht. „Habe ich dir wehgetan? Es tut mir Leid. Ich wäre nie im Leben auf die Idee gekommen, dass du..."

„Nein." Sie drückte seine Hand. „Du hast mir nicht wehgetan. Mir ist ganz schwindlig vor Glück." Sie seufzte leise auf. „Ich habe auch nicht daran gedacht. Wir waren wohl beide überrascht." Plötzlich wurde ihr ganz flau im Magen. „Aber du bist doch nicht... enttäuscht? Wenn du..."

„Ich bin am Boden zerstört. Dabei hatte ich so sehr gehofft, du wärst eine verheiratete Frau mit sechs Kindern. Ich hätte mir nichts Schöneres vorstellen können, als mit einer verheirateten Frau Liebe zu machen."

„Nein, ich meine... war es... war ich... war für dich alles okay?"

„Bailey." Mit einem leisen Auflachen rollte er sich von ihr herunter, so dass sie sich an ihn anschmiegen konnte. „Du warst perfekt. Absolut total perfekt. Ich liebe dich." Sie lag ganz still, die Wange auf sein Herz gepresst. „Du weißt, dass ich es tue", sagte er leise. „Ich habe dich vom ersten Moment an geliebt."

Jetzt hätte sie am liebsten geweint, weil dies alles war, was sie hören wollte, aber nichts, was sie akzeptieren konnte. „Du kennst mich nicht."

„Du mich auch nicht."

Sie hob den Kopf und schüttelte ihn nachdrücklich. „Das ist genau der Punkt. Sich darüber lustig zu machen, ändert nichts an der Wahrheit."

„Das hier ist die Wahrheit." Er setzte sich auf und ergriff sie fest an den Schultern. „Ich liebe dich. Ich liebe die Frau, die ich im Augenblick festhalte, du bist genau das, was ich will, was ich brauche, und Schätzchen...", er küsste sie sanft, „... ich stehe zu dir."

„Du weißt, dass das nicht so einfach ist."

„Ich bitte nicht um etwas Einfaches." Er ließ seine Hände an ihren Schultern abwärts gleiten, ergriff die ihren. „Ich bitte dich, mich zu heiraten."

„Das ist unmöglich." Von Panik ergriffen, versuchte sie ihm ihre Hände zu entziehen, aber er hielt sie fest. „Du weißt, dass das unmöglich ist. Ich weiß weder, woher ich komme, noch, was ich getan habe. Wir kennen uns erst seit drei Tagen."

„Das ist alles richtig, bis auf eins." Er zog sie an sich und schickte alle Vernunft zur Hölle mit einem Kuss.

„Tu das nicht." Innerlich zerrissen schlang sie die Arme um seinen Hals und hielt ihn fest. „Tu das nicht, Cade. Wie auch immer mein Leben früher gewesen sein mag, jetzt ist es ein einziger Schlamassel. Ich muss die Antworten finden."

„Wir werden sie finden, ich verspreche es dir. Aber es gibt etwas, das ich jetzt von dir will." Er bog ihr den Kopf in den Nacken. Er hatte die Tränen erwartet, hatte gewusst, dass sie in ihren Augen schimmern und diese in pures Gold verwandeln würden. „Sag mir, ob du mich liebst, Bailey, oder sag mir, dass du es nicht tust."

„Ich kann nicht..."

„Nur diese eine Frage", raunte er. „Um sie zu beantworten, brauchst du kein Gestern."

Nein, dafür brauchte sie nichts als ihr Herz. „Ich kann dir nicht sagen, dass ich dich nicht liebe, weil ich dich nicht anlügen kann." Sie schüttelte den Kopf und presste einen Finger gegen seine Lippen, bevor er sprechen konnte. „Aber ich will dir auch nicht sagen, dass ich dich liebe, weil es nicht fair wäre. Es ist eine Antwort, die warten muss, bis ich alle anderen Antworten kenne. Bis ich weiß, wer die Frau ist, die es dir sagt. Gib mir Zeit."

Er würde ihr die Zeit geben, das wusste er, als sie ihren Kopf wieder an seine Schulter bettete. Weil niemand sie ihm je wieder wegnehmen konnte und sich auch nichts, was in ihrer Vergangenheit lauerte, trennend zwischen sie stellen konnte.

„Ich möchte dir ein Versprechen geben", erklärte Bailey zwei Stunden später spontan, als sie und Cade mit einer Liste am Küchentisch saßen und schriftlich festzuhalten versuchten, was sie inzwischen schon alles über Bailey herausbekommen hatten. „Ich verspreche dir, dass ich, wenn dies hier erst vorbei ist und sämtliche Puzzleteilchen an ihrem Platz sind, dich – sofern ich es kann und du mich immer noch willst – heirate."

Sein Herzschlag setzte aus. Ihm wurde ganz heiß vor Glück. Sehr behutsam stellte er die Weinflasche hin und stand auf. „Sag mir, dass du mich liebst."

Die Antwort war da, in ihrem Herzen, drängte sich ihr auf die Lippen. Aber sie schüttelte den Kopf. „Erst wenn alles vorbei ist und du alles weißt. Wenn du mich dann immer noch willst."

„Mit einem solchen Versprechen kann ich mich nicht begnügen, Bailey. Keine Einschränkungen. Kein Wenn und Aber. Nur du." „Es ist alles, was ich dir geben kann. Alles, was ich habe." „Wir könnten am Dienstag nach Maryland fahren und dort heiraten." Er sah es schon deutlich vor sich, wie sie beide, trunken vor Glück, mitten in der Nacht einen verschlafenen Friedensrichter aus dem Bett klingelten, um sich trauen zu lassen. Cade sah sie beide schon Händchen haltend in dem Wohnzimmer stehen, wo ein Hund auf einer Decke vor sich hindöste, die Frau des Friedensrichters auf der Hammondorgel ein feierliches Lied spielte und er und die Frau, die er liebte, den Bund fürs Leben schlössen.

„In Maryland verlangen sie keinen Bluttest", fuhr er fort. „Man muss nur ein paar Formulare ausfüllen, das ist alles."

Er meinte es zweifellos ernst. Er war bereit, sie vorbehaltlos zu akzeptieren. Und würde sie immer lieben.

Aber wie konnte sie das zulassen?

„Und was für einen Namen soll ich in das Formular schreiben?"

„Völlig egal. Du bekommst meinen." Er zog sie in seine Arme. In seinem ganzen Leben hatte er noch nie jemanden so sehr gebraucht wie sie. „Nimm meinen."

Greif einfach zu, dachte sie, als sich seine Lippen auf ihre legten. Warum sollte sie nicht nehmen, was er ihr anbot – die Liebe, die Sicherheit, das Versprechen –, und die Vergangenheit ruhen lassen?

„Du weißt, dass es nicht richtig wäre." Sie presste seine Wange an seine. „Du brauchst ebenso Gewissheit wie ich."

Vielleicht. So anregend die Vorstellung, für Bailey eine neue Identität zu erfinden, auch sein mochte, wusste er doch, dass damit ihre Probleme nicht gelöst waren. „Es könnte lustig werden", beharrte er dennoch. Dann hielt er sie auf Armeslänge von sich ab und schaute ihr forschend ins Gesicht. „Oder willst du lieber, dass jemand Blumen streut bei deiner Hochzeit, Bailey? Ein weißes Kleid und Orgelmusik?"

Weil ihr Herz glücklich aufseufzte bei diesem Bild, lächelte sie. „Ich denke schon. Ich scheine eine recht traditionelle Seele zu sein."

„Dann sollte ich dir einen ganz traditionellen Diamanten kaufen."

„Cade..."

„War nur so dahingesagt", murmelte er und hob ihre linke Hand. „Nein, wie traditionell auch immer deine Seele sein mag, dein Geschmack, was Schmuck anbelangt, ist einzigartig. Wir werden etwas Passendes finden. Aber ich sollte dich vielleicht vorher meiner Familie vorstellen." Er hob den Blick und schaute sie an, dann lachte er. „Gott steh dir bei."

Bis jetzt ist alles nur Spiel, dachte sie. Sie lächelte ihn an. „Ich würde sie gern kennen lernen. Sehen, wie Camilla in ihrem Tutu Pirouetten dreht."

„Wenn du diese Tortur lebend überstehst und mich hinterher immer noch heiraten willst, weiß ich, dass du mir hoffnungslos verfallen bist. Sie werden einen Spießrutenlauf mit dir veranstalten, Schätzchen. Einen sehr vornehmen, versteht sich. Wo sind Sie zur Schule gegangen, was macht Ihr Vater beruflich, spielt Ihre Mutter Bridge oder Tennis? In welchen Clubs sind Sie Mitglied, und sind wir uns nicht letzten Winter in St. Moritz begegnet?"

Statt entsetzt zu sein, musste sie lachen. „Dann finde ich wohl besser vorher die Antworten heraus."

„Und ich werde mir den Spaß erlauben, sie noch ein bisschen aufzupeppen." Er lachte auch und gab ihr einen Kuss. „Sag, was hältst du davon, wenn wir überlegen, heute Abend zum Essen auszugehen? In irgendein gemütliches kleines Lokal? Und anschließend schauen wir uns dann das Feuerwerk an."

„Es ist noch viel zu früh fürs Abendessen."

„Deswegen habe ich ja auch gesagt, dass wir es uns überlegen sollen." Er trat vor sie hin und zog sie kurzerhand von ihrem Stuhl. „Vorher haben wir nämlich noch etwas Dringendes zu erledigen."

Ihr Puls begann schneller zu schlagen, als sie ihre Arme um seinen Hals legte. „Muss das wirklich sein?"

„Es wird uns die Zeit vertreiben. Es sei denn, du möchtest lieber Rommé spielen."

Kichernd zog sie eine Spur federleichter Küsse über seinen Hals, während er sie zum Schlafzimmer trug. „Also wenn ich schon die Wahl habe..."

„Oder warte, wir könnten auch Strip-Poker spielen. Wir könnten... oh, Mist." Er war die Treppe mit seiner Last bereits halb oben und stark erregt, als es klingelte. „Halte diese Idee fest, okay?" Er ließ sie runter und ging an die Tür, um zu öffnen.

Ein Blick durch die Milchglasscheibe neben dem Eingang ließ ihn aufstöhnen. „Perfektes Timing, wie immer." Mit einer Hand am Türknopf drehte er sich nach Bailey um. „Schätzchen, die Frau auf der anderen Seite der Tür ist meine Mutter. Ich habe zwar registriert, dass du leises Interesse bekundet hast, meine Familie kennen zu lernen, aber ich gebe dir noch eine letzte Chance, weil ich dich liebe. Ich liebe dich wirklich. Deshalb kann ich dir jetzt nur raten, so schnell wie möglich das Weite zu suchen."

Obwohl sie Nervosität in sich aufkeimen spürte, straffte sie die Schultern. „Sei nicht albern und mach schon auf."

„Okay, aber ich habe dich gewarnt." Gewappnet gegen das Schlimmste, öffnete er die Tür und zurrte auf seinem Gesicht ein strahlendes Willkommenslächeln fest. „Mutter." Weil es von ihm erwartet wurde, gab er ihr ein flüchtiges Küsschen auf die Wange. „Was für eine freudige Überraschung."

„Es wäre nicht so weit gekommen, wenn du meine Anrufe beantwortet hättest." Leona Parris rauschte ins Foyer.

Sie war, wie Bailey auf den ersten Blick feststellte, eine erstaunliche Frau. Mit drei erwachsenen Kindern und einigen Enkelkindern musste sie gewiss über fünfzig sein. Sie hätte allerdings leicht für Anfang vierzig durchgehen können.

Ihr Haar war von einem satten Braun mit ein paar goldenen Strähnen und perfekt zu einem französischen Knoten frisiert, der das vornehme Gesicht mit der elfenbeinweißen Haut, den kühlen grünen Augen, der geraden Nase und dem sinnlichen Mund betonte. Sie trug ein elegantes Schneiderkostüm in einem Bronzeton, das sich an ihre schlanke Taille anschmiegte.

Die daumennagelgroßen, quadratisch geschliffenen Topase an ihren Ohrläppchen erregten augenblicklich Baileys Bewunderung.

„Ich hatte zu tun", begann Cade. „Ich musste mich um zwei Fälle und einige persönliche Angelegenheiten kümmern."

„Von deinen Fällen, wie du sie nennst, will ich ganz bestimmt nichts hören." Leona stellte ihre Lederhandtasche auf dem Tisch im Foyer ab. „Und was deine persönlichen Angelegenheiten betrifft, so können sie gewiss nicht als Entschuldigung dafür herhalten, dass du deine familiären Verpflichtungen vernachlässigst. Du hast mich bei Pamela in eine äußerst peinliche Lage gebracht. Ich war gezwungen, erbärmliche Ausflüchte zu machen."

„Wenn du nicht wieder mal eigenmächtig gehandelt hättest, hättest du auch keine Ausflüchte zu machen brauchen." Er spürte, wie der alte Zorn in ihm hochkochte, und bemühte sich, nicht wieder in vertraute Verhaltensmuster zurückzufallen. „Es tut mir Leid, dass ich dich in eine peinliche Lage gebracht habe. Möchtest du einen Kaffee?"

„Was ich möchte, ist eine Erklärung, Cade. Auf Muffys Gartenparty gestern Abend – die zu besuchen du auch versäumt hast – hat Ronald mir eine wilde Geschichte erzählt, dass du angeblich mit irgendeiner Frau mit Verbindungen zum englischen Königshaus verlobt sein sollst, von der ich nie gehört habe."

„Bailey." Weil er sie fast vergessen hatte, drehte Cade sich jetzt mit einem entschuldigenden Lächeln um und streckte die Hand aus. „Bailey, komm runter, ich möchte dich meiner Mutter vorstellen."

Oh, guter Gott, war alles, was Bailey denken konnte, während sie die Treppe nach unten ging.

„Das ist Bailey, meine Verlobte – Leona Parris."

„Mrs. Parris." Baileys Hand zitterte ein bisschen, als sie sie Cades

Mutter reichte. „Wie schön, Sie kennen zu lernen. Cade hat mir schon viel von Ihnen erzählt."

„Wirklich?" Durchaus attraktiv, ging es Leona durch den Kopf. Gute Umgangsformen, wenn auch ein bisschen sehr zurückhaltend. „Leider muss ich gestehen, dass er mir noch gar nichts von Ihnen erzählt hat. Ich glaube nicht, dass ich Ihren vollen Namen schon jemals gehört habe."

„Bailey ist erst seit kurzem in den Staaten", mischte Cade sich ein. „Ich wollte sie noch ein bisschen für mich allein haben." Er legte einen Arm um ihre Schultern und drückte sie besitzergreifend an sich. „Unsere Beziehung hat sich entwickelt wie ein Wirbelwind, stimmt's, Schätzchen?"

„Ja", erwiderte Bailey matt. „Wie ein Wirbelwind. So kann man es sagen."

„So, und Sie sind also Schmuckdesignerin." Hübsche Ringe, registrierte Leona. Gewiss waren es Unikate. „Und eine entfernte Cousine der armen Princess of Wales."

„Bailey schmückt sich nicht gern mit Namen", warf Cade eilig ein. „Schätzchen, vielleicht solltest du jetzt besser diese Anrufe machen. Denk an die Zeitverschiebung in London."

„Wo habt ihr euch denn kennen gelernt?" erkundigte sich Leona.

Bailey öffnete den Mund, wobei sie sich zu erinnern versuchte, welchen Bären Cade Ronald aufgebunden hatte. „Offen gestanden..."

„Im Smithsonian", erwiderte Cade glatt. „Vor dem Hope-Diamanten. Ich habe dort einen Fall recherchiert, während Bailey sich neue Ideen für ihre Entwürfe geholt hat. Es hat mich zwanzig Minuten ununterbrochenes Reden gekostet, und zusätzlich war ich auch noch gezwungen, ihr nachzulaufen – erinnerst du dich daran, wie du gedroht hast, den Sicherheitsdienst zu rufen, Schätzchen? Aber schließlich ist es mir doch gelungen, sie zu einer Tasse Kaffee zu überreden. Und da wir gerade von Kaffee sprechen..."

„Das ist einfach lächerlich", fiel Bailey ihm ins Wort. „Absolut lächerlich. Cade, das ist deine Mutter, und ich weigere mich, diesen Zirkus mitzumachen." Sie wandte sich zu Leona um. „Wir haben uns nicht im Smithsonian kennen gelernt, und die Princess of Wales war auch keine Cousine von mir. Zumindest möchte ich das ernsthaft bezweifeln. Ich habe Cade am Freitagmorgen kennen gelernt, als ich in sein Büro kam, um ihn zu engagieren. Ich brauchte einen Privatdetektiv, weil ich eine Amnesie habe, einen blauen Diamanten und mehr als eine Million Dollar in bar."

Zehn Sekunden lang herrschte tödliches Schweigen, während Leona mit ihrer Schuhspitze auf den Boden klopfte. Dann presste sie die Lippen zusammen. „Nun, wie ich sehe, ist keiner von euch beiden gewillt, mir schlicht und ergreifend nur die Wahrheit zu erzählen. Da ihr offensichtlich beide den Hang zu schauerlichen Lügenmärchen habt, kann ich daraus nur schließen, dass ihr perfekt zusammenpasst."

Sie schnappte sich ihre Tasche und marschierte, mit jedem Schritt ihre verletzte Würde ausdrückend, zur Tür. „Cade, ich erwarte, von dir zu hören, falls du gütigerweise zu der Entscheidung gelangt sein solltest, mir doch noch die Wahrheit zuteil werden zu lassen."

Während Bailey einfach nur starrte, grinste Cade wie ein Idiot, als die Tür mit einem entschiedenen Klick hinter seiner Mutter ins Schloss fiel.

„Das begreife ich nicht. Was ich ihr erzählt habe, war doch die Wahrheit."

„Jetzt weiß ich endlich, was damit gemeint ist, wenn man sagt, dass die Wahrheit befreiend wirkt." Er lachte laut auf, dann riss er Bailey wieder in seine Arme und hob sie hoch. „Sie ist so auf hundertachtzig, dass sie mich bestimmt eine Woche lang in Frieden lässt. Vielleicht sogar zwei." Er gab Bailey einen enthusiastischen Kuss, während er mit ihr auf dem Arm mit langen Schritten auf die Treppe zustürmte. „Ich bin verrückt nach dir, Bailey. Wer hätte gedacht, dass die Wahrheit es schafft, sie mir zumindest für einige Zeit vom Hals zu halten?"

Noch immer lachend, trug er sie ins Schlafzimmer und ließ sie aufs Bett fallen. „Das muss gefeiert werden. Ich habe Champagner kalt gestellt. Heute mache ich dich wieder beschwipst."

Sie strich sich das Haar aus dem Gesicht und setzte sich auf. „Cade, sie ist deine Mutter. Das ist schändlich."

„Nein, es ist die Kunst zu überleben." Er beugte sich zu ihr und gab ihr diesmal einen schmatzenden Kuss. „Und jetzt sind wir beide schwarze Schafe, Schätzchen. Ich kann dir gar nicht sagen, wie viel mehr Spaß mir das machen wird."

„Ich glaube nicht, dass ich ein schwarzes Schaf sein will", rief sie, als er wieder nach draußen stürmte, um den Champagner zu holen.

„Zu spät." Sein Lachen schallte zu ihr zurück.

8. KAPITEL

Cade und Bailey schafften es an diesem Abend sogar noch auszugehen. Allerdings entschieden sie sich, den 4. Juli mit gegrillten Hamburgern und Kartoffelsalat auf einem Volksfest außerhalb der Stadt zu feiern.

Für Cade war es das perfekte erste Date.

Als er ihr genau das sagte, während sie sich in der mit rasender Geschwindigkeit in die Tiefe sausenden Achterbahn an ihn klammerte, lachte sie, schloss die Augen und bangte um ihr Leben.

Er wollte mit allem fahren, so erpicht auf den Kitzel der Gefahr wie die Kinder, die an der Hand von nachsichtigen Erwachsenen zerrten. Ihr war schwindlig, die Knie zitterten ihr, und ihr Magen rebellierte.

„So, jetzt hast du dir eine Belohnung verdient", entschied er endlich, als sie aus dem „Octopus" taumelte.

„Um Himmels willen, bloß nicht noch mehr Zuckerwatte. Ich flehe dich an."

„Ich dachte eher an einen Elefanten." Er legte ihr den Arm um die Taille und schlenderte auf eine Schießbude zu. „Den großen rosanen ganz oben."

Das Plüschtier war drei Fuß hoch, mit einem nach oben gestreckten Rüssel und pinkfarben angemalten Zehennägeln. Ein Elefant. Beim Gedanken an Elefanten musste sie lächeln.

„Oh, er ist wundervoll." Sie grinste schelmisch und klimperte mit den Wimpern. „Ich wünsche ihn mir so sehr."

„Dann ist es mein Job, ihn dir zu holen." Er blätterte ein paar Scheine auf den Tresen und suchte sich ein Luftgewehr aus, entsicherte es, zielte und schoss.

Bailey grinste, dann applaudierte sie, anschließend schaute sie nur noch mit offenem Mund zu, wie die vorbeirollenden Enten, Gänse, Hasen und Rehe der Reihe nach umfielen. „Du hast nicht einmal danebengetroffen." Sie schaute ihn bewundernd an. „Nicht ein einziges Mal."

Ihre unverhüllte Bewunderung bewirkte, dass er sich wie ein Teenager fühlte, der von der Königin des Schulballs ein Lob einheimst. „Sie möchte den Elefanten", sagte er dem Mann hinter dem Tresen, dann lachte er, als sie sich ihm in die Arme warf.

„Danke. Du bist wundervoll. Du bist ganz erstaunlich."

Hand in Hand schlenderten sie anschließend den Mittelgang, in dem sich die Leute dicht an dicht drängten, hinunter. Bailey liebte die bunten Lichter des Jahrmarkts, die in der samtigen Nacht leuchteten wie Juwelen. Und die Gerüche von gebratenen Würstchen, Zuckerwatte und scharfen Saucen.

Es war alles so entspannt, als ob es keine Probleme gäbe auf der Welt – nur Lichter und Musik und Lachen.

„Ich weiß nicht, ob ich je vorher auf einem Jahrmarkt war", sagte sie. „Aber falls ja, ist dieser hier der schönste."

„Ich schulde dir noch immer ein Abendessen bei Kerzenlicht."

Sie wandte den Kopf, um ihn anzuschauen. „Ich will noch mal mit dem Riesenrad fahren."

„Bist du sicher, dass dein Magen das mitmacht?"

„Ich möchte es. Mit dir."

Sie hingen hoch in der Luft über den bunten Lichtern, als die ersten Feuerwerkskörper einen Regen aus Gold in den schwarzen Nachthimmel zauberten.

„Oh, wie wunderschön." Bailey lehnte ihren Kopf an Cades Schulter. Die Raketen schossen hoch, fächerten sich in einem Rausch von Farben auf, der wenig später im Nichts versinkend schon dem nächsten, noch prachtvolleren, noch bunteren Platz machte. Weit unten applaudierten die Leute und stießen anerkennende Pfiffe aus. Irgendwo weinte ein Baby.

„Es hat Angst", murmelte sie. „Es klingt wie Schüsse oder Donner."

„Mein Vater hatte als Kind einen englischen Setter, der sich am 4. Juli immer zitternd unterm Bett verkroch und sich erst wieder rauswagte, wenn das Feuerwerk längst vorbei war."

„Es ist so erschreckend, wenn man nicht weiß, warum es knallt." Ein leuchtender Regen aus Gold und funkelnden Diamanten explodierte, als das Riesenrad unversehens nach unten sackte. Baileys Herz fing an zu rasen, sie bekam schlagartig Kopfschmerzen. Es war nur die Knallerei, das war alles. Die Knallerei und die heftigen Schwingungen der Gondeln, als das Riesenrad schließlich mit einem Ruck zum Stehen kam.

„Bailey?" Cade zog sie enger an sich und musterte sie eingehend. Sie zitterte, die Augen standen groß und dunkel in dem weißen Gesicht.

„Alles okay. Ich fühle mich nur ein bisschen zittrig."

Die Lichter flammten wieder auf und zerrissen den schwarzen Nachthimmel. Und die Bilder purzelten in ihrem Kopf wild durcheinander.

„Er warf die Hände hoch." Ihre Worte waren nicht mehr als ein Flüstern. Jetzt sah sie das leuchtend bunte Farbenmeer nicht mehr. Ihre aufbrechende Erinnerung machte sie blind für alles andere. „Warf sie hoch in dem Versuch, das Messer zu fassen zu bekommen. Ich konnte nicht schreien. Ich konnte nicht schreien. Ich konnte mich nicht bewegen. Es gab nur eine einzige Lichtquelle im Raum, sie kam vom Schreibtisch. Sie waren nur Schatten, und sie schrien sich an, aber ich konnte nicht schreien. Dann explodierte das Licht. Es war so grell, nur einen Moment lang, dass es den ganzen Raum erhellte. Und er... oh, mein Gott, sein Hals. Er hat ihm das Messer in den Hals gestochen."

Sie presste ihr Gesicht an Cades Schulter und fing an zu weinen. „Ich will es nicht sehen. Ich kann es nicht ertragen, es zu sehen."

„Denk nicht mehr daran. Halte dich einfach nur an mir fest und denk nicht mehr daran. Wir fahren jetzt so schnell wie möglich nach Hause."

Endlich im Auto, kuschelte sie sich ganz tief in den Sitz und wiegte sich wie ein Kind vor und zurück, während er eilig um den Wagen herumging und sich hinters Steuer setzte.

„Wein dich aus“, riet er ihr und startete. „Schrei es raus, wenn dir danach ist. Du darfst nur nicht zulassen, dass es dich weiter so auffrisst.“

Weil er ihr nicht das Gefühl vermittelte, sich schämen zu müssen, weinte sie noch ein bisschen, dann lehnte sie erschöpft den Kopf gegen die Nackenstütze, während er die kurvige Straße entlang zurück in die Stadt fuhr.

„Ich sehe Juwelen“, sagte sie nach einer Weile. Ihre Stimme klang heiser, aber fest. „Wunderschöne Edelsteine in Massen. Smaragde und Opale, Rubine und Topase. In verschiedenen Formen, geschliffen und ungeschliffen. Ich kann jeden einzelnen bestimmen. Ich weiß, wie sie sich in meiner Hand anfühlen. Und hier ist dieser hübsche, von Silberfäden durchzogene Quartz. Ich kann sie alle sehen. Sie sind mir absolut vertraut.“

„Sie machen dich glücklich, du fühlst dich wohl.“

„Ja, ich denke schon. Der Gedanke an sie ist angenehm. Tröstlich. Und da ist ein Elefant. Nicht der hier.“ Sie umarmte das Plüschtier. „Aus Speckstein mit einer juwelenbesetzten Decke über seinem Rücken und funkelnden blauen Augen. Er sieht so hoheitsvoll und töricht zugleich aus.“

Sie machte eine Pause und versuchte gegen ihre Kopfschmerzen anzudenken. „Da sind noch andere Steine, viele andere, doch sie gehören mir nicht. Aber sie wirken auch tröstlich. Es erschreckt mich nicht, an sie zu denken. Selbst der Gedanke an den blauen Diamanten erschreckt mich nicht. Er ist so herrlich. Ein Wunder der Natur.“

Sie machte eine kleine Pause und kniff die Augen fest zusammen. „Sie haben sich über sie gestritten. Über ihn“, berichtigte sie sich. „Ich kann sie hören, und ich bin wütend und fühle mich im Recht. Ich sehe mich, wie ich im Zimmer auf und ab gehe, während sie sich anbrüllen, und ich bin zornig und tief befriedigt zugleich. Es ist so eine merkwürdige Gefühlsmischung. Und ich habe ein bisschen Angst. Ich habe etwas getan... ich weiß nicht.“

Sie dachte angestrengt nach und ballte ihre Hände zu Fäusten. „Etwas Überstürztes und Spontanes, womöglich sogar Törichtes. Ich gehe zur Tür. Sie ist offen, und ihre Stimmen hallen draußen. Ich zittere innerlich. Nicht nur aus Angst, ich glaube nicht, dass es nur Angst ist. Es ist auch Zorn. Ich schließe meine Hand um den Stein. Er ist in meiner Tasche, und ich fühle mich besser, wenn ich ihn anfasse. Die Leinentasche ist auch da, auf dem Tisch bei der Tür. Sie ist offen, und ich kann das Geld darin sehen. Ich greife nach der Tasche, während sie sich noch immer anschreien."

Die Lichter der schnell näher rückenden Stadt waren so grell, dass ihre Augen zu tränen begannen. Sie schloss sie wieder. „Sie wissen nicht, dass ich da bin. Sie sind so miteinander beschäftigt, dass sie nicht bemerkt haben, wie ich hereingekommen bin. Dann sehe ich das Messer in seiner Hand, die Klinge blitzt auf. Und der andere greift danach, um es in seinen Besitz zu bringen. Sie beginnen miteinander zu ringen, nur zwei Schatten in einer tödlichen Umklammerung. Dann sehe ich plötzlich Blut, einer der Schatten taumelt zurück. Der andere stürzt sich wieder auf ihn. Er hört nicht auf. Er hört einfach nicht auf. Ich stehe wie erstarrt da, umklammere die Tasche und schaue. Das Licht geht aus, und es ist stockdunkel. Dann zuckt ein greller Blitz auf. Es ist plötzlich so hell. Als er wieder zusticht, in den Hals des anderen, entdeckt er mich. Er sieht mich, und ich renne."

„Okay, versuch dich zu entspannen." Der Verkehr war mörderisch. Er konnte ihre Hand nicht nehmen, sie nicht an sich ziehen, um sie zu trösten. „Versuch nichts zu erzwingen, Bailey. Wir machen zu Hause weiter."

„Cade, sie sind dieselbe Person", murmelte sie und gab einen Laut von sich, der irgendwo zwischen einem verzweifelten Auflachen und Stöhnen angesiedelt war. „Sie sind gleich."

Er verfluchte die verstopften Straßen, überholte einen Lastwagen und fädelte sich millimetergenau in die Lücke davor ein. „Gleich?"

„Sie sind sich gleich. Sie sind dieselbe Person. Aber das kann nicht sein. Ich weiß, dass das nicht sein kann, weil der eine tot ist und der andere nicht. Ich fürchte, ich bin übergeschnappt."

„Ich möchte, dass du dich hinlegst. Ich mache dir einen Tee“, sagte Cade, nachdem sie zu Hause angelangt waren.

„Nein, ich mache ihn. Ich fühle mich besser, wenn ich etwas tun kann. Irgendetwas. Es tut mir Leid. Dabei war es so ein wundervoller Abend.“ In der Küche setzte sie den lächelnden Elefanten auf den Tisch.

„Ja, es war ein wundervoller Abend. Aber er hat dich auch sehr mitgenommen.“ Er ergriff sie bei den Schultern. „Dir muss nichts Leid tun, mir tut es höchstens Leid, dass ich dir nicht mehr helfen kann, aber da musst du allein durch.“

„Ich weiß.“ Sie drückte kurz seine Hand, dann machte sie sich von ihm frei und stellte den gefüllten Wasserkessel auf den Herd. „Ich falle schon nicht auseinander, Cade, doch ich fürchte, allzu stabil bin ich nicht.“ Sie presste ihre Finger gegen die Lider und lachte auf. „Ziemlich komisch, wenn das jemand sagt, der sich nicht einmal an seinen eigenen Namen erinnern kann.“

„Du erinnerst dich ständig an mehr, Bailey. Und du bist die stabilste Frau, die ich je getroffen habe.“

„Dann muss ich mir um dich auch Sorgen machen.“

Sie platzierte die Tassen präzise auf den Untertassen, konzentrierte sich auf die einfache Aufgabe. Teebeutel, Löffel, Zuckerdose.

„Du hast Fragen.“ Sie stellte die Teekanne auf den Tisch, riss sich zusammen und schaute ihn an. „Du stellst sie nicht, weil du befürchtest, ich könnte zusammenbrechen. Aber ich breche nicht zusammen. Ich wünschte, du würdest sie stellen, Cade. Es ist leichter, wenn du es tust.“

„Setzen wir uns erst mal.“ Er zog ihr einen Stuhl heraus und ließ sich Zeit beim Umrühren seines Tees. „Der Raum hatte einen grauen Teppichboden, ein Fenster, einen Tisch an der Tür. Konzentrier dich auf den Schreibtisch, Bailey. Erzähl mir, wie er aussieht.“

„Er ist ein wunderschönes Stück.“ Sie beschrieb den antiken Schreibtisch in allen Einzelheiten. „Die Griffe sind aus blank poliertem Messing“, schloss sie.

Verblüfft starrte sie in ihren Tee. „Jetzt klinge ich wie eine Antiquitätenhändlerin.“

Nein, dachte er, nur wie jemand, der ein Faible für schöne Dinge hat. Und diesen Schreibtisch sehr gut kennt.

„Was befindet sich auf dem Schreibtisch?"

„Die Lampe. Sie ist auch aus Messing, mit einem grünen Glasschirm und einer altmodischen Kette zum An- und Ausschalten. Und ein ordentlich aufeinander geschichteter Papierstapel, der genau mit der Schreibtischkante abschließt. In der Mitte liegt ein lederner Tintenlöscher, und ein kleines Kästchen für lose Steine. Es enthält grasgrüne Smaragde in verschiedenen Formen und Größen. Außerdem ist da noch eine Juwelierslupe. Und ein Glas aus Bakkaratkristall, mit schmelzenden Eiswürfeln in dem Whiskey. Und... und das Messer..." Ihr stockte der Atem, aber sie zwang sich, Luft zu holen. „Das Messer ist da, mit dem geschnitzten Horngriff und der gebogenen Klinge. Es ist alt, es ist wunderschön."

„Sitzt jemand an dem Schreibtisch?"

„Nein, der Stuhl ist leer. Er ist dunkel, aus zinngrauem Leder. Er steht mit dem Rücken zum Fenster. Draußen heult ein Sturm." Ihre Stimme wurde schrill. „Ein Gewitter. Blitze zucken über den Himmel, es gießt in Strömen. Sie überschreien den Donner."

„Wo sind sie?"

„Vor dem Schreibtisch, sie stehen sich gegenüber."

Er schob ihre Tasse beiseite, so dass er ihre Hand nehmen konnte. „Was sagen sie, Bailey?"

„Ich weiß nicht. Irgendetwas über eine Einlage. Dass sie die Einlage nehmen und das Land verlassen. Es ist ein schlechtes Geschäft. Zu gefährlich. Er hat sich dazu entschlossen."

Sie konnte die Stimmen hören. Hasserfüllt und zornig.

Du hinterhältiger Dreckskerl.

Wenn du den Deal mit ihm machen willst, bitte, es ist deine Entscheidung. Aber ohne mich.

Wir machen es zusammen. Du kannst dich nicht drücken.

Bailey hat bereits Verdacht geschöpft. Sie ist nicht so blöd, wie du denkst.

Wenn du glaubst, du kannst mit dem Geld untertauchen und mich alles ausbaden lassen, hast du dich getäuscht.

„Er versetzt ihm einen Stoß. Sie ringen, schieben, drücken, boxen. Es macht mir Angst, wie sehr sie sich hassen. Ich weiß nicht, wie sie sich so sehr verabscheuen können, wo sie doch gleich sind."

Cade wollte nicht, dass sie erzählte, was als Nächstes passiert war. Er wusste genug. „Was meinst du mit gleich?"

„Sie haben dasselbe Gesicht. Dieselben dunklen Augen, dieselben dunklen Haare. Alles. Spiegelbilder. Selbst ihre Stimmen sind gleich. Sie sind derselbe Mann, Cade. Wie können sie derselbe Mann sein, Cade, es sei denn, das alles ist gar nicht passiert und ich habe nicht nur mein Gedächtnis verloren, sondern auch meinen Verstand?"

„Du übersiehst das Offensichtliche, Bailey. Aber es liegt auf der Hand." Sein Lächeln war grimmig, seine Augen glühten. „Sie sind Zwillinge."

„Zwillinge? Brüder?" Alles in ihr wehrte sich gegen diese Vorstellung. Sie konnte nur den Kopf schütteln darüber, und sie schüttelte ihn, bis die Bewegung so heftig wurde, dass sie ans Verzweifelte grenzte. „Nein, nein, nein." Das konnte sie nicht akzeptieren. Niemals. „Das ist es nicht. Das kann nicht sein."

Sie stieß sich abrupt vom Tisch ab, ihr Stuhl schrammte hart über die Fliesen. Verzweifelt versuchte sie seine Worte zu verdrängen, indem sie nach ihrer Tasse griff, wobei sie etwas von dem Tee verschüttete, bevor sie sie zur Spüle trug und den Tee in den Ausguss kippte. „Es war nicht hell genug. Ich weiß nicht, was ich sah."

Sie will nicht wissen, was sie gesehen hat, schloss Cade. Ist noch nicht bereit dazu. Und er hatte nicht die Absicht, den Analytiker zu spielen, solange sie in einer derart schlechten Verfassung war.

„Denk fürs Erste nicht mehr darüber nach. Es war ein harter Tag, du brauchst jetzt Ruhe."

„Ja." Sie sehnte sich mit jeder Faser ihres Herzens nach Frieden, nach Erlösung. Aber sie hatte Angst davor zu schlafen, sie fürchtete die Träume, die mit dem Schlaf kommen würden. Verzweifelt warf sie sich in seine Arme. „Mach Liebe mit mir, Cade. Bitte. Ich will nicht mehr denken. Ich möchte nur, dass du mich liebst."

„Ich liebe dich." Er begegnete ihrem suchenden Mund mit seinen Lippen. „Und gleich werden wir uns lieben."

Cade wartete, bis er sicher sein konnte, dass sie eingeschlafen war. Eine Zeit lang schaute er sie einfach nur an, wie sie, ermattet vom Liebesspiel, in den Kissen lag.

Er streifte mit seinen Lippen ihre Schläfe. Als er sie verließ, lag sie auf dem Bauch, ein Arm auf der Stelle, wo er eben noch gelegen hatte. Er hoffte, dass die Erschöpfung ihr ruhige Träume bescherte. Er ließ die Tür offen, so dass er hören konnte, wenn sie im Schlaf aufschrie oder nach ihm rief.

Nachdem er sich eine Kanne Kaffee gemacht hatte, ging er damit und mit einer Tasse in die Bibliothek. Er begrüßte seinen Computer mit einem grimmigen Schnauben, bevor er ihn einschaltete. Die Uhr in der Ecke schlug Mitternacht, dann schlug sie die halbe Stunde.

Nach mehr als der doppelten Zeit, die ein zehnjähriger Hacker für diese Aufgabe gebraucht hätte, leuchtete endlich die gesuchte Information auf dem Bildschirm auf.

Edelsteinexperten. Im weiteren städtischen Umkreis.

Boone and Son.

Kleigmore Diamond Consultants.

Landis Jewelry Creations.

Sein Computer lieferte ihm detailliertere Informationen als das Telefonbuch. Ein Hurra auf die neuen Technologien. Ausnahmsweise. Er überflog die Daten, die Namen, dann scrollte er weiter.

Salvani.

Salvani. Er kniff die Augen zusammen, während er sich die Angaben. die zu der Firma gemacht wurden, durchlas. Edelsteinschätzer und -experten. Spezialisiert auf Schmuck und Antiquitäten. Gegründet 1952 von Charles Salvani, mittlerweile verstorben.

Beratung von Museen und Privatsammlungen. Individuelle Schmuckgestaltung, Reparaturen, Aufarbeitungen. Alle Arbeiten mit Garantie.

Eine erstklassige Adresse, wie es schien. Die Firmeninhaber waren Thomas und Timothy Salvani.

T.S. dachte er, von plötzlicher Erregung durchzuckt. Brüder.

Bingo.

9. KAPITEL

„Zieh dich an und hol deine Handtasche“, ordnete Cade am nächsten Morgen gleich nach dem Frühstück an.

Bailey schaute ihn verblüfft an. Er hatte beschlossen, ihr nichts von seiner Entdeckung in der vergangenen Nacht zu erzählen, weil er befürchtete, dass sie sich sträuben könnte, sich mit ihrer schmerzhaften Vergangenheit zu konfrontieren. „Wo fahren wir denn hin?“

„Das wirst du dann schon sehen.“

Sie spürte seine Anspannung, deshalb fügte sie sich ohne weitere Nachfragen. Während der Fahrt hüllte er sich in Schweigen. Sie erkannte ein paar Gebäude wieder, an denen sie vorbeifuhren. Sie waren die Strecke schon einmal gefahren. Doch als er die Stadtgrenze hinter sich ließ, begann sie, nervös zu werden. „Ich wünschte mir, du würdest mir sagen, wo wir hinfahren.“ Die Bäume stehen zu dicht an der Straße, dachte sie mit aufflammender Panik. Sie waren zu grün, zu ausladend, zu hoch.

„Zurück“, erklärte er. „Manchmal muss man eine Tür öffnen, um zu sehen, was sich dahinter befindet.“

Ihre Kehle schnürte sich zu. Sie hätte ihre Seele verkauft für ein Glas Wasser. „Wir sollten lieber wieder umdrehen.“

„Du weißt, wo wir hinfahren?“

„Nein.“ Es klang abgehackt, verzweifelt. „Nein, ich weiß es nicht.“

Er warf ihr aus scharfen grünen Augen einen Blick zu. „Dorthin, wo die Steine sind, Bailey.“

Er fuhr von der Hauptstraße herunter und bog nach links ab, während er ihren angestrengten Atemzügen lauschte. Entschlossen bekämpfte er seinen Drang, sie zu trösten. Sie war stärker, als er geglaubt hatte. Das konnte er ruhig zugeben. Sie würde es überstehen. Er würde ihr helfen, es zu überstehen.

Sie konnte nicht länger in der sicheren kleinen Welt leben, in der sie sich in den letzten Tagen dank seiner Hilfe bewegt hatte. Es war Zeit, den nächsten Schritt zu tun, für sie beide. Die Kiefer fest zusammengepresst, bog er auf den Parkplatz der Firma Salvani ein.

„Du weißt, wo wir sind."

Ihre Hände waren klamm. Rastlos rieb sie sich die feuchten Handflächen an ihrer Hose ab. „Nein, ich weiß es nicht."

Es war ein einstöckiges Backsteingebäude. Alt, sehr gepflegt, das Eingangsportal flankiert von üppigen Azaleen, die im Frühling bestimmt herrlich blühten. Das Haus strahlte eine Gediegenheit aus, die Bailey eigentlich nicht hätte erschauern lassen sollen.

Auf dem Parkplatz stand nur ein Auto. Eine BMW-Limousine, dunkelblau. Ihr Lack glänzte in der Sonne.

„Ich will weg hier." Bailey wandte den Kopf und weigerte sich, auf das Schild zu schauen, das über der Eingangstür prangte.

SALVANI stand dort in großen klaren Buchstaben.

„Sie haben geschlossen", fuhr sie fort. „Heute ist immer noch Feiertag, und es ist niemand da. Wir sollten wieder fahren."

„Auf dem Parkplatz steht aber ein Wagen", wandte Cade ein. „Wir könnten unser Glück wenigstens versuchen."

„Nein." Sie entriss ihm ihre Hand und verkroch sich tiefer in ihren Sitz. „Ohne mich. Ich gehe da nicht rein."

„Was ist dort drin. Bailey?"

„Ich weiß nicht." Horror. Der blanke Horror. „Ich gehe nicht rein."

Er hätte sich lieber das Herz aus dem Leib gerissen, als sie zu dem gezwungen, zu dem er sie zwingen musste. Aber er hatte keine andere Wahl. Er tat es für sie. Also stieg er aus, ging um den Wagen herum auf ihre Seite und öffnete die Tür. „Ich bin bei dir, Bailey. Lass uns gehen."

„Ich sagte bereits, dass ich nicht mitkomme."

„Feigling." Er schnaubte verächtlich. „Willst du dich für den Rest deines Lebens irgendwo verkriechen?"

Obwohl in ihren Augen Tränen standen, blitzten sie jetzt wütend auf, als sie den Sicherheitsgurt aus der Verankerung riss. „Dafür hasse ich dich."

„Ich weiß", murmelte er, hakte sich fest bei ihr unter und lotste sie zum Eingang.

Drinnen war es dämmrig. Durch die vergitterte Schaufensterscheibe erkannte er kaum mehr als einen dicken Teppich und Glasvitrinen, in denen Gold und Edelsteine matt glitzerten. Es handelte sich um einen kleinen, sehr elegant eingerichteten Ausstellungsraum mit einigen Sesseln und Spiegeln, in denen sich die Kunden mit den Objekten ihrer Begierde bewundern konnten.

Bailey neben ihm zitterte wie Espenlaub.

„Lass es uns am Hintereingang versuchen."

Die Rückseite des Hauses war einer Einkaufsstraße zugewandt und prahlte mit einem Lieferanten- und einem Angestellteneingang. Cade taxierte die Schlösser am Angestellteneingang und entschied, dass er es mit ihnen aufnehmen konnte. Er zog aus seiner Tasche eine kleine Ledertasche mit Werkzeug.

„Was hast du denn vor?" Bailey trat einen Schritt zurück, als er einen Dietrich auswählte und sich dann über das Schloss beugte. „Willst du etwa einbrechen? Das kannst du nicht machen."

„Ich denke, ich schaffe es. Ich übe mich mindestens vier Stunden pro Woche im Schlösserknacken, von daher dürfte es keine Schwierigkeit sein. Gedulde dich eine Minute."

Es erforderte Konzentration, eine Menge Gefühl und ein paar schweißtreibende Minuten. Falls die Alarmanlage eingeschaltet war, würde sie losgehen, sobald er das erste Schloss offen hatte. Sie ging nicht los, und er wechselte das Werkzeug und wandte sich dem zweiten zu.

Allerdings war auch ein stummer Alarm nicht auszuschließen. Falls die Polizei auf der Bildfläche erschien, würde er eine Menge erklären müssen.

„Das ist verrückt." Bailey wich noch einen Schritt zurück. „Du brichst am helllichten Tag in ein Juweliergeschäft ein. Das ist Wahnsinn, Cade."

„Geschafft." Er atmete erleichtert auf. Höchst pingelig verstaute er seine Gerätschaften wieder in dem kleinen Werkzeugbeutel, den er sich in die Jackentasche schob. „Ein Laden wie der hier sollte eigentlich auch einen Bewegungsmelder haben."

Er betrat das Gebäude. Im Dämmerlicht erkannte er die Alarmanlage neben der Eingangstür. Sie war nicht in Betrieb.

Er konnte fast hören, wie ein weiteres Puzzleteilchen an seinen Platz fiel.

„Sehr leichtsinnig von ihnen“, brummte er. „Bei der Einbruchsrate.“

Er nahm Baileys Hand und zog sie ins Haus. „Niemand wird dir etwas tun, solange ich bei dir bin. Und mir auch nicht.“

„Ich kann das nicht.“

„Du machst es doch schon.“ Mit einer Hand die ihre haltend, schaltete er mit der anderen das Licht an.

Sie standen in einem kleinen Vorraum mit einem abgenutzten Holzfußboden und kahlen weißen Wänden. An der linken Wand war eine Messinggarderobe angebracht. An einem der Haken hing der graue Regenmantel einer Frau.

Das Gewitter letzten Donnerstag war angekündigt, dachte er. Eine praktische Frau wie Bailey wäre nicht ohne ihren Regenmantel zur Arbeit gekommen. „Gehört der dir?“

„Ich weiß nicht.“

„Auf jeden Fall könnte er dir gehören. Guter Stoff, sauber verarbeitet, von unaufdringlicher Eleganz.“ Er untersuchte die Taschen, fand eine Rolle Pfefferminzdrops, eine kurze Einkaufsliste, einen Pack Papiertaschentücher. „Das ist deine Handschrift“, sagte er und zeigte ihr die Liste.

„Ich weiß nicht.“ Sie weigerte sich hinzuschauen. „Ich erinnere mich nicht.“

Er steckte die Liste ein und führte Bailey in den angrenzenden Raum.

Es war ein Atelier, etwas kleiner als das bei Westlake. Jetzt erkannte er die Geräte und Instrumente wieder und war überzeugt davon, dass er, wenn er sich die Zeit nähme, den Tresor in der Ecke zu knacken, lose Steine darin finden würde. Die Flut von Steinen, die Bailey ihm beschrieben hatte. Steine, die sie glücklich machten, ihre Kreativität herausforderten, sie tröstlich stimmten.

Die Arbeitsplatte war mustergültig aufgeräumt. Nichts lag herum.

Typisch für Bailey.

„Irgendjemand hält hier mustergültige Ordnung", stellte er in mildem Ton fest. Ihre Hand lag wie ein Eisklumpen in seiner, als er sich umdrehte. Dort war eine Wendeltreppe, die ins Obergeschoss führte. „Lass uns nachschauen, was sich hinter Tür Nummer zwei befindet."

Diesmal protestierte sie nicht. Sie war zu sehr mit ihrer Angst beschäftigt, um auch nur ein einziges Wort herauszubringen. Sie zuckte zusammen, als er das Licht auf der Treppe anknipste und sie zu sich hochzog.

Im Obergeschoss waren die Fußböden mit zinngrauem Teppichboden belegt. Ihr Magen krampfte sich zusammen. Der Flur war breit genug, um nebeneinander gehen zu können, und an ausgewählten Stellen glänzten antike Tische in dem gedämpften Licht. In einer silbernen Vase verblühten rote Rosen. Der Geruch des Todes, der über allem zu schweben schien, verursachte ihr Übelkeit.

Er öffnete eine Tür, drückte sie weiter auf. Und wusste auf den ersten Blick, dass das ihr Büro war.

Alles war an seinem Platz. Der Queen-Anne-Schreibtisch, ein schönes, feminines Möbelstück, war unter der feinen Wochenendstaubschicht auf Hochglanz poliert. Auf ihm lag ein länglicher milchiger Kristall, gezackt an einem Ende wie eine abgebrochene Schwertklinge. Und der Stein daneben musste der Quarz sein, von dem sie gesprochen hatte.

An den Wänden hingen Aquarelle in schmalen Holzrahmen. Neben einem rosefarbenen Zweiersofa mit lindgrünen Kissen stand ein zierliches Tischchen. Darauf befanden sich eine Vase mit Veilchen, die den Kopf hängen ließen, und Fotos in glänzenden Silberrahmen.

Er nahm das erstbeste Foto zur Hand. Sie war schätzungsweise zehn, ein bisschen mager und unfertig noch, aber es waren unzweifelhaft ihre Augen. Und heute hatte sie eine geradezu verblüffende Ähnlichkeit mit der Frau, die neben ihr in einer Hollywoodschaukel saß und in die Kamera lächelte.

„Deine Vergangenheit, Bailey." Er griff nach einem anderen Foto. Drei Frauen, untergehakt in die Kamera lachend. „Du, M.J. und Grace. Deine Gegenwart." Er stellte das Foto wieder hin, suchte sich ein anderes aus. Der Mann war attraktiv, sein Lächeln selbstsicher und warm.

Ihre Zukunft? fragte er sich.

„Er ist tot." Die Worte kamen erstickt heraus und zerrissen ihr auf dem Weg über ihre Lippen das Herz. „Mein Vater. Er ist tot. Das Flugzeug ist in Dorset abgestürzt. Er ist tot."

„Das tut mir Leid." Cade stellte das Foto wieder hin.

„Er kam nie mehr nach Hause zurück." Sie lehnte sich gegen den Schreibtisch, die Knie zitterten ihr, ihr Herz schlug Kapriolen, als plötzlich viel zu viele Bilder auf sie einstürmten. „Er ging auf Geschäftsreise und kam nicht mehr zurück. Wir haben zusammen Eis auf der Veranda gegessen, und dann hat er mir die Schätze gezeigt, die er von seinen Reisen mitbrachte. Schöne alte Sachen. Er roch nach Seife mit Fichtennadelduft und Bienenwachs. Manchmal arbeitete er die Stücke auch selbst auf. Es machte ihm Freude."

„Er handelte mit Antiquitäten", sagte Cade ruhig.

„Er hat es geerbt. Sein Vater hat es ihm hinterlassen. Time and Again. So hieß das Geschäft. Time and Again. Es war voller so schöner Dinge. Mein Vater starb, er starb in England, Tausende von Meilen von zu Hause weg. Meine Mutter musste das Geschäft verkaufen. Sie musste es verkaufen, als..."

„Lass dir Zeit. Sei ganz ruhig. Lass es einfach kommen."

„Sie heiratete wieder. Ich war vierzehn. Sie war noch jung, sie war einsam. Sie wusste nicht, wie man ein Geschäft führt. Das hat sie gesagt. Sie wusste es einfach nicht. Er kümmerte sich um alles. Kein Grund zur Sorge."

Sie taumelte leicht, fing sich wieder. Dann landete ihr Blick auf dem Speckstein-Elefanten mit der juwelenbesetzten Decke auf dem Rücken. „M.J. Sie schenkte ihn mir zum Geburtstag. Ich liebe törichte Dinge. Ich sammle Elefanten. Ist das nicht merkwürdig? Du hast mir auf dem Jahrmarkt einen Elefanten geschossen, und ich sammle sie."

Sie fuhr sich mit der Hand über die Augen, gab sich alle Mühe, nicht den Faden zu verlieren. „Wir lachten, nachdem ich das Päckchen aufgemacht hatte. Nur wir drei. M.J. und Grace und ich, es ist erst ein paar Wochen her. Mein Geburtstag ist im Juni. Am neunzehnten Juni. Ich bin fünfundzwanzig."

In ihrem Kopf herrschte ein einziges Chaos. Sie versuchte die Oberhand darüber zu gewinnen, indem sie Cade unausgesetzt fixierte. Ein Punkt, an dem sie sich festhalten konnte. „Ich bin fünfundzwanzig. Ich heiße Bailey James. Mein Name ist Bailey Ann James."

Cade drückte sie sacht aufs Sofa und nahm ihre Hand. „Freut mich, dich kennen zu lernen."

10. KAPITEL

„Ich bin fix und fertig." Bailey presste ihre Finger an die Augen. Die Erinnerungen nahmen überhand und purzelten wild durcheinander, überlappten sich und verblassten, ehe sie sie zu fassen bekam.

„Erzähl mir von deinem Vater."

„Mein Vater. Er ist tot."

„Ich weiß, Schätzchen. Erzähl mir von ihm."

„Er... er kaufte und verkaufte Antiquitäten. Es war ein Familienunternehmen. Die Familie bedeutete ihm alles. Wir lebten in Connecticut. Dort wurde die Firma gegründet, und dort hatten wir unser Haus. Er... er expandierte. Ein Ableger in New York, einer in Washington. Sein Vater hatte die Firma aufgebaut, und mein Vater baute sie aus. Er hieß Matthew."

Jetzt presste sie eine Hand an ihr Herz, während es anschwoll vor Kummer. „Es ist so, als würde ich ihn noch einmal verlieren. Er war der Dreh- und Angelpunkt meiner Welt, er und meine Mutter. Sie konnte keine Kinder mehr bekommen. Ich nehme an, sie verwöhnten mich. Ich liebte sie so sehr. Wir hatten einen Ahorn im Garten. Dorthin zog ich mich zurück, nachdem mir meine Mutter von dem Flugzeugabsturz erzählt hatte. Ich setzte mich unter den Ahornbaum und betete, dass Vater zurückkommen möge."

„Und deine Mutter kam und fand dich?"

„Ja, sie setzte sich zu mir. So saßen wir lange Zeit. Die Sonne ging unter, und wir saßen einfach nur da. Wir waren verloren ohne ihn,

Cade. Sie versuchte es, sie versuchte mit aller Kraft, das Geschäft zusammenzuhalten, für mich zu sorgen und sich um das Haus zu kümmern. Aber es war zu viel. Sie wusste nicht, wie. Und dann... dann lernte sie Charles Salvani kennen."

„Das hier ist sein Haus."

„War." Sie fuhr sich mit dem Handrücken über den Mund. „Er war Juwelier, spezialisiert auf alten Schmuck. Sie holte wegen irgendetwas seinen Rat ein. So hat es angefangen. Sie war einsam, und er war sehr gut zu ihr. Und zu mir auch. Ich bewunderte ihn. Ich weiß nicht, ob sie ihn geliebt hat, aber sie brauchte ihn. Sie verkaufte, was noch übrig war von dem Geschäft, und heiratete ihn."

„Er war wirklich gut zu dir?"

„Ja, das war er. Er war ein liebenswürdiger Mann. Und wie mein Vater war er grundehrlich. Ehrlichkeit sowohl im Geschäfts- wie im Privatleben war für ihn unverzichtbar."

„Du hast ihn geliebt."

„Ja, es war leicht, ihn zu lieben, ihm dankbar zu sein für das, was er für meine Mutter und mich getan hat. Als ich ein Interesse an Edelsteinen entwickelte, ermutigte er mich. Ich war ständig hier, in den Ferien und nach der Schule. Er schickte mich aufs College. In dieser Zeit starb meine Mutter. Ich war nicht da. Ich war nicht da, als sie starb."

„Honey." Er umarmte sie, versuchte sie zu trösten. „Das tut mir Leid."

„Es war ein Unfall. Alles ging sehr schnell. Ein betrunkener Fahrer raste in der Kurve über den Mittelstreifen. Er rammte sie frontal." Ihre Trauer war wieder frisch wie am ersten Tag. „Charles war am Boden zerstört. Von diesem Schicksalsschlag hat er sich nie wieder erholt, und als sie starb, verlor er das Interesse an allem. Er zog sich aus dem Geschäft zurück und schottete sich völlig ab. Er starb weniger als ein Jahr später."

„Und du warst allein?"

„Ich hatte meine Brüder." Sie griff erschauernd nach Cades Hand. „Timothy und Thomas. Charles' Söhne. Meine Stiefbrüder."

Sie schluchzte trocken auf. „Zwillinge." Sie versuchte ihm ihre Hand zu entziehen. „Ich möchte jetzt gehen. Ich will hier weg."

„Erzähl mir von deinen Brüdern", sagte er ruhig. „Sie sind älter als du."

„Ich möchte gehen. Ich muss hier raus."

„Sie arbeiten hier", fuhr Cade fort. „Sie haben das Geschäft deines Stiefvaters übernommen. Du arbeitest hier mit ihnen zusammen."

„Ja, ja. Sie haben das Geschäft übernommen. Ich kam hierher, nachdem ich in Radcliffe meinen Abschluss gemacht hatte. Wir waren eine Familie. Sie waren meine Brüder. Sie waren zwanzig, als ihr Vater meine Mutter heiratete. Wir lebten im selben Haus, wir waren eine Familie."

„Einer von ihnen hat versucht, dich zu töten."

„Nein, nein." Sie bedeckte ihr Gesicht erneut mit den Händen, weigerte sich hinzuschauen. „Es ist ein Irrtum. Ich sage dir, sie sind meine Brüder. Meine Familie. Wir leben zusammen. Wir arbeiten zusammen. Unsere Eltern sind tot, und wir sind alles, was übrig ist. Sie sind manchmal ungeduldig und schroff, aber sie würden mir nie etwas antun. Sie würden sich nie gegenseitig etwas antun. Sie könnten es nicht."

„Haben sie ihre Büros auch hier? In diesem Gebäude, auf diesem Stockwerk?" Sie schüttelte den Kopf, aber ihr Blick flog gehetzt nach links. „Ich möchte, dass du hier sitzen bleibst und dich keinen Millimeter von der Stelle rührst."

„Wohin gehst du?"

„Ich muss nachschauen." Er umrahmte ihr Gesicht mit den Händen und schaute ihr tief in die Augen. „Du weißt, dass ich nachschauen muss. Bleib hier."

Sie ließ den Kopf gegen die Lehne des Sofas sinken und schloss die Augen. Sie würde hier bleiben. Es gab nichts, das sie sehen musste. Es gab nichts, das sie wissen musste. Sie musste gar nichts wissen. Sie kannte jetzt ihren Namen, ihre Familie. War das nicht genug?

Aber in ihrem Hinterkopf hörte sie noch immer das Echo des Donnerschlags, der sie laut aufstöhnen ließ.

Sie bewegte sich nicht, als Cade wieder ins Zimmer kam, aber sie öffnete die Augen. Und da sah sie es.

„Es ist Thomas", sagte er mit hohl klingender Stimme. „Es ist Thomas, der am Ende des Flurs tot in seinem Büro liegt."

Es wunderte ihn nicht, dass sie das, was sie gesehen hatte, verdrängte. Der Kampf war hässlich und gewalttätig gewesen. Schon allein der Anblick des Toten in dem verwüsteten Büro hatte ihm eisiges Entsetzen eingejagt. Wie grauenhaft musste es erst für sie gewesen sein, zur unmittelbaren Augenzeugin dieses Schreckens zu werden in dem Wissen, dass hier ein Bruder den anderen abschlachtete?

„Thomas", sagte sie tonlos und ließ ihren Tränen freien Lauf. „Armer Thomas. Er wollte immer in allem der Beste sein. Und oft war er es auch. Sie waren nie unfreundlich zu mir. Sie ignorierten mich oft, wie ältere Brüder das eben so tun, nehme ich an. Ich weiß, dass sie es mir insgeheim verübelt haben, dass Charles mir einen Teil der Firma vermacht hat, aber sie ließen sich nichts anmerken."

Sie unterbrach sich und schaute auf ihre Hände. „Und es gibt nichts, was wir für ihn noch tun können?"

„Nein. Ich möchte, dass wir jetzt gehen." Er nahm ihre Hand und zog sie auf die Füße. „Wir müssen die Polizei benachrichtigen."

„Sie planten, die drei Sterne von Mithra zu stehlen."

Jetzt wollte sie plötzlich alles loswerden. Sie musste es loswerden. „Wir haben vom Smithsonian Museum den Auftrag bekommen, die drei Diamanten auf ihre Echtheit zu untersuchen und zu schätzen. Oder besser gesagt, ich habe den Auftrag bekommen. Es ist mein Fachgebiet. Sie stammen ursprünglich aus Persien. Sie sind sehr alt und befanden sich früher in einem goldenen Dreieck, das eine Statue des Mithra in Händen hielt."

Sie räusperte sich, jetzt, da sie sich auf etwas Theoretisches konzentrieren konnte, war ihre Stimme ruhig. „Mithra war eine Gottheit im alten Persien. Im Römischen Reich war der Mithra-Kult weit verbreitet. Er sollte..."

„Das kannst du mir alles im Auto erzählen."

Er versuchte sie zur Tür zu drängen, aber sie wich nicht vom Fleck und sprach weiter. „Man hatte lange Zeit angenommen, die drei

Sterne seien nur ein Mythos, aber einige Wissenschaftler glaubten fest an ihre Existenz und beschrieben sie als Symbole der Liebe, der Erkenntnis und der Großzügigkeit. Es gibt Leute, die glauben, dass derjenige, der alle drei Sterne besitzt, unsterblich wird."

„Aber das glaubst du nicht."

„Natürlich nicht. Allerdings bin ich fest davon überzeugt, dass eine große Kraft von ihnen ausgeht: Ich kam meinen Brüdern auf die Schliche. Ich fand heraus, dass Timothy im Labor Duplikate hergestellt hatte." Sie rieb sich die Augen. „Vielleicht hätte ich es nie herausgefunden, wenn er ein bisschen sorgfältiger und methodischer vorgegangen wäre, aber er war schon immer der Ungeduldigere von den beiden, der Rücksichtslosere." Jetzt ließ sie die Schultern hängen. „Er wird sehr schnell wütend."

„Aber er hat dir nie etwas getan?"

„Nein, nie. Wenn man davon absieht, dass er von Zeit zu Zeit meine Gefühle verletzt hat." Sie versuchte sich an einem Lächeln, aber es verblasste schnell wieder. „Er schien zu spüren, dass meine Mutter seinen Vater nur geheiratet hat, damit wir jemanden hatten, der für uns sorgte. Es war zum Teil wahr, nehme ich an. Deshalb war es mir immer wichtig, mich zu beweisen."

„Das hast du."

„Ich hätte jedoch nie gedacht, dass er oder Thomas je etwas Unehrenhaftes tun könnten. Bis wir die Steine zur Schätzung hier im Haus hatten."

„Der Versuchung, die damit auf sie zukam, konnten sie nicht widerstehen."

„Offensichtlich. Die Fälschungen hätten auf Dauer natürlich niemanden täuschen können, aber bis dahin wären meine Brüder mit dem Geld längst über alle Berge gewesen. Ich weiß nicht, wer ihnen die echten Steine abnehmen wollte, aber sie arbeiteten mit irgendjemandem zusammen."

Sie blieb an der Treppe stehen, starrte nach unten. „Hier hat er mich runtergejagt. Ich rannte. Ich rannte um mein Leben. Es war stockdunkel. Ich stürzte fast kopfüber diese Treppe hinunter. Ich hörte ihn hinter mir herkommen. Und ich wusste, dass er mich umbringen würde. Wir haben jedes Jahr zusammen Weihnachten gefeiert, seit ich vierzehn war. Und ich wusste, dass er mich auf dieselbe grässliche Weise töten würde wie Thomas."

Sie umklammerte das Geländer, während sie langsam die Treppe hinunterging. „Ich liebte ihn, Cade. Ich liebte sie beide." Am Fuß der Treppe drehte sie sich um und zeigte auf eine kleine Tür. „Dort geht es nach unten in den Keller. Unter der Kellertreppe ist eine Falltür, hinter der sich ein kleiner Stauraum befindet, wo ich mich verkroch."

Schweigend verließen sie das Haus. Bailey war überrascht, dass draußen noch immer die Sonne schien.

„Ich kann mich nicht erinnern, wie lange ich dort zitternd in der Dunkelheit hockte, immer in der Erwartung, dass er mich aufstöbern und umbringen würde. Ich weiß nicht, wie ich in das Hotel gekommen bin. Aber ich nehme an, zu Fuß – wahrscheinlich bin ich gerannt. Ich bin nie mit dem Auto zur Arbeit gefahren. Ich wohne nur ein paar Häuserblocks entfernt von hier."

Er wollte ihr sagen, dass es jetzt vorbei war, aber das war es nicht. Er wollte ihr sagen, dass sie jetzt den Kopf an seine Schulter legen und alles hinter sich lassen könnte. Aber er konnte es nicht. Stattdessen nahm er ihre Hände und veranlasste sie, ihn anzuschauen.

„Bailey. Wo sind die beiden anderen Steine?"

„Die..." Sie wurden kreidebleich, so plötzlich, dass er ihre Schultern ergriff, um sie festzuhalten, weil er befürchtete, sie könnte ohnmächtig werden. Aber sie starrte ihn nur mit weit aufgerissenen Augen entsetzt an.

„Oh, mein Gott... oh, mein Gott, Cade, was habe ich getan? Er weiß, wo sie wohnen. Er weiß es."

„Du hast sie M.J. und Grace gegeben." Hastig öffnete er ihr die Autotür. Die Polizei musste noch warten. „Sag mir, wohin ich fahren soll."

„Ich war so wütend", erzählte sie ihm, während sie sich durch den Nachmittagsverkehr schlängelten. „Mir war klar geworden, dass sie mich benutzten, meinen Namen, mein Fachwissen, um sich bestätigen zu lassen, dass die Steine echt waren. Dann würden sie sie gegen die falschen austauschen und sich aus dem Staub machen. Die Firma würde ruiniert sein und mit ihr alles, was Charles sich aufgebaut hatte. Ich schuldete ihm Loyalität. Und sie auch, verdammt noch mal."

„Deshalb hast du versucht, sie dazu zu zwingen."

„Es war ein spontaner Entschluss. Ich hatte vor, sie mit dem, was ich wusste, zu konfrontieren, aber erst wollte ich die Sterne in Sicherheit bringen. Ich dachte, es sei besser, sie nicht alle drei am selben Platz aufzubewahren. Deshalb schickte ich einen Grace und einen M.J."

„Großer Gott, Bailey, du hast diese unbezahlbaren Diamanten per Post verschickt?"

Sie machte die Augen ganz fest zu. „Wir benutzen spezielle Kurierdienste für unsere Edelsteinlieferungen." In ihrer Stimme schwang ein leicht beleidigter Unterton mit. Natürlich war ihr mittlerweile auch klar geworden, dass sie unglaublich überstürzt gehandelt hatte. „Alles, was ich denken konnte, war, dass es nur zwei Menschen auf der ganzen Welt gab, denen ich in jeder Hinsicht vertrauen konnte. Ich habe nicht bedacht, dass ich sie in Gefahr bringen könnte. Mir war nie klar, wie weit es noch kommen könnte. Ich war mir sicher, dass dieser ganze Albtraum ein Ende haben würde, sobald ich meinen Brüdern sagte, dass ich die Diamanten in Sicherheit gebracht und Vorkehrungen getroffen hätte, sie dem Museum zurückzugeben."

Sie klammerte sich am Haltegriff fest, als Cade mit quietschenden Reifen um eine Kurve raste. „Dort ist das Haus. M.J. und ich wohnen auf demselben Flur."

Sie sprang aus dem Auto, ehe es vollständig zum Stillstand gekommen war, und rannte auf den Eingang zu. Fluchend riss Cade den Schlüssel aus der Zündung und sprintete hinter ihr her. Auf der Treppe holte er sie ein und hielt sie fest. „Bleib hinter mir", befahl er.

Das Schloss von Apartment 324 war aufgebrochen und mit einem Klebeband der Polizei versiegelt. „M.J.", war alles, was Bailey herausbrachte, ehe sie Cade beiseite stieß und die Hand nach dem Türknopf von M.J.s Wohnungstür ausstreckte.

„Da sind Sie ja, Liebes." Eine füllige ältere Frau in pinkfarbenem Pullover, knallengen rosa Stretchhosen und mit rosa Kunstfell besetzten Pantoffeln kam eilig den Flur heraufgewatschelt. „Ich habe mir schon Sorgen um Sie gemacht."

„Mrs. Weathers." Bailey umklammerte den Türknopf so fest, dass ihre Knöchel weiß hervortraten, als sie sich umdrehte. „M.J.... was ist mit M.J. passiert?"

„Also ich kann Ihnen sagen. Das war vielleicht ein Spektakel." Mrs. Weathers lockerte ihre wasserstoffblonde Dauerwelle auf und warf Cade ein Lächeln zu. „So was erwartet man doch in einer anständigen Gegend wie hier nicht. Die Welt geht wirklich langsam vor die Hunde, ich schwöre es."

„Wo ist M.J.?"

„Als ich sie das letzte Mal sah, rannte sie mit irgendeinem Kerl im Schlepptau die Treppe nach unten und fluchte wie ein Henkersknecht. Das war, nachdem in ihrer Wohnung die Hölle los war. Ich hab gedacht, dass ihr da irgendwer die ganze Bude auseinander nimmt, so ein Lärm war das. Und dann auch noch die Schüsse." Sie nickte ein paar Mal hintereinander wie ein Vogel, der einen Wurm aufpickt.

„Schüsse? Wurde M.J. angeschossen?"

„Sah mir nicht danach aus. Sie war aufgeregt wie eine nasse Henne, das war nicht zu übersehen."

„Mein Bruder... war sie mit meinem Bruder zusammen?"

„Nein, nein, Ihr Bruder war das nicht. Hab den Kerl hier noch nie gesehen, ich würde mich daran erinnern, glauben Sie mir. Sah nicht übel aus, wenn Sie mich fragen, groß, breite Schultern, schmale Hüften, die Haare zu so einem neckischen Pferdeschwanz zusammengebunden und Augen wie Stahl. Ein Grübchen im Kinn, hätte ein Filmstar sein können. Ich konnte ihn gut sehen, weil er mich fast über den Haufen gerannt hat."

„Wann ist das passiert, Mrs. Weathers?"

Sie heftete ihren Blick auf Cades Gesicht, strahlte ihn an und streckte ihm die Hand hin. „Ich glaube nicht, dass wir uns schon bekannt gemacht haben."

„Ich bin Cade, ein Freund von Bailey." Er setzte ein Lächeln auf, während sich sein Magen vor Ungeduld zusammenzog. „Wir waren ein paar Tage weg und wollten jetzt kurz bei M.J. reinschauen."

„Also ich hab seit Samstag – das war der Tag, an dem sie davongerannt ist – nichts mehr von ihr gesehen. Ließ die Tür ihrer Wohnung sperrangelweit offen stehen, zumindest dachte ich das, bis ich sah, dass man sie nicht mehr zumachen konnte, weil sie aufgebrochen war. Ich warf also einen Blick hinein. Na, ich kann Ihnen sagen!“ Sie schüttelte, offensichtlich noch immer fassungslos, den Kopf. „Da sah es vielleicht aus. So ein Drunter und Drüber hat die Welt noch nicht gesehen.“ Sie machte eine dramatische Pause. „Und auf dem Fußboden lag ein Mann, stellen Sie sich das bloß vor! Auch ein Mordskerl, genau wie der andere. Ich raste also auf der Stelle in meine Wohnung zurück und alarmierte die Polizei. Was hätte ich auch anderes tun sollen? Ich schätze mal, er ist in der Zwischenzeit wieder zu sich gekommen, auf jeden Fall war er über alle Berge, als die Cops eintrafen.“

Cade legte Bailey einen Arm um die Taille, weil er sah, dass sie zitterte. „Mrs. Weathers, sagen Sie, haben Sie vielleicht einen Ersatzschlüssel zu Baileys Apartment? Sie hat ihren bei mir gelassen, und wir müssten dringend ein paar Sachen holen.“

„Aha, so ist das also.“ Sie lächelte wissend, lockerte ein weiteres Mal ihre Frisur auf und drohte Bailey scherzhaft mit dem Finger. „Na, wird ja auch höchste Zeit bei Ihnen. So, dann wollen wir mal sehen. Ich habe eben Mr. Hollisters Begonien begossen, deshalb habe ich den Schlüsselbund bei mir. Hier sind sie ja schon.“

„Ich kann mich gar nicht erinnern, Ihnen einen Schlüssel gegeben zu haben.“

„Aber natürlich haben Sie das, Liebes, letztes Jahr, als Sie mit den beiden anderen Mädchen in Arizona waren. Damals habe ich mir einen Nachschlüssel machen lassen, nur für alle Fälle.“ Munter vor sich hinsummend, schloss sie Baileys Tür auf. Bevor sie sie aufdrücken und sich unauffällig in die Wohnung schmuggeln konnte, schnitt Cade ihr den Weg ab.

„Vielen Dank, Mrs. Weathers.“

„Oh, keine Ursache. Kann mir gar nicht vorstellen, wohin das Mädchen gegangen sein könnte“, sagte sie und verrenkte sich fast den Hals bei dem Versuch, durch den Türspalt einen Blick in Baileys Wohnung zu erhaschen. „Ich habe es der Polizei erzählt, dass sie wie von einer Tarantel gestochen davongerannt ist. Ach, und jetzt fällt mir wieder ein, dass ich Ihren Bruder doch gesehen habe, Bailey."

„Timothy", flüsterte Bailey.

„Kann ich nicht sicher sagen. Die beiden sehen sich ja so ähnlich. Er kam am... warten Sie...", sie tippte sich mit einem Fingernagel nachdenklich gegen einen Schneidezahn, „... es muss Samstagabend gewesen sein, vorbei. Ich sagte ihm, dass ich Sie nicht gesehen hätte und dass Sie ja vielleicht über die Feiertage verreist sind. Er kam mir irgendwie ziemlich nervös vor, als er aufschloss, dann machte er mir die Tür vor der Nase zu."

„Ich wusste gar nicht, dass er auch einen Schlüssel hat", murmelte Bailey, aber dann fiel ihr ein, dass sie ihre Handtasche zurückgelassen hatte, als sie weggerannt war. „Danke, Mrs. Weathers. Würden Sie M.J. sagen, dass ich sie suche, falls Sie sie sehen?"

„Aber selbstverständlich, Liebes. Also, wenn Sie..." Sie runzelte die Stirn, als Bailey nach einem schnellen Wink von Cade in ihre Wohnung schlüpfte und die Tür vor ihrer Nase zufiel.

Es war genau so, wie er gedacht hatte. Ein Blick genügte ihm, um zu erkennen, dass seine ordentliche Bailey ihre Wohnung nie mit aufgeschlitzten Sofakissen und Schubladen, aus denen der Inhalt herausquoll, verlassen hätte.

Offensichtlich hatte sich Salvani nicht damit zufrieden gegeben, die Wohnung zu durchsuchen, er hatte auch noch seinem Zerstörungsdrang freien Lauf gelassen. Cade fuhr Bailey beruhigend mit der Hand über den Rücken.

Es ist dieselbe Verrücktheit, dachte sie. Dieselbe Brutalität, die sie gesehen hatte, als er nach dem Messer gegriffen hatte, das, von Thomas als Brieföffner benutzt, auf dessen Schreibtisch lag. Als er zugestochen hatte.

Das hier waren nur Gegenstände. Auch wenn sie an ihnen gehangen hatte, waren es doch nur Gegenstände.

Sie hatte mit eigenen Augen gesehen, was Timothy Menschen antun konnte. „Ich muss sofort Grace anrufen. Sie wird zu Grace geflüchtet sein, wenn sie konnte."

„Ist dir aus der Beschreibung klar geworden, mit wem M.J. weggerannt ist?“

„Nein. Ich kenne niemanden, der so aussieht, und ich kenne die meisten von M.J.s Freunden.“ Sie watete durch das Chaos zum Telefon. Das Lämpchen an ihrem Anrufbeantworter blinkte, aber sie ignorierte es und drückte eine Nummer. „Es ist nur ihr Anrufbeantworter“, murmelte sie und wartete nervös, bis die rauchige Stimme ihre Ansage beendet hatte. Dann sagte sie: „Grace, wenn du da bist, nimm ab. Es ist dringend. Ich bin in großen Schwierigkeiten. M.J. ist in großen Schwierigkeiten. Ich weiß nicht, wo sie sich aufhält. Ich möchte, dass du zur Polizei gehst und das Päckchen dort abgibst, das ich dir geschickt habe. Ruf mich so schnell wie möglich zurück.“

„Gib ihr meine Nummer“, wies Cade sie an.

„Ich weiß sie nicht.“

Er nahm ihr den Hörer aus der Hand und sprach seine Nummer auf das Band, dann gab er ihn ihr zurück.

Es war ein gewisses Risiko, Baileys Aufenthaltsort preiszugeben, aber der Diamant lag sicher in seinem Safe, und er wollte, dass Grace sie erreichen konnte. „Es geht um Leben und Tod, Grace. Bleib nicht allein zu Hause. Geh zur Polizei. Und sprich unter keinen Umständen mit meinem Bruder, was auch immer geschehen mag. Lass ihn nicht in deine Wohnung. Ruf mich an, bitte, bitte ruf mich an.“

„Wo wohnt sie?“

„In Potomac“, erwiderte Bailey, während er ihr sacht den Hörer aus der Hand nahm und auflegte. „Aber vielleicht ist sie zurzeit gar nicht da. Sie hat auch noch ein Haus auf dem Land. Dorthin habe ich das Päckchen geschickt. Dort gibt es kein Telefon, und nur ein paar Leute wissen es, wenn sie sich dort aufhält. Und manchmal steigt sie einfach ins Auto und gondelt durch die Gegend, bis sie irgendwohin kommt, wo es ihr gefällt. Dort bleibt sie dann. Sie kann überall sein.“

„Wie lange bleibt sie gewöhnlich weg?“

„Nicht mehr als ein paar Tage. Sobald sie wieder da ist, ruft sie mit Sicherheit zurück.“ Mit zitternder Hand drückte sie auf die Einschalttaste ihres Anrufbeantworters. Grace’ Stimme füllte den Raum.

„Na hör mal, Bailey, was hast du dir denn dabei gedacht? Ist dieser Klunker echt? Gehen wir jetzt unter die Schmuggler? Hör zu, du weißt, dass ich diese Maschinen hasse. Ich melde mich."

„Samstag, vier Uhr nachmittags." Bailey klammerte sich an diesen Strohhalm. „Am Samstag um vier war mit ihr also noch alles in Ordnung."

„Wir wissen nicht, von wo aus sie angerufen hat."

„Nein, aber am Samstag war sie noch quietschfidel." Sie drückte erneut die Taste, um die nächste Nachricht abzuhören. Diesmal war es M.J.

„Bailey, hör zu. Ich hab keinen Schimmer, was zum Teufel hier abgeht, aber wir sind in Schwierigkeiten. Bleib nicht in deiner Wohnung, womöglich kommt er zurück. Ich bin in einer Telefonzelle in der Nähe von..." Es folgte ein Fluch, ein Klappern, „Pfoten weg, du Drecks..." und das Freizeichen.

„Sonntag, zwei Uhr morgens. Oh, mein Gott, was habe ich bloß getan, Cade?"

Ohne etwas zu erwidern, drückte er wieder die Taste, um den dritten Anruf abzuhören. Diesmal handelte es sich um eine männliche Stimme. „Du kleines Biest, ich werde dich finden, das verspreche ich dir. Ich verlange mein Eigentum zurück." Es folgte ein ersticktes Schluchzen. „Er hat mir das Gesicht zerschnitten. Er hat mir deinetwegen das Gesicht zerschnitten. Das wirst du mir büßen. Dasselbe blüht jetzt auch dir."

„Timothy", murmelte sie.

„Das dachte ich mir."

„Er hat den Verstand verloren, Cade. Ich konnte es sehen. Irgendetwas in ihm ist ausgerastet."

Daran zweifelte er nicht, nicht nachdem er Thomas Salvanis Büro gesehen hatte. „Brauchst du irgendetwas von hier?" Als sie sich nur blind umschaute, nahm er ihre Hand. „Darum kümmern wir uns später. Lass uns gehen."

„Wohin?"

„An einen ruhigen Ort, wo wir uns hinsetzen und alles noch einmal durchsprechen können. Und dann benachrichtigen wir die Polizei."

Der Park war schattig und grün. Irgendwie schien die kleine Bank unter dem üppigen Blätterdach von der Julihitze verschont geblieben zu sein. Es hatte seit Tagen nicht geregnet, und die Schwüle hing wie ein Schwärm Wespen in der Luft.

„Du musst dich ein bisschen erholen, ehe wir zur Polizei gehen", sagte Cade. „Du brauchst einen klaren Kopf."

„Ja, du hast Recht. Und ich muss dir vorher alles noch einmal in Ruhe erklären."

„Im Großen und Ganzen habe ich das Puzzle bereits zusammengesetzt. Das ist mein Beruf."

„Ja." Sie schaute auf ihre Hände, fühlte sich nutzlos. „Es ist dein Beruf."

„Du hast deinen Vater verloren, als du zehn warst. Deine Mutter gab ihr Bestes, kam aber mit dem Geschäft nicht klar. Sie war hoffnungslos überfordert mit einem Haushalt, einer Tochter, die sie großziehen, und einer Antiquitätenfirma, die sie leiten musste. Dann traf sie einen Mann, einen älteren Mann, der sie wollte und der gewillt war, ihre Tochter wie ein eigenes Kind in seine Familie aufzunehmen."

Sie atmete unsicher aus. „Ich vermute, das war der springende Punkt."

„Das Kind sehnte sich nach einer Familie und akzeptierte den Stiefvater und die Stiefbrüder als seine neue Familie. Das stimmt doch, oder?"

„Ja. Ich vermisste meinen Vater. Charles konnte ihn nicht ersetzen, aber er stillte ein Bedürfnis. Er war gut zu mir, Cade."

„Doch die Stiefbrüder waren über den Familienzuwachs nicht ganz so erfreut, oder? Über eine hübsche, kluge kleine Schwester, die den Wunsch hatte zu gefallen?"

Sie öffnete den Mund, um zu widersprechen, dann machte sie ihn wieder zu. Es war Zeit, sich der Wahrheit, die sie die ganzen Jahre über nicht hatte sehen wollen, zu stellen. „Ja, vermutlich. Ich versuchte, ihnen nicht in die Quere zu kommen. Sie waren beide bereits auf dem College, als meine Mutter ihren Vater heiratete, und als sie zurückkamen, habe ich mich aufrichtig gefreut. Ich kann nicht behaupten, dass wir uns sehr nahe standen, aber es schien – mir kam es immer so vor, als wären wir eine prima Familie. Das änderte sich erst, nachdem unsere Eltern gestorben waren und sich herausstellte, dass Charles mich als Miterbin eingesetzt hatte."

„Jetzt fingen sie an, dich zu schikanieren?"

„Na ja... ein bisschen." Dann schwieg sie einen Moment und seufzte. „Also gut... sie waren wütend", räumte sie schließlich zögernd ein. „Auf ihren Vater, auf mich. Thomas hat sich allerdings schnell wieder beruhigt. Er versuchte, das Beste aus der Situation zu machen. Wir kamen gut miteinander klar. Timothy war weniger glücklich mit dem Arrangement, das wir getroffen hatten, aber er hoffte, ich hätte es irgendwann satt, berufstätig zu sein, und würde einen reichen Mann heiraten."

Es schmerzte sie noch immer. „Das Geld, das Charles mir hinterlassen hat, befindet sich in einem Treuhandfonds. Ich bekomme regelmäßig etwas ausbezahlt, bis ich dreißig bin. Es sind keine Unsummen, aber mehr als genug. Mehr als notwendig. Er hat mich aufs College geschickt, er hat mir ein Zuhause gegeben, er hat mir zu einem Beruf verholfen, den ich liebe."

Nach einer kurzen Pause fuhr sie fort: „Und als er mich aufs College schickte, hat er mir M.J. und Grace gegeben. Dort habe ich sie nämlich kennen gelernt. Wir haben uns auf Anhieb wunderbar verstanden. Sie sind die besten Freundinnen, die ich je hatte. Oh, Gott, was habe ich getan?"

„Erzähl mir von ihnen."

Sie versuchte sich zu beruhigen. „M.J. ist rastlos. Auf dem College wechselte sie ihr Hauptfach so oft wie manche Frauen ihre Frisur. Belegte ständig irgendwelche obskuren Kurse. Sie schrieb bombige Noten oder setzte die Klausuren total in den Sand, je nachdem, in welcher Stimmung sie war. Sie ist sportlich, ungeduldig, großzügig, humorvoll und scharfzüngig. In ihrem letzten Collegejahr hat sie in einer Bar gearbeitet und immer damit rumgeprahlt, dass es nicht mehr lange dauern würde, bis sie ihre eigene hätte. Und seit zwei Jahren hat sie tatsächlich eine. Es ist ein Pub auf der Georgia Avenue."

„Ich muss es bisher übersehen haben."

„Wenn es dort hoch hergeht, nimmt sie die Dinge meistens selbst in die Hand. Wenn es ihr nicht gelingt, jemanden, den sie raushaben will, mit Worten einzuschüchtern, greift sie auch schon mal zu härteren Methoden. Sie hat einen schwarzen Gürtel in Karate."

„Erinnere mich daran, dass ich ihr aus dem Weg gehe."

„Sie wird dich mögen. Sie kann allein auf sich aufpassen, das ist es, womit ich mich jetzt zu beruhigen versuche. Niemand kann besser auf M.J. O'Leary aufpassen als sie selbst."

„Und Grace?"

„Sie ist atemberaubend schön. Es ist das Erste, was bei ihr ins Auge sticht. Aber sie hat noch viele andere, mindestens ebenso herausragende Qualitäten."

Während sie die Tauben beobachtete, ließ Bailey die Erinnerungen kommen. „Sie war noch sehr jung, als sie zur Vollwaise wurde, jünger als ich, und wurde von einer Tante in Virginia großgezogen. Von ihr wurden ganz bestimmte Dinge erwartet, denn sie ist eine Fontaine."

„Fontaine? Die Kaufhauskette."

„Richtig. Und weil sie schön ist und reich und aus einer sehr alten angesehenen Familie stammt, wurde von ihr natürlich erwartet, dass sie nur mit ihresgleichen Umgang pflegt und einen Mann aus ihren Kreisen heiratet. Aber Grace hatte andere Ideen."

„Hat sie nicht irgendwann mal... Modell gestanden?" Er räusperte sich.

Bailey hob eine Augenbraue. „Ja, für eine Doppelseite, als sie noch auf dem College war. Für The luy Leage Miss April. Sie tat es, ohne mit der Wimper zu zucken, und da sie mit einundzwanzig an ihr eigenes Geld kam, war ihr völlig schnurz, was ihre Familie darüber dachte."

„Ich habe das Foto nie gesehen", sagte Cade, wobei er sich fragte, ob er diesen Umstand bedauern oder dankbar dafür sein sollte. „Aber es hat damals einen Riesenwirbel gegeben."

„Genau das war ihre Absicht." Um Baileys Lippen spielte ein Grinsen. „Sie liebte es, Unruhe zu stiften. Sie arbeitete eine Zeit lang als Model, weil es sie amüsierte. Aber es füllte sie nicht aus. Ich glaube, sie sucht noch immer nach etwas, das sie ausfüllt. Sie macht eine Menge für alle möglichen Wohlfahrtsverbände und reist viel herum. Sie nennt sich selbst die letzte Dilettantin, aber das stimmt nicht. Sie tut erstaunlich viel für unterprivilegierte Kinder, aber sie möchte nicht, dass das bekannt wird. Sie hat ein großes Herz für die Armen und Schwachen dieser Welt."

„Die Barbesitzerin, die Dame aus der feinen Gesellschaft mit der sozialen Ader und die Edelsteinexpertin. Ein ungewöhnliches Trio."

Darüber musste sie lächeln. „So sieht es vermutlich aus. Aber wir haben einander erkannt, auch wenn das vielleicht ein bisschen seltsam klingt. Es war ganz leicht. Ich erwarte nicht, dass du mich verstehst."

„Wer könnte dich besser verstehen als ich?" murmelte er. „Ich habe dich auch erkannt."

Sie schaute auf, begegnete seinem Blick. „Zu wissen, wer ich bin, hat noch nichts gelöst. Mein Leben ist ein Chaos. Ich habe meine Freundinnen in eine schreckliche Gefahr gebracht, und ich weiß nicht, wie ich ihnen helfen kann. Ich weiß nicht, wie ich das, was ich in Bewegung gesetzt habe, stoppen kann."

„Indem wir den nächsten Schritt tun." Er nahm ihre Hand und streifte sie sacht mit den Lippen. „Wir fahren jetzt nach Hause, holen die Leinentasche und statten einem Freund von mir, der bei der Polizei arbeitet, einen kleinen Besuch ab. Wir werden deine Freundinnen finden, Bailey."

Timothy Salvani schluckte noch eine Tablette. Sein Gesicht schmerzte so sehr, dass es ihm schwer fiel nachzudenken. Aber nachdenken war genau das, was er tun musste. Der Mann, der erst befohlen hatte, ihm das Gesicht zu zerschneiden, um es anschließend von seinem Arzt wieder zusammenflicken zu lassen, hatte ihm eine letzte Chance gegeben.

Wenn er Bailey und zumindest einen der Diamanten bis zum Einbruch der Dunkelheit nicht fand, gab es für ihn auf der ganzen Welt kein Versteck mehr.

Und die Angst war noch schlimmer zu ertragen als der Schmerz. Er wusste nicht, wie alles so schrecklich hatte schief laufen können. Er hatte es doch genau geplant, oder nicht? Er hatte sich um alle Details gekümmert, während Thomas den Kopf in den Sand gesteckt hatte. Er war derjenige gewesen, der die Kontakte geknüpft und die Dinge in die Hand genommen hatte. Weil er im Gegensatz zu Thomas eben Köpfchen hatte. Er war es, der wusste, wie man das Spiel spielt.

Und er war es, der den Deal eingefädelt hatte.

Zuerst war Thomas zusammengezuckt. Aber die Aussicht auf zehneinhalb Millionen hatte seine Einwände sehr schnell zum Verstummen gebracht. Die Vorstellung, reich zu sein, wirklich reich, ohne einen Finger dafür krumm machen zu müssen, hatte Thomas nicht weniger behagt als ihm selbst.

Doch dann hatte Thomas plötzlich kalte Füße bekommen. Er hatte bis kurz vor zwölf gewartet, als alles schon bis ins kleinste Detail ausgetüftelt gewesen war, und dann hatte er versucht, seinen eigenen Bruder zu hintergehen.

Oh, er war außer sich gewesen, als er Thomas auf die Schliche gekommen war. Dass Thomas vorhatte, sich mit der Einlage von einskommazwei Millionen aus dem Staub zu machen und ihn mit dem ganzen Risiko sitzen zu lassen

Weil er Angst hatte, dachte Timothy jetzt. Weil er sich Sorgen machte um Bailey und das, was sie wusste. Das kleine Miststück war schon immer im Weg gewesen. Aber er wäre schon mit ihr klargekommen, wenn Thomas nicht gedroht hätte, die ganze Sache auffliegen zu lassen.

Der Streit war schlicht außer Kontrolle geraten. Alles war außer Kontrolle geraten.

Und plötzlich war da das Messer in seiner Hand gewesen. Nass von Blut, ehe er wusste, wie ihm geschah.

Er hatte sich einfach nicht stoppen können. War schlicht nicht in der Lage gewesen aufzuhören. Wahrscheinlich eine vorübergehende Unzurechnungsfähigkeit, wie er sich eingestehen musste. Er hatte plötzlich nicht mehr gewusst, was er tat. Aber das kam nur von dem ganzen Stress, dem Gefühl, verraten worden zu sein, der Wut darüber, dass sein eigener Bruder versucht hatte, ihn aufs Kreuz zu legen.

Und sie war da gewesen. Hatte ihn aus diesen riesigen Augen angestarrt. Aus der Dunkelheit zu ihm herübergestarrt.

Wenn nicht der Sturm und der Stromausfall gewesen wären, hätte er sie erwischt. Sie hatte Glück gehabt, das war alles, einfach nur Glück. Er war derjenige mit Köpfchen.

Es war nicht seine Schuld. Nichts war seine Schuld.

Aber ihm schob man die ganze Schuld in die Schuhe. Sein Leben stand auf Messers Schneide, nur weil sein Bruder ein Feigling war und weil ihm die Frau, die ihm seit mehr als einem Jahrzehnt ein Dorn im Auge war, einen Strich durch die Rechnung gemacht hatte.

Er war sich sicher, dass sie zumindest einen der Steine verschickt hatte. Er hatte den Beleg des Kurierdienstes in ihrer Handtasche gefunden. Hielt sich wohl für besonders schlau, diese Frau.

Nun, er würde ihr das Gegenteil beweisen. Er würde sie schon auf das Format zurechtstutzen, das ihr angemessen war. Und er wusste auch schon sehr genau, wie. Sie würde die Strafe bekommen, die sie verdient hatte.

Er war derjenige mit Köpfchen. Das hatte er nicht zuletzt damit, dass er ihren derzeitigen Aufenthaltsort herausgefunden hatte, wieder einmal bewiesen.

Und dort werde ich ihr jetzt einen Besuch abstatten, dachte er rachsüchtig, während er das Messer, mit dem er seinen Bruder getötet hatte, in die Scheide an seinem Gürtel steckte.

11. KAPITEL

„Mick ist ein guter Polizist“, erklärte Cade Bailey, während er auf dem Parkplatz vor seinem Haus einparkte. „Er ist ein prima Zuhörer und stellt genau die richtigen Fragen. Du kannst dich hundertprozentig auf ihn verlassen.“

„Wenn ich gleich zu ihm gegangen wäre...“

„Wärst du auch nicht weiter als jetzt“, fiel Cade ihr ins Wort. „Vielleicht noch nicht einmal so weit. Du brauchtest Zeit. Bedenk doch nur, was du durchgemacht hast, Bailey. Mir wird ganz schlecht, wenn ich nur daran denke.“

Vor seiner Haustür kramte er einen Moment in seiner Tasche

nach dem Wohnungsschlüssel und schob ihn dann ins Schloss. Er öffnete die Tür und betrat, dicht gefolgt von Bailey, die Eingangshalle.

Es war reiner Instinkt und sein angeborenes Bedürfnis zu beschützen, das ihm das Leben rettete.

Er sah die Bewegung nur aus dem Augenwinkel. Cade fuhr in derselben Sekunde herum und stellte sich schützend vor Bailey. Der schnelle Schlenker, den er machte, bewirkte, dass sich das Messer in seinen Arm anstatt wie vorgesehen in seinen Rücken bohrte.

Der Schmerz war heiß und heftig. Blut sickerte durch sein Hemd, tropfte an seinem Handgelenk herunter, bevor er es schaffte, wild um sich zu schlagen. Er hatte nur einen einzigen Gedanken – Bailey.

„Geh raus. Renn!“ schrie er, während er dem nächsten Stich auswich. „Renn weg!“

Aber sie stand wie erstarrt, schockiert von dem Blut, betäubt von den Erinnerungen an einen anderen Kampf, die schlagartig auf sie einstürmten.

Es geschah alles ganz schnell. Sie war sich sicher, dass sie nicht mehr als ein paar Atemzüge gemacht hatte. Aber sie sah das Gesicht ihres Bruders, beide Wangen mit einem Mullverband bepflastert, ein Schmiss über der linken Augenbraue.

In seinen Augen flackerte Mordlust. Wieder.

Er stürzte sich auf Cade. Cade wich aus, packte Timothys rechtes Handgelenk und versuchte ihm das Messer zu entwinden. Sie rangen miteinander wie Todfeinde, Gesicht an Gesicht wie Liebende, und der Geruch von Schweiß und Blut und Gewalt verpestete die Luft.

Für einen Moment waren sie nur Schatten in dem dämmrigen Foyer.

Bailey sah, wie sich das Messer millimeterweise Cades Gesicht näherte, bis die Spitze dicht unter seinem Kinn war, während die beiden Männer ineinander verklammert wie in einem obszönen Tanz über das blutbesudelte Parkett taumelten.

Ihr Bruder würde wieder töten, und sie würde erneut dabeistehen und zuschauen.

Sie machte einen Satz.

Es war eine rein instinktive Bewegung. Sie sprang ihn von hinten an, riss ihn an den Haaren, schluchzte, verfluchte ihn. Der unerwartete Zusammenprall ließ ihn zurücktaumeln, seine Hand fiel herab, sein Gesichtsfeld verengte sich.

Als sie ihre Finger in sein verletztes Gesicht krallte, schüttelte Timothy sie schmerzerfüllt aufheulend ab und versetzte ihr einen brutalen Stoß gegen die Brust. Bailey geriet ins Taumeln und krachte so hart mit dem Kopf gegen das Treppengeländer, dass sie Sterne sah. Aber sie war gleich wieder auf den Beinen und stürzte sich todesmutig auf ihn.

Es war Cade, der sie von Timothy wegzerrte, sie aus der Reichweite der Messerklinge, die gefährlich nah vor ihrem Gesicht aufblitzte, zog. Einen Moment später krachten die beiden Männer gegen einen Tisch und stürzten ineinander verklammert zu Boden. Cades vorherrschender Gedanke war, dass er lange genug durchhalten musste, damit Bailey sich in Sicherheit bringen konnte. Aber seine Hände waren schlüpfrig von Blut und gaben ihm zu wenig Halt.

Unter Aufbietung all seiner Kräfte schaffte er es, Timothy die Hand, in der dieser das Messer hielt, so weit zu verdrehen, dass nun die Spitze, die bisher bedrohlich auf sein Herz gewiesen hatte, auf Timothys Brust zeigte. Dann versetzte er dem Messer mit letzter Kraft einen Stoß.

Als er sich zu Tode erschöpft halb aufrichtete, wusste er, dass es vorbei war.

Bailey kroch, seinen Namen schluchzend, auf ihn zu. Er sah ihr Gesicht, die Schramme an ihrer Wange. Er schaffte es, eine Hand zu erheben und sacht darüber zu streichen.

„Du solltest die Heldentaten lieber mir überlassen." Seine Stimme klang brüchig.

„Wie schlimm bist du verletzt? Oh, mein Gott, du blutest so schrecklich." Sie machte etwas mit seinem Arm, und er wandte den Kopf und schaute Salvani ins Gesicht. Dessen Blick lag auf ihm, verlöschend, aber noch immer wachsam.

Cade hustete sich die Kehle frei. „Für wen arbeitest du, Dreckskerl?"

Salvani versuchte, schlau zu lächeln. Es wurde eine Grimasse daraus. Sein Gesicht war blutverschmiert, der Verband an einer Seite war abgerissen, sein Atem kam pfeifend. „Für den Teufel“, war alles, was er herausbrachte.

„Schön, dann trefft ihr euch ja in der Hölle.“ Cade versuchte Bailey wieder ins Bild zu bekommen. Sie hatte die Augenbrauen konzentriert zusammengezogen. „Du brauchst deine Brille für Naharbeiten, Honey.“

„Sei still. Ich muss erst die Blutung stoppen, bevor ich einen Krankenwagen rufe.“

„Ich würde dir ja gern sagen, dass es nur eine Fleischwunde ist, aber die Wahrheit ist, dass es höllisch wehtut.“

„Es tut mir Leid. Es tut mir so Leid.“ Sie wollte ihren Kopf auf seine Schulter legen und weinen, einfach nur weinen. Aber sie fuhr fort, aus dem Streifen, den sie aus seinem Hemd herausgerissen hatte, ein dickes Polster zu machen, um es anschließend fest gegen die lange, klaffende Wunde zu pressen. „Sobald ich den Druckverband befestigt habe, rufe ich einen Rettungswagen. Du wirst wieder gesund werden.“

„Ruf Detective Mick Marshall an. Frag nach ihm, benutz meinen Namen.“

„Ja, in Ordnung. Sei jetzt still. Ich rufe ihn gleich an.“

„Was um alles in der Welt geht denn hier vor?“

Die Stimme ließ Cade zusammenzucken. „Sag mir, dass ich halluziniere“, murmelte er. „Ich flehe dich an, sag mir, dass es nicht meine Mutter ist.“

„Du guter Gott, Cade, was hast du getan? Ist das alles Blut hier?“

Er schloss die Augen. Verschwommen hörte er, wie Bailey seiner Mutter in entschiedenem Ton die Anweisung erteilte, die Ambulanz anzurufen. Dann wurde er gnädigerweise bewusstlos.

Als er im Krankenwagen aufwachte, hielt Bailey seine Hand, Regentropfen pladderten auf das Dach. Später karrte man ihn in der Notaufnahme über einen Flur, in dem sich die Leute drängten. Das grelle Licht tat ihm in den Augen weh. Der Schmerz war eine gierige Bestie, die ihm das Fleisch von den Knochen riss.

„Könnte ich ein paar Schmerztabletten haben?“ fragte er so höflich wie möglich und wurde wieder ohnmächtig.

Als er das nächste Mal aus der Bewusstlosigkeit erwachte, lag er in einem Bett. Er blieb mucksmäuschenstill und mit geschlossenen Augen liegen, bis er herausgefunden hatte, wie stark der Schmerz und wie stabil sein Wachzustand war. Er gab dem Schmerz die Bewertung sechs auf einer Skala, die bis zehn reichte, aber immerhin schien er diesmal richtig wach zu sein.

Er öffnete die Augen und sah Bailey. „Hi. Ich hoffte, dass du das Erste bist, was ich sehen würde.“

Sie stand von dem Stuhl auf, auf dem sie gesessen hatte, trat dicht an sein Bett und nahm seine Hand. „Sechsundzwanzig Stiche, kein Muskelschaden. Du hast eine Menge Blut verloren, aber noch mehr haben sie in dich reingepumpt.“ Dann setzte sie sich auf sein Bett und überließ sich ihren Tränen.

Sie hatte die ganze Zeit über nicht eine einzige Träne vergossen. Weder als sie verzweifelt darum gekämpft hatte, den Blutstrom an seinem Arm zu stoppen, noch im Krankenwagen oder als sie der Polizei stockend erzählt hatte, was passiert war.

Aber jetzt war sie am Ende.

„Entschuldige“, sagte sie, nachdem sie sich ausgeweint hatte.

„Harter Tag, hm?“

„Einer der schwersten in meinem Leben.“

„Salvani?“

Sie schaute zum Fenster in den Regen hinaus. „Er ist tot. Ich habe die Polizei angerufen. Ich fragte nach Detective Marshall. Er wartet draußen darauf, dass du aufwachst und die Ärzte ihm grünes Licht geben.“ Sie stand auf und zog das Laken glatt. „Ich habe versucht, ihm alles zu erzählen. Ich bin mir nicht ganz sicher, ob mir das gelungen ist, aber er machte sich Notizen und stellte Fragen. Er macht sich Sorgen um dich.“

„Wir schaukeln das Kind schon, Bailey“, versicherte er ihr und griff nach ihrer Hand. „Hältst du noch ein bisschen durch?“

„Ja, so lange, wie es nötig ist.“

„Sag Mick, dass er mich hier rausholen soll.“

„Das ist lächerlich. Du musst zur Beobachtung hier bleiben."

„Ich habe Fäden im Arm, keinen Hirntumor. Ich will nach Hause, ein schönes kaltes Bier trinken und Mick die ganze Sache in Ruhe erzählen."

Sie hob das Kinn. „Deine Mutter hat mir schon prophezeit, dass du anfangen würdest herumzujammern."

„Ich jammere nicht. Ich will nur..." Er brach ab, kniff die Augen zusammen und setzte sich auf. „Was meinst du damit, meine Mutter? Habe ich nicht halluziniert?"

„Nein, sie kam vorbei, um dir die Chance zu geben, dich zu entschuldigen, was dir offensichtlich nicht im Entferntesten in den Sinn kommt."

„Na toll, ergreif du nur auch noch für sie Partei."

„Ich ergreife nicht für sie Partei." Bailey riss sich zusammen, schüttelte den Kopf. Konnten sie wirklich zu einem solchen Zeitpunkt eine derartige Diskussion führen? „Sie war völlig außer sich, Cade, als ihr klar wurde, was passiert ist, dass du verletzt bist. Sie und dein Vater..."

„Mein Vater? Ich dachte, er fischt Fliegen in Montana."

„Er ist extra deinetwegen zurückgekommen. Sie sitzen jetzt beide im Wartezimmer und verlieren fast den Verstand vor Sorge um dich."

„Bailey, wenn du auch nur einen Funken Zuneigung zu mir verspürst, bring sie dazu, dass sie verschwinden."

„Das mache ich ganz gewiss nicht, und du solltest dich schämen."

„Ich schäme mich später. Ich wurde genäht." Es würde nicht funktionieren. Das sah er klar und deutlich. „Also gut, dann hol sie in Gottes Namen rein. Aber anschließend will ich den Arzt sehen, und dann verdünnisiere ich mich."

Es erforderte eine Menge Charme, Überredungskraft und Sturheit, aber nach etwas mehr als drei Stunden sank Cade auf seine eigene Couch. Weitere zwei waren nötig, um Mick, der aus Baileys verworrenem Bericht nicht recht schlau geworden war, über die Geschehnisse seit Donnerstag ins Bild zu setzen.

„Du bist ein schwer beschäftigter Junge, Parris."

„He, für private Ermittlungen reicht es nicht, Donuts zu füttern und Kaffee zu trinken, Kumpel."

Mick grunzte. „Apropos Kaffee." Er warf Bailey einen Blick zu. „Ich möchte nicht unverschämt sein und Sie in die Küche jagen, Miss James."

„Oh." Sie stand auf. „Ich mache eine neue Kanne." Sie nahm seinen leeren Becher und verschwand.

„Geschickt, Mick, sehr geschickt."

„Hör zu." Mick lehnte sich näher. „Der Leutnant wird mit zwei Leichen und zwei verschwundenen Diamanten nicht glücklich sein."

„Buchanan ist nie glücklich."

„Seine Nase mag dir vielleicht nicht passen, aber es gibt bei diesem Fall dennoch eine Menge Fußangeln. Dass deine Freundin vier Tage gewartet hat, um einen Mord anzuzeigen, ist nur eine davon."

„Sie hat sich nicht mehr erinnert. Sie hat es verdrängt."

„Sagt sie. Und ich glaube ihr auch. Aber der Leutnant..."

„Wenn Buchanan irgendein Problem damit hat, schick ihn zu mir." Erbost richtete Cade sich auf und ignorierte seinen pochenden Arm. „Guter Gott, Mick, sie hat einen ihrer Brüder dabei beobachtet, wie der den anderen erstochen hat, und dann hat er sie aufs Korn genommen. Geh zum Tatort und schau dir an, wie es dort aussieht, und sag mir dann, wie ein Zivilist deiner Erwartung nach damit umgehen soll."

„Okay." Mick hob beschwichtigend die Hand. „Bleiben noch die Diamanten."

„Sie hat alles getan, um sie zu retten. Wenn sie sie nicht in Sicherheit gebracht hätte, wären sie jetzt weg. Du hast ihre Aussage und meine. Du weißt genau, wie es gelaufen ist. Sie hat versucht, den Kreis zu schließen, indem sie zu mir gekommen ist."

„So sehe ich es auch. Aber es wird nicht leicht sein, das dem Leutnant zu verklickern." Er warf einen Blick zur Tür und nickte anerkennend. „Sie hat schon was."

„Ganz meine Meinung. Aber hör zu, Mick, wir müssen M.J. O'Leary und Grace Fontaine finden, und zwar schnell."

„Wir?"

„Ich werde ganz bestimmt nicht dasitzen und Däumchen drehen."

Mick nickte gedankenschwer, dann stand er auf, griff nach der Leinentasche, die auf dem Boden zu seinen Füßen stand, und grinste. „Ich werde sofort die Suche nach ihnen einleiten. Und in der Zwischenzeit knalle ich das hier Buchanan auf den Schreibtisch. Ihm fallen die Augen raus, das garantier ich dir. Was schätzt du denn, was die Klunker wert sind?"

„Bis jetzt mindestens zwei Menschenleben", sagte Bailey, die mit dem Kaffee zur Tür hereinkam.

Mick räusperte sich. „Es tut mir Leid für Ihren Verlust, Miss James."

„Mir auch." Aber sie würde damit leben müssen. „Die drei Sterne von Mithra sind unbezahlbar, Detective. Natürlich braucht das Smithsonian Museum, das sie in seine Sammlung aufnehmen will, aus Versicherungsgründen einen Marktpreis, aber in Wirklichkeit kann man ihren Preis nicht in Dollars ausdrücken. Liebe, Erkenntnis und Großzügigkeit sind nicht mit Geld aufzuwiegen."

Mick verlagerte unbehaglich sein Gewicht. „Ja, Ma'am."

Sie rang sich ein Lächeln ab. „Sie sind sehr freundlich und sehr geduldig. Wenn Sie bereit sind, können wir gehen."

„Gehen?"

„Aufs Revier. Sie müssen mich doch sicher festnehmen, oder?"

Mick kratzte sich am Kopf, verlagerte erneut sein Gewicht. Es war das erste Mal in seiner zwanzigjährigen Laufbahn, dass ihm eine Frau Kaffee servierte und dann höflich darum bat, festgenommen zu werden. „Es dürfte mir ziemlich schwer fallen, für Sie einen Haftbefehl zu erwirken. Nicht dass Sie sich nicht zu meiner Verfügung halten müssten, aber ich nehme an, dafür wird Cade sorgen. Und ich nehme an, dass das Museum erst einmal ein langes Gespräch mit Ihnen führen wird."

„Ich muss nicht ins Gefängnis?"

„Jetzt wird sie ganz weiß. Setz dich hin, Bailey." Um sicherzustellen, dass sie seiner Aufforderung folgte, streckte Cade seine gesunde Hand aus und zerrte sie aufs Sofa.

„Ich bin davon ausgegangen, dass ich für den Schaden verantwortlich bin, bis die Diamanten wieder aufgetaucht sind."

„Deine Brüder waren verantwortlich", korrigierte Cade.

„Dem stimme ich zu", warf Mick ein. „Die Sache mit dem Kaffee verschieben wir am besten auf ein andermal, Miss Jones. Es ist mehr als wahrscheinlich, dass ich mich noch einmal mit Ihnen unterhalten muss."

„Und meine Freundinnen?"

„Wir sind an der Sache dran." Er nickte Cade zum Abschied kurz zu und ging.

„Timothy kann ihnen jetzt nichts mehr tun", murmelte sie. „Aber sein Auftraggeber..."

„Ist nur an den Diamanten interessiert, nicht an deinen Freundinnen. Die Chancen stehen gut, dass Micks Leute sie sehr bald und wohlbehalten aufstöbern."

„Du hast Recht. Bestimmt hören wir bald von ihnen. Ich bin mir ganz sicher. Ich würde es spüren, wenn ihnen irgendetwas passiert wäre." Sie goss sich eine Tasse Kaffee ein, dann ließ sie sie unberührt stehen. „Sie sind die einzige Familie, die mir geblieben ist. Ich nehme an, dass sie überhaupt die einzige Familie waren, die ich seit langer Zeit hatte. Ich habe mir nur etwas anderes vorgemacht."

„Du bist nicht allein, Bailey. Das weißt du."

Nein, sie war nicht allein. Er war hier und wartete auf sie. „Du solltest dich hinlegen, Cade."

„Leg dich zu mir."

Sie drehte sich um und erhaschte sein schon wieder übermütiges Grinsen. „Und dich ausruhen."

„Ich bin nicht müde."

Ihr Lächeln verblasste, und ihre Augen wurden dunkel und ernst. „Du hast mir das Leben gerettet."

Er dachte daran, wie sie sich auf Salvani gestürzt und ihn wie eine Wildkatze gebissen und gekratzt hatte. „Ich würde sagen, es ist pure Zeitverschwendung, herausfinden zu wollen, wer wen gerettet hat."

„Du hast mein Leben gerettet", wiederholte sie mit Nachdruck. „In der Minute, in der ich in deins getreten bin. Ich wäre verloren gewesen ohne dich. Und heute hast du für mich deinen Kopf hingehalten, für mich gekämpft. Dein Leben riskiert, um meins zu retten."

„Ich wollte schon immer den Drachen erlegen für die schöne Maid. Du hast mir die Gelegenheit dazu gegeben."

„Es geht jetzt nicht um Ritter in silberner Rüstung oder Sam Spade." Ihre Stimme war heiser geworden vor Rührung. „Es war echtes Blut, das aus dir herausgeflossen ist. Mein Bruder hat ein Messer gegen dich gerichtet."

„Und gegen dich", erinnerte er sie. „Du bist nicht verantwortlich für das, was er getan hat, und du bist zu klug, um zu glauben, du wärst es."

„Ich versuche es. Aber was du getan hast, werde ich dir nie vergessen. Ich stehe tief in deiner Schuld, und es ist eine Schuld, die ich niemals werde abbezahlen können."

Er schob sich mit einer ungeduldigen Handbewegung das Haar aus dem Gesicht. „Langsam nervst du mich, Bailey. Hör jetzt sofort auf damit."

„Nein. Ich sage nur, was ich sagen muss. Du hast mir vom ersten Moment an geglaubt. Du hast mich mit zu dir nach Hause genommen. Du hast mir eine Haarbürste gekauft. Etwas so Einfaches, aber hundert andere hätten nicht daran gedacht. Du hast mir zugehört und versprochen, mir zu helfen. Du hast dein Versprechen gehalten. Und heute hätte es dich fast umgebracht."

Sein Blick wurde durchdringend. „Willst du jetzt von mir hören, dass ich bereit wäre, für dich zu sterben? Ich nehme an, dass es so ist. Du bist keine Fantasie von mir, Bailey. Du bist das, was die Realität erst richtig real macht."

Das Herz schwoll ihr an vor Glück. Er war wieder erzürnt über sie, wie sie registrierte. Seine Augen blitzten ungeduldig in seinem von Blutergüssen verunzierten Gesicht.

Und er war der ihre, ohne Frage, sie brauchte nur zuzugreifen.

„Ich vermute, ich versuche herauszufinden, warum das so ist."

„Du willst etwas mit dem Verstand begreifen, was mit dem Verstand nicht zu begreifen ist. Das ist kein Rätsel, das man lösen könnte, wenn man nur lange genug darüber nachdenkt, Bailey." Frustriert fuhr er sich erneut mit den Fingern durchs Haar. „Liebe war der erste Stern, oder nicht? Und genau so ist das."

So simpel, ging es ihr durch den Kopf. So stark. Entschlossen ging sie auf ihn zu. „Ich bin Bailey Jones", begann sie. „Ich bin fünfundzwanzig Jahre alt und lebe in Washington D.C. Ich bin Edelsteinexpertin. Ich bin ledig."

Sie musste kurz innehalten, ehe sie fortfuhr. „Ich bin sehr ordentlich. Eine meiner besten Freundinnen sagt, Ordnung sei eine Lebensanschauung für mich, und ich fürchte, sie könnte Recht haben. Ich liebe es, wenn alles an seinem Platz ist. Ich liebe alte Filme, besonders Filme der schwarzen Serie."

Er grinste sie jetzt an, aber sie schüttelte den Kopf. Sie war noch nicht fertig. „Lass mich nachdenken", murmelte sie. „Ich habe eine Schwäche für Schuhe. Ich würde lieber einen Monat ohne Mittagessen auskommen, als auf ein Paar schöne Pumps verzichten. Ich liebe gute Kleidung und Antiquitäten. Dieselbe Freundin bezichtigt mich deshalb eines Hangs zum Snobismus, und das ist wahr."

„Ich nehme dich."

Aber sie schüttelte wieder den Kopf. „Das ist noch nicht alles. Ich habe Fehler, eine Menge Fehler. Manchmal lese ich bis spät in die Nacht hinein und schlafe mit dem Buch in der Hand und laufendem Fernseher ein."

„Nun, wir werden es in den Griff bekommen."

Er streckte den Arm nach ihr aus, aber sie wich, eine Hand hebend, zurück. „Bitte. Ohne meine Lesebrille blinzle ich, aber ich hasse es, sie zu tragen, weil ich eitel bin, deshalb blinzle ich oft. Während meiner Collegezeit hatte ich nicht viele Dates, weil ich schüchtern war und lernbegierig und langweilig. Meine einzigen sexuellen Erfahrungen habe ich erst kürzlich gemacht."

„Ist das so? Wenn du jetzt nicht augenblicklich den Mund hältst, wirst du eine weitere machen."

„Ich bin noch nicht fertig." Sie sagte es scharf, wie eine strenge Lehrerin. „Ich will für jemanden wichtig sein. Ich will wissen, dass es eine Rolle spielt, ob ich da bin oder nicht. Ich wünsche mir Kinder, aber ich will auch weiter arbeiten, denn ich liebe meine Arbeit, und ich bin nicht ohne Ehrgeiz. Ich möchte, dass du das alles verstehst, weil ich so bin. Ich bin genau und praktisch und kann sehr öde sein."

„Ich habe noch nie in meinem Leben ein so ödes Wochenende verbracht", konterte er trocken. „Ich kann kaum noch die Augen offen halten." Als sie kicherte, trickste er sie aus und zog sie in seine Arme. Und fluchte, als der Schmerz durch seine Schulter schoss.

„Cade, wenn die Wunde aufgeht..."

„Du bist so genau und praktisch, du kannst sie wieder zunähen." Er hob ihr Kinn mit einem Finger und lächelte sie an. „Bist du jetzt fertig?"

„Nein. Mein Leben ist nicht in Ordnung, bevor M.J. und Grace wieder da und die drei Sterne im Museum sind. Bis dahin werde ich mir Sorgen machen, aber ich glaube, das weißt du."

„Ich werde es mir aufschreiben für den Fall, dass ich es vergessen sollte. Und warum bringst du mich jetzt nicht nach oben und spielst Frau Doktor?"

„Es gibt noch etwas." Als er verzweifelt die Augen verdrehte, holte sie tief Atem. „Ich liebe dich sehr."

Er wurde ganz still und machte keine Bewegung. Ein Glücksgefühl durchströmte ihn, süß und stark wie schwerer Wein.

„Du hast lange genug gebraucht, um darauf zu kommen."

Er küsste sie lang und zärtlich.

„Ich liebe dich, Cade", wiederholte sie und berührte wieder mit ihren Lippen die seinen. „Jetzt fängt unser gemeinsames Leben an."

EPILOG

Ein Stern lag außerhalb seiner Reichweite, derzeit jedenfalls. Er hatte den genauen Moment gekannt, in dem man ihn den Zuständigen übergeben hatte. Er hatte nicht gewütet oder die Götter verflucht. Immerhin war er ein zivilisierter Mensch. Er hatte nur seinen zitternden Boten mit einem einzigen eisigen Blick weggeschickt.

Jetzt saß er in seinem Tresorraum und ließ seine Finger über den Stiel eines mit Wein gefüllten goldenen Bechers gleiten. Leise Musik erfüllte die Luft, tröstete ihn.

Er betete Mozart an.

Die Frau hatte ihm eine Menge Scherereien gemacht. Salvani hatte sie schwer unterschätzt.

Sein eigener Fehler war es gewesen, Salvanis Einschätzung von Bailey Jones zu vertrauen.

Aber dieser Fehler würde ihm nicht noch einmal unterlaufen. Er kicherte in sich hinein. Dafür hatten Ms. James und ihr Beschützer gesorgt, indem sie mit Timothy Salvani kurzen Prozess gemacht hatten.

Was für ihn durchaus angenehm war, denn jetzt gab es keine Verbindung mehr zwischen ihm und den Steinen und den Toten. Und nichts konnte ihn davon abhalten, seinen Plan in die Tat umzusetzen – mit einigen Veränderungen, versteht sich. Er konnte flexibel sein, wenn es erforderlich war.

Zwei Sterne lagen noch in Reichweite. Er konnte sie sehen, wenn er die Augen schloss, pulsierend im Licht, darauf wartend, von ihm in Besitz genommen und mit dem Dritten vereinigt zu werden.

Er würde sie bald genug haben. Wer auch immer sich ihm in den Weg stellen mochte, würde weichen müssen.

Es war eine Schande, wirklich. Es hatte keinen Grund für Gewalt gegeben. Kein einziger Tropfen Blut hätte fließen müssen. Aber jetzt, da es nun einmal passiert war, nun...

Er lächelte in sich hinein und trank einen Schluck warmen roten Wein.

Blut, dachte er, Blut zu Blut.

Drei Frauen, drei Steine, drei Sterne. Es war fast poetisch. Er wusste die Ironie, die darin lag, zu schätzen. Und wenn das goldene Dreieck vollständig war, wenn die drei Sterne von Mithra ihm gehörten und er sie liebkosen konnte, wenn er sie auf den für sie vorgesehenen Altar stellte, würde er an die drei Frauen denken, die versucht hatten, seinem Schicksal eine unerwünschte Wendung zu geben. Er würde ihrer freundlich, sogar bewundernd gedenken. Er hoffte, es arrangieren zu können, dass sie alle eines wahrhaft poetischen Todes starben.

Nora Roberts

Der gefangene Stern

Roman

1. KAPITEL

Er hätte töten können für ein Bier. Ein großes, kaltes, dunkles Bier, das weicher die Kehle hinabrann als der Kuss einer Frau. Ein Bier in einer gemütlichen, dämmrigen Bar, mit einem Billardtisch und ein paar interessierten Umstehenden, die den Spielverlauf kommentierten.

Während er das Haus der Frau nicht aus den Augen ließ, vertrieb sich Jack Dakota die Zeit damit, sich diese angenehme Situation auszumalen.

Ein Uhr mittags war zwar noch ein bisschen zu früh am Tag, um Bier zu trinken, aber die Hitze schaffte einen, und die Kühltasche, die bis obenhin voll gestopft war mit Mineralwasserdosen, besaß bei weitem nicht dieselbe Anziehungskraft wie ein eiskaltes, schaumgekröntes Bier.

Annehmlichkeiten, wie eine Klimaanlage, hatte sein Oldtimer leider Gottes nicht aufzuweisen. Genau besehen hatte er überhaupt erbärmlich wenige Annehmlichkeiten vorzuweisen, wenn man von der sündhaft teuren Stereoanlage, die einen Wahnsinnssound hatte, einmal absah. Sie war mehr wert als der Wagen selbst, aber ein Mann brauchte nun mal Musik. Wenn er unterwegs war, drehte er volle Pulle auf und ließ die Beatles oder die Stones von der Leine.

Der hochtourige V-8-Motor unter der stahlgrauen Kühlerhaube war so sorgfältig getunt wie eine Schweizer Uhr und brachte Jack schnell dorthin, wo er hin wollte. Im Augenblick war er jedoch aus, und als Zugeständnis an das ruhige Wohnviertel im Nordwesten Washingtons hatte Jack den CD-Player leise gestellt, während er mit Bonnie Raitt mitsummte.

Sie gehörte zu den wenigen Rockstars nach 1975, vor denen er den Hut ziehen konnte.

Jack dachte oft, dass er in der falschen Zeit geboren war. Seiner Meinung nach hätte er einen guten Ritter abgegeben. Einen schwarzen. Er hätte an König Artus' Tafelrunde sitzen können. Allerdings hätte er Camelot auf seine eigene Art und Weise geführt. Feste Regeln verkomplizierten die Dinge nur.

Ebenso hätte es ihm Spaß gemacht, durch den Westen zu reiten. Desperados zu jagen, ohne diesen ganzen deprimierenden Papierkram. Sie einfach nur aufzustöbern und dorthin zu bringen, wohin sie gehörten. Hinter Schloss und Riegel.

Heutzutage nahmen sich böse Jungs einen Anwalt, oder der Staat stellte ihnen einen, und schließlich endete die ganze Chose damit, dass sich das Hohe Gericht für die Ungelegenheiten entschuldigte, die es ihnen verursacht hatte.

Es war zum Heulen.

Und einer der Gründe dafür, warum Jack Dakota nicht zur Polizei gegangen war, obwohl er mit Anfang zwanzig mit dieser Idee gespielt hatte. Gerechtigkeit hatte einen hohen Stellenwert für ihn, und das war schon immer so gewesen.

Was wiederum der Grund dafür war, dass Jack Dakota jetzt, mit dreißig, Grenzjäger war.

Hier jagte man die bösen Jungs auch, aber man war selbstständig, wurde pro Auftrag bezahlt und musste sich nicht mit irgendwelchem bürokratischen Mist herumschlagen.

Natürlich gab es auch hier Regeln, doch wenn man clever war, wusste man, wie man sich durchmogeln konnte. Und Jack war stets clever gewesen.

Er hatte die Unterlagen, seine derzeitige Beute betreffend, in der Tasche. Ralph Finkleman hatte ihn heute um acht Uhr morgens angerufen. Ralph war eine Kämpfernatur und ein Optimist – eine Kombination von Charaktereigenschaften, die Jacks Meinung nach für jemanden, der sein Geld mit dem Verleihen von Kautionen verdiente, wahrscheinlich unablässig waren. Ihm selbst hatte die Geschäftsidee, wildfremden Leuten Geld zu pumpen, nie eingeleuchtet, zumal sich diese Zeitgenossen schon allein dadurch, dass sie in eine derartige Lage gekommen waren, von vornherein als nicht allzu zuverlässig erwiesen hatten.

Aber damit ließ sich Geld machen, und Geld war genug Anreiz für die meisten Dinge.

Jack hatte geplant, über die Feiertage – morgen war der 4. Juli – ein bisschen auszuspannen, sich vielleicht die Zeit mit ein paar Ballspielen im Park zu vertreiben und eine seiner weiblichen Bekannten zu bitten, ihm beim Verjubeln seines Honorars zu helfen. Er hätte Ralphs Auftrag fast abgelehnt, aber der Junge hatte ihn am Telefon derart angefleht, dass er es nicht übers Herz gebracht hatte, ihm einen Korb zu geben.

Deshalb war er also zu First Stop Bail Bonds gefahren und hatte sich die Unterlagen über eine gewisse M.J. O'Leary geholt, die sich offensichtlich dagegen entschieden hatte, ihre Tage im Gerichtssaal zu verbringen, um dem Hohen Gericht zu erklären, warum sie ihren verheirateten Geliebten erschossen hatte. Ralph hatte die erforderliche Kaution für sie hinterlegt, und jetzt war sie getürmt.

Dieser neue Auftrag war ein Windbeuteljob, der nicht erklärte, warum Ralph so nervös gewesen war. Er hatte noch mehr gestottert als sonst, und seine Blicke waren wie verschreckte Mäuse durch das bis zur Decke mit verstaubten Akten voll gestopfte Büro gehuscht.

Aber Jack hatte kein Interesse daran, Ralph zu analysieren. Er wollte den Job schnellstmöglich hinter sich bringen, damit er endlich an dieses Bier kam und anfangen konnte, sein Geld auf den Kopf zu hauen.

Das Extrageld, das er für diesen Schnellschuss kassierte, bedeutete, dass er sich die Erstausgabe von Don Quichote leisten konnte, auf die er schon lange scharf war, und das war es ihm wert, ein paar Stunden im Auto zu schwitzen.

Er sah nicht aus wie ein Mann, der seltenen Büchern nachjagte oder mit Vergnügen über die Natur des Menschen philosophierte. Er trug sein braunes, von der Sonne gesträhntes Haar im Nacken zu einem kurzen Pferdeschwanz zusammengebunden – was allerdings eher ein Ausdruck seines Misstrauens Friseuren gegenüber als ein modisches Zugeständnis war, obwohl die Frisur sein langes schmales Gesicht mit den ausgeprägten Wangenknochen vorteilhaft betonte. Der Mund über dem Kinn mit der kleinen Kerbe war voll und fest und hatte etwas Verträumtes, wenn sich die Lippen nicht zu einem spöttischen Grinsen verzogen.

Seine Augen waren wie blitzender grauer Stahl, der beim Anblick der vergilbten Seiten einer Dante-Erstausgabe dahinschmolz oder sich verdunkelte, wenn eine hübsche Frau in einem leichten Sommerkleid des Weges kam.

Seine Augenbrauen waren geschwungen, was seinem Gesicht einen leicht dämonischen Zug gab, der durch den Schmiss über der linken Braue, den er sich bei einer Messerstecherei geholt hatte, noch verstärkt wurde.

Er hatte auch noch andere Narben. Sein sehniger Körper trug die Male eines Kriegers, und es gab durchaus Frauen, die dies mit einem leisen Gurren goutierten.

Jack war es egal.

Er streckte seine langen Beine aus, rollte die verspannten Schultern und überlegte, ob er sich noch ein Mineralwasser gönnen sollte, wobei er sich einreden könnte, es sei Bier.

Als der MG mit offenem Verdeck, das Radio voll aufgedreht, an ihm vorbeizischte, schüttelte er den Kopf. Dumm wie ein Torpfosten, dachte er, während er beobachtete, wie sie ein Stück weiter vorn einparkte. Obwohl sie einen guten Musikgeschmack zu haben schien, wie er sich widerwillig eingestehen musste. Der Wagen stimmte mit der Beschreibung, die er hatte, überein, und der flüchtige Blick, den er auf die Frau hatte erhaschen können, hatte ihm noch einmal bestätigt, dass es sich um die gesuchte Person handelte. Das kurze, jetzt vom Fahrtwind zerzauste rote Haar war ein todsicherer Beweis.

Es war wohl eine Ironie des Schicksals, dass eine Frau, die so aussah, derart strohdumm war.

Als Fliegengewicht hätte er sie nicht bezeichnet. Es gab nichts an ihr, was diesen Schluss hätte rechtfertigen können. Sie war sehr groß – und er hatte eine Schwäche für langbeinige, gefährliche Frauen. Ihre knabenhaften Hüften wurden von ausgewaschenen Jeans umschlossen, die an manchen Stellen fast weiß waren und an einem Knie zerrissen. Das T-Shirt, das sie sich in die Hose gesteckt hatte, war aus weißer Baumwolle, und ihre kleinen Brüste drückten sich appetitlich gegen den weichen Stoff.

Sie holte eine Tasche aus dem Wagen, und Jack erhaschte einen interessanten Blick auf einen knackigen Po in einer engen Jeans. Grinsend fasste er sich ans Herz. Kein Wunder, dass irgendein Dreckskerl seine Frau mit ihr betrogen hatte.

Sie hatte ein Gesicht, das ebenso eckig war wie ihr Körper. Obwohl es milchmädchenweiß war, was sehr gut zu der flammend roten Haarkappe passte, hatte sie absolut nichts von einem Milchmädchen an sich. Das energische Kinn und die ausgeprägten Wangenknochen gaben dem Gesicht etwas Hartes, das allerdings durch den vollen sinnlichen Mund gemildert wurde.

Sie trug eine große Sonnenbrille, aber er wusste aus seinen Unterlagen, dass ihre Augen grün waren. Er fragte sich, ob sie moosgrün oder smaragdgrün waren.

Mit einer enormen Tasche über der einen Schulter und einer prall gefüllten Einkaufstüte, die sie auf ihrer Hüfte balancierte, begann sie auf ihn und das Haus, in dem sie wohnte, zuzugehen. Beim Anblick ihres federnden Gangs erlaubte er sich, sehnsüchtig aufzuseufzen.

Er hatte wirklich eine Schwäche für langbeinige Frauen.

Er stieg aus und stiefelte hinter ihr her. Kaum anzunehmen, dass sie größere Schwierigkeiten machte. Vielleicht biss und kratzte sie ein bisschen, aber sie sah nicht aus wie die Art Frauen, die sich in Tränen auflösten.

Sein Plan war simpel. Er hätte sie draußen abfangen können, aber er hasste es, öffentliches Aufsehen zu erregen, wenn es auch anders ging. Deshalb wollte er versuchen, mit einem Trick in ihre Wohnung zu kommen, ihr die Situation erklären und sie mitnehmen.

Sie wirkte, als hätte sie keine einzige Sorge auf der Welt, wie Jack registrierte, als er hinter ihr das Haus betrat. Bildete sie sich wirklich ein, die Polizei würde ihr Haus nicht beobachten? Und im eigenen Auto zum Einkaufen zu fahren... Es war erstaunlich, dass man sie noch nicht geschnappt hatte.

Aber schließlich hatten die Cops mehr zu tun, als hinter einer Frau herzurennen, die ein bisschen Knatsch mit ihrem Liebhaber gehabt hatte.

Er hoffte nur, dass die Freundin, die mit ihr auf dem gleichen Flur wohnte, nicht zu Hause war. Er hatte an der Wohnungstür gelauscht und nichts gehört.

Aber man konnte nie wissen.

Da sie den Aufzug verschmähte und auf die Treppe zuging, tat er dasselbe. Sie schaute sich nicht um, was den Schluss nahe legte, dass sie sich entweder sehr sicher fühlte oder eine Menge anderer Dinge im Kopf hatte.

Er war jetzt auf derselben Höhe mit ihr und warf ihr ein Lächeln zu. „Kann ich Ihnen beim Tragen helfen?"

Sie wandte sich ihm zu. Ihre Lippen verzogen sich nicht zu dem winzigsten Lächeln. „Nein. Es geht schon."

„Okay, aber ich komme trotzdem mit Ihnen hoch. Ich will meine Tante besuchen. Ich habe sie schon seit... verdammt... zwei Jahren nicht mehr gesehen. Ich bin nur heute Vormittag in der Stadt. Hab ganz vergessen, wie heiß es in D.C. sein kann."

Sie drehte sich wieder weg. „Es ist nicht die Hitze, die einen schafft", sagte sie mit einer Stimme, die trocken war wie Staub, „sondern die Schwüle."

„Ja, stimmt. Ich wohne seit ein paar Jahren in Wisconsin. Obwohl ich hier aufgewachsen bin, habe ich vergessen... Warten Sie, ich nehme Ihnen die Tüte ab."

Es war eine geschmeidige Bewegung, mit der sie ihre Tüte verlagerte und den Schlüssel ins Schloss ihrer Wohnungstür schob. Ebenso geschmeidig stieß sie sie dann mit der Schulter auf. „Es geht schon", wiederholte sie und schickte sich an, ihm die Tür vor der Nase zuzuschlagen.

Er glitt wie eine Schlange durch den Spalt und ergriff ihren Arm. „Ms. O'Leary..." Das war alles, was er herausbrachte, bevor ihr Ellbogen gegen sein Kinn krachte. Er fluchte, blinzelte, bis er wieder klar sah, und wich dem Tritt in den Unterleib nur um Haaresbreite aus. Aber er war knapp genug gewesen, um ihn seinen Plan ändern zu lasen.

Erklärungen konnten verdammt gut warten.

Er packte sie an den Handgelenken und zog sie ganz nah zu sich heran, sie wand sich in seinen Armen und trat ihm hart genug auf den Fuß, dass er Sterne sah. Und das war, bevor sie ihm einen Kinnhaken verpasste.

Ihre Einkaufstüte lag mittlerweile am Boden, und jeder ihrer Boxhiebe wurde von einem hörbaren tiefen Einatmen begleitet. Er versuchte, die Faustschläge abzublocken, was keine ganz einfache Angelegenheit war. Sie war offensichtlich kampferprobt – ein kleines Detail, das Ralph zu erwähnen vergessen hatte.

Da sie mit erhobenen Fäusten in Kampfstellung ging, tat er das Gleiche.

„Das wird Ihnen nicht gut bekommen." Er hasste den Gedanken, zuschlagen zu müssen – womöglich auf dieses so sexy betonte Kinn. „Ich muss Sie mitnehmen, und es wäre mir wesentlich lieber, ich könnte es tun, ohne Sie übel zuzurichten."

Ihre Antwort bestand aus einem eleganten Tritt in den Unterleib, von dem er sich wünschte, er hätte ihn aus der Entfernung bewundern können. Aber er war zu beschäftigt damit, in einen Tisch zu krachen.

Verdammt, sie war gut.

Er erwartete, dass sie zur Tür schoss, und war schon wieder auf den Beinen, um ihr den Weg abzuschneiden, aber sie tänzelte nur mit erhobenen Fäusten um ihn herum, die Augen verborgen hinter den dunklen Gläsern, den Mund zu einer wütenden Grimasse verzerrt.

„Na los, komm schon", spöttelte sie. „Mich raubt keiner in meiner eigenen Wohnung aus."

„Ich bin kein Räuber." Er kickte ein Netz mit drei reifen Pfirsichen beiseite, das aus ihrer Einkaufstüte gerollt war. „Ich bin hier, um Sie mitzunehmen, und Sie wissen sehr gut, warum." Er hob, Frieden signalisierend, die Hand und riss ihr dann überraschend mit dem Fuß das Standbein weg, so dass sie hart auf dem Fußboden landete.

Er warf sich über sie, wobei er ihren Körper unter sich durchaus zu schätzen gewusst hätte, wenn nicht ihr Knie jetzt eine bessere Angriffsfläche gehabt hätte als beim ersten Mal. Er verdrehte die Augen, sein Atem entwich pfeifend seinen Lungen, während er in einer Welle von Schmerz, wie ihn nur ein Mann kennt, ertrank. Aber er hielt durch.

Auf dem Boden war er im Vorteil, das war ihr klar. In aufrechter Haltung war sie schnell, und ihre Reichweite war fast so groß wie seine, eine Chancengleichheit war eher gegeben. Aber bei einem Ringkampf war er ihr von Gewicht und Muskelkraft her überlegen. Es fuchste sie, dass sie sich gezwungen sah, zu miesen Tricks zu greifen. Sie grub ihre Zähne in seine Schulter, und als er aufheulte, spürte sie, wie ihr das Adrenalin durch die Blutbahn schoss.

Sie rollten ineinander verklammert über den Fußboden und krachten gegen den Kaffeetisch. Eine große blaue Schale mit Süßigkeiten fiel herunter und zerbarst. Eine Scherbe bohrte sich durch sein Hemd in seine Schulter und veranlasste ihn, einen weiteren saftigen Fluch auszustoßen. Sie landete einen Volltreffer an seinem Kopf, einen anderen in seinen Nieren.

Sie fing gerade an, doch noch auf einen Sieg zu hoffen, als er sie mit einer einzigen schnellen Bewegung herumwarf. Ihr Kopf krachte gegen den Fußboden, und ehe sie Luft holen konnte, hatte er ihr auch schon die Arme auf den Rücken gedreht und saß auf ihr.

Die Tatsache, dass er keuchte, war eine sehr kleine Befriedigung. Und zum ersten Mal in ihrem Leben begann sie das Schlimmste zu befürchten.

„Mir ist wirklich schleierhaft, warum zum Teufel Sie den Kerl erschossen haben, wo Sie ihn doch ebenso gut auch anders hätten fertig machen können“, brummte Jack. Er schob die Hand in seine Gesäßtasche und stieß erneut einen Fluch aus, als er sie leer wieder hervorzog. Die Handschellen waren ihm offensichtlich während des Kampfes abhanden gekommen.

Als sie sich unter ihm aufbäumte, verstärkte er seinen Griff und holte tief Atem. Einen derart großartigen Kampf hatte er sich mit keiner Frau mehr geliefert, seit er Big Betsy zur Strecke gebracht hatte. Und sie war ein zweihundert Pfund schweres Kraftpaket gewesen.

„Hören Sie, wenn Sie so weitermachen, verschlimmern Sie alles nur noch. Warum geben Sie nicht endlich auf?“

„Du erdrückst mich, du Dreckskerl“, presste sie zwischen den Zähnen hervor. „Wenn du versuchst, mich zu vergewaltigen, reiß ich dir dein heiß geliebtes Prachtstück ab. Und wenn die Cops hier aufkreuzen, können sie deine Überreste vom Fußboden abkratzen.“

„Ich vergewaltige keine Frauen, Zuckerpüppchen. Nur weil ein

Buchhalter die Finger nicht von Ihnen lassen konnte, heißt das noch lange nicht, dass ich es auch nicht kann. Und die Cops interessieren sich nicht für mich. Sie wollen Sie."

Sie atmete aus und versuchte, erneut Luft zu holen, aber er presste sie fest auf den Boden. „Ich hab keine Ahnung, wovon zum Geier Sie eigentlich reden."

Er zog die Papiere aus seiner Hosentasche und hielt sie ihr unter die Nase. „M.J. O'Leary, gesucht wegen Körperverletzung mit Todesfolge... blablabla. Ralph ist wirklich sehr enttäuscht von Ihnen, Zuckerpüppchen. Er ist ein vertrauensseliger Mann und hat nicht erwartet, dass eine so nette Frau wie Sie türmt."

„Da hat irgendjemand Mist gebaut." Sie sah ihren Namen und ihre Anschrift auf dem, was allem Anschein nach ein Haftbefehl zu sein schien. „Bei mir sind Sie an der falschen Adresse. Ich habe nirgendwo eine Kaution hinterlegt, und ich war auch nicht im Gefängnis. Idiotische Cops", brummte sie und versuchte wieder, ihn abzuwerfen. „Rufen Sie Ihren Vorgesetzten an oder was immer. Klären Sie das auf. Und anschließend verklage ich Sie."

„Guter Versuch. Und ich nehme an, Sie haben auch nie etwas von George MacDonald gehört."

„Nein, habe ich nicht."

„Dann war es sehr unhöflich von Ihnen, ihn zu erschießen." Er legte den Kopf schräg und musterte ihr Gesicht von der Seite, dann packte er sie an den Handgelenken. Sie hatte im Eifer des Gefechts ihre Sonnenbrille verloren, und jetzt sah er, dass ihre Augen weder moos- noch smaragdgrün waren, sondern von einem tiefen Flussgrün. Und im Augenblick sprühten sie Funken. „Hören Sie, Schwester, wenn Sie eine heiße Affäre mit Ihrem Buchhalter haben, geht mich das nichts an. Und wenn Sie ihn erschießen, ist das auch nicht mein Bier. Aber wenn Sie sich das Geld für eine Kaution leihen und dann türmen, geht mich das sehr wohl etwas an."

Sie konnte jetzt ein bisschen leichter atmen, aber seine Hände umschlossen ihre Handgelenke wie Stahlbänder. „Meine Buchhalterin heißt Holly Bergmann, und wir haben keine heiße Affäre. Ich habe niemanden erschossen, und weder habe ich irgendwo eine Kaution hinterlegt, noch habe ich mir das Geld dafür bei irgendwem geliehen. Ich möchte Ihren Ausweis sehen, Greifer."

Nerven hatte sie, das musste man ihr lassen. In ihrer gegenwärtigen Lage auch noch Forderungen zu stellen. „Mein Name ist Dakota, Jack Dakota. Ich bin Grenzjäger."

Sie musterte ihn mit verengten Augen. Sie fand, er sah aus wie einem Western entsprungen. Ein eiskalter Revolverheld, ein kaltblütiger Spieler. Oder...

„Grenzjäger? Nun, hier ist keine Grenze, du Armleuchter." Es war keine Vergewaltigung und kein Raubüberfall. Die Angst, die ihr das Herz zu Eis hatte gefrieren lassen, verwandelte sich in rasende Wut. „Du Dreckskerl. Du dringst gewaltsam hier ein und ruinierst mir alles, und das bloß, weil du zu dämlich bist, die richtige Spur zu verfolgen? Das wirst du mir büßen, Freundchen, das verspreche ich dir. Wenn ich mit dir fertig bin, wirst du nicht mal mehr in der Lage sein, deinen eigenen Namen zu schreiben. Du wirst es nicht..." Sie brach ab, als er ihr ein Foto unter die Nase hielt.

Es war ihr Gesicht, und der Fotograf musste es gestern aufgenommen haben.

„Haben Sie eine Zwillingsschwester, O'Leary? Eine, die einen 68er MG fährt und kürzlich mit einem Kerl namens Bailey James durch die Gegend gegondelt ist?"

„Bailey ist kein Kerl", murmelte sie fast unhörbar in sich hinein, auf ihr eigenes Gesicht starrend, während ihr eine neue Sorge durch den Kopf schoss. War das alles wegen Bailey, wegen des Päckchens, das diese ihr geschickt hatte? In was für einem Schlamassel könnte die Freundin stecken? „Ich habe keine Zwillingsschwester." Sie schaute ihn wieder an. „Was geht hier ab? Ist mit Bailey alles okay?"

Ihr Puls unter seinen Händen hatte sich beschleunigt, und sie begann, sich mit neuer Energie zu wehren.

„Ich weiß nichts über diesen Bailey."

Aber er begann etwas zu riechen, und es gefiel ihm nicht. Mittlerweile ging er nicht mehr davon aus, dass M.J. O'Leary dumm wie ein Torpfosten war. Und eine Frau, die nur ein kleines bisschen Grips im Kopf hatte, würde sich nicht so verhalten, wenn sie auf der Flucht wäre.

Ralph, dachte Jack und schaute in M.J.s Gesicht. Warum warst du so nervös heute Morgen?

„Wenn Sie offen zu mir sind, können wir die Sache vielleicht aufklären. Möglicherweise ist es ja ein Versehen." Aber das glaubte er nicht. Ganz bestimmt nicht. Und irgendwie hatte er langsam ein ziemlich mulmiges Gefühl bei der ganzen Angelegenheit. „Hören Sie zu", begann er genau in dem Moment, in dem die Tür mit einem ohrenbetäubenden Krachen aufflog und ein Mann von der Statur eines Kleiderschranks ins Zimmer taumelte.

„Sie sollten sie rausbringen", sagte der Kleiderschrank und fuchtelte mit einer eindrucksvollen Magnum unter Jacks Nase herum. „Sie quatschen zu viel. Er wartet."

Jack hatte nicht viel Zeit, um zu entscheiden, wie er es spielen sollte. Er kannte den Mann nicht, aber er kannte den Typ. Sie sahen alle gleich aus, Muskelpakete ohne Hirn, mit einem Quadratschädel, schmalen Augen und breiten Schultern. Die Knarre war groß wie eine Kanone und wirkte trotzdem wie ein Spielzeug in den fleischigen Händen.

„Tut mir Leid." Er drückte kurz M.J.s Handgelenk, in der Hoffnung, sie würde verstehen und den Mund halten. „Ich hatte ein paar Probleme hier."

„Probleme? Mit einer Frau? Sie sollten sie doch nur rausbringen."

„Ja, ich arbeite dran", sagte Jack mit einem freundlichen Lächeln. „Hat Ralph Sie zur Verstärkung geschickt?"

„Los jetzt. Aufstehen. Wir gehen."

„Klar. Null Problem. Stecken Sie Ihre Kanone weg, ich habe sie unter Kontrolle." Aber die Pistole blieb weiterhin auf seinen Kopf gerichtet.

„Ich nehme sie mit." Der Gorilla lächelte, die fleischigen Lippen zogen sich über riesigen Zähnen zurück. „Sie werden nicht mehr gebraucht."

„Fein." In Ermangelung von etwas Besserem schnappte sich Jack beim Aufspringen eine Dose Tomatensuppe, die aus der Einkaufstüte herausgerollt war, und ließ sie krachend auf die Nase des Kleiderschranks niedersausen. Das hässliche Geräusch erfüllte ihn mit grimmiger Zufriedenheit. Dann senkte er den Kopf wie ein wilder Stier und machte einen Satz nach vorn auf seinen Gegner zu. Es fühlte sich fast an, als ob er versuche, mit dem Kopf eine Backsteinwand zu rammen, aber die Wucht des Aufpralls katapultierte sie beide nach rückwärts, und sie stürzten über einen Stuhl.

Die Pistole ging los, und die Kugel riss ein faustgroßes Loch in die Decke.

M.J. dachte daran wegzurennen. Sie hätte aus der Wohnung sein können, ehe die beiden ihre Gliedmaßen entwirrt hätten. Aber sie dachte auch an Bailey, an das, was ihre Tasche nach unten zog. An den Schlamassel, in den sie irgendwie hineingeraten war. Und war zu wütend, um wegzurennen.

Sie versuchte, sich in den Besitz der Pistole zu bringen, was damit endete, dass sie nach rückwärts geschleudert wurde, als Jack in sie hineinkrachte. Er fiel weich, weil er auf sie drauffiel, und war schnell wieder auf den Beinen, um dem Kleiderschrank einen doppelten Fußtritt zu verpassen.

Der Junge ist gut in Form, dachte M.J. und rappelte sich ebenfalls auf. Sie schnappte sich ihre schwere Schultertasche, schleuderte sie wie einen Bumerang über dem Kopf und ließ sie dann auf den Quadratschädel des Kleiderschranks niedersausen.

Er ging in die Knie und krachte so schwer aufs Sofa, dass die Sprungfedern brachen.

„Sie haben meine Wohnung verwüstet!“ brüllte M.J. empört und versetzte Jack einen harten Rippenstoß, weil er gerade in Reichweite war.

„Verklagen Sie mich.“

Der Gorilla sprang auf und drohte ihr mit einer Faust, die so groß war wie eine Melone, und ging dann wieder in die Knie. Schmerz durchschoss seinen Körper, als der Boxhieb seines Gegners ihn gegen eine Wand krachen ließ. Bilder fielen zu Boden, Glas zersplitterte. Verschwommen sah er die Frau, um die es eigentlich ging, ein roter Feuerball, der auf ihn zuschoss und wie ein Hornissenschwarm auf seinem Rücken landete. Sie schlug ihm mit den Fäusten ins Gesicht, als er herumfuhr, in der Absicht, sie loszuwerden.

„Halten Sie ihn fest!" schrie Jack. „Verdammt, nur eine Minute!"

Er schnappte sich das, was von einem Tischbein noch übrig war, und stürzte sich in den Kampf. Er musste genau zielen, um zu verhindern, dass er womöglich M.J.s Hinterkopf traf.

„Ich sagte, Sie sollen ihn festhalten!"

„Sie wollen ihm eins auf den Deckel geben, während ich ihn festhalte?" Mit einem gutturalen Schnauben nahm sie den Kleiderschrank von hinten in den Würgegriff und umklammerte mit den Beinen seinen breiten stählernen Brustkorb und brüllte: „He, machen Sie schon, um Himmels willen. Hören Sie auf, um ihn rumzutänzeln, und schlagen Sie endlich zu!"

Jack zielte, holte weit aus und ließ seine Waffe krachend auf den Schädel des Riesen niedersausen. Das Tischbein zersplitterte wie ein Zahnstocher, Blut spritzte. M.J. hatte gerade noch Zeit, sich in Sicherheit zu bringen, bevor der Mann in sich zusammensackte.

Sie blieb noch eine Minute auf Händen und Knien und schnappte nach Luft. „Was geht hier ab? Was zum Teufel geht hier eigentlich ab?"

„Darüber können Sie sich später den Kopf zerbrechen." Jack packte sie an den Handgelenken und zerrte sie auf die Füße. „Diese Typen reisen gewöhnlich nicht allein. Lassen Sie uns verschwinden."

„Verschwinden?" Sie schnappte sich im Vorbeigehen ihre Handtasche, während er sie zur Tür zog. „Wohin denn?"

„Weg. Er wird wahrscheinlich ziemlich unangenehm werden, wenn er aufwacht, und falls er noch irgendwo einen Kumpel abgestellt hat, werden wir beim nächsten Mal nicht so glimpflich davonkommen."

„Glimpflich! Ich brech' zusammen!" Aber sie rannte schon mit ihm mit. „Sie verfluchter Dreckskerl, Sie! Sie überfallen mich praktisch in meiner eigenen Wohnung und nehmen mir die ganze Bude auseinander, und dann reden Sie auch noch von glimpflich!"

„Ich habe Ihren Hintern gerettet."

„Ich habe Ihren Hintern gerettet!" schrie sie erbost und stieß eine ganze Serie blumiger Flüche aus, während sie die Treppe hinunterstürmten. „Und wenn ich auch nur für eine Sekunde zu Atem komme, mache ich Sie platt."

Auf dem ersten Treppenabsatz rannten sie fast eine Nachbarin über den Haufen. Die füllige Frau mit der wasserstoffblonden Dauerwelle und den rosa Plüschpantoffeln wich erschrocken zurück und presste sich die Hände gegen ihre roten Apfelbäckchen.

„M.J., was um alles in der Welt...? Woher kamen denn diese Schüsse?"

„Mrs. Weathers..."

„Keine Zeit." Jack rannte sie fast um, als er auf den nächsten Treppenabsatz zustürmte.

„Ich werde Sie für alles haftbar machen, Sie Holzkopf, für jeden Blumentopf, den Sie umgeschmissen haben, und jede Lampe, die Sie..."

„Ja, ja, ich hab's kapiert. Wo ist der Hinterausgang?" Als M.J. den Flur hinunter deutete, nickte er, und einen Moment später waren sie aus dem Haus und rannten um das Gebäude herum. Jack spähte hinter einem Busch hervor auf die Straße. Einen halben Block weiter unten stand ein fensterloser Lieferwagen, neben dem ein dünner hühnergesichtiger Mann in einem scheußlichen Anzug herumtanzte. „Bleiben Sie geduckt", befahl Jack, während sie zu seinem Auto sprinteten. Einen Moment später schmiss er M.J. regelrecht auf den Beifahrersitz.

„Herrgott noch mal, was soll denn das?" Sie warf die Dose vom Sitz, auf der sie unsanft gelandet war, kickte mit dem Fuß irgendwelchen Müll auf dem Boden beiseite, dann knallte sie mit dem Kopf gegen Jacks, als dieser ihren Oberkörper nach unten drückte.

„Runter. Auf den Boden!" schnarrte er, und eine Sekunde später saß er hinter dem Steuer und raste mit aufheulendem Motor davon. Das schwache Ping sagte ihm, dass der Mann mit dem Hühnergesicht die Pistole mit Schalldämpfer, die er gezogen hatte, zum Einsatz gebracht hatte.

Jack bretterte mit quietschenden Reifen auf zwei Rädern um eine Kurve und schoss wie eine Rakete die Straße hinunter. M.J., zusammengekauert auf dem Boden hockend, wurde durchgeschüttelt wie Eier in einem kaputten Eierkarton und stieß sich den Kopf am Armaturenbrett, fluchte und kämpfte um Gleichgewicht, während

Jack das riesige Schiff von einem Auto durch verwinkelte Seitenstraßen steuerte.

„Was zum Teufel machen Sie denn da?“

„Ihren Hintern retten, Zuckerpüppchen.“ Sein Blick zuckte zum Rückspiegel, als er mit quietschenden Reifen rechts abbog. Ein paar Kinder, die auf ihren Fahrrädern den Bürgersteig entlangradelten, hoben anerkennend die Fäuste und brachen in begeisterte Beifallsschreie aus angesichts des Manövers. Jack grinste.

„Fahren Sie langsamer, sonst fällt dieser Schrotthaufen noch auseinander.“ M.J. schob sich wieder auf ihren Sitz und umklammerte den Haltegriff, um nicht das Gleichgewicht zu verlieren. „Und lassen Sie mich raus, bevor Sie irgendein Kind überfahren.“

„Ich überfahre niemanden, und Sie bleiben schön hier.“ Er warf ihr einen kurzen Blick zu. „Nur für den Fall, dass es Ihnen entgangen sein sollte, der Typ hat auf uns geschossen. Sobald ich mir sicher bin, dass wir ihn abgeschüttelt haben, suchen wir uns ein ruhiges Plätzchen, wo Sie mir erzählen können, was zum Teufel hier eigentlich abgeht.“

„Ich weiß nicht, was abgeht.“

Wieder warf er ihr einen Blick zu. „Blödsinn.“

Weil er überzeugt davon war, dass sie ihm Blödsinn erzählte, beschloss er, auf Nummer sicher zu gehen. Hinter der nächsten Kurve langte er unter seinen Sitz und angelte sich die Handschellen. Bevor sie auch nur mit der Wimper zucken konnte, hatte er M.J. mit einem Handgelenk an den Haltegriff gekettet. Jetzt konnte sie nicht mehr türmen, ehe er nicht wusste, warum er eben von einem dreihundert Pfund schweren Gorilla fast platt gemacht worden wäre.

Um ihr wütendes Gezeter und ihre zunehmend farbiger werdenden Flüche und Drohungen zu dämpfen, drehte Jack die Stereoanlage voll auf.

2. KAPITEL

Bei der ersten Gelegenheit würde sie ihn umbringen, entschied M.J. erbarmungslos. Vor zwei Stunden war sie noch frei und beschwingt wie jeder normale Mensch an einem Samstag durch den Supermarkt geschlendert und hatte Tomaten gekauft. Natürlich war sie vor Neugier fast geplatzt, was es war, was sie da in ihrer Tasche mit sich rumschleppte, aber sie war sich sicher gewesen, dass Bailey einen guten Grund gehabt hatte, es ihr zu schicken. Und eine logische Erklärung.

Bailey James hatte immer gute Gründe und logische Erklärungen für das, was sie tat. Das war nur einer der Aspekte, die es M.J. leicht machten, sie zu lieben.

Aber jetzt befürchtete sie, dass das Päckchen, das ihr Bailey am Vortag per Kurier zugeschickt hatte, mehr Sprengstoff enthalten könnte als ursprünglich angenommen.

Sie zog es vor, Jack Dakota die Schuld daran in die Schuhe zu schieben.

Er hatte sich gewaltsam Zutritt zu ihrer Wohnung verschafft und sie angegriffen. Okay, vielleicht hatte sie ihn zuerst angegriffen, aber das war nur eine natürliche Reaktion, wenn irgendein Idiot versuchte, in die Wohnung einzudringen. Zumindest für M.J. war es eine natürliche Reaktion. Sie hatte gelernt, erst zuzuschlagen und dann Fragen zu stellen.

Es war demütigend gewesen, dass er sie in die Knie gezwungen hatte. Sie verlor nicht gern einen Kampf.

Aber das hatte sie ihm später zurückgezahlt.

Alles, was sie sicher wusste, war, dass er über die Entwicklung der Ereignisse ebenso überrascht gewesen war wie sie selbst. Und doch war er schuld daran, dass ihr Apartment nur noch ein Trümmerhaufen war. Sie war kein Mensch, der sein Herz an Gegenstände hängte, aber darum ging es im Moment nicht. Es waren verdammt noch mal ihre Gegenstände, und ihm hatte sie es jetzt zu verdanken, dass sie ihre wertvolle Zeit in Geschäften würde vertrödeln müssen, um sich Ersatz für die zu Bruch gegangenen Stücke zu beschaffen.

Was fast so schlimm war, als wenn irgendein pistolenschwingender Neandertaler mit seinen Schultern ihre Tür einrammte, so dass sie aus ihrer eigenen Wohnung flüchten und um ihr Leben rennen musste, während ihr die Kugeln um die Ohren schwirrten.

Aber dies alles, ausnahmslos alles, verblasste gegen die empörende Tatsache, dass sie mit Handschellen an den Haltegriff eines Oldtimers gekettet war.

Dafür würde Jack Dakota mit dem Leben bezahlen.

Wer zum Teufel war er? Grenzjäger, erstklassig im Nahkampf ausgebildet, ein Schweinehund, fügte sie gehässig in Gedanken hinzu, während sie das Einwickelpapier und die Plastikbecher zu ihren Füßen beiseite stieß – und ein rasanter, gleichwohl absolut sicherer Fahrer. Verdammt, unter anderen Umständen wäre sie beeindruckt gewesen, wie geschickt er dieses riesige Schiff lenkte.

Und wenn er in ihre Bar gekommen wäre, hätte sie zwei Mal hingeschaut, wie sie sich jetzt zähneknirschend eingestehen musste. Einen Pub in einer Großstadt zu führen bedeutete mehr, als Drinks mixen und die Bücher führen zu können. Es bedeutete, eine Person blitzschnell einschätzen, die Radaubrüder von den einsamen Herzen unterscheiden zu können. Und zu wissen, wie man mit beiden zurechtkam.

Sie hätte ihn als einen taffen Burschen eingeschätzt. Es lag an seinem Gesicht. Alles in allem ein verdammt gutes Gesicht, kantig und gut geschnitten. Ja, sie hätte zwei Mal hingeschaut. M.J. knirschte mit den Zähnen, als sie den Kopf abwandte. Hübsche Kerle interessierten sie nicht sonderlich. Sie bevorzugte Männer, denen man ansah, dass sie schon gelebt und ein paar Grenzen überschritten hatten und beabsichtigten, auch in Zukunft ein paar zu überschreiten.

Auf Jack Dakota passte diese Beschreibung. Sie hatte nur einen einzigen Blick in diese Augen – stahlgrauer Granit – werfen müssen, um zu wissen, dass er sich nur an wenige Regeln hielt.

Aber was würde ein Mann wie er tun, wenn er wüsste, dass sie in ihrer ramponierten Ledertasche ein fürstliches Lösegeld mit sich herumschleppte?

Verdammt, Bailey. Verdammt. M.J. ballte ihre freie Hand zur

Faust und schlug sich unruhig aufs Knie. Warum hast du mir den Diamanten geschickt, und wo sind die anderen beiden?

Sie verfluchte sich, weil sie in der Nacht zuvor nicht gleich nach Arbeitsschluss zu Bailey rübergegangen war. Aber sie war müde gewesen und davon ausgegangen, dass Bailey bestimmt schon schlief. Und weil ihre Freundin die vernünftigste, praktischste Person war, die M.J. kannte, hatte sie einfach beschlossen abzuwarten, in der Überzeugung, dass Bailey für ihr Handeln einen höchst vernünftigen Grund hatte.

Zu blöd, dachte sie jetzt. Warum hatte sie angenommen, dass Bailey ihr den Stein nur geschickt hatte, weil sie wusste, dass sie, M.J., tagsüber zu Hause war und ihn entgegennehmen konnte? Warum hatte sie angenommen, der Stein wäre eine Fälschung, auch wenn Bailey in der kurzen Mitteilung, die sie beigelegt hatte, darum bat, M.J. möge ihn immer bei sich tragen?

Weil Bailey nicht zu den Menschen gehörte, die einen blauen Diamanten, der mehr als eine Million Dollar wert war, einfach so verschickten. Sie war eine Edelsteinexpertin, die ihren Beruf liebte, sehr klug und hatte eine Engelsgeduld. Wie sonst konnte sie immer noch für diese Dreckskerle arbeiten, die sich als ihre Familie ausgaben?

M.J. presste die Lippen fest aufeinander, als sie an Baileys Stiefbrüder dachte. Die Salvani-Zwillinge hatten Bailey immer wie einen Störfaktor behandelt, mit dem sie sich gezwungenermaßen herumschlagen mussten, weil ihr Vater – Baileys Stiefvater – ihr in seinem Testament zehn Prozent der Firma vermacht hatte. Und Bailey hatte in ihrer blinden Loyalität ihrer Familie gegenüber immer Entschuldigungen für sie gefunden.

Jetzt fragte sich M.J., ob Baileys Stiefbrüder irgendetwas mit der ganzen Angelegenheit zu tun haben könnten. Hatten sie eine krumme Sache geplant? Zuzutrauen wäre es ihnen zweifellos. Aber es fiel ihr schwer zu glauben, dass Timothy und Thomas Salvani dumm genug sein könnten, um mit den drei Sternen von Mithra irgendetwas zu versuchen.

Die drei Sterne von Mithra. So hatte Bailey sie mit einem verträumten Blick in den Augen genannt. Drei unbezahlbare blaue Diamanten, einst Teil eines goldenen Dreiecks, das eine Statue des persischen Gottes Mithra in Händen gehalten hatte, und jetzt Eigentum des Smithsonian Museums. Die Firma Salvani hatte den Auftrag erhalten, die Steine auf ihre Echtheit zu untersuchen und ihren Versicherungswert zu schätzen.

Was war, wenn diese Widerlinge es sich in den Kopf gesetzt hatten, sie in ihren Besitz zu bringen?

Nein, das ist zu wild, entschied M.J. Es war besser zu glauben, dass dieser ganze Schlamassel durch irgendeine Art Verwechslung zu Stande gekommen war.

Viel besser noch war es jedoch, sich zu überlegen, wie sie Jack Dakota die Hölle heiß machen könnte.

„Sie sind ein toter Mann." Sie ließ sich die Worte genüsslich auf der Zunge zergehen.

„Ja nun, früher oder später ist jeder tot." Er heizte auf der 95 nach Süden und war dankbar, dass sie lange genug aufgehört hatte, ihn zu verfluchen, um ihn einen klaren Gedanken fassen zu lassen.

„In Ihrem Fall wird es früher sein, Jack. Viel früher." Der Verkehr war dank des 4.-Juli-Wochenendes dicht, aber flüssig.

Wie demütigend mochte es wohl sein, wenn sie einfach ihren Kopf zum Fenster hinausstreckte und um Hilfe schrie? Wahrscheinlich tödlich, aber sie hätte es möglicherweise dennoch versucht, wenn sie sich auch nur die geringste Chance ausgerechnet hätte. Vielleicht sollte sie besser auf einen dieser unerklärlichen Staus warten, in denen man normalerweise immer dann stecken blieb, wenn man es partout nicht brauchen konnte.

Wo zum Teufel waren die Baustellen, die sonst so zahlreich waren?

Da weit und breit nichts zu entdecken war, sagte sie sich, dass ihr wohl nichts anderes übrig bleiben würde, als sich mit diesem Idioten Jack Dakota herumzuschlagen. „Wenn Sie den nächsten Sonnenaufgang erleben wollen, fahren Sie Ihren Schrotthaufen augenblicklich rechts ran und lassen Sie mich raus."

„Wohin denn?" Er nahm seinen Blick lange genug von der Straße, um sie einen Moment forschend anschauen zu können. „Zurück in Ihr Apartment?"

„Das ist mein Problem, nicht Ihres."

„Jetzt nicht mehr, Schwester. Ich nehme es nämlich sehr persönlich, wenn jemand versucht, mir eine Kugel durch den Kopf zu jagen. Und da Sie der Grund dafür zu sein scheinen, behalte ich Sie noch ein Weilchen."

Wenn sie nicht mit siebzig Meilen dahingebrettert wären, hätte sie ihm eins auf die Rübe gegeben. Stattdessen zerrte sie wie eine Wilde an ihrer Fessel. „Machen Sie dieses verdammte Ding ab."

„Nein."

An ihrem Kiefer zuckte ein Muskel. „Jetzt haben Sie's, Dakota. Wir sind in Virginia. Kidnapping, Übertretung der Staatsgrenze. Sie machen sich strafbar."

„Sie kommen mit mir. Und Sie bleiben bei mir, bis ich herausgefunden habe, was hier vor sich geht." Die Türen klapperten Besorgnis erregend, als er mit Karacho einen endlos langen Truck überholte. „Und Sie sollten mir dankbar sein."

„Oh, ich sollte Ihnen dankbar sein. Sie dringen in meine Wohnung ein, schubsen mich herum, ruinieren meine Einrichtung und ketten mich in Ihrem Auto an."

„Richtig. Wenn ich das nicht getan hätte, würden Sie jetzt vielleicht schon mit einer Kugel im Kopf in Ihrer Wohnung liegen." „Sie sind hinter Ihnen her, Greifer, nicht hinter mir." „Das glaube ich nicht. Ich habe weder Schulden, noch habe ich jemandem die Ehefrau ausgespannt, und meine Spielchen habe ich in letzter Zeit auch mit niemandem getrieben. Außer mit Ihnen. Niemand hat also einen Grund, mir einen Kleiderschrank auf den Hals zu hetzen. Sie jedoch..." Er ließ seinen Blick wieder über ihr Gesicht wandern. „Irgendjemand will etwas von Ihnen, Zuckerpüppchen." „Tausende", erwiderte sie und streckte ihre langen Beine aus. „Das möchte ich wetten." Er gab dem Drang, auf diese Beine zu schauen, nicht nach – er stellte sie sich nur vor. „Aber im Gegensatz zu allen anderen hirnlosen Idioten gibt es da jemanden, der wirklich an Ihnen interessiert ist. Interessiert genug, um mich reinzulegen und auf Sie anzusetzen. Ralph, du Dreckskerl."

Er schob eine Taschenbuchausgabe von *Die Früchte des Zorns* und ein zerrissenes T-Shirt beiseite und griff nach dem Hörer seines Autotelefons. Mit einer Hand am Lenkrad gab er mit der anderen eine Nummer ein, dann klemmte er sich den Hörer unters Kinn.

„Ralph, Sie Dreckskerl", wiederholte er, nachdem abgenommen worden war.

„D...D...Dakota? Sind Sie das? H...h...haben Sie sie?" „Wenn ich weiß, was hier gespielt wird, knöpfe ich Sie mir vor." „Was... wovon sprechen Sie? Haben Sie sie gefunden? Hören Sie, Jack, die Sache ist ein klarer Fall. Ich h... habe Ihnen einen Bombenjob verschafft. Nur ein p...p...paar Stunden Arbeit für den v...vollen T...tagessatz."

„Sie stottern mehr als sonst, Ralph. Sie werden ein echtes Problem bekommen, wenn ich Ihnen erst die Zähne eingeschlagen habe. Wer will die Frau?"

„Hören Sie, i...i...ich habe ein Problem hier. Ich mache heute früh S...Schluss. Ab morgen ist Feiertag. Ich habe p...p... persönliche Probleme."

„Es gibt keinen Ort, wo Sie sich verkriechen können. Warum haben Sie mir einen Bären aufgebunden?" „I..ich habe P...probleme... große P...p...probleme." „Im Moment bin ich Ihr großes Problem." Er gab Gas und überholte. „Wenn derjenige, der bei Ihnen die Knöpfe gedrückt hat, rauszufinden versucht, woher das Gespräch kommt, sagen Sie ihm, ich fahre in meinem Auto spazieren." Er dachte einen Moment lang nach und fügte dann hinzu: „Und die Frau habe ich bei mir."

„Jack, hören Sie mir zu. H...hören Sie. Sagen Sie mir, wo Sie im Augenblick sind, laden Sie sie ab und f...f...fahren Sie weiter. I...irgendwohin... f... fahren Sie einfach. H... halten Sie sich aus der Sache raus... i...ich hätte Sie n...nicht angeheuert, w...wenn ich nicht wüsste, d...dass Sie a...allein a...auf sich a...aufpassen können. A...also sagen Sie mir jetzt, wo Sie s...sind und..."

„Wer will die Frau, Ralph?"

„D...das brauchen Sie nicht zu w...wissen. M...machen Sie es einfach so, w...wie ich es gesagt habe. I...ich zahle Ihnen das F...fünffache. Ein B...bonus."

„Das Fünffache?" Jack hob die Augenbrauen. Wenn Ralph bereit war, noch etwas draufzulegen, musste es etwas Großes sein. „Wenn Sie aufs Zehnfache erhöhen und mir sagen, wer die Frau will, lasse ich vielleicht mit mir reden.“

Es freute ihn, dass M.J. seinen Vorschlag mit einer Kette von Verwünschungen und Drohungen kommentierte. Es gab dem Bluff mehr Gewicht.

„Das Z...zehnfache!“ quietschte Ralph und stotterte volle zehn Sekunden lang. „Okay, okay, zehn Riesen also, aber keine Namen, und g...glauben Sie mir, Jack, ich rette Ihnen das Leben damit. S...sagen S...sie mir einfach nur, wo Sie sie abladen.“

Grimmig in sich hineinlächelnd, machte Jack seinem Gesprächspartner einen kernigen und anatomisch unmöglichen Vorschlag, dann legte er auf.

„Nun, Zuckerpüppchen, bis jetzt ist mir Ihr Versteck zehn Riesen wert. Wir suchen uns jetzt ein hübsches ruhiges Plätzchen, wo Sie mich davon überzeugen können, warum ich sie mir nicht doch noch holen soll.“

Er fuhr plötzlich auf eine Ausfahrt, dann machte er überraschend einen U-Turn und raste nach Norden.

Ihr Mund war trocken. Sie versuchte sich einzureden, dass es davon käme, dass sie ihn angebrüllt hatte, aber sie wusste doch, dass es die Angst war, die ihr die Kehle zuschnürte. „Wohin fahren Sie?“

„Ich verwische nur meine Spuren. Es ist zwar so gut wie ausgeschlossen, dass sie anhand eines Anrufes vom Autotelefon etwas über den Aufenthaltsort herausfinden können, aber sicher ist sicher.“

„Bringen Sie mich zurück?“

Er schaute sie nicht an und grinste auch nicht. Obwohl der beunruhigte Unterton in ihrer Stimme ihn mit grimmiger Zufriedenheit erfüllte. Wenn sie erst genug Angst hatte, würde sie schon reden. „Zehntausend sind ein mächtig großer Anreiz, Zuckerpüppchen. Lassen Sie uns sehen, ob Sie es schaffen, mich davon zu überzeugen, dass mir Ihr Leben noch mehr wert sein sollte.“

Hinter Leesburg, Virginia, entdeckte Jack, wonach er gesucht hatte. Die Touristen und Feiertagsurlauber würden weise genug sein, um eine Bruchbude wie das Country Club Motel einen weiten Bogen zu machen. Doch Jacks Bedürfnissen kam das schäbige Gebäude, von dessen grünen Türen großflächig die Farbe abblätterte, perfekt entgegen.

Er stellte sich auf die hinterste Ecke des Parkplatzes, weit weg von den Rostschüsseln, die vor der Anmeldung standen, und machte den Motor aus.

„Bringen Sie alle Ihre Dates hierher, Dakota?"

Sein Lächeln, bei dem nur ganz kurz die Zähne aufblitzten, hatte zweifellos einen gewissen Charme. „Die erste Klasse ist nur für Sie, Zuckerpüppchen."

Er wusste, was sie dachte. Sobald er ihre Handschellen losmachte, würde sie sich auf ihn stürzen. Und wenn sie es schaffte, aus dem Auto zu kommen, würde sie so schnell, wie diese langen Beine sie trugen, zur Anmeldung sprinten.

„Ich erwarte nicht, dass Sie mir glauben." Er sagte es beiläufig, während er sich über sie beugte, um das Schloss an ihrer Handschelle aufzuschließen, „Aber ich rechne nicht damit, sonderlich viel Spaß zu haben."

Sie war gewappnet. Er spürte, wie sie sich innerlich bereit machte zum Sprung. Er musste schnell sein und brutal. Er hatte nur einen Atemzug lang Zeit, um sie zu knebeln und ihr die Handgelenke auf den Rücken zu fesseln. Sie schnappte nach Luft, als er ihr eine Hand fest auf den Mund legte.

Sie versuchte, ihn abzuschütteln und ihre Knie in die richtige Stellung zu bringen, aber er nagelte sie auf dem Sitz fest und drückte ihr den Kopf nach unten. Nachdem er ihr schließlich das Halstuch um den Mund gebunden hatte, war er ganz außer Atem.

„Ich habe gelogen." Keuchend rieb er sich die Stelle, wo seine Rippen mit ihrem Ellbogen Bekanntschaft gemacht hatten. „Vielleicht macht es ja doch ein bisschen Spaß."

Er benutzte das zerrissene T-Shirt, um ihre Beine zu fesseln, wobei er versuchte, ihre Länge und Form möglichst zu übersehen. Aber zum Teufel, er war schließlich auch nur ein Mensch. Nachdem er sie zusammengeschnürt hatte wie einen Truthahn, schloss er die Handschellen an der Gangschaltung an, dann kurbelte er die Fenster hoch.

„Heiß wie in der Hölle hier drin, stimmt's?", fragte er im Konversationston. „Na dann, ich bin gleich zurück." Er verschloss das Auto und ging pfeifend davon.

Sie brauchte einen Augenblick, um ihr seelisches Gleichgewicht wiederzufinden. Sie hatte Angst, wie ihr jetzt klar wurde. Echte Angst, und sie konnte sich nicht erinnern, jemals zuvor in ihrem Leben eine derartige Panik, die das Denken fast unmöglich machte, empfunden zu haben. Sie schlotterte vor Angst, und das musste augenblicklich aufhören. Es würde ihr keinen Schritt weiterhelfen.

Sie würde sich schon etwas einfallen lassen.

Der Knebel in ihrem Mund schmeckte nach Mann und machte sie fuchsteufelswild. Da sie ihn nicht ausspucken konnte, konzentrierte sie sich auf die Handschellen. Wenn sie es wenigstens schaffen würde, ihre aneinander geketteten Hände von der Gangschaltung wegzubekommen!

„Verdammt, Sie sind wirklich gut", bemerkte Jack ein paar Minuten später anerkennend, als er die Tür aufmachte und sah, dass sie es um ein Haar geschafft hätte.

Wenig später trug er sie in das Motelzimmer, lud sie, noch immer zusammengeschnürt wie ein Truthahn, auf dem Bett in dem Motelzimmer ab und ließ sie toben, so weit ihr das auf Grund ihrer eingeschränkten Bewegungsfreiheit möglich war.

Und er genoss es. Er war nicht stolz auf das, was er hatte tun müssen, aber der Anblick, den sie bot, machte ihm Spaß. Die Frau hatte eine unglaubliche Energie und Ausdauer. Hätten sie sich unter anderen Umständen kennen gelernt, hätten sie durchaus mit vereinten Kräften diese billigen Motellaken zerwühlen können.

Und weil dem so war, würde es ihm schwer fallen, sie sich nicht nackt vorzustellen.

Vielleicht lag er ja deshalb ein bisschen länger als notwendig auf ihr und atmete ihren Duft ein, während er ihr die Handschellen aufschloss und sie dann mit einem Handgelenk an das eiserne Bettgestell ankettete.

Er richtete sich auf und fuhr sich mit der Hand durchs Haar. „Sie machen es uns beiden schwerer als notwendig", sagte er, als sie alles daransetzte, ihn mit einem anklagenden Blick aus diesen grünen Augen zu erdolchen. Er war außer Atem und wusste, dass er es nicht allein auf dieses letzte, relativ geringfügige Gefecht schieben konnte, das sie sich eben geliefert hatten. Dieser kleine, stramme Po, der sich gegen seinen Unterleib gepresst hatte, hatte ihn ungebührlich erregt.

Und das wollte er nicht.

Er wandte sich von ihr ab, stellte den Fernseher an und drehte auf volle Lautstärke. M.J. hatte sich mit ihrer freien Hand bereits den Knebel abgerissen und zischte jetzt wie eine Schlange. „Sie können schreien, soviel Sie lustig sind", sagte er, während er ein kleines Messer nahm und das Telefonkabel durchtrennte. „Die nächsten drei Zimmer neben uns sind frei, es wird Sie also niemand hören." Dann grinste er. „Im Übrigen habe ich bei der Anmeldung durchblicken lassen, dass wir auf Hochzeitsreise sind, deshalb werden ein paar Schreie niemanden verwundern."

Er ging nach draußen und machte die Tür hinter sich zu.

M.J. schloss wieder die Augen. Guter Gott, was passierte mit ihr? Als er sie von hinten mit seinem Körper in die Matratze gepresst hatte, war ihr für einen Moment – wenn auch nur für einen ganz kurzen verrückten Moment – ganz heiß geworden. Vor Lust.

Es war krank, krank, krank.

Und doch hatte sie sich für einen verrückten Augenblick lang ausgemalt, wie es wohl sein mochte, wenn er ihr in wilder Leidenschaft die Kleider vom Leib risse und sie nähme, wie es sich anfühlen mochte, seinen heißen Mund auf dem ihren zu spüren. Seine Hände auf ihrem Körper.

Weit schlimmer noch, sie hatte es sich gewünscht.

Sie erschauerte jetzt, während sie betete, dass es sich nur um irgendeine seltsame Reaktion auf den Schock handelte.

Sie war keine Frau, die vor gutem, gesundem, leidenschaftlichem Sex zurückschreckte. Aber sie gab sich keinen Fremden hin, Männern, die sie überwältigten, fesselten und auf einem Bett in irgendeinem schäbigen Motel abluden. Und er war erregt gewesen. Sie hätte schon absolut naiv oder betäubt vor Angst sein müssen, um es nicht zu bemerken. Himmel, der Mann hatte seine Beine um sie geschlungen, oder etwa nicht? Aber dann hatte er einen Rückzieher gemacht.

Sie versuchte, ruhiger zu atmen. Er würde sie nicht vergewaltigen. Er wollte keinen Sex. Er wollte – das wusste nur Gott allein.

Hör auf zu fühlen, befahl sie sich. Denk nach. Versuch, den Kopf frei zu kriegen und nachzudenken.

Langsam öffnete sie die Augen und schaute sich in dem Raum um.

Er war, in einem Wort, scheußlich.

Offensichtlich war irgendeine fehlgeleitete Seele der Ansicht gewesen, dass eine blind machende Mischung von grellen Orange- und Blautönen dem billig möblierten und voll gestopften Zimmer einen exotischen Touch verleihen würde.

Sie hätte sich nicht mehr irren können.

Die Vorhänge sahen aus wie aus Papier. Aber Jack hatte sie zugezogen, so dass der Raum gnädigerweise tief im Schatten lag.

Die Glotze, die auf einem verschrammten grauen Podest stand, spuckte einen dämlichen Herkulesfilm aus. Der gelbe Glasaschenbecher auf dem Nachttisch war angeschlagen und nicht schwer genug, um als wirksame Waffe dienen zu können. Selbst das kriegerische Gebrüll des Herkules auf dem Bildschirm konnte das Röhren der Klimaanlage nicht übertönen, die absolut nichts zur Kühlung des Raums beisteuerte.

M.J. streckte die Hand nach der Nachttischlampe aus. Sie war aus leuchtend blauem Glas mit einem schmuddeligen orangeroten Schirm, aber sie war schwer und lag gut in der Hand. Vielleicht wurde sie ja irgendwann gebraucht.

M.J. hörte, wie der Schlüssel ins Schloss gesteckt wurde, stellte die Lampe wieder hin und schaute zur Tür.

Jack kam mit einer kleinen rotweiß gestreiften Kühlbox herein und stellte sie auf die Frisierkommode. M.J.s Herz fing an zu hämmern, als sie sah, dass ihre Handtasche über seiner Schulter hing, aber er warf sie so beiläufig neben dem Bett auf den Boden, dass sie sich gleich wieder entspannte.

Der Diamant war noch sicher. Und ebenso ihre Sprühdose mit

Tränengas, der Dosenöffner und die Rolle Fünfcentstücke, die sie zum Zweck der Selbstverteidigung mit sich herumschleppte.

„Es gibt nichts Schöneres als einen richtig schlechten Film", kommentierte er und blieb stehen, um zuzuschauen, wie Herkules mehreren finster dreinschauenden Kriegern das Fell über die Ohren zog. „Ich frage mich bloß immer, wo sie diese Dialoge herhaben."

Mit einem Schulterzucken wandte er sich ab, hob den Deckel der Kühlbox und holte zwei Softdrinks heraus.

„Ich nehme an, Sie sind durstig." Er ging zu ihr und hielt ihr eine Dose hin. „Und Sie sind nicht der Typ, der sich beim Trinken in die Nase schneidet." Seine Einschätzung erwies sich als richtig, als sie ihm die Dose aus der Hand nahm und durstig trank. „Einen Zimmerservice gibt es hier nicht", fuhr er fort. „Aber ein Stück die Straße runter gibt es einen Diner, wir werden also nicht hungern müssen. Möchten Sie jetzt etwas?"

Sie warf ihm über die Dose hinweg einen Blick zu. „Nein."

„Schön." Er machte es sich auf der Bettkante bequem und lächelte sie an. „Dann lassen Sie uns jetzt ein bisschen plaudern."

„Sie können mich mal."

Er atmete tief aus. „Das ist ein attraktives Angebot, Zuckerpüppchen, aber ich versuche, solchen Gedanken im Augenblick strikt aus dem Weg zu gehen." Er tätschelte ihr freundlich den Oberschenkel. „Also, so wie ich es sehe, stecken wir beide in der Patsche, und Sie haben den Schlüssel. Wenn Sie mir sagen, wer hinter Ihnen her ist und warum, hole ich Sie raus."

Ihr größter Durst war gelöscht, deshalb nippte sie nur noch langsam. Ihre Stimme triefte vor Sarkasmus. „Sie holen mich raus?"

„Ja. Betrachten Sie mich als Ihren Retter. Wie der gute alte Herkules dort." Er deutete mit dem Daumen hinter sich auf die Mattscheibe. „Sie erzählen mir alles, und ich kümmere mich dann um die bösen Jungs. Anschließend stelle ich Ihnen alles in Rechnung. Und wenn Ihr Angebot von eben dann immer noch steht, komme ich gern darauf zurück."

„Warten wir's ab." Sie lehnte ihren Kopf gegen das eiserne Bettgestell und schaute ihn gleichmütig an. „Was war es doch noch mal, was

Sie Ihrem Kumpel Ralph geraten haben? Ja richtig, jetzt fällt es mir wieder ein." Sie verzog süffisant die Lippen und wiederholte es.

Er schüttelte nur den Kopf. „Behandelt man so den Mann, der einen davor gerettet hat, eine Kugel ins Hirn zu bekommen?"

„Ich habe Sie davor gerettet, eine Kugel ins Hirn zu bekommen, Sportsfreund, obwohl ich ernsthaft bezweifle, dass dieser Dreckskerl getroffen hätte, weil es offensichtlich verdammt klein geraten ist. Und Sie revanchieren sich dafür, indem Sie mich zusammenschnüren wie eine Weihnachtsgans, knebeln und in einem Stundenhotel auf einem schmuddeligen Bett abladen."

„Ich versichere Ihnen, dass es ein Familienhotel ist", erwiderte er trocken. Gott, sie hatte wirklich Haare auf den Zähnen. Spuckte Gift und Galle, obwohl er unübersehbar im Vorteil war, wagte es dagegenzuhalten, obwohl es nichts gab, was sie zu der Hoffnung berechtigt hätte, dass sie das Spiel gewinnen könnte. Und sah sexy aus wie die Sünde in diesen engen Jeans und einem verknitterten T-Shirt.

„Bedenken Sie Folgendes", sagte er. „Der Muskelprotz sagte etwas davon, dass ich zu lange gebraucht und zu viel gequatscht hätte, was mich vermuten lässt, dass sie uns von dem Lieferwagen aus abgehört haben. Sie müssen dort eine Überwachungsanlage installiert haben und sind nervös geworden. Wenn Sie wie ein braves Mädchen mit mir mitgekommen wären, hätten sie uns irgendwo abgepasst und Sie in ihre Gewalt gebracht. Sie hatten ursprünglich nicht vor, sich schon bei Ihnen zu Hause einzumischen, weil sie keine Zeugen wollten."

„Sie wären aber ein Zeuge gewesen", erinnerte sie ihn.

„Das hätte sie nicht weiter interessiert. Ich wäre nur ausgerastet, weil ich der irrigen Annahme gewesen wäre, dass mir ein anderer Grenzjäger den Job weggeschnappt hat, aber Leute aus meiner Branche rennen nicht zur Polizei. Ich wäre nur stocksauer gewesen, und vielleicht hätte ich meinen Unmut an Ralph ausgelassen. So hatten sie es sich vorgestellt. Und Ralph hätte mir vielleicht irgendeinen anderen Windbeuteljob zugeschustert, um mich bei Laune zu halten."

Seine Augen wurden wieder hart wie glitzernder Stahl. „Irgendjemand sitzt ihm im Nacken. Und ich möchte wissen, wer."

„Ich kann es Ihnen nicht sagen. Ich kenne Ihren Freund Ralph ja nicht einmal...“

„Früherer Freund.“

„Ich kenne den Gorilla nicht, der mir die Tür eingetreten hat, und Sie kenne ich auch nicht.“ Sie war erfreut, dass ihre Stimme ruhig und fest klang, ohne den leisesten Anflug eines Zitterns. „Und jetzt möchte ich, dass Sie mich gehen lassen. Ich werde bei der Polizei Anzeige erstatten.“

Er verzog die Lippen. „Es ist das erste Mal, dass Sie die Cops ins Spiel bringen, Zuckerpüppchen. Und Sie bluffen. Sie möchten sie hier nicht mit reinziehen. Das ist eine andere Frage.“

Er hatte Recht. Sie wollte keine Polizei, nicht, ehe sie mit Bailey gesprochen hatte und wusste, was sich hier abspielte. Sie zuckte nur die Schultern und warf einen Blick auf das Telefon. „Wenn Sie das Telefon nicht ruiniert hätten, würden Sie merken, dass ich nicht bluffe.“

„Sie würden die Polizei nicht anrufen. Aber ich möchte nicht, dass Sie uns in irgendwelche Schwierigkeiten bringen, weil die Person, die Sie anrufen wollen, vielleicht abgehört werden könnte. Ich habe keine Lust, dass uns irgendjemand hier in unserem gemütlichen Versteck aufstöbert.“

Er beugte sich vor und legte ihr die Hand unters Kinn. „Wen wollten Sie anrufen, M.J.?“

Sie versuchte, seinem Blick ruhig standzuhalten, und gab sich alle Mühe, die Hitze, die seine Finger ausströmten, zu ignorieren. „Meinen Liebhaber.“ Sie spuckte die Worte förmlich aus. „Er wird Sie auseinander nehmen. Er wird Ihnen das Herz aus dem Leib reißen und es Ihnen zeigen, während es noch schlägt.“

Er lächelte, kam ein bisschen näher. Er konnte einfach nicht widerstehen. „Wie heißt er?“

Ihr Kopf war total leer, absolut idiotisch leer. Sie starrte einen Moment in diese stahlgrauen Augen, dann schüttelte sie seine Hand ab. „Hank. Er wird Ihnen alle Knochen einzeln brechen und Sie den Geiern zum Fraß vorwerfen, wenn er herausfindet, was Sie mir angetan haben.“

Er lachte frech, was sie noch mehr erboste. „Sehr gut möglich, dass Sie einen Liebhaber haben, Zuckerpüppchen. Vielleicht haben

Sie sogar ein ganzes Dutzend. Aber keiner davon heißt Hank. Sie haben zu lange gebraucht. Okay, Sie wollen es also nicht sagen und verlassen sich darauf, dass ich uns aus diesem Schlamassel heraushole."

Er stand auf und bückte sich. Er hörte, wie sie hastig den Atem einzog, als er die Hand nach ihrer Tasche ausstreckte. Ohne ein Wort begann er, den Inhalt aufs Bett zu schütten.

„Wie können Sie es wagen! Wie können Sie es wagen, in meinen Sachen zu wühlen!"

„Ach, das sind doch Peanuts, nach allem, was wir schon zusammen durchgemacht haben." Er griff nach dem Samtbeutel, öffnete ihn und ließ den Stein in seine Hand gleiten, wo dieser seiner armseligen Umgebung zum Trotz leuchtende Funken sprühte.

Der Stein war von einem tiefen, strahlenden Blau und groß wie eine Babyfaust. Jack verspürte ein Prickeln in seiner Hand und das seltsames Bedürfnis, ihn zu beschützen. Es war fast genauso unerklärlich wie das merkwürdiges Bedürfnis, diese kratzbürstige, undankbare Frau zu beschützen.

„So." Er setzte sich, warf den Stein lässig in die Luft und fing ihn wieder auf. „Erzählen Sie mir mehr darüber, M.J. Erzählen Sie mir, wie Sie an einen blauen Diamanten gelangt sind, der groß genug ist, dass ein Hund daran ersticken könnte."

3. KAPITEL

Verschiedene Möglichkeiten schossen M.J. durch den Kopf. Die einfachste und befriedigendste war die, Jack zum Idioten zu stempeln.

„Haben Sie sie noch alle?" Sie verdrehte die Augen und schnaubte verächtlich. „Ja, das ist ein Diamant, richtig, ein großer blauer. In meinem Handschuhfach habe ich noch einen herrlichen roten und in meiner anderen Handtasche einen grünen. Ich stecke den ganzen Gewinn, den mein Pub abwirft, in Diamanten. Es ist ein Spleen von mir."

Er schaute sie forschend an, warf den Stein wieder in die Luft und fing ihn auf. Sie sieht verärgert aus, entschied er. „Und wenn es kein Diamant ist, was ist es dann?"

„Ein Briefbeschwerer, was denn sonst, um Himmels willen."

Er wartete einen Herzschlag lang. „Sie schleppen einen Briefbeschwerer in Ihrer Handtasche herum."

„Herrgott noch mal. Er war ein Geschenk." Sie sagte es züchtig, die Nase hoch in der Luft.

„Ja, von Hank, zweifellos." Er stand auf und schaute sich beiläufig die anderen Sachen an, die er auf dem Bett abgeladen hatte. „Wollen wir doch mal sehen, was wir sonst noch so haben. Einen Totschläger..."

„Es ist eine Rolle Fünfcentstücke", korrigierte sie ihn.

„Derselbe Effekt. Tränengas, ein Flaschenöffner, von dem ich bezweifle, dass Sie ihn mit sich rumschleppen, um Bierflaschen aufzumachen, einen elektronischen Terminkalender, eine Brieftasche mit mehr Fotos als Geld..."

„Es passt mir nicht, dass Sie in meinen Sachen rumschnüffeln."

„Verklagen Sie mich. Sechs Bleistifte, vier Kugelschreiber. Lidschatten, Streichhölzer, Schlüssel, zwei Sonnenbrillen, eine Taschenbuchausgabe von Sue Craftons neuestem – gelungenen, nebenbei gesagt, aber ich werde Ihnen den Schluss nicht verraten – Buch, ein Knabberriegel..." Er warf ihn ihr zu. „Falls Sie hungrig sind. Ein Handy." Er schob es in seine Gesäßtasche. „Ungefähr drei Dollar in Münzen, ein Wetterradio und eine Schachtel Kondome." Er hob eine Braue. „Ungeöffnet. Aber man kann ja nie wissen." Hitze, erzeugt aus einer Mischung aus Demütigung und Wut, kroch ihr den Hals hoch. „Perverser."

„Ich würde sagen, Sie sind eine Frau, die gern auf alle Eventualitäten vorbereitet ist. Und wozu schleppen Sie dann einen Briefbeschwerer mit sich herum? Weil Sie über einen Papierstapel stolpern könnten, der beschwert werden muss. So was passiert ständig."

Er schaufelte den Inhalt wieder in die Tasche zurück, dann warf er sie beiseite. „Ich werde Sie nicht fragen, für wie beschränkt Sie mich halten, weil ich es bereits weiß." Er trat vor den Spiegel und zog den Diamanten diagonal darüber. Der Stein hinterließ einen langen, dünnen Kratzer.

„Die Hotelspiegel sind auch nicht mehr das, was sie mal waren", kommentierte er, dann kam er zurück und setzte sich wieder aufs Bett. „Jetzt zurück zu meiner ursprünglichen Frage: Was machen Sie mit einem blauen Diamanten, der groß genug ist, dass ein Hund daran ersticken könnte?"

Als sie nichts sagte, fasste er ihr unters Kinn und riss ihren Kopf herum. „Hören Sie zu, Schwester, ich kann Sie wieder zusammenschnüren, hier auf dem Bett liegen lassen und mich mit Ihrem Eine-Million-Dollar-Briefbeschwerer aus dem Staub machen. Das ist Alternative Nummer eins. Ich kann vor der Glotze abhängen und es aussitzen, weil Sie mir früher oder später doch erzählen, was ich wissen will. Das ist Alternative Nummer zwei. Bei Alternative Nummer drei erzählen Sie mir jetzt, warum Sie einen Stein von solcher Größe mit sich herumschleppen, und wir überlegen uns gemeinsam, wie wir aus diesem Schlamassel herauskommen."

Sie zuckte mit keiner Wimper. Nerven hatte sie, das musste er neidlos zugeben. Er wartete geduldig, während sie ihn aus diesen dunkelgrünen Katzenaugen musterte.

„Warum haben Sie die Alternative eins nicht schon längst gewählt?"

„Weil es mir nicht passt, wenn irgendein Gorilla versucht, mich auseinander zu nehmen, ebenso wenig wie ich es mag, wenn man auf mich schießt oder wenn eine Frau mit schlechten Manieren versucht, ihr Mütchen an mir zu kühlen." Er beugte sich vor, bis sie Nase an Nase waren. „Es gibt Leute, die haben bei mir Schulden, Zuckerpüppchen. Und Sie sind als Erste mit Bezahlen dran."

Sie packte ihn mit ihrer freien Hand am Handgelenk. „Drohungen haben bei mir noch nie gefruchtet, Dakota."

„Nein?" Er sah sich gezwungen, einen Zahn zuzulegen, deshalb fuhr er ihr jetzt mit den Fingerknöcheln über ihre Wangen, woraufhin sie schockiert blinzelte, bevor sie die Augen verengte. „Wünschen Sie eine andere Vorgehensweise?"

Seine Finger wanderten an ihrem Hals abwärts bis zu ihrem Bauch, ehe sie wieder zurückwanderten, um sich schließlich um ihren Hals zu legen. Sein Mund war nur einen heißen Atemzug von dem ihren entfernt.

„Unterstehen Sie sich, auch nur daran zu denken“, warnte sie ihn.

„Zu spät.“ Seine Mundwinkel bogen sich nach oben, er schaute ihr tief in die Augen. „Ich denke schon daran, seit Sie vor mir die Treppe raufgegangen sind.“

Nein, falsch, korrigierte er sich in Gedanken. Er hatte daran gedacht, seit Ralph ihm ein Foto von ihr über den Tisch geschoben hatte. Aber darüber würde er später nachdenken.

Er streifte mit seinen Lippen die ihren. Er hatte erwartet, dass sie zurückzucken oder sich wehren würde. Gott allein wusste, dass er rücksichtslos all diese weiblichen Angstknöpfe drückte. Sein Tun zeugte von bedauernswert schlechtem Geschmack, aber darüber würde er ebenfalls später nachdenken. Er wollte einfach nur den nötigen Druck erzeugen, damit sie das, was er wissen wollte, ausspuckte, bevor sie beide hopsgingen. Und wenn er noch ein kleines bisschen Vergnügen aus der ganzen Sache ziehen konnte, Herrgott noch mal, er hatte eben auch seine Fehler.

Aber sie wehrte sich nicht und zuckte auch nicht zurück. Sie bewegte keinen Muskel, nur die Blicke aus diesen göttinnengleichen grünen Augen durchbohrten ihn wie Laserstrahlen. Ein dunkles, primitives Gefühl schoss durch seine Lenden.

Was ist schon eine Sünde mehr oder weniger? dachte er, während er ihre freie Hand umklammerte und sie auf den Mund küsste.

Und dann war da nur noch Hitze. Sein Verstand war ausgeschaltet, alles geschah rein instinktiv. Dieser überraschend üppige Mund gab nach unter seinem, deshalb tauchte er tiefer ein. Aus seiner Kehle stieg ein Laut reinen männlichen Triumphs auf, als er den Kuss vertiefte und seine Zunge zwischen diese einladenden vollen Lippen schob, während er auf diesen hoch gewachsenen, durchtrainierten Körper niedersank und seine Finger in diese flammend rote Haarkappe wühlte.

Sein Verstand ging aus wie eine durchgebrannte Glühbirne. Er vergaß, dass das, was er tat, unsittlich war, er vergaß, dass er ein zivilisierter Mensch war. Vergaß, dass sie ein Job war, ein Rätsel, das er lösen musste, eine Fremde. Und wusste nur, dass sie im Augenblick ihm gehörte.

Seine Hand legte sich gierig über ihre Brust, sein Daumen und sein Zeigefinger liebkosten die Knospe, die sich hart gegen den dünnen Baumwollstoff ihres T-Shirts drückte. Sie bewegte sich unter ihm, wölbte sich ihm entgegen. Und sein Herzschlag hallte wie Donner in seinem Kopf.

Sie machte eine schnelle Bewegung, wobei sie ihm fast das Ohr abriss, während sich ihre Zähne schmerzhaft in seine Unterlippe gruben.

Er jaulte auf und zuckte zurück, überzeugt davon, dass sie ein Stück aus ihm herausreißen würde, und zwickte sie ins Kinn, bis sie von ihm abließ. Er presste sich den Handrücken gegen seine pochende Lippe und schaute finster auf das Blut, das er darauf sah, als er die Hand zurückzog.

„Verdammt."

„Schweinehund." Sie vibrierte jetzt, rappelte sich blitzschnell auf, holte mit ihrer freien Hand zum Schlag aus und fluchte, als sie ihn knapp verfehlte. „Perverser."

Er warf ihr einen mordlustigen Blick zu, ehe er aufsprang und sich auf dem Absatz umdrehte. Die Badezimmertür knallte hinter ihm zu. Dann hörte sie Wasser rauschen. Und sank, die Augen schließend, in die Kissen zurück und ließ die Schauer kommen.

Mein Gott, guter Gott, dachte sie und presste sich eine Hand ans Gesicht. Sie hatte den Verstand verloren.

Hatte sie sich gewehrt? Nein. War sie wütend gewesen, abgestoßen? Nein.

Sie hatte es genossen.

Sie versuchte, sich zu beruhigen, und verdammte Jack Dakota bis in alle Ewigkeit.

Sie hatte es zugelassen, dass er sie küsste. Es hatte keinen Zweck, sich etwas vorzumachen. Sie hatte wie gebannt in diese gefährlichen grauen Augen gestarrt, den Stromstoß gespürt, als dieser arrogante Mund den ihren gestreift hatte.

Und sie hatte ihn begehrt.

Sie hatte sich entspannt, ihre Brüste hatten angefangen zu kribbeln, und ihr Blut hatte sich erhitzt. Sie hatte es zugelassen, dass er sie küsste, ohne den leisesten Protest. Sie hatte ihn zurückgeküsst, ohne einen Gedanken an die Konsequenzen zu verschwenden.

M.J. O'Leary, dachte sie zusammenzuckend, die taffe M.J., die immer so stolz darauf war, dass sie alles unter Kontrolle hatte, die einen Zweihundert-Pfund-Kerl umstandslos aufs Kreuz legen konnte, die selbstbewusste M.J., die jeden Macker das Fürchten lehren konnte, hatte sich in eine hirnlose Amöbe Lust verwandelt.

Und er hatte sie verschnürt wie ein Päckchen, geknebelt und in irgendeiner miesen Bruchbude mit Handschellen ans Bett gekettet. Die Tatsache, dass sie ihn für einen kurzen Moment begehrt hatte, machte sie ebenso pervers, wie er es war.

Gott sei Dank war sie noch rechtzeitig aufgewacht. Es spielte keine Rolle, dass es diese tiefe Angst vor ihren eigenen Gefühlen war, die sie in letzter Sekunde zur Vernunft gebracht hatte. Tatsache war, dass sie ihn gestoppt hatte – und sie wusste, dass sie es um ein Haar zugelassen hätte, dass er mit ihr tat, was immer er wollte.

Sie hatte die starke Befürchtung, dass sie, wenn sie die Hände frei gehabt hätte, ihn auf den Rücken geworfen hätte. Um ihm die Kleider vom Leib zu reißen.

Es war der Schock, versuchte sie sich einzureden. Jede Frau, die von sich behaupten konnte, mit allem, was sich ihr in den Weg stellte, fertig zu werden, hatte das Recht, sich unter gewissen Umständen auch mal ein bisschen dämlich anzustellen.

Jetzt musste sie diese Verirrung schleunigst hinter sich lassen und überlegen, was zu tun war.

Es gab nur wenige Fakten, aber die waren klar. Sie musste so schnell wie möglich mit Bailey Kontakt aufnehmen. Warum auch immer die Freundin ihr den Stein geschickt haben mochte, Bailey konnte unmöglich gewusst haben, wie gefährlich das war. Sie hatte ihre Gründe gehabt, dessen war M.J. sich sicher. Wahrscheinlich war es ein für Bailey seltener Akt der instinktiven Gegenwehr gewesen.

M.J. hatte nicht die Absicht, Bailey den Preis dafür bezahlen zu lassen.

Was hatte Bailey mit den beiden anderen Steinen gemacht? Hatte sie sie noch oder... O Gott.

Sie sank auf das Kissen zurück, das hart wie ein Backstein war. Bestimmt hatte sie ihn Grace geschickt. Ganz bestimmt. Es war nur logisch, und bei Bailey war alles, was sie tat, logisch. Es waren drei Steine gewesen, und einen hatte sie ihr, M.J., geschickt. Daraus folgte, dass sie einen selbst behalten hatte, während sie den anderen der einzigen anderen Person auf der ganzen Welt geschickt hatte, der sie blind vertrauen konnte.

Grace Fontaine. Die drei standen sich seit dem College nah wie Schwestern. Bailey, ruhig, belesen und ernst. Grace, reich, umwerfend und wild. Sie hatten in Radcliffe jahrelang in einem Zimmer gewohnt und waren seitdem unzertrennlich. Bailey war in das Familienunternehmen gegangen, M.J. hatte, der Familientradition folgend, eine Bar eröffnet, und Grace tat, was sie konnte, um ihre reichen, stockkonservativen Verwandten zu schockieren.

Wenn eine von ihnen in Schwierigkeiten war, waren sie alle in Schwierigkeiten. Sie musste sie warnen.

Sie musste Jack Dakota entkommen. Oder sie musste ihn benutzen. Die Frage war nur, wie. Konnte sie ihm überhaupt über den Weg trauen?

Im Badezimmer studierte Jack seine lädierte Unterlippe im Spiegel. Es war nicht ausgeschlossen, dass eine Narbe zurückblieb. Schön, er hatte es verdient, wie er zugeben musste.

Nicht, dass sie ganz unschuldig an der Sache gewesen wäre, so auf dem Bett zu liegen, mit diesem Trau-dich-doch-Blick in den Augen.

Und hatte sie denn nicht diesen hoch gewachsenen, muskulösen Körper an den seinen gepresst, diesen weichen, sexy Mund geöffnet, ihm diese knabenhaft schlanken Hüften entgegengehoben?

Dreckskerl. Er fuhr sich mit den Händen übers Gesicht. Welche Chance hatte er ihr gelassen?

Er ließ die Hände sinken, schaute sein Spiegelbild an, starrte es nieder und gestand sich zähneknirschend ein, dass er gar keine Lust gehabt hatte, ihr eine Chance zu lassen.

Er hatte sie einfach gewollt.

Nun, er war kein Tier. Er konnte sich am Riemen reißen, wenn es nötig war, er hatte einen Verstand, den er benutzen konnte. Und genau das war es, was er jetzt tun würde.

Bestimmt bleibt da eine Narbe zurück, dachte er wieder grimmig, während er sich mit einer Fingerspitze sacht über die geschwollene Unterlippe fuhr. Lass dir das eine Lehre sein, Dakota. Er nickte seinem Spiegelbild in dem fleckigen Spiegel zu. Und wenn er sich selbst schon nicht über den Weg trauen konnte, dann ihr erst recht nicht.

Als er rauskam, betrachtete sie stirnrunzelnd die scheußlichen Vorhänge. Er starrte sie an. Sie starrte zurück. Ohne ein Wort setzte er sich in den ramponierten Korbstuhl, legte seine Beine übereinander und stellte den Fernseher lauter.

Herkules war vom Bildschirm verschwunden. Mit Sicherheit hatte er am Ende triumphiert. Dafür lief jetzt ein japanischer Sciencefiction-Streifen mit einer erbärmlich schlecht gemachten Monsterechse, die gerade dabei war, einen Hochgeschwindigkeitszug zu zermalmen.

Sie schauten eine Weile zu, wie sich Soldaten mit riesigen Kanonen ins Getümmel warfen, deren Munition praktisch wirkungslos an der ins Riesenhafte mutierten Eidechse abprallte. Ein kleiner Mann wurde samt Stahlhelm verschlungen. Seine hasenfüßigen Kameraden rannten um ihr Leben.

M.J. fand den Knabberriegel, den Jack ihr vorhin hingeworfen hatte, biss ein großes Stück ab und kaute langsam, während der Eidechsenherrscher aus dem All Tokio entgegenwalzte, in der Absicht, seinem reptilienhaften Zerstörungsdrang noch ein bisschen weiter zu frönen.

„Kann ich mein Wasser haben?“ bat sie in ausgesucht höflichem Ton.

Er stand auf, kramte die Flasche aus ihrer Tasche und reichte sie ihr.

„Danke.“ Sie nahm einen langen Schluck, wartete, bis Jack sich wieder gesetzt hatte. „Wie viel verlangen Sie?“ erkundigte sie sich schließlich.

Er holte sich noch eine Dose Wasser aus der Kühlbox. Wünschte sich, es wäre ein Bier. „Wofür?“

„Für Ihre Arbeit." Sie zuckte die Schultern. „Sagen wir, ich wäre getürmt. Wie viel würde es kosten, mich zurückzuholen?"

„Kommt ganz drauf an. Warum?"

Sie verdrehte die Augen. „Es kommt auf was an?"

„Darauf, wie viel Kaution für Sie hinterlegt wurde."

Sie hüllte sich einen Augenblick in Schweigen und dachte nach. Die Monstereidechse machte einen Wolkenkratzer mit vielen unschuldigen Bewohnern platt. „Was soll ich angeblich gemacht haben?"

„Sie sollen Ihren Liebhaber – den Buchhalter – erschossen haben. Ich glaube, sein Name war Hank."

„Sehr witzig." Sie biss noch ein großes Stück von ihrem Knabberriegel ab und legte ihn dann widerstrebend in Jacks Hand, die sich ihr entgegenstreckte. „Wie viel Kopfgeld bekommen Sie für mich?"

„Mehr, als Sie wert sind."

Jetzt seufzte sie. „Ich habe die Absicht, Ihnen einen Deal vorzuschlagen, Jack, aber ich bin eine Geschäftsfrau, und ich pflege meine Geschäfte nicht blind zu tätigen. Was nehmen Sie als Honorar?"

Interessant, dachte er, mit den Fingerspitzen auf der Armlehne seines Sessels herumtrommelnd. „Für Sie, Zuckerpüppchen, eingedenk dessen, was Sie da in diesem Koffer, den Sie eine Handtasche nennen, mit sich herumschleppen, zusätzlich zu dem, was Ralph mir angeboten hat?" Er dachte nach. „Hundert Riesen."

Sie zuckte mit keiner Wimper. „Ich weiß Ihre Anstrengungen, die Situation mit etwas trockenem Humor zu würzen, zu schätzen. Aber hundert Riesen für einen Mann, der es nicht einmal schafft, einen angeheuerten Schläger allein außer Gefecht zu setzen, sind lachhaft..."

„Wer behauptet, dass ich es nicht geschafft habe?" Sein Stolz erhob das Haupt und biss zu. „Ich habe ihn außer Gefecht gesetzt, Zuckerpüppchen. Ihn und seine Kanone, und Sie haben sich noch nicht einmal die Mühe gemacht, sich bei mir dafür zu bedanken."

„Oh, ich bitte vielmals um Verzeihung. Es muss mir entfallen sein, während man mich herumgestoßen und in Handschellen gelegt hat. Wie unhöflich von mir. Und nicht Sie haben ihn außer Gefecht gesetzt, sondern ich. Aber egal", fuhr sie großmütig fort, ihre freie

Hand hochhaltend wie ein Verkehrspolizist, „lassen Sie uns jetzt, nachdem wir uns diesen kleinen Spaß gegönnt haben, wieder ernst werden. Ich zahle Ihnen tausend, wenn Sie mit mir zusammenarbeiten."

„Eintausend?" Er setzte dieses schnelle gefährliche Lächeln auf. „Schwester, so viel Geld gibt es gar nicht auf der Welt, dass ich mich versucht fühlen könnte, mit Ihnen zusammenzuarbeiten. Aber für hundert Riesen hole ich Sie alleine aus dem Schlamassel, in dem Sie stecken, raus."

„Zum Ersten...", sie zog ihre Beine hoch und setzte sich in den Lotossitz, „... bin ich nicht Ihre Schwester, und ich bin auch nicht Ihr Zuckerpüppchen. Nennen Sie mich, falls erforderlich, bei meinem Namen."

„Sie haben keinen Namen, Sie haben Initialen."

„Zum Zweiten", fuhr sie, seinen Einwurf überhörend, fort, „würde ein Mann wie Sie, wenn er hundert Riesen in die Finger bekäme, sie postwendend in Las Vegas oder irgendeinem Stripschuppen verjubeln. Da ich nicht möchte, dass das mit meinem Geld passiert, biete ich Ihnen tausend an." Sie lächelte ihn an. „Damit können Sie sich ein nettes Wochenende am Strand mit einem Kasten Importbier machen."

„Es ist sehr freundlich von Ihnen, sich um mein Wohlergehen zu sorgen, aber Sie sind wirklich nicht in der geeigneten Position, um Forderungen zu stellen. Wenn Sie Hilfe wollen, müssen Sie sich das schon was kosten lassen."

Sie wusste nicht, ob sie seine Hilfe wollte. Tatsache war, dass sie sich fragte, warum sie sich überhaupt mit ihm wegen seines Honorars herumstritt. Unter den gegebenen Umständen fühlte sie sich berechtigt, ihm jede Summe zu versprechen, ohne sich verpflichtet zu fühlen, ihn irgendwann auszubezahlen.

Aber es ging ums Prinzip.

„Fünftausend – und Sie machen, was ich sage."

„Siebenfünf – und Sie machen, was ich sage."

„Fünf." Sie biss die Zähne zusammen. „Nehmen Sie an oder lassen Sie es."

„Ich lasse es." Beiläufig nahm er den Stein wieder in die Hand, hielt ihn hoch und betrachtete ihn eingehend. „Und nehme den hier mit." Er stand auf und klopfte auf seine Gesäßtasche. „Und vielleicht rufe ich die Cops von Ihrem schicken kleinen Telefon aus an, wenn ich in Sicherheit bin."

Sie krümmte die Finger, streckte sie wieder. Sie wollte keine Polizei, nicht ehe sie mit Bailey Kontakt aufgenommen hatte. Ebenso wenig jedoch konnte sie es riskieren, dass er seine Drohung wahr machte.

„Fünfzigtausend." Sie spuckte das Wort aus wie einen Batzen rohes Fleisch. „Höher kann ich nicht gehen. Das ist fast alles, was in meinem Geschäft steckt."

Um seinen Mund spielte ein süffisantes Grinsen. „Da ist ja schon allein der Finderlohn für diesen kleinen Klunker höher."

„Ich habe dieses verdammte Ding nicht gestohlen. Es gehört mir nicht. Es..." Sie brach ab und presste ihre Lippen fest aufeinander.

Er erwog, sich wieder auf der Bettkante niederzulassen, doch als ihm einfiel, was vorhin passiert war, nahm er mit der Armlehne seines Sessels vorlieb. „Wem gehört es denn dann, M.J.?"

„Ich bin nicht bereit, meine Privatangelegenheiten vor Ihnen auszubreiten. Nach allem, was ich weiß, sind Sie genauso ein Dreckskerl wie der, der meine Tür eingetreten hat. Sie könnten ein Dieb sein, ein Mörder."

Er hob die vernarbte Augenbraue. „Was der Grund dafür ist, dass ich Sie ausgeraubt und ermordet habe."

„Der Tag ist noch jung."

„Lassen Sie mich das Offensichtlichste klarstellen. Ich bin der Einzige, der hier ist."

„Das erzeugt nicht notwendigerweise Vertrauen." Sie brütete einen Moment vor sich hin. Wie viel konnte sie ihm erzählen?

„Wenn Sie meine Hilfe wollen", sagte er, als ob er ihre Gedanken gelesen hatte, „brauche ich Fakten und Namen."

„Von mir bekommen Sie keine Namen." Sie schüttelte langsam den Kopf. „Nicht ehe ich mit den anderen Leuten, die in diese Sache verwickelt sind, gesprochen habe."

„Erzählen Sie mir, was Sie wissen."

Sie musterte ihn wieder. Nein, sie traute ihm nicht annähernd so weit über den Weg, wie sie ihn werfen konnte. Falls sie jemals die Gelegenheit dazu bekäme. Aber mit irgendwas musste sie anfangen. „Machen Sie mich los."

Er schüttelte den Kopf. „Lassen wir die Dinge noch einen Moment so, wie sie sind." Aber er stand auf und stellte den Fernseher leise. „Woher haben Sie den Stein, M.J.?"

Sie zögerte einen Moment. Vielleicht konnte er ihr ja doch helfen, und wenn er ihr nur dazu diente, ihre Gedanken zu ordnen. „Ein Freund hat ihn mir geschickt. Mit einem Kurier. Ich habe ihn gestern erhalten."

„Woher stammt er?"

„Ursprünglich aus Kleinasien, glaube ich." Sie tat sein verärgertes Zischen mit einem Schulterzucken ab. „Ich erzähle Ihnen nicht, wer ihn mir geschickt hat, aber ich werde Ihnen erzählen, dass es einen guten Grund dafür gibt. Mein Freund ist zu ehrlich, um auch nur einen Händedruck zu stehlen. Alles, was ich weiß, ist, dass er ihn mir geschickt hat mit der Aufforderung, dass ich ihn immer bei mir tragen soll, bis er mir die ganze Geschichte erklären kann."

Unvermittelt presste sie sich eine Hand auf ihren Magen, und die Arroganz in ihrer Stimme verflüchtigte sich. „Mein Freund ist in Schwierigkeiten. Es könnten sich sehr ernsthafte Schwierigkeiten daraus entwickeln. Ich muss ihn anrufen."

„Keine Anrufe."

„Hören Sie, Jack..."

„Keine Anrufe", wiederholte er. „Wer immer hinter Ihnen her ist, könnte auch hinter Ihrem Kumpel her sein. Sein Telefon könnte abgehört werden, und dadurch könnte man Ihnen auf die Spur kommen. Und mir, deshalb also keine Anrufe. Und wie kommt Ihr grundehrlicher Freund an einen blauen Diamanten, gegen den der Hope-Diamant ein Fliegendreck ist?"

„Auf eine absolut legitime Art." Um Zeit zu schinden, fuhr sie sich mit den Fingern durchs Haar. Um ihn auf eine falsche Spur zu locken, hatte sie von einem Freund und nicht von einer Freundin gesprochen, und dabei sollte es auch bleiben.

„Hören Sie, ich weiß kaum etwas. Alles, was ich Ihnen sagen kann, ist, dass er ihn sich anschauen sollte. Vielleicht ist es am besten, ich erzähle Ihnen ein bisschen was über den Stein. Es gibt drei von der Sorte. In der Antike waren sie Bestandteil einer Statue eines persischen Gottes. Sie waren…"

„Die drei Sterne von Mithra", murmelte er, was sie veranlasste, ihn erst erschrocken und dann überrascht anzustarren.

„Was wissen Sie über die drei Sterne?"

„Ich habe zufälligerweise bei meinem Zahnarzt im Wartezimmer in einer Zeitschrift einen Artikel über sie gelesen."

„Schön, dann wissen Sie ja Bescheid."

Jack legte den Stein auf den Tisch, wo dieser sein Feuer in alle Himmelsrichtungen versprühte.

„Das ist stark übertrieben. Aber Sie sind in einer verdammt brenzligen Situation, M.J., so viel ist mir klar. Wer auch immer hinter dem Ding her sein mag, er ist zweifellos bereit, dafür ohne Bedenken Ihren Kopf zu riskieren." Er rieb sich sein Kinn, seine Finger tanzten über die kleine Einkerbung. „Und mein Kopf ist im Moment verflucht nah bei Ihrem."

Er konnte sein Pech kaum fassen. Dein eigener Fehler, dachte er, während er seinen Zorn mit Mozart und Moet zu besänftigen suchte. Weil er sich im Hintergrund halten musste, war er gezwungen, andere mit der Erledigung seiner Angelegenheiten zu betrauen.

Diese Stümper, schäumte er und versuchte, sich zu beruhigen, indem er über den Zobelumhang strich, der früher einmal die Schultern der Zarin Alexandra geschmückt hatte.

Zu denken, dass er es am Anfang noch überaus komisch gefunden hatte, dieser ärgerlichen Ms. O'Leary einen Grenzjäger auf den Hals zu hetzen. Jetzt sah er natürlich ein, dass es die Sache wesentlich unkomplizierter gestaltet hätte, wenn man sie einfach aus ihrem Apartment oder ihrer Bar weggelockt hätte. Aber er hatte der Finesse den Vorzug gegeben.

Der Grenzjäger würde für ihre Entführung verantwortlich gemacht werden und für ihren Tod. Solche Männer waren von Natur aus unberechenbar und gewalttätig. Die Polizei würde die Akte über dem Fall nach kurzer Zeit schließen.

Jetzt war sie auf der Flucht, und aller Wahrscheinlichkeit nach hatte sie den Stein bei sich.

Sie wird aufgeben, dachte er und holte tief und gleichmäßig Atem. Bestimmt würde es nicht mehr lange dauern, bis sie versuchte, mit ihren Freundinnen Kontakt aufzunehmen. Man hatte ihm versichert, dass sie sich untereinander bewundernswert loyal verhielten.

Er war ein Mann, der Loyalität zu schätzen wusste.

Und wenn Ms. O'Leary versuchte, mit einer ihrer Freundinnen in Kontakt zu treten, hatte er sie.

Und den Stein.

Mit ihrer Hilfe würde es ihm zweifellos gelingen, sich auch noch in den Besitz der anderen beiden Steine zu bringen.

4. KAPITEL

Jack hatte sie allein gelassen. Jetzt konnte sich M.J. noch einmal alles in Ruhe durch den Kopf gehen lassen. Wie weit sie Jack vertrauen konnte, zum Beispiel.

Verdammt, konnte der Mann küssen.

Sie versuchte, den Gedanken, der sich unbemerkt in ihren Kopf geschummelt hatte, augenblicklich wieder zu verdrängen. Leicht war das nicht.

Er hatte ihre Tasche mitgenommen, und obwohl sie wusste, dass sie diese Haarnadel, Nagelfeile oder den Hammer, den sie gebraucht hätte, um die Handschelle aufzubekommen, nicht darin finden würde, vermisste sie sie doch schmerzlich.

Zum hunderttausendsten Mal dachte sie alle Möglichkeiten, die sie hatte, durch. Würde Bailey Probleme bekommen, wenn sie, M.J., zur Polizei ginge? Würden die Zuständigen Verständnis aufbringen für das, was Bailey getan hatte, oder würden sie sie womöglich einsperren?

Das konnte M.J. unter keinen Umständen riskieren. Nicht ehe sie mit Bailey gesprochen hatte. Sie musste die Freundin erreichen. Sie musste es einfach.

Und das bedeutete, dass sie als Erstes hier rausmusste.

Sie erwog gerade, welche Möglichkeiten sie hatte, als Jack die Tür aufschloss. Er warf ihr eins seiner schnellen Lächeln zu, eins, das ihr sagte, dass er ihre Gedanken gelesen hatte.

„Honey, ich bin wieder zu Hause."

„Sie sind ein Lacherfolg, Dakota. Ich habe schon Seitenstechen."

„Sie machen sich wirklich gut so angekettet auf diesem Bett, M.J." Er stellte zwei weiße Tragetaschen auf den Tisch. „Ein weniger standhafter Mann als ich könnte glatt auf schlimme Gedanken kommen."

Jetzt grinste sie übermütig. „Sie sind schon draufgekommen. Und als Erinnerung daran werden Sie vielleicht sogar eine Narbe zurückbehalten."

„Ja." Er fuhr sich mit dem Daumen sacht über die Wunde. Es brannte immer noch. „Ich wäre sogar bereit einzuräumen, dass ich es verdient habe, wenn Sie nicht anfangs mitgespielt hätten."

Das tat weh. Die Wahrheit tat oft weh. „Zweifellos müssen Sie so denken, Jack." Sie gurrte es fast. „Allerdings bin ich mir sicher, dass ein Ego wie das Ihre unbedingt ab und zu einen Dämpfer braucht."

„Zuckerpüppchen, ich kann einen Dämpfer von einem Zungenkuss sehr gut unterscheiden, glauben Sie mir. Aber wir haben wichtigere Dinge zu diskutieren als Ihre Schwäche für mich." Hocherfreut über seine geglückte Retourkutsche griff er nach den Tüten. „Burgers."

Der Geruch traf sie wie eine Faust in den leeren Magen. Ihr lief das Wasser im Mund zusammen. „Dann müssen wir uns jetzt also hier wie entflohene Schwerverbrecher...", um ihre Worte zu unterstreichen, rüttelte sie an ihren Ketten, „... verkriechen und fettes Essen in uns hineinstopfen?"

„Darauf können Sie wetten." Er reichte ihr einen Burger und nahm eine Styroporschale mit Pommes aus der Tüte. „Ich kann beim Essen besser denken."

Kameradschaftlich streckte er sich neben ihr auf dem Bett aus, den Kopf an den Kopfteil gelehnt, das Essen auf seinem Schoß. „Wir haben jetzt nämlich ein ernsthaftes Problem."

„Und warum bin ich dann die Einzige in Handschellen, wenn wir ein ernsthaftes Problem haben?"

Er liebte den sarkastischen Untertan in ihrer Stimme, und er fragte sich, was mit ihm nicht stimmte. „Weil Sie etwas Idiotisches getan hätten, wenn Sie nicht angekettet wären. Ich möchte nämlich, dass sich meine Investition lohnt." Er gestikulierte mit seinem angebissenen Hamburger. „Und das sind Sie, Zuckerpüppchen."

„Ich kann auf mich selbst aufpassen. Und wenn ich Sie engagiere, dann sollten Sie es sein, der die Befehle entgegennimmt. Und mein erster Befehl lautet, endlich dieses verdammte Ding aufzuschließen."

„Dazu kommen wir, wenn wir die Grundregeln festgelegt haben." Er riss ein Salztütchen auf und ließ den Inhalt über die Pommes rieseln. „Ich habe nachgedacht."

„Schön. Und?" Sie mampfte erbittert den verbrutzelten Burger, der zwischen zwei Scheiben Pappe eingeklemmt war. „Worüber mache ich mir eigentlich Sorgen? Sie haben nachgedacht."

„Sie haben wirklich Haare auf den Zähnen. Aber das gefällt mir an Ihnen." Er reichte ihr eine winzige Papierserviette. „Sie haben Ketchup am Kinn. Also gut, irgendjemand übt Druck aus auf Ralph – und zwar genug, dass er offizielle Unterlagen fälscht und mich damit in einen heillosen Schlamassel bringt. Für Geld hätte er das nicht gemacht – nicht, dass Ralph nicht scharf auf Geld wäre", fuhr Jack fort. „Aber er würde nicht für ein paar Kröten seine Lizenz riskieren, und mit mir anlegen würde er sich auch nicht dafür. Also hat er nur seine Haut gerettet."

„Und da Ralph zweifelsfrei ein Stützpfeiler der Gesellschaft ist, engt dies die Liste der Verdächtigen ein?"

„Es bedeutet, dass es sich bei seinem Auftraggeber um jemanden mit Einfluss handelt, der nicht befürchten muss, dass der alte Ralph mir einen Wink geben oder zur Polizei gehen könnte. Wer weiß, dass Sie den Stein haben?"

„Niemand, bis auf die Person, die ihn mir geschickt hat." Sie schaute stirnrunzelnd ihren Burger an. „Und vielleicht noch eine."

„Wenn mehr als eine Person von einem Geheimnis weiß, ist es keins mehr. Woher hat Ihr Freund den Diamanten? Hören Sie endlich auf, um den heißen Brei herumzureden."

„Das erzähle ich Ihnen erst, wenn ich mit meinem Freund gesprochen habe. Ich muss telefonieren."

„Keine Anrufe."

„Sie haben Ralph doch auch angerufen", konterte sie.

„Da waren wir unterwegs. Sie rufen niemanden an, ehe ich nicht Klarheit darüber habe, was hier gespielt wird. Der Diamant ist Ihnen gestern ins Haus geschickt worden", überlegte er. „Sie sind Ihnen schnell auf die Spur gekommen."

„Was bedeutet, dass mein Freund in Gefahr ist." Ihr Magen krampfte sich zusammen. „Jack, bitte. Ich muss telefonieren. Ich muss es wissen."

Die Angst, die in ihrer Stimme mitschwang, schwächte seine Widerstandskraft und ärgerte ihn zugleich. Er starrte sie finster an. „Wie viel bedeutet er Ihnen?"

Sie machte den Mund auf, um ihn zu korrigieren, dann schüttelte sie nur den Kopf. „Alles. Niemand auf der ganzen Welt bedeutet mir so viel wie er."

„Ein Glückspilz."

Es war nicht die Reaktion, die sie sich gewünscht oder erwartet hatte. Erfüllt von Angst und Frustration, packte sie ihn am Hemd. „Was in drei Teufels Namen ist los mit Ihnen? Irgendjemand will uns an den Kragen. Wie können wir einfach so hier herumsitzen und Däumchen drehen?"

„Genau deshalb sitzen wir hier. Wir lassen sie eine Weile durch die Gegend jagen. Ihr Freund ist jetzt auf sich allein gestellt. Und da ich mir nicht vorstellen kann, dass Sie sich in irgendeinen Rohrkrepierer verknallen, der sich allein nicht zu helfen weiß, sollte es ihm eigentlich gut gehen."

„Sie verstehen nicht." Sie lehnte sich zurück und fuhr sich mit den Fingern durchs Haar. „Gott, ist das ein Chaos. Ich sollte mich jetzt eigentlich fertig machen, um zur Arbeit zu gehen, und stattdessen hänge ich hier mit Ihnen fest. Eigentlich sollte ich heute Nacht hinterm Zapfhahn stehen."

„Hinterm Zapfhahn?" Er hob eine Braue. „Ich dachte, die Bar gehört Ihnen."

„Ganz recht, sie gehört mir." Sie war ihr ganzer Stolz. „Aber es macht mir trotzdem Spaß, Bier zu zapfen. Haben Sie damit ein Problem?"

„Nein." Da sie dieses Thema abzulenken schien, beschloss er, es noch ein bisschen zu vertiefen. „Machen Sie Ihre Sache gut?"

„Bis jetzt hat sich noch niemand beschwert."

„Wie sind Sie denn auf die Idee mit der Bar gekommen?" Als sie ihn misstrauisch wie eine Eule beäugte, zuckte er die Schultern. „Na kommen Sie schon, eine kleine Unterhaltung beim Essen kann nicht schaden. Irgendwie müssen wir schließlich unsere Zeit totschlagen."

Das war nicht alles, was sie totschlagen wollte, aber der Rest musste warten. „Ich bin Kneipenbesitzerin in der vierten Generation. Mein Urgroßvater hatte seine eigene Kneipe in Dublin. Mein Großvater wanderte nach New York aus und arbeitete in seinem eigenen Pub hinter dem Zapfhahn. Mein Vater löste ihn ab, als er nach Florida umzog. Ich bin praktisch hinterm Tresen aufgewachsen."

„Wo in New York?"

„West Side, Siebenundneunzigste und Columbus."

„O'Leary's." Das Grinsen kam schnell und war nahezu traumhaft. „Eine Menge dunkles Holz und Messing. Am Samstagabend irische Folkmusik. Und das beste Guinness diesseits des Atlantiks."

Sie beäugte ihn wieder, diesmal mit widerwilliger Neugier. „Sie waren schon dort?"

„Ich habe mir in meinem Leben schon eine ganze Menge O'Leary's hinter die Binde gekippt. Das dürfte jetzt so etwa vor zehn Jahren gewesen sein." Er war damals auf dem College gewesen. Suchte sich seinen Weg zwischen den Anthropologie- und Literaturseminaren und versuchte herauszufinden, wer und was zum Teufel er eigentlich war. „Vor ungefähr drei Jahren war ich noch mal oben in New York und schaute bei O'Leary's rein. Es hatte sich nichts verändert, sogar die Schrammen auf der Theke waren noch dieselben."

Sie wurde ganz sentimental – dagegen war nichts zu machen. „Bei O'Leary's ändert sich nie etwas."

„Ich würde schwören, dass dieselben zwei Typen am Ende der Bar – zigarrenrauchend und irischen Whiskey trinkend – noch immer dort sitzen."

„Callahan und O'Neal." Bei dem Gedanken an die beiden musste sie lächeln. „Sie werden auf diesen Stühlen friedlich entschlafen."

„Und Ihr Vater. Pat O'Leary." In den Nebel seiner Erinnerungen eintauchend, schloss er die Augen. „Dieses großflächige irische Gesicht und die drahtigen roten Locken, mit einer Stimme, die direkt aus einem Cagney-Film stammen könnte."

„Ja, das ist Pop", murmelte sie, noch ein bisschen sentimentaler.

„Können Sie sich vorstellen, dass mich Ihr Vater, als ich nach sechs Jahren wieder aufkreuzte, angrinste? ‚Wo hast du denn gestern gesteckt, Collegeboy?' fragte er, griff nach einem Glas und zapfte mir ein Bier."

„Sie waren auf dem College?"

Angesichts ihres schockierten Tonfalls verminderte sich sein Vergnügen beträchtlich. Er öffnete ein Auge. „Und?"

„Na ja, Sie sind nicht gerade der Collegetyp." Sie zuckte die Schultern und konzentrierte sich wieder auf ihren Hamburger. „Ich kann selbst auch ein verdammt gutes Guinness zapfen. Könnte jetzt eins vertragen."

„Ich auch. Vielleicht später. Und dieser Freund von Ihnen, wie lange kennen Sie ihn denn schon?"

„Wir haben uns auf dem College kennen gelernt. Es gibt niemanden, dem ich mehr vertraue, falls es das ist, worauf Sie hinauswollen."

„Vielleicht sollten Sie noch mal darüber nachdenken", sagte er, als ihre Augen kämpferisch aufblitzten. „Die drei Sterne sind eine große Versuchung, für jeden. Vielleicht ist er ja in Versuchung gekommen, und dann ist ihm die Sache über den Kopf gewachsen."

„Nein, so war es ganz bestimmt nicht, aber es könnte sein, dass jemand anders in Versuchung gekommen ist, und mein Freund..." Sie presste die Lippen aufeinander. „Haben Sie niemanden, dem Sie blind vertrauen können?"

„Absolutes blindes Vertrauen?“ Er zerknüllte die Serviette, zielte und beförderte sie in den Papierkorb. „Das kaufe ich Ihnen nicht ab.“

„Das tut mir Leid für Sie“, murmelte sie. „Es ist aber so. Haben Sie niemanden, der für Sie durchs Feuer gehen würde, Jack?“

„Nein. Und es gibt niemanden, für den ich durchs Feuer gehen würde.“ Zum ersten Mal in seinem Leben machte ihm diese Erkenntnis etwas aus. Er verdrängte es, schloss die Augen. „Ich mache jetzt ein Nickerchen.“

„Sie machen was?“

„Ein Nickerchen. Und Sie täten gut daran, meinem Beispiel zu folgen.“

„Wie können Sie denn in einer solchen Situation schlafen?“

„Weil ich müde bin.“ In seiner Stimme schwang ein scharfer Unterton mit. „Und weil ich nicht glaube, dass ich in nächster Zeit viel Schlaf bekomme. In zwei Stunden geht die Sonne unter.“

„Und was ist, wenn die Sonne untergeht?“

„Dann wird es dunkel“, erwiderte er und drehte sich auf die andere Seite.

Sie konnte es nicht fassen. Der Mann hatte abgeschaltet wie eine Maschine, bei der man den Ausschaltknopf gedrückt hatte. Wie ein... Sie machte ein finsteres Gesicht, während sie nach weiteren Vergleichen suchte.

Wenigstens schnarchte er nicht.

Also wirklich, das war ja reizend. Sie schäumte. Einfach toll. Und was sollte sie jetzt bitte schön tun, während er sein Nickerchen machte?

M.J. knabberte ihre letzten Pommes, schaute stirnrunzelnd auf den Fernseher, wo die Riesenechse gerade ihr gewaltsames Ende fand. Die nachfolgende Werbung versprach für das kommende verlängerte Wochenende noch mehr Helden- und Monsterfilme dieses Kalibers.

Oje.

Sie lag in dem sich langsam verdunkelnden Zimmer und dachte über ihre Möglichkeiten nach. Und immer noch nachdenkend, schlief sie schließlich ein.

Und träumte von Monstern und Helden und einem blauen Diamanten, der pulsierte wie ein lebendes Herz.

In ihrem Traum hielt M.J. den Funken sprühenden Stein in ihrer Hand, bewunderte ihn, während die Sonnenstrahlen in dem grünen Blätterdach über ihr tanzten.

Sie musste den Stein festhalten. Er barg die Antwort auf ein Geheimnis in sich.

Irgendwo heulte eine Bestie, tief und wild. M.J. wirbelte herum, in der einen Hand den Stein, die andere zur Verteidigung erhoben.

Und dann war er plötzlich da, auf einem großen schwarzen Pferd. An seiner Seite schimmerte ein Schwert aus mattem Stahl. Seine grauen Augen waren hart wie Granit und blitzten gefährlich. Er streckte ihr die Hände entgegen, und in dem Lächeln, das sich jetzt langsam auf seinem Gesicht ausbreitete, lag Herausforderung.

Überall war Gefahr.

Sie machte einen Schritt nach vorn, ergriff seine Hände und ließ sich von ihm auf das glänzende schwarze Pferd ziehen. Der Rappe bäumte sich auf, wieherte. Und dann galoppierten sie auch schon davon. Das Blut, das in ihren Ohren rauschte, hatte nichts mit Angst zu tun und alles mit Triumph.

Sie erwachte mit Herzklopfen. Sie lag in dem halb dunklen, voll gestopften Motelzimmer, und Jack rüttelte sie an der Schulter.

„Was? Was?“

„Das Nickerchen ist vorbei.“ Er hatte erwogen, sie wach zu küssen, selbst auf die Gefahr hin, dass sein Gesicht ein weiteres Mal mit ihrer Faust Bekanntschaft machen könnte. Aber es wäre zu viel Ablenkung. „Wir haben etwas zu erledigen.“

„Was denn?“ Sie gab sich Mühe, den Schlaf und die Traumbilder abzuschütteln.

„Einen Freund besuchen.“ Er nahm die Handschelle von dem Bettgestell ab und befestigte sie sich an seinem Handgelenk.

„Sie haben einen Freund?“

„Ah, jetzt ist sie wach.“ Er zog sie nach draußen ins Freie, in einen wabernden dunklen Nebel, der noch immer vor Hitze pulsierte. „Steigen Sie ein und rutschen Sie rüber“, wies er sie an, nachdem er die Fahrertür geöffnet hatte.

Sie war noch immer groggy genug, um widerspruchslos zu gehorchen. Doch als er startete, kehrte ihr Kampfgeist zurück. „Hören Sie, Jack, diese Handschellen müssen weg."

„Ich weiß nicht, aber irgendwie gefallen sie mir. Haben Sie je diesen Film mit Tony Curtis und Sidney Poitier gesehen? Toller Streifen."

„Wir sind keine entflohenen Strafgefangenen, Dakota. Für eine Geschäftsbeziehung braucht es wenigstens ein Mindestmaß an Vertrauen."

„Zuckerpüppchen, Sie vertrauen mir kein Fitzelchen mehr als ich Ihnen." Er manövrierte den Wagen aus der Parklücke. „Sehen Sie es so." Er hob die Hand, wobei er die ihre mit hochzerrte. „Wir sitzen im selben Boot. Und ich hätte Sie einfach in dem Motel zurücklassen können."

Sie trommelte mit den Fingerspitzen auf ihrem Knie herum. „Warum haben Sie es nicht getan?"

„Ich habe daran gedacht", gestand er. „Ohne Sie wäre ich schneller. Aber ich möchte Sie im Auge behalten. Und wenn irgendwas schief geht und ich nicht zurückkommen kann, wäre es mir höchst peinlich, Ihnen erklären zu müssen, warum ich Sie in einem billigen Motel ans Bett gekettet zurückgelassen habe."

„Verdammt aufmerksam von Ihnen."

„Ja, das finde ich auch. Obwohl es Ihre Schuld ist, dass ich im Blindflug fliegen muss. Die ganze Angelegenheit würde sich entschieden einfacher gestalten, wenn Sie die Leerstellen füllen würden."

„Betrachten Sie es als eine Herausforderung."

„Oh, das tue ich. Das und Sie." Er warf ihr einen Blick zu. „Was hat es mit diesem Typen auf sich, M.J.? Mit diesem Freund, für den Sie Kopf und Kragen riskieren?"

Sie schaute aus dem Fenster, dachte an Bailey. Dann schob sie den Gedanken beiseite. Sorge um Bailey brachte nur die Angst wieder zurück, und Angst bewirkte, dass man nicht klar denken konnte.

„Sie wissen nicht, was Liebe ist, stimmt's, Jack?" Ihre Stimme war ruhig, ohne die übliche Schärfe, und ihr Blick wanderte langsam über sein Gesicht. „Die Art Liebe, die weder Fragen noch Forderungen stellt und keine Grenzen kennt?"

„Nein." Er verspürte einen kleinen Stich. „Ich würde sagen, wenn man keine Fragen stellt oder keine Grenzen zieht, ist man ein Trottel."

„Und Sie sind kein Trottel."

„Unter den gegebenen Umständen sollten Sie dankbar sein, dass ich keiner bin. Ich hole Sie hier raus, M.J. Und dann schulden Sie mir fünfzigtausend."

„Sie kennen Ihre Prioritäten", schnaubte sie.

„Ja, Geld ist ein gutes Ruhekissen. Und ich sage Ihnen, dass wir, noch bevor Sie mich auszahlen, wieder zusammen im Bett landen. Nur dass es diesmal kein Nickerchen sein wird."

Sie fuhr herum, wobei sie den kleinen Stich der Erregung, der ihren Schoß durchzuckte, zu übersehen versuchte. „Da müssen Sie mich vorher schon wieder mit Handschellen ans Bett ketten, Dakota, sonst wird da nichts draus, das garantiere ich Ihnen."

Da war es wieder, dieses langsame, unverschämte, verdammt attraktive Lächeln. „Nun, das könnte interessant werden, meinen Sie nicht?"

Er bog auf die Interstate ab und fuhr nach Norden. Und gelobte sich, dass er nicht nur mit ihr ins Bett gehen, sondern auch dafür sorgen würde, dass sie – zumindest für den Moment – jeden anderen Mann vergaß.

„Sie fahren ja nach Washington zurück."

„Richtig. Wir haben dort zu tun." Im Licht der entgegenkommenden Scheinwerfer war sein Gesicht grimmig.

In dem heruntergekommenen Gebäude, in dem Ralph sein Büro hatte, nahm Jack M.J. zu ihrer Überraschung die Handschellen ab. „Sie werden wohl kaum so töricht sein, in dieser netten Gegend einen Fluchtversuch zu unternehmen." Er lächelte. „Und im Übrigen habe ich Ihren Stein in meinem Kofferraum eingeschlossen."

„Auf einer Straße wie der haben Sie Glück, wenn Ihr Auto noch da ist, wenn Sie zurückkommen."

„Man kennt hier meinen Wagen. Den fasst keiner an." Dann drehte er sich um – wirbelte herum, genau gesagt – und bewirkte, dass sie zusammenzuckte, als er zwei Mal mit voller Wucht gegen eine graue Tür trat.

Sie hörte Holz splittern und spitzte anerkennend die Lippen, als die Tür beim dritten Versuch nachgab. „Gut gemacht."

„Danke. Und wenn Ralph nicht den Code gewechselt hat, sind wir drin." Er trat ein und ließ seinen Blick über den Kasten mit der Alarmanlage neben der aufgebrochenen Tür wandern. Mit flinken Fingern tippte er einige Zahlen ein.

„Woher kennen Sie seinen Code?"

„Ich mache es mir zum Grundsatz, bestimmte Dinge zu wissen. Gehen Sie einen Schritt beiseite." Mit einer Kraft, die sie wider Willen bewundern musste, hob er die eingetretene Tür hoch und hievte sie wieder an Ort und Stelle. „Ralph sollte sich eine Stahltür besorgen. Die hier ist doch Mist."

Er machte das Licht an und schaute sich in dem mit überquellenden, staubigen Aktenordnern voll gestopften und muffig riechenden Vorraum um. M.J. beobachtete eine Maus, die sich eilig in Sicherheit brachte.

„Charmant. Bis jetzt bin ich von Ihren Geschäftspartnern sehr beeindruckt, Dakota. Hat Ralphs Sekretärin derzeit ihr freies Jahr?"

„Ralph hat keine Sekretärin. Er ist entschlossen, seine Kosten so niedrig wie möglich zu halten. Zum Büro geht es hier durch."

„Ich kann es gar nicht erwarten." Argwöhnisch nach weiteren Nagetieren und allem anderen, was mehr als zwei Beine hatte, Ausschau haltend, folgte sie ihm, wobei sie genau aufpasste, wo sie hintrat. „Das ist es, was man einen nächtlichen Einbruch nennt, stimmt's?"

„Die Cops haben für alles einen Namen." Er blieb mit einer Hand am Türknopf stehen und warf ihr über die Schulter einen Blick zu. „Wenn Sie jemanden wollten, der höflich an der Eingangstür klopft, wären Sie jetzt nicht mit mir hier."

Sie hob ihren Arm und rasselte mit den Handschellen. „Erinnert Sie das an etwas?"

Er schüttelte nur den Kopf. „Sie wären nicht mit mir hier", wiederholte er und öffnete die Tür.

Sie zog scharf den Atem ein, aber es war der einzige Laut, den sie von sich gab. Später würde er sich daran erinnern und ihre Selbstbeherrschung würdigen. Das Licht aus dem Vorraum erhellte das Büro, das etwa die Größe einer Besenkammer hatte.

Zwei Wände waren von stahlgrauen, verschrammten Hängeregistraturen gesäumt. Papiere quollen aus den herausgerissenen Schubladen, bedeckten den Boden, flatterten auf dem Schreibtisch unter dem Luftzug eines quietschenden Ventilators herum.

Überall war Blut.

Angesichts des Geruchs drehte sich ihr der Magen um, sie biss die Zähne zusammen und schluckte schwer. Aber ihre Stimme war fest, als sie sprach.

„Ist das dort Ralph?"

5. KAPITEL

Ein schmutziger Job, dachte Jack. Hier waren offensichtlich Profis am Werk gewesen, und sie hatten sich nicht die Mühe gemacht, ihre Spuren zu verwischen. Aber das hätte ohnehin keinen Zweck gehabt. Ralph war noch immer an seinen Stuhl gefesselt.

Oder das, was von ihm übrig war.

„Sie können vorn auf mich warten", sagte Jack.

„Das glaube ich nicht." Gewalt war ihr nicht fremd. Es war unmöglich, in einem Pub aufzuwachsen, ohne ab und an Blut fließen zu sehen.

Doch so etwas hatte sie noch nicht gesehen. Obwohl sie sich selbst als realistisch einschätzte, hätte sie es nicht für möglich gehalten, dass ein Mensch einem anderen etwas derart Schreckliches antun konnte.

Sie hielt den Blick auf die Wand gerichtet, aber sie trat neben Jack. „Was glauben Sie, hinter was sie her waren?"

„Ich weiß es nicht. Allerdings bin ich fest davon überzeugt, dass es etwas mit uns zu tun hat. Verdammter Idiot." Seine Stimme war plötzlich ganz weich geworden. „Warum bist du nicht abgehauen?"

„Vielleicht hatte er keine Chance." Ihr Magen hatte sich Gott sei

Dank wieder beruhigt, aber sie atmete weiterhin flach. „Wir müssen die Polizei benachrichtigen."

„Ja klar, wir rufen die 911 an, dann warten wir und erklären ihnen anschließend die ganze Sache in aller Ruhe. In einer Zelle." Er beugte sich über eine Hängeregistratur und wühlte die herausquellenden Unterlagen durch.

„Jack, um Himmels willen, der Mann ist ermordet worden."

„Er ist nicht weniger tot, wenn wir die Cops anrufen, oder? Herrgott noch mal, in Ralphs Ablage blickt ja wirklich kein Schwein durch."

„Haben Sie denn überhaupt keine Gefühle? Sie kannten ihn."

„Ich habe keine Zeit für Gefühle." Und da sie an die Oberfläche drängten, klang seine Stimme rau wie Schmirgelpapier. „Denken Sie daran, Zuckerpüppchen. Wer immer dies hier getan hat, würde dasselbe Spiel liebend gern auch mit Ihnen spielen. Schauen Sie es sich gut an und fragen Sie sich, ob Sie auch so enden möchten."

Er wartete einen Moment, dann nahm er ihr Schweigen als Zustimmung. „Jetzt können Sie wieder nach vorn gehen und ihre empfindsame Seele hätscheln, oder Sie helfen mir, mich durch dieses Chaos durchzufinden."

Als sie sich umdrehte, nahm er an, dass sie hinausgehen würde. Dass sie unter Umständen sogar ungeachtet der finsteren Gegend das Haus verlassen könnte. Aber sie blieb vor einer Hängeregistratur stehen und zog einen Stapel Unterlagen heraus. „Wonach soll ich suchen?"

„Nach allem."

„Das engt die Suche ja ein. Und warum sollten sie etwas zurückgelassen haben? Sie waren bereits hier."

„Vielleicht finden wir ja doch noch etwas." Jack zischte verärgert, als ihm ein ganzer Stapel Papiere aus der Hand rutschte. „Herrgott noch mal, warum konnte er nicht wie jeder normale Mensch einen Computer benutzen?"

Er riss die Schubladen aus dem Schreibtisch und untersuchte die Unterseiten, in der Hoffnung, irgendwo einen doppelten Boden zu entdecken und auch die Rückseiten. Aber er hatte kein Glück. Nach einer weiteren halben Stunde erfolgloser Suche gab er auf, und sie beschlossen zu gehen.

Jack hielt unterwegs an, schleppte M.J. mit in die Telefonzelle und rief anonym bei der Polizei an, um den Mord zu melden. Anschließend wischte er sorgfältig den Hörer ab. „Wenn sie einen Anruf-ID haben, versuchen sie womöglich herauszufinden, woher der Anruf kam. Immerhin handelt es sich um Mord."

„Und ich nehme an, dass Ihre Fingerabdrücke aktenkundig sind."

Er grinste. „Nur eine kleine Meinungsverschiedenheit beim Billard in meiner vergeudeten Jugendzeit. Der Spaß hat mich fünfzig Dollar und zwei Wochen gemeinnützige Arbeit gekostet."

Die Telefonzelle war winzig, und M.J. war in einer Ecke zwischen der Wand und ihm eingeklemmt. „Es ist ein bisschen eng hier."

„Schon gemerkt." Er hob eine Hand und strich ihr das Haar an der Schläfe zurück. „Sie haben sich gut gehalten. Eine Menge Frauen wären hysterisch geworden."

„Ich werde nicht hysterisch."

„Nein, das werden Sie nicht. Gönnen Sie mir eine kurze Verschnaufpause, ja?" Er legte ihr einen Finger unters Kinn und senkte den Kopf. „Nur eine Minute." Und legte seinen Mund auf ihren.

Sie hätte sich wehren können. Sie wollte es tun. Aber es war ein leichter Kuss, in dem nur ein Anflug von Begehren lag. Er war fast freundschaftlich, hätte freundschaftlich sein können, wenn nicht sein Körper gewesen wäre, der sich gegen ihren presste, und die Hitze, die er ausströmte.

Und ein leichter, fast freundschaftlicher Kuss hätte in ihr nicht den Wunsch erwecken dürfen, sich an ihn zu klammern und ihn ganz fest zu halten. Sie schloss einen Kompromiss mit sich selbst, indem sie eine Hand auf seinem Rücken zur Faust ballte und sich nicht anklammerte, aber auch nicht protestierte.

Falls ihre Lippen unter den seinen weich wurden und sich öffneten, so war es nur für einen Moment. Es bedeutete nichts. Konnte nichts bedeuten.

„Ich will dich." Er raunte die Worte an ihrem Mund und dann noch einmal, während er seine Lippen gegen ihren Hals presste.

„Nicht gerade der beste Zeitpunkt, so etwas zu sagen, und der beste Ort auch nicht. Aber ich will dich, M.J. Ich will dich wie verrückt."

„Ich gehe nicht mit Fremden ins Bett."

Er hob den Kopf, schaute ihr tief in die Augen. „Wir wissen doch inzwischen, was wir voneinander zu halten haben, oder etwa nicht? Und du gehörst nicht zu den Frauen, bei denen man erst ewig lang um den heißen Brei herumreden muss."

„Vielleicht nicht." Das Feuer, das er in ihrem Innern entfacht hatte, glomm immer noch. „Aber vielleicht weiß ich noch nicht genau, was ich will."

„Dann denk darüber nach." Er wich zurück und zog sie aus der Telefonzelle.

„Ich brauche jetzt einen Drink."

Sie atmete aus, rollte die Schultern. Nach zwölf Stunden Albtraum konnte sie ihn gut verstehen. „Ich würde nicht Nein sagen. Du zahlst?"

„Warum nicht?"

Er mied die Bars, in denen er hätte erkannt werden können, und entschied sich stattdessen für eine kleine schmuddelige Spelunke nicht weit von der Union Station.

M.J. rümpfte angesichts des klebrigen, briefmarkengroßen Tischs die Nase und untersuchte sorgfältig den Stuhl, bevor sie sich setzte.

„Zwei Gezapfte", sagte er zu der Kellnerin und knackte eine Erdnuss.

„Mir ist schleierhaft, wie sich Spelunken wie die hier überhaupt halten können." Mit kritischem Blick inspizierte M.J. ihre Umgebung. Rauchgeschwängerte, abgestandene Luft, ein klebriger Fußboden, auf dem Erdnussschalen, Zigarettenkippen und Schlimmeres lagen. „Ein paar Kanister Desinfektionsmittel, eine angemessene Beleuchtung, und der Schuppen sähe gleich viel ansprechender aus."

„Ich glaube nicht, dass das diese Kundschaft hier interessiert." Er schaute auf den Mann, der mit mürrischem Gesicht am Tresen saß, und die junge Prostituierte mit den müden Augen, die offensichtlich versuchte, ihn abzuschleppen. „Manche Leute gehen eben nur in eine Bar, um so lange zu trinken, bis sie betrunken genug sind, dass sie vergessen haben, warum sie gekommen sind, um dann wieder von vorn anzufangen."

Sie nickte zustimmend. „Stimmt. Solche Gäste sehe ich nicht sonderlich gern. Manchmal schneit einer rein, aber sie kommen selten wieder. Sie suchen keine Gespräche, und auch die Musik interessiert sie nicht. Ich möchte, dass meine Gäste miteinander reden."

„Wie der Vater, so die Tochter."

„Sozusagen." M.J. verengte missbilligend die Augen, als die Kellnerin zwei Bierkrüge auf den Tisch knallte. Das Bier schäumte über. „Sie wäre keine fünf Minuten bei mir."

„Eine raue Barmaid hat ihren eigenen Charme." Jack nahm sein Bier und trank durstig. „Das vorhin war mein Ernst." Er grinste, als sie ihn mit verengten Augen anschaute. „Das auch, aber ich meinte jetzt, dass du dich gut gehalten hast. Es wäre für jeden hart gewesen, M.J."

„Ich habe so etwas zum ersten Mal gesehen." Sie räusperte sich und trank einen Schluck. „Du auch?"

„Ja, und ich schäme mich nicht zu sagen, dass ich hoffe, dass es das letzte Mal war. Ralph war eine trübe Tasse, aber ein solches Ende hat er nicht verdient. Es hatte den Anschein, als hätte dem, der es getan hat, sein Job richtig Spaß gemacht. Das scheinen wirklich üble Leute zu sein, die da an dir Interesse haben."

„Scheint so." Und genau dieselben Leute waren an Bailey und Grace interessiert. Bailey, o Gott... „Ich muss kurz mal zur Toilette." Als er misstrauisch die Augen verengte, grinste sie ihn herausfordernd an. „Willst du mitkommen?"

Er taxierte sie für einen Moment, dann bewegte er seine Schultern. „Beeil dich."

Sie rannte nicht nach hinten, aber ihre Gedanken rasten. Zehn Minuten, rechnete sie. Mehr Zeit brauchte sie nicht, um in die Telefonzelle zu kommen und Bailey anzurufen.

Sie schloss die Tür der Damentoilette hinter sich, musterte die junge Frau, die sich, in einer Hand einen Lippenstift, vor dem Spiegel ihren hautengen schwarzen Stretchmini über die strammen Oberschenkel zerrte, dann grinste sie zufrieden beim Anblick des kleinen Fensters ziemlich hoch oben in der Wand.

„He, können Sie mir mal da raufhelfen?"

„Was?"

„Kommen Sie, ich brauche Ihre Hilfe." M.J. versuchte, sich an dem schmalen Fensterbrett hochzuhangeln. „Ich muss aufs Fensterbrett."

Es dauerte eine halbe Ewigkeit, bis bei der Frau der Groschen endlich gefallen war. „Übles Date?"

„Übler geht's nicht."

„Das Gefühl kenn' ich." Die Frau kam auf Stilettoabsätzen herübergeschwankt. „Glauben Sie wirklich, Sie können sich da durchquetschen? Das wird knapp."

„Das schaffe ich schon."

Die Frau zuckte die Schultern, wobei sie eine Wolke billiges, zu süßes Parfüm verströmte, und verhakte die Finger zu einer Räuberleiter. „Wenn Sie meinen."

M.J. kletterte an der Frau hinauf, klammerte sich mit beiden Händen an das Fensterbrett und versuchte, sich hochzuziehen. „Geben Sie mir nur noch einen kleinen Schubs."

„Kein Problem." Die Frau legte ihre Hände auf M.J.s Po und schob mit aller Kraft. „Entschuldigung", sagte sie, als M.J. sich den Kopf am Fenster stieß und fluchte.

„Es ist okay. Danke." M.J. zwängte sich ächzend durch die schmale Öffnung. Erst den Kopf, dann die Schultern. Sie holte hastig Atem, wobei sie es vermied, sich vorzustellen, was wäre, wenn sie stecken bliebe, aber schließlich hatte sie es geschafft, sich durchzuschlängeln. Und ihre Jeans hatte nur einen kleinen Riss.

„Gut gemacht, Honey."

M.J. blieb gerade noch lange genug auf Händen und Knien, um ihrer Assistentin ein schnelles Grinsen zuzuwerfen. Dann war sie auch schon unten und rannte, wobei sie in ihrer Hosentasche bereits nach den Münzen grub, die sie für solche Gelegenheiten bei sich trug.

Sie hörte die Stimme ihrer Mutter. Verlass nie das Haus ohne Münzen zum Telefonieren. Man weiß nie, wann man sie braucht.

„Danke, Ma", murmelte sie außer Atem, als sie nach einem Endspurt die Telefonzelle erreicht hatte. „Sei da, bitte, bitte sei da", flüsterte sie, während sie den Telefonschlitz fütterte und die Nummer eintippte.

Nach dem zweiten Klingeln hörte sie Baileys ruhige, kühle Stimme und fluchte, als sie begriff, dass es nur der Anrufbeantworter war.

„Wo bist du, wo bist du?“ Sie versuchte, ihre Panik zu unterdrücken und holte tief Atem. „Bailey, hör zu“, begann sie sofort nach dem Pfeifton. „Ich hab’ keinen Schimmer, was zum Teufel hier abgeht, aber wir sind in Schwierigkeiten. Bleib nicht in deiner Wohnung, womöglich kommt er zurück. Ich bin in einer Telefonzelle in der Nähe von...“

„Verdammte Idiotin.“ Jacks Hand schoss durch den Türspalt und packte sie am Arm.

„Pfoten weg, du Drecks...“ Aber er hatte die Verbindung bereits unterbrochen. Die räumliche Beschränktheit der Telefonzelle zu seinem Vorteil ausnutzend, riss er M.J. herum und ließ die Handschellen um ihre Handgelenke zuschnappen. Dann zerrte er sie aus der Zelle, hob sie umstandslos hoch und warf sie sich über die Schultern.

Er ließ ihre Schimpfkanonade ebenso an sich abprallen wie ihre Fußtritte und lud sie in seinem Auto ab, ehe auch nur ein einziger guter Samariter aufmerksam werden konnte. Ohne sich um ihre wüsten Drohungen zu scheren, fuhr er aus der Parklücke heraus und bretterte eine Seitenstraße hinunter.

„So viel zum Punkt Vertrauen.“ Und wo kein Vertrauen war, musste Wachsamkeit her. Um einen eventuellen Verfolger abzuschütteln, schlug er mehrere Haken und suchte die Gegend mit Blicken ab, bis er schließlich einen halben Häuserblock von der Telefonzelle entfernt eine schmale Seitenstraße fand, wo er anhielt. Er machte den Motor und das Licht aus.

Jack streckte den Arm aus, legte eine Hand um ihren Nacken und zog ihren Kopf zu sich heran, bis ihr Gesicht ganz nah vor dem seinen war. „Willst du sehen, was wir uns durch deine Idiotie um ein Haar eingehandelt hätten? Beweg dich nicht.“

„Nimm deine Hände weg.“

„Meine Hände sind im Moment meine geringste Sorge. Sei einfach still und warte.“

Kaum lockerte er seinen Griff, zuckte sie zurück. „Warten worauf?“

„Es dürfte nicht mehr lange dauern.“ Und dann saß er einfach nur in der Dunkelheit vor sich hinbrütend da und beobachtete die Straße.

Es dauerte weniger als fünf Minuten. Nach seiner Schätzung nur wenig mehr als fünfzehn seit ihrem Anruf. Der Lieferwagen kroch um die Kurve. Zwei Männer stiegen aus.

„Erkennst du sie wieder?“

Natürlich erkannte sie sie wieder. Sie hatte sie ja erst am Morgen gesehen. Einer von ihnen hatte ihre Tür eingetreten. Der andere hatte auf sie geschossen. Erschrocken schloss sie für eine Sekunde die Augen. Sie waren auf Grund des Anrufs in der Lage gewesen, ihren Standort herauszufinden. Rasch und effizient.

Und wenn Jack nicht so schnell reagiert hätte, hätten sie sie womöglich genauso rasch und effizient geschnappt.

Der Kleinere von beiden ging in die Bar, während der andere bei der Telefonzelle stehen blieb und mit einer Hand unter seiner Anzugjacke die Straße mit Blicken absuchte.

„Er wird dem Barkeeper zwei Dollar in die Hand drücken und erfahren, dass du dort warst. Dann wissen sie, dass du noch immer mit mir zusammen bist, und deshalb werden sie nach meinem Wagen Ausschau halten. Was bedeutet, dass wir das Auto hier in dieser Gegend nicht mehr benutzen können.“

Sie sagte nichts, als sich der zweite Mann wieder zu dem ersten gesellte. Es schien so, als gerieten sie sich kurzzeitig über irgendetwas in die Haare, dann stiegen sie in den Lieferwagen ein. Diesmal kroch das Auto nicht, sondern es schoss die Straße hinunter.

M.J. starrte schweigend auf die Straße. „Du hattest Recht“, räumte sie schließlich kleinlaut ein. „Es tut mir Leid.“

„Wie bitte? Ich muss mich verhört haben.“

„Du hattest Recht.“ Sie musste schlucken und merkte zu ihrem Entsetzen, dass sie nahe daran war zu weinen. „Es tut mir Leid.“

Die Tränen in ihrer Stimme heizten seine Wut nur noch mehr an. „Spar dir die Krokodilstränen“, fuhr er sie an und startete. „Wenn du das nächste Mal vorhast, Selbstmord zu begehen, pass auf, dass ich nicht in der Nähe bin."

„Ich musste es einfach versuchen. Ich konnte nicht anders. Ich dachte, du übertreibst oder versuchst nur, mich herumzukommandieren. Ich habe mich geirrt. Wie oft soll ich es noch sagen?"

„Ich habe mich noch nicht entschieden. Wenn du jetzt auch noch anfängst zu heulen, tick ich aus."

„Ich fange nicht an zu heulen." Aber sie hätte es am liebsten getan. Die Tränen brannten in ihrer Kehle. Es kostete fast ebenso viel Mühe, sie hinunterzuschlucken, wie ihnen freien Lauf zu lassen.

Sie versuchte, sich zu beruhigen, während er die Stadtgrenze passierte und auf eine verlassen daliegende Straße in Richtung Virginia fuhr. Die Lichter der Stadt machten einer tröstlichen Dunkelheit Platz.

„Niemand folgt uns", sagte sie.

„Aber nur, weil ich gut bin, und nicht, weil du nicht töricht bist."

„Lass mich zufrieden."

„Wenn ich nur fünf Minuten länger auf dich gewartet hätte, wäre ich jetzt vielleicht ebenso mausetot wie Ralph. Du kannst dich glücklich schätzen, wenn ich dich nicht hier am Straßenrand absetze und nach Mexiko verschwinde."

„Warum tust du es nicht?"

„Ich habe investiert." Er erhaschte einen Blick in ihre feuchten Augen und biss die Zähne zusammen. „Schau mich nicht so an. Es macht mich wirklich verrückt."

Fluchend lenkte er den Wagen an den Straßenrand und hielt an. Dann sprang er aus dem Auto.

Warum zum Teufel hatte er sich überhaupt mit dieser Frau eingelassen? Warum hatte er nicht versucht, so schnell wie möglich die Kurve zu kriegen? Warum versuchte er es jetzt nicht? Mexiko war kein so schlechter Ort. Er könnte sich ein hübsches Plätzchen irgendwo am Strand suchen, sich die Sonne auf den Pelz brennen lassen und warten, bis alles vorbei war.

Nichts hielt ihn auf.

Dann stieg sie ebenfalls aus und sagte ruhig: „Mein Freund ist in Schwierigkeiten."

„Dein Freund ist mir schnuppe." Er wirbelte zu ihr herum. „Aber ich bin mir nicht schnuppe. Und du bist mir vielleicht auch nicht schnuppe, obwohl nur Gott allein weiß, warum, da du mir nichts als Ärger einbringst."

„Ich will mit dir schlafen."

Das veranlasste ihn, abrupt innezuhalten. „Was?"

Sie straffte die Schultern. „Ich möchte mit dir schlafen. Ich tue alles, was du willst, wenn du mir nur hilfst."

Er starrte sie an, sah, wie der Mond seine Strahlen über ihrem Haar ausschüttete, wie ihre Augen glänzten. Und begehrte sie wie verrückt.

Allerdings nicht als Tauschobjekt.

„Oh, das ist wirklich nett", gab er ätzend zurück. „Das ist großartig. Dann muss ich dich ja nicht einmal an diese verdammten Schienenstränge anketten." Er machte einen Schritt auf sie zu, packte sie an den Unterarmen und schüttelte sie. „Für wen zum Teufel hältst du mich eigentlich?"

„Ich weiß nicht."

„Ich benutze keine Frauen", stieß er zwischen zusammengebissenen Zähnen hervor. „Und wenn ich mit einer ins Bett gehe, ist das keine Einbahnstraße. Deshalb vielen Dank für dein Angebot, aber an einem solchen Opfer bin ich nicht interessiert."

Er ließ sie los und machte Anstalten, zum Auto zurückzugehen. Seine Wut veranlasste ihn, sich noch einmal umzudrehen. „Glaubst du, dein Freund wüsste deine Großzügigkeit mir gegenüber zu schätzen?"

Sie holte tief Atem. „Nein. Ich würde mich davon zwar nicht abhalten lassen, aber nein."

Sie machte einen Schritt auf ihn zu. „Mein Freund ist eine Freundin und heißt Bailey James. Sie ist Edelsteinexpertin."

Er kannte den Namen aus den Unterlagen, die Ralph ihm gegeben hatte. Aber er war die ganze Zeit davon ausgegangen, dass es sich bei Bailey um einen Mann handelte. „Sie?"

„Ja, sie. Wir waren zusammen auf dem College und haben jahrelang in einem Zimmer gewohnt. Einer der wichtigsten Gründe, warum ich nach D.C. gezogen bin, war Bailey. Und Grace. Sie sind die besten Freundinnen, die ich je hatte. Ich habe Angst um sie, und ich brauche deine Hilfe.“

„Bailey ist diejenige, die dir den Stein geschickt hat?“

„Ja, und sie hätte es nicht getan, wenn es nicht einen triftigen Grund dafür gäbe. Ich nehme stark an, dass sie den dritten an Grace geschickt hat. Es sähe ihr ähnlich. Die Firma Salvani, bei der sie Miteigentümerin ist, bekommt eine Menge Aufträge vom Smithsonian Museum.“

Plötzlich erschöpft, rieb M.J. sich die Augen. „Ich habe sie seit Mittwoch nicht mehr gesehen. Wir wollten uns heute Abend im Pub treffen. Ich habe ihr einen Zettel unter ihrer Tür durchgeschoben. Da ich meistens nachts arbeite und sie tagsüber, schieben wir uns Zettel unter der Tür durch, obwohl wir auf demselben Flur wohnen. Und seit sie den Auftrag bekommen hat, die drei Sterne von Mithra auf ihre Echtheit zu untersuchen, macht sie eine Menge Überstunden.“

„Und gestern hat sie dir das Päckchen geschickt.“

„Ja. Ich habe sie gleich danach im Geschäft anzurufen versucht, aber ich bekam nur den Telefonservice an die Strippe. Sie haben bis Dienstag geschlossen. Anschließend probierte ich es bei Grace, aber sie war auch nicht da. Deshalb bin ich dann einfach in den Pub gefahren, weil ich mir dachte, Bailey würde sich schon melden. Ich bin einfach in den Pub gefahren“, wiederholte sie schuldbewusst.

„Du brauchst dir deshalb keine Vorwürfe zu machen. Du hattest keine andere Wahl.“

„Ich habe einen Schlüssel zu ihrer Wohnung. Ich hätte ihn benutzen können. Aber ich habe nicht daran gedacht.“ Sie erschauerte. „Und eben hat sie das Telefon auch nicht abgenommen, obwohl es zwei Uhr morgens war. Bailey ist überaus solide, sie geht nie bis zwei Uhr morgens aus, und trotzdem hat sie das Telefon nicht abgenommen. Und jetzt habe ich schreckliche Angst... um sie.“

Er legte seine Hände auf ihre Schultern, und diesmal waren sie sanft. „Da gibt’s nur eins. Wir müssen nachsehen.“

Sie atmete zitternd aus. „Danke.“

„Aber diesmal musst du mir vertrauen.“

„Ja, diesmal vertraue ich dir.“

Er hielt ihr die Tür auf und wartete, bis sie eingestiegen war. „Und was ist mit diesem Freund, von dem du gesprochen hast?“

Sie strich sich das Haar aus der Stirn, schaute zu ihm auf. „Es gibt keinen Freund.“

Er beugte sich zu ihr und küsste sie lange und leidenschaftlich. „Es wird aber einen geben.“

6. KAPITEL

M.J. wusste, dass es ein Risiko war, in Baileys Wohnung zu gehen, deshalb nahm sie sich fest vor, Jacks Anordnungen widerspruchslos zu befolgen. Sie würde auch keine Fragen stellen. Dies hier war immerhin sein Fachgebiet, und sie brauchte einen Profi.

Ihre guten Vorsätze hielten weniger als dreißig Minuten.

„Warum bist du nicht rechts abgebogen?“ wollte sie wissen. „Du hättest an der Ecke rechts abbiegen müssen. Hast du vergessen, wie wir hinkommen?“

„Nein. Ich vergesse nie, wie ich wo hinkomme.“

Sie verdrehte die Augen. „Also, wenn du einen Stadtplan im Kopf hättest, würde dir auffallen, dass du eben falsch abgebogen bist.“

„Bin ich nicht.“

Männer, dachte sie und schnaubte. „Wenn ich es dir aber sage – ich muss es schließlich wissen, immerhin wohne ich hier. Das Haus ist drei Häuserblocks dort runter.“

Er hatte sich vorgenommen, geduldig mit ihr zu sein. Die Anspannung, unter der sie stand, war beträchtlich, und sie hatten beide einen harten Tag hinter sich.

Doch jetzt lösten sich seine guten Vorsätze in Luft auf.

„Ich weiß, wo du wohnst“, fuhr er sie an. „Ich habe die Gegend zwei Stunden lang ausgekundschaftet, während du durch die Stadt gebummelt bist.“

„Ich bin nicht durch die Stadt gebummelt. Ich war einkaufen, das ist ein Riesenunterschied. Und du hast mir noch immer nicht meine überaus einfache Frage beantwortet."

„Kannst du eigentlich irgendwann mal einfach nur den Schnabel halten?"

„Kannst du eigentlich jemals etwas anderes sein als grob?"

Er hielt vor einer roten Ampel, trommelte mit den Fingern auf dem Lenkrad herum und holte tief Luft. „Du willst also wissen, warum ich einen Umweg mache. Schön, ich werde es dir sagen. Weil zwei Ganoven mit einer Knarre hinter uns her sind und nach diesem Wagen, in dem du im Augenblick sitzt, Ausschau halten, und da ich verhindern möchte, dass sie uns sehen, bevor ich sie sehe, mache ich einen Umweg. Und das deshalb, weil ich es vorziehe, heute Nacht nicht erschossen zu werden. Habe ich mich klar genug ausgedrückt?"

Sie verschränkte die Arme über der Brust. „So, und warum sagst du das nicht gleich?"

Er brummte etwas Unverständliches, dann hüllte er sich in Schweigen. Nach der nächsten Kreuzung fuhr er rechts ran und machte den Motor aus.

„Warum hältst du hier? Wir sind noch längst nicht da. Hör zu, Jack, wenn du dich verfahren hast, weil dein Testosteronspiegel zu niedrig ist, mache ich dir keinen Vorwurf draus. Ich sage dir einfach, wie du fahren musst..."

„Ich habe mich nicht verfahren." Er raufte sich die Haare. „Ich verfahre mich nie. Ich weiß, was ich tue." Er beugte sich zu ihr hinüber und riss das Handschuhfach auf."

„Also schön, aber warum..."

„Wir gehen zu Fuß", sagte er, schnappte sich eine kleine Taschenlampe sowie eine 38er und sorgte dafür, dass sie die Waffe sah. Sie zuckte mit keiner Wimper, als er eingehend das Magazin überprüfte.

„Das macht keinen Sinn. Wenn wir schon..."

„Wir machen es so, wie ich sage."

„Oh, welch eine Überraschung. Ich wollte ja nur wissen..."

„Hör zu, ich hab es satt, ständig Fragen beantworten zu müssen, ich hab es wirklich dicke." Aber er seufzte und holte dann tief Luft. „Um den Weg abzukürzen, gehen wir zwischen den beiden Gärten da vorn durch, dann stoßen wir auf das erste Haus im nächsten Block, um das wir herumgehen, und dann pirschen wir uns von hinten an euer Haus heran. Wir gehen zu Fuß, weil wir schlau genug sind, uns nicht erwischen zu lassen, falls sie euer Haus beobachten. Reicht dir das?"

Sie dachte gründlich darüber nach, schließlich nickte sie. „Ja, gut, es macht Sinn."

„Danke, vielen, vielen Dank." Jetzt griff er umstandslos nach ihrer Tasche, fischte ihre Brieftasche heraus und nahm ungeachtet ihres vehementen Protests das ganze Bargeld an sich.

„Was zum Geier denkst du dir eigentlich dabei? Das ist mein Geld." Sie entriss ihm empört ihre leere Brieftasche, während er sich die Geldscheine in seine Hosentasche stopfte, und bekam Stielaugen, als er auch noch den Diamanten aus ihrer Handtasche herauskramte und ebenfalls einsteckte. „Gib ihn mir sofort zurück. Hast du den Verstand verloren?"

Sie versuchte, sich auf ihn zu stürzen. Jack schob sie einfach nur wieder in ihren Sitz zurück, hielt sie dort fest und presste – ein weiteres Mal eine blutige Lippe riskierend – seinen Mund auf ihren. Sie wehrte sich, murmelte etwas, von dem er annahm, dass es Flüche waren, und versetzte ihm einen schmerzhaften Rippenstoß. Dann beschloss sie zu kooperieren.

Und ihre Kooperation, die heiß war und leidenschaftlich, machte es ihm verdammt viel schwerer, sich gegen sie zu behaupten, als ihr Protest.

Es war wie beim ersten Mal. Das Gefühl, verschlungen zu werden. Es erschien ihm, als ob er sein ganzes Leben allein auf diesen Augenblick gewartet hätte.

So simpel. So erschreckend.

Die Faust, mit der sie ihn geboxt hatte, öffnete sich, die Finger wanderten an seinem Rücken nach oben, krallten sich besitzergreifend in seine Schulter. Du gehörst mir, dachte sie.

So leicht. So Schwindel erregend.

Als er sich zurückzog, starrten sie einander im Halbdunkel an, zwei willensstarke Menschen, die sich eben noch ein erbittertes Wortgefecht geliefert hatten.

„Warum hast du das getan?“ brachte sie schließlich mühsam heraus.

„Damit du endlich den Mund hältst.“ Seine Hand wanderte an ihrer Schulter nach oben, wühlte sich in ihr Haar. „Es hat geklappt.“

Sehr langsam nickte sie. „Ja.“

Er verspürte den starken Drang, sie auf den Rücksitz zu zerren. Die Vorstellung, es wie Teenager auf dem Rücksitz zu tun, veranlasste ihn zu einem Lächeln. „Ich darf jetzt nicht daran denken.“

„Ich auch nicht.“

Die Hand in ihrem Haar bewegte sich, und dann nahm er überraschend sacht die ihre und verflocht die Finger mit ihren. „Wir haben anderes zu tun.“

„Ja.“ Ihre Mundwinkel hoben sich ein bisschen. „Vermutlich.“

„Los, gehen wir. Nein, lass die Tasche hier.“ Als sie den Mund öffnete, um zu widersprechen, nahm er sie ihr kurzerhand weg und warf sie auf den Rücksitz. „M.J., dieses Ding wiegt eine Tonne. Es kann sein, dass wir rennen müssen. Ich habe dein Bargeld und den Stein eingesteckt, weil sie vielleicht unser Auto nehmen oder wir nicht mehr zurückkönnen.“

„Also schön.“ Sie stieg aus und wartete auf dem Bürgersteig auf ihn.

Dann beobachtete sie, wie er die Waffe in ein Schulterholster schob. „Ich weiß, dass es riskant ist. Aber ich muss es tun, Jack.“

„Oh, mein Gott, Jack, was haben sie bloß mit ihr gemacht?“ fragte M.J. eine Dreiviertelstunde später mit bebenden Lippen, als sie wieder neben Jack im Auto saß. Baileys Apartment war verwüstet gewesen, Kleiderschränke und Kommoden waren aufgerissen, der Inhalt lag wild verstreut auf dem Boden, die Sofakissen waren aufgeschlitzt.

„Ich muss unbedingt Grace erreichen.“

„Alles zu seiner Zeit, M.J. Wir müssen erst aus der Stadt raus.“

„Ich könnte sie anrufen, von meinem Handy oder deinem Autotelefon aus. Jack, wenn Bailey und ich in diesem Schlamassel stecken, steckt Grace auch mit drin. Ich muss sie unbedingt erreichen. Sie hat ein Haus in Potomac. Aber dort ist sie wahrscheinlich nicht. Ich nehme an, dass sie sich in ihrem Landhaus aufhält und..."

„Hör auf zu quasseln." Er startete. „Reiß dich wenigstens so lange zusammen, bis wir aus der Stadt raus sind, okay? Mein Gott, hast du ein Mundwerk, du kannst einen wirklich wahnsinnig machen."

In diesem Moment bog der Lieferwagen um die Ecke. Blitzschnell streckte Jack die Hand aus und drückte M.J. nach unten. „W...was...", stotterte sie verdutzt.

„Bleib unten." Er gab Gas und raste mit quietschenden Reifen davon. „Herrgott noch mal, wie ich es hasse, ständig Recht zu behalten."

„Sind sie wieder hinter uns her?" kam es kleinlaut unter dem Sitz hervor.

Er riss das Steuer überraschend herum und bog scharf nach rechts ab. „Ja. Du weißt, wie man mit einer Waffe umgeht?"

„Ja." Die Zähne aufeinander gepresst, kam sie mit dem Kopf unter dem Sitz hoch und griff nach der 38er, die Jack ihr hinhielt. Dann warf sie, die Rückenlehne als Deckung benutzend, einen vorsichtigen Blick aus dem Rückfenster. „Gib Gas. Sie holen auf."

Jack warf einen Blick in den Rückspiegel und schätzte die Entfernung ab.

Er schlängelte sich durch die Straßen, bremste, trat erneut das Gaspedal durch, riss das Steuer herum, so dass die Reifen in wütendem Protest aufkreischten. Die Herausforderung begann ihm Spaß zu machen und veranlasste ihn zu einem Grinsen.

„Ich brauche Musik." Und er drehte das Radio voll auf.

„Du bist verrückt." Aber sie ertappte sich selbst dabei, wie sie ihn ebenfalls angrinste. „Sie wollen uns umbringen."

„Und die Leute in der Hölle wollen Eiszapfen." Er fuhr auf eine vierspurige Straße und jagte die Tachonadel auf achtzig Meilen hoch. „Diese Kiste sieht vielleicht nicht nach viel aus, aber sie fährt."

„Der Van auch. Du schaffst es nicht, ihn abzuschütteln."

„Ich habe es noch gar nicht versucht." Sein Blick flog nach rechts und nach links, dann fuhr er rücksichtslos bei Rot über eine Kreuzung. Es herrschte wenig Verkehr, selbst als sie im Zickzackkurs die Innenstadt erreicht hatten. „Das ist das Problem mit Washington", bemerkte er. „Es gibt kein Nachtleben. Nur Politiker und Botschafter."

„Es hat Würde."

„Ja, richtig." Er bretterte mit fünfzig um eine Kurve und schlug dann auf engen Seitenstraßen Haken wie ein Hase. Er hörte das Ping von Metall gegen Metall, als eine Kugel in den hinteren Kotflügel einschlug.

„Jetzt werden sie wirklich lästig."

„Ich glaube, sie versuchen, unsere Reifen zu zerschießen."

„Und ich hab sie eben erst neu angeschafft."

Alt oder neu, dachte sie, wenn sich eine Kugel reinbohrt, ist die Luft raus. M.J. holte tief Atem und hielt ihn an, dann kurbelte sie ihr Fenster hinunter, lehnte sich bis zur Taille hinaus und schoss.

„Bist du wahnsinnig?" Sein Herz sprang in seine Kehle, und um ein Haar hätte er einen Laternenpfahl mitgenommen. „Komm sofort rein, bevor sie dir die Schädeldecke wegpusten."

Finster dreinblickend und zu aufgedreht, um Angst zu haben, feuerte sie ein zweites Mal. Beim dritten Schuss traf sie einen Scheinwerfer.

Vollkommen außer sich packte Jack sie am Hosenboden und zerrte sie ins Innere des Wagens zurück. Zum ersten Mal in seinem Leben zitterten seine Hände auf dem Lenkrad. „Was glaubst du eigentlich, wer du bist? Bonnie Parker?"

„Ich habe sie zum Aufgeben gezwungen."

„Nein, hast du nicht. Ich habe sie abgehängt. Lass mich einfach machen, einverstanden?"

Er donnerte mit sechzig die Auffahrt zum Beltway hinauf. Und hatte genug Zeit gewonnen, um das Spiel für sich zu entscheiden, wie er hoffte. Er nahm die nächste Ausfahrt und raste nach Maryland hinein.

„He, du hast es wirklich geschafft, sie abzuhängen." Sie rutschte zu ihm hinüber und gab ihm einen enthusiastischen Schmatz auf die Wange. „Du bist gut, Dakota."

„Verdammt richtig." Er spürte, dass er zitterte. Sobald er das Gefühl hatte, es sich leisten zu können, fuhr er rechts ran und wischte ihr das triumphierende Grinsen aus dem Gesicht, indem er sie hart bei den Schultern packte und schüttelte. „Mach nie mehr so etwas Idiotisches, verstanden? Du hast Glück, dass du keine Kugel im Kopf hast."

„Hör sofort auf, Jack." Ihre Hand war bereits zur Faust geballt. „Ich meine es ernst." Doch als er sie in seine Arme riss und fest an sich drückte, wurde ihr Körper umgehend ganz weich und biegsam. Sein Gesicht war in ihrem Haar, sein Herz hämmerte gegen ihre Brust. „Hey." Verdutzt und gerührt klopfte sie ihm auf den Rücken. „Ich habe doch nur meinen Beitrag geleistet."

„Hör auf." Sein Mund fand den ihren zu einem verzweifelten Kuss. „Hör einfach auf." Und so abrupt, wie er sie an sich gerissen hatte, schob er sie jetzt wieder weg. „Du machst mich wirklich wahnsinnig", brummte er, wütend über die Gefühle, die auf ihn einstürmten. „Halt den Schnabel." Sein Kopf fuhr herum, als sie den Mund öffnete. „Halt einfach den Schnabel. Ich will nicht darüber reden."

„Fein." Sie gab zwar vor, die Ruhe selbst zu sein, in Wirklichkeit jedoch war sie weit entfernt davon. Ihr Magen schlug Purzelbäume. So methodisch, als hinge das Schicksal der Welt davon ab, legte sie sich den Sicherheitsgurt an, während Jack wieder auf die Straße fuhr. „Ich muss wirklich Grace anrufen."

Seine Hände umklammerten das Lenkrad, aber er schaffte es, seine Stimme ruhig zu halten. „Das können wir im Moment nicht riskieren. Wir wissen nicht, was für eine Ausrüstung sie in dem Van haben, und sie sind noch zu nah. Morgen sehen wir weiter."

In der Gewissheit, dass ihr nichts anderes übrig bleiben würde, als sich zu fügen, rieb sie sich rastlos ihre Hände an ihren Knien. „Jack, ich weiß, dass du Kopf und Kragen riskiert hast, indem du mich zu Bailey begleitet hast. Ich weiß es zu schätzen."

„Das gehört zu meinem Service."

„Wirklich?"

Er warf ihr von der Seite einen Blick zu. „Herrgott noch mal, nein. Ich sagte doch, dass ich nicht darüber reden will."

„Ich rede ja nicht darüber." Sie wusste nicht genau, was sie gegen diese unerwarteten Gefühle tun sollte, von denen sie sich überschwemmt sah. „Ich danke dir."

„Bitte, bitte, keine Ursache. Hör zu, ich fahre zum Motel zurück. Was hast du mehr – Hunger oder Durst?"

Zumindest darüber brauchte sie nicht lange nachzudenken. „Hunger."

„Gut. Ich auch."

Er bebte vor Zorn. Unfähigkeit. Es war völlig unakzeptabel, dass er von so viel Unfähigkeit umgeben war. Es stimmte zwar, dass er gezwungen gewesen war, die Männer sehr schnell und ohne Empfehlung anzuheuern, aber ihre Unfähigkeit, eine so einfache Aufgabe zu bewältigen, war schlicht Ekel erregend.

Er zweifelte nicht daran, dass er ganz leicht mit ihr fertig geworden wäre, wenn er es hätte riskieren können, aus dem Hintergrund herauszutreten.

Jetzt, als der Mond unterging und die Sterne verblassten, stand er auf seiner Terrasse und beruhigte seine aufgewühlte Seele mit einem Glas Wein, der die Farbe frischen Blutes hatte.

Zum Teil war es sein Fehler gewesen, das war er durchaus bereit einzuräumen. Er hätte der Angelegenheit Jack Dakota mehr Sorgfalt widmen müssen. Aber zu jenem Zeitpunkt war er noch ganz selbstverständlich davon ausgegangen, dass dieser Idiot von einem Grenzjäger in der Lage war, Befehle entgegenzunehmen, und weise genug, sie auch auszuführen.

Aber offensichtlich war Jack Dakota nicht weise, sondern stur. Und die Frau hatte ein Riesenschwein. M.J. O'Leary. Nun, vielleicht hatte sie ja das Glück der Iren, aber eine Glückssträhne hielt nicht bis in alle Ewigkeit an.

Dafür würde er eigenhändig Sorge tragen.

Er würde sich ihrer annehmen, ebenso wie er sich Bailey James' annehmen würde. Und Grace Fontaines... eigentlich schade.

Er würde die drei Steine bekommen. Und all jene, die versucht hatten, ihn aufzuhalten, würden einen hohen Preis dafür bezahlen müssen.

Seine Finger umklammerten das dünne Glas. Glasscherben fielen mit einem leisen Klirren auf den Steinboden. Wein spritzte auf und bildete eine Lache zu seinen Füßen. Mit einem grimmigen Lächeln beobachtete er, wie die rote Flüssigkeit in den Ritzen der Steinplatten versickerte.

Bald würde Blut fließen.

Sehr bald.

7. KAPITEL

M.J. und Jack beschlossen, in dem kleinen, rund um die Uhr geöffneten Imbiss in der Nähe des Motels zu frühstücken. Zuerst kam Kaffee, der so stark war, dass der Löffel darin stehen blieb, und von einer Kellnerin mit müden Augen serviert wurde. Das Plastiknamensschild auf ihrer bonbonrosa Uniform verkündete, dass sie Midge hieß.

„Das ist fast zu perfekt", bemerkte M.J., nachdem sie die in einer klebrigen Plastikhülle steckende Speisekarte aus der Hand gelegt und sich ein großes Frühstück geordert hatte. „Die Kellnerin heißt nicht nur Midge, sie sieht auch noch so aus – fleißig, kompetent und freundlich. Ich frage mich immer, ob die Leute in ihre Namen hineinwachsen oder umgekehrt. Wie Bailey – kühl, gebildet, klug. Oder Grace, elegant, weiblich und großzügig."

Jack rieb sich das Stoppelkinn. „Und wofür steht M.J.?"

„Für nichts."

Er hob eine Augenbraue. „Natürlich tut es das. Mary Jo, Melissa Jane, Margaret Joan, oder was?"

Sie nahm einen Schluck von ihrem Kaffee. „Es sind einfach nur Initialen. Das ist völlig legal."

Um seine Mundwinkel spielte ein zuversichtliches Grinsen. „Ich mache dich einfach betrunken, dann verplapperst du dich schon."

„Hör zu, Dakota, ich komme aus einer irischen Gastwirtsfamilie. Mich betrunken zu machen übersteigt deine Fähigkeiten ganz entschieden."

„Wir werden es herausfinden müssen – vielleicht in deinem Pub. Du kannst mir ja einen ausgeben, sobald wir das alles hinter uns haben."

„Abgemacht." Sie nahm noch einen Schluck von ihrem Kaffee. „O Junge, ich freu' mich schon jetzt darauf."

„Willst du damit sagen, dass wir bisher noch keinen Spaß hatten?"

Sie lehnte sich zurück, als die Kellnerin zwei Riesenteller – Eier mit Bratkartoffeln und Speck für sie und Pfannkuchen mit Ahornsirup für Jack – auf den Tisch stellte. Dann griff sie nach ihrer Gabel und haute rein. „Es hatte seine Momente."

Er ertränkte seine Pfannkuchen in Ahornsirup. „Aber wenn ich an vorhin denke, bleibt mir immer noch das Herz stehen. Solltest du jemals einen Berufswechsel ins Auge fassen, könnte ich mir vorstellen, dass du einen ganz passablen Grenzjäger abgibst."

„Wirklich?" Sie war sich nicht sicher, ob sie sich über das Kompliment freuen oder ärgern sollte. Sie beschloss, sich geschmeichelt zu fühlen. „Ich glaube aber nicht, dass es mir Spaß machen würde, mein ganzes Leben lang hinter irgendwelchen Leuten herzujagen." Sie ließ genug Salz über ihre Eier rieseln, um Jack zusammenzucken zu lassen. „Was ist?"

„Wie hoch ist dein Blutdruck?"

„Hm?"

„Vergiss es. Ich nehme an, du verkraftest es. Ich liebe die Jagd." Er grinste wölfisch. „Es spielt keine Rolle, wie groß die Beute ist, Hauptsache, man bringt sie nach Hause."

„Apropos zu Hause. Was ist eigentlich mit deiner Familie?"

Sein Grinsen verblasste. „Nichts."

„Wie nichts? Hast du keine?"

„Nein." Er griff nach einer Scheibe kross gebratenem Speck und brach sie in der Mitte entzwei. „Mein Vater hat sich abgesetzt, als ich zwölf war, und meine Mutter hat daraufhin ihr Problem damit zu lösen versucht, dass sie die ganze Welt hasste. Mein älterer Bruder ging zur Armee, sobald er achtzehn war. Ich habe seit zehn, zwölf Jahren nichts mehr von ihm gehört. Als ich aufs College kam, war meine Mutter der Meinung, dass sie ihre Pflicht getan hätte, und hat sich verabschiedet. Wir haben keinen Kontakt mehr."

„Das tut mir Leid."

Er zuckte nur die Schultern und ärgerte sich, dass er ihr überhaupt etwas erzählt hatte. Er redete nicht über seine Familie. Nie. Mit niemandem.

„Du hast deine Familie in all diesen Jahren nie gesehen? Du weißt nicht, wo sie sind – und sie wissen nicht, wo du bist?"

„Wir standen uns nie sonderlich nah."

„Aber..."

„Ich nehme an, das liegt uns im Blut", schnitt er ihr schroff das Wort ab. „Manche Menschen hält es einfach nicht lange an ein und demselben Ort."

Na schön, dachte sie. Seine Familie war offensichtlich kein Gesprächsthema. Es war ein heikler Punkt, selbst wenn ihm das nicht bewusst war. „Und was ist mit dir, Jack? Hält es dich auch nirgends?"

„Ich muss es nirgends aushalten. Darin liegt zum Teil für mich der Reiz meines Jobs. Man weiß nie, wo er einen hinführt."

„Das meine ich nicht." Sie forschte in seinem Gesicht. „Aber das weißt du."

„Ich hatte nie einen Grund zu bleiben." Ihre Hand lag auf dem Tisch, nur einen Zentimeter von seiner entfernt. Er war versucht, sie zu nehmen, sie einfach nur zu halten. Das ärgerte ihn. „Ich kenne viele Leute. Aber ich habe keine Freunde – jedenfalls nicht solche, wie du sie mit Bailey und Grace hast. Viele Menschen gehen ohne solche Freundschaften durchs Leben, M.J."

„Ich weiß. Aber willst du es auch?"

„Ich habe nie einen Gedanken daran verschwendet." Er fuhr sich mit den Händen übers Gesicht. „Gott, ich muss hundemüde sein. Um fünf Uhr morgens im Twilight Diner beim Frühstück zu philosophieren."

Sie warf einen Blick aus dem Fenster auf den Himmel im Osten, wo sich eben die Sonne über den Horizont schob. „Da sitzen wir nun, Jack, und frühstücken zu so unchristlicher Stunde, während zwei bewaffnete Ganoven hinter uns und dem wunderschönen Stein her sind, den du in deiner Hosentasche mit dir herumschleppst. Heute ist der vierte Juli, wir haben uns vor weniger als vierundzwanzig Stunden unter den schlimmstmöglichen Umständen kennen gelernt, und die Person, die uns zusammengebracht hat, ist so tot wie Moses."

Sie schob ihren leer gegessenen Teller beiseite. „Was machen wir jetzt?“

Er kramte einige Geldscheine aus seiner Tasche, warf sie auf den Tisch. „Wir gehen ins Bett.“

Das Motelzimmer war noch immer scheußlich, voll gestopft und dämmrig. Die dünne Tagesdecke war noch immer zerknittert an den Stellen, wo sie vor Stunden gelegen hatten.

Erst vor Stunden, dachte sie. Es kam ihr vor wie Tage. Ein Leben lang. Mehr als ein Leben. Als hättest du ihn schon immer gekannt, dachte sie, während sie beobachtete, wie er seine Taschen auf der Frisierkommode ausleerte. Als ob er schon immer ein lebenswichtiger Teil von ihr gewesen wäre.

Und wenn das als Grund nicht ausreichte, war vielleicht ihr Begehren Grund genug. Vielleicht war ja Begehren das Beste, was man tun konnte, wenn die Welt aus den Angeln kippte. Es gab außer ihm nichts und niemanden mehr, worauf sie bauen konnte.

Warum sollte sie Nein sagen? Warum sollte sie sich von dem Trost, der Leidenschaft, die er für sie bereithielt, abwenden? Vom Leben?

Warum sollte sie sich von ihm abwenden, wenn ihr Instinkt sagte, dass er diese Dinge ebenso brauchte wie sie?

Er drehte sich um und wartete. Er hätte sie verführen können. Daran zweifelte er nicht. Ihre Nerven lagen bloß, ob sie es wusste oder nicht. Sie war verletzlich und bedürftig, und er war da.

Manchmal war allein das genug.

Er hätte sie verführen können, er hätte es sicher getan, wenn es nicht so wichtig gewesen wäre. Wenn sie nicht so unerklärlich wichtig gewesen wäre. Für ihn. Sex würde eine Erleichterung sein, eine Befreiung, ein rein körperlicher, freiwilliger Akt zwischen zwei erwachsenen Menschen.

Und das hätte eigentlich genügen sollen.

Aber er wollte mehr.

Er blieb, wo er war, neben der Frisierkommode, während sie am Fuß des Betts stand.

„Ich möchte etwas klarstellen“, begann er.

„Okay."

„Ich bleibe bei dir, bis alles vorbei ist, weil ich es so will. Ich pflege das, was ich angefangen habe, auch zu Ende führen. Ich erwarte keine Dankbarkeit, und vor allem möchte ich nicht, dass du dich zu irgendetwas verpflichtet fühlst."

Wenn ihr Herz nicht einen Satz gemacht hätte, hätte sie vielleicht gelächelt. „Ich verstehe. Wenn ich dir jetzt also vorschlage, in der Badewanne zu schlafen, ist das kein Problem?"

Er lehnte sich mit einer Hüfte gegen die Frisierkommode. „Es wäre dein Problem. Wenn du möchtest, kannst du gern in der Badewanne schlafen."

„Schön, du hast nie behauptet, ein Gentleman zu sein."

„Nein, aber ich werde meine Finger von dir lassen."

Sie legte den Kopf auf die Seite, schaute ihn forschend an. Er sah gefährlich aus. Sehr gefährlich, entschied sie, während sie spürte, wie sich ihr Pulsschlag beschleunigte. Die schwarzen Bartstoppeln, die wilde Mähne, diese harten, grauen, intensiv dreinblickenden Augen in diesem kantigen Gesicht.

Er wollte ihr die Entscheidung überlassen.

Sie fragte sich, ob einer von ihnen töricht genug war zu glauben, dass sie eine Wahl hatte.

Deshalb war ihr Lächeln jetzt süffisant. Sie ließ ihn nicht aus den Augen, während sie sich das T-Shirt aus dem Hosenbund zerrte. Sie beobachtete, wie seine Augen ihren Bewegungen folgten, als sie sich das Kleidungsstück über den Kopf zog, es beiseite warf.

„Das möchte ich sehen", murmelte sie und machte sich den obersten Hosenknopf auf. Er straffte die Schultern. Die Knie wurden ihm weich, während sie begann, langsam ihren Reißverschluss nach unten zu ziehen.

„Lass mich das machen."

Ihre Fingerspitzen kribbelten, als sie die Hände zu beiden Seiten herunterfallen ließ. „Tu dir keinen Zwang an."

Ihre Schultern waren durchtrainiert und schön. Ihre Brüste waren weiß und klein und passten mit Leichtigkeit in die gewölbte Handfläche eines Mannes. Aber bis jetzt schaute er ihr nur ins Gesicht.

Er ließ sich Zeit, versuchte es zumindest, ging mit erzwungener Langsamkeit auf sie zu, nahm das kleine Metallplättchen zwischen Daumen und Zeigefinger, zog es nach unten. Und schaute ihr tief in die Augen, als er seine Hand in ihre geöffnete Hose zwischen ihre Schenkel schob und sie berührte.

Sie war heiß und... nackt. Er fühlte den kurzen, heftigen Schauer, der ihren Körper erbeben ließ.

„Tsss, kein Höschen. Ich hatte so eine Ahnung."

Sie atmete vorsichtig aus und dann wieder ein, wobei sich ihre Lungen wie mit Watte ausgestopft anfühlten. „Ich bin nicht zum Waschen gekommen diese Woche."

„Gut." Er schob die Jeans noch ein Stück weiter nach unten und ließ seine Hände über ihre Pobacken gleiten. „Du bist für die Schnelligkeit gemacht, M.J. Das ist gut, weil es nicht langsam gehen wird." Er riss sie in seine Arme und presste sich hart gegen ihren heißen Schoß. „Du musst nur aufpassen, dass du es schaffst, mit mir Schritt zu halten."

Ihre Augen glitzerten, ihr Kinn schob sich herausfordernd vor. „Bis jetzt hatte ich noch kein Problem, mit dir Schritt zu halten."

„Bis jetzt", stimmte er zu, und ihrer Kehle entrang sich ein Keuchen, als er sie hochhob und hungrig an ihrer Knospe saugte.

Der Schock war atemberaubend, herrlich, wie ein Stromstoß, der ihr durch den Körper raste und ihren Herzschlag beschleunigte. Sie ließ den Kopf in den Nacken fallen, schlang die Beine um seine Taille und gab sich seinen wilden Zärtlichkeiten hin. Das Kratzen seiner Bartstoppeln auf ihrer Haut, der feste Biss seiner Zähne, das sanfte Gleiten seiner Zunge, jedes Gefühl war anders und hatte seinen ganz besonderen Reiz.

Und jeder besondere Reiz schoss durch ihre Blutbahn und ließ sie noch einmal mehr erbeben.

Der Fall aufs Bett – ein Schwindel erregender Sturz von einer Klippe. Seine zupackenden Hände auf ihrem Körper – noch ein Glied in der Kette. Sein Mund, leidenschaftlich auf dem ihren – eine Forderung, auf die es nur eine Antwort gab.

Sie zerrte an seinem Hemd, rollte mit ihm übers Bett, bis sie es endlich geschafft hatte, es ihm vom Leib zu reißen. Die Hitze, die sein Körper abstrahlte, raste durch sie hindurch wie eine Feuersbrunst.

Ihre Hände und ihr Mund waren nicht weniger ungeduldig als die seinen. Ihr Begehren war nicht weniger unverstellt.

Er murmelte etwas, das wie ein Zwischending aus einem Fluch und einem Gebet klang, warf sie herum und zerrte an ihren Jeans. Sein Mund versengte ihre Haut, als er eine Spur feuriger Küsse über ihren Körper zog, während er voller Ungeduld versuchte, ihr die enge Hose auszuziehen. Sein Verlangen blendete ihn, raubte ihm den Atem und betörte seine Sinne. Kein Hunger war je so heftig, so scharf und schneidend gewesen wie der Hunger nach ihr. Er wusste nur, er stürbe vor Verlangen, wenn er sie nicht bekäme; alles von ihr.

Dieser schlanke, sportliche Körper, diese Energie, die in ihm pulsierte, diese keuchenden Atemzüge brachten sein Blut zum Sieden und ließen sein Herz lichterloh in Flammen aufgehen. Völlig von Sinnen vor Begehren hob er sich ihre Hüften entgegen und presste die Lippen zwischen ihre Schenkel, trieb sie so in Regionen höchsten Entzückens.

Der Höhepunkt entriss ihr einen wilden Schrei, während sie von einer langen, heißen Welle der Lust überschwemmt wurde. Ihre Nägel schrammten rücksichtslos über seinen Rücken, hinauf und hinunter und wieder hinauf, bis sie sich in seine dicke Mähne krallten. Und während ihr Körper noch immer von dem Anschlag auf ihre Sinne erschauerte, zwang sie ihn, sich auf den Rücken zu legen, damit sie ihm seine restlichen Kleider ausziehen konnte.

Sie spürte, wie sein Herz hämmerte, fast meinte sie, es hören zu können. Ihre Haut, feucht von Schweiß, rieb sich geschmeidig aneinander, während sie miteinander rangen. Seine Finger fanden sie, drangen in sie ein, trieben sie an den Rand des Wahnsinns. Wenn Sprechen möglich gewesen wäre, hätte sie um Gnade gefleht.

Doch statt zu flehen, bezwang sie ihn, indem sie ihn mit den Schenkeln umklammerte, sich auf ihn setzte und ihn in sich aufnahm, schnell und tief.

Seine Finger gruben sich hart in ihre Flanken, als er spürte, wie sich ihre Muskeln um ihn zusammenzogen. Er hörte auf zu atmen, sein

Herz blieb stehen. Als sie sich mit in den Nacken geworfenem Kopf über ihm erhob, war er ihr für einen Moment hilflos ausgeliefert.

Er gehörte ihr.

Dann begann sie, ihn rücksichtslos und wild zu reiten. Ihr Atem kam in keuchenden Stößen, ihre Hände krallten sich in sein Haar. Irgendwo in seinem vor Wollust benebelten Hirn wurde ihm klar, dass sie ihm ebenso ausgeliefert war wie er ihr.

Sie gehörte ihm.

Er kam mit dem Oberkörper hoch, sein Mund saugte gierig an ihrer Knospe, ihrem Hals, wo immer er von ihrem Geschmack kosten konnte, während sie sich weiter gemeinsam in einem gnadenlosen, immer schneller werdenden Rhythmus verausgabten.

Dann schlang er seine Arme um sie, presste seine Lippen an ihr Herz und stöhnte laut ihren Namen, als sie gemeinsam dem Höhepunkt entgegentaumelten.

Eng ineinander verklammert, erschauerten sie in den Nachbeben ihrer Lust. Die Zeit hatte aufgehört zu existieren. Als er spürte, wie sich ihr Griff lockerte und ihre Hände ermattet herabfielen, hauchte er ihr einen Kuss auf die Schultern. Er legte sich zurück und zog sie über sich.

Er streichelte ihr zärtlich mit der Hand übers Haar und flüsterte: „Das war ein interessanter Tag."

Sie schaffte ein leises Auflachen. „Alles in allem betrachtet, ja." Sie waren erschöpft und sehr wahrscheinlich verrückt. Ganz bestimmt war es verrückt, sich so glücklich zu fühlen, sich so ganz zu fühlen, wenn alles um einen herum in Scherben lag.

Sie hätte ihm sagen können, dass sie noch nie mit einem Mann so schnell intim geworden war. Oder dass sie sich noch nie mit einem Mann so im Gleichklang gefühlt hatte wie mit ihm.

Aber es gab keinen Grund dafür. Was geschehen war, war geschehen. Sie öffnete die Augen und schaute den Stein an, der auf der ramponierten Frisierkommode lag. Glühte er wirklich? Oder lag es nur am Licht?

„Schlaf jetzt ein bisschen", sagte Jack nach einer Weile leise, aber sie hörte es nicht mehr, weil sie bereits eingeschlafen war.

M.J. war eben aufgestanden, als sich die Badezimmertür öffnete. Sie fuhr sich mit einer Hand durchs Haar.

Er trat umhüllt von einer Dampfwolke aus dem Bad. Um die Hüften trug er ein winziges weißes Handtuch, und auf seinem Körper glänzten noch Wassertropfen. Sein Haar war nass und hing ihm bis auf die Schultern, goldene Strähnen glitzerten in dem dunklen Braun.

Er hatte sich schon rasiert.

Sie stand da, die Lider noch schwer vom Schlaf, das Haar zerzaust, mit nichts auf dem Leib als seinem verknitterten T-Shirt, das mit Mühe und Not ihren Po bedeckte und das sie sich jetzt nach unten zerrte.

Für einen Augenblick konnten sie beide nichts anderes tun, als sich gegenseitig anzustarren.

Es war da, so real und lebendig wie sie beide in dem schäbigen kleinen Zimmer. Und es funkelte so hell wie der Stein, der sie beide zusammengeführt hatte.

Jack schüttelte den Kopf, als wache er aus einem Traum auf – vielleicht aus einem so lebhaften und beunruhigenden wie jenem, aus dem M.J. eben erwacht war. Seine Augen wurden dunkel vor Verärgerung.

„Das ist idiotisch."

Wenn sie Taschen gehabt hätte, hätte sie ihre Hände hineingesteckt. Stattdessen verschränkte sie ihre Arme über der Brust und schaute ihn an. „Stimmt."

„Ich habe nicht danach gesucht."

„Denkst du vielleicht, ich?"

Unter anderen Umständen hätte er angesichts ihres empörten Tonfalls vielleicht gelacht, aber jetzt war er viel zu beschäftigt damit, finster dreinzuschauen und sich den Pfeil herauszuziehen, der ihn eben mitten ins Herz getroffen hatte. „Es war doch nur ein verdammter Job."

„Niemand hat je etwas anderes behauptet."

Mit verengten Augen trat er einen Schritt vor und schaute sie herausfordernd an. „Schön, es ist aber etwas anderes."

„Ja." Sie ließ ihre Arme zu beiden Seiten des Körpers herunterbaumeln, hob das Kinn. „Und was machen wir jetzt damit?"

„Das werde ich schon noch rausfinden." Er stiefelte zur Frisierkommode, nahm den Stein in die Hand, legte ihn wieder hin. „Ich dachte erst, es wären nur die Umstände, aber das ist es nicht." Er drehte sich um, schaute sie forschend an. „Es wäre so oder so passiert."

Ihr Herzschlag verlangsamte sich. „Kann gut sein."

„Okay." Er nickte, stellte sich breitbeinig hin. „Du sagst es zuerst."

„Hm." Zum ersten Mal, seit er die Tür geöffnet hatte, verzogen sich ihre Lippen zu einem Lächeln. „Nein, du."

„Verdammt." Er fuhr sich mit den Fingern durch sein nasses Haar und kam sich wie der letzte Idiot vor. „Okay, okay", brummte er schließlich, obwohl sie in geduldigem Schweigen des Fortgangs der Dinge harrte. Seine Nerven waren zum Zerreißen angespannt, aber er schaute ihr entschlossen in die Augen.

„Ich liebe dich."

Ihre Antwort darauf war ein lautes Lachen, was ihn bewog, die Kiefer so fest aufeinander zu pressen, bis an seinem Kinn ein Muskel zuckte. „Wenn du glaubst, du könntest dich deshalb über mich lustig machen, hast du dich geschnitten, Zuckerpüppchen."

„Entschuldigung." Sie verschluckte ihr erneut aufkeimendes Auflachen. „Es ist bloß, weil du so gequält dreinschaust. Es ist so romantisch, dass es mir richtig ans Herz geht."

„Was willst du, vielleicht dass ich es singe?"

„Vielleicht später." Ihr belustigtes Lachen füllte erneut den Raum. „Für diesmal lasse ich dich von der Angel. Ich liebe dich auch. Ist es so besser?"

Das Eis in seinem Magen schmolz. „Du könntest dich ruhig um ein bisschen mehr Ernsthaftigkeit bemühen. Ich glaube nicht, dass es eine lächerliche Angelegenheit ist."

„Schau uns doch an." Sie presste sich eine Hand auf den Mund und ließ sich am Fußende des Betts nieder. „Wenn das keine lächerliche Angelegenheit ist, weiß ich nicht, was es dann ist."

Jetzt reichte es ihm. Seine Mundwinkel hoben sich ebenfalls, entschlossen. „Okay, Zuckerpüppchen. Dann werde ich dir wohl oder übel dieses süffisante Grinsen aus dem Gesicht wischen müssen."

„Zeig mir, wie ein großer, starker Mann das anstellt."

Sie grinste, als er sie rückwärts aufs Bett drückte und sich auf sie legte.

Du musst lernen, wenigstens ab und zu auf ihn zu hören, ermahnte sich M.J. Eine Beziehung verlangte Kompromissfähigkeit. Tatsache war, dass er mit Situationen wie jener, in der sie sich im Augenblick befanden, mehr Erfahrungen hatte als sie. Sie hielt sich für eine vernünftige Person, die in der Lage war, gelegentlich auch mal einen Rat anzunehmen.

Gar nichts war sie.

„Jetzt komm schon, Jack, muss ich wirklich warten, bis wir in der inneren Mongolei sind, ehe ich endlich diesen Anruf machen kann?"

Er warf ihr einen Blick zu. Er fuhr seit exakt zehn Minuten. Er war überrascht, dass sie so lange gebraucht hatte, um aufzubegehren. Sie macht sich Sorgen, ermahnte er sich. Die vergangenen vierundzwanzig Stunden hatten ihr Nervenkostüm empfindlich in Mitleidenschaft gezogen. Er würde vernünftig sein und Verständnis zeigen.

Einen Teufel tat er.

„Wenn du dieses Telefon auch nur eine Sekunde früher benutzt, als ich es dir erlaube, fliegt es augenblicklich zum Fenster raus."

Sie trommelte mit den Fingern auf dem Handy herum. „Beantworte mir nur diese eine Frage. Wie soll uns irgendjemand durch dieses Handy auf die Spur kommen? Wir sind mitten im Nirgendwo."

„Wir sind weniger als eine Stunde von Washington entfernt, Stadtmädchen. Und du wärst überrascht, wenn du wüsstest, was man alles herausfinden kann."

Okay, okay, vielleicht war er sich selbst nicht hundertprozentig sicher, dass sie es könnten. Aber er hielt es nicht für ausgeschlossen. Falls das Telefon ihrer Freundin angezapft war und ihre Verfolger die richtige Technologie besaßen, war es möglich.

Er wollte kein Risiko eingehen.

„Wie denn?"

Er hatte befürchtet, dass sie fragen würde. „Hör zu, dieses Ding ist vom Prinzip her wie ein Radio, richtig?“

„Ja, und?“

„Radios haben Frequenzen. Wenn du einschaltest, bist du auf einer Frequenz, okay?“ Ihr eine Erklärung zu liefern war das Beste, was er machen konnte, und es war eine Erleichterung zu sehen, wie sie die Lippen spitzte und nachdachte. „Und diese Frequenz kann man unter Umständen orten. Hinzu kommt, dass ich beabsichtige, zwischen unseren letzten Aufenthaltsort und unseren zukünftigen eine größere Entfernung als die jetzige zu legen. Wenn uns das FBI auf den Fersen wäre, würde es mir einen Heidenspaß machen, sie ein bisschen an der Nase herumzuführen.“

„Was sollte denn das FBI von uns wollen?“

„Das war nur ein Beispiel, M.J.“ Er schlug nicht den Kopf aufs Lenkrad, auch wenn er es am liebsten gemacht hätte. „Nur ein Beispiel. Bleib ganz ruhig.“

Sie versuchte es, sie versuchte es wirklich, indem sie sich daran erinnerte, dass dies alles immerhin erst einen Tag lang so ging.

Nur dass sich ihr Leben in diesem einen Tag von Grund auf verändert hatte. Wie sollte sie da ruhig bleiben?

„Du könntest mir wenigstens sagen, wohin wir fahren.“

„Ich nehme die 15 nach Norden, Richtung Pennsylvania.“

„Pennsylvania?“

„Dann kannst du telefonieren. Anschließend fahren wir nach Südosten, in Richtung Baltimore.“

Als M.J. nach anderthalb Stunden und mehreren hitzigen Wortgefechten endlich von Jack grünes Licht für ihren Anruf bekam, meldete sich nur Grace' Anrufbeantworter. Sie fluchte. „Genau das hatte ich befürchtet.“ Sie trommelte nervös auf ihrem Knie herum, während sie der Stimme vom Band lauschte. „Grace, nimm ab, verflucht noch mal. Es ist dringend. Wenn du mich zurückrufst, mach es nicht von zu Hause aus. Geh überhaupt nicht nach Hause. Ruf mich von einem öffentlichen Fernsprecher aus auf meinem Handy an. Wir stecken in ernsthaften Schwierigkeiten.“

„Mach Schluss, M.J.“

„Oh, mein Gott, Grace. Sei um Himmels willen vorsichtig, ich flehe dich an. Und ruf mich so schnell wie möglich an." Sie unterbrach die Verbindung. „Sie ist bestimmt oben in den Bergen – oder sie hat ihren Rappel gekriegt und beschlossen, über die Feiertage nach London zu fliegen. Oder sie liegt irgendwo auf den Westindischen Inseln am Strand. Oder... sie haben sie bereits gefunden."

„Hört sich nicht an wie eine Lady, die so leicht aufzustöbern ist. Ich tippe auf die erste Möglichkeit." Er nahm die nächste Abzweigung in Richtung Norden. „Wir fahren noch ein bisschen im Kreis herum, dann suchen wir uns eine Tankstelle. Und kaufen uns eine Straßenkarte. Und anschließend statten wir deiner Freundin in ihrem Versteck in den Bergen einen kleinen Besuch ab."

Angesichts dieser Aussicht fiel ihr ein Stein vom Herzen. „Danke. Hoffentlich finde ich es, ich bin zwar schon dort gewesen, aber es liegt so versteckt, dass ich mir nicht sicher bin, ob wir den Weg auch wirklich finden."

8. KAPITEL

Die Straße schlängelte sich durchs Gebirge. Rechts und links ragten steile Felswände empor, und überall warnten Schilder vor in die Tiefe stürzenden Felsbrocken. M.J. war die Sache ganz und gar nicht geheuer.

Räuber konnte sie verstehen, sie waren berechenbar, aber wer konnte schon vorausahnen, was Mutter Natur im Schilde führte? M.J. schaute wachsam aus dem Seitenfenster und versuchte, die Felsen zum Stillhalten zu veranlassen, bis sie vorbei waren.

Nachdem sie einige Zeit gefahren waren, wurde die Landschaft flacher und weniger felsig, vor ihnen breiteten sich saftig grüne Hügel aus. Die Hitze und Feuchtigkeit machten die Luft dick wie Sirup. Die Reifen summten über den Highway.

Gelegentlich sah M.J. hinter den Bäumen, die die Straße säumten, versteckt daliegende Häuser aufblitzen. Sie versuchte sich diese Häuser vorzustellen, mit ihren gepflegten Gärten, in denen bestimmt komfortable Gartenmöbel standen, eine Hollywoodschaukel und ein Grill, und die von kläffenden Hunden bewacht wurden.

Es ist eine Art zu leben, dachte sie. Aber man musste den Garten pflegen, den Rasen mähen.

Sie hatte nie in einem Haus gelebt. Apartments hatten immer besser zu ihrem Lebensstil gepasst. Manchen Leuten erschien ein Apartment wahrscheinlich wie eine Schachtel, die mit anderen Schachteln zusammen in einer ganz großen Schachtel steckte. Aber ihr hatte ihre eigene Wohnung immer ausgereicht, es gefiel ihr, in einem Bienenstock zu leben.

Wozu brauchte man einen Rasen und eine Gartenschaukel, außer man hatte Kinder?

Sie verspürte ein kleines Flattern im Bauch angesichts dieses Gedankens. Hatte sie überhaupt je vorher daran gedacht, Kinder zu haben? Ein Baby in den Armen zu wiegen, zuzuschauen, wie es größer wurde, Schuhe zuzubinden und Nasen zu putzen?

Es war Grace, die ein Herz für Kinder hatte. Nicht, dass sie selbst Kinder nicht mochte. Sie hatte eine ganze Reihe Cousinen, die entschlossen schienen, zur Vergrößerung der Weltbevölkerung beizutragen, und M.J. hatte manche Stunde mit einem Kleinkind spielend auf dem Fußboden verbracht.

Aber mit einem eigenen Kind wäre es wahrscheinlich nicht dasselbe. Wie mochte es wohl sein, selbst ein Baby zu haben, das einem den Kopf an die Schulter legte und gähnte? Oder ein auf noch wackligen Beinen dahertapsendes Kleinkind in die Arme zu schließen, bevor es Gefahr lief zu fallen?

Und was zum Teufel sollte das, in einer Situation wie dieser über Kinder nachzudenken? Müde schob sie ihre Finger unter ihre Sonnenbrille und presste sie gegen ihre Augen.

Dann warf sie Jack einen Blick von der Seite zu. Was er wohl über Kinder dachte?

Unglaublicherweise spürte sie, wie ihre Wangen heiß wurden, und wandte sich rasch ab, um wieder aus dem Fenster zu schauen. Idiot, beschimpfte sie sich selbst. Du kennst den Typ erst einen Tag und fängst schon an, an Windeln und Babyschuhe zu denken.

Genau das passiert, wenn eine Frau sich in einen Kerl verknallt, dachte sie verärgert. Sie wird ganz weich, vor allem in der Birne.

Dann stieß sie einen Schrei aus, der sie beide zusammenfahren ließ. „Da! Das ist die Ausfahrt! Hier müssen wir runter. Ich bin mir ganz sicher.

„Beim nächsten Mal erschieß mich einfach", schlug Jack vor, während er den Wagen auf die rechte Spur lenkte. „Es ist wahrscheinlich ein kleinerer Schock als ein Herzanfall."

„Entschuldige."

Er bog ab und ließ ihr Zeit, sich zu orientieren, als sie auf eine schmale Straße kamen.

„Links", sagte sie nach einem Moment. „Ich bin mir fast sicher, dass wir nach links müssen."

„Okay, ich muss sowieso dringend tanken." Er fuhr auf die nächste Tankstelle und stellte sich in die Schlange vor der Zapfsäule. „Wo warst du vorhin, M.J?"

„Wo ich war?"

„Du warst in Gedanken ganz weit weg. Woran hast du gedacht?"

Die Tatsache, dass sie für ihn so leicht durchschaubar war, verunsicherte sie. Sie rutschte nervös in ihrem Sitz herum, zuckte die Schultern. „Ich habe mich konzentriert, das ist alles."

„Gar nicht wahr." Er legte ihr eine Hand unters Kinn und drehte ihren Kopf zu sich herum. „Du schwindelst." Er fuhr ihr mit seinem Daumen über die Lippen. „Mach dir keine Sorgen. Wir werden deine Freundinnen finden. Alles wird gut."

Sie nickte, verspürte leise Scham in sich aufsteigen. Grace und Bailey sollten in ihrem Kopf sein, stattdessen hatte sie von Babys geträumt wie ein liebeskranker Teenager. „Bestimmt ist Grace in dem Haus. Wir müssen es jetzt nur noch finden."

„Halt diesen Gedanken fest." Er beugte sich vor und streifte mit seinen Lippen die ihren. „Und jetzt geh und hol mir einen Schokoriegel."

„Du hast die Kohle."

„Ach ja." Er stieg aus, schob seine Hand in seine Vordertasche und zog eine Hand voll Geldscheine heraus. „Das kannst du alles ausgeben", sagte er, „und bring dir auch einen mit."

„Au fein! Vielen Dank, Daddy."

Er grinste und schaute ihr auf den knackigen Po, der sich unter ihrer engen Jeans verführerisch abzeichnete, während sie mit langen, elastischen Schritten davonmarschierte. Ein verdammt hübsches Päckchen, dachte er und hängte den Benzinstutzen in den Tank. Er würde einen Teufel tun und sich bei seinem Schicksal beschweren, dass es ihm dieses Päckchen vor die Füße und ins Herz gelegt hatte.

Aber er fragte sich, wie lange es wohl dauern mochte, bis sie es täte. Die Menschen in seinem Leben blieben nie lange – sie kamen und gingen. Da das schon fast immer so gewesen war, hatte er längst aufgehört zu erwarten, dass es je anders sein könnte. Vielleicht hatte er sogar aufgehört, es sich zu wünschen.

Und doch wusste er, dass er nie darüber hinwegkommen würde, falls sie beschlösse weiterzuziehen. Deshalb musste er dafür sorgen, dass sie es nicht tat.

Noch während er den gierigen Schlund des Oldtimers fütterte, beobachtete er, wie sie aus dem Laden kam und zu dem Getränkeautomaten hinüberschlenderte. Und er war nicht der Einzige, wie Jack registrierte. Der Halbwüchsige an der nächsten Zapfsäule, der den Tank seines vergammelten Pick-ups füllte, ließ sie ebenfalls nicht aus den Augen, was Jack ihm nicht verdenken konnte.

Er schraubte seinen Tank wieder zu und ging ihr dann entgegen. Sie war bis obenhin bepackt mit Knabberriegeln und Getränkedosen, als er sie in seine Arme riss und lange und leidenschaftlich küsste.

Nachdem er sich wieder von ihr gelöst hatte, schnappte sie nach Luft. „Wofür war das?"

„Dafür, dass ich es kann", sagte er und ging mit leicht weichen Knien davon, um seine Tankrechnung zu bezahlen.

M.J. schüttelte den Kopf und sah, dass der Tank des Jugendlichen, der sie anstierte, überschäumte. „Jetzt würde ich aber lieber kein Streichholz anzünden, Kumpel", riet sie, als sie an ihm vorbeiging und ins Auto stieg.

Nachdem Jack wieder zurück war, legte sie ihm ohne Vorwarnung die Arme um den Hals, wühlte die Hände in sein Haar und küsste ihn ebenso leidenschaftlich, wie er sie eben geküsst hatte.

„Das ist, weil ich es auch kann."

„Ah ja." Er war so heiß, dass er sich sicher war, dass ihm der Qualm zu den Ohren herauskam. „Wir sind schon ein Pärchen." Es dauerte einen Moment, bis er seinen Kopf wieder so weit klar hatte, dass er sich daran erinnern konnte, wie man den Zündschlüssel herumdrehte.

M.J., die der Kuss ebenso wenig kalt gelassen hatte wie ihn, hielt ihm mit leicht bebender Hand einen Schokoriegel hin. „Willst du?"

Er brummte etwas in sich hinein, griff zu, biss hinein. „Schau auf die Straße", befahl er. „Pass auf, ob dir irgendetwas bekannt vorkommt."

Nach einer weiteren Stunde Fahrt, zwei Fußmärschen, bei denen sie sich hoffnungslos verfranst hatten und am Ende doch nicht am gewünschten Ziel angelangt waren, lehnte sich Jack schließlich in seinen Autositz zurück, legte die Hände aufs Lenkrad und fragte: „Wohin soll ich jetzt fahren?"

Ihr war kalt, eiskalt. Nur der Stein, den Jack ihr eben als Kompass in die Hand gedrückt hatte, brannte wie Feuer. „Nach Westen", hörte sie sich selbst erschöpft sagen und wusste, dass es ungewöhnlich war für einen Stadtmenschen, die Himmelsrichtung anzugeben, anstatt einfach rechts oder links zu sagen. „Das ist verrückt."

„Wir haben seit gestern unsere geistige Gesundheit hinter uns gelassen. Es hat keinen Zweck, ausgerechnet jetzt danach Ausschau zu halten. Sag mir einfach instinktiv, wo ich hinfahren soll. Was sich richtig anfühlt."

Deshalb umschloss sie den Stein jetzt fest mit beiden Händen und dirigierte Jack durch den Wald an einem kleinen ausgetrockneten Bach entlang und an einem braunen Cottage vorbei, das so nah an der Straße lag, dass sich seine Haustür fast auf die Straße öffnete.

„Jetzt nach rechts", sagte M.J. durch eine Kehle, die staubtrocken und so straff gespannt wie eine Trommel war. „Du musst aufpassen, es ist nur ein ganz schmaler Weg. Ich glaube, wir sind vorhin, als wir von der anderen Seite kamen, schon mal dran vorbeigefahren. Man kann es von der Straße aus kaum sehen. Sie hat keinen Briefkasten. Sie holt ihre Post vom Postamt, wenn sie hier ist. Da!“ Ihre Hand zitterte ein bisschen, als sie hindeutete. „Dort musst du reinfahren.“

Er bog ab. Der Weg war in der Tat nur ganz schmal. Herunterhängende Zweige streiften das Auto und zerkratzten den Lack, als er langsam den Pfad hinauffuhr, über Schotter, um eine Biegung, die von noch mehr Bäumen abgeschirmt war.

Und dort, mitten auf der Straße, stand unbeweglich wie eine Statue ein Hirsch.

Es sollte eine weiße Hirschkuh sein, schoss es Jack törichterweise durch den Kopf. Eine weiße Hirschkuh als Symbol einer Suche.

Das Tier stand wie gebannt mit weit aufgerissenen Augen da und beobachtete die holpernde Annäherung. Einen Sekundenbruchteil später riss es blitzschnell den prächtigen Körper herum und sprang auf hohen schlanken Beinen mit einem anmutigen Satz ins Dickicht. Und war fast geräuschlos verschwunden.

Das Haus war genau so, wie M.J. es in Erinnerung hatte. Es schmiegte sich an einen Hang, an dessen Fuß ein Bach plätscherte. Es war aus Holz und Glas erbaut, mit schlichten Linien und einer langen Vorderveranda, die in einem kühnen Blau gestrichen war. Darauf standen zwei Schaukelstühle und große kupferne Blumenschalen, die überquollen von Wiesenblumen.

„Sie war fleißig“, murmelte M.J. und ließ ihre Blicke über die Gartenanlage wandern. Überall blühten Blumen, wild, wie ungeplant. Es war ein ungezügelter Rausch von Farben und Formen, der den Hang hinabstürzte wie ein Wasserfall. Eine breite Holztreppe zerschnitt das Farbenmeer, schlängelte sich nach links und führte dann auf die Straße.

„Für das Haus in Potomac hat sie sich einen Landschaftsgärtner engagiert, der ihre Vorstellungen in die Tat umsetzte. Aber hier wollte sie alles selbst machen.“

„Es sieht aus wie im Märchen.“ Er rutschte verlegen auf seinem Sitz herum. Er kannte sich nicht sonderlich gut aus mit Märchen. „Du weißt schon, was ich meine.“

„Ja.“

Am Ende der Straße parkte ein leuchtend blauer Pick-up, dessen

Lack im Sonnenlicht glänzte. Aber von Grace und dem Wagen, der sie hierher in ihr Landhaus gebracht hatte, war weit und breit nichts zu sehen. Und kein mit einer Staubschicht überzogener Mietwagen zeugte von Baileys Anwesenheit.

Wahrscheinlich sind sie nur kurz zum Einkaufen gefahren, versuchte M.J. sich einzureden. Bestimmt waren sie gleich zurück.

Sie war einfach nicht bereit zu glauben, dass sie es allen Widrigkeiten zum Trotz am Ende doch noch geschafft hatten, das Haus zu finden, und dass dann Grace und Bailey nicht da sein könnten.

Kaum hatte Jack neben dem Pick-up eingeparkt, war sie auch schon aus dem Wagen und rannte auf das Haus zu.

„Mach langsam." Er kam hinter ihr her und hielt sie am Arm fest. Sacht öffnete er ihre Faust und nahm den Stein an sich. Nachdem dieser wieder in seiner Tasche verschwunden war, ergriff er ihre Hand. „Hast du nicht gesagt, dass sie den Pick-up immer hier lässt?" „Ja. Sie fährt ein Mercedes-Kabrio oder einen kleinen Beemer." „Deine Freundin besitzt drei Autos?" „Grace hat selten nur ein Ding von einer Sorte." „Gibt es eine Hintertür?"

„Ja, eine führt aus der Küche heraus, und eine andere ist an dieser Seite." Sie deutete nach rechts und bemühte sich, das Zentnergewicht auf ihrer Seele, das ihr die Luft abdrückte, zu ignorieren. „Durch sie gelangt man in einen kleinen Patio und von dort aus in den Wald." „Lass uns erst mal um das Haus herumgehen." Da war ein Schuppen mit allerlei Gartenwerkzeug, einem Rasenmäher, Rechen und Schaufeln. Der Weg zu dem Schuppen, der über die Wiese führte, war mit Steinplatten belegt, zwischen deren Ritzen saftig grünes Moos spross. Dahinter wogten auf einem Hochbeet noch mehr farbenprächtige Blüten, über eine dunkle Wand rankten sich Kletterpflanzen, und der Felsen war mit Efeu bewachsen.

Über einem leuchtend roten Futterautomaten stand ein Kolibri in der Luft, er schlug so atemberaubend schnell mit den schillernden Flügeln, dass sie verschwammen. Sobald er ihr Näherkommen bemerkte, war er auch schon weg.

Jack entdeckte keine zerbrochenen Fensterscheiben oder andere Zeichen für ein gewaltsames Eindringen, während sie an einem Kräutergarten vorbei um das Haus herumgingen und den Duft von Rosmarin und Minze einatmeten. Über dem Vordereingang hing still ein Windspiel aus Messing. Kein Lüftchen regte sich.

„Es ist unheimlich, so herumzuschleichen." M.J. rieb sich die Arme. „Schauen wir uns noch ein bisschen um." „Nein. Ich will endlich ins Haus, Jack. Ich muss rein." „Also schön. Versuchen wir unser Glück." Er ging die Verandastufen nach oben und stellte fest, dass die Tür abgeschlossen war. „Hat sie irgendwo einen Schlüssel versteckt?"

„Nein." Trotz der mörderischen Hitze wuchs auf ihren Armen eine Gänsehaut. Es ist zu still hier, war alles, was sie denken konnte. Viel zu still.

Er bückte sich, untersuchte die Schlösser. „Es wäre einfacher, ein Fenster einzuschlagen."

„Das kommt überhaupt nicht in Frage."

Er seufzte, stand auf. „Ich habe befürchtet, dass du das sagen würdest. Okay, dann gehen wir eben den schwierigeren Weg."

Während sie ihm mit einem Stirnrunzeln nachschaute, marschierte er zu seinem Auto zurück und machte den Kofferraum auf. Dieser war voll gestopft mit Werkzeugen, Kleidern, Büchern, Kanistern und Aktenordnern. Er kramte eine Weile herum, wählte aus, was er brauchte.

„Hat sie eine Alarmanlage?" fragte er, als er zurück war.

„Nein. Zumindest nicht, dass ich wüsste." M.J. warf einen Blick auf den Lederbeutel. „Was hast du denn vor?"

„Die Schlösser knacken. Es kann allerdings eine Weile dauern, weil ich aus der Übung bin." Aber er rieb sich bereits in Vorfreude auf die Herausforderung die Hände. „Du kannst in der Zwischenzeit noch mal ums Haus herumgehen und die anderen Türen und Fenster überprüfen, nur für den Fall, dass sie vielleicht doch irgendwo etwas offen gelassen hat."

„Wenn sie die Vordertür zugesperrt hat, hat sie alles zugesperrt. Aber meinetwegen."

Als sie zurückkehrte, schwitzte Jack bereits über dem zweiten Schloss. Neugierig schaute sie ihm über die Schulter. Es war nicht ganz so heiß hier draußen wie in der Stadt, doch die Hitze war noch immer mörderisch. Jacks Hemd war schweißdurchtränkt, und sein Hals glänzte.

„Kannst du mir zeigen, wie man das macht?“ fragte sie ihn.

„Still!“ Er wischte sich die Hand an seiner Jeans ab und nahm den Dietrich fester in die Hand. „Geschafft.“ Er stand auf und wischte sich mit dem Unterarm die Stirn. „Eine kalte Dusche“, murmelte er. „Ein kaltes Bier. Ich küsse deiner Freundin die Füße, wenn sie beides für mich bereithält.“

„Grace trinkt kein Bier.“ M.J. schob sich an ihm vorbei durch die Tür. Das gemütliche Wohnzimmer war ordentlich aufgeräumt mit seiner breiten Couch und den tiefen Polstersesseln, die in demselben kühnen Blauton wie die Veranda gehalten waren. Auf dem gemauerten Kaminsims stand in einem Messingübertopf ein üppiger Farn.

M.J. eilte von Zimmer zu Zimmer, dann in die sonnenscheinüberflutete Küche mit den waldgrünen Arbeitsplatten und weißen Kacheln und durch den kleinen Salon, den Grace sehr geschmackvoll in eine Bibliothek umgewandelt hatte.

Die Wände warfen das Echo ihrer Schritte zurück, als sie die Treppe nach oben rannte und in die Schlafzimmer und Bäder schaute.

Grace’ glänzendes Messingbett war ordentlich gemacht, die kleinen bunten Kissen bildeten einen lebhaften Kontrast zu der handgeklöppelten Spitzendecke, die die Freundin in Irland erstanden hatte. Auf dem Nachttisch lag ein Gartenbuch.

Auch das angrenzende Bad war leer; das wie eine Muschel geformte Waschbecken blitzte in makellosem Weiß. In den Regalen lagen ordentlich zusammengefaltete Badelaken.

In dem Wissen, dass es sinnlos war, warf sie zu guter Letzt noch einen Blick in den Schrank im Schlafzimmer. Er war lächerlich voll und gnadenlos aufgeräumt.

„Sie sind nicht hier, M.J.“ Jack berührte sie sacht an der Schulter, aber sie zuckte zurück.

„Ich habe selbst Augen im Kopf, oder vielleicht nicht?“ Ihre Stimme schnappte über, brach wie ein dürrer Zweig. „Aber Grace war hier. Erst kürzlich. Ich kann sie riechen.“ Sie schloss die Augen und atmete tief ein. „Ihr Parfüm. Es liegt noch in der Luft. Das ist ihr

Duft. Irgendein Parfümhersteller, der sich unsterblich in sie verliebt hat, hat es extra für sie entworfen."

„Okay." Er roch den Duft auch, klassische Erotik mit einem wilden Unterton. „Vielleicht ist sie ja zum Einkaufen in die Stadt gefahren, oder sie macht einfach nur eine Spazierfahrt."

„Nein." Sie ging von ihm weg zu den Fenstern, während sie sprach. „Dann hätte sie das Haus nicht so verrammelt. Sie betont ständig, wie froh sie ist, dass sie hier nicht abzuschließen braucht, wenn sie kurz weggeht. Das macht sie nur, wenn sie für länger wegfährt. Und Bailey ist auch nicht hier."

„Glaubst du, sie ist wieder in Potomac?"

M.J. schüttelte den Kopf. Die Enge in ihrer Brust war unerträglich, als ob Stahlbänder ihr das Herz und die Lunge zusammenpressten. „Nein, das bezweifle ich. Sie verlässt am vierten Juli immer die Stadt. Zu viel Verkehr, zu viele Touristen. Deshalb war ich mir sicher, dass sie zumindest bis morgen hier draußen bleibt. Sie kann überall sein."

„Was heißt, dass sie irgendwann wieder auftauchen wird." Er ging auf sie zu, blieb dann jedoch ruckartig stehen, als wäre er in eine Glaswand hineingerannt. „Was machst du denn? Weinst du?" Es war als Anklage gemeint, aber in seinem Tonfall schwang nackte Panik mit.

M.J. schlang die Arme um ihren Oberkörper. Die ganze Aufregung, die Anspannung und Frustration der Suche verwandelten sich in blanke Verzweiflung.

Das Haus war leer.

„Ich möchte, dass du sofort damit aufhörst. Auf der Stelle. Ich meine es ernst. Wenn du jetzt rumheulst, tut dir das bestimmt nicht gut." Und ihm würde es mit Sicherheit auch nicht gut tun. Es erschreckte und ärgerte ihn, er kam sich idiotisch und tapsig vor.

„Lass mich allein", sagte sie mit einem erstickten Aufschluchzen. „Geh weg."

„Genau das werde ich tun. Wenn du so weitermachst, gehe ich. Ich meine es ernst. Ich werde nicht hier herumstehen und zuschauen, wie du dich in Tränen auflöst. Reiß dich zusammen. Hast du denn überhaupt keinen Stolz?"

Stolz war im Moment ihr geringstes Problem. Sie ergab sich ihrem Kummer, presste ihre Stirn an die Fensterscheibe und ließ ihren Tränen freien Lauf.

„Ich gehe, M.J." Er schnaubte ungehalten in ihre Richtung und drehte sich dann um. „Ich sehe zu, ob ich irgendwas zu trinken auftreibe, und dusche anschließend kalt. Und wenn du dich wieder im Griff hast, überlegen wir uns, wie wir weitermachen."

„Dann geh. Geh einfach."

Er schaffte es bis zur Türschwelle, dort stieß er jedoch einen saftigen Fluch aus und drehte sich um. „Das brauche ich wirklich nicht", brummte er.

Er hatte keinen Schimmer, wie man eine weinende Frau behandelte, besonders dann nicht, wenn es sich um eine starke Frau handelte, die offensichtlich am Ende ihrer Kräfte angelangt war. Er verfluchte sie wieder, als er sie in seine Arme zog und festhielt. Er fluchte weiter, während er sie hochhob und sich mit ihr in einen der großen Sessel setzte.

Er wiegte sie tröstlich hin und her und fluchte und streichelte sie.

„Hör jetzt auf damit." Er küsste ihre Schläfen. „Bitte. Du bringst mich um."

„Ich habe Angst." Sie hatte Probleme zu atmen, als sie ihr Gesicht an seiner Schulter vergrub. An seiner breiten, starken Schulter. „Ich bin so müde und habe solche Angst."

„Ich weiß." Er küsste ihr Haar, zog sie noch enger an sich. „Ich weiß." „Ich könnte es nicht ertragen, wenn ihnen etwas passiert wäre. Ich könnte es einfach nicht ertragen."

„Mach das nicht." Er verstärkte seinen Griff, als könne er damit diese heißen, Furcht erregenden Tränen abstellen wie einen Wasserhahn. Aber sein Mund streifte ihre Wangen, fand den ihren und war zärtlich. „Es wird alles wieder gut. Alles wird wieder gut werden." Er wischte ihr ungeschickt mit dem Daumen die Tränen ab. „Ich verspreche es dir."

Aus Augen, die in Tränen schwammen, schaute sie ihn an. „Ich war mir so sicher, dass sie hier sind."

„Ich weiß." Er strich ihr das Haar aus dem Gesicht. „Du hast ein

Recht zusammenzubrechen. Ich kenne niemanden, der es so weit geschafft hätte. Aber bitte wein nicht mehr, M.J. Sonst zerreißt es mich."

„Ich hasse es zu weinen." Sie schniefte und wischte sich mit den Fingerknöcheln die Tränen ab.

„Das freut mich zu hören." Er nahm ihre Hände, küsste sie, und das diesmal, ohne über sich selbst wie vom Donner gerührt zu sein. „Hör mir jetzt gut zu und denk über das nach, was ich sage. Sie war heute hier, vielleicht erst vor einer Stunde. Sie hat alles ordentlich zugesperrt wie immer. Was aller Wahrscheinlichkeit nach bedeutet, dass mit ihr noch alles in Ordnung war, als sie von hier wegfuhr."

Sie atmete zitternd aus und holte erneut tief Luft. „Du hast Recht. Ich kann nicht mehr richtig denken."

„Das kommt nur, weil du eine Pause brauchst. Ein ordentliches Essen, und anschließend musst du dich ein bisschen ausruhen."

„Ja." Aber sie lehnte ihren Kopf wieder an seine Schulter. „Können wir noch einen Moment so hier sitzen bleiben? Einfach so wie jetzt?"

„Klar." Es war leicht, den Arm um ihre Schultern zu legen und sie zu halten. Und nur dazusitzen.

9. KAPITEL

Jack war der Meinung, dass es nicht viel Sinn machte, heute noch in die Stadt zurückzufahren. Nicht wenn sie genauso gut oder besser hier übernachten konnten.

M.J. war am Ende ihrer Kräfte, und immerhin hatten sie nach weniger als einer Stunde Schlaf in der vergangenen Nacht schon fünf Stunden im Auto zugebracht. Heute zurückzufahren würde lediglich bedeuten, Grace' Haus in Potomac ebenso verwüstet vorzufinden wie M.J.s und Baileys Wohnungen. Und da er sich das an fünf Fingern abzählen konnte, war es absolut überflüssig, sich mit eigenen Augen von der Richtigkeit seiner Annahme zu überzeugen.

Viel sinnvoller war es, an dem Plan zu arbeiten, der in seinem Kopf Gestalt anzunehmen begann.

„Nimm eine Dusche", sagte er. „Borg dir ein Hemd oder sonst was von deiner Freundin aus. Dann wirst du dich gleich besser fühlen."

„Es könnte nicht schaden." Sie rang sich ein mühsames Lächeln ab. „Wolltest du nicht auch duschen? Was hältst du davon, wenn wir Wasser sparen?"

„Also..." Die Versuchung war groß. Er konnte sich nur allzugut vorstellen, mit ihr unter einer erfrischend kalten Dusche zu stehen und sie einzuseifen – sich von ihr einseifen zu lassen – und der Natur freien Lauf zu lassen.

Gleichzeitig jedoch wurde ihm bewusst, dass sie seit vielen Stunden keine fünf Minuten mehr für sich allein gehabt hatte. Es stand jetzt in seiner Macht, ihr dazu zu verhelfen.

„Ich gehe erst nach unten und schaue nach, ob ich irgendwo einen Drink auftreiben kann." Er küsste sie zärtlich auf die Nasenspitze. „Fang schon mal ohne mich an."

„Okay, du kannst mir auch etwas mitbringen, aber Bier wirst du im Kühlschrank nicht finden, das sage ich dir gleich."

M.J. machte sich auf den Weg ins Bad, dann blieb sie jedoch noch einmal stehen und drehte sich um. „Jack? Danke, dass du mir erlaubt hast, mich an deiner Schulter auszuheulen."

Er schob die Hände in seine Hosentaschen. Ihre Augen, diese schräg gestellten Katzenaugen, waren noch immer geschwollen vom Weinen, und ihre Wangen waren blass vor Erschöpfung. „Ich schätze, du hast es gebraucht."

„Stimmt, und du hast nichts getan, dass ich mir wie ein Idiot vorkommen musste. Dafür danke ich dir", wiederholte sie und ging ins Bad.

Ihr Haar war noch nass vom Duschen, und sie war barfuß, als sie sich eine halbe Stunde später auf die Suche nach Jack machte.

„Ich habe nicht nur ohne dich angefangen", sagte M.J., als sie ihn schließlich in der Küche fand, „sondern auch ohne dich fertig geduscht. Du bist eine lahme Ente, Dakota."

Jack drehte sich um. Er war von Anfang an der Meinung gewesen, dass sie nicht schön war. Aber sie war beeindruckend. Ihr Anblick traf ihn erneut mit voller Wucht, diese scharf geschnittenen sexy Gesichtszüge, diese atemberaubend langen, nackten Beine, die aus winzigen blauen Shorts herausschauten, die sie anscheinend in Grace' Schrank gefunden hatte. Sie hatte ihre Daumen in die Vordertaschen eingehakt, ihre Lippen waren zu einem leicht schiefen Grinsen verzogen, und ihr Haar, dunkel und feucht, kringelte sich lustig über ihren Ohren.

Ihm lief schlicht das Wasser im Mund zusammen.

„Du bist hübsch sauber geworden, Zuckerpüppchen."

„Etwas anderes wäre auch schwer möglich gewesen unter Grace' Superdusche. Wart nur ab, bis du selbst druntersteht." Sie legte den Kopf schräg, während sie das angenehm warme Prickeln genoss, das ihr von den Zehenspitzen langsam den ganzen Körper hinaufkroch. „Ich weiß nicht, warum du mich so anschaust, Jack. Du hast mich schon nackt gesehen."

„Ja. Vielleicht, weil ich für große Frauen in winzigen Shorts eine Schwäche habe." Er hob eine Augenbraue. „Hast du dir auch Unterwäsche von ihr ausgeborgt?"

„Nein. Es gibt Dinge, die sich selbst die besten Freundinnen nicht teilen. Männer und Unterwäsche stehen auf dieser Liste ganz oben."

Er stellte sein Glas ab. „Na, wenn das so ist..."

Sie riss eine Hand aus der Tasche und versetzte ihm einen freundschaftlichen Schlag vor die Brust. „Das glaube ich nicht, Kumpel. Du duftest im Moment nicht gerade nach Rosen. Und davon abgesehen habe ich Hunger."

„Kaum hat sich die Frau gewaschen, wird sie zickig." Aber er fuhr sich mit der Hand übers Kinn, wobei ihm einfiel, dass er noch sein Rasierzeug aus dem Kofferraum holen musste. „Der Kühlschrank gibt nicht viel her. Sie hat eine Menge sündhaft teuren französischen Schampus da drin und noch mehr französischen Wein in dem Schrank dort drüben. Ein paar Tüten Kräcker und Nudeln in einem Glas. Aber immerhin habe ich Tomatenmark entdeckt, woraus man eine einfache Spaghettisoße basteln könnte."

„Heißt das, dass wir kochen müssen?"

„Ich fürchte, ja."

Volle zehn Sekunden herrschte Stille.

„Okay", entschied er schließlich. „Wir werfen eine Münze."

„Das ist nur fair. Wenn Kopf kommt, kochst du", sagte sie, als er einen Dollar aus der Tasche kramte. „Bei Zahl koche ich. Allerdings habe ich das dumpfe Gefühl, dass wir uns besser schon vor dem Essen nach Tabletten gegen Sodbrennen umschauen sollten, ganz gleich, wer kocht."

Sie zischte verärgert, als der Dollar mit der Zahl nach oben auf dem Tisch liegen blieb. „Gibt es nicht noch irgendetwas anderes? Irgendeine Konserve oder ein Glas?"

„Du kochst", beharrte er, hielt jedoch ein kleines Glas hoch, „und das hier sind Fischeier."

Sie atmete laut aus, während sie den Beluga-Kaviar studierte. „Magst du keinen Kaviar?"

„Nichts gegen eine gebratene Forelle, aber was zum Teufel soll ich mit irgendwelchen Eiern, die ein Fisch gelegt hat?" Er warf ihr das Glas zu. „Lass es dir schmecken. Ich gehe unter die Dusche, während du irgendwas mit diesem Tomatenmark anstellst."

„Vielleicht schmeckt es dir dann ja nicht", sagte sie dunkel, kramte jedoch schon eine Pfanne heraus, während er aus der Küche spazierte.

Dreißig Minuten später kam er wieder herein. Sein nasses Haar hatte er sich nach hinten gekämmt, sein Gesicht war frisch rasiert. Die Tür, die von der Küche in den Patio führte, stand offen. Jacks Blick fiel auf M.J., die es sich in einem Gartenstuhl bequem gemacht hatte und sich eben einen dick mit Kaviar beladenen Kräcker in den Mund stopfte.

„Schmeckt gar nicht mal so schlecht", sagte sie, als sie ihn sah. „Man muss sich einfach nur vorstellen, dass es etwas anderes ist und es dann mit dem hier runterspülen." Sie nahm einen Schluck von ihrem Champagner, zuckte die Schultern. „Grace steht auf so was. Schon immer. Sie ist eben damit aufgewachsen."

„Der Mensch passt sich seiner Umwelt an", stimmte er ihr zu, dann sperrte er den Mund auf und erlaubte, dass M.J. ihm einen Kräcker hineinstopfte. Er schnitt eine Grimasse, griff nach ihrem Glas und trank es aus. „Jetzt einen Hotdog und ein schönes dunkles Bier."

Sie seufzte in innigem Einverständnis. „Tja, Bettler können eben nicht wählerisch sein, Kumpel. Es ist schön hier draußen, es ist ein bisschen abgekühlt. Aber weißt du, was das Problem ist? Man hört absolut nichts. Keinen Verkehr, keine Stimmen, keine Bewegung. Diese Stille macht mich ganz fertig."

„Menschen, die an Orten wie diesem hier leben, haben nicht unbedingt gern viele Menschen um sich herum." Er war hungrig genug, um sich eigenhändig Kaviar auf einen Kräcker zu häufen. „Wir beide sind soziale Wesen, M.J. Wir fühlen uns in einem rappelvollen Raum am wohlsten."

„Ja, deshalb arbeite ich auch meistens nachts. Ich mag es am liebsten, wenn so richtig die Post abgeht." Sie brütete einen Moment vor sich hin und schaute dorthin, wo die Sonne schnell hinter den Bäumen versank. „Heute Nacht ist im Pub bestimmt nicht viel los, weil Sonntag ist und zusätzlich auch noch Feiertag. Aber sie werden sich alle fragen, wo ich stecke. Zum Glück habe ich eine gute Kellnerin. Sie wird schon zurechtkommen."

Sie rutschte unruhig auf ihrem Stuhl herum, griff nach ihrem Glas. „Ich nehme an, dass die Polizei inzwischen im Pub war und mit ihr und dem Barkeeper gesprochen hat. Sie werden sich Sorgen machen."

„Nicht mehr lange." Er hatte sich bereits einen Plan für ihr weiteres Vorgehen zurechtgelegt. „Außerdem wird dein Pub auch ein paar Tage ohne dich auskommen. Schließlich machst du ja irgendwann auch Urlaub, oder etwa nicht?"

„Ab und zu mal zwei Wochen."

„Das nächste Mal ist Paris angesagt."

Sie hatte ihm erzählt, dass Bailey, Grace und sie beabsichtigten, nach Paris zu fahren, und war überrascht, dass er sich daran erinnerte. „Das hatten wir vor. Bist du je dort gewesen?"

„Nein, du?"

„Nein. Als Kind war ich mit meinen Eltern in Irland, und ich kann mich noch genau erinnern, wie sentimental mein Vater damals wurde. Er ist zwar in Manhattan aufgewachsen, aber man hätte glauben können, er hätte seine gesamte Kindheit in Dublin verbracht und wäre von Zigeunern entführt worden. Bis auf dieses eine Mal bin ich nie aus den Staaten rausgekommen."

„Ich war oben in Kanada und unten in Mexiko, aber über den großen Teich bin ich nie geflogen." Er lächelte und nahm ihr das Glas aus der Hand. „Ich glaube, deine Soße brennt an, Zuckerpüppchen."

Sie fluchte, schoss aus ihrem Stuhl hoch und rannte nach drinnen. Während er sie ungehalten brummen hörte, beäugte er den Pegel der Flasche. Unter normalen Umständen hätte er Alkohol nicht als Beruhigungsmittel empfohlen, aber im Augenblick war nichts normal. Ihm war die Traurigkeit nicht entgangen, die sich angesichts seiner Erwähnung von Paris – und der Erinnerung an ihre Freundinnen – in ihren Augen gezeigt hatte.

Er würde dafür sorgen, dass sie ihren Kummer für ein paar Stunden vergaß.

„Das war haarscharf", sagte sie, als sie wieder nach draußen kam. „Ich habe jetzt das Nudelwasser aufgestellt. Ich habe keinen Schimmer, wie lange diese Soße kochen muss – womöglich drei Tage, aber dann essen wir sie eben so."

Er grinste und reichte ihr das nachgefüllte Glas. „Mir soll's recht sein. Da war doch noch eine Flasche von dem Blubberwasser im Kühlschrank, oder irre ich mich?"

„Nein, du irrst dich nicht." Sie nahm einen Schluck und kicherte in sich hinein, während sie sich die feinen Perlen auf der Zunge zergehen ließ. „Ich stelle mir gerade vor, was meine Gäste sagen würden, wenn ich Schampus auf die Karte nehmen würde."

„Ich fange langsam an, mich an ihn zu gewöhnen." Er stand auf und strich ihr mit der Hand übers Haar. „Ich mache ein bisschen Musik an. Es ist zu verdammt still hier."

„Gute Idee." Sie warf ihm einen Blick über die Schulter zu. „Weißt du was, ich glaube, Grace hat erzählt, dass sie hier oben Bären und Wölfe haben."

Er spähte misstrauisch in den Wald. „Schätze, dann sollte ich besser meine Kanone aus dem Wagen holen."

Er tat mehr als das. Zu ihrer Überraschung schleppte er auch noch Kerzen an, fand im Radio einen Sender, der Blues spielte, und steckte ihr eine rosa Blume, von der er annahm, es könne sich um eine Nelke handeln, hinters Ohr.

„Stimmt, Rothaarige können tatsächlich gut Rosa tragen", entschied er, nachdem er sie eine Weile lächelnd angeschaut hatte. „Du siehst süß aus."

Sie blies sich die Haare aus den Augen und goss die Nudeln ab. „Huch, was ist das denn? Hast du deine romantischen fünf Minuten?"

„Das passiert manchmal sogar mir." Da sie die Hände voll hatte, nutzte er die Gelegenheit, beugte sich vor und liebkoste ihren Nacken. „Stört es dich?"

„Nein." Sie legte den Kopf schräg und kostete das leise Prickeln aus, das ihr den Rücken hinaufkroch. „Aber dir wird trotzdem nichts weiter übrig bleiben, als das hier zu essen und dir einzureden, dass es schmeckt." Sie runzelte leicht die Stirn, als er eine weitere Flasche Schampus aus dem Kühlschrank holte. „Weißt du, was so eine Flasche kostet, Greifer?"

„Bettler können nicht wählerisch sein", erinnerte er sie und ließ den Korken knallen.

Was das Essen anbelangte, so hatten sie beide schon Besseres gegessen – und Schlechteres. Die Nudeln waren nur leicht zerkocht, die Soße schmeckte fad, aber man konnte sie essen. Und da sie beide einen Bärenhunger hatten, langten sie ohne sich zu beklagen zwei Mal zu.

Jack achtete darauf, dass sie kein Thema streiften, das sie irgendwie beunruhigen könnte.

„Vielleicht hätte ich ein paar von den Kräutern nehmen sollen, die sie draußen angepflanzt hat", überlegte M.J. laut. „Aber ich weiß nicht, was was ist."

„Es schmeckt gut so." Er nahm ihre Hand und drückte ihr einen Kuss auf die Handfläche, was sie veranlasste, überrascht zu blinzeln. „Wie fühlst du dich?"

„Besser." Sie wich seinem Blick aus und griff nach ihrem Glas. „Voll."

War sie nervös? Komisch, dachte er, sie hatte keinerlei Nervosität gezeigt, als er sie mit Handschellen gefesselt hatte, oder als er, mit potenziellen Killern im Schlepptau, wie ein Irrer durch Washington gebrettert war.

Aber wenn er ihre Hand liebkoste, wirkte sie verunsichert wie eine Jungfrau in ihrer Hochzeitsnacht. Er fragte sich, ob er sie wohl noch mehr verunsichern könnte.

„Ich schaue dich gern an", murmelte er.

Sie nahm einen hastigen Schluck, stellte das Glas ab und griff erneut danach. „Du schaust mich schon seit zwei Tagen an."

„Nicht im Kerzenlicht." Er schenkte ihr noch einmal nach. „Es lässt dein Haar leuchten. Und deine Augen. Sie funkeln wie zwei Sterne."

Sie stürzte ihren Champagner hinunter, spürte das angenehme Prickeln in der Kehle.

„Du bist die Einzige für mich, M.J." Er schob die Teller beiseite, so dass er ihre Finger streicheln konnte. „Deine Hand zittert ja."

„Tut sie nicht." Aber ihr Herz flatterte, deshalb entzog sie ihm die Hand, für den Fall, dass er vielleicht doch Recht hatte. Sie nahm noch einen Schluck, dann verengte sie misstrauisch die Augen. „Versuchst du etwa, mich betrunken zu machen, Dakota?"

Auf seinem Gesicht breitete sich ein langsames, zufriedenes Lächeln aus. „Ich möchte nur, dass du dich entspannst, M.J. Damit ich dich verführen kann."

Sie wurde von einer Welle heißen Verlangens überschwemmt. „Das ist es also, was du im Schilde führst?"

„Richtig. Du bist reif." Er nahm ihre Hand und fuhr mit seinen Zähnen über die Innenseite ihres Handgelenks. „Dein Hirn ist benebelt vom Champagner, dein Puls flattert. Wenn du versuchen würdest aufzustehen, würdest du merken, dass du weiche Knie hast." Sie brauchte nicht zu stehen, um das zu wissen. Selbst im Sitzen schlackerten ihr die Knie. „Ich brauche nicht verführt zu werden. Das weißt du."

„Ich weiß nur, dass ich anfange, Gefallen daran zu finden. Ich möchte, dass du schwach wirst und dich ganz und gar in meine Hände begibst."

Sie befürchtete, dass es nah daran war. „Das ist idiotisch. Wenn du mit mir ins Bett gehen willst..."

„Gehen wir auch." Er stand auf, zog sie auf die Füße, dann ließ er besitzergreifend seine Hände rechts und links an ihrem Körper hinabgleiten. Und wieder hinauf. „Es beunruhigt dich, was ich mit dir tun könnte."

„Du beunruhigst mich überhaupt nicht."

„Doch, das tue ich." Er zog sie an sich, zögerte einen Moment mit seinem Mund ganz nah über dem ihren, dann aber streifte er nur ihr Kinn. „Gerade jetzt mache ich dich verdammt nervös."

Sie bekam kaum noch Luft. „Kaum kocht man einem Mann ein Essen, wird er auch schon größenwahnsinnig." Und als er leise auflachte und sie seinen warmen Atem an ihrer Wange spürte, erschauerte sie. „Küss mich, Jack." Sie öffnete ihm ihren Mund. „Quatsch nicht so dumm rum, sondern küss mich einfach."

„Du hast keine Angst vor dem Feuer." Er wich ihren Lippen aus, hörte ihr Stöhnen, als sein Mund ihren Hals streifte. „Aber die Wärme beunruhigt dich. Du kannst jedoch beides haben." Er streifte zärtlich ihre Lippen, zog sich dann wieder zurück. „Heute Nacht bekommst du beides. Und du wirst keine andere Wahl haben, als es anzunehmen."

Ihr Hirn war benebelt vom Champagner, genau wie er gesagt hatte. Sie zitterte, genau wie er gesagt hatte. Sie fühlte sich hilflos, erregt und ausgeliefert.

Und sie fühlte sich schwach, genau wie er gesagt hatte.

Alles, was sie spürte, war die Wärme, die süß und betäubend wie eine Droge durch ihre Poren in ihren Körper einsickerte. Ihr stockte der Atem, dann atmete sie tief aus, als er sie hochhob.

„Warum tust du das?"

„Weil du es brauchst", raunte er ihr ins Ohr. „Und ich auch."

Er versengte ihr die Haut mit seinen Küssen, während er sie aus der Küche trug. Das Haus war dunkel und leer, der Mond badete die Treppe in seinem silbernen Licht, als er mit ihr nach oben ging. Er lud sie auf dem Bett ab, deckte sie mit seinem Körper zu. Und endlich, endlich legte er seinen Mund auf den ihren.

Sie wurde ganz weich, schmolz dahin, sein Kuss raubte ihr jeden klaren Gedanken. Sie wehrte sich, versuchte, wieder festen Grund unter den Füßen zu finden, aber er vertiefte den Kuss so langsam, so geschickt, so zärtlich, dass sie unversehens in die samtige Falle glitt, die er für sie aufgestellt hatte.

Sie murmelte seinen Namen, hörte das Echo ihres eigenen Flüsterns.

Und ergab sich.

Er spürte die Veränderung, die in ihr vorging, diese weiche und vollständige Hingabe. Das Geschenk, das sie ihm damit machte, erregte ihn so stark, dass sein Blut zu sieden begann.

„Lass dich fallen“, flüsterte er. „Lass dich einfach fallen und erlaube mir, dass ich dich nehme.“

Und da sie sich im Augenblick nichts Schöneres vorstellen konnte, warf sie ihre letzten Bedenken auch noch über Bord und tat, was er ihr sagte.

Während M.J. schlief, hielt Jack sie in seinen Armen und ließ seinen Plan ein weiteres Mal vor seinem geistigen Auge Revue passieren. Es gab eine reelle Chance, dass er funktionierte, allerdings konnte er genauso gut in die Hose gehen.

Er hatte schon mehr für sie riskiert als das, was er jetzt zu riskieren beabsichtigte, um zu verhindern, dass diese Tränen noch einmal ihre Wangen hinunterrollten. Sie war der erste und einzige Mensch in seinem Leben, den er je geliebt hatte, und es gab nichts, was er nicht tun würde, um sie zu beschützen.

Selbst wenn dies bedeutete, ihr Vertrauen brechen zu müssen.

10. KAPITEL

Jack dachte daran, eine Nachricht zurückzulassen. Wenn M.J. aufwachte, würde sie allein sein. Zuerst würde sie annehmen, dass er sich auf die Suche nach dem kleinen Lebensmittelladen gemacht hätte, von dem sie gesprochen hatte.

Sie würde ungeduldig sein, ein bisschen verärgert. Nach einer

Stunde oder so würde sie anfangen, sich Sorgen zu machen, dass er vielleicht nicht wieder zurückgefunden hätte.

Aber es würde nicht allzu lange dauern, bis ihr klar wurde, dass er fort war.

Während er in der frühen Morgendämmerung leise die Treppe nach unten schlich, versuchte er, sich ihre erste Reaktion auszumalen. Sie würde fuchsteufelswild sein. Sie würde durchs Haus stürmen und wüste Drohungen gegen ihn ausstoßen. Gut möglich, dass sie ihre Wut an irgendeinem Gegenstand ausließ.

Es tat ihm fast Leid, dass er sich nicht an diesem Schauspiel ergötzen konnte.

Vielleicht hasste sie ihn sogar für eine Weile. Aber sie würde hier in Sicherheit sein. Und das war das Einzige, das zählte.

Er trat in den Morgennebel hinaus, der die Bäume und Sträucher einhüllte. Ein paar Vögel waren auch schon wach und erprobten ihre Stimmbänder. Grace' Blumen parfümierten die Luft, und auf dem Gras lagen Tautropfen. Er sah einen Hirsch, vielleicht dieselbe Hirschkuh, die am Tag zuvor auf der Straße gestanden hatte und dann mit einem graziösen Satz im Dickicht verschwunden war.

Er warf noch einen Blick zurück auf das Haus, in dem er M.J. schlafend zurückgelassen hatte. Wenn alles nach Plan ging, würde er vor Einbruch der Dunkelheit wieder zurück sein. Es würde ihn einige Überredungskunst kosten, aber er würde es schaffen, ihr klarzumachen, dass er nur zu ihrem Besten gehandelt hatte. Und wenn er ihre Gefühle verletzt hatte, nun, verletzte Gefühle waren nicht unheilbar.

Wieder dachte er daran, dass es vielleicht besser wäre, ihr wenigstens eine kurze Nachricht zu hinterlassen. Aber er entschied sich dagegen. Sie würde früh genug von allein draufkommen. Immerhin war sie eine Frau mit einem scharfen Verstand.

Meine Frau, dachte er, während er sich hinters Steuer setzte. Was auch immer ihm im Lauf des Tages widerfahren mochte, sie würde hier in Sicherheit sein.

Ein kampfbereiter Soldat, ein Ritter, der sich die Rüstung angelegt hatte, um in die Schlacht zu ziehen, so sah er sich, als er sich anschickte, seine Lady zu verlassen und in den Nebel hineinzufahren. Und so fühlte er sich, als er den Zündschlüssel herumdrehte und der Motor mit einem leisen, aber entschiedenen Klick antwortete.

Seine Laune kippte schlagartig um wie ein Segel bei Windstille.

Wunderbar, großartig, genau das, was er jetzt brauchte. Er sprang aus dem Wagen, widerstand dem Drang, die Tür zuzuknallen, und riss fluchend die Kühlerhaube auf, steckte seinen Kopf darunter.

„Hast du irgendwas verloren, Greifer?"

Langsam kam er mit dem Kopf unter der Kühlerhaube hervor. Sie stand auf der Veranda, die Beine gespreizt, die Hände in die Hüften gestemmt, ihre Augen schleuderten wütende Blitze. Er hatte nur einen Blick gebraucht, um festzustellen, dass seine Verteilerkappe weg war. Er brauchte sie nicht einmal anzuschauen, um zu wissen, dass sie ihm einen Strich durch die Rechnung gemacht hatte.

Aber er blieb ganz cool. „Scheint so. Du bist früh auf, M.J."

„Du auch, Jack."

„Ich hatte Hunger." Er legte ein Lächeln auf. „Ich dachte mir, ich könnte versuchen, irgendwo etwas zum Frühstück aufzutreiben."

Sie hob eine Augenbraue. „Hast du deinen Knüppel im Auto?"

„Meinen Knüppel?"

„So machten es die Neandertaler doch, nicht wahr? Oder gingen sie nicht mit ihren Knüppeln in die Wälder und schlugen Bären tot, wenn sie Hunger hatten?"

Als sie die Treppe nach unten kam, lehnte er sich lächelnd gegen den Kühlergrill. „Ich hatte eigentlich an etwas Zivilisierteres gedacht. An Eier und Speck zum Beispiel."

„Ach ja? Und wo wolltest du im Morgengrauen hier Eier und Speck auftreiben?"

Eins zu null für sie. „Also, na ja... ich dachte, ich finde vielleicht... eine Farm oder so... na du weißt schon... und..." Der Atem entwich zischend seinen Lungen, als ihre Faust in seinen Bauch krachte.

„Lüg mich nicht an. Hältst du mich für total bescheuert oder was?" Er rang keuchend nach Atem und schaffte es, die Schultern zu straffen. „Nein. Hör zu..."

„Glaubst du vielleicht, ich habe letzte Nacht nicht gemerkt, was los war? So wie du Liebe mit mir gemacht hast? Du verfluchter Mistkerl!" Sie holte wieder aus, diesmal jedoch duckte er sich rechtzeitig weg, so dass sie sein Kinn um Haaresbreite verfehlte.

Jetzt wurde er ebenfalls wütend. Er hatte noch nie eine Frau mit solcher Sorgfalt behandelt wie sie gestern Nacht, und jetzt musste er sich dafür von ihr beschimpfen lassen. „Was fällt dir ein, dich mitten in der Nacht rauszuschleichen und an meinem Auto herumzumanipulieren? Das ist ja wirklich das Allerletzte."

Sie brauchte ihm nicht mit Worten zu bestätigen, dass er mit seiner Vermutung richtig lag, er entnahm es dem triumphierenden Lächeln, das sich jetzt auf ihrem Gesicht ausbreitete. „Na wunderbar. Das ist ja wirklich wunderbar. War wahrscheinlich als vertrauensbildende Maßnahme gedacht, nehme ich an."

„Ausgerechnet du wagst es, von Vertrauen zu reden! Du wolltest mich hier allein zurücklassen."

„Stimmt. Und wo ist jetzt die Verteilerkappe?" Er ergriff sie bei den Armen, bevor sie ihren nächsten Schlag landen konnte. „Los, rück sie schon raus."

„Wohin wolltest du denn? Hättest du vielleicht die Güte, mir zu verraten, um was für einen idiotischen Plan es sich da handelt, der deinem Spatzenhirn entsprungen ist?"

„Ich kümmere mich um die Sache", sagte er grimmig. „Und anschließend komme ich zurück und hole dich."

„Du kommst zurück und holst mich? Wofür hältst du mich eigentlich, für ein Haustier?" Sie versuchte, sich von ihm loszureißen, doch als sie merkte, dass sie es nicht schaffte, trat sie ihm stattdessen mit voller Wucht auf den Fuß. „Du willst in die Stadt zurückfahren, ja? Ganz offensichtlich suchst du Streit."

Seine Wut war mittlerweile so groß, dass er nur einen kurzen Moment überlegte, wie viele Knochen in seinem Fuß sie ihm wohl gebrochen haben mochte. „Ich weiß sehr genau, was ich tue, und ich werde es auch tun. Und du wirst mir jetzt diese verdammte Verteilerkappe geben, und dann wartest du hier auf mich."

„Einen Teufel werde ich tun. Wir haben es zusammen angefangen, und wir werden es auch zusammen zu Ende bringen."

„Nein." Er wirbelte sie herum und drängte sie gegen das Auto. „Ich werde in Bezug auf dich nicht das geringste Risiko eingehen."

„Seit wann hast du denn für mich die Verantwortung? Ich gehe meine Risiken selbst ein. Nimm auf der Stelle deine verdammten Pfoten von mir weg!"

„Nein." Er umklammerte ihre Handgelenke. „Ein einziges Mal in deinem Leben wirst du das tun, was ich dir sage. Du bleibst hier, ich dulde keine Widerrede. Ich bin ohne dich schneller, und ich will verdammt sein, wenn ich mich ablenken lasse, nur weil ich mir um dich Sorgen machen muss."

„Niemand sagt, dass du dir Sorgen um mich machen sollst. Was hast du überhaupt vor?"

„Ich habe genug Zeit damit verschwendet, sie kreuz und quer durch die Gegend zu schicken. Es wird höchste Zeit, sie festzunageln, und zwar zu meinen eigenen Bedingungen."

„Du hast vor, dich mit diesen zwei Irren in dem Van anzulegen?" Ihr stockte der Herzschlag. „Na prima. Gute Idee. Ich komme mit."

„Du bleibst hier. Sie wissen nichts von dem Haus hier, und es sieht nicht so aus, als ob sie es herausfinden würden. Hier bist du sicher." Er hob sie auf die Zehen, schüttelte sie. „M.J., ich kann es unmöglich riskieren, dass dir etwas passiert. Du bedeutest mir mehr als alles andere auf der Welt. Ich liebe dich."

„Und deshalb soll ich hier herumsitzen und Däumchen drehen und es riskieren, dass dir etwas zustößt?"

„Richtig."

„Du arroganter Idiot. Und was soll ich bitte schön tun, wenn du dich umbringst? Nur für den Fall, dass du es vergessen hast, diese Sache ist mein Problem. Du bist nur auf einen fahrenden Zug aufgesprungen, und du wirst nirgendwo ohne mich hingehen."

„Du bist mir im Weg."

„Blödsinn. Bisher war ich dir ja auch nicht im Weg, und du weißt ganz genau, dass ich auf mich allein aufpassen kann. Entweder nimmst du mich mit, oder du kannst per Anhalter nach Washington zurückfahren, Jack, nur damit das klar ist."

Er ließ sie wutschnaubend los. Dann wirbelte er herum und rannte rastlos auf und ab. Er überlegte, sie irgendwo im Haus anzuketten. Es würde ein harter Kampf werden – worauf er sich unter anderen Umständen fast gefreut hätte –, aber am Ende würde er gewinnen. Wenn allerdings irgendetwas schief ging...

Nein, diese Möglichkeit schied aus.

Er konnte lügen. Sich einverstanden erklären, das Spiel zu ihren Bedingungen mitzuspielen, und dann versuchen, sie irgendwie auszutricksen. Es würde nicht leicht sein, sie loszuwerden, aber es war immerhin eine Möglichkeit.

Er wandte sich zu ihr um, lächelte gewinnend. „Okay, Zuckerpüppchen, ich will ehrlich sein. Ich habe genug."

„Wirklich?"

„Es war nur Spaß. Doch langsam wird es langweilig." Als er sah, wie sie misstrauisch die Augen verengte, wurde ihm klar, dass er das Spiel bereits verloren hatte. Den Schmarren, den er ihr da auftischen wollte, würde sie ihm niemals abkaufen, so viel stand fest. Und sie würde auch nicht nachgeben, jeder weitere Versuch, sie dazu zu bewegen, war von vornherein zum Scheitern verurteilt, dessen war er sich sicher. Was sollte er also tun?

Hilflos ballte er seine Hände zu Fäusten. „Herrgott noch mal, M.J. ... ich kann es einfach nicht riskieren, dein Leben..."

„Hör endlich auf, dauernd dieselbe Platte aufzulegen, Dakota. Es ödet mich an. Genauso wenig, wie du es riskieren kannst, mein Leben aufs Spiel zu setzen, kann ich das deine riskieren, verstehst du das nicht? Kapierst du nicht, dass wir im selben Boot sitzen und den Weg gemeinsam zu Ende gehen müssen?"

„Aber ich liebe dich doch!" brüllte er verzweifelt.

„Richtig. Und ich liebe dich nicht weniger. Und gerade deshalb sind wir ein Team."

M.J. wartete, bis sie wieder auf dem Highway waren und der Zivilisation entgegenfuhren, bis sie fragte: „Okay, Jack, was ist dein Plan?"

„Er ist nicht sonderlich trickreich, aber die Einfachheit hält weniger Fallstricke bereit. Wir brauchen den Drahtzieher dieser ganzen Sache, doch wir haben keine Ahnung, wie wir an ihn rankommen könnten, weil wir nicht wissen, wer es ist. Das einzige Verbindungsglied zu ihm sind diese Typen in dem Van und höchstwahrscheinlich die Salvanis."

„Bis jetzt kann ich dir folgen."

„Ich möchte mich ein bisschen mit ihnen unterhalten und ihnen klarmachen, dass es in ihrem eigenen Interesse liegt, wenn sie gewisse Informationen weitergeben."

Es blieb einen Moment still. „Okay, uns sind zwei Typen mit Schnellfeuerpistolen auf den Fersen, von denen einer etwa die Statur des Washingtondenkmals hat, und du willst die Salvanis davon überzeugen, dass sie mit dir reden sollen." Sie strahlte ihn an. „Ich bewundere deinen Optimismus, Jack. Wirklich."

„Das ist alles nur eine Frage des Wie", erwiderte er und erklärte ihr, wie er sein Ziel zu erreichen gedachte.

Der Himmel hatte sich verdunkelt, und der Donner rollte, als Jack auf dem Parkplatz vor der Firma Salvani einparkte. Es war ein schönes altes Gebäude, das durch einen großen Parkplatz von einer Einkaufsstraße abgetrennt wurde. Auf dem kleineren Firmenparkplatz stand verlassen eine Mercedes-Limousine.

„Weißt du, wem die gehört?"

„Einem von diesen Dreckskerlen – Baileys Stiefbrüdern. Ich glaube, Thomas. Wenn er drin ist, weiß ich nicht, warum, weil sie laut Bailey das ganze verlängerte Wochenende über geschlossen haben."

„Schauen wir uns ein bisschen um." Jack stieg aus und stiefelte zu der Mercedes-Limousine hinüber. Sie war fest verschlossen. Anschließend ging er zum Haus, überprüfte erst die Vordertür, schaute durch die vergitterten Schaufenster in den abgedunkelten Verkaufsraum, sah nirgendwo Anzeichen von Leben.

„Die Büros liegen im ersten Stock?" fragte er M.J.

„Ja. Alle drei." Ihr Herz begann zu rasen. „Vielleicht ist sie ja da drin, Jack. Sie fährt nur selten mit dem Wagen zur Arbeit. Wir wohnen ganz in der Nähe."

„Hm, hm." Und obwohl es nicht zu seinem Plan gehörte, veranlasste ihn die starke Beunruhigung, die in ihrer Stimme mitschwang, auf den Türsummer neben der Tür zu drücken. Als sich nach einer

Weile immer noch nichts rührte, sagte er: „Lass uns ums Haus herumgehen."

„Sie könnten sie drinnen festhalten. Vielleicht haben sie ihr ja etwas angetan. Darauf, dass sie hier ist, hätte ich schon längst kommen können." Im Westen zuckten grelle Blitze über den Himmel. „Vielleicht ist sie ja da drin, verletzt und..."

„Hör zu, wenn wir das hier durchstehen wollen, musst du dich zusammenreißen. Wir haben nicht die Zeit, die Hände zu ringen und irgendwelche wilden Spekulationen anzustellen."

Sie reckte das Kinn, straffte die Schultern. „Okay. Entschuldigung."

Nachdem er ihr einen kurzen forschenden Blick zugeworfen hatte, nickte er, dann umrundete er das Gebäude und schaute sich die Hintertür an. „Irgendjemand hat sich an den Schlössern zu schaffen gemacht."

„Was?" Sie schaute ihm über die Schulter, als er in die Knie ging, um die Schlösser genauer zu inspizieren. „Willst du damit sagen, jemand hat sie geknackt?"

„Ja. Es muss erst vor kurzem gewesen sein, nirgendwo ist Rost oder Staub." Er erhob sich wieder, untersuchte die Seiten. „Gute Arbeit. Ich würde sagen, er wusste, was er tat."

„Willst du reingehen?"

Das war kein Teil seines ursprünglichen Plans, aber er erwog es zumindest. „Vielleicht. Weißt du, was sie für eine Alarmanlage haben?"

„Neben der Tür ist ein Kasten mit einem Code, den ich jedoch nicht kenne." Sie konnte sich gerade noch davon abhalten, die Hände zu ringen. „Jack." Sie gab sich alle Mühe, ihre Stimme ruhig zu halten. „Sie könnte drin sein. Sie könnte verletzt sein. Wenn wir nicht nachschauen und irgendetwas schief geht..."

„Also schön. Aber wenn die Alarmanlage losgeht, müssen wir türmen." Er holte seine Werkzeuge aus dem Kofferraum.

„Pass gut auf, okay? Sag mir sofort Bescheid, wenn irgendjemand aufmerksam wird."

Sie wandte sich um, ließ ihre Blicke über den Parkplatz und die

Fußgängerzone dahinter schweifen. Leute kamen und gingen, aber niemand nahm Notiz von einem Mann, der gebückt an einer Stahltür herumhantierte.

Das Gewitter kam näher, und der Himmel öffnete seine Schleusen, um dem lange ersehnten Regen freien Lauf zu lassen. M.J. störte es nicht, nass zu werden, im Gegenteil, sie betrachtete das Unwetter als eine bessere Deckung.

„Sobald ich die Tür offen habe, habe ich wahrscheinlich nur etwas mehr als eine Minute, ehe der Alarm losgeht. Falls ich es nicht schaffe, die Anlage zu entschärfen, müssen wir abhauen."

„Aber..."

„Keine Widerrede, M.J. Falls Bailey hier drin sein sollte, werden die Cops eine Minute später hier sein und sie finden. Wir verdrücken uns. Abgemacht?"

Was für eine Wahl hatte sie? „Abgemacht."

„Gut." Er schob sich das tropfende Haar aus den Augen. „Du bleibst hier stehen. Wenn ich ‚weg' sage, rennst du zum Auto." Ihr Schweigen als Zustimmung auffassend, betrat er das Gebäude. Er sah die Alarmanlage sofort, hob eine Braue. „Interessant", murmelte er, dann gab er M.J. ein Zeichen, ebenfalls hereinzukommen. „Sie ist aus."

„Das kapier ich nicht. Sie ist immer eingeschaltet." „Heute ist eben unser Glückstag." Er griff nach ihrer Hand, dann knipste er mit der anderen seine Taschenlampe an. „Wir gehen erst nach oben." „Hier entlang", sagte sie zu ihm. „Baileys Büro liegt am Ende des Flurs."

„Nette Bude", bemerkte er, während seine Blicke über die teuren Teppiche und schönen alten Möbel wanderten, wobei er angestrengt auf jedes Geräusch lauschte. Aber da war nichts als das Trommeln des Regens.

„Keinerlei Kampfspuren", erklärte er. „Wir schauen uns die restlichen Büros auch noch an, ehe wir in Phase eins von Plan A eintreten."

Er ging eilig den Flur hinunter, doch einen Meter vor der nächsten

Tür blieb er stehen und drehte sich nach ihr um. „Geh in Baileys Büro zurück und warte dort auf mich."

„Warum? Was ist?" Dann fiel ihr der schwere Geruch auf, der in der Luft lag. „Bailey! Oh, mein Gott!"

Jack drängte sie gegen die Wand und hielt sie, bis sie sich wieder beruhigt hatte. „Du tust, was ich dir sage", stieß er zwischen zusammengepressten Zähnen hervor. „Du bleibst hier."

Mit dem schweigenden Zugeständnis, dass es Dinge gab, für die selbst sie nicht stark genug war, schloss sie die Augen und nickte.

Zufrieden gestellt, zog er sich zurück. Er schlich den Flur hinunter, öffnete die Tür.

Der Anblick, der sich ihm bot, war das Schlimmste, was er je gesehen hatte, und der Tod war selten schön. Aber dies hier musste das Werk eines Verrückten sein.

Das Leben hatte verloren.

Er wandte sich ab, ging zurück zu M.J. Sie lehnte noch immer wachsbleich an der Wand. „Es ist nicht Bailey", sagte er unumwunden. „Es ist ein Mann." „Nicht Bailey?"

„Nein." Er legte eine Hand an ihre Wange, spürte, dass sie eisig war, aber ihre Augen begannen, den glasigen Blick zu verlieren. „Ich sehe mir die anderen Zimmer auch noch an. Ich möchte nicht, dass du irgendwo reingehst, M.J."

Sie ließ den Atem heraus, der sich in ihren Lungen gestaut hatte. Es war nicht Bailey. „War es wie bei Ralph?"

„Nein." Seine Stimme klang flach und hart. „Viel schlimmer. Bleib hier."

Nachdem er sich die anderen Räume ebenfalls angesehen hatte, ging er mit M.J. nach unten und schaute sich hier auch noch schnell und sorgfältig um.

„Wer auch immer das getan haben mag, er ist eine Bestie", sagte er etwas später, während er die Stahltür hinter sich zuzog. „Vergiss das nicht, wenn ich dir Anweisungen gebe."

„Ja." Sie unterdrückte ein Zittern. „Und du vergisst nicht, dass wir das hier gemeinsam machen."

Er verkniff sich eine Retourkutsche, zog sie zum Auto und wartete, bis sie sich hineingesetzt hatte. „Also, falls unser Trick funktioniert und die Kerle hier aufkreuzen, versuche ich, sie mir nacheinander zu schnappen. Falls du es unterdessen schaffst, zu dem Van zu kommen und ihn fahruntüchtig zu machen, ist es gut, aber wenn nicht, ist es auch nicht schlimm. Am wichtigsten ist, dass du keinerlei Risiko eingehst."

„Ich habe dir bereits gesagt, dass ich kein Risiko eingehe."

Er versuchte, die Ungeduld in ihrer Stimme zu überhören, und fuhr fort: „Wenn ich ihnen die Handschellen umgelegt habe, können wir ihren Van benutzen. Ich setze mich mit ihnen rein und plaudere ein bisschen mit ihnen. Ich bin mir ziemlich sicher, dass es mir gelingt, ihnen die Würmer aus der Nase zu ziehen." Er betrachtete nachdenklich seine Faust, dann lächelte er siegesgewiss. „So, ruf jetzt an." Er hielt ihr das Handy hin. „Und sieh zu, dass du den Anruf länger als eine Minute hinauszögern kannst, nur für alle Fälle."

Sie wählte, dann begann sie auf Grace' Anrufbeantworter in Potomac zu sprechen. Sie ließ Jack nicht aus den Augen, und als er nickte, unterbrach sie die Verbindung. „Phase zwei?" fragte sie, bemüht, einigermaßen ruhig zu bleiben.

„Phase zwei. Jetzt warten wir."

Nach fünfzehn Minuten fuhr der Van auf den Parkplatz. Der Wolkenbruch hatte nachgelassen, aber es regnete immer noch in Strömen. Jack, der sich hinter einen vergammelten Imbisswagen zurückgezogen hatte, krümmte die Schultern, um sich vor der Nässe zu schützen, und beobachtete, wie die Dinge ins Rollen kamen.

Die beiden Männer stiegen aus dem Lieferwagen aus und näherten sich getrennt dem Haus.

Den Kleiderschrank würde er sich zuerst vornehmen. Geparkte Autos als Deckung benutzend, schlich Jack dem Gorilla nach, beobachtete, wie der sich bückte und M.J.s Handy vom Boden auflas. Sie hatten das Telefon dort deponiert, um seinem Spatzenhirn etwas zu tun zu geben. Während sich der Mann noch den Kopf über das Telefon zerbrach, sprang Jack vor, stürzte sich von hinten auf ihn und versetzte ihm einen Faustschlag in die Nieren.

Er zwang seinen Gegner in die Knie und wollte gerade die Handschellen einschnappen lassen, als er wie eine Fliege weggeschnipst wurde.

Er verspürte ein sengendes Brennen, als seine Haut über den nassen, körnigen Asphalt schrammte, und rollte sich in letzter Sekunde herum, ehe ein Schuh Größe achtundvierzig ihm das Gesicht zerquetschen konnte. Er streckte die Hände aus, packte den Vorschlaghammer, der ein Fuß war, und zerrte mit aller Kraft dran.

Von ihrem Posten aus beobachtete M.J. den Kampf, zuckte zusammen, als Jack mit dem Kopf aufs Pflaster knallte, sandte ein Dankgebet gen Himmel, als er sich herumrollte. Zischte wie eine Schlange, als Fäuste gegen Knochen krachten. Sie rannte geduckt, die Autos als Deckung benutzend, auf den Van zu, wobei sie über die Schulter schauend den Kampfverlauf im Auge behielt.

Er ist außer Gefecht gesetzt, dachte sie verzweifelt, als sie sah, dass Jack sich nicht mehr rührte. Womöglich hatte ihm der Gorilla das Genick gebrochen. Noch während sich in ihrem Kopf die Gedanken überstürzten, sah sie den anderen Mann um die Ecke biegen.

Es war abzusehen, dass er die beiden einen Moment später erreicht haben würde. Sie holte tief Luft, um Jack eine Warnung zuzuschreien, dann verengte sie die Augen. Vielleicht gab es ja noch einen anderen Weg.

Sie schoss aus ihrer Deckung hervor, sprintete auf das Gebäude zu, von Jack weg. Als sie sah, dass der andere Mann sie entdeckt hatte und seine Hand in seine Manteltasche schob, riss sie vor Schreck die Augen weit auf und blieb abrupt stehen.

Doch dann rannte sie auch schon in den Regenvorhang hinein, wild entschlossen, ihn von Jack abzulenken.

Sowohl Jack als auch sein Gegner hörten den Schrei. Beide ließen instinktiv einen Augenblick voneinander ab und sahen die Frau mit der Kappe aus roten Haaren vor ihrem Verfolger davonrennen.

Sie kann einfach nie tun, was man ihr sagt, schoss es Jack durch den Kopf. Dann drehte er sich wieder um und sah, dass ihn der Gorilla angrinste.

Jack grinste zurück. „So, jetzt bist du dran, Freundchen", sagte er im Konversationston, während er dem Mann eine Faust in den Mund rammte. „Das ist nämlich meine Frau, die dein Kumpel da jagt."

Der Riese wischte sich das Blut aus dem Gesicht. „Ich mach' Hackfleisch aus dir."

11. KAPITEL

Jack hatte M.J. eingeschärft, dass sie sich, falls irgendetwas schief gehen sollte, in die Fußgängerzone flüchten sollte.

Doch als sie jetzt auf die Geschäfte zurannte, sah sie Pärchen, Familien, Kinder an der Hand ihrer Eltern, Babys in Kinderwagen. Und dachte daran, wie der Mann, der ihr auf den Fersen war, seine Hand in seine Manteltasche geschoben hatte.

Sie dachte daran, was eine Schnellfeuerpistole, die in einer solchen Menschenmenge abgefeuert wurde, anrichten konnte.

Deshalb änderte sie jetzt ihre Richtung und sprintete auf das hintere Ende des Parkplatzes zu. Als sie einen Blick über die Schulter warf, sah sie, dass sie ihren Verfolger weit hinter sich gelassen hatte. Er schaffte es offensichtlich nicht mehr, sie einzuholen. Wie lange konnte es noch dauern, bis er beschloss, aufzugeben und sich um seinen Freund zu kümmern?

Und über Jack stolperte.

In der Hoffnung, sein Interesse an ihr wach zu halten, verlangsamte sie ihr Tempo ein bisschen und ließ es zu, dass sich die Distanz zwischen ihnen verringerte. Jetzt hatte sie Angst, dass er einfach die Pistole benutzen und ihr ins Bein schießen könnte. Oder in den Rücken. Mit diesem Bild im Kopf rannte sie zwischen den parkenden Autos hindurch.

Sie hörte ihren eigenen Atem, der pfeifend ihren Lungen entwich, ging hinter einem Minivan in Deckung, wischte sich den Schweiß aus den Augen und versuchte nachzudenken.

Sollte sie zurückrennen und versuchen, Jack zu helfen? Hatte der Gorilla ihn bereits fertig gemacht? Wie lange würde ihr Glück noch anhalten, bevor irgendeine unschuldige vierköpfige Familie durch den dichten Regenvorhang über den Parkplatz direkt in die Schusslinie hineinrannte?

Sie schlich geduckt um den Wagen herum. Sie brauchte eine Verschnaufpause, musste nachdenken. Und musste herauskriegen, was sich hinter dem Salvani-Gebäude abspielte.

Als sie einen vorsichtigen Blick riskierte, sah sie, dass ihr Verfolger näher war als erwartet. Er war vier Autos hinter ihr, zu ihrer Linken. Schnell duckte sie sich weg und presste sich gegen die Stoßstange. Wenn sie blieb, wo sie war, würde er möglicherweise an ihr vorbeirennen. Oder würde er sie sehen?

Besser auf der Flucht und mit erhobenen Fäusten zu sterben, als verängstigt zusammengekauert hinter einem Auto aufgelesen zu werden, dachte sie.

Sie holte tief Luft, schickte ein weiteres Stoßgebet zum Himmel und machte sich zum Weiterrennen bereit. Es war das Ping auf dem Asphalt neben ihr, das bewirkte, dass ihr das Herz stehen blieb. Sie spürte, wie Asphaltsplitter an ihrer Jeans abprallten.

Er schoss auf sie. Das Herz schien wie ein Pingpongball in ihrer Brust zu springen, während sie um ein Auto herumraste. Ein paar Zentimeter höher, und die Kugel hätte sich in ihr Fleisch gebohrt.

Er hatte sie in die Falle gelockt, so viel wurde ihr jetzt klar. Es war nur noch eine Frage der Zeit, bis er sie hatte. Nun, man würde sehen.

Wie eine Schlange glitt sie unter das Auto, ignorierte den nassen Schotter, den Gestank von Benzin und Öl, während sie mit angehaltenem Atem zum nächsten Wagen robbte.

Jetzt konnte sie ihn hören. Sein Atem ging keuchend. Sie sah seine Schuhe. Kleine Füße, dachte sie unsinnigerweise, während sie auf seine heruntergerutschten Socken schaute.

Sie schloss für einen Moment die Augen, während sie versuchte, ihn sich vorzustellen. Er war nicht sonderlich groß, einsfünfundsiebzig, höchstens. Und nicht mehr als hundertsechzig Pfund schwer. Drahtig, aber nicht wirklich durchtrainiert. Und außer Atem.

Himmel, dachte sie mit einem Schuss Leichtfertigkeit. Sie konnte ihn schaffen.

Sie robbte noch ein paar Zentimeter weiter und bereitete sich eben darauf vor, ihren Zug zu machen, als sie sah, wie sich die glänzenden schwarzen Schuhe vom Boden lösten.

Und dann waren da plötzlich fast vor ihrer Nase zwei ramponierte Stiefel. Jacks Stiefel. Jack ließ ein paar gebrummte Flüche vom Stapel. Ihr wurde ganz schwindlig vor Erleichterung, die sich jedoch umgehend in panische Angst verwandelte, als sie einen gedämpften Knall hörte. Ein weiterer Schuss.

Sie schob sich auf Ellbogen und Knien unter dem Auto hervor und sah gerade noch, wie der Schütze sich in Sicherheit zu bringen versuchte, und Jack, der sich anschickte, ihm nachzurennen.

„Jack."

Er blieb abrupt stehen, wirbelte herum, ein Ausdruck unendlicher Erleichterung huschte über sein zusammengeschlagenes Gesicht. Und dann sah sie sein blutdurchtränktes Hemd.

„O Gott. O Gott. Du bist angeschossen." Die Knie wurden ihr weich, so dass sie auf ihn zutaumelte, während er sich mit schmerzverzerrtem Gesicht eine Hand in die Seite presste.

„Himmel." Der Schmerz verstärkte sich, was er jedoch nur verschwommen registrierte, als er die Hände ausstreckte und M.J. in seine Arme zog. „Das Auto", brachte er mühsam heraus. „Er ist zurückgerannt."

Seine Hand, nass von Blut und Regen, schloss sich um die ihre.

Später würde sie sich daran erinnern, dass sie gerannt waren. Aber nichts davon erschien ihr jetzt real. Sie hörte das Knallen ihrer Absätze auf dem nassen Asphalt, spürte das harte Hämmern ihres Herzens, das aufsteigende Gefühl von Angst und Wut, sah die weit aufgerissenen Augen einer Frau, voll bepackt mit Einkaufstüten, die sie fast über den Haufen rannten.

Und Jack an ihrer Seite verfluchte sie ununterbrochen dafür, dass sie sich seinen Anordnungen widersetzt hatte.

Der Van raste mit quietschenden Reifen vom Parkplatz, kurz bevor sie ihn erreichten. „Himmel, Herrgott noch mal." Seine Lungen brannten, seine Seite spuckte Feuer. Verzweifelt grub er in seiner Hosentasche nach den Autoschlüsseln. „Ins Auto! Los! Schnell!"

Sie sprang praktisch durchs Fenster und schaffte es kaum, das

Gleichgewicht zu halten, als er mit aufheulendem Motor zurückstieß. „Du bist verletzt. Lass mich nachschauen..."

Er wehrte ihre Hände ab und riss das Steuer herum. „Seinen Dreitonnenfreund hat er auch noch eingesammelt. Jetzt gehen sie uns nach diesem ganzen Zirkus zu guter Letzt doch noch durch die Lappen. Aber das werde ich nicht zulassen." Das Auto kam einen Augenblick ins Schleudern, dann bissen sich die Reifen in dem Asphalt fest, als er die Verfolgungsjagd aufnahm. „Hol die Pistole aus dem Handschuhfach. Gib sie mir."

„Jack, du blutest. Um Himmels willen."

„Habe ich dir nicht gesagt, dass du wegrennen sollst?" Er drückte das Gaspedal durch. „Ich habe dir gesagt, du sollst in der Menschenmenge untertauchen, wenn es gefährlich wird. Er hätte dich töten können. Gib mir diese verdammte Pistole."

„Ist ja gut, ist ja gut." Sie musste ein paar Mal mit der Faust auf das Handschuhfach hauen, ehe der Deckel aufsprang. „Er fährt zum Beltway."

„Ich sehe selbst, wohin er fährt."

„Du wirst nicht auf ihn schießen. Womöglich zielst du daneben und triffst das Auto irgendeines armen Pechvogels."

Jack riss ihr die Pistole aus der Hand, bog ab und bretterte die Auffahrt hinauf. „Ich treffe das, worauf ich ziele. Schnall dich jetzt an und halt den Mund. Um dich kümmere ich mich später."

Ihre Angst um ihn war so groß, dass sie angesichts seiner Worte mit keiner Wimper zuckte. Er raste im Zickzackkurs wie ein Irrer durch den dichten Verkehr. Und als die Tachonadel auf neunzig kletterte, legte sich eine merkwürdige kalte Taubheit über M.J., als hätte ihr jemand Novocain in die Blutbahn gespritzt.

„Du wirst noch irgendjemand umbringen", sagte sie ruhig. „Und vielleicht nicht nur uns."

„Ich habe mein Auto im Griff." Das zumindest war die reine Wahrheit. Er schoss durch den Verkehr wie eine Rakete, seine neuen Reifen klebten wie der Teufel an dem nassen Asphalt. Er war nah genug an dem Van dran, um zu sehen, dass der Gorilla auf dem Beifahrersitz den Kopf wandte.

„Du entkommst mir nicht, du dreckiger Hurensohn", brummte Jack grimmig. „Du hast noch meine Handschellen um."

„Du blutest den ganzen Sitz voll." M.J. hörte sich sprechen, aber die Worte schienen nicht aus ihrem Mund zu kommen.

„Ich habe noch mehr." Mit der Pistole im Schoß, gab er seinem Wagen noch ein bisschen mehr Zunder und holte wieder ein Stück auf. Hinter der Ausfahrt werde ich sie von der Straße abdrängen, überlegte er, und dann wird alles ganz leicht sein. Der Kleiderschrank hatte die Handschellen um, und mit dem anderen würde er schon fertig werden.

Und dann würde man weitersehen.

Er verengte die Augen, als er sah, dass der Fahrer des Vans den Kopf drehte, Reifen quietschten. Der Lieferwagen kam ins Schwimmen, dann schlingerte er in wildem Zickzackkurs auf die Ausfahrt zu.

„Er packt's nicht." Jack tippte ein paar Mal rasch hintereinander aufs Bremspedal und bereitete sich seelisch darauf vor, gleich das Steuer hart herumzureißen. „Mit der Geschwindigkeit kommt er da nicht rum. Das schafft er nie."

Er fluchte, als er sah, dass der Fahrer jetzt ganz die Kontrolle über den Wagen verlor und mit achtzig Meilen gegen die Leitplanke krachte. Der Aufprall war so gewaltig, dass sich der Van einmal in der Luft überschlug und dann einen Abhang hinabrollte.

Er trat auf die Bremse, doch M.J. legte ihm die Hand auf die Schulter, während die Flammen aus dem Van emporschlugen. Die Luft stank nach Benzin.

„Keine Chance", murmelte er. „Sie sind mir durch die Lappen gegangen."

„Fahr weiter", drängte M.J. Irgendjemand würde bestimmt von seinem Autotelefon die 911 anrufen. Mehr konnte man ohnehin nicht tun. „Wir müssen weg hier."

„Hey, du hast auch ein paar Kratzer abbekommen", sagte Jack eine Stunde und mehrere hitzige Wortgefechte später, als er schließlich frisch verarztet in M.J.s Küche saß. Er registrierte jetzt zum ersten Mal die abgeschürfte Haut an ihren Ellbogen.

„Halb so schlimm", brummte sie.

„He, komm schon, Zuckerpüppchen, jetzt tauschen wir die Rollen, jetzt bin ich der Onkel Doktor." Er grinste. „Du brauchst keine Angst zu haben. Es brennt höchstens ein bisschen." Er fuchtelte ihr mit der Jodflasche unter der Nase herum.

„Was dir natürlich ausgesprochen Spaß... autsch! Verdammt, Jack!"

„Baby." Er küsste die abgeschürfte Stelle, dann verband er sie sanft. „Wenn du mir je wieder so einen Schrecken einjagst wie heute, wird mir wohl oder übel nichts anderes übrig bleiben, als dich für einen ganzen Monat ans Bett zu ketten."

„Nichts als leere Versprechungen." Sie lehnte sich vor und schlang ihre Arme um seinen Hals. „Sie sind tot, nicht wahr? Das können sie unmöglich überlebt haben."

„Die Chancen sind höchst gering. Es tut mir Leid, M.J., aber ich habe nichts aus ihnen herausgebracht. Kein einziges Wort."

„Wir haben nichts aus ihnen herausgebracht", korrigierte sie ihn. „Und wir haben getan, was wir konnten." Sie versuchte, ihre erneut aufflackernde Angst um die Freundinnen zu unterdrücken, und straffte die Schultern. „Aber da gibt es noch immer diese beiden Dreckskerle", begann sie, dann wurde sie bleich, als sie sich erinnerte. Es war durchaus möglich, dass zumindest einer der Salvani-Brüder tot war.

Aber es war nicht Bailey gewesen, die dort in dem Büro lag. Sie holte zwei Mal hintereinander tief Atem. „Also, zumindest kann ich mir jetzt frische Kleider und ein bisschen Bargeld mitnehmen. Und dann muss ich im Pub anrufen. Ich möchte ihnen nur sagen, dass mit mir alles in Ordnung ist und dass sie für den Rest der Woche ohne mich auskommen müssen."

„Fein, verhalt dich wie eine Geschäftsfrau." Er stand auf und nahm sie in den Arm. „Wir werden deine Freundinnen finden, M.J., ich verspreche es dir. Aber sosehr es dir auch gegen den Strich gehen mag, es wird höchste Zeit, die Polizei einzuschalten,"

Sie atmete erleichtert auf. „Ja. Drei solche Tage sind genug."

„Sie werden eine Menge Fragen stellen." „Schön. Dann werden wir sie ihnen eben beantworten, so gut wir es können." Sie machte eine kleine Pause und hob kämpferisch das Kinn. „Aber den Stein bekommen sie nicht. Er gehört Bailey... oder zumindest liegt es in ihrer Entscheidung, was damit passieren soll. Ich gebe ihn niemandem außer ihr."

„Okay", erwiderte er so bereitwillig, dass sie überrascht blinzelte. „Wir werden versuchen, uns irgendwie darum herumzudrücken."

Auf ihrem Gesicht breitete sich ein Lächeln aus. Als das Handy klingelte, zuckten sie beide zusammen. „Was?" Sie starrte auf ihre beim Hereinkommen achtlos auf den Fußboden geworfene Handtasche hinunter, als ob diese plötzlich zum Leben erwacht wäre und nach ihr geschnappt hätte. „Es ist mein Telefon. Mein Telefon klingelt."

Er befühlte seine Hosentasche, um sich zu vergewissern, dass er seine Pistole noch bei sich hatte. „Geh ran."

Mit angehaltenem Atem kramte sie in ihrer Tasche nach ihrem Handy und schaltete es ein. „O'Leary." Die Tränen schossen ihr in die Augen, während sie langsam in die Knie ging und zu Boden sank. „Bailey", brachte sie mühsam heraus. „Oh, mein Gott, Bailey. Bist du okay? Wo steckst du denn? Bist du verletzt? Was... Was? Ja, ja, mir geht es gut. In meinem Apartment, aber wo..."

Sie streckte die Hand aus und ergriff die von Jack. „Bailey, hör auf, mich das zu fragen, und sag mir, wo zum Teufel du steckst... Ja, verstanden. Wir sind in zehn Minuten da."

Es war ein ruhiges, gutbürgerliches Wohnviertel mit schönen alten Bäumen. M.J. verflocht ihre Finger vor Aufregung ineinander, während sie laut die Hausnummern ablas. „Zweiundzwanzig, vierundzwanzig, sechsundzwanzig. Da! Hier ist es." Sie wollte aus dem Wagen springen, noch ehe Jack angehalten hatte. Er schaffte es gerade noch, sie am Hosenbund festzuhalten.

„He, warte gefälligst, bis ich stehe."

Einen Moment später sah er die Frau, eine hübsche, zarte Blondine, aus dem Haus kommen und über den nassen Rasen auf sie zurennen. M.J. sprang aus dem Auto und fiel ihr um den Hals.

Ein schönes Bild, dachte Jack, während er – vorsichtig eingedenk seiner Blessuren – ebenfalls ausstieg. Die beiden Frauen lagen sich schluchzend vor Glück in den Armen, während die Sonne zaghaft ihre ersten blassen Strahlen über ihnen ausschüttete.

Und so bewegend und hübsch anzuschauen eine solche Szene auch sein mochte, gab es doch nichts, dem er mehr aus dem Weg gehen wollte als zwei weinenden Frauen. Er entdeckte den Mann, der gerade aus der Haustür trat, registrierte das Lächeln in dessen Augen, den frischen Verband um seinen Arm. Ohne zu zögern, machte Jack einen großen Bogen um die beiden und eilte auf ihn zu.

„Cade Parris."

Jack nahm die Hand, die sich ihm entgegenstreckte, versuchte, den Mann einzuschätzen.

„Jack Dakota."

Cade schaute Jack forschend in das zusammengeschlagene Gesicht, schüttelte den Kopf. „Sie sehen aus wie ein Mann, der einen Drink brauchen könnte."

Trotz seiner aufgeplatzten Lippe schaffte es Jack, den Mund zu einem dankbaren Lächeln zu verziehen. „Mann, Sie sind eben mein bester Freund geworden."

„Kommen Sie rein", lud Cade ihn mit einem letzten Blick auf M.J. und Bailey ein. „Ich nehme an, die beiden Frauen brauchen noch ein bisschen, und wir können uns unterdessen gegenseitig auf den neuesten Stand bringen."

Sie brauchten tatsächlich noch ein bisschen, wogegen Jack allerdings nicht das Geringste einzuwenden hatte, denn er fühlte sich auf Cade Parris' bequemer Couch, ein schönes kaltes Bier in der Hand, pudelwohl. „Gedächtnisverlust", murmelte er. „Das muss ziemlich hart gewesen sein für sie."

„Sie hatte ein paar schwere Tage. Zuschauen zu müssen, wie der eine Stiefbruder den anderen niedermetzelt und ihr dann an den Kragen will."

„Wir sind bei Salvani vorbeigefahren. Ich habe das Resultat gesehen."

Cade nickte. „Na, dann können Sie sich ja ein Bild machen. Wenn sie nicht weggerannt wäre... nun, sie ist aber weggerannt. Sie kann sich noch immer nicht an alles erinnern, doch sie weiß, dass sie einen Diamanten an Grace und den anderen an M.J. geschickt hat. Ich arbeite seit Freitagmorgen an dem Fall, als sie in mein Büro kam. Und Sie?"

„Seit Samstagnachmittag", erwiderte Jack und benetzte sich die Kehle mit einem Schluck kaltem Bier.

„Die Ereignisse haben sich überstürzt." Cade runzelte die Stirn, während er aus dem Fenster schaute. „Bailey war völlig verängstigt und verwirrt, als sie bei mir ankam, aber sie suchte nach Antworten und hoffte, dass ein Privatdetektiv ihr dabei behilflich sein könnte. Heute hatten wir den großen Durchbruch."

Jack hob eine Augenbraue und deutete auf den Verband. „Gehört das auch dazu?"

„Der überlebende Salvani", erwiderte Cade. „Jetzt ist er ebenfalls tot."

„Gehen Sie davon aus, dass die beiden die Drahtzieher der ganzen Sache waren?"

„Nein. Sie hatten einen Auftraggeber. Ich bin ihm bis jetzt noch nicht auf die Spur gekommen." Cade erhob sich, wanderte zum Fenster. M.J. und Bailey standen noch immer im Garten und redeten aufeinander ein. „Mittlerweile ist die Polizei auch mit von der Partie. Ich habe dort einen Freund. Mick Marshall."

„Ja, ich kenne ihn. Er ist eine Ausnahmeerscheinung. Ein Cop mit einem scharfen Verstand, der das Herz auf dem rechten Fleck hat."

„Ja, das ist Mick. Das Problem ist nur, dass sein Vorgesetzter Buchanan für Privatdetektive nicht sonderlich viel übrig hat."

„Buchanan hat für niemanden sonderlich viel übrig. Aber er ist gut."

„Er wird mit Ihnen und M.J. reden wollen."

Diese Aussicht veranlasste Jack, tief aufzuseufzen. „Ich glaube, ich könnte noch ein Bier vertragen."

„Timothy", sagte M.J. entgeistert. „Ich habe ihn nie gemocht; aber dass er fähig ist, einen Mord zu begehen, hätte ich nicht gedacht."

„Er kam mir vor, als ob er den Verstand verloren hätte." Bailey hielt noch immer M.J.s Hand umklammert, als ob sie befürchtete, die Freundin könnte sich ohne die körperliche Berührung in Luft auflösen. „Das Ganze war so ein Schock, dass ich es tagelang verdrängt habe. Alles. Ich konnte mich an nichts mehr erinnern, nicht mal mehr an meinen Namen. Nach und nach kehrte meine Erinnerung wieder zurück, aber ich weiß nicht, was ich ohne Cade gemacht hätte. Es war einfach schrecklich."

„Ich kann es gar nicht erwarten, ihn kennen zu lernen." M.J. schaute Bailey forschend an. „Scheint so, als ob er ganze Arbeit geleistet hätte."

„Sieht man das?" fragte Bailey errötend.

„Na klar, es steht dir wie mit Leuchtschrift quer über die Stirn geschrieben."

„Dabei ist es erst ein paar Tage her", sagte Bailey, halb zu sich selbst.

„Es ist alles so schnell gegangen. Es kommt mir so vor, als würde ich ihn schon immer kennen." Ihre Mundwinkel hoben sich, und in ihre braunen Augen trat ein warmer Glanz. „Er liebt mich, M.J. Er liebt mich sehr. Ich weiß, dass es verrückt klingt, und doch ist es so. Und ich liebe ihn ebenso. Aber stell dir bloß vor, ich konnte mich nicht mehr an dich erinnern. Oder an Grace. Ist das nicht schrecklich?" Eine Träne rollte ihr über die Wange, als sie die Augen schloss.

M.J. drückte tröstlich ihre Hand.

„Ich weiß, dass es nur ein paar Tage waren, aber ich war so einsam ohne dich. Ich wäre fast verzweifelt. Wenn Cade nicht gewesen wäre, wäre ich ganz bestimmt verzweifelt. Und dann, als ich wieder anfing, mich zu erinnern, sind wir in deine Wohnung gefahren, und du warst fort, und ich hatte schreckliche Angst um dich, als ich sah, in was für einem Zustand deine Wohnung war. Danach ist alles ganz schnell gegangen. Es ist erst ein paar Stunden her. Dann erinnerte ich mich an das Handy, das du immer mit dir rumschleppst. Ich erinnerte mich und rief dich an. Und da bist du jetzt."

„Es war der schönste Anruf, den ich jemals bekommen habe."

„Und der schönste, den ich jemals gemacht habe." Baileys Lippen begannen erneut zu zittern. „M.J., ich kann Grace nicht finden."

„Ich weiß." M.J. legte Bailey einen Arm um die Schultern. „Wir müssen nur fest dran glauben, dass es ihr gut geht. Jack und ich waren bis heute Morgen in ihrem Landhaus. Sie war bis vor kurzem dort, Bailey. Und wir beide haben uns schließlich auch wieder gefunden. Wart nur ab, bald sind wir alle wieder zusammen."

„Ja, ganz bestimmt." Sie schlenderten auf das Haus zu. „Und dieser Jack? Macht er dich glücklich?"

„O ja. Wenn er mich nicht zur Weißglut bringt."

Kichernd öffnete Bailey die Tür. „Dann kann ich es auch nicht erwarten, ihn kennen zu lernen.

„Ich mag deine Freundin." Jack stand auf Cades Terrasse und ließ seine Blicke über den noch regennassen Garten schweifen.

„Sie mag dich auch."

„Sie hat Klasse. Sie hat eine harte Zeit durchgemacht, aber glücklicherweise hat sie Parris kennen gelernt, der ihr da durchgeholfen hat. Er ist verrückt nach ihr."

„Das lässt sich schwer übersehen."

Jack nahm ihre Hand, betrachtete sie eingehend. Sie ist nicht zerbrechlich wie Baileys, dachte er, dafür aber stark und kompetent. „Er kann ihr eine Menge bieten. Ebenfalls Klasse, Geld, ein schönes Haus. Man nennt es wohl Sicherheit."

Sie ließ ihn nicht aus den Augen. „Ja, ich schätze."

Es war nicht seine Absicht gewesen, die Sprache auf das zu bringen, was ihm jetzt auf der Zunge lag. Aber das Leben war zu kurz, um Zeit zu vergeuden.

„Mein alter Herr war ein Herumtreiber", sagte er abrupt. „Meine Mutter servierte Betrunkenen Drinks, wenn ihr der Sinn nach Arbeiten stand. Ich habe mir das Geld fürs College mit tausend Hilfsarbeiterjobs zusammenverdient, nur um am Ende mit einem nutzlosen Abschluss in englischer Literatur, Nebenfach Anthropologie, dazustehen. Frag mich nicht, warum ich das gemacht habe, ich weiß es nicht, aber damals erschien es mir genau das Richtige. Und jetzt jage ich irgendwelchen Leuten hinterher, die versuchen, sich ihrer Verantwortung zu entziehen." Er wartete einen Herzschlag lang, aber sie sagte nichts. „Nicht gerade das, was man Sicherheit nennt."

„Nein."

„Und du? Suchst du Sicherheit?"

Sie dachte darüber nach. „Nein."

Er fuhr sich mit der Hand durchs Haar, schaute ihr forschend in die Augen, versuchte, auf den tiefsten Grund ihrer Seele zu schauen. „Manchmal ist irgendetwas einfach richtig."

„Und wenn etwas richtig ist, muss man nicht lange nach den Gründen fragen, warum das so ist."

„Vielleicht nicht. Ich weiß nicht, was ich hier tue. Ich weiß nicht, warum das jetzt alles so ist, wie es ist. Ich habe mein Leben bisher allein gelebt, und es war gut so. Verstehst du, was ich meine?"

Die Irritation in seiner Stimme belustigte sie. Sie grinste. „Klar versteh' ich, was du meinst. Der einsame Wolf. Willst du heute Nacht den Mond anheulen, oder was?"

„Komm mir jetzt bitte nicht so, wenn ich versuche, dir etwas zu erklären."

Er machte einen kleinen Rundgang über die Terrasse. Zwischen zwei Bäumen hing eine Hängematte, und irgendwo in diesen nassen grünen Blättern sang sich ein Vogel die Seele aus dem Leib.

Sein Leben war nie so einfach, so beschaulich oder so schön gewesen. Er hatte ihr nur das anzubieten, was er war und was er für sie empfand.

Sie würde sich entscheiden müssen, ob ihr das ausreichte, um darauf aufzubauen.

„Der Punkt ist, dass ich mein Leben nicht weiter allein verbringen möchte." Er riss den Kopf hoch, und sein blaues Auge leuchtete unter seiner hochgezogenen aufgeplatzten Braue hervor. „Verstehst du das?"

„Wie sollte ich das nicht verstehen?" Sie grinste süffisant. „Du bist so richtig schön kitschig verliebt in mich, Kumpel."

„Oh, halt den Mund, halt wenigstens ein einziges Mal den Mund." Er atmete zischend aus und legte sich eine Hand auf seine schmerzende Seite. „Meine Gefühle sind im Moment gar nicht der Punkt. Unter extremen Umständen passieren bestimmten Menschen eben manchmal extreme Dinge."

„Jetzt fängt er wieder an herumzuphilosophieren. Das muss mit diesem Nebenfach Anthropologie zusammenhängen."

Er schloss die Augen und betete um Geduld. „Ich versuche, meine Karten offen auf den Tisch zu legen. Du kommst von woanders her als ich, und vielleicht willst du nicht dorthin, wo ich hin möchte. Oder vielleicht möchtest du es ja auch langsamer angehen lassen, sorgfältiger. Traditioneller."

Jetzt schnaubte sie empört. „Komme ich dir so vor? Wie der traditionelle Typ?"

Sein Stirnrunzeln vertiefte sich. „Das vielleicht nicht gerade, aber das ändert nichts daran, dass du dich vor einer Woche allein noch sauwohl gefühlt hast. Du hast ein Recht, Fragen zu stellen und nach Gründen zu suchen. Ein paar Tage mit mir berechtigen mich noch längst nicht..."

„Ich stelle keine Fragen und suche nach keinen Gründen, Jack", unterbrach sie ihn. „Seit ich dich kennen gelernt habe, habe ich aufgehört, mich allein wohl zu fühlen, und darüber bin ich sehr glücklich."

Oh, Himmel, dachte sie und wappnete sich. Jetzt war es so weit. Jetzt musste sie den letzten Vertrauensbeweis auch noch erbringen. „M.J. steht für Magdalen Juliette."

Er schüttete sich aus vor Lachen. Das war das Letzte, was er erwartet hatte. „Magdalen Juliette? Du willst mich wohl auf den Arm nehmen."

„Es steht für Magdalen Juliette", stieß sie zwischen zusammengebissenen Zähnen hervor. „Und die einzigen Menschen, die das wissen, sind meine Familie, Bailey und Grace. Mit anderen Worten, die einzigen Menschen, die ich liebe und denen ich blind vertraue, und du gehörst jetzt auch dazu."

„Magdalen Juliette." Er ließ sich die Namen auf der Zunge zergehen. „Das klingt ja wie ein Titel, Zuckerpüppchen."

„Ich heiße M.J. Ganz legal M.J., weil es das ist, was ich wollte. Und jedem, der mich in irgendeiner Form Magdalen Juliette oder anders als M.J. nennt, werde ich mit dem größten Vergnügen die Haut bei lebendigem Leib abziehen."

Sie ist glatt dazu im Stande, dachte er mit einem schiefen Grinsen. „Wenn du nicht willst, dass ich ihn benutze, warum hast du ihn mir dann überhaupt verraten?"

Sie machte einen Schritt auf ihn zu. „Darum, aber ich sage dir dennoch, dass mein Name M.J. O'Leary ist, und ich weiß, was ich will.“

Leidenschaft loderte in seinen Augen auf und vertrieb das Grinsen aus seinem Gesicht. „Bist du dir da ganz sicher?“

„Ja, ich bin mir ganz sicher. Und du?“

„Ja.“ Er hatte plötzlich Mühe zu atmen. „Es ist ein großer Schritt.“

„Der größte.“

„Okay.“ Seine Hände waren schweißnass in seinen Hosentaschen, deshalb zog er sie jetzt heraus. „Du zuerst.“

Sie grinste. „Nein, du.“

„Niemals. Ich habe es beim letzten Mal zuerst gesagt. Es ist nur fair.“

Sie musste einräumen, dass er Recht hatte. Sie legte den Kopf schräg und taxierte ihn eingehend. Ja, dachte sie. Sie war sich ganz sicher. „Also okay. Lass uns heiraten.“

Er kostete die Welle des Glücks aus, die ihn überlief, und hakte die Daumen in die Hosentaschen. „Solltest du mich nicht etwas fragen? Du weißt schon, mir einen Heiratsantrag machen? Jeder Mann hat ein Recht auf ein bisschen Romantik angesichts eines erhebenden Augenblicks.“

„Du forderst dein Glück heraus.“ Dann lachte sie und legte ihm die Arme um seinen Hals. „Aber was zum Teufel... willst du mich heiraten, Jack?“

„Ja klar, warum nicht?“

Und als sie wieder lachte, zog er sie an seinen schmerzenden, geschundenen Körper.

Es war perfekt, absolut perfekt.

Nora Roberts

Der geheime Stern

Roman

1. KAPITEL

Die Frau auf dem Porträt hatte ein Gesicht, das geschaffen war, einem Mann den Atem zu rauben und ihn in seinen Träumen zu verfolgen. Es war vielleicht nahezu so perfekt, wie die Natur es erlaubte. Strahlend blaue Augen flüsterten von Sex und lächelten wissend unter dichten schwarzen Wimpern hervor. Die Brauen waren perfekt geschwungen, mit einem neckischen kleinen Schönheitsfleck unter der linken Braue. Die Haut war rein wie Porzellan und von einem warmen, rosigen Schimmer überhaucht – gerade warm genug, um in einem Mann die Hitze fantasieren zu lassen, die nur er allein erzeugen konnte. Die Nase war schmal und gerade.

Der Mund – und, oh, der Mund ließ sich schwer übersehen – war einladend geschwungen, schien weich wie ein Kissen und doch energisch. Eine kühne rote Versuchung, verlockend wie der Ruf einer Sirene.

Dieses atemberaubende Gesicht war umrahmt von ebenholzschwarzem Haar, das über cremig weiße Schultern floss. Glänzend, herrlich, verschwenderisch. Die Art von Haar, in dem sich sogar ein starker Mann verlieren konnte – die Finger in diese schwarze Seide gekrallt, während sich sein Mund tief und immer tiefer in diesen weichen lächelnden Lippen versenkte.

Grace Fontaine, dachte Seth, eine Studie der Perfektion weiblicher Schönheit.

Zu schade, dass sie tot war.

Er wandte sich von dem Porträt ab, verärgert darüber, dass sein Blick und seine Gedanken wieder dorthin zurückwanderten. Die Spurensicherung hatte ihre Arbeit beendet, und die Leiche war mittlerweile abtransportiert worden. Zurückgeblieben war nur ein scheußlich an einen menschlichen Körper erinnernder weißer Kreideumriss, der den glänzenden kastanienbraunen Parkettfußboden verunzierte.

Die Todesursache ließ sich leicht bestimmen. Ein hässlicher Sturz von dem oberen Stockwerk direkt durch das geschwungene Geländer nach unten, wo sie mit dem Gesicht in einem seegroßen Glastisch gelandet war.

Sie hatte im Tod ihre Schönheit eingebüßt, und das war verdammt schade.

Kein Zweifel, dass sie auf der Stelle tot gewesen war. Das Haus war beeindruckend. Mit hohen Decken, die dem Raum Weite gaben, und einem halben Dutzend großzügiger Oberlichter, durch die die rosigen Strahlen der untergehenden Sonne hereinfielen. Alles war geschwungen – die Treppen, die Türen, die Fenster. Wieder weiblich, wie er vermutete. Das Holz glänzte, das Glas funkelte, die Möbelstücke waren offensichtlich sorgfältig ausgesuchte Antiquitäten. Irgendjemand würde sich eine Menge Mühe machen müssen, um die Blutflecken aus der taubengrauen Polsterung der Couch herauszubekommen.

Er versuchte sich vorzustellen, wie es hier wohl ausgesehen haben mochte, bevor derjenige, der Grace Fontaine von der Balustrade geholfen hatte, durch die Räume gestürmt war.

Bestimmt waren da keine zertrümmerten Statuen oder aufgeschlitzte Kissen gewesen. Die Blumen würden sorgfältig arrangiert in den Vasen gestanden haben, statt wie jetzt zertreten auf den Orientteppichen herumzuliegen.

Und mit Sicherheit waren da kein Blut gewesen und kein zerbrochenes Glas und auch nicht die weiße Puderschicht, die die Spurensicherung hinterlassen hatte.

Sie hat gut gelebt, dachte er. Aber sie hatte es sich auch leisten können, gut zu leben. Mit einundzwanzig hatte sie, das wilde Kind des Fontaine-Imperiums und eine verhätschelte, privilegierte Waise, ihr Erbe angetreten. Eine exzellente Erziehung, der Liebling der Country Clubs und die Kopfschmerzen, die sie, wie er vermutete, den konservativen und steifen Fontaines, Besitzer der berühmten Kaufhauskette Fontaine Departement Stores, verursacht hatte.

Es war selten eine Woche vergangen, ohne dass Grace Fontaine in den Gesellschaftsseiten der *Washington Post* erwähnt worden wäre oder ein Paparazzo ein Hochglanzfoto von ihr schoss. Und das gewöhnlich nicht wegen einer guten Tat.

Angesichts des jüngsten und letzten Abenteuers im Leben der Grace Fontaine würde es einen Aufschrei in der Presse geben, sobald die Nachricht durchgesickert war. Und man würde genüsslich alle ihre Eskapaden noch einmal auswalzen. Dass sie mit neunzehn für ein Nacktfoto posiert hatte, die stürmische und sehr öffentliche Affäre mit einem verheirateten englischen Lord, die Tändelei mit einem Herzensbrecher aus Hollywood.

Und sie hatte noch mehr Löcher in ihrem Designergürtel, wie Seth sich erinnerte. Es hatte da einen Bundessenator gegeben, einen Schriftsteller, den Maler, der das Porträt von ihr angefertigt hatte, den Rockstar, der, wie man gerüchteweise gehört hatte, versucht hatte, sich das Leben zu nehmen, nachdem sie ihm einen Korb gegeben hatte.

Sie hatte eine Menge Männer in ihr kurzes Leben gepackt.

Und jetzt, mit sechsundzwanzig, war Grace Fontaine tot.

Es war sein Job, nicht nur das Wie herauszufinden, sondern auch das Wer. Und das Warum.

Er hatte bereits eine Theorie. Die drei Sterne von Mithra – drei blaue Diamanten von unschätzbarem Wert – die impulsive und verzweifelte Handlung einer Freundin und Neid.

Seth runzelte die Stirn, während er durch das leere Haus wanderte und die Ereignisse, die ihn bis zu dem Punkt gebracht hatten, an dem er sich jetzt befand, vor seinem geistigen Auge Revue passieren ließ. Da er seit seiner Kindheit ein Interesse an Mythologie hatte, wusste er ein bisschen über die drei Sterne Bescheid. Sie bildeten den Stoff für viele Legenden und waren einst Teil eines goldenen Dreiecks gewesen, das eine Statue des Gottes Mithra in Händen gehalten hatte.

Ein Stein stand für Liebe, wie er sich erinnerte, während er die gewundene Treppe in den ersten Stock hinaufstieg. Einer für Wissen und der Dritte für Großzügigkeit. Die Legende besagte, dass derjenige, der im Besitz der drei Steine war, über göttliche Macht verfügte. Und unsterblich war.

Was natürlich, logisch betrachtet, Unsinn war. Tatsache jedoch war, dass die blauen Diamanten pro Stück über hundert Karat wogen und sechs königliche Lösegelder wert waren. Und irgendjemand wollte sie, und es machte ihm nichts aus zu töten, um in ihren Besitz zu gelangen.

Und mittlerweile stapeln sich die Leichen bereits, dachte er, während er sich eine Hand durch sein dunkles Haar zog. Den Anfang hatte Thomas Salvani gemacht, Teilhaber der Firma Salvani, eine Juweliersfirma, die von dem Smithsonian Museum den Auftrag erhalten hatte, die Echtheit der Steine zu überprüfen und ihren Wert zu schätzen. Es gab Beweise dafür, dass das Verifizieren und Schätzen Thomas Salvani und seinem Zwillingsbruder Timothy nicht genug gewesen war.

Über eine Million in bar deutete darauf hin, dass sie andere Pläne gehabt hatten – und einen Kunden, der die Sterne für sich selbst wollte.

Hinzu kam die Aussage von Bailey James, der Stiefschwester der beiden Salvanis und Augenzeugin des Mordes. Eine Edelsteinexpertin von untadeligem Ruf, die behauptete, entdeckt zu haben, dass ihre Stiefbrüder den Plan hatten, die Steine zu kopieren, die Originale zu verkaufen und das Land mit dem Erlös zu verlassen.

Sie hatte vorgehabt, ihre Brüder zur Rede zu stellen. Nachdem sie die Steine getrennt an ihre beiden Freundinnen verschickt hatte, um sie in Sicherheit zu bringen. Und ohne die Polizei einzuschalten. Seth schüttelte den Kopf und seufzte kurz auf. Die Gedanken von Zivilisten würden ihm wahrscheinlich sein ganzes Leben lang ein Rätsel bleiben.

Nun, sie hatte für ihr unüberlegtes Handeln bezahlt. Indem sie in einen hässlichen Mord hineingelaufen und selbst nur ganz knapp mit dem Leben davongekommen war – und mit einer Erinnerung, die für die nächsten Tage auf Grund des erlittenen Schocks vollkommen blockiert gewesen war.

Er trat in Grace' Schlafzimmer und ließ seine Blicke kühl über den brutal durchgewühlten Raum wandern.

Und war Bailey James anschließend zur Polizei gegangen? Nein, sie hatte es vorgezogen, sich an einen Privatdetektiv zu wenden, den sie sich aus dem Branchenbuch herausgepickt hatte. Seth presste verärgert die Lippen zusammen. Er zollte Privatdetektiven wenig Respekt und noch weniger Bewunderung. Sie hatte es nur ihrem Glück zu verdanken, dass sie über einen Fähigeren der Spezies gestolpert war. Cade Parris war zumindest nicht ganz so schlecht wie der

Durchschnitt, und er hatte es sogar geschafft – ebenfalls durch Glück, davon war Seth überzeugt –, eine Spur zu erschnüffeln.

Und war im Verlauf des Prozesses fast selbst getötet worden. Womit er bei dem zweiten Toten war. Timothy Salvani war jetzt ebenso tot wie sein Bruder. Er konnte Parris keinen Vorwurf daraus machen, dass er sich gegen einen Mann mit einem Messer verteidigt hatte, was für den zweiten Salvani ein tödliches Ende genommen hatte.

Und dann war Bailey James' zweite Freundin während des ereignisreichen Juli-Wochenendes mit einem Grenzjäger geflüchtet. Seth lehnte sich in einer seltenen Anwandlung von offen zur Schau gestellten Gefühlen gegen den Türstock und rieb sich die Augen.

M.J. O'Leary. Er würde sie bald persönlich befragen müssen. Und er würde derjenige sein, der ihr und Bailey James die Nachricht vom Tod ihrer Freundin Grace überbringen musste. Beides gehörte seiner Dienstauffassung nach zu seinen Pflichten.

O'Leary hatte den zweiten Stein und war mit dem Grenzjäger Jack Dakota am Samstagnachmittag untergetaucht. Obwohl es jetzt erst Montagabend war, hatten M.J. und ihr Begleiter eine Menge Staub aufgewirbelt – einschließlich dreier weiterer Leichen.

Seth dachte an den zwielichtigen Geldverleiher, der nicht nur versucht hatte, Dakota hereinzulegen, sondern sich durch Erpressung noch zusätzliche Einnahmen beschaffen wollte. Der Muskelprotz, der hinter M.J. her gewesen war, hatte offensichtlich den Auftrag erhalten, ihn ebenfalls aus dem Weg zu räumen, und hatte ihn umgebracht. Den Muskelprotz und seinen Komplizen hatte wenig später ihr Schicksal auf einer regennassen Straße ereilt.

Womit er, Seth, wieder in einer Sackgasse steckte.

Grace Fontaine war möglicherweise die Dritte im Bunde. Er war sich nicht sicher, was ihr leeres Haus, ihr übel zugerichteter Besitz ihm sagten. Aber er würde alles Zentimeter für Zentimeter bis in den hintersten Winkel durchkämmen. Das war sein Stil.

Er würde ganz genau hinschauen und eine sorgfältige Vorgehensweise an den Tag legen, und dann würde er auch die Antworten finden. Er glaubte an Ordnung, er glaubte an Recht. Und er glaubte unerschütterlich an Gerechtigkeit.

Seth Buchanan war Polizist in der dritten Generation und hatte sich mit Geschick, einer fast Furcht erregenden Geduld und einer kühlen Objektivität, die jede gute Polizeiarbeit erforderte, bis zum Lieutenant hochgearbeitet. Seine Untergebenen respektierten ihn, manche fürchteten ihn insgeheim. Er wusste, dass er oft hinter vorgehaltener Hand „die Maschine" genannt wurde, aber er nahm keinen Anstoß daran. Gefühle, Temperamentsausbrüche, die Trauer und die Schuldgefühle, in denen sich Zivilisten gehen lassen konnten, hatten keinen Platz in seinem Job.

Wenn man ihn als unnahbar, sogar kalt und kontrolliert bezeichnete, sah er es als Kompliment.

Er blieb noch einen Moment länger auf der Schwelle stehen, der mahagonigerahmte Spiegel an der Wand gegenüber reflektierte sein Spiegelbild. Er war ein hoch gewachsener, gut gebauter Mann, mit Muskeln wie Eisen unter der dunklen Anzugjacke. Weil er allein war, hatte er seine Krawatte gelockert, und sein nachtschwarzes Haar war leicht zerzaust, weil er sich mit den Fingern durchgefahren war. Es war voll und leicht gewellt. Er hatte es aus einem ernsten Gesicht zurückgestrichen, das sich eines energischen Kinns und einer goldbraunen Haut rühmen konnte.

Seine Nase war ihm vor Jahren, als er noch Streife gefahren war, gebrochen worden, wodurch sein Gesicht noch kantiger wirkte. Sein Mund war hart, stark und selten zu einem Lächeln bereit. Seine Augen hatten das dunkle Gold eines alten Gemäldes und blieben stets kühl unter den geraden schwarzen Brauen.

An einer großen Hand trug er einen Ring, den er von seinem Vater geerbt hatte. In dem schweren Gold waren die Worte Dienen und Beschützen eingraviert.

Er nahm beide Pflichten überaus ernst.

Er bückte sich und hob einen See aus roter Seide auf, das oberste Stück auf einem Kleiderhaufen, der auf dem Aubussonteppich lag. Er strich mit den schwieligen Fingerspitzen darüber. Der rote Seidenhausmantel passte zu dem kurzen Seidennachthemd, das das Opfer angehabt hatte.

Er wollte an sie nur als Opfer denken, nicht als die Frau auf dem

Porträt und gewiss nicht als die Frau in diesen neuen und verstörenden Träumen, die seinen Schlaf unterbrochen hatten. Und er war wütend, dass seine Gedanken immer wieder zu diesem beeindruckenden Gesicht zurückwanderten – zu der Frau hinter dem Gesicht. Genau dies ist – war, korrigierte er sich – Teil ihrer Macht. Diese Fähigkeit, in den Kopf eines Mannes zu kriechen, bis er von ihr besessen war.

Bestimmt war sie unwiderstehlich, dachte er, noch immer die knisternde Seide in Händen. Unvergesslich. Gefährlich.

War sie für einen Mann in diesen Hauch aus Seide geschlüpft? Hatte sie Besuch erwartet – einen leidenschaftlichen Abend zu zweit?

Und wo war der dritte Stern? Hatte ihr unerwarteter Besucher ihn gefunden und mitgenommen? Der Safe in der Bibliothek im Erdgeschoss war aufgebrochen und ausgeräumt gewesen. Es erschien nur logisch, dass sie etwas, das so wertvoll war, weggeschlossen hatte.

War sie vor ihrem Mörder davongerannt? Hatte er sie verfolgt? Warum hatte sie ihn überhaupt ins Haus gelassen? Die Sicherheitsschlösser waren nicht beschädigt gewesen. War sie so leichtsinnig gewesen, einem Fremden nur mit einem dünnen Seidenmorgenmantel bekleidet die Tür zu öffnen?

Oder hatte sie ihn gekannt?

Vielleicht hatte sie den Diamanten ja selbst aus dem Tresor geholt, um ihn ihm zu zeigen. Hatte Gier den Platz der Leidenschaft eingenommen? Ein Streit, dann Handgreiflichkeiten. Ein Kampf, ein Sturz. Anschließend die Verwüstung des Hauses, um das Ganze als Raubüberfall erscheinen zu lassen.

Es war eine Möglichkeit. Unten hatte er ihr dickes Adressbuch, und er würde es Namen für Namen durchkämmen. Genauso wie er und die Mannschaft, die er zusammengestellt hatte, ihr Haus in Potomac, Maryland, Quadratzentimeter für Quadratzentimeter durchkämmen würden.

Aber jetzt musste er erst ein paar Leuten einen Besuch abstatten, um ihnen die traurige Nachricht ihres Todes zu hinterbringen. Er würde eine von Grace Fontaines Freundinnen oder ein Mitglied ihrer Familie bitten, die Leiche zu identifizieren.

Er bedauerte es mehr, als ihm recht war, dass irgendjemand, dem sie etwas bedeutet hatte, gezwungen sein würde, einen Blick auf ihr zerstörtes Gesicht zu werfen.

Es war ganz dunkel, als er zurückkehrte. Es war nicht ungewöhnlich für ihn, dass er auch noch spätabends an einem Fall arbeitete. Außerhalb des Jobs hatte Seth kein Leben, das diesen Namen verdiente, und er hatte auch nie daran gedacht, sich eins aufzubauen. Die Frauen, mit denen er sich hin und wieder einließ, waren sorgfältig ausgewählt. Die meisten tolerierten die Anforderungen, die seine Arbeit an ihn stellte, und waren selten auf eine feste Beziehung aus. Und weil er wusste, wie frustrierend es für diejenigen war, die sich trotz alledem Hoffnungen machten, war er stets auf Beschwerden und sogar Anklagen von den Frauen, die sich vernachlässigt fühlten, gefasst.

Deshalb machte er niemals Versprechungen. Und lebte allein.

Er wusste, dass er hier am Tatort kaum etwas tun konnte. Eigentlich sollte er jetzt hinter seinem Schreibtisch sitzen – oder zumindest hätte er nach Hause gehen sollen, um den Kopf freizubekommen. Aber irgendetwas hatte ihn wieder zurück in dieses Haus gezogen. Nein, zu der Frau, um ganz ehrlich zu sein. Es war nicht das einstöckige Gebäude aus Holz und Glas, wie schön auch immer es sein mochte, das diese Anziehungskraft auf ihn ausübte.

Es war das Gesicht auf dem Porträt.

Seine Leute hatten bereits mit den Routinebefragungen in der Nachbarschaft begonnen, in der Hoffnung, dass irgendjemand in einer der angrenzenden Villen irgendetwas gesehen oder gehört hatte.

Die gerichtsmedizinische Untersuchung ging nur schleppend voran – verständlicherweise, wie Seth sich erinnerte. Es war Feiertag, und das Personal war auf ein Minimum beschränkt. Der offizielle Bericht würde wohl noch eine Weile auf sich warten lassen.

Aber es war nicht der fehlende Bericht, der an seinen Gedanken zerrte, während er wieder zu dem Porträt über dem Kamin wanderte.

Grace Fontaine war geliebt worden. Er hatte es unterschätzt, wie tief Freundschaft reichen konnte. Doch vorhin hatte er mit eigenen Augen den Schock und die grenzenlose Trauer gesehen, die sich auf den Gesichtern der beiden Frauen widergespiegelt hatten, die er vor einer halben Stunde verlassen hatte.

Es hatte ein Band existiert zwischen Bailey James, M.J. O'Leary und Grace, das stärker war als alles, was er je gesehen hatte. Er bedauerte es – und er bedauerte selten etwas –, dass er gezwungen gewesen war, ihnen die traurige Nachricht so unverblümt mitzuteilen.

Mein aufrichtiges Beileid.

Worte, die Polizisten sagten, um den Tod zu verhüllen, mit dem sie tagein, tagaus lebten – ein oft gewaltsamer, immer unerwarteter Tod. Er hatte die Worte ebenso gesagt wie schon zu oft in der Vergangenheit und hatte beobachtet, wie die zerbrechliche Blondine und die katzenäugige Rothaarige schlicht zerbröselten. Einander umklammernd, waren sie regelrecht zerbröselt.

Er hatte die beiden Männer, die sich zu ihren Beschützern aufgeschwungen hatten, nicht gebraucht, um zu wissen, dass er nichts anderes tun konnte, als sie mit ihrer Trauer allein zu lassen. Ihm war vom ersten Augenblick an klar gewesen, dass er in dieser Nacht keine Antworten auf seine Fragen erhalten würde. Nichts, was er hätte sagen oder tun können, wäre in der Lage gewesen, diesen dicken Vorhang aus Trauer und Verzweiflung zu durchdringen.

Grace Fontaine wurde geliebt, dachte er wieder, während er in diese umwerfend blauen Augen schaute. Nicht einfach nur begehrt von Männern, sondern geliebt von zwei Frauen. Was war es hinter diesen Augen, was war es hinter diesem Gesicht, das diese bedingungslose Zuneigung verdiente?

„Wer zum Teufel bist du?", murmelte er. Die Antwort war einzig dieses kühne, einladende Lächeln. „Zu schön, um real zu sein. Zu sehr deiner eigenen Schönheit bewusst, um weich zu sein." Seine tiefe Stimme, die heiser war vor Erschöpfung, hallte in der Stille wider. Er schob seine Hände in seine Taschen und wiegte sich auf seinen Absätzen vor und zurück. „Zu tot, um sich darüber den Kopf zu zerbrechen."

Und obwohl er sich von dem Porträt abwandte, hatte er das unheimliche Gefühl, dass es ihn beobachtete. Ihn einschätzte.

Bis jetzt war es ihm noch nicht gelungen, ihre nächsten Verwandten – die Tante und den Onkel aus Virginia, die sie nach dem Tod ihrer Eltern bei sich aufgezogen hatten – zu erreichen. Die Tante machte Urlaub in einer Villa in Italien und war heute Nacht unerreichbar.

Villen in Italien, dachte er, blaue Diamanten, Ölporträts über saphirblau gekachelten Kaminen. Es war eine Welt weit weg von seiner mittelständischen Herkunft und dem Leben, das er sich selbst ausgesucht hatte.

Aber er wusste, dass die Gewalt keine Favoriten hatte.

Er würde jetzt vielleicht in sein winziges Haus mit seinem briefmarkengroßen Parkplatz fahren, das sich neben Dutzenden von anderen winzigen Häusern drängte. Es würde leer sein, weil es keine Frau gab, die auf ihn wartete. Aber sein Zuhause würde für ihn da sein.

Und dieses Haus hier, mit all seinem glänzenden Holz und den Glasfassaden, dem leicht abfallenden, gepflegten Rasen, dem glitzernden Swimmingpool und den kunstvoll zurechtgestutzten Büschen hatte seine Besitzerin nicht beschützt.

Er ging um den Kreideumriss auf dem Fußboden herum und schickte sich an, wieder die Treppe hinaufzugehen. Er war nervös – er war gern bereit, das zuzugeben. Und das Beste, was er dagegen tun konnte, war zu arbeiten.

Wieder im Schlafzimmer angelangt, ließ er seinen Blick über die Kleider wandern, die noch immer im Schrank hingen, und schüttelte den Kopf. Sogar der Mörder hatte vor dieser Menge anscheinend kapituliert. Er hatte sich nicht die Mühe gemacht, sie alle herauszureißen.

Die Zahl der Schuhpaare schätzte Seth gut über zweihundert, und eine Regalwand war offensichtlich nur dazu da, Handtaschen zu beherbergen. Doch diese, in allen erdenklichen Farben und Formen und Größen, waren allesamt herausgerissen, geöffnet und durchsucht worden.

Es gab noch einen zweiten Schrank mit Pullovern, Halstüchern, Modeschmuck. Bestimmt hatte sie auch eine Menge echten Schmuck besessen, wovon sich ein gewisser Teil bestimmt in dem jetzt leeren Tresor befunden hatte. Und vielleicht hatte sie auch ein Schließfach bei einer Bank.

Das würde er morgen überprüfen.

Sie hat gern Musik gehört, dachte er, während sein Blick über die drahtlosen Lautsprecher wanderte. Er hatte in jedem Raum Lautsprecher gesehen, und unten im Wohnzimmer lagen überall verstreut CDs, Kassetten und sogar Plattenalben herum. Sie hatte offenbar einen bunt zusammengewürfelten Musikgeschmack gehabt. Alles von Bach bis zu den B-52s.

Ob sie viele Abende allein verbracht hatte? Mit Musik, die das ganze Haus erfüllt hatte? Hatte sie sich jemals vor diesem exklusiven Kamin mit einem der Hunderten von Büchern zusammengerollt, die die Regale ihrer Bibliothek füllten?

Eingekuschelt auf der Couch, dachte er, in diesem kurzen seidenen Hausmantel, die Eine-Million-Dollar-Beine hochgezogen. Ein Glas Brandy neben sich, die Musik auf leise gestellt, während das Sternenlicht durch die Dachfenster fiel.

Er konnte es nur allzu gut vor sich sehen. Er sah, wie sie aufschaute, sich diesen Wasserfall aus schwarzen Haaren aus diesem atemberaubend schönen Gesicht strich und diese verführerischen Lippen verzog, als sie ihn dabei ertappte, wie er sie anschaute. Das Buch beiseite legte und einladend die Hand ausstreckte, wobei sie dieses tiefe, gurrende Lachen ausstieß, während sie ihn zu sich herunterzog.

Er konnte es fast schmecken.

Und weil das so war, fluchte er in sich hinein, gab sich einen Moment Zeit, um sein plötzlich schneller schlagendes Herz wieder unter Kontrolle zu bringen.

Tot oder lebendig, die Frau war eine Hexe. Und die verdammten Steine, absurd oder nicht, schienen ihre Macht noch zu vergrößern.

Und er verschwendete seine Zeit. Komplette Zeitverschwendung, sagte er sich. Er musste zurückfahren und dem Obduktionsteam Feuer unterm Hintern machen. Er brauchte endlich den genauen Todeszeitpunkt. Und dann musste er anfangen, die Nummern im Adressbuch des Opfers durchzutelefonieren.

Er musste aus diesem Haus raus, das nach dieser Frau roch. Alles roch nach ihr. Und sich in Zukunft davon fern halten, bis er sich sicher war, dass er seiner für ihn ganz untypischen Einbildungskraft die Zügel anlegen konnte.

Wütend über sich selbst und sein Abweichen von der Routine ging er aus dem Schlafzimmer. Er wollte gerade die Treppe nach unten steigen, als er aus dem Augenwinkel eine Bewegung wahrnahm. Seine Hand zuckte zu seiner Waffe. Aber es war bereits zu spät.

Sehr langsam ließ er die Hand sinken, blieb stehen, wo er war, und starrte nach unten. Es war nicht die Automatik, die auf sein Herz zielte, die ihn bewegungslos verharren ließ. Es war die Tatsache, dass diese, ruhig wie ein Felsen, in der Hand einer Toten lag.

„Nun", sagte die Tote und trat einen Schritt nach vorn in den Lichtschein, den der Kronleuchter im Foyer verbreitete. „Sie sind zweifellos ein chaotischer Einbrecher und ein dummer obendrein." Diese schockierend blauen Augen schauten zu ihm rauf. „Warum geben Sie mir nicht einen guten Grund dafür, Ihnen ein Loch in den Kopf zu schießen, bevor ich die Polizei anrufe?"

Für einen Geist passten seine vorhergehenden Fantasien perfekt auf sie. Die Stimme war ein Gurren, erotisch und heiser und erstaunlich lebendig. Und für eine kürzlich Verblichene hatte sie verblüffend zorngerötete Wangen. Es passierte nicht oft, dass Seth' Hirn aussetzte. Aber jetzt war es passiert. Er sah eine Frau, quicklebendig und eingehüllt in weiße Seide, mit glitzerndem Schmuck an den Ohren und einer glänzenden silbernen Pistole in der Hand.

Er riss sich mit aller Kraft zusammen, um sich seinen Schock nicht anmerken zu lassen. „Ich bin die Polizei."

Ihre Lippen verzogen sich zu einem sarkastischen Lächeln. „Natürlich sind Sie das, Hübscher. Wer könnte sonst schon in einem verschlossenen Haus herumschleichen, wenn niemand zu Hause ist, als ein überarbeiteter Cop auf Streife?"

„Ich bin schon lange kein Streifenpolizist mehr. Ich bin Buchanan. Lieutenant Seth Buchanan. Wenn Sie die Freundlichkeit hätten, Ihre Waffe etwas beiseite zu nehmen, würde ich Ihnen meine Dienstmarke zeigen."

„Mit dem größten Vergnügen." Ohne ihn aus den Augen zu lassen, zog sie den Lauf leicht nach links. Ihr Herz hämmerte wie ein

Vorschlaghammer in einer Kombination aus Angst und Wut, aber sie machte noch einen lässigen Schritt auf ihn zu, während er mit zwei Fingern in seine Tasche langte. Die Dienstmarke wirkt echt, überlegte sie. Soweit sie es sehen konnte, zumindest.

Und dann wurde es ihr plötzlich überaus mulmig. Noch viel mulmiger als noch vor ein paar Minuten, als sie die Auffahrt heraufgefahren war, das fremde Auto und die Festtagsbeleuchtung in ihrem leeren Haus gesehen hatte.

Sie riss ihren Blick von der Dienstmarke los und schaute ihn wieder an. Verdammt, er konnte ebenso gut ein Bulle wie auch ein Gangster sein. Sehr attraktiv, in einem makellos gebügelten modischen Hemd. Der gut gebaute, durchtrainierte Körper, breit in den Schultern und schmal in den Hüften, wirkte rücksichtslos diszipliniert.

Augen wie diese, kühl und klar und goldbraun, die alles auf einmal zu sehen schienen, gehörten entweder einem Cop oder einem Kriminellen. Wie auch immer, auf jeden Fall gehörten sie einem gefährlichen Mann.

Gefährliche Männer zogen sie normalerweise an. Aber in diesem Moment, während ihr die Merkwürdigkeit der Situation aufging, war sie nicht empfänglich.

„Also gut, Buchanan, Lieutenant Seth, warum erzählen Sie mir nicht, was Sie in meinem Haus machen?“ Sie dachte an das, was sie in ihrer Tasche herumtrug – was Bailey ihr vor ein paar Tagen geschickt hatte –, und spürte, wie sich das ungute Gefühl in ihrem Magen verstärkte.

In welchem Schlamassel stecken wir da? fragte sie sich. Und wie soll ich da rauskommen, wenn mich ein Cop in Grund und Boden starrt?

„Haben Sie neben Ihrer Dienstmarke auch einen Durchsuchungsbefehl bei sich?“ fragte sie.

„Nein, habe ich nicht.“ Er würde sich besser fühlen, beträchtlich besser, wenn sie die Pistole ganz herunternehmen würde. Aber sie schien entschlossen, sie weiter auf ihn gerichtet zu halten, ein bisschen niedriger jetzt, nicht weniger ruhig, aber niedriger. Aber immerhin hatte er jetzt seine Selbstbeherrschung wieder. Ohne sie aus den Augen zu lassen, ging er die Treppe nach unten und blieb vor ihr stehen. „Sie sind Grace Fontaine."

Sie beobachtete, wie er seine Dienstmarke wieder in die Tasche steckte, während diese unergründlichen Polizistenaugen in ihrem Gesicht forschten. Sich meine Gesichtszüge einprägten, dachte sie irritiert. Sich Gedankennotizen über irgendwelche unveränderlichen Kennzeichen machten. Was zum Teufel ging hier vor?

„Ja, ich bin Grace Fontaine. Das hier ist mein Grundstück, mein Haus. Und da Sie ohne einen Durchsuchungsbefehl hier sind, machen Sie sich des Hausfriedensbruchs schuldig. Da es überflüssig scheint, die Polizei zu rufen, sollte ich vielleicht meinen Anwalt benachrichtigen."

Er legte den Kopf schräg und erhaschte unwillkürlich eine Kostprobe dieses Sirenendufts. Vielleicht war es das und der unwillkommene Effekt, den dies auf ihn ausübte, was ihn veranlasste, ohne nachzudenken zu sprechen.

„Nun, Miss Fontaine, für eine Tote sehen Sie verdammt gut aus."

2. KAPITEL

Grace' Erwiderung bestand darin, dass sie die Augen verengte, eine Braue hochzog. „Wenn das eine Art Polizistenhumor sein soll, fürchte ich, dass Sie es mir übersetzen müssen."

Es ärgerte Seth, dass ihm diese Bemerkung entschlüpft war. Es war unprofessionell. Er hob langsam die Hand und drückte behutsam den Lauf ihrer Waffe noch ein Stückchen nach links. „Ich hoffe, Sie haben nichts dagegen", sagte er, entwand ihr die Pistole und leerte das Magazin aus, ehe sie protestieren konnte. Es war nicht der richtige Zeitpunkt, sich ihren Waffenschein zeigen zu lassen, deshalb gab er die leere Pistole zurück und steckte die Munition ein.

„Es ist ratsam, die Waffe immer mit beiden Händen zu halten", erklärte er beiläufig und so nüchtern, dass sie fast den Verdacht hatte, hinter seinen Worten könnte Belustigung lauern. „Und wenn Sie sie behalten wollen, müssen Sie aufpassen, dass Sie immer außer Reichweite bleiben."

„Vielen Dank für die Lektion in Selbstverteidigung." Offensichtlich verärgert, öffnete sie ihre Handtasche und warf die Pistole hinein. „Aber Sie haben mir noch immer nicht meine ursprüngliche Frage beantwortet, Lieutenant. Was machen Sie in meinem Haus?"

„Sie hatten einen Vorfall, Miss Fontaine."

„Einen Vorfall? Noch mehr Polizistensprache?" Sie atmete hörbar aus. „Ist hier eingebrochen worden?" fragte sie, zog zum ersten Mal ihre Aufmerksamkeit von dem Mann ab und ließ ihre Blicke an ihm vorbei durch das Foyer schweifen. „Hat man mich ausgeraubt?" setzte sie hinzu, dann erhaschte sie durch den Torbogen einen Blick auf einen umgestürzten Stuhl und eine zertrümmerte Bodenvase im Wohnzimmer.

Fluchend schickte sie sich an, an ihm vorbeizugehen. Er packte sie am Arm und hielt sie auf. „Miss Fontaine..."

„Nehmen Sie Ihre Hand da weg", fauchte sie ihn an. „Das ist mein Haus."

Er lockerte seinen Griff nicht. „Das ist mir bewusst. Wann genau waren Sie zum letzten Mal hier?"

„Das sage ich Ihnen erst, nachdem ich weiß, was alles weg ist." Sie schaffte es, noch zwei Schritte zu machen und entnahm dem Chaos im Wohnzimmer, dass es sich nicht um einen ordentlichen oder organisierten Einbruch handelte. „Na, sie haben ja offensichtlich ganze Arbeit geleistet, stimmt's? Meine Reinigungsfirma wird sehr unglücklich sein." Sie schaute auf Seth' Finger, die noch immer ihren Oberarm umschlossen. „Testen Sie meinen Bizeps, Lieutenant? Ich rede mir gern ein, dass er hart ist."

„Ihre Muskeln sind in Ordnung." Nach allem, was er von ihr in dieser leicht durchsichtigen elfenbeinfarbenen Seidenhose sehen konnte, waren sie mehr als in Ordnung. „Ich hätte gern eine Antwort auf meine Frage, Miss Fontaine. Wann waren Sie zum letzten Mal zu Hause?"

„Hier?" Sie seufzte, zuckte eine elegante Schulter. Ihre Gedanken flitzten zu den ärgerlichen Kleinigkeiten, die mit einem Einbruch einhergingen. Die Versicherung anrufen, Anzeige erstatten, Erklärungen abgeben. „Am Mittwochnachmittag. Ich war ein paar Tage verreist." Sie war über die Tatsache, dass man in ihrer Abwesenheit bei ihr eingebrochen und sie ausgeraubt hatte, mehr schockiert, als sie sich anmerken lassen wollte. Irgendwelche Fremden hatten ihre Sachen angefasst. Nichtsdestotrotz warf sie ihm unter dichten schwarzen Wimpern hervor einen lächelnden Blick zu. „Wollen Sie nicht mitschreiben?"

„Wenn es nötig ist. Wer hat in Ihrer Abwesenheit in Ihrem Haus gewohnt?"

„Niemand. Ich mag es nicht, wenn in meiner Abwesenheit Leute in meinem Haus sind. Wenn Sie mich jetzt bitte entschuldigen..." Sie riss sich abrupt von ihm los und schlenderte durch das Foyer auf den Torbogen zu. „Guter Gott." Die Wut kam zuerst, schnell und intensiv. Sie wollte irgendeinem Gegenstand einen Fußtritt versetzen, selbst wenn er bereits zertrümmert war. „Mussten sie denn das, was sie nicht rauskarren konnten, unbedingt ruinieren?" brummte sie. Sie schaute auf, sah die zersplitterte Balustrade und fluchte erneut. „Und was zum Teufel haben sie da oben gemacht? Das ist mir ja eine schöne Alarmanlage, wenn jeder hier einfach..."

Sie brach unvermittelt ab, als sie den Kreideumriss auf dem glänzenden Fußboden entdeckte. Während sie noch darauf starrte, unfähig, den Blick loszureißen, wich ihr alles Blut aus dem Gesicht.

Sich mit einer Hand auf dem blutbefleckten Sofa abstützend, starrte sie auf den Umriss, auf die wie Diamanten glitzernden Glasscherben, die ihr Kaffeetisch gewesen waren, und die angetrocknete schwarze Blutlache.

„Warum gehen wir nicht ins Esszimmer?" sagte er leise.

Sie riss ihre Schultern zurück, obwohl er sie nicht angefasst hatte. In ihrer Magengrube hatte sich ein Eisklumpen gebildet, und die Hitzewellen, die durch sie hindurchschossen, schafften es nicht, ihn zum Schmelzen zu bringen. „Wer wurde ermordet?" brachte sie schließlich mühsam heraus. „Wer starb hier?"

„Bis vor ein paar Minuten wurde vermutet, dass Sie es waren."

Sie schloss die Augen, vage besorgt, dass ihr Blick an den Rändern verschwimmen könnte. „Entschuldigen Sie", sagte sie ganz klar und ging auf tauben Beinen durchs Zimmer. Sie hob eine Flasche Brandy vom Boden auf, machte sie zitternd auf und nahm aus einer Vitrine ein Glas. Und schenkte sich großzügig ein.

Den ersten Drink nahm sie wie Medizin. Er sah es an der Art, wie sie ihn hinunterkippte und sich zwei Mal heftig schüttelte. Die Farbe brachte der Alkohol nicht in ihre Wangen zurück, aber Seth nahm an, dass er ihr System genug durchschüttelte, dass es wieder funktionierte.

„Miss Fontaine, ich denke, es ist besser, wir unterhalten uns in einem anderen Zimmer."

„Mir geht es gut." Ihre Stimme war heiser. Sie trank wieder, bevor sie sich zu ihm umdrehte. „Warum dachten Sie, dass ich es bin?"

„Das Opfer war in Ihrem Haus und hatte einen Hausmantel an. Ihre Personenbeschreibung passte auf die Frau. Ihr Gesicht war... beschädigt von dem Fall. Sie hatte ungefähr Ihre Größe und Statur, Ihr Alter und Ihre Haarfarbe."

Ihre Haarfarbe. Grace holte zitternd Atem. Dann konnte es sich bei der Toten weder um Bailey noch um M.J. handeln. „Ich hatte keine Gäste, während ich verreist war." Wieder holte sie tief Luft in der Gewissheit, dass die Ruhe da war, sie musste sie nur noch erreichen. „Ich habe keine Ahnung, wer die Frau gewesen sein könnte, vielleicht gehörte sie ja zu den Einbrechern. Wie ist sie..." Grace schaute wieder auf die zertrümmerte Balustrade, die hässlichen scharfen Kanten zersplitterten Holzes. „Sie muss gestoßen worden sein."

„Das muss erst noch bewiesen werden."

„Ich bin mir sicher, dass es so war. Ich kann Ihnen nicht weiterhelfen, Lieutenant. Da ich keine Zwillingsschwester habe..." Sie brach ab, und das Blut wich ihr erneut aus dem Gesicht. Jetzt ballte sie ihre freie Hand zur Faust und presste sie sich in den Magen. „Oh, nein. Oh, mein Gott."

Er zögerte nicht. „Wer war sie?"

„Ich... Das kann nicht sein... Sie war früher manchmal hier, wenn ich weg war. Deshalb habe ich aufgehört, meinen Schlüssel draußen liegen zu lassen. Aber vielleicht hat sie sich ja irgendwann einen Nachschlüssel gemacht. Sie dachte sich nichts dabei."

Sie riss ihren Blick von dem Umriss los, stieg mit ihrem Glas in der Hand wieder über die Trümmer und setzte sich auf die Couchlehne. „Eine Cousine." Sie nahm bedächtig einen Schluck von ihrem Brandy, ließ die wärmende Flüssigkeit ihre Kehle hinabrinnen. „Melissa Bennington – nein, ich glaube, nach ihrer Scheidung vor ein paar Monaten hat sie wieder ihren Mädchennamen Fontaine angenommen. Ich bin mir nicht sicher." Sie fuhr sich mit der Hand durchs Haar. „Ich habe mich nicht genug für sie interessiert, um solche Details zu wissen."

„Sie sieht Ihnen ähnlich?"

Sie lächelte matt und humorlos. „Melissa setzt seit eh und je alles daran, ich zu sein. Nachdem ich mich anfangs gelinde geschmeichelt fühlte, fand ich es irgendwann gelinde ärgerlich, und seit ein paar Jahren finde ich es erbärmlich. Wahrscheinlich gibt es zwischen uns eine oberflächliche Ähnlichkeit, die sie kräftig herausstreicht. Sie ließ sich die Haare wachsen und färbte sie in meiner Farbe. Vom Körperbau her sind wir etwas verschieden, aber sie... glich das aus. Sie kauft in denselben Geschäften wie ich, geht in dieselben Salons. Wählt dieselben Männer. Wir sind mehr oder weniger zusammen aufgewachsen. Sie hatte immer das Gefühl, mir gegenüber benachteiligt zu sein."

Sie zwang sich, sich umzudrehen, auf den Fußboden zu schauen, und spürte, wie sie von einer Welle der Trauer und des Mitleids überschwemmt wurde. „Und diesmal war sie es offenbar wirklich."

„Könnte Sie jemand, der Sie nicht gut kennt, mit ihr verwechseln?"

„Auf den ersten Blick möglicherweise. Vielleicht ein flüchtiger Bekannter. Keinesfalls jemand, der..." Sie unterbrach sich wieder und sprang auf. „Sie glauben, dass jemand sie getötet hat in dem Glauben, sie sei ich? Dass jemand sie mit mir verwechselt hat? Das ist absurd. Nein, nein, es war ein Einbruch, ein Raubüberfall. Ein schrecklicher Unfall."

„Das ist möglich." Jetzt zückte er in der Tat sein Notizbuch und notierte sich den Namen ihrer Cousine. Dann schaute er auf, begegnete ihrem Blick. „Es ist also sehr gut möglich, dass irgendjemand hier war, Ihre Cousine mit Ihnen verwechselt und vermutet hat, sie hätte den dritten Stern."

Sie ist gut, entschied er. In ihren Augen war kaum ein Flackern, bevor sie log. „Ich habe keine Ahnung, wovon Sie sprechen."

„Natürlich haben Sie das. Und wenn Sie seit Mittwoch nicht mehr hier waren, haben Sie ihn noch." Er warf einen Blick auf die Tasche, die sie noch immer in der Hand hielt.

„Ich pflege gewöhnlich keine Sterne in meiner Handtasche mit mir herumzutragen." Sie warf ihm ein Lächeln zu, das an den Rändern ganz leicht zitterte. „Aber es ist ein hübscher, fast poetischer Gedanke. Hören Sie, ich bin müde..."

„Miss Fontaine." Seine Stimme klang schroff und kühl. „Dieses Opfer ist die sechste Leiche, mit der ich es heute im Zusammenhang mit den drei blauen Diamanten zu tun bekommen habe."

Ihre Hand schoss hervor, ergriff seinen Arm. „M.J. und Bailey?"

„Ihren Freundinnen geht es gut." Er spürte, wie ihr Griff sich lockerte. „Sie hatten ein ereignisreiches verlängertes Wochenende, was sie hätten umgehen können, wenn sie sich mit der Polizei in Verbindung gesetzt und mit ihr kooperiert hätten. Und Kooperation erwarte ich jetzt von Ihnen, so oder so."

Sie warf ihr Haar zurück. „Wo sind sie? Was haben Sie gemacht, haben Sie sie etwa in eine Zelle gesperrt? Mein Anwalt wird sie da rausholen und dafür sorgen, dass Sie zur Rechenschaft gezogen werden." Sie schickte sich an, zum Telefon zu gehen und sah, dass es nicht auf dem Queen-Anne-Tisch stand.

„Nein, sie sind nicht in einer Zelle." Es stachelte ihn auf, wie sie versuchte, die Zügel an sich zu reißen und ihm Dampf zu machen. „Ich könnte mir vorstellen, dass sie im Augenblick Ihre Trauerfeier planen."

„Meine Trauerfeier..." Ihre wunderschönen blauen Augen wurden riesengroß vor Schreck. „Oh, mein Gott, Sie haben ihnen gesagt, ich sei tot? Sie denken, ich bin tot? Wo sind sie? Wo ist dieses verdammte Telefon? Ich muss sie sofort anrufen."

Sie kniete sich auf den Fußboden und begann, in dem ganzen

Chaos nach dem Telefon zu wühlen. Als er erneut nach ihrem Arm griff, schüttelte sie ihn ab. „Sie sind beide nicht zu Hause."

„Sie sagten, sie wären nicht im Gefängnis."

„Sind sie auch nicht." Er sah, dass er nichts aus ihr herausbekommen würde, ehe sie nicht zufrieden gestellt war. „Ich bringe Sie zu ihnen. Aber dann setzen wir beide uns zusammen, Miss Fontaine – das verspreche ich Ihnen."

Grace sprach kein Wort, als er mit ihr durch die schmucke Vorstadt am Stadtrand von D.C. fuhr. Er hatte ihr versichert, dass es Bailey und M.J. gut ging, und ihr Instinkt sagte ihr, dass Lieutenant Seth Buchanan nichts als die Wahrheit sagte. Tatsachen waren immerhin sein Geschäft. Aber sie verklammerte dennoch ihre Hände ineinander, bis ihre Knöchel schmerzten.

Sie musste sie sehen, musste sie berühren.

Ihr Schuldgefühl drückte sie wie eine schwere Last nach unten, sie fühlte sich schuldig, dass sie um sie trauerten, während sie in den letzten Tagen ihrem Bedürfnis, allein weg zu sein, nachgegangen war. Irgendwo anders zu sein.

Was war ihnen über das verlängerte Wochenende zugestoßen? Hatten sie versucht, Kontakt mit ihr aufzunehmen? Es war schmerzhaft offensichtlich, dass die drei blauen Diamanten, die Bailey für das Museum schätzen sollte, die Quelle von allem waren.

Als ihr wieder der Kreideumriss auf ihrem Fußboden in den Sinn kam, erschauerte Grace ein weiteres Mal.

Melissa. Arme, bemitleidenswerte Melissa. Aber jetzt konnte sie nicht an sie denken. Jetzt konnte sie an nichts anderes als an ihre Freundinnen denken.

Wenig später fuhr Seth die Einfahrt zu einer alten Villa hinauf. Sie sah einen funkelnden Jaguar, dann ein unbeschreibliches Schiff von einem Auto. Aber keinen schnittigen MG, keinen praktischen Kleinwagen.

„Ihre Autos sind nicht da", begann sie und warf ihm einen misstrauischen und anklagenden Blick zu.

„Aber sie sind da."

Sie stieg aus und rannte, ihn ignorierend, zur Eingangstür. Sie klopfte entschlossen, aber ihre Hand zitterte. Die Tür öffnete sich, und ein Mann, den sie nie vorher gesehen hatte, schaute sie an. Seine kühlen grünen Augen flackerten erschrocken auf, dann erwärmten sie sich langsam. Einen Moment später breitete sich ein Lächeln auf seinem Gesicht aus, und er legte ihr eine Hand auf die Wange.

„Sie sind Grace."

„Ja, ich..."

„Es ist einfach wundervoll, Sie zu sehen." Er nahm sie mit einer so von Herzen kommenden Zuneigung in den Arm, dass sie gar nicht die Zeit hatte, überrascht zu sein. „Ich bin Cade", sagte er, während sein Blick dem von Seth begegnete. „Cade Parris. Kommen Sie rein."

„Bailey. M.J."

„Gleich hier durch. Es wird ihnen wieder gut gehen, sobald sie Sie sehen." Er nahm ihren Arm, spürte, wie sie zitterte. Doch auf der Schwelle zum Wohnzimmer blieb sie stehen und legte ihm eine Hand auf den Unterarm.

Bailey und M.J. standen Hand in Hand mit dem Rücken zu ihnen im Zimmer. Ihre Stimmen waren leise und tränenerstickt. Ein Stück von ihnen entfernt stand ein Mann, die Hände hatte er in seine Hosentaschen geschoben, auf seinem mit Blutergüssen unterlaufenen Gesicht lag ein Ausdruck der Hilflosigkeit. Als er sie sah, leuchteten seine Augen, die die Farbe von Sturmwolken hatten, auf. Sein Lächeln haute sie fast um.

Grace holte zitternd Luft, atmete langsam aus. „Nun", sagte sie mit einer klaren, ruhigen Stimme, „es ehrt mich zu wissen, dass es Menschen gibt, die über meinen Tod untröstlich sind."

Beide Frauen wirbelten herum. Für einen Moment starrten sich alle drei an, drei Augenpaare liefen über. Und dann bewegten sie sich alle drei auf einmal und stürzten aufeinander zu. Gleich darauf lagen sie sich lachend und weinend zugleich in den Armen.

Ein Dreieck, dachte Seth stirnrunzelnd. Mit drei miteinander verbundenen Eckpunkten, die sie zu einem Ganzen machten. Wie das goldene Dreieck, das die unbezahlbaren Steine enthielt.

„Ich denke, sie könnten ein bisschen Zeit brauchen", sagte Cade leise und machte eine auffordernde Handbewegung. „Lieutenant?"

Er deutete den Flur hinunter und hob eine Braue, als Seth zögerte. „Ich glaube nicht, dass sie im Augenblick irgendwo hingehen."

Mit einem kaum wahrnehmbaren Schulterzucken wich Seth einen Schritt zurück. Zwanzig Minuten konnte er ihnen geben. „Ich muss Ihr Telefon benutzen."

„In der Küche ist eines. Willst du ein Bier, Jack?"

Der dritte Mann grinste. „Du spielst meinen Song."

„Amnesie", sagte Grace ein bisschen später. Sie und Bailey saßen aneinander gelehnt auf dem Sofa, während M.J. sich zu ihren Füßen niedergelassen hatte. „Alles war einfach weg?"

„Alles." Bailey hielt Grace' Hand fest umklammert. „Ich wachte in diesem schrecklichen kleinen Hotelzimmer ohne Erinnerung auf, mit über einer Million in bar und dem Diamanten. Cades Namen habe ich mir aus dem Telefonbuch herausgepickt. Parris." Sie lächelte ein bisschen. „Lustig, nicht?"

„Jetzt schaffe ich es endgültig, dich zu überreden, mit nach Frankreich zu kommen", prophezeite Grace.

„Er hat mir durch alles hindurchgeholfen." Die Wärme in ihrem Tonfall veranlasste Grace, M.J. einen bedeutungsvollen Blick zuzuwerfen. Darüber würden sie später in allen Einzelheiten reden. „Nach und nach fing ich wieder an, mich zu erinnern. An dich und M.J. Es waren nur Erinnerungsblitze. Ich konnte eure Gesichter sehen und sogar eure Stimmen hören, aber nichts passte zusammen. Er hat es schließlich auf Salvani eingeengt, und als er mich mit dorthin genommen hat... Er brach ein."

„Kurz bevor wir es taten", fügte M.J. hinzu. „Jack sah, dass die Schlösser geknackt waren."

„Wir gingen rein", fuhr Bailey fort, und ihre tränennassen Augen wurden glasig. „Und dann fiel mir plötzlich alles wieder ein, dass Thomas und Timothy planten, die Steine zu stehlen, sie zu kopieren. Dass ich euch deshalb beiden je einen Stein per Kurier zugeschickt hatte. Dumm, so dumm."

„Nein, das war es nicht." Grace legte Bailey den Arm um die Schultern. „Mir leuchtet es absolut ein. Du hattest keine Zeit für irgendetwas anderes."

„Ich hätte zur Polizei gehen sollen, aber ich war mir so sicher, dass ich es schaffen könnte. Ich ging in Thomas' Büro, um die beiden zur Rede zu stellen, ich wollte ihnen sagen, dass das Spiel aus ist. Und dann sah ich..." Sie begann wieder zu zittern. „Den Kampf. Schrecklich. Die Blitze zuckten durchs Zimmer und erhellten ihre Gesichter. Dann griff Timothy nach dem Brieföffner, dem Messer. Der Strom fiel aus, aber ich konnte sehen, was er tat... was er Thomas antat. Das ganze Blut."

„Nicht", murmelte M.J. und fuhr mit einer Hand beruhigend über Baileys Knie. „Denk nicht mehr daran."

„Doch." Bailey schüttelte den Kopf. „Ich muss. Er sah mich, Grace. Er wollte mich ebenfalls umbringen. Er kam hinter mir her. Ich schnappte mir die Tasche mit der Anzahlung, die sie von ihrem Auftraggeber bekommen hatten, und rannte durch die Dunkelheit. Und dann versteckte ich mich unter der Kellertreppe. In diesem kleinen Verlies unter der Treppe. Aber ich konnte ihn sehen, wie er mir nachjagte, mit dem ganzen Blut auf seinen Händen. Ich erinnere mich noch immer nicht daran, wie ich raus und in dieses Hotelzimmer kam."

Grace konnte die Vorstellung nicht ertragen – ihre ruhige, ernste Freundin, gejagt von einem Mörder. „Das Wichtigste ist, dass du ihm entkommen bist, und jetzt bist du in Sicherheit." Grace schaute auf M.J. herunter. „Wir alle sind es." Sie versuchte ein ermutigendes Grinsen. „Und wie hast du deine Feiertage verbracht?"

„Auf der Flucht mit einem Grenzjäger, ans Bett angekettet in einem schäbigen Motelzimmer, um ein Haar erschossen worden von zwei Dreckskerlen – mit einem kleinen Umweg über dein Haus in den Bergen."

Grenzjäger, dachte Grace und versuchte, Schritt zu halten. Der Mann namens Jack, vermutete sie, mit dem Pferdeschwanz und den stürmischen grauen Augen. Und dem Killergrinsen. Handschellen, ein schäbiges Motel, eine Schießerei. Sie presste die Fingerspitzen an die Augen und versuchte, sich einen Reim auf die ganze Sache zu machen.

„Ihr wart in meinem Haus? Wann?"

„Es ist eine lange Geschichte." M.J. gab Grace eine Kurzversion der Hand voll Tage seit ihrer ersten Begegnung mit Jack.

„Wir wissen, dass irgendjemand an den Strippen zieht", schloss M.J. „Aber sonderlich viel weiter sind wir bis jetzt noch nicht gekommen. Der Geldverleiher und Erpresser, der Jack die gefälschten Unterlagen über mich gegeben hat, ist tot, die beiden Typen, die hinter uns her waren, sind tot, die Salvanis sind tot."

„Und Melissa", murmelte Grace.

„Das war Melissa?" Bailey drehte sich zu Grace um. „In deinem Haus?"

„Sie muss es gewesen sein. Als ich nach Hause kam, war dieser Cop da. Mein Haus war völlig auf den Kopf gestellt, und sie nahmen an, dass es sich bei der Toten um mich handelt." Es dauerte einen Moment, einen sorgfältigen Atemzug, ehe sie ihre Geschichte beenden konnte. „Sie ist von der Galerie gestürzt – oder heruntergestoßen worden. Ich war meilenweit weg, als es passierte."

„Wo warst du denn?" erkundigte sich M.J. „Als Jack und ich in dein Landhaus kamen, war es fest verschlossen. Aber ich dachte... ich war mir sicher, dass du vor kurzem noch dort warst. Ich konnte dich riechen."

„Ich bin gestern Morgen abgefahren. Ich bekam plötzlich Lust aufs Wasser, deshalb fuhr ich zur Ostküste rauf. Fast wollte ich noch eine Nacht bleiben. Aber ich rief euch beide von meinem Hotel aus an und bekam ständig nur eure Anrufbeantworter. Ich begann, mich unbehaglich zu fühlen, weil ich euch nicht erreichen konnte, deshalb fuhr ich nach Hause." Sie schloss einen Moment ihre Augen. „Bailey, ich habe nicht richtig nachgedacht. Kurz bevor ich weggefahren bin, haben wir eins von unseren Kindern verloren."

„Oh, Grace. Das tut mir so Leid."

„Es passiert immer wieder. Sie werden mit Aids geboren oder cracksüchtig oder mit einem Loch im Herzen. Manche von ihnen sterben. Aber ich kann mich einfach nicht daran gewöhnen. Deshalb habe ich nicht richtig nachgedacht. Erst auf der Heimfahrt setzte mein Denken wieder ein. Und ich fing an, mir Sorgen zu machen. Dann war da dieser Cop in meinem Haus. Er fragte mich nach dem Stein. Ich wusste nicht, was du willst, dass ich ihm sagen soll."

„Wir haben der Polizei mittlerweile alles erzählt." Bailey seufzte. „Weder Cade noch Jack scheinen diesen Buchanan besonders zu mögen, aber sie respektieren seine Fähigkeiten. Die beiden Steine sind jetzt in Sicherheit, genau wie wir."

„Es tut mir Leid, was ihr beide habt durchmachen müssen. Es tut mir Leid, dass ich nicht hier war."

„Es hätte keinen Unterschied gemacht", erklärte M.J. „Wir waren in alle Winde zerstreut – jede mit einem Stein. Vielleicht hat es ja so sein sollen."

„Jetzt sind wir wieder zusammen." Grace nahm von jeder Freundin eine Hand. „Was passiert als Nächstes?"

„Ladys." Seth trat ein, ließ seinen kühlen Blick über sie hinwegwandern, dann richtete er sein Augenmerk auf Grace. „Miss Fontaine. Der Diamant?"

Sie erhob sich und griff nach ihrer Handtasche, die sie sorglos auf die Couch geworfen hatte. Sie öffnete sie, nahm einen Samtbeutel heraus und ließ den Stein auf ihren Handteller gleiten. „Wunderbar, nicht?" murmelte sie. „Diamanten fühlen sich doch eigentlich kalt an, stimmt's, Bailey? Aber der hier hat... Hitze." Sie hob den Blick, als sie zu Seth hinüberging. „Wie viele Leben hat er bis jetzt gekostet?"

Sie hielt ihm den Stein auf dem Handteller hin. Als sich seine Finger um den Stein schlossen, spürte sie plötzlich den Stromschlag – seine Finger auf ihrer Haut, der schimmernde blaue Diamant zwischen ihren Händen.

Irgendetwas klickte, fast hörbar.

Sie fragte sich, ob er es gefühlt, gehört hatte. Warum sonst verengte er diese rätselhaften Augen, oder warum sonst verharrte seine Hand eine Sekunde länger als notwendig? Ihr stockte der Atem.

„Eindrucksvoll, stimmt's?" brachte sie mühsam heraus, dann spürte sie, wie die seltsame Welle aus Gefühl und Wiedererkennen abebbte, als er ihr den Stein aus der Hand nahm.

Er kümmerte sich nicht um den Schauer, der ihm über die Arme kroch, und er sprach beißend. „Ich könnte mir vorstellen, dass dies selbst außerhalb Ihrer Preisklasse ist, Miss Fontaine."

Sie lächelte kaum. Nein, sagte sie sich, er konnte nichts gefühlt haben – und sie auch nicht. Alles nur Einbildung und Stress. „Ich ziehe es vor, meinen Körper mit etwas weniger... Offensichtlichem zu schmücken."

Bailey erhob sich. „Für die Sterne trage ich die Verantwortung, zumindest bis das Smithsonian etwas anderes bestimmt." Sie warf einen Blick auf Cade, der auf der Schwelle stehen geblieben war. „Wir schließen sie in den Safe. Alle. Und morgen Vormittag spreche ich mit Dr. Linstrum."

Seth drehte den Stein in seiner Hand. Er überlegte, dass er ihn konfiszieren konnte, ebenso wie die anderen. Sie waren immerhin Beweismittel in mehreren Mordfällen. Aber der Gedanke, mit einem so riesigen Vermögen im Auto ins Polizeirevier zurückzufahren, behagte ihm nicht.

Parris ist ein Ärgernis, schoss es ihm durch den Kopf. Aber immerhin war er aufrichtig. Und wenn er ganz ehrlich zu sich war, erleichterte ihn der Gedanke, dass die Steine in Bailey James' Obhut bleiben sollten, bis das Smithsonian sie zurückverlangte, beträchtlich. Er fragte sich nur, was die Verantwortlichen des Museums sagen würden, wenn sie von der kürzlichen Reise der drei Sterne hörten.

Aber das war nicht sein Problem.

„Schließen Sie sie ein", sagte er und reichte den Stein an Cade weiter. „Und ich werde morgen ebenfalls mit Dr. Linstrum sprechen, Miss James."

Cade machte einen schnellen drohenden Schritt nach vorn. „Hören Sie, Buchanan..."

„Nein." Ruhig trat Bailey zwischen sie, eine kühle Brise zwischen zwei aufkommenden Stürmen. „Lieutenant Buchanan hat Recht, Cade. Es ist jetzt sein Fall."

„Deshalb hört er noch lange nicht auf, meiner zu sein." Er warf Seth einen langen, warnenden Blick zu. „Passen Sie gut auf", sagte er und ging dann mit dem Stein davon.

„Danke, dass Sie Grace so schnell hergebracht haben, Lieutenant."

Seth schaute auf Baileys ausgestreckte Hand, die ihn offensichtlich verabschieden wollte. Hier ist dein Hut, dachte er. Verschwinde.

„Es tut mir Leid, dass ich gestört habe, Miss James." Er ließ seinen Blick über M.J. wandern. „Miss O'Leary. Sie halten sich zu meiner Verfügung."

„Wir gehen nicht weg." M.J. hob das Kinn, als Jack sich zu ihr gesellte. „Fahren Sie vorsichtig, Lieutenant."

Er nahm die zweite Verabschiedung mit einem leichten Nicken zur Kenntnis. „Miss Fontaine? Ich fahre Sie zurück."

„Sie bleibt hier." M.J. sprang wie eine Tigerin, die ihre Jungen verteidigt, vor Grace. „Sie geht heute Nacht nicht in dieses Haus zurück, sie bleibt bei uns."

„Es kann durchaus sein, dass Sie nicht nach Hause gehen, Miss Fontaine", sagte Seth kühl. „Vielleicht ist es Ihnen ja lieber, meine Fragen in meinem Büro zu beantworten."

„Das kann ja wohl nicht Ihr Ernst sein..."

Er unterband Baileys Protest mit einem Blick. „Ich habe eine Leiche in der Gerichtsmedizin. Das nehme ich sehr ernst."

„Sie sind ein Spitzenmann, Buchanan", sagte Jack gedehnt, aber es klang drohend. „Warum gehen wir beide nicht nach nebenan und unterhalten uns ein bisschen über... unsere Optionen?"

„Es ist okay." Grace machte einen Schritt nach vorn und legte ein glaubwürdiges Lächeln auf. „Sie sind Jack, stimmt's?"

„Richtig." Er entzog Buchanan gerade lange genug seine Aufmerksamkeit, um sie anlächeln zu können. „Jack Dakota. Freut mich, Sie kennen zu lernen... Miss April."

„Oh, meine wilden Jugendjahre." Mit einem kleinen Auflachen küsste sie ihn auf die blau unterlaufene Wange. „Ich weiß Ihr Angebot, den Lieutenant für mich in seine Grenzen zu verweisen, zu schätzen, Jack, aber Sie sehen aus, als hätten Sie bereits einige Runden hinter sich."

Jetzt grinste er und fuhr sich mit dem Daumen über den geschwollenen Kiefer. „Ich kann noch ein paar Runden weitermachen."

„Daran zweifle ich nicht. Aber so Leid es mir tut, der Cop hat Recht." Sie warf sich das Haar auf den Rücken und bedachte jetzt Seth mit diesem Lächeln, allerdings ein paar Grade kühler. „Taktlos, aber korrekt. Er braucht ein paar Antworten. Ich muss zurück."

„Du gehst nicht allein in dieses Haus zurück", beharrte Bailey. „Nicht heute Nacht, Grace."

„Mir geht es gut. Aber wenn es deinem Cade recht ist, packe ich mir ein paar Sachen zusammen und komme wieder zurück, wenn ich alles hinter mich gebracht habe." Sie warf Cade einen Blick zu, als dieser wieder ins Zimmer kam. „Haben Sie ein Gästebett für mich, Darling?"

„Darauf können Sie Gift nehmen. Warum fahre ich nicht einfach mit Ihnen, helfe Ihnen, ein paar Sachen zusammenzupacken und bringe Sie wieder hierher zurück?"

„Sie bleiben bei Bailey." Sie streifte wie nebenbei und doch schon mit offensichtlicher Zuneigung mit den Lippen seine Wange. „Ich bin mir sicher, dass Lieutenant Buchanan und ich zurechtkommen." Sie griff nach ihrer Handtasche, wandte sich um und umarmte M.J. und Bailey noch einmal. „Sorgt euch nicht um mich. Immerhin bin ich ja in den Armen des Gesetzes."

Sie hatte gewusst, dass es hart werden würde. Sie hatte gewusst, dass es schrecklich sein würde. Grace hatte sich seelisch darauf vorbereitet – zumindest hatte sie das geglaubt. Doch nichts hätte sie auf den Anblick vorbereiten können, der sich ihr bot, als sie jetzt in der Leichenhalle auf das, was von der Frau übrig geblieben war, hinunterschaute.

Es war kaum überraschend, dass man Melissa mit ihr verwechselt hatte. Von dem Gesicht, auf das Melissa immer so stolz gewesen war, war kaum noch etwas übrig. Der Tod hatte grausam zugeschlagen, und Grace wusste durch ihr Engagement im Krankenhaus, dass er oft grausam war.

„Es ist Melissa." Ihre gepresste Stimme hallte in dem kalten, weiß gekachelten Raum wider. „Meine Cousine, Melissa Fontaine."

„Sind Sie sicher?"

„Ja. Wir waren unter anderem in demselben Fitnesscenter. Ich kenne ihren Körper so gut wie meinen eigenen. Sie hat ein sichelförmiges Muttermal auf dem unteren Rücken. Und hier an ihrem Fußballen ist eine halbmondförmige Narbe, die sie sich zugezogen hat, als sie mit zwölf in eine zerbrochene Muschel reingetreten ist."

Seth bückte sich, um sich die Narbe genauer anzuschauen, dann nickte er der Assistentin zu. „Es tut mir Leid für Ihren Verlust."

„Ja, da bin ich mir sicher." Mit Muskeln, die sich anfühlten wie Glas, drehte sie sich zu ihm um und merkte, wie ihr plötzlich alles vor den Augen verschwamm. „Entschuldigen Sie mich."

Sie war schon fast bei der Tür, ehe sie schwankte. In sich hineinfluchend, fing Seth sie auf, zog sie auf den Flur und schob sie auf einen Stuhl. Mit einer Hand drückte er ihr den Kopf zwischen die Knie.

„Ich werde nicht ohnmächtig." Sie kniff die Augen ganz fest zu, wobei sie verzweifelt gegen die Wellen von Übelkeit anzukämpfen versuchte.

„Oh, Gott", stöhnte sie schließlich. „Sie ist tot. Und das alles nur, weil sie mich gehasst hat."

„Was?"

„Es ist jetzt egal. Sie ist tot." Jetzt setzte sie sich wieder auf und lehnte ihren Kopf gegen die weiße Wand. Ihre Wangen waren noch immer farblos. „Ich muss meine Tante anrufen. Ihre Mutter. Ich muss ihr erzählen, was passiert ist."

Er versuchte, die Frau einzuschätzen, studierte das Gesicht, das leichenblass nicht weniger atemberaubend schön war als sonst. „Geben Sie mir den Namen. Ich kümmere mich darum."

„Sie heißt Helen Fontaine. Ich mache es selbst."

Er merkte nicht, dass er ihre Hand hielt, bis sie die ihre bewegte. Hastig ließ er los. „Mir ist es bisher noch nicht gelungen, Helen Fontaine oder ihren Ehemann zu erreichen. Sie ist in Europa."

„Ich weiß, wo sie ist." Grace schüttelte ihr Haar zurück, versuchte jedoch nicht aufzustehen. „Ich kann sie finden." Der Gedanke an diesen Telefonanruf, an das, was sie würde sagen müssen, ließ ihr die Kehle eng werden. „Könnte ich vielleicht ein Glas Wasser haben, Lieutenant?"

Seine Absätze knallten auf den Kacheln, als er wegging. Dann herrschte Stille – eine Furcht erregende Stille, die von dem erzählte, was an Orten wie diesem vor sich ging.

Sie war bemitleidenswert dankbar, als sie seine Schritte wieder hörte.

Sie nahm den Pappbecher mit beiden Händen entgegen, trank langsam und konzentrierte sich auf die einfache Handlung, die Flüssigkeit herunterzuschlucken.

„Warum hat sie Sie gehasst?"

„Was?"

„Ihre Cousine. Sie sagten, sie hasste Sie. Warum?"

„Es liegt in der Familie", sagte sie kurz angebunden. Sie gab ihm den leeren Becher zurück und stand auf. „Ich würde jetzt gern gehen."

Er musterte sie erneut. Die Farbe war noch nicht in ihre Wangen zurückgekehrt, ihre Pupillen waren geweitet, die elektrisch blaue Iris war glasig. Er bezweifelte, dass sie noch lange durchhalten würde.

„Ich bringe Sie zu Parris zurück", entschied er. „Ihre Sachen können Sie morgen holen, und dann kommen Sie in mein Büro und machen Ihre Aussage."

„Ich sagte bereits, dass ich es noch heute machen kann."

„Und ich sage, dass Sie es morgen machen sollen. Sie sind im Moment nicht gut für mich."

Sie versuchte sich an einem schwachen Lachen. „Wirklich, Lieutenant, ich glaube, Sie sind der erste Mann, der das je zu mir gesagt hat. Ich bin am Boden zerstört."

„Verschwenden Sie nicht Ihre Routine an mich." Er nahm ihren Arm, führte sie durch die Schwingtür nach draußen. „Dafür fehlt Ihnen im Moment die Energie."

Er hatte völlig Recht. Sie zog ihren Arm aus seiner Armbeuge, als sie in die dunkle Nacht hinaustraten. „Ich mag Sie nicht."

„Das müssen Sie auch nicht." Er öffnete ihr die Beifahrertür, wartete. „Und ich muss Sie auch nicht mögen."

Sie trat vor ihn hin und schaute ihn herausfordernd an. „Der Unterschied ist nur, dass ich Sie, wenn ich die Energie – oder die Entschlossenheit – hätte, aufrecht im Bett stehen und betteln lassen könnte."

Sie setzte sich auf den Beifahrersitz und zog diese langen, seidigen Beine hinein.

Nicht unwahrscheinlich, dachte Seth, als er die Tür mit einem leisen Klicken ins Schloss zog. Aber ganz sicher war er sich nicht.

3. KAPITEL

Der Termin mit Seth am nächsten Morgen war eine Herausforderung für Grace. Ihr war noch immer ganz übel von dem Anruf bei ihrer Tante, sie hatte schlecht geschlafen, aber immerhin hatte sie in einem von Cades Gästezimmern geschlafen, wobei sie sich sicher sein konnte, dass diejenigen Menschen, die ihr am meisten bedeuteten, ganz in ihrer Nähe waren.

Mit ihren Verwandten würde sie sich später auseinander setzen, dachte sie, während sie ihr Kabriolett auf dem Parkplatz vor der Polizeistation einparkte. Es würde hart werden, aber sie würde es schaffen. Jetzt musste sie erst einmal selbst zurechtkommen. Und mit Seth Buchanan.

Einem heimlichen Beobachter wäre die Veränderung, die mit ihr vorging, als sie aus dem Auto stieg und über den Parkplatz ging, nicht entgangen. Die Müdigkeit in ihren Augen wich Heißblütigkeit. Ihr hüftschwingender Gang war dazu angetan, einem Mann die Augen aus dem Kopf herausfallen zu lassen. Ihre Mundwinkel hoben sich ganz leicht zu einem geheimnisvollen, wissenden weiblichen Lächeln.

Es war nicht wirklich eine Maske, es war einfach ein anderer Teil von ihr. Ein Teil, der ihr so in Fleisch und Blut übergegangen war, dass sie jederzeit die Sirene spielen konnte, wenn sie es wollte. Und jetzt wollte sie es, deshalb zog sie alle Register, als die Uniform vor ihr sich fast überschlug, um ihr die Tür aufzureißen.

„Oh, vielen Dank, Officer."

Röte kroch über seinen Hals in sein Gesicht, was sie zu einem noch breiteren Lächeln veranlasste. Sie war auf dem richtigen Weg. Seth Buchanan würde heute Morgen keine bleiche, zitternde Frau sehen. Er würde Grace Fontaine zu Gesicht bekommen.

Sie schlenderte zu dem Dienst habenden Sergeant, der an seinem Schreibtisch saß, hin, fuhr mit den Fingerspitzen über die Kante. „Entschuldigung?"

„Ja, Ma'am." Sein Adamsapfel hüpfte drei Mal, als er schluckte.

„Sagen Sie, können Sie mir vielleicht helfen? Ich suche einen

Lieutenant Buchanan. Sind Sie hier zuständig?“ Sie ließ seinen Blick über ihn wandern. „Sie müssen hier zuständig sein, Commander.“

„Äh, ja. Nein. Ich bin Sergeant.“ Er fummelte mit dem Eingangsbuch herum. „Ich... Er ist... Sie finden den Lieutenant im ersten Stock links, in der Ermittlungsabteilung.“

„Oh.“ Sie nahm den angebotenen Kugelschreiber entgegen und setzte in kühnen Buchstaben ihren Namen an die entsprechende Stelle.

Sie hörte, wie er laut ausatmete, als sie sich umdrehte, und spürte seinen Blick auf ihren Beinen, während sie die Treppe nach oben ging.

Sie fand die Ermittlungsabteilung ganz leicht und ließ ihre Blicke über die Schreibtische wandern, von denen manche besetzt waren und manche nicht. Die Polizisten saßen in Hemdsärmeln in einer drückenden Hitze, die durch die miserable Klimaanlage kaum gelindert wurde. Eine Menge Revolver, dachte sie, eine Menge angebissene Sandwiches und leere Kaffeebecher. Telefone schrillten.

Sie suchte sich ihr Ziel – einen Mann mit gelockerter Krawatte, die Füße auf dem Schreibtisch, in einer Hand irgendeinen Bericht und in der anderen ein Kuchenteilchen. Als sie durch den überfüllten Raum ging, verstummten einige Gespräche. Irgendjemand stieß einen leisen Pfiff aus – es klang wie ein Seufzer. Der Mann an dem Schreibtisch nahm seine Beine herunter und schluckte.

„Ma'am.“

Sie schätzte ihn auf ungefähr dreißig, obwohl sein Haaransatz bereits rapide zurückging. Er wischte sich seine fettigen Finger an seinem Hemd ab und schaute leicht nach links, wo einer seiner Kollegen sich grinsend die Faust an die Brust schlug.

„Ich hoffe, Sie können mir helfen.“ Sie schaute ihn an, als ob er der einzige Mann auf der ganzen Welt wäre, bis an seinem Kiefer ein Muskel zu zucken begann. „Detective?“

„Ja, äh, Carter, Detective Carter. Was kann ich für Sie tun?“

„Ich hoffe, dass ich hier richtig bin.“ Effektvoll wandte sie den Kopf und ließ den Blick über den Raum und seine Insassen schweifen. Verschiedene Bäuche wurden rücksichtslos eingezogen. „Ich suche Lieutenant Buchanan. Ich glaube, er erwartet mich." Graziös strich sie sich eine Haarsträhne aus dem Gesicht. „Ich fürchte, ich kenne die angemessene Verfahrensweise nicht."

„Er ist in seinem Büro. Dort hinten." Ohne seinen Blick von ihr zu nehmen, deutete er mit dem Daumen hinter sich. „Belinksi, sag dem Lieutenant, dass er Besuch hat. Eine Miss..."

„Ich heiße Grace." Sie setzte sich mit einer Hüfte auf seine Schreibtischkante und ließ es zu, dass ihr Rock einen gefährlichen Zentimeter hochrutschte. „Grace Fontaine. Ist es Ihnen recht, wenn ich hier warte, Detective Carter? Störe ich Sie bei der Arbeit?"

„Ja... nein. Klar."

„Es ist so aufregend." Angesichts ihres betörenden Lächelns stieg die Temperatur in dem überhitzten Raum um weitere zehn Grad an. „Ermittlungstätigkeit. Ganz bestimmt haben Sie schrecklich viele interessante Geschichten zu erzählen."

Nachdem Seth sein Telefonat beendet hatte, schlüpfte er in seine Anzugjacke, die er als Zugeständnis an die drückende Hitze abgelegt hatte, und ging nach nebenan. Carters Schreibtisch war komplett umlagert. Aus der Mitte der Menge hörte er ein tiefes, heiseres weibliches Lachen aufsteigen.

Und sah ein halbes Dutzend seiner besten Männer hecheln wie junge Hunde angesichts eines saftigen Knochens.

Die Frau fing an, ihm enorme Kopfschmerzen zu bereiten.

„Ich sehe, dass heute Morgen bereits alle Fälle gelöst und alle Verbrechen auf wundersame Weise zum Stillstand gekommen sind."

Seine Stimme hatte den erwünschten Effekt. Mehrere Männer standen stramm. Die weniger leicht Einzuschüchternden grinsten, während sie sich wieder an ihre Schreibtische trollten. Der allein gelassene Carter errötete vom Hals bis unter den sandbraunen Haaransatz. „Äh, Grace... das ist, Miss Fontaine möchte zu Ihnen, Lieutenant. Sir."

„Das sehe ich. Haben Sie Ihren Bericht fertig, Detective?"

„Ich arbeite noch daran." Carter schnappte sich die Papiere, die er beiseite geworfen hatte, und steckte seine Nase hinein.

„Miss Fontaine." Seth hob eine Braue und bedeutete ihr, in sein Büro mitzukommen.

„Es war nett, Sie kennen zu lernen, Michael." Grace fuhr mit einem Finger über Carters Schulter, als sie an ihm vorbeiging.

Er würde die Hitze dieser flüchtigen Berührung noch Stunden später spüren.

„Sie können das Gas jetzt wegnehmen", sagte Seth trocken, als er die Tür zu seinem Büro aufmachte. „Sie brauchen es nicht mehr."

„Man kann nie wissen." Sie schlenderte hinein und ging nah genug, dass ihre Körper sich streiften, hinter ihm vorbei. Sie glaubte zu spüren, wie er sich ein bisschen versteifte, nur ein ganz kleines bisschen, aber seine Augen blieben gleichmütig und kühl und offensichtlich unbeeindruckt.

Verärgert schaute sie sich in seinem Büro um.

Das institutionelle Beige der Wände ging deprimierend in das schmuddelige Beige des abgetretenen Linoleumfußbodens über. Ein überbordender Büroschreibtisch, graue Aktenschränke, ein Computer, ein Telefon und ein kleines Fenster.

„Das also ist die Höhle des Löwen", murmelte sie. Es enttäuschte sie, dass sie keinerlei persönliche Spuren fand. Keine Fotos, keine Sporttrophäen. Nichts, woran sie sich halten konnte, nichts, was ihr einen Anhaltspunkt liefern könnte, wer der Mann hinter der Dienstmarke war.

Wie vorhin draußen schon, ließ sie sich auch jetzt wieder mit einer Hüfte auf der Schreibtischkante nieder. Zu sagen, sie ähnele einem Sonnenstrahl, wäre ein Klischee gewesen. Und nicht korrekt, entschied Seth. Sonnenstrahlen waren zahm – warm, willkommen. Sie war wie ein Blitz. Heiß. Tödlich.

Selbst ein Blinder hätte diese seidigen Beine, die unter dem engen gelben Rock hervorschauten, registriert. Seth setzte sich, schaute ihr ins Gesicht.

„In einem Stuhl hätten Sie es bestimmt bequemer."

„Ich sitze gut hier." Träge nahm sie einen Stift in die Hand, spielte mit ihm herum. „Ich nehme nicht an, dass Sie hier normalerweise Verdächtige verhören."

„Nein, wir haben unten einen Verhörraum für solche Zwecke."

Unter anderen Umständen hätte sie seinen knochentrockenen Tonfall zu schätzen gewusst. „Bin ich eine Verdächtige?"

„Ich werde es Sie beizeiten wissen lassen." Er legte den Kopf schräg. „Sie erholen sich schnell, Miss Fontaine."

„Ja. Sie haben Fragen, Lieutenant?"

„Ja. Setzen Sie sich. Auf einen Stuhl."

Ihre Lippen verzogen sich zu etwas, was man fast einen Schmollmund hätte nennen können. Einen üppigen Komm-küss-mich-endlich-Schmollmund. Er verspürte das schnelle lustvolle Ziehen in seinen Lenden und verdammte sie dafür. Sie bewegte sich, glitt von der Schreibtischkante herunter, setzte sich auf einen Stuhl und schlug mit betonter Langsamkeit diese Killerbeine übereinander.

„Besser?"

„Wo waren Sie am Samstag zwischen Mitternacht und drei Uhr morgens?"

Da ist es also passiert, dachte sie und ignorierte, dass sich ihr Magen zusammenkrampfte. „Wollen Sie mir nicht erst meine Rechte verlesen?"

„Sie sind nicht angeklagt, Sie brauchen keinen Anwalt. Es ist eine einfache Frage."

„Ich war auf dem Land. Ich habe ein Haus in Westmaryland. Ich war allein. Ich habe kein Alibi. Brauche ich jetzt einen Anwalt?"

„Wollen Sie die Dinge verkomplizieren, Miss Fontaine?"

„Vereinfachen kann ich sie wohl schlecht, nicht wahr?" Aber sie machte eine wegwerfende Handbewegung. Das schmale Diamantenarmband, das sie am Handgelenk trug, sprühte Feuer. „Also gut, Lieutenant, so unkompliziert wie möglich. Ich will keinen Anwalt – im Augenblick. Warum sollte ich Ihnen nicht erst einmal einen Grundüberblick geben? Ich verließ am Mittwoch die Stadt, um aufs Land zu fahren. Ich erwartete weder meine Cousine noch sonst jemanden. Ich hatte übers Wochenende nur mit wenigen Leuten Kontakt. Am Freitagnachmittag kaufte ich in einem kleinen Laden ein paar Vorräte, am Samstag fuhr ich zur Post. Es ist nur ein kleines Nest, die Postangestellte wird sich sicher an mich erinnern. Und dann war da natürlich noch der Kurier, der Baileys Päckchen am Freitag brachte."

„Und das fanden Sie nicht seltsam? Ihre Freundin schickt Ihnen einen blauen Diamanten, und Sie zucken nur mit der Schulter und gehen einkaufen?"

„Ich habe sie angerufen. Sie war nicht da." Sie hob eine Augenbraue. „Aber das wissen Sie wahrscheinlich. Ich fand es tatsächlich merkwürdig, aber ich hatte andere Dinge im Kopf."

„Zum Beispiel?"

Sie verzog die Lippen, aber das Lächeln spiegelte sich in ihren Augen nicht wider. „Ich bin nicht verpflichtet, Ihnen meine Gedanken zu erzählen. Ich wunderte mich etwas und war leicht beunruhigt. Ich überlegte mir, dass es vielleicht eine Kopie sein könnte, aber daran glaubte ich nicht wirklich. Bailey hatte mir aufgetragen, den Stein immer bei mir zu behalten, bis sie Kontakt mit mir aufgenommen hätte. Und das machte ich dann auch."

„Keine Fragen?"

„Menschen, denen ich vertraue, stelle ich selten Fragen."

„Sie mochten Ihre Cousine nicht?"

„Nein." Sie vermutete, dass der abrupte Themawechsel eine Verhörtechnik war. „Sie machte es einem schwer, sie zu mögen, und ich mache bei schwierigen Menschen nur selten Anstrengungen, ihnen näher zu kommen. Wir wuchsen zusammen auf, nachdem meine Eltern getötet worden waren, aber wir standen uns niemals nah. Ich war in ihr Leben eingedrungen und nahm ihr etwas von dem Platz, den sie besetzte, weg. Sie rächte sich dafür, indem sie versuchte, in Konkurrenz zu mir zu treten. Aber was soll das, Lieutenant? Wir wissen beide, dass Melissa nicht das Ziel des Anschlags war, sondern ich."

„Wann haben Sie zum letzten Mal mit ihr gesprochen?"

Grace seufzte. Gehasste Familientreffen passierten Revue vor ihrem geistigen Auge, vor denen sie sich nicht hatte drücken können. „Ungefähr vor sechs Wochen. Im Fitnesscenter. Wir sind uns in der Sauna in die Arme gelaufen, aber wir haben nicht lange miteinander gesprochen. Wir hatten uns nie viel zu sagen."

Seth erkannte, dass sie das jetzt bedauerte. Dass sie sich fragte, ob sie etwas versäumt hatte. „Hätte sie einem Fremden die Tür geöffnet?"

„Wenn er männlich und nur halbwegs attraktiv gewesen wäre, ja." Der Fragerei müde, versuchte sie, sich zurückzuziehen. „Hören Sie, ich weiß nicht, was ich Ihnen noch erzählen soll, womit ich Ihnen weiterhelfen könnte. Sie war eine gedankenlose, oft arrogante Frau. Sie las sich fremde Männer in Bars auf, wenn sie Lust dazu verspürte. Sie ließ in dieser Nacht jemanden in mein Haus und starb deswegen. Wie auch immer sie gewesen sein mag, sie hat es nicht verdient, dafür zu sterben."

Sie strich sich gedankenverloren übers Haar und versuchte, ihre Gedanken zu ordnen, während Seth einfach nur dasaß und wartete. „Vielleicht hat er ja verlangt, dass sie ihm den Stein gibt. Sie hat für den Hausfriedensbruch, den sie begangen hat, für ihren Leichtsinn und ihre Ignoranz bezahlt. Und der Stein ist wieder bei Bailey, wo er hingehört. Wenn Sie heute Morgen noch nicht mit Dr. Linstrum gesprochen haben, kann ich Ihnen sagen, dass Bailey im Moment bei ihm ist. Ich weiß nicht, was ich Ihnen sonst noch erzählen soll."

Er überlegte einen Moment. Er wusste noch immer nicht, was er von der ganzen Angelegenheit halten sollte, aber er war bereit, zumindest fürs Erste davon auszugehen, dass weder sie noch die beiden anderen Frauen in einem ursächlichen Zusammenhang mit dem Fall standen.

„Also gut, das ist alles für heute."

„Schön." Sie atmete erleichtert auf. „Alles in allem war es gar nicht so schlimm."

Er stand auf. „Ich muss Sie aber trotzdem bitten, sich weiterhin bereit zu halten."

Sie drehte wieder ihren Charme auf, ein heißes, rot glühendes Licht. „Ich bin allzeit bereit, Hübscher. Da können Sie jeden fragen." Sie griff nach ihrer Handtasche und ging mit ihm zusammen zur Tür. „Wann kann ich mein Haus in Ordnung bringen lassen? Ich würde so gern so schnell wie möglich alle Spuren beseitigen."

„Ich sage Ihnen Bescheid." Er warf einen Blick auf seine Uhr.

„Ich möchte Sie bitten, eine Liste der Dinge zu erstellen, die Ihnen fehlen."

„Ich bin schon unterwegs, um genau das zu tun."

Er runzelte die Stirn, während er über seine Verantwortlichkeiten nachdachte. Er konnte einen seiner Leute beauftragen, sie zu begleiten, aber er zog es vor, die Sache selbst in die Hand zu nehmen. „Ich komme nach."

„Polizeischutz?"

„Falls nötig."

„Ich bin gerührt. Warum sollte ich Sie nicht gleich mitnehmen, Hübscher?"

„Ich komme nach", beharrte er.

„Ganz wie Sie wollen", begann sie und fuhr ihm mit der Hand über die Wange. Ihre Augen weiteten sich leicht, als sich seine Finger um ihr Handgelenk legten. „Mögen Sie es nicht, gestreichelt zu werden?" Sie gurrte die Worte, überrascht darüber, dass ihr Herz einen Satz gemacht und zu rasen angefangen hatte. „Die meisten Tiere mögen es."

Sein Gesicht war sehr nah an dem ihren, ihre Körper berührten sich fast, sie spürten die Hitze im Zimmer und noch etwas anderes, das sich zwischen ihnen einnistete. Etwas Altes und fast Vertrautes.

Er zog ihre Hand langsam herunter, ließ seine Finger auf ihrem Handgelenk.

„Passen Sie genau auf, welche Knöpfe Sie drücken."

Erregung, erkannte sie überrascht. Es war reine, ursprüngliche Erregung, die sie durchzuckte. „Ein vergeudeter Ratschlag", sagte sie provozierend mit seidenweicher Stimme. „Mir macht es Spaß, neue zu drücken. Und offensichtlich haben Sie ein paar interessante, die nach Aufmerksamkeit betteln." Sie ließ ihren Blick mit betonter Langsamkeit über seinen Mund wandern. „Nur betteln."

Er stellte sich vor, wie er sie gegen die Tür drängte und schnell in diese Hitze vorstieß, spürte, wie sie dahinschmolz. Weil er sich sicher war, dass sie sehr genau wusste, was ein Mann sich vorstellte, wich er einen Schritt zurück und öffnete ihr die Tür in das Getöse des Großraumbüros.

„Vergessen Sie nicht, Ihren Besucherausweis am Eingang abzugeben", sagte er.

Er ist ein ganz Cooler, ging es Grace durch den Sinn. Ein attraktiver, erfolgreicher, unverheirateter – dieses Detail hatte sie aus einem nichts Böses ahnenden Detective Carter herausgelockt – und selbstbewusster Mann. Eine Herausforderung.

Und eine Herausforderung, dachte sie, während sie durch das ruhige, schön gestaltete Wohnviertel zu sich nach Hause fuhr, eine Herausforderung, ist im Augenblick genau das, was du brauchst, um durch diese ganzen Gefühlsverwerfungen zu kommen.

In ein paar Stunden würde sie ihrer Tante unter die Augen treten müssen und bald danach dem Rest der Familie. Sie würden Fragen stellen und sie mit Vorwürfen überhäufen, das wusste sie genau. Sie würde an allem schuld sein. Das war genau die Art, wie ihre Familie funktionierte, und genau das hatte sie von ihnen zu erwarten.

Frag Grace, nimm von Grace, zeig mit dem Finger auf Grace. Sie fragte sich, wie viel von dem allen sie verdient hatte und wie viel sie einfach nur zusammen mit dem von ihren Eltern hinterlassenen Geld geerbt hatte.

Obwohl es kaum eine Rolle spielte, weil beides zu ihr gehörte, ob sie es wollte oder nicht.

Sie bog in ihre Auffahrt ein und ließ ihren Blick über ihr Haus schweifen. Das Haus war etwas, das sie sich gewünscht hatte. Das kluge und einmalige Design aus Holz und Glas, die Giebel, die Gesimse, die Terrassen und der rücksichtslos zurechtgestutzte Garten. Sie hatte sich viel Platz gewünscht, die Eleganz, dazu geschaffen, sich zu unterhalten, die Vorzüge der Großstadt. Die räumliche Nähe zu Bailey und M.J.

Aber das kleine Haus in den Bergen brauchte sie. Und es gehörte ihr ganz allein. Die Verwandtschaft wusste nicht einmal von seiner Existenz. Niemand konnte sie dort finden, es sei denn, sie wollte gefunden werden.

Aber hier, dachte sie, während sie ihren Wagen zum Stehen brachte, ist das geordnete luxuriöse Zuhause von Grace Fontaine.

Reiche Erbin, Angehörige der Washingtoner Schickeria, Partygirl. Das ehemalige Model, die Radcliffe-Absolventin.

Ob sie wohl weiterhin hier in diesem Haus leben konnte, mit dem Tod, der in den Räumen herumspukte? Die Zeit würde es beweisen.

Fürs Erste würde sie sich darauf konzentrieren, das Rätsel Seth Buchanan zu lösen und einen Weg zu finden, seine anscheinend undurchdringliche Rüstung zu durchlöchern.

Nur so zum Spaß.

Sie hörte ihn hinter sich die Einfahrt heraufkommen, schob sich in einer bewusst provokanten Bewegung die Sonnenbrille leicht nach unten und schaute ihm über die Ränder hinweg entgegen.

Oh, ja, dachte sie. Er war wirklich überaus attraktiv. Die Art, wie er diesen sehnigen muskulösen Körper kontrollierte. Sehr ökonomisch.

Keine verschwendete Bewegung. Gewiss würde er im Bett auch keine Bewegung verschwenden. Und sie fragte sich, wie lange es wohl dauern mochte, bis sie es geschafft hatte, ihn genau dort hineinzulocken. Sie hatte so eine Ahnung – und ihre Ahnungen trogen sie in Bezug auf Männer höchst selten –, dass unter dieser ruhigen, glatten Oberfläche ein Vulkan brodelte.

Nachdem er sich zu ihr gesellt hatte, gab sie ihm ihren Schlüssel. „Oh, aber Sie haben ja jetzt Ihren eigenen, stimmt's?" Sie schob die Sonnenbrille wieder hoch. „Na schön, benutzen Sie meinen, diesmal."

„Wer hat sonst noch einen?"

Sie fuhr sich mit der Zungenspitze über die Oberlippe, dunkel erfreut, als sie sah, dass er seinen Blick von ihr losriss und senkte. Immerhin ein kleiner Fortschritt. „Bailey und M.J. haben einen. Männern gebe ich keinen Schlüssel. Ich mache ihnen lieber selbst die Tür auf. Oder zu."

„Fein." Er schob ihr den Schlüssel in die Hand und schaute belustigt drein, als sie ihre Augenbrauen zusammenzog. „Schließen Sie auf."

Ein Schritt vor, zwei zurück, dachte sie, dann betrat sie die Vorderveranda und schloss auf.

Sie war gewappnet, aber es gestaltete sich immer noch schwierig. Das Foyer war wie gehabt weithin unberührt. Aber sie konnte nicht anders, sie musste einfach zu der zertrümmerten Balustrade hinaufschauen.

„Ein Sturz aus ziemlich großer Höhe", murmelte sie. „Ich frage mich, ob man auf dem Weg nach unten noch Zeit hat zu denken, zu verstehen."

„Sie hatte es bestimmt nicht."

„Nein." Und das war besser so. „Ich vermute nicht." Sie betrat das Wohnzimmer, zwang sich, auf den Kreideumriss zu schauen. „So, wo fangen wir jetzt an?"

„Er war an Ihrem Tresor. Ich möchte, dass Sie eine Liste der fehlenden Dinge erstellen."

„Der Tresor ist in der Bibliothek." Sie ging unter einem Torbogen hindurch in einen großen lichtüberfluteten Raum, der voll war mit Büchern. Ein Teil davon lag jetzt über den Fußboden verstreut und auch die Art-déco-Lampe, ein lang ausgestreckter Frauenkörper, die sie so liebte, lag unten und war in zwei Teile zerbrochen. „Er war nicht sonderlich behutsam, nicht?"

„Ich würde sagen, er war in Eile."

„Sie müssen es ja wissen." Sie ging zum Tresor, sah, dass er aufgebrochen und ausgeräumt war. „Ich hatte Schmuck drin – aber nur ein paar Stücke. Ein paar Tausend, in Geld umgerechnet."

„Wertpapiere, Aktien?"

„Nein, die habe ich in einem Schließfach bei meiner Bank. An Wertpapieren kann man sich nicht erfreuen, wenn man sie rausnimmt, sie glitzern nicht. Ich habe mir gerade letzten Monat ein paar wunderschöne Diamantohrringe gekauft." Sie seufzte, zuckte mit den Schultern. „Jetzt sind sie weg. In meinem Bankschließfach habe ich zusammen mit der Versicherungspolice eine komplette Schmuckliste und Fotos. Den Schmuck zu ersetzen ist also nur eine Frage der..."

Sie unterbrach sich, gab einen leisen, entsetzten Laut von sich und eilte aus dem Zimmer.

Die Frau kann sich bewegen, wie sie will, dachte Seth, während er die Treppe hinter ihr hinaufrannte. Und verlor doch nie diese katzenhafte Anmut. Er betrat hinter ihr das Schlafzimmer, dann in den begehbaren Kleiderschrank.

„Bestimmt hat er es nicht gefunden. Er kann es nicht gefunden haben." Sie wiederholte die Worte wie ein Gebet, während sie den Türknopf an einem eingebauten Schrank drehte. Er ging auf und gab einen Tresor an der Wand dahinter frei.

Schnell drehte sie mit Fingern, die nicht ganz ruhig waren, die Kombination und zog die Tür auf. Sie atmete erleichtert auf, während sie sich hinkniete und Samtschatullen und Taschen herausnahm.

Noch mehr Schmuck, dachte er kopfschüttelnd. Wie viele Ohrringe konnte eine Frau tragen? Aber da öffnete sie auch schon eine Schatulle und untersuchte den Inhalt.

„Der Schmuck gehörte meiner Mutter", sagte sie mit deutlich hörbarer Erleichterung in der Stimme. „Er bedeutet mir sehr viel. Diese Saphirbrosche hat mein Vater ihr zum fünften Hochzeitstag geschenkt, die Kette bei meiner Geburt. Diese Perlen hier trug sie an ihrer Hochzeit." Sie schmiegte die cremig weiße Perlenkette an ihre Wange, als wäre es die Hand eines geliebten Menschen. „Ich habe diesen Tresor extra für den Schmuck hier bauen lassen, weil ich ihn nicht zusammen mit meinem anderen Schmuck aufbewahren wollte. Nur für alle Fälle."

Sie setzte sich auf ihre Fersen, den Schoß voll mit dem Schmuck, der ihr mehr als alles andere bedeutete. „Schön", sagte sie erstickt, „es ist noch da. Es ist alles noch da."

„Miss Fontaine."

„Oh, nennen Sie mich Grace", fuhr sie auf. „Sie sind so steif wie mein Onkel Niles." Dann presste sie sich eine Hand auf die Stirn, um den aufkommenden Kopfschmerz zu unterbinden. „Ich nehme nicht an, dass Sie Kaffee machen können."

„Ich kann."

„Und warum gehen Sie dann nicht einfach nach unten und tun mir diesen kleinen Gefallen und geben mir noch eine Minute hier oben, Hübscher?"

Er überraschte sie und sich selbst, indem er sich zu ihr herunterbeugte und ihr eine Hand auf die Schulter legte. „Sie hätten es alles verlieren können, aber Ihre Erinnerungen kann Ihnen niemand wegnehmen."

Verunsichert darüber, dass er sich verpflichtet gefühlt hatte, ihr dies zu sagen, richtete er sich wieder auf und ließ sie allein.

Er goss gerade Kaffee in zwei unbeschädigte Tassen aus Meißner Porzellan, als er sie hinter sich spürte.

„Schwarz?"

„Ja, es ist gut so." Sie trat ein und zuckte zusammen, als sie ihre völlig verwüstete Küche genauer in Augenschein nahm. „Er hat nicht viel heil gelassen, nicht wahr? Wahrscheinlich glaubte er, ich hätte einen großen blauen Diamanten in meiner Kaffeekanne oder der Keksdose versteckt."

„Die Leute verstecken ihre Wertgegenstände an den seltsamsten Stellen."

Sie nickte. „Ja, ich weiß." Sie schwieg einen Moment und fuhr dann fort: „Melissas Kleider sind oben, nur ihre Tasche habe ich nicht gesehen. Vielleicht hat er sie ja mitgenommen, oder sie liegt irgendwo unter dem Chaos vergraben."

„Wenn sie hier wäre, hätten wir sie bereits gefunden."

Sie schaute ihn an. „Ach, das habe ich ja ganz vergessen. Sie haben ja bereits alles durchsucht." Sie wandte sich um, lehnte sich an den Tresen und schaute ihn über den Rand ihrer Tasse hinweg an. „Haben Sie es eigenhändig getan, Lieutenant?"

Er dachte an das rote Seidennachthemd. „Manches. Sie haben ja Ihr eigenes Kaufhaus hier."

„Das liegt in der Natur der Sache, oder nicht? Ich habe nun mal eine Schwäche für Dinge. Alle möglichen Dinge. Sie machen einen ausgezeichneten Kaffee, Lieutenant. Haben Sie niemanden, der Ihnen morgens Kaffee kocht?"

„Nein. Im Augenblick nicht." Er stellte seine Tasse ab. „Das war nicht sehr subtil."

„War auch nicht meine Absicht. Nicht dass ich etwas gegen Konkurrenz einzuwenden hätte. Ich weiß nur gern, wenn ich welche habe. Ich denke noch immer, dass ich Sie nicht mag, aber das kann sich ändern." Sie hob eine Hand und berührte das Ende ihres Zopfes. „Warum nicht vorbereitet sein?"

„Ich bin interessiert daran, einen Fall zu lösen, nicht irgendwelche Spielchen mit Ihnen zu spielen ... Grace."

Es war eine so kühle Abfuhr, so leidenschaftslos, dass ihr Widerspruchsgeist aufflammte. „Ich nehme an, Sie mögen keine aggressiven Frauen."

„Nicht im Geringsten."

„Tja." Sie lächelte und trat näher zu an ihn heran. „Dann werden Sie das ja hassen."

Mit einer geschmeidigen und geübten Bewegung fuhr sie ihm mit einer Hand durchs Haar und legte ihren Mund auf den seinen.

4. KAPITEL

Der Stromschlag, eingehüllt in schwarzen Samt, durchschoss Seth von den Haarwurzeln bis zu den Zehenspitzen. In seinem Kopf begann sich alles zu drehen, sein Blut fing an zu sieden, sein Bauch schmerzte. Kein Körperteil blieb von dem überraschenden Anschlag dieses üppigen und wissenden Mundes verschont.

Ihr Geschmack, unerwartet und doch vertraut, schoss durch seine Blutbahn wie warmer, starker Wein, stieg ihm unmittelbar zu Kopf und ließ ihn benommen und trunken und verzweifelt zurück.

Seine Muskeln waren angespannt, wie kurz vor dem Sprung. Und im Sprung würde er sich das holen, was schon fast ihm gehörte. Er musste seine ganze Willenskraft aufbringen, um seine Arme unten zu lassen, wo sie doch dauernd versuchten, sich selbstständig zu machen. Ihr Duft war ebenso dunkel und betörend wie ihr Geschmack. Selbst das tiefe, verführerische Gurren, das ihrer Kehle entstieg, war eine quälende Ahnung dessen, was sein könnte, wenn.

Nachdem er langsam bis fünf gezählt hatte, ballte er die Hände zu Fäusten, dann machte er sie wieder auf und kämpfte den Kampf seines Lebens gegen sich selbst, während er weiterhin passiv und steif dastand.

Er würde ihr nicht die Befriedigung einer Erwiderung geben...

Sie wusste, dass es ein Fehler war. Schon als sie auf ihn zugegangen und die Hand nach ihm ausgestreckt hatte, hatte sie es gewusst. Sie hatte früher auch schon Fehler gemacht und versuchte, ihre Taten nie zu bereuen, weil sie sich ohnehin nicht mehr rückgängig machen ließen.

Aber dies hier bereute sie.

Sie bereute es zutiefst, weil er einzigartig und perfekt schmeckte. Weil die Struktur seiner Haare, die Form seiner Schultern, die starke Wand seiner Brust sie reizte, wo sie doch nur versucht hatte, ihn zu reizen, ihm zu zeigen, was sie zu bieten hatte. Wenn sie sich dafür entschied.

Stattdessen wurde ihr klar, dass sie ihm mehr anbot als beabsichtigt. Und er gab ihr nichts zurück.

Sie nahm seine Unterlippe zwischen ihre Zähne, ganz kurz nur, ganz kurz, dann trat sie lässig einen Schritt zurück und lächelte ihn spöttisch an.

„Ach du meine Güte, Sie sind mir ja ein ganz Kühler, hab ich Recht, Lieutenant?"

Sein Blut brodelte, aber er neigte nur unmerklich den Kopf. „Sie sind es nicht gewöhnt, dass Ihnen jemand widersteht, Grace?"

„Nein." Sie rieb sich in einer sowohl geistesabwesenden wie auch provozierenden Bewegung über die Oberlippe. Sein Geschmack haftete stur noch immer dort, als bestünde er darauf, dorthin zu gehören. „Allerdings hatten die meisten Männer, die ich geküsst habe, auch kein Eiswasser in den Adern. Es ist eine Schande." Sie nahm ihren Finger von seiner Lippe und legte ihn auf die seine. „So ein hübscher Mund. So ein Potenzial. Und doch machen Sie sich anscheinend nichts aus... Frauen."

Das jungenhafte Grinsen, das er auflegte, überraschte sie. Es erreichte sogar seine Augen und verwandelte sie in pures geschmolzenes Gold. Sein Mund wurde weich und erweckte in ihr eine schier unerträgliche Sehnsucht.

„Vielleicht sind Sie ja einfach nur nicht mein Typ", sagte er.

Sie lachte kurz und humorlos auf. „Darling, ich bin eines jeden Mannes Typ. Aber was soll's, nehmen wir es einfach als ein missglücktes Experiment und gehen zur Tagesordnung über." Während sie sich einzureden versuchte, dass es töricht sei, sich verletzt zu fühlen, trat sie auf ihn zu und rückte seine Krawatte gerade.

Er wollte sie nicht berühren, nicht jetzt, wo er noch so durcheinander und erregt war. „Sie haben verdammt viel Selbstvertrauen."

„Ja, wahrscheinlich." Mit den Händen noch immer an seiner Krawatte, schaute sie ihm tief in die Augen. Zum Teufel damit, dachte sie. Wenn schon kein Liebespaar, so konnten sie vielleicht wenigstens behutsame Freunde werden. Der Mann, der sie eben angegrinst hatte, würde ein guter verlässlicher Freund sein.

Deshalb lächelte sie ihn jetzt völlig ungekünstelt an und durchbohrte sein Herz mit einem einzigen Stoß. „Normalerweise sind Männer sehr berechenbar, Seth. Nur Sie scheinen die Ausnahme von der Regel zu sein."

Sie fuhr glättend mit der Hand über sein Revers und sagte noch mehr, aber er verstand es nicht, weil in seinen Ohren das Blut so laut rauschte. Seine Selbstkontrolle war angeknackst, er spürte den Stoß, wie wenn eine Schwertspitze an einer Rüstung abprallt und abbricht. In einer Bewegung, der er sich kaum bewusst war, wirbelte er herum, presste sie mit dem Rücken gegen die Wand und eroberte ihren Mund.

Ihr Herz machte einen Satz und drückte ihr die Luft aus dem Körper. Sie ergriff seine Schultern, während sie spürte, wie Verlangen wie eine Feuersbrunst durch ihren Körper raste. Einen Moment später legte sie ihre Arme um ihn und erwiderte seinen Kuss.

Hier, war alles, was sie denken konnte. Oh, hier war er, endlich.

Seine Hände rasten über ihren Körper, und zeichneten jeden Schwung und jede Rundung nach, fast so, als würden sie jede Kurve wieder erkennen. Er wollte sie schmecken, wollte in sie eindringen, wollte sie mit einem Satz verschlingen. Er ergriff von ihrem Mund Besitz wie ein Mann, der ein Leben lang gefastet hat, und nahm ihren dunklen, vollen, saftigen Geschmack tief in sich auf.

Sie war da für ihn, war es immer gewesen. Und er wusste, dass er, falls er sich nicht auf der Stelle von ihr löste, nie mehr ohne sie würde leben können.

Er nahm seine Hände weg und stützte sich rechts und links von ihr an der Wand ab, um sich davon abzuhalten, sie noch einmal zu berühren. Dann löste er sich nur mit Mühe, aber entschlossen von ihr und trat einen Schritt zurück.

Sie blieb weiterhin mit geschlossenen Augen und vor Leidenschaft geröteten Wangen an die Wand angelehnt stehen. Als sie schließlich diese verwirrend blauen Augen öffnete und ihn anschaute, hatte er sich schon wieder in der Gewalt.

„Unberechenbar", brachte sie mühsam heraus und unterdrückte den Drang, sich die Hände auf ihr galoppierendes Herz zu legen. „Sehr."

„Ich habe Sie gewarnt, die falschen Knöpfe zu drücken." Seine Stimme war kühl, fast kalt und hatte die Wirkung einer Ohrfeige.

Sie zuckte zusammen, wäre womöglich zurückgewichen, wenn sie nicht an der Wand gestanden hätte. Angesichts ihrer Reaktion verengte er die Augen. Hatte er sie verletzt? Nein, das war lachhaft. Sie war eine geübte Spielerin und kannte alle Winkelzüge.

„Ja, das haben Sie." Sie streckte sich, Stolz straffte ihr die Schultern und zwang sie, ihre Lippen zu einem lässigen Lächeln zu verziehen. „Ich gebe nur nichts auf Warnungen."

Er überlegte, dass sie von Gesetzes wegen verpflichtet sein sollte, eine zu tragen – Vorsicht! Frau!

„Ich habe zu tun. Ich gebe Ihnen noch fünf Minuten, wenn Sie wollen, dass ich warte, bis Sie Ihre Sachen gepackt haben."

Oh, du Mistkerl, dachte sie. Wie konnte er nur so cool und unberührt bleiben? „Zockeln Sie ruhig schon mal los, Hübscher. Ich komme schon allein klar."

„Ich ziehe es vor, Sie im Augenblick hier nicht allein zu lassen. Packen Sie Ihre Sachen."

„Es ist mein Haus."

„Im Augenblick ist es ein Tatort. In viereinhalb Minuten sind Sie wieder unten."

Heißer Zorn schoss ihr durch die Adern. „Ich brauche nichts von hier." Sie drehte sich um und schickte sich an hinauszugehen, wirbelte herum, als sich seine Hand auf ihren Arm legte.

„Sie brauchen Kleider", sagte er, geduldig jetzt. „Für einen oder zwei Tage."

„Glauben Sie wirklich, dass ich irgendetwas von dem, was dieser Dreckskerl angefasst habe, noch trage?"

„Das ist eine törichte und berechenbare Reaktion." Sein Ton war zumindest etwas weicher geworden. „Sie sind keine törichte und berechenbare Frau. Spielen Sie nicht das Opfer, Grace. Gehen Sie, und packen Sie Ihre Sachen."

Er hatte Recht. Schon allein dafür verabscheute sie ihn. Aber ihr frustriertes Verlangen war ein viel besserer Grund. Ohne ein Wort drehte sie sich um und ging weg.

Als er die Tür oben ins Schloss fallen hörte, atmete er erleichtert auf. Seth stellte die Kaffeemaschine aus, spülte die Tassen unter fließendem Wasser ab, dann ging er nach draußen, um auf sie zu warten.

Sie ist eine faszinierende Frau, dachte er. Er würde mehr wie eine Maschine als wie ein Mann agieren müssen, wenn er gegenüber Grace Fontaine die gebotene Objektivität an den Tag legen wollte.

Erst am späten Nachmittag hatte er seinen Schreibtisch so weit leergeräumt, dass er an eine weitere Zeugenvernehmung denken konnte. Es hatte ihn nicht überrascht zu hören, dass sich das Smithsonian Museum entschlossen hatte, die drei Diamanten weiterhin in Bailey James' Obhut zu belassen, bis diese ihre Untersuchungen beendet hatte.

Als Seth auf den Parkplatz vor dem eleganten Salvani-Gebäude, das außerhalb von D.C. lag, fuhr, nickte er dem uniformierten Polizisten, der vor dem Haupteingang stand, zu. Und verspürte vages Mitleid. Die Hitze war mörderisch.

„Lieutenant." Seine schweißdurchtränkte Uniform hinderte den Polizisten nicht, Haltung anzunehmen.

„Ist Miss James da?"

„Ja, Sir. Das Geschäft bleibt noch die ganze nächste Woche für den Publikumsverkehr geschlossen." Er deutete mit dem Kopf durch die dicke Panzerglastür auf den verdunkelten Ausstellungsraum. „Wir haben an jedem Eingang einen Mann postiert, und Miss James hält sich im Erdgeschoss auf. Es ist einfacher, wenn Sie hinten reingehen, Lieutenant."

„Schön. Wann werden Sie abgelöst, Officer?"

„Ich habe noch eine Stunde." Der Polizist wischte sich nicht über die Stirn, obwohl er es gern getan hätte. Seth Buchanan war bekannt dafür, dass er es mit den Vorschriften sehr genau nahm. „Eine Vier-Stunden-Schicht, genau wie Sie es angeordnet haben, Sir."

„Bringen Sie sich das nächste Mal eine Flasche Wasser mit." Wohl wissend, dass der Mann seine Haltung wieder aufgeben würde, sobald er sich umgedreht hatte, wandte Seth sich ab und ging um das Haus herum.

„Lieutenant Buchanan", sagte er, als Baileys Stimme durch die Gegensprechanlage kam. „Ich würde gern ein paar Minuten mit Ihnen sprechen."

Es dauerte einen Moment, bis sie öffnete. Seth stellte sich vor, wie sie aus dem Atelier kam und den kurzen Korridor entlangging, wobei sie an der Treppe vorbeikam, unter der sie sich vor ein paar Tagen vor einem Mörder versteckt hatte.

Die Schlösser klickten, die Tür öffnete sich. „Lieutenant." Sie lächelte den wachhabenden Polizisten verzeihungheischend an. „Kommen Sie bitte rein."

Sie sah wie aus dem Ei gepellt aus mit ihrer frisch gebügelten Bluse und den Slacks, das Haar im Nacken zusammengebunden. Nur die leichten Schatten unter ihren Augen legten noch Zeugnis ab von dem Stress, unter dem sie gestanden hatte.

„Ich habe mit Dr. Linstrum gesprochen", begann Seth.

„Ja, das habe ich erwartet. Ich bin ihm für sein Verständnis sehr dankbar."

„Die Steine sind wieder dort, von wo aus sie ihre Reise angetreten haben."

Sie lächelte ein bisschen. „Nun, sie sind da, wo sie vor ein paar Tagen waren. Wer weiß, ob sie Rom je wieder sehen werden. Kann ich Ihnen etwas zu trinken anbieten?“ Sie deutete auf den Getränkeautomaten, der hell glänzend an einer dunklen Wand stand.

„Ich bezahle.“ Er grub nach ein paar Münzen. „Ich würde gern die Diamanten sehen und Ihnen noch ein paar Fragen stellen.“

„Ja, gut.“ Sie drückte die Taste ihrer Wahl, dann nahm sie die Dose heraus, die klappernd durch den Schlitz gefallen war. „Sie sind im Tresorraum.“ Sie sprach weiter, während sie ihm voranging. „Ich habe die Alarmanlage auf den neuesten Stand bringen lassen. Im Verkaufsraum haben wir schon seit einigen Jahren Überwachungskameras, aber jetzt habe ich auch noch welche über den Türen installieren lassen und auf dem oberen Stockwerk ebenso.“

„Das war weise.“ Er vermutete eine gute Portion gesunden Menschenverstand hinter dieser so zerbrechlich wirkenden Fassade. „Sie führen jetzt das Geschäft?“

Sie öffnete eine Tür, zögerte. „Ja, mein Stiefvater hat es uns dreien hinterlassen, meine Stiefbrüder teilten sich achtzig Prozent. Mein Stiefvater hat verfügt, dass die Überlebenden, falls einer von uns ohne Erben zu hinterlassen sterben sollte, den Anteil des Verstorbenen erben sollten.“ Sie zog scharf den Atem ein. „Ich habe überlebt.“

„Das ist etwas, wofür Sie dankbar sein sollten, Bailey, nicht sich schuldig fühlen.“

„Ja, das sagt Cade auch immer. Aber Sie müssen das verstehen, ich hatte zumindest die Illusion, sie wären meine Familie. Nehmen Sie Platz, ich hole die Sterne.“

Er betrat das Atelier, ließ seinen Blick über die Ausrüstung und den langen Arbeitstisch schweifen. Neugierig trat er näher, besah sich die glitzernden bunten Steine, das funkelnde Gold. Allem Anschein nach sollte es wohl eine Halskette werden.

„Ich musste wieder an die Arbeit gehen“, sagte sie hinter ihm. „Aber bevor ich mich ihnen wieder zuwende“, sagte sie, während sie die ausgepolsterte Schachtel, die die drei Diamanten enthielt, auf den Tisch legte, „muss ich vermutlich erst mal etwas anderes tun.“

„Ihr Entwurf?“ erkundigte er sich und deutete auf die angefangene Arbeit auf dem Arbeitstisch.

„Ja, ich habe das Schmuckstück in meinem Kopf genau vor mir

gesehen. Ich kann nicht gut zeichnen, aber ich kann visualisieren. Ich wollte eine für M.J. machen und eine für Grace, um...“ Sie seufzte und setzte sich auf den Hochstuhl. „Nun, sagen wir, um das Überleben zu feiern.“

„Und diese hier ist für Grace.“

„Ja.“ Sie lächelte, erfreut darüber, dass er es erspürt hatte. „Für M.J. muss ich etwas weniger Verspieltes machen. Aber für Grace ist dies hier genau richtig.“ Behutsam legte sie die angefangene Arbeit auf ein Tablett und rückte die geöffnete, ausgepolsterte Schachtel mit den drei Diamanten zwischen sie. „Sie verlieren nie ihre Wirkung auf mich. Jedes Mal, wenn ich sie anschaue, kann ich es kaum fassen.“

„Wie lange brauchen Sie noch für Ihre Untersuchungen?“

„Ich hatte gerade erst angefangen – als ich aufgehalten wurde.“ Sie räusperte sich. „Ich habe ihre Echtheit überprüft. Es sind blaue Diamanten, aber sowohl das Museum als auch der Versicherungsträger wollen noch eine fundiertere Analyse. Ich muss noch eine ganze Reihe Testreihen machen. Ein Metallurge hat das Dreieck zur Überprüfung, und ich werde es mir anschließend auch noch einmal anschauen. Aber ich denke, dass es alles in allem nicht mehr als eine Woche dauern dürfte, bis das Museum seinen Besitz wieder in seine Obhut nehmen kann.“

Er hob einen Stein aus seinem Bett und wusste in dem Moment, in dem er ihn in die Hand nahm, dass es der Stein war, den Grace bei sich gehabt hatte. Er sagte sich, dass das unmöglich wäre. Sein ungeübtes Auge konnte einen Stein nicht von dem anderen unterscheiden.

Und doch spürte er es.

„Wird es Ihnen schwer fallen, sich wieder von den Steinen zu trennen?“

„Nach allem, was geschehen ist, sollte ich eigentlich Nein sagen. Aber ich sage Ja. Es wird mir tatsächlich schwer fallen.“

Sie hatten eine Farbe wie Grace’ Augen, wurde Seth klar. Nicht saphirblau, sondern das Blau des seltenen Diamanten.

„Wert, dafür zu töten“, sagte er, während er auf den Stein in seiner Hand schaute. „Wert, dafür zu sterben.“ Dann legte er, verärgert über sich selbst, den Stein wieder hin. „Ihre Stiefbrüder hatten einen Auftraggeber."

„Ja, sie sprachen von einem Auftragggeber, stritten sich über ihn. Thomas wollte den Vorschuss nehmen und untertauchen."

Das Geld wurde bereits untersucht, aber es gab nicht viel Hoffnung, dass man die Quelle finden würde.

„Timothy sagte Thomas, dass er es nie schaffen würde, schnell und weit genug wegzurennen. Dass er – der Auftraggeber – ihn finden würde. Dass dieser unmenschlich wäre, irgendwas. Sie hatten beide Angst, schreckliche Angst, sie waren völlig verzweifelt."

„Die Sache ist ihnen über den Kopf gewachsen."

„Ja, absolut."

„Ich nehme an, bei dem Auftraggeber handelt es sich um einen Sammler. Niemand kann so naiv sein und sich einbilden, dass er die Steine verkaufen könnte." Seth schaute auf die glitzernden Steine. „Sie kaufen und verkaufen doch Steine von Sammlern, oder?"

„Ja, gewiss nicht so wertvolle wie die drei Sterne, aber ja." Sie fuhr sich mit den Fingern gedankenverloren durchs Haar. „Es kommt vor, dass ein Kunde zu uns kommt und uns einen Stein verkaufen will oder von uns einen kaufen will. Und dann erwerben wir auch gewisse Steine mit einem bestimmten Kunden im Kopf."

„Sie haben doch sicher eine Kundenliste, oder? Namen und Vorlieben?"

„Ja, und wir haben Unterlagen über das, was ein Kunde bei uns gekauft oder verkauft hat." Sie verklammerte ihre Hände ineinander. „Thomas hat sie in seinem Büro aufgehoben, und Timothy hatte immer eine Kopie davon. Ich hole sie Ihnen."

Er berührte leicht ihre Schulter, bevor sie dazu kam aufzustehen. „Ich hole sie mir später."

Sie atmete erleichtert auf. Sie hatte es bis jetzt noch nicht geschafft, die Treppe nach oben in das Zimmer zu gehen, wo sie den Mord mit angesehen hatte. „Danke."

Er nahm sein Notizbuch heraus. „Wenn ich Sie nach Ihren besten Kunden, den eifrigsten Edelsteinsammlern frage, welche Namen kommen Ihnen dann in den Kopf? Als Erstes?"

„Oh." Konzentriert nagte sie an ihrer Unterlippe. „Peter Morrison in London, Sylvia Smythe-Simmons in New York, Henry und Laura Muller hier in D.C., Matthew Wolinski in Kalifornien. Und wahrscheinlich Charles Van Horn hier in D.C., obwohl er neu ist. Wir haben ihm in den letzten zwei Jahren drei schöne Steine verkauft. Einer davon war ein Aufsehen erregender Opal. Ich hoffe noch immer, dass er ihn mich eines Tages fassen lässt. Ich habe da schon einen ganz bestimmten Entwurf im Kopf..." Sie brach ab, als ihr klar wurde, warum er die Frage gestellt hatte. „Lieutenant, ich kenne diese Leute. Ich hatte schon mit allen persönlich zu tun. Die Mullers waren Freunde meines Stiefvaters. Mrs. Smythe-Simmons ist über achtzig. Sie sind keine Diebe."

Er machte sich nicht die Mühe aufzuschauen, sondern schrieb weiter. „Dann streichen wir sie von der Liste. Denken Sie genau darüber nach, was für mich wichtig sein könnte, Miss James. Wir haben schon genug Fehler gemacht."

„Wovon meiner der größte war." Eingedenk dieser traurigen Tatsache schob sie ihren unberührten Softdrink über den Tisch. „Ich hätte den korrekten Weg wählen sollen. Ich hätte sofort mit meinem Verdacht zur Polizei gehen sollen. Dann wären jetzt mehrere Menschen noch am Leben."

„Es ist möglich, aber nicht sicher." Jetzt schaute er auf und registrierte den gehetzten Blick in diesen warmen braunen Augen. Mitleid regte sich. „Wussten Sie, dass Ihr Stiefbruder von einem zweitklassigen Geldverleiher erpresst wurde?"

„Nein", murmelte sie.

„Wussten Sie, dass es einen Drahtzieher gab?"

Sie schüttelte den Kopf, biss sich hart auf die Unterlippe. „Die Dinge, die ich nicht wusste, waren das größte Problem, nicht wahr? Ich brachte die beiden Menschen, die ich liebte, in eine unermessliche Gefahr, und dann konnte ich mich nicht mehr an sie erinnern."

„Einen Gedächtnisverlust erleidet man nicht aus freier Entscheidung, es passiert unbewusst. Und die beiden Menschen, die Sie eben erwähnt haben, sind wohlauf, Miss Fontaine habe ich heute Morgen erst gesehen. Sie machte auf mich nicht den Eindruck, als ginge es ihr besonders schlecht."

Bailey hörte den verächtlichen Unterton in seiner Stimme heraus und schaute ihn an. „Sie verstehen sie nicht. Schade eigentlich, einem Mann wie Ihnen hätte ich ein bisschen mehr Hellsichtigkeit zugetraut."

Verärgert hörte er das Bedauern, das in ihrem Tonfall mitschwang. „Ich habe mich eigentlich immer als hellsichtig betrachtet."

„Die Menschen sind selten hellsichtig, wenn es um Grace geht. Sie sehen nur das Äußere – es sei denn, es liegt ihnen genug an ihr, tiefer zu schauen. Sie ist der mit Abstand großzügigste Mensch, der mir je begegnet ist."

Bailey erhaschte die amüsierte Ungläubigkeit, die in seinen Augen aufblitzte, und spürte, wie ihre Verärgerung wuchs. Sie erhob sich abrupt. „Sie wissen nichts von ihr, aber Sie verurteilen sie. Können Sie sich eigentlich vorstellen, was sie durchgemacht hat? Ihre Cousine wurde ermordet – statt ihrer."

„Daraus kann man ihr schwerlich einen Vorwurf machen."

„Das sagt sich so leicht. Aber sie wird es sich selbst vorwerfen und ihre Familie ebenfalls. Es ist so leicht, Grace die Schuld für alles in die Schuhe zu schieben."

„Sie tun es nicht."

„Nein, weil ich sie kenne. Und weil ich weiß, dass sie ihr ganzes Leben lang mit Vorurteilen zu kämpfen hatte. Sie kann sich noch so anstrengen und wird sie dennoch nicht los. Jetzt ist sie wahrscheinlich gerade mit ihrer Tante zusammen und nimmt die üblichen emotionalen Ohrfeigen entgegen." Ihr Tonfall klang hitzig, und die Worte sprudelten nur so aus ihr heraus, während ihre Gefühle sie überschwemmten. „Heute abend ist eine Trauerfeier für Melissa, und die Verwandten werden auf sie einschlagen, genauso, wie sie es immer getan haben."

„Warum sollten sie?"

„Weil es das ist, was sie am besten können." Erschöpft von ihrer Tirade wandte sie den Kopf und schaute auf die drei Sterne hinunter. Liebe, Wissen und Großzügigkeit, dachte sie. Warum gab es davon anscheinend so wenig auf der Welt? „Vielleicht sollten Sie noch mal etwas genauer hinschauen, Lieutenant Buchanan."

Er hatte schon viel zu genau hingeschaut. Und er verschwendete seine Zeit. „Ich bin mir sicher, dass sie die Loyalität ihrer Freunde verdient", bemerkte er. „Ich sehe mich jetzt mal nach dieser Liste um."

„Sie kennen den Weg." Bailey nahm die Steine, um sie wieder in den Tresorraum zu bringen.

Grace trug Schwarz, aber sie hatte noch nie weniger getrauert. Es war sechs Uhr abends, und ein leichter Nieselregen hatte eingesetzt. Er versprach, die Stadt in eine riesige Sauna zu verwandeln, anstatt die Luft abzukühlen. Die Kopfschmerzen, die sie bereits den ganzen Tag lang quälten, gelangten trotz des Aspirins, das sie vor kurzem genommen hatte, zu voller Blüte.

Es war nicht schwierig gewesen, die Trauerfeier zu Hause zu arrangieren, die Musik, die Blumen, die ausgesuchten Kanapees. Sie hatte nur zum Telefonhörer greifen müssen.

Sie hatte noch eine Stunde für sich, dann würde ihre Familie aus allen Himmelsrichtungen anreisen. Ihre Familie! Sie erinnerte sich wieder daran, wie sie nach dem Tod ihrer Eltern zu ihrer Tante Helen gekommen war, die ihre Vormundschaft übernommen hatte.

Man hatte ihr – endlos – gesagt, wie sie zu essen, sich zu kleiden, sich zu benehmen habe, wen sie sich zum Freund nehmen durfte und wen nicht. Und sie unablässig daran erinnert, was für ein – unverdientes – Glück ihr mit ihrer Familie zuteil geworden sei. Und die Cousine, um die sie heute Abend trauern sollte, hatte sie unablässig damit gequält, dass sie eine Waise war.

Dass sie Grace war.

Sie hatte gegen all das rebelliert, gegen jede Erwartung, die man an sie stellte. Sie hatte sich geweigert, formbar, fügsam und willfährig zu sein. Irgendwann ließ der Schmerz um ihre Eltern nach und mit ihm der verzweifelte Wunsch des Kindes nach Liebe und Anerkennung.

Sie hatte der Presse eine Menge Skandale zum Fraß vorgeworfen. Wilde Partys, unkluge Affären, unbegrenzte Verschwendungssucht.

Als das alles nicht ausreichte, um den Schmerz zu betäuben, hatte sie etwas anderes gefunden. Etwas, bei dem sie das Gefühl hatte, endlich wieder ganz zu sein.

Und sie hatte Grace gefunden.

Doch heute Abend würde sie das tun, was ihre Familie von ihr erwartete. Und sie würde es schaffen, durch die nachfolgenden endlosen Stunden zu kommen, ohne sich davon berühren zu lassen.

Sie ließ sich schwer auf ein dick gepolstertes Samtsofa fallen. Ihr Herz klopfte, ihr Magen krampfte sich zusammen. Sie schloss die Augen und versuchte, sich zu entspannen. Sie würde diese letzte Stunde allein verbringen und sich auf den Rest vorbereiten.

Aber sie hatte kaum den zweiten beruhigenden Atemzug getan, als sie auch schon gedämpfte Schritte hörte. Ihre Schultern wurden steinhart, ihre Wirbelsäule wurde kerzengerade. Sie öffnete die Augen. Und sah Bailey und M.J.

Sie ließ es zu, dass sich ihre Augen wieder schlossen, während ein erbärmliches Gefühl von Dankbarkeit sie überschwemmte. „Ich habe euch gesagt, dass ihr nicht kommen sollt."

„Ja, und hast geglaubt, dass wir uns daran halten." M.J. setzte sich neben sie, nahm ihre Hand.

„Cade und Jack parken das Auto." Bailey setzte sich auf die andere Seite, nahm ihre andere Hand. „Wie geht es dir?"

„Besser." Tränen brannten in ihren Augen, als sie die Hände der beiden Freundinnen fest umklammerte. „Viel besser jetzt."

Auf einem ausgedehnten Besitz nicht so viele Meilen entfernt von dem Ort, wo jetzt Grace mit denen, die sie liebten, saß, schaute ein Mann in den Regen hinaus.

Alle haben versagt, dachte er. Viele hatten für ihre Fehler bezahlt. Aber Vergeltung war ein schwacher Ersatz für die drei Sterne.

Es ist nur eine Verzögerung, tröstete er sich selbst. Die Sterne gehörten ihm, sie waren für ihn bestimmt. Er hatte von ihnen geträumt, hatte sie in Händen gehalten in diesen Träumen. Manchmal waren diese Hände menschlich gewesen und manchmal nicht, aber es waren stets seine Hände gewesen.

Er nahm einen Schluck von seinem Wein, sah dem Regen zu und prüfte seine Optionen.

Seine Pläne waren von drei Frauen verzögert worden. Das war demütigend, und sie würden für diese Demütigung bezahlen müssen.

Die Salvanis waren tot – Bailey James.

Die Idioten, die er angeheuert hatte, um den zweiten Stern zurückzuholen, waren tot – M.J. O'Leary.

Der Mann, den er mit dem Befehl, ihm um jeden Preis den dritten Stern zu bringen, war tot – Grace Fontaine.

Und er lächelte. Es war indiskret gewesen, sich des verlogenen Trottels höchstpersönlich anzunehmen, aber was für eine Wahl hatte er gehabt? Ihm zu erzählen, dass es einen Unfall gegeben hätte, dass die Frau sich gewehrt hätte, dass sie von ihm weggerannt und in den Tod gestürzt wäre.

Dieses Versagen wäre ärgerlich genug gewesen, aber dann entdecken zu müssen, dass eine falsche Frau gestorben war und dass der Idiot Geld und Schmuck gestohlen hatte, ohne es ihm mitzuteilen. Nun, eine solche Illoyalität eines Geschäftspartners konnte kaum toleriert werden.

Verträumt in sich hineinlächelnd, nahm er den glitzernden Brillantohrring aus seiner Tasche. Grace Fontaine hatte ihn bestimmt an ihrem auserlesen schönen Ohrläppchen getragen. Er trug ihn jetzt als Talisman bei sich, während er sich seine nächsten Schritte überlegte.

In wenigen Tagen würden die Steine wieder in dem Museum sein. Der Versuch, sie von dort zu entfernen, würde Monate, wenn nicht Jahre der Planung in Anspruch nehmen. Er hatte nicht vor, so lange zu warten.

5. KAPITEL

Als Seth den Trauersalon betrat, fühlte er sich eher an eine öde Cocktailparty als an eine Trauerzeremonie erinnert. Leute standen oder saßen in kleinen Grüppchen beieinander, knabberten an ihren Kanapees oder nippten von ihrem Wein. Aus unsichtbaren Lautsprechern plätscherte eine Klaviersonate, und gelegentlich scholl oder perlte ein Lachen auf.

Er hörte kein Weinen.

Die Beleuchtung war respektvoll gedämpft und ließ das Gold und die Diamanten in hellem Glanz erstrahlen. Der schwere Duft der Blumen mischte sich mit den Düften, die die Damen und Herren trugen. Er sah vornehme und gelangweilte Gesichter.

Er sah keine Trauer.

Aber er sah Grace. Sie stand bei einem schlanken, hoch gewachsenen Mann, dessen gebräunte Haut sein blondes Haar und die strahlend blauen Augen betonte. Er hielt ihre Hand und lächelte gewinnend. Er sprach schnell und überredend auf sie ein. Sie schüttelte einmal den Kopf, legte eine Hand auf seine Brust, dann ließ sie sich von ihm in einen Vorraum ziehen.

Seth verzog in automatischer Verachtung die Lippen. Eine Trauerfeier eignete sich hervorragend für einen Flirt.

„Buchanan." Jack Dakota kam zu ihm herüber. Jack ließ seine Blicke über den Raum schweifen und versenkte seine Hände in den Taschen des Anzugs, von dem er sich sehnlichst wünschte, er würde noch immer in seinem Schrank hängen anstatt an ihm. „Eine Party."

Seth beobachtete, wie sich zwei Frauen einen Luftkuss gaben. „Offensichtlich."

„Da kann man von Glück sagen, dass man nicht selbst der betrauerte Verblichene ist."

„Ich habe zu tun", erwiderte Seth schroff. Obwohl seine Arbeit genauso gut bis zum nächsten Morgen hätte warten können, wie er sich insgeheim eingestand. Er hätte sie warten lassen sollen. Es ärgerte ihn, dass er hier herausgekommen war, dass er an Grace gedacht hatte – ja, mehr noch, dass er unfähig gewesen war, sie aus seinen Gedanken zu verdrängen.

Er zog ein Fahndungsfoto aus seiner Tasche und reichte es Jack. „Erkennen Sie ihn?"

Jack schaute sich das Foto an, überlegte. Aalglatter Lackaffe, dachte er. Leicht europäischer Einschlag, mit dem öligen zurückgekämmten schwarzen Haar und den vornehmen Gesichtszügen. „Nein, sieht aus wie ein Model für irgendein ordinäres Parfüm."

„Er ist Ihnen nicht zufällig während Ihres Abenteuerwochenendes über den Weg gelaufen?"

Jack warf einen letzten Blick auf das Fahndungsfoto, dann gab er es Seth zurück. „Nein. Hat er etwas damit zu tun?"

„Seine Fingerabdrücke waren überall in dem Haus in Potomac."

Jacks Interesse stieg an. „Er hat die Cousine ins Jenseits befördert?"

Seht begegnete kühl Jacks Blick. „Das muss erst noch bewiesen werden."

„Lassen Sie jetzt nicht den Cop raushängen, Buchanan. Was hat der Typ gesagt? Dass er ihr einen Staubsauger verkaufen wollte?"

„Er hat gar nichts gesagt. Er war zu sehr beschäftigt damit, mit dem Gesicht nach unten den Fluss runterzuschwimmen."

Mit einem Fluch drehte sich Jack wieder um und ließ seinen Blick erneut über den Raum schweifen. Er entspannte sich erst, als er M.J. mit Cade entdeckte. „Die Gerichtsmedizin muss langsam bis unters Dach voll sein. Haben Sie einen Namen?"

Seth beabsichtigte eigentlich, die Frage unbeantwortet zu lassen. Er hielt nichts von Berufen, die einen Schritt hinter der Polizei zurückblieben. Aber zweifellos waren der Grenzjäger und der Privatdetektiv ebenfalls mit dem Fall befasst. Er würde also schlecht ausweichen können.

„Carlo Monturri."

„Da klingelt auch nichts."

Seth hatte es nicht anders erwartet, doch der Polizei war der Name durchaus bekannt – und zwar auf mehreren Kontinenten. „Er spielte nicht in Ihrer Liga, Dakota. Sein Typ hält sich einen vornehmen Anwalt auf Vorschuss und hat es nicht nötig, die Dienste eines zweitklassigen Geldverleihers in Anspruch zu nehmen." Während er sprach, ließ Seth seine Blicke durch den Raum wandern und nahm jedes Detail, das er sah, in sich auf. „Bevor er seine letzte Reise auf dem Fluss antrat, war er ein bezahlter Killer. Er arbeitete allein, weil er den Spaß mit niemandem teilen wollte."

„Verbindungen in der Gegend?"

„Wir arbeiten daran."

Seth sah Grace aus dem Vorraum kommen. Der Mann, der bei ihr war, hatte ihr einen Arm um die Schulter gelegt, zog sie eng an sich und küsste sie. Wut flammte in Seth' Eingeweiden auf und schoss direkt in sein Herz.

„Entschuldigung."

Grace sah ihn in dem Moment, in dem er quer durch den Raum auf sie zukam. Sie sagte irgendetwas zu dem Mann, der sie gleich darauf allein ließ. Sie straffte die Schultern und legte ein lässiges Lächeln auf.

„Wir haben Sie nicht erwartet, Lieutenant."

„Ich entschuldige mich vielmals, Ihre...", er warf über die Schulter einen Blick auf den Goldjungen, der sich eben ein Glas Wein einschenkte, „... Trauer zu stören."

Es war eine Ohrfeige, aber sie zuckte mit keiner Wimper. „Ich nehme an, dass Sie einen Grund hatten vorbeizukommen."

„Ich möchte Sie bitten, mir ein paar Minuten Ihrer wertvollen Zeit zu opfern – allein."

„Natürlich." Als sie sich umdrehte, um mit ihm wegzugehen, sah sie sich ihrer Tante gegenüber. „Tante Helen."

„Wenn du es schaffst, dich für eine Sekunde von deinen Verehrern loszureißen, würde ich gern ein paar Worte mit dir sprechen."

„Entschuldigen Sie mich", sagte Grace zu Seth und trat wieder in den Vorraum.

Seth rang mit sich, ob er diskret sein und weggehen sollte. Aber er blieb, wo er war, zwei Schritte von der Tür entfernt. Er sagte sich, dass eine Morduntersuchung nicht viel Raum ließ für Privatheit. Obwohl die beiden leise sprachen, konnte er jedes Wort verstehen.

„Ich vermute, du hast Melissas Sachen noch", begann Helen.

„Ich weiß nicht. Ich habe es bis jetzt noch nicht geschafft, das Haus sorgfältig zu durchsuchen."

Helen sagte für einen Moment nichts, sondern schaute ihre Nichte nur aus kalten blauen Augen an. Ihr Gesicht war sorgfältig zurechtgemacht und zeigte keine Anzeichen von Trauer. Ihr Haar war glatt und zu einem geschmackvollen Aschblond aufgehellt. An ihren frisch manikürten Händen glitzerte neben dem mit Diamanten besetzten Ehering, den sie immer noch trug, obwohl sie seit über einem

Jahrzehnt mit ihrem Ehemann nichts mehr verband als der Name, ein Saphir, den sie von ihrem letzten Liebhaber geschenkt bekommen hatte.

„Ich bezweifle ernsthaft, dass Melissa ohne eine Tasche in dein Haus gekommen ist. Ich möchte ihre Sachen, Grace. Alle. Du wirst nichts von ihr behalten."

„Ich wollte nie irgendetwas von ihr haben, Tante Helen."

„Wirklich nicht?" Die Worte knallten wie Peitschenhiebe. „Glaubst du, sie hätte mir nichts von deiner Affäre mit ihrem Mann erzählt?"

Grace seufzte kaum hörbar. Das war neuer Grund, aber übelkeitserregend vertraut. Melissas Ehe war in aller Öffentlichkeit schief gegangen. Und daran musste irgendjemand die Schuld tragen. Es musste Grace' Schuld sein.

„Ich hatte mit Bobbie keine Affäre. Weder vor, während, noch nach ihrer Ehe."

„Und wem meinst du, dass ich glaube? Dir oder meiner eigenen Tochter?"

Grace legte den Kopf schräg und rang sich ein Lächeln ab. „Na, deiner Tochter natürlich. Wie immer."

„Du warst schon immer verlogen. Du warst immer undankbar, eine Last, die ich aus Loyalität zur Familie auf mich genommen habe, ohne dass es mir irgendjemand vergolten hätte. Du warst verwöhnt und dickköpfig, als ich dir meine Tür geöffnet habe, und du hast dich nie geändert."

Grace' Magen rumorte hässlich. „Nein, vermutlich nicht. Ich werde immer eine Enttäuschung für dich bleiben, Tante Helen."

„Meine Tochter würde noch leben, wenn du nicht wärst."

Grace versuchte ihr Herz zu zwingen, taub zu werden. Aber es schmerzte und brannte. „Ja, da hast du Recht."

„Ich habe sie vor dir gewarnt, ich habe ihr wieder und wieder gesagt, wie du bist. Aber du hast sie wieder zu dir zurückgelockt und mit ihrer Zuneigung gespielt."

„Zuneigung, Tante Helen?" Mit einem halben Auflachen presste sich Grace ihre Finger an ihre schmerzende linke Schläfe. „Selbst du glaubst nicht, dass sie je auch nur die geringste Zuneigung zu mir verspürt hat. Sie hat schließlich immer nach deiner Pfeife getanzt."

„Wie kannst du es wagen, in diesem Ton von ihr zu sprechen, nachdem du sie getötet hast?" Helens Augen loderten hasserfüllt auf. „Dein ganzes Leben lang hast du sie beneidet und versucht, ihr deinen Willen aufzuzwingen. Jetzt hat sie dein unerhörter Lebensstil umgebracht. Du hast ein weiteres Mal nichts als Schande über die Familie gebracht."

Grace versteifte sich. Das ist keine Trauer, dachte sie. Vielleicht gab es da Trauer, irgendwo ganz tief drin, aber was zum Vorschein kam, war pure Boshaftigkeit. Und sie hatte es satt, das über sich ergehen zu lassen. „Das ist das Wichtigste, nicht wahr, Tante Helen? Der Name Fontaine, der gute Ruf. Und natürlich das Aktienkapital nicht zu vergessen. Dein Kind ist tot, aber was dich erzürnt, ist der Skandal."

Sie nahm die Ohrfeige, ohne mit der Wimper zu zucken, entgegen, obwohl der Schlag auf ihrer Wange einen roten Fingerabdruck hinterließ. „Das dürfte unser Verhältnis angemessen beenden", sagte sie ruhig. „Ich werde dir Melissas Sachen so bald wie möglich zuschicken."

„Ich möchte, dass du gehst." Zum ersten Mal bebte Helens Stimme – ob es vor Trauer war oder vor Wut, wagte Grace nicht zu entscheiden. „Für dich ist hier kein Platz mehr."

„Du hast Recht. Ich habe hier keinen Platz. Und das war nie anders."

Grace trat aus dem Vorraum. Die Farbe, die ihr aus den Wangen gewichen war, kehrte zurück, als sie Seth' Blick begegnete. Sie konnte den Ausdruck, der in seinen Augen stand, nicht entziffern, aber sie wollte es auch gar nicht. Ohne ihren Schritt zu verlangsamen, ging sie an ihm vorbei nach draußen.

Der Nieselregen war eine Erleichterung. Nach der künstlichen Kühle und dem schweren Duft der Totenblumen begrüßte sie die warme Treibhausluft, die ihr entgegenschlug. Ihre Absätze klackerten auf dem nassen Asphalt, als sie über den Parkplatz zu ihrem Wagen ging. Sie kramte in ihrer Handtasche nach ihren Schlüsseln, als Seth ihr eine Hand auf die Schulter legte.

Er sagte erst nichts, drehte sie nur herum und schaute sie forschend an. Ihr Gesicht war wieder weiß – bis auf den roten Fingerabdruck –, die aufgewühlten Augen waren ein dunkler Kontrast. Er spürte, wie sie unter seiner Hand bebte.

„Sie hatte Unrecht."

Eine Demütigung war genau das, was sie jetzt brauchte. Sie riss ihre Schulter herum, aber seine Hand blieb da, wo sie war. „Gehört das zu Ihren Untersuchungsmethoden, Lieutenant? Private Gespräche zu belauschen?"

War ihr bewusst, dass ihre Stimme heiser klang, ihre Augen aufgewühlt dreinschauten? Er wünschte sich, eine Hand zu heben und dieses rote Mal auf ihrer Wange zu kühlen. Auszulöschen. „Sie hatte Unrecht", wiederholte er. „Und sie war grausam. Sie sind nicht verantwortlich."

„Natürlich bin ich es." Sie wirbelte herum, stocherte mit dem Schlüssel im Türschloss herum. Nach drei Anläufen gab sie auf, und sie fielen mit einem leisen Klimpern auf den nassen Asphalt, während sie sich in seine Arme warf. „Oh, Gott." Zitternd presste sie ihr Gesicht an seine Brust. „Oh, mein Gott."

Er wollte sie nicht halten, wollte sich weigern, die Rolle des Trösters zu spielen. Aber seine Arme legten sich um sie, bevor er es verhindern konnte, und eine Hand streckte sich aus, um ihr eine Haarsträhne aus dem Gesicht zu streichen. „Das verdienen Sie nicht, Grace. Das haben Sie wirklich nicht verdient."

„Das spielt keine Rolle."

„Doch." Er ertappte sich dabei, wie er weicher wurde, sie noch enger an sich zog, in der Hoffnung, dass sie so aufhören möge zu zittern. „Natürlich spielt es eine Rolle."

„Ich bin nur müde." Sie barg sein Gesicht an seinem Hals, während der feine Sprühregen ihr Haar benetzte. Hier ist Stärke, war alles, was sie denken konnte. Ein Hafen. Eine Antwort. „Ich bin einfach nur müde."

Ihr Kopf hob sich, ihre Münder trafen sich, und ehe es einer von ihnen bemerkte, war das Begehren wieder da. Der leise Ton, der aus ihrer Kehle aufstieg, zeugte von Erleichterung und Dankbarkeit. Sie öffnete dem Kuss ihr geschlagenes Herz, legte die Arme um seinen Hals und schmiegte sich eng an ihn.

Sie hatte auf ihn gewartet und bot sich ihm jetzt an, zu benommen, um nach dem Warum zu fragen. Gewiss waren Trostbedürfnis, das Vergnügen an der Sache und dieses alles verschlingende Verlangen Grund genug. Sein Mund war fest – genauso wie der Mund, den sie immer auf dem ihren hatte spüren wollen. Sein Körper war hart und solide – eine perfekte Ergänzung zu dem ihren.

Hier ist er, schoss es ihr freudig durch den Kopf.

Sie bebte immer noch, und er spürte, wie sich seine eigenen Muskeln in Erwiderung darauf zusammenzogen. Er wollte sie auf den Arm nehmen und durch den Regen an irgendeinen ruhigen und dunklen Platz tragen, wo nur sie beide wären. Um Jahre dort zu verbringen, allein mit ihr.

Sein Herz hämmerte so laut, dass es sogar die Verkehrsgeräusche von der gegenüberliegenden Straße übertönte. Die schnellen fordernden Schläge dämpften die Stimme in seinem Hinterkopf, die ihm befahl, die Umarmung zu beenden, ehe es zu spät war.

Er hatte sich nie in seinem Leben irgendetwas mehr gewünscht, als sich in ihr zu vergraben, ohne an die Konsequenzen zu denken.

Überspült von ihren Gefühlen und ihrem Begehren presste sie sich an ihn. „Bring mich nach Hause", murmelte sie an seinem Mund. „Seth, bring mich nach Hause und mach Liebe mit mir. Ich muss dich berühren. Ich möchte mit dir zusammen sein." Ihr Mund begegnete erneut dem seinen, in so flehender Verzweiflung, dass sie sich wunderte, zu so etwas überhaupt fähig zu sein.

Jede Zelle in seinem Körper lechzte nach ihr. Alles Begehren, das er je empfunden hatte, bündelte sich in diesem Moment, und es richtete sich einzig auf sie. Diese Erkenntnis ließ ihn verletzlich und erschüttert zurück. Und wütend.

Er legte ihr die Hände auf die Schultern und schob sie von sich weg. „Sex ist nicht die Antwort auf alles."

Seine Stimme klang nicht so kühl, wie er es sich wünschte, aber doch nüchtern genug, um sie davon abzuhalten, die Hand erneut nach ihm auszustrecken. Sex? dachte sie, während sie sich abmühte, wieder einen klaren Kopf zu bekommen. Glaubte er wirklich, sie spräche von so etwas Simplem wie Sex? Dann schaute sie ihm ins Gesicht, den zusammengepressten Mund, die schwache Verärgerung in seinen Augen und begriff, dass er es wirklich glaubte.

Auch wenn ihr Stolz angeknackst war, hielt sie sich tapfer. „Nun, für dich offensichtlich nicht." Sie streckte die Hand aus und glättete sich das Haar. „Und falls doch, gehörst du wohl zu der Sorte von Männern, die darauf bestehen, den Anfang zu machen."

Sie verzog die Lippen zu einem Lächeln, obwohl sie sich jetzt kalt und steif anfühlten. „Wenn du den ersten Schritt gemacht hättest, wäre alles in Butter gewesen, doch wenn ich es tue, macht mich das – wie könnte man sagen? Zu einem Flittchen?"

„Ich glaubte nicht, dass das ein Ausdruck wäre, den ich benützen würde."

„Nein, du bist für Beleidigungen viel zu beherrscht." Sie bückte sich, sammelte ihren nassen Schlüsselbund auf, dann klimperte sie mit ihm herum, während sie ihn forschend anschaute. „Aber du hast mich eben begehrt, Seth. Du warst nicht beherrscht genug, um dieses kleine Detail verbergen zu können."

„Ich pflege mir nicht alles zu nehmen, was ich gern hätte."

„Warum denn nicht, zum Teufel?" Sie gab ein kurzes, unfrohes Schnauben von sich. „Wir sind alle Menschen, oder nicht? Und ausgerechnet du solltest doch am besten wissen, wie erschreckend kurz ein Leben manchmal sein kann."

„Ich bin dir keine Rechenschaft schuldig, wie ich mein Leben lebe."

„Nein, das bist du nicht. Aber es lässt sich unschwer übersehen, dass du alles daransetzt herauszubekommen, wie ich das meine lebe." Ihr Blick wanderte an ihm vorbei zu den erleuchteten Fenstern des Beerdigungsinstituts. „Aber daran bin ich gewöhnt. Ich tue genau das, was ich will, ohne an die Konsequenzen zu denken. Ich bin egoistisch und egozentrisch und rücksichtslos."

Sie hob eine Schulter, als sie sich umdrehte und ihre Autotür aufschloss. „Warum also sollte ich mir über irgendwelche Gefühle Gedanken machen?“

Sie stieg ins Auto und warf ihm einen letzten Blick zu. Obwohl sich ihr üppiger Mund verzog, erreichte das sinnliche Lächeln ihre Augen doch nicht. „Na, dann vielleicht bei unserem nächsten Wiedersehen, Hübscher.“

Er schaute ihr nach, wie sie in den Regen hineinfuhr. Es würde ein Wiedersehen geben, so viel war sicher, und wenn auch nur deshalb, weil er ihr das Polizeifoto noch nicht gezeigt hatte.

Seth ermahnte sich, das Treffen mit Grace nicht wieder zu verschieben. Am Morgen nach den Trauerfeierlichkeiten hatte er wirklich höllisch viel Arbeit gehabt. Und das bisschen Zeit, das er sich jetzt abgezwackt hatte, wollte er nutzen, um M.J. ein paar Fragen zu stellen. Natürlich hätte er damit auch einen seiner Untergebenen beauftragen können – Mick Marshall zum Beispiel, der von Anfang an mit dem Fall befasst war.

Seth sah sich gezwungen zuzugeben, dass er persönlich mit M.J. O'Leary sprechen wollte, und hoffte, ihr ein paar Details über Grace Fontaine entreißen zu können.

M.J.s Pub, in dem es viel dunkles Holz, glänzendes Messing, dick gepolsterte Barhocker und gemütliche Nischen gab, lag in einem gepflegten Wohnviertel. Jetzt am Spätnachmittag war es noch ruhig, aber es kamen regelmäßig Gäste herein.

Der Barkeeper warf einen kurzen Blick auf Seth' Polizeiabzeichen und sagte ihm, dass er die Chefin eine Treppe höher in ihrem Büro finden könnte. Seth hörte sie, bevor er sie sah.

„Hören Sie, Freund, wenn ich Pfefferminz wollte, hätte ich Pfefferminz bestellt. Ich habe aber gesalzene Nüsse bestellt. Ich will sie um sechs hier haben. Ja, ja. Ich kenne meine Gäste. Schicken Sie mir die verdammten Nüsse rüber, aber pronto.“

Sie saß hinter einem schon etwas mitgenommen wirkenden, überladenen Schreibtisch. Ihre kurzen roten Haare standen in alle Himmelsrichtungen ab. Seth beobachtete, wie sie sich erneut mit allen fünf Fingern hindurchfuhr, während sie den Hörer auflegte und energisch einen Stapel Rechnungen beiseite schob. Wahrscheinlich ihre Art von Ablage, dachte er, es passte zu dem übrigen Raum.

Er war kaum groß genug, um sich umzudrehen, und voll gestopft mit Schachteln, Aktenordnern und Papieren sowie einem schäbigen Stuhl, auf dem eine enorme und ebenfalls voll gestopfte Tasche saß.

„Miss O'Leary?"

Sie schaute auf, die Augenbrauen noch immer verärgert zusammengezogen. Ihre Stirn glättete sich auch beim Anblick des Besuchers nicht. „Genau was ich brauche, um meinen Tag perfekt zu machen. Hören Sie, Buchanan, ich bin im Stress. Wie Ihnen bekannt sein dürfte, habe ich kürzlich ein paar Tage verloren."

„Dann werde ich versuchen, mich kurz zu fassen." Er betrat das Büro, zog das Polizeifoto aus der Tasche und warf es auf ihren Schreibtisch. „Kommt der Ihnen bekannt vor?"

Sie spitzte die Lippen und studierte einen Moment das glatte, hübsche Gesicht. „Ist das der Typ, von dem Jack mir erzählt hat? Der, der Melissa umgebracht hat?"

„Der Fall Melissa Fontaine ist noch nicht aufgeklärt. Bei dem Mann handelt es sich um einen möglichen Verdächtigen. Erkennen Sie ihn?"

Sie verdrehte die Augen und schob Seth das Foto wieder hin. „Nein. Sieht aus wie ein Schmierlappen. Hat Grace ihn wieder erkannt?"

Er legte den Kopf leicht schräg. „Kennt sie viele Männer, die aussehen wie Schmierlappen?"

„Zu viele", brummte M.J. „Jack sagte, dass Sie bei den Trauerfeierlichkeiten waren, um Grace das Foto zu zeigen."

„Sie war... nicht frei."

„Ja, es war ein harter Abend für sie." M.J. rieb sich die Augen.

„Offensichtlich, obwohl sie zumindest am Anfang ganz gut zurechtzukommen schien." Er schaute wieder auf das Foto, dachte an den Mann, der sie geküsst hatte. „Dieser hier sieht aus wie ihr Typ."

M.J.s Hand sank herab, ihre Augen verengten sich. „Was wollen Sie damit sagen?"

„Nichts. Nur so." Seth steckte das Foto ein. „Er ähnelt zumindest rein äußerlich dem Mann, mit dem sie auf der Begräbnisfeier herumgemacht hat."

„Herumgemacht?" Die verengten Augen schleuderten wütende Blitze. „Grace hat mit überhaupt niemandem herumgemacht."

„Ungefähr einsfünfundachtzig, hundertsiebzig Pfund schwer, blonde Haare, blaue Augen, italienischer Fünftausend-Dollar-Anzug, eine Menge Zähne."

Sie brauchte nur einen Moment. Unter anderen Umständen hätte sie gelacht. Aber die kühle Verachtung, die sich auf Seth' Gesicht widerspiegelte, veranlasste sie zu einem Schnauben. „Sie blöder Depp, das war ihr Cousin Julian, und er hat sie um Geld angehauen, so wie er es ständig tut."

Seth runzelte die Stirn und ließ die Szene vor seinem geistigen Auge Revue passieren. „Ihr Cousin... und in welchem Verhältnis stand er zu dem Opfer?"

„Er war ihr Stiefbruder. Melissas Stiefbruder – der Sohn ihres Vaters aus einer früheren Ehe."

„Und der Stiefbruder der Verstorbenen bat Grace um Geld – während der Trauerfeier für seine Stiefschwester?"

Diesmal wusste sie die Missbilligung, die in seinem Tonfall mitschwang, zu schätzen. „Ganz recht, aber warum sollte ihn der Anlass davon abhalten, sie auszunehmen? Er ist nicht der Einzige in der Familie, der das tut." Um die Angelegenheit zu beschleunigen, erhob sie sich. „Und Sie haben wirklich Nerven, als Grace' Tugendwächter hier bei mir aufzukreuzen, Greifer. Sie hat diesem Weichei einen Scheck über ein paar Tausend Dollar ausgestellt, ebenso wie sie Melissa regelmäßig Geld zugesteckt hat und einigen anderen Familienmitgliedern auch."

„Ich bin bisher immer davon ausgegangen, dass die Fontaines reich sind."

„Reichtum ist relativ – besonders, wenn man ein kostspieliges Leben führt, der Erbschaftsfond nichts mehr hergibt oder man sein ganzes Geld in Monte Carlo verpulvert. Und Grace hat mehr von dem grünen Zeug als die meisten anderen, weil ihre Eltern ihr Geld nicht zum Fenster rausgeschmissen haben. Und das wurmt die Verwandtschaft natürlich", brummte sie. „Was glauben Sie, wer die Trauerfeierlichkeiten bezahlt hat? Ganz bestimmt nicht die Mama oder der Papa der teuren Verblichenen. Diese alte Hexe, die sich Grace' Tante schimpft, versteht es ausgezeichnet, erst die Hand aufzuhalten, nur um Grace hinterher die Schuld an allen Übeln dieser Welt in die Schuhe zu schieben. Und Grace lässt es sich gefallen, weil sie glaubt, sie könne auf diese Weise leichter ihre eigenen Wege gehen. Sie wissen nichts über sie."

„Ich weiß, dass man sie für Melissas Tod nicht verantwortlich machen kann."

„Ja, sagen Sie ihr das. Gestern Abend bei Cade ist sie gleich auf ihr Zimmer gegangen und hat geweint, und es gab nichts, was wir hätten tun können, um ihr zu helfen. Und das alles nur, weil dieses Dreckspack, mit dem sie leider Gottes verwandt ist, ständig daran arbeitet, dass sie sich wie der letzte Dreck vorkommt."

Nicht nur ihre Verwandten, dachte er schuldbewusst. Er hatte auch einen Gutteil Schuld daran.

„Es scheint, dass sie mit ihren Freunden mehr Glück hat als mit ihrer Familie."

„Klar, weil wir nicht an ihrem Geld oder ihrem Namen interessiert sind. Und weil wir nicht über sie richten. Wir lieben sie einfach. So, wenn das jetzt alles ist, würde ich gern wieder an meine Arbeit gehen."

„Ich muss mit Miss Fontaine sprechen." Seth' Stimme klang ebenso steif wie M.J.s leidenschaftlich. „Können Sie mir sagen, wo ich sie finden kann?"

Ihre Lippen verzogen sich. Sie zögerte einen Moment, weil ihr klar war, dass Grace das, was sie jetzt zu tun beabsichtigte, nicht unbedingt zu schätzen wüsste. Aber die Versuchung, das Gebäude aus Vorurteilen, das sich dieser Cop errichtet hatte, zusammenkrachen zu sehen, war einfach zu groß. „Sicher. Versuchen Sie es im Saint-Agnes-Krankenhaus. Auf der Kinder- oder der Entbindungsstation." Ihr Telefon läutete, und sie nahm ab. „Dort werden Sie sie finden. O'Leary", bellte sie ins Telefon und wandte Seth den Rücken zu.

Er vermutete, dass sie das Kind einer Freundin besuchte, doch als er im Schwesternzimmer nach Grace Fontaine fragte, hellten sich die Mienen auf.

„Ich nehme an, sie ist auf der Säuglingsintensivstation." Die Schwester schaute auf ihre Uhr. „Um diese Zeit ist sie normalerweise immer dort. Finden Sie den Weg?"

Verdutzt schüttelte Seth den Kopf. „Nein." Er hörte sich die Wegbeschreibung an, während ihm mehr als ein Dutzend Gründe durch den Kopf schossen, warum Grace Fontaine regelmäßige Besuche auf einer Kinderstation machen sollte. Da jedoch keiner in sein Raster passte, stellte er seine Überlegungen ein und ging den Korridor hinunter.

Nachdem er zwei Mal um die Ecke gebogen war, gelangte er an ein Glasfenster, hinter dem er Grace mit einem Baby im Arm sitzen sah. Der Anblick, den sie bot, ging ihm zu Herzen. Ihre schwarzen Haare hatte sie sich zu einem langen Zopf geflochten, und über ihrem Kostüm trug sie einen formlosen grünen Kittel. Ihr Gesicht war weich, während sie den rastlos strampelnden Säugling zu trösten versuchte. Ihre Aufmerksamkeit war ganz in Anspruch genommen von den großen nassen Kinderaugen, die auf der Suche nach Trost zu ihr aufschauten.

„Entschuldigen Sie, Sir." Eine Krankenschwester gesellte sich eilig zu ihm. „Hier ist Zutritt verboten."

Noch immer mit dem Blick auf Grace, zückte Seth seine Polizeimarke. „Ich möchte mit Miss Fontaine sprechen."

„Ich verstehe. Ich werde ihr sagen, dass Sie hier sind, Lieutenant."

„Nein, stören Sie sie nicht." Er wollte nichts tun, um dieses Bild zu zerstören. „Ich kann warten. Was hat das Baby denn?"

„Peter ist ein Aids-Baby. Miss Fontaine hat es arrangiert, dass er hier gepflegt werden kann."

„Miss Fontaine?" Eine Faust rammte sich in seinen Magen. „Ist es ihr Kind?"

„Biologisch? Nein." Das Gesicht der Krankenschwester wurde weicher. „Ich denke, sie betrachtet sie alle als ihre Kinder. Ich weiß wirklich nicht, was wir ohne ihre Hilfe tun würden. Nicht nur ohne die Stiftung, sondern auch ohne sie."

„Die Stiftung?"

„Die Falling Star Foundation. Miss Fontaine hat sie vor Jahren gegründet, um schwer kranken und zum Tode verurteilten Kindern und ihren Eltern zu helfen. Aber das Wichtigste ist, dass sie selbst mitarbeitet." Sie deutete mit dem Kopf auf die Glasscheibe. „Das, was sie mit den Kindern macht, ist nicht mit Geld aufzuwiegen."

Er beobachtete, wie sich das Baby beruhigte und in Grace' Armen sanft in den Schlaf hinüberglitt. „Kommt sie oft hierher?"

„So oft, wie sie kann. Sie ist unser Engel. Bitte entschuldigen Sie mich jetzt, Lieutenant."

„Danke." Während sie davonging, trat er näher an die Trennscheibe. Grace war aufgestanden und ging jetzt mit dem Baby auf dem Arm auf das leere Kinderbett zu. In diesem Augenblick wurde sie auf ihn aufmerksam.

Er sah den Schock, der sich in ihren Augen widerspiegelte. Eine ganze Gefühlspalette huschte über ihr Gesicht, Überraschung, Beschämung, Verärgerung. Dann glättete es sich. Sanft legte sie das Baby zurück in die Krippe, fuhr ihm zärtlich mit einer Hand über die Wange. Einen Moment später ging sie durch eine Tür und verschwand.

Nach ein paar Minuten kam sie hinaus auf den Flur. Der Kittel war verschwunden. Jetzt war sie eine selbstbewusste Frau in einem flammend roten Kleid, die Lippen sorgfältig geschminkt in einem Rot, das genau zu dem Rot des Kleides passte. „Also wirklich, Lieutenant, wir treffen uns an den seltsamsten Orten."

Bevor sie die beiläufige Begrüßung beenden konnte, die sie eben während des Schminkens vor dem Spiegel geprobt hatte, griff er nach ihrem Kinn und schaute ihr tief und herausfordernd in die Augen.

„Du bist eine Fälschung." Er sagte es ruhig und machte noch einen Schritt auf sie zu. „Eine Schwindlerin. Wer zum Teufel bist du?"

„Wer immer ich sein will." Die lange, intensive Musterung aus diesen goldbraunen Augen machte sie nervös. „Und ich glaube nicht, dass das hier der richtige Ort für ein Verhör ist. Ich würde jetzt gern gehen", sagte sie ruhig. „Ich möchte hier keine Szene."

„Ich habe nicht die Absicht, dir eine Szene zu machen."

Sie hob die Augenbrauen. „Aber ich vielleicht." Überlegen schob sie seine Hand weg und begann, den Korridor hinunterzugehen. „Wenn du den Fall mit mir diskutieren willst oder irgendwelche diesbezüglichen Fragen hast, können wir draußen darüber reden. Ich möchte es nicht hier reinbringen."

„Es hat dir das Herz gebrochen", murmelte er. „Dieses Baby im Arm zu halten hat dir das Herz gebrochen."

„Es ist tatsächlich mein Herz." Fast brutal drückte sie mit einem Finger den Aufzugknopf. „Und es ist ein taffes Herz, Seth. Da kannst du jeden fragen."

„An deinen Wimpern glitzern noch Tränen."

„Das geht dich nichts an." Ihre Stimme war tief und vibrierte vor Zorn. „Absolut nichts."

Sie trat in den überfüllten Aufzug und wandte ihm den Rücken zu, wild entschlossen, über diesen Teil ihres Lebens nicht mit ihm zu sprechen. Erst gestern hatte sie sich ihm geöffnet, nur um von ihm zurückgestoßen zu werden. Noch einmal würde sie ihre Gefühle nicht mit ihm teilen, und gewiss nicht jene Gefühle, die so lebenswichtig für sie waren wie diese Kinder.

Er war ein Cop, nur ein Cop. Hatte sie nicht in der letzten Nacht mehrere traurige Stunden damit zugebracht, sich dies in aller gebotenen Deutlichkeit vor Augen zu führen? Was auch immer er in ihr wachrufen mochte, es musste aufhören oder zumindest unterdrückt werden.

Sie würde sich ihm nicht öffnen, sie würde ihm nicht vertrauen, sie würde sich ihm nicht hingeben.

Als sie schließlich beim Eingang angelangt waren, hatte sie sich weitgehend beruhigt. In der Hoffnung, ihn so schnell wie möglich abzuschütteln, ging sie auf den Parkplatz zu. Seth ergriff sie am Arm und dirigierte sie in eine andere Richtung.

„Lass uns dort rübergehen", sagte er und ging auf eine kleine Wiese mit Bänken zu.

„Ich habe keine Zeit."

„Dann nimm dir welche. Du bist im Moment zu aufgeregt, um Auto zu fahren."

„Sag mir nicht, was ich bin."

„Setz dich."

„Ich will mich nicht..."

„Setz dich, Grace", wiederholte er. „Ich entschuldige mich."

Verärgert ließ sie sich auf der Bank nieder, fischte ihre Sonnenbrille aus ihrer Tasche und setzte sie auf. „Wofür?"

Er nahm neben ihr Platz, nahm ihr die schützenden Gläser ab und schaute ihr in die Augen. „Dafür, dass ich es mir nicht gestattet habe, hinter die Fassade zu schauen. Dafür, dass ich nichts sehen wollte. Und dafür, dass ich ein vorschnelles Urteil über dich gefällt habe."

Er umrahmte ihr Gesicht mit den Händen und legte seinen Mund auf den ihren.

6. KAPITEL

Grace schmiegte sich nicht an ihn. Diesmal nicht. Sie fühlte sich zu verletzlich, um ein Risiko einzugehen. Obwohl sie seinen Kuss erwiderte, legte sie eine Hand auf seine Brust, als ob sie ihn auf Abstand halten wollte.

Und doch kam ihr Herz aus dem Takt.

Diesmal hielt sie sich zurück. Er spürte es, entnahm es dem Druck, der von ihrer Hand auf seiner Brust ausging. Sie verweigerte sich ihm nicht, aber sie widerstand ihm. Und mit einem Wissen, das von irgendwo ganz tief in ihm drin kam, legte er mehr Zärtlichkeit in seinen Kuss, versuchte, nicht nur zu verführen, sondern auch zu trösten.

Und doch kam sein Herz ins Stolpern.

„Tu das nicht." Es machte sie benommen, weckte ihr Begehren. Und es war viel zu viel. Sie löste sich von ihm und schaute auf das kleine Rasenstück, bis sie wieder atmen konnte.

„Was macht die ganze Sache eigentlich so schwierig?" fragte sich Seth laut.

„Ich weiß es nicht." Sie wandte sich zu ihm um, um ihn anzuschauen. Er ist ein attraktiver Mann, entschied sie. Das dunkle Haar, das kantige Gesicht, der merkwürdige Goldton in den Augen. Aber sie hatte schon viele attraktive Männer gekannt. Was war es, was dieser eine hier an sich hatte, das alles veränderte und ihre Welt aus den Angeln kippen ließ? „Sie lassen mir keine Ruhe, Lieutenant Buchanan."

Er schenkte ihr eins seiner seltenen Lächeln – langsam und breit. „Das beruht auf Gegenseitigkeit, Miss Fontaine. Sie haben mich vergangene Nacht auf Trab gehalten. Wie ein Puzzle, bei dem alle Teile auf dem richtigen Platz sind, und doch verändern sie plötzlich und überraschend die Form. Und wenn man sie schließlich alle aneinander gelegt hat – oder es zumindest glaubt –, ist es nicht mehr dasselbe."

„Ich bin kein Geheimnis, Seth."

„Du bist die faszinierendste Frau, die mir je begegnet ist." Seine Mundwinkel bogen sich erneut nach oben, als sie die Brauen hob. „Das ist nicht nur ein Kompliment, weil mit der Faszination Frustration einhergeht." Er stand auf, machte aber keinen Schritt auf sie zu. „Warum warst du so wütend, dass ich dich hier aufgestöbert habe?"

„Es ist privat." Ihr Tonfall klang wieder steif und abweisend. „Ich nehme eine Menge Unbequemlichkeiten in Kauf, um es geheim zu halten."

„Warum?"

„Weil es mir so lieber ist."

„Deine Familie weiß nichts von deinem Engagement hier?"

Ihre Augen blitzten zornig auf. „Meine Familie hat damit nichts zu tun. Gar nichts. Es ist kein Fontaine-Projekt wie die Brosamen, die sie von ihrem Tisch fallen lassen, um eine gute Presse zu bekommen oder Steuern zu sparen. Es ist mein Projekt."

„Ja, das sehe ich", sagte er ruhig. Ihre Familie hatte sie offensichtlich mehr verletzt, als er angenommen hatte. Und mehr, als sie zugeben wollte. „Warum Kinder, Grace?"

„Weil sie unschuldig sind." Es war ihr entschlüpft, ehe sie darüber nachdenken konnte, was sie sagen wollte. Dann schloss sie die Augen und seufzte. „Unschuld ist ein wertvolles und leicht verderbliches Gut. Aber warum fragst du mich so aus?"

„Weil ich an dir interessiert bin."

Sie warf ihm ein Lächeln zu – halb einladend, halb sarkastisch. „Wirklich? Als ich dir vorschlug, mit mir ins Bett zu gehen, kam mir das nicht so vor. Aber kaum siehst du mich ein krankes Baby im Arm halten, änderst du deine Meinung." Sie stand ebenfalls auf, ging auf ihn zu und ließ ihre Fingerspitzen an der Knopfleiste seines Hemdes nach unten wandern. „Nun, vielleicht stehst du ja eher auf den mütterlichen Typ, Lieutenant..."

„Tu dir das nicht an." Wieder war seine Stimme ruhig und kontrolliert. Er nahm ihre Hand. „Es ist idiotisch. Und ärgerlich dazu. Du hast dort drin kein Spiel gespielt. Es war dir ernst."

„Ja, es ist mir ernst. Es ist mir sogar sehr ernst. Aber das macht mich noch lange nicht zur Heldin, und ich bin noch genau dieselbe, die ich gestern Abend war." Sie entzog ihm ihre Hand. „Ich will dich. Ich möchte mit dir ins Bett gehen. Und das ärgert dich, Seth. Nicht die Tatsache an sich ärgert dich, aber dass ich es frei heraus sage. Bist nicht du es, der es vorzieht, irgendwelche Spielchen zu spielen? Dass ich angeblichen Widerstand leiste, damit du mich am Ende besiegen kannst?"

Er wünschte sich nur, dass sie nicht ausgerechnet damit Recht gehabt hätte. „Vielleicht möchte ich ja gern erst wissen, wer du bist, bevor ich mit dir ins Bett gehe. Ich habe eine Menge Zeit damit verbracht, mir dein Gesicht zu betrachten – auf diesem Porträt in deinem Haus. Und während ich dich anschaute, habe ich mir Gedanken über dich gemacht. Jetzt will ich dich. Aber ebenso will ich die Puzzleteile richtig zusammensetzen."

„Das Endprodukt könnte dir nicht gefallen."

„Ja", stimmte er zu. „Vielleicht nicht."

Sie überlegte einen Moment, dann legte sie den Kopf schräg. „Ich bin heute Abend eingeladen. Zu einer Cocktailparty. Ich kann es mir nicht leisten, nicht hinzugehen, weil der Gastgeber ein großzügiger Unterstützer des Krankenhauses ist. Was hältst du davon, mich zu begleiten, und anschließend können wir ja weitersehen?"

Er wägte die Pros und Kontras sorgfältig gegeneinander ab, weil ihm klar war, dass es unter Umständen ein folgenschwerer Schritt sein könnte. Sie war keine einfach gestrickte Frau, und er war kein einfach gestrickter Mann. Was auch immer es sein mochte, das sie zueinander hinzog, es würde höchstwahrscheinlich irgendwelche Auswirkungen nach sich ziehen.

„Denkst du immer alles so sorgfältig durch?“ erkundigte sie sich mit leicht spöttischem Unterton.

„Ja.“ Aber in ihrem Fall schien es keine Rolle zu spielen, wie ihm jetzt klar wurde. „Ich kann nicht garantieren, dass ich mich am Abend freimachen kann.“ Er wälzte in seinem Kopf Schreibkram und Besprechungen um. „Aber falls ich es einrichten kann, hole ich dich ab.“

„Acht ist früh genug. Wenn du bis Viertel nach acht nicht bei mir bist, gehe ich davon aus, dass du aufgehalten wurdest.“

Keine Klagen, dachte er, keine Forderungen. Die meisten Frauen, die er kennen gelernt hatte, fingen automatisch an zu schmollen, wenn er seiner Arbeit den Vorrang einräumte. „Ich rufe dich an, falls ich es nicht schaffen sollte.“

„Was auch immer.“

Seth schaffte es. Punkt acht Uhr vierzehn holte er Grace bei Cade ab, um mit ihr nach Georgetown zu fahren.

Das Haus des Gastgebers war ein herrliches altes Haus mit hohen Decken, schweren antiken Möbeln und tiefen warmen Farben. Über den einflussreichen und wohlhabenden Leuten, die unter ihren Parfüms und Eau de Colognes feinen Puderduft ausströmten, schütteten funkelnde Kronleuchter ihr Licht aus.

Sie gehört hierher, dachte Seth. In dem Augenblick, in dem sie die Türschwelle überschritten hatte, war sie mit der Szenerie verschmolzen.

Und doch stach sie heraus. Inmitten des glatten Schwarz und der ausgeklügelten Pastelltöne war sie eine leuchtend blaue Flamme, an der man Gefahr lief, sich zu verbrennen, wenn man sie berührte.

Wie die Diamanten, dachte er. Einzigartig, beeindruckend... unwiderstehlich.

„Lieutenant Buchanan, habe ich Recht?“

Seth wandte den Blick von Grace ab und schaute einem kleinen glatzköpfigen Mann ins Gesicht, der eine Statur wie ein Boxer hatte.

„Ja, Mr. Rossi, Rächer der Enterbten. Sofern die Taschen der Enterbten tief genug sind."

Rossi kicherte gutmütig. „Habe ich mich also doch nicht geirrt. Sie haben mir schon des Öfteren einen Strich durch die Rechnung gemacht. Sie sind eine harte Nuss. Ich denke noch immer, dass es mir gelungen wäre, Tremaine freizubekommen, wenn da nicht Ihre Aussage gewesen wäre."

„Er war schuldig."

„Wie die Sünde", stimmte Rossi ohne Zögern zu. „Aber ich hätte es trotzdem geschafft, die Jury von seiner Unschuld zu überzeugen."

Als Rossi durchstartete, um das ganze Gerichtsverfahren noch einmal aufzurollen, ergab Seth sich innerlich seufzend in sein Schicksal.

Auf der anderen Seite des Raums nahm Grace vom Tablett eines vorüberhuschenden Kellners ein Glas entgegen, während sie mit halbem Ohr dem neuesten Klatsch zuhörte, den die Gastgeberin erzählte. Sie wusste wann sie kichern, wann sie eine Augenbraue heben, die Lippen spitzen oder einen interessierten Kommentar beisteuern musste. Es war alles Routine.

Sie wollte so schnell wie möglich wieder weg. Sie wollte Seth diesen dunklen Anzug ausziehen. Sie wollte ihn berühren, überall. Sie brannte vor Verlangen. Der Champagner trug nicht dazu bei, ihre Kehle zu kühlen, sondern brachte ihr Blut nur noch mehr in Wallung.

„Meine teure Sarah."

„Gregor, wie reizend, Sie zu sehen."

Grace wandte sich um, nippte an ihrem Champagnerkelch und lächelte den dunkelhaarigen, gelackten Mann mit der geschmeidigen Stimme an, der sich galant über die Hand der Gastgeberin beugte. Dem charmanten Akzent nach zu urteilen schien er aus dem Mittelmeerraum zu stammen. Um die fünfzig, aber gut erhalten.

„Sie sehen heute Abend ganz besonders hübsch aus", sagte er, einen Moment mit gebeugtem Kopf über Sarahs Hand verweilend. „Und Ihre Gastfreundschaft ist wie immer unvergleichlich. Ebenso wie Ihre Gäste." Er wandte sich um und lächelte Grace aus silbrig blassblauen Augen an. „Perfekt."

„Gregor." Sarah errötete geschmeichelt, dann wandte sie sich an Grace. „Ich glaube nicht, dass Sie Gregor schon kennen gelernt haben, Grace. Er ist gefährlich charmant, also passen Sie gut auf sich auf. Botschafter DeVane, darf ich Ihnen Grace Fontaine, eine gute Freundin, vorstellen?"

„Ich bin geehrt." Er hob Grace' Hand, und seine Lippen waren warm und weich. „Und entzückt."

„Botschafter?" Grace schlüpfte lässig in ihre Rolle. „Ich dachte immer, Botschafter wären alt und langweilig. Die, die ich kennen gelernt habe, waren es jedenfalls. Bis jetzt."

„Ich lasse Sie jetzt mit Grace allein, Gregor. Wie ich sehe, sind eben noch ein paar späte Gäste eingetroffen."

„Ich bin mir sicher, dass ich in reizenden Händen bin." Mit offensichtlichem Widerstreben ließ er Grace' Hand los. „Gibt es etwa zwischen Niles Fontaine und Ihnen eine Verbindung?"

„Ja, er ist ein Onkel."

„Ah. Ich hatte das Vergnügen, Ihren Onkel und seine charmante Frau vor ein paar Jahren auf Capri kennen zu lernen. Wir haben ein gemeinsames Hobby, Münzen."

„Ja, Onkel Niles hat eine große Sammlung. Er ist verrückt nach Münzen." Grace schüttelte sich das Haar zurück. „Und woher kommen Sie, Botschafter DeVane?"

„Gregor, bitte, in einer so freundlichen Umgebung. Dann ist es mir vielleicht erlaubt, Sie Grace zu nennen."

„Natürlich." Ihr Lächeln erwärmte sich, um sich der neuen Intimität anzupassen.

„Ich bezweifle, dass Sie jemals von meinem winzigen Heimatland gehört haben. Wir sind lediglich ein Pünktchen im Meer und hauptsächlich durch unsere Oliven und unseren Wein bekannt."

„Terresa?"

„Jetzt fühle ich mich schon wieder geschmeichelt, dass eine so schöne Frau mein bescheidenes Land kennt."

„Es ist eine herrliche Insel. Ich war vor zwei Jahren kurz dort und fand es wunderschön. Terresa ist ein kleines Juwel, mit dramatischen Klippen nach Westen und üppigen Weinhängen nach Osten und Sandstränden, die so fein sind wie Zucker."

Er lächelte sie wieder an und nahm erneut ihre Hand. Die Verbindung war so unerwartet wie die Frau, und er verspürte das zwingende Bedürfnis, sie zu berühren. Und ihre Hand zu halten. „Sie müssen mir versprechen, wieder zu kommen und mir zu erlauben, Ihnen die Gegend so zu zeigen, wie sie gesehen werden sollte. Ich habe eine kleine Villa im Westen, und allein schon die Aussicht dort wird Sie Ihren Entschluss nicht bereuen lassen."

„Ich würde es wirklich gern sehen. Wie schwierig muss es sein, den Sommer in dem schwülen Washington zu verbringen, wenn man sich an der sanften Meeresbrise von Terresa erfreuen könnte."

„Es ist gar nicht schwierig. Nicht mehr." Er fuhr ihr mit dem Daumen über die Fingerknöchel. „Ich finde die Schätze Ihres Landes immer anziehender. Was meinen Sie, könnte ich Sie vielleicht überreden, einen Abend mit mir zu verbringen? Mögen Sie die Oper?"

„Sehr."

„Dann müssen Sie mir erlauben, Sie zu begleiten. Vielleicht..." Er unterbrach sich, in seinen Augen flackerte Verärgerung auf, als Seth sich zu ihnen gesellte.

„Botschafter Gregor DeVane aus Terresa, erlauben Sie, dass ich Ihnen Lieutenant Seth Buchanan vorstelle."

„Oh, ein Militär", sagte DeVane und bot Seth die Hand.

„Polizist", korrigierte Seth kurz angebunden. Der Botschafter gefiel ihm nicht. Kein bisschen. Als er DeVane mit Grace entdeckte, verspürte er einen kurzen Augenblick lang den fast unwiderstehlichen Drang, seine Waffe zu ziehen. Seltsamerweise jedoch hatte seine instinktive Bewegung nicht seinem Schulterpolster gegolten, sondern seine Hand war an seine Hüfte gezuckt. Dorthin, wo in früheren Jahrhunderten ein Mann sein Schwert getragen hatte.

„Ah, die Polizei." DeVane blinzelte überrascht, obwohl er sich mittlerweile ein ganzes Dossier über Seth Buchanan angelegt hatte. „Wie faszinierend. Ich hoffe, Sie verzeihen mir, wenn ich sage, dass es mein frommster Wunsch ist, niemals Ihre Dienste in Anspruch nehmen zu müssen." Geschmeidig nahm DeVane ein Glas von einem vorübergetragenen Tablett, reichte es Seth und nahm sich selbst auch eines. „Aber vielleicht sollten wir auf das Verbrechen anstoßen. Ohne wären Sie überflüssig."

Seth schaute ihn ruhig an. Als ihre Blicke sich verhakten, sah Seth mit Erstaunen, dass in den Augen des anderen Wiedererkennen aufblitzte, so unerklärlich das auch sein mochte, Wiedererkennen und Gegnerschaft. „Ich ziehe es vor, auf die Gerechtigkeit zu trinken."

„Natürlich. Auf Justitias Waagschalen und dass sie immer gut ausbalanciert sein mögen." Gregor nahm einen Schluck, dann neigte er den Kopf. „Wenn Sie mich jetzt bitte entschuldigen wollen, Lieutenant Buchanan, ich habe den Gastgeber noch nicht begrüßt. Ich wurde...", er wandte sich an Grace und küsste wieder ihre Hand, „... von dieser wunderschönen Dame von meinen Pflichten abgelenkt."

„Es war mir ein Vergnügen, Sie kennen zu lernen, Gregor."

„Ich hoffe, Sie bald wieder zu sehen." Er schaute ihr tief in die Augen und schwieg einen Moment bedeutungsvoll. „Sehr bald."

In dem Augenblick, in dem er sich abwandte, erschauerte Grace. In diesem letzten eindringlichen Starren hatte etwas fast Besitzergreifendes gelegen. „Was für ein seltsamer und charmanter Mann", murmelte sie.

Heiße Energie schoss Seth durch die Blutbahn, das Bedürfnis zu kämpfen. „Erlaubst du es seltsamen und charmanten Männern immer, dass sie sich in aller Öffentlichkeit an dir aufgeilen?"

Es war nicht nett von ihr, das wusste sie, aber nichtsdestotrotz verspürte Grace angesichts von Seth' offensichtlicher Verärgerung Befriedigung. „Natürlich. Wenn ich nicht will, dass sie es privat tun." Sie wandte sich ihm zu und richtete es so ein, dass sich ihre Körper leicht streiften. Dann warf sie ihm unter ihrem dichten Wimpernvorhang einen Blick zu. „Du hast nicht zufällig vor, dich an mir aufzugeilen, nein?"

Er verfluchte sie dafür, dass sie es schaffte, sein Blut zu Eiswasser gefrieren zu lassen, um es einen Augenblick später zum Sieden zu bringen. „Trink aus", sagte er schroff, „und verabschiede dich. Wir gehen."

Grace seufzte theatralisch auf. „Oh, ich liebe es, von einem starken Mann herumkommandiert zu werden."

„Das werden wir gleich sehen.“ Er nahm ihr das halb ausgetrunkene Glas aus der Hand und stellte es beiseite. „Lass uns gehen.“

DeVane schaute ihnen nach, wobei er Seth’ Hand, die auf Grace’ Kreuz lag, während er sie durch die Menge lotste, besondere Aufmerksamkeit zukommen ließ. Er würde den Cop dafür bestrafen müssen, dass er sie berührt hatte.

Grace gehörte jetzt ihm. DeVane presste die Kiefer so fest aufeinander, dass sie zu schmerzen begannen. Sie war für ihn bestimmt. Das hatte er von dem Augenblick an gewusst, in dem er ihre Hand genommen und ihr in die Augen geschaut hatte. Sie war perfekt, makellos. Nicht nur die drei Sterne waren sein Schicksal, sondern die Frau, die einen davon in Händen gehalten hatte, war es auch.

Sie würde ihre Kraft verstehen. Sie würde sie noch vergrößern.

Zusammen mit den drei Sternen von Mithra würde Grace Fontaine das Herzstück seiner Sammlung sein.

Sie würde ihm die drei Sterne bringen. Und dann würde sie ihm gehören. Für immer.

Als sie nach draußen trat, fuhr Grace erneut ein kalter Schauer über den Rücken. Sie krümmte die Schultern, um ihn abzuschütteln, und schaute zurück. Durch die hell erleuchteten hohen Fenster konnte sie die Gäste sehen.

Und sie sah DeVane, ganz deutlich. Einen Moment lang hätte sie schwören mögen, dass ihre Blicke sich trafen, aber diesmal blitzten seine Augen nicht charmant. In ihrer Magengrube nistete sich eine dumpfe Angst ein und veranlasste sie, schnell den Kopf abzuwenden.

Als Seth ihr schweigend die Autotür öffnete, stieg sie widerspruchslos ein. Sie wollte weg, so schnell wie möglich weg von diesen strahlend hell erleuchteten Fenstern und dem Mann, der sie durch diese zu beobachten schien. Sie rieb sich die Arme, um ihre Gänsehaut zu vertreiben.

„Wenn du nicht so ein hauchdünnes Etwas anhättest, wäre dir nicht kalt.“ Seth steckte den Zündschlüssel ins Zündschloss.

Die Bemerkung veranlasste sie zu einem Kichern. „Wirklich, Lieutenant, ich frage mich nur, wie lange Sie noch zulassen wollen, dass ich es anhabe.“

„Nicht mehr lange“, prophezeite er und fuhr auf die Straße.

„Gut.“ Entschlossen, dafür zu sorgen, dass er sein Versprechen hielt, beugte sie sich zu ihm herüber und begann, an seinem Ohrläppchen zu knabbern. „Lass uns ein paar Gesetze brechen“, flüsterte sie.

„Ich könnte mich bereits mit dem Vorsatz belasten.“

Sie lachte erneut auf, schnell, atemlos.

Er hätte nicht mehr sagen können, wie er es geschafft hatte, den Wagen durch den Verkehr von D.C. hindurch zu steuern und nach Maryland hineinzukommen. Sie löste ihm die Krawatte und knöpfte sein Hemd halb auf. Ihre Hände waren überall, und ihr Mund liebkoste sein Ohrläppchen, seinen Hals, sein Kinn, während sie ihm heisere Versprechungen und Vorschläge ins Ohr raunte.

Die Fantasien, die sie mit treffsicherem Geschick wob, bewirkten, dass ihm das Blut schmerzhaft in den Lenden pochte.

In seiner Auffahrt brachte er den Wagen abrupt zum Stehen, dann zog er sie über den Sitz. Sie verlor einen Schuh im Auto und den anderen auf halbem Weg, während er sie trug. Ihr Lachen, dunkel, wild und vernichtend, hallte in seinem Kopf wider. Er brach fast seine Haustür auf, um ins Haus zu gelangen. Kaum waren sie drin, drängte er sie gegen die Wand und ergriff von ihrem Mund Besitz.

Er dachte nichts. Konnte nichts denken. Es war alles nur wildes, ursprüngliches, heißes Verlangen. In dem dunklen Flur schob er ihr mit fliegenden Händen den Rock hoch, fand die dünne, seidene Barriere darunter und riss sie weg. Er befreite sich selbst, ergriff sie bei den Hüften und tauchte in sie ein, wo sie standen.

Sie schrie auf, nicht protestierend, nicht entsetzt angesichts seines fast brutalen Vorgehens. Sondern überwältigt von purer Lust. Sie schlang ihre Beine um ihn und begegnete ihm Stoß um Stoß.

Es war atemlos und heiß und roh. Und es war alles, das zählte. Reines tierisches Verlangen. Gewaltsame tierische Erlösung.

Ihr Körper zersprang in tausend Stücke, wurde schlaff, als sie spürte, wie er sich in sie ergoss.

Er stützte sich mit den Händen an der Wand ab und rang nach Atem, versuchte, seinen Kopf wieder klar zu bekommen. Sie waren nicht mehr als einen Schritt in der Tür gewesen, und er war über sie hergefallen wie ein brünstiger Stier.

Kein Grund zur Entschuldigung, dachte er. Sie hatten es beide dringend gewollt. Nein, gewollt war ein zu schwaches Wort. Sie hatten danach gelechzt, wie verhungernde Tiere nach Fleisch lechzten.

Und doch hatte er noch nie eine Frau mit weniger Sorgfalt oder so völlig ohne über die Konsequenzen nachzudenken genommen.

„Ich wollte dir nur das Kleid ausziehen", brachte er schließlich heraus und war erleichtert, als sie lachte.

„Das können wir nachholen."

„Es gibt aber etwas, das wir nicht nachholen können." Er wich einen Schritt zurück und studierte ihr Gesicht in dem Dämmerlicht. „Werden wir ein Problem bekommen?"

Sie verstand. „Nein." Und obwohl es töricht war, verspürte sie ein kurz aufflackerndes Bedauern darüber, dass es kein wachsendes Leben in ihr geben würde als Konsequenz ihrer Sorglosigkeit. „Ich passe auf mich selbst auf."

„Ich wollte das nicht." Er nahm ihr Kinn in seine Hand. „Ich hätte in der Lage sein sollen, meine Finger von dir zu lassen."

Ihre Augen glitzerten in der Dunkelheit – zufrieden und belustigt. „Ich hoffe, du erwartest nicht von mir, dass ich es bedauere, dass du es nicht geschafft hast. Ich will sie wieder auf mir spüren. Und meine auf dir."

Er nickte. „Lass' uns nach oben gehen", sagte er und hob sie hoch.

7. KAPITEL

Seth machte das Licht an und trug Grace in sein Schlafzimmer. Diesmal musste er sie sehen, um zu wissen, wann sich ihre Augen trübten oder verdunkelten, um zum Augenzeugen ihrer Lust zu werden.

Diesmal würde er sich daran erinnern, dass ein Mann kein Tier war und dass der Verstand und das Herz auch eine Rolle spielen konnten.

Sie bekam eine Ahnung von einem Zimmer durchschnittlicher Größe mit schlichten gelbbraunen Vorhängen an den Fenstern, farblosen Möbeln mit klaren Konturen, einem großen Bett, über dem militärisch korrekt eine dunkelblaue Tagesdecke lag.

An den Wänden hingen Bilder, die sie sich später anschauen würde, später, wenn ihr Herz nicht mehr galoppierte. Jetzt registrierte sie nur, dass sie dem praktischen Raum eine persönliche Note verliehen.

Aber alle Gedanken an Kunst und Einrichtung verflüchtigten sich, als er sie am Fußende des Bettes auf die Füße stellte. Sie streckte die Hand aus und knöpfte die restlichen Knöpfe an seinem Hemd auf, während er aus seinem Jackett schlüpfte. Ihre Brauen hoben sich, als sie bemerkte, dass er sein Holster trug.

„Sogar bei einer Cocktailparty?"

„Gewohnheit", sagte er knapp und nahm es ab, hängte es über eine Stuhllehne. Er fing den Blick in ihren Augen auf. „Ist das ein Problem?"

„Nein. Ich habe nur gedacht, dass es zu dir passt. Und mich gefragt, ob du wohl ebenso sexy aussiehst, wenn du es anziehst, wie wenn du es ausziehst." Dann wandte sie sich um, nahm ihr Haar hinten zusammen und warf es sich über die Schulter. „Ich könnte ein bisschen Hilfe gebrauchen."

Er ließ seinen Blick über ihren Rücken wandern. Anstatt nach dem Reißverschluss zu greifen, zog er sie an sich und berührte mit seinem Mund ihre entblößte Schulter. Sie seufzte und legte den Kopf in den Nacken.

„Das ist noch besser."

Er legte ihr von hinten die Hände um die Taille, ließ sie nach oben gleiten, bis sie ihre Brüste bedeckten. „Ich möchte, dass du vor Lust wimmerst."

Seine Daumen streichelten sacht die Wölbungen unter der kühlen blauen Seide. Ganz hingegeben an den Moment streckte sie die Arme nach hinten und legte sie ihm um den Hals. Ihr Körper begann sich zu bewegen, im gleichen Rhythmus mit seinen Daumen, aber als sie versuchte, sich umzudrehen, gestattete er es nicht.

Sie stöhnte und wand sich erregt, als seine Finger in ihren Ausschnitt schlüpften und ihre Knospen liebkosten. „Ich will dich anfassen."

„Du sollst vor Lust wimmern", wiederholte er, fuhr mit den Händen an ihrem Kleid nach unten bis zum Saum und schlüpfte dann darunter. Und legte die Hand zwischen ihre Schenkel. Drang mit dem Finger in sie ein.

Der Orgasmus überflutete sie, eine lange, langsame Welle, die die Sinne überschwemmte. Das Wimmern, auf das er gewartet hatte, entrang sich ihrer Kehle.

Er schlüpfte aus seinen Schuhen, dann zog er den Reißverschluss Zentimeter um Zentimeter hinunter. Seine Finger berührten kaum ihre Haut, als er die beiden Stoffbahnen auseinander schob und sie an ihrem Körper nach unten gleiten ließ, wo sie zu ihren Füßen liegen blieben. Er drehte sie um, trat einen Schritt zurück.

Sie trug noch einen Strumpfhaltergürtel in demselben heißen Blau wie das Kleid mit Strümpfen, die so transparent waren, dass sie wenig mehr zu sein schienen als ein zarter Hauch. Ihr Körper war eine Fantasie aus großzügigen Kurven und seidiger Haut. Das Haar fiel ihr wie ein wilder schwarzer Regenvorhang über die Schultern.

„Zu viele Männer haben dir schon gesagt, wie schön du bist, deshalb spielt es wohl kaum eine Rolle, wenn ich es noch einmal sage."

„Sag mir nur, dass du mich begehrst. Das spielt eine Rolle."

„Ich begehre dich, Grace." Er trat wieder auf sie zu, nahm sie in die Arme, doch statt des gierigen Kusses, den sie erwartet hatte, trank er ihren Kuss langsam in sich ein. Sie umklammerte ihn, dann wurden ihre Arme angesichts des erneuten Angriffs auf ihre Sinne schlaff.

„Küss mich noch mal", murmelte sie, als seine Lippen über ihren Hals wanderten. „Genauso wie eben. Noch mal."

Deshalb legte sich sein Mund jetzt erneut auf den ihren und ließ sie zum zweiten Mal alles um sich herum vergessen. Mit träger Lust schob sie ihm das Hemd über die Schultern und ließ ihre Hand über seine nackte Brust wandern.

Quadratzentimeter für üppigen Quadratzentimeter erkundete er ihren Körper. Ergötzte sich an diesen vollen, festen Brüsten, zuerst mit den Händen, dann mit dem Mund. Er ließ seine Hände nach unten wandern, machte ihre Strapse einen nach dem anderen auf – wobei er jedes Mal ihr rasches Atemholen hörte. Dann glitten seine Hände über ihre seidigen Beine.

Warm, glatt. Er drückte sie aufs Bett, spürte, wie sich ihr Körper unter dem seinen nach ihm verzehrte. Weich, willig. Ihre Lippen antworteten den seinen. Gierig, großzügig.

Sie beobachteten einander im Licht. Bewegten sich zusammen. Erst ein Seufzen, dann ein Stöhnen. Sie entdeckte Muskeln, die verwachsene Haut einer alten Narbe und den Geschmack nach Mann. Gleich darauf war er nackt. Als er sich wieder ihren Brüsten zuwandte, sie näher an sich zog, um daran zu saugen, zitterten ihre Arme, und ihr Haarvorhang fiel nach vorn und bedeckte sie beide.

Sie spürte die Hitze in sich aufsteigen, sie schoss durch ihre Blutbahn wie Fieber, bis ihr Atem kurz und flach wurde. Sie hörte sich selbst seinen Namen flüstern, wieder und wieder, während er sie planmäßig und voller Geschick auf den Höhepunkt zutrieb.

Ihre Augen waren von einem faszinierenden Kobaltblau. Ihre kissenweichen Lippen zitterten, ihr herrlicher Körper bäumte sich auf. Obwohl sein Drang nach Erlösung ihn fest in den Klauen hatte, fuhr er fort, ihr wilde Lust zu verschaffen. Bis er sie schließlich auf den Rücken drehte und ohne den Blick von ihr zu nehmen, in sie eindrang.

Sie wölbte sich ihm entgegen, ihre Hände krallten sich ins Laken, sie fühlte sich schier überwältigt von ihrer Lust. „Seth." Ihr Atem kam stoßweise, brannte heiß in ihren Lungen. „Es war noch nie so... wie mit dir. Seth..."

Ehe sie wieder sprechen konnte, versiegelte er ihr die Lippen mit einem Kuss.

Um acht Uhr am nächsten Morgen setzte Seth Grace bei Cade ab. Sie hatte sich lautstark beschwert, dass er sie zu so unchristlicher Stunde weckte, und hatte versucht, sich die Decke wieder über den Kopf zu ziehen. Er verhinderte es, indem er sie einfach unter die Dusche verfrachtete und das Wasser aufdrehte. Das kalte.

Er gab ihr exakt dreißig Minuten, um sich zurechtzumachen, dann packte er sie ins Auto.

„Von dir hätte die Gestapo noch etwas lernen können", bemerkte sie, als er hinter M.J.s Wagen einparkte. „Ich habe es nicht mal geschafft, mir die Haare zu föhnen."

„Ich habe die Stunde nicht, die es gedauert hätte, bis sie endlich trocken gewesen wären."

„Ich hatte nicht mal Zeit, mich zu schminken."

„Das hast du auch nicht nötig."

„Ich vermute, das ist deine Vorstellung von einem Kompliment."

„Nein, es ist nur eine Tatsache."

Sie wandte sich ihm zu, sie sah aufregend aus, so halb nass und zerzaust und sexy in dem trägerlosen Kleid. „Du dagegen siehst wieder mal aus wie aus dem Ei gepellt."

„Ich brauche auch keine zwanzig Minuten unter der Dusche." Sie hatte gesungen unter der Dusche, wie ihm jetzt einfiel. Unglaublich falsch. Die Erinnerung daran veranlasste ihn zu einem Lächeln. „Nimm die Finger weg. Ich muss zur Arbeit."

Sie verzog die Lippen und griff nach ihrer Handtasche. „Na schön, danke fürs Mitnehmen, Lieutenant." Dann lachte sie, als er sie gegen den Sitz drückte und ihr den langen, leidenschaftlichen Kuss gab, den sie sich erhofft hatte.

„Das entschädigt mich für die eine lausige Tasse Kaffee, die du mir heute Morgen nur gegönnt hast." Sie nahm seine Unterlippe zwischen die Zähne und schaute ihn aus funkelnden Augen an. „Ich möchte dich heute Abend sehen."

„Ich komme vorbei. Wenn ich kann."

„Ich werde da sein." Sie öffnete die Tür, warf ihm über die Schulter noch einen letzten Blick zu. „Wenn ich kann."

Unfähig zu widerstehen, beobachtete er, wie sie auf das Haus zuschlenderte. In dem Moment, in dem die Eingangstür hinter ihr ins Schloss gefallen war, machte er die Augen zu.

Großer Gott, dachte er. Er hatte sich in sie verliebt. Und das war total unmöglich.

Innen tanzte Grace fast den Flur hinunter. Sie war verliebt. Und es war herrlich. Es war neu und frisch und das erste Mal. Es war so, wie sie es sich das ganze Leben erträumt hatte. Ihr Gesicht glühte, als sie die Küche betrat, wo Bailey und Cade am Frühstückstisch saßen.

„Einen wunderschönen guten Morgen, Leute." Sie sang die Worte fast, während sie sich auf die Kaffeemaschine stürzte.

„Gleichfalls." Cade bohrte die Zungenspitze in seine Wange. „Dein Nachthemd gefällt mir."

Lachend trug sie ihre Tasse an den Tisch, dann beugte sie sich zu ihm herunter und küsste ihn mitten auf den Mund. „Ich bete dich an, Bailey, und diesen Mann ebenfalls. Du solltest ihn dir besser so schnell wie möglich schnappen, bevor ich noch auf dumme Gedanken komme."

Bailey lächelte verträumt in ihren Kaffee, dann schaute sie auf, ihre Augen glitzerten feucht. „Wir heiraten in zwei Wochen."

„Was?" Grace kippte ihre Tasse, so dass der Kaffee fast überschwappte. „Was?" wiederholte sie und ließ sich hart auf einen Stuhl fallen.

„Er will nicht warten."

„Warum sollte ich?" Cade ergriff Baileys Hand. „Ich liebe dich."

„Heiraten." Grace schaute auf die ineinander verschlungenen Hände. Ein perfektes Paar, dachte sie und atmete zitternd aus. „Das ist wundervoll. Das ist unglaublich wundervoll." Sie legte ihre Hand über die Hände der beiden und schaute Cade tief in die Augen. Und sah exakt das, was sie sehen musste. „Du wirst gut zu ihr sein." Es war keine Frage, es war eine Einwilligung.

Nachdem sie seine Hand kurz gedrückt hatte, lehnte sie sich zurück.

„So, das heißt also, dass wir innerhalb von zwei Wochen eine Hochzeit planen müssen. Das sollte eigentlich reichen, um uns alle verrückt zu machen."

„Wir machen nur eine ganz kleine Feier", begann Bailey. „Hier."

„Ich sage nur ein Wort." Cade legte ein Flehen in seine Stimme. „Durchbrennen."

„Nein." Mit einem Kopfschütteln entzog Bailey ihm ihre Hand und griff nach ihrer Tasse. „Ich werde unser gemeinsames Leben nicht damit beginnen, dass ich deine Familie beleidige."

„Sie sind nicht menschlich. Man kann keine Unmenschen beleidigen. Muffy wird ihre Bestien mitbringen."

„Hör auf, deine Nichten und Neffen Bestien zu nennen."

„Moment mal." Grace hielt die Hand hoch und zog die Augenbrauen zusammen. „Muffy? Ist das Muffy Parris Westlake? Sie ist deine Schwester?"

„Schuldig."

Grace schaffte es gerade noch, ein abschätziges Lachen zu unterdrücken. „Das heißt also, dass Doro Parris Lawrence deine andere Schwester ist." Sie verdrehte die Augen, während sie die beiden selbstgefälligen und eingebildeten Frauen aus der Washingtoner Schickeria vor ihrem geistigen Auge Revue passieren ließ. „Bailey, renn um dein Leben. Flieht nach Vegas. Ihr könnt euch dort von einem netten Elvis-Imitator trauen lassen und ein angenehmes, beschauliches Dasein in der Wüste führen. Ändert eure Namen. Kommt nie mehr zurück."

„Siehst du?" Erfreut haute Cade mit der flachen Hand auf den Tisch. „Sie kennt sie."

„Hört sofort auf, ihr beiden." Bailey verbiss sich ein Lachen, obwohl ihre Stimme bebte. „Wir werden eine kleine, dem festlichen Ereignis angemessene Zeremonie haben – mit Cades Familie." Sie lächelte Grace an. „Und meiner."

„Sieh zu, dass du sie weich klopfst." Cade stand auf. „Ich habe noch ein paar Dinge zu erledigen, bevor ich ins Büro gehe."

Grace griff wieder nach ihrer Tasse. „Ich kenne seine Familie nicht gut", erzählte sie Bailey. „Ich habe es geschafft, diesem kleinen Vergnügen so weit wie möglich aus dem Weg zu gehen, aber ich kann dir nach allem, was ich weiß, versichern, dass du in die Vollen gegriffen hast."

„Ich liebe ihn so sehr, Grace. Ich weiß, dass es alles schrecklich schnell geht, aber..."

„Was hat denn Zeit damit zu tun?" Weil sie spürte, dass sie beide kurz davor standen, in Tränen auszubrechen, lehnte sie sich jetzt vor. „Wir sollten besser über die wirklich wichtigen Aspekte der Angelegenheit reden, Bailey." Sie holte tief Atem. „Wann gehen wir einkaufen?"

M.J. platzte mitten in das Gelächter hinein und schaute die beiden finster an. „Wenn ich etwas hasse, dann sind es gut aufgelegte Leute am Morgen." Sie goss sich Kaffee ein, versuchte ihn zu inhalieren, dann drehte sie sich um und schaute Grace forschend ins Gesicht. „Soso", sagte sie trocken. „Offensichtlich habt ihr beide, du und der Cop, euch letzte Nacht ein bisschen näher kennen gelernt."

„Nah genug jedenfalls, um zu wissen, dass er aus mehr als einem Abzeichen und einer Haltung besteht." Verärgert schob sie ihre Tasse beiseite. „Was hast du eigentlich gegen ihn?"

„Außer der Tatsache, dass er kalt und arrogant ist und eingebildet und steif, gar nichts. Jack hat erzählt, sie nennen ihn ‚die Maschine'. Das wundert mich nicht."

„Ich finde es immer höchst interessant, wenn Leute glauben, einen Menschen nach reinen Äußerlichkeiten beurteilen zu können", sagte Grace kühl. „Alle diese Eigenschaften beschreiben einen Mann, den du nicht kennst."

„M.J., trink deinen Kaffee." Bailey stand auf, um die Sahne zu holen. „Du weißt, dass du nicht fit bist, bevor du nicht eine halbe Gallone in dich reingeschüttet hast."

M.J. schüttelte energisch den Kopf und ballte über einem zerlumpten T-Shirt die Faust, das aus ebenso zerlumpten Shorts heraushing. „Nur weil du mit ihm geschlafen hast, heißt das noch lange nicht, dass du ihn kennst. Du bist normalerweise wesentlich vorsichtiger, Grace. Du magst vielleicht andere Leute vermuten lassen, dass du mit jedem Mann gleich am ersten Abend ins Bett hüpfst, aber wir wissen es besser. Was zum Teufel hast du dir dabei gedacht?"

„Ich habe an mich gedacht", schoss Grace zurück. „Ich wollte ihn. Ich musste ihn einfach haben. Er ist der erste Mann, der mich je wirklich berührt hat. Und ich werde es nicht zulassen, dass du das, was so wunderschön war, jetzt einfach in den Dreck ziehst."

Einen Moment lang sprach niemand. Bailey stand neben dem Tisch, das Sahnekännchen in einer Hand. M.J., die am Tresen stand, straffte langsam die Schultern und ließ pfeifend die Luft zwischen den Zähnen raus. „Du hast dich bis über beide Ohren in ihn verknallt." Erschüttert fuhr sie sich mit den Fingern durchs Haar. „Du bist so verliebt, dass du zehn Kilometer über dem Erdboden schwebst."

„Ich bin eben mit einem harten Knall wieder gelandet. Na und?"

„Es tut mir Leid." M.J. gab sich alle Mühe, sich den Gegebenheiten anzupassen. Sie musste den Mann nicht mögen, sagte sie sich. Sie musste nur Grace lieben. „Irgendwas muss er ja an sich haben, wenn du so auf ihn abfährst. Bist du wirklich sicher, dass es für dich okay ist?"

„Nein, bin ich nicht." Grace' Zorn verrauchte, stattdessen stellten sich leise Zweifel ein. „Ich weiß nicht, warum es passiert ist oder was ich dagegen tun soll. Ich weiß nur, dass es so ist, wie es ist. Es war nicht nur Sex. Ich habe mein ganzes Leben lang auf ihn gewartet."

„Ich weiß, was du meinst." Bailey stellte das Sahnekännchen auf den Tisch und nahm Grace' Hand. „Ich weiß es ganz genau."

„Ich auch." Mit einem Aufseufzen trat M.J. einen Schritt nach vorn. „Was passiert mit uns? Wir sind drei sensible Frauen, und plötzlich fangen wir an, alte mythische Steine zu bewachen, vor bösen Jungs davonzurennen und uns Hals über Kopf in Männer zu verlieben, die wir eben erst kennen gelernt haben. Es ist verrückt."

„Es ist richtig", sagte Bailey leise. „Du weißt, dass es richtig ist."

„Ja." M.J. legte eine Hand über die von Bailey. „Ich schätze, das ist es wirklich."

Es fiel Grace nicht leicht, in ihr Haus zurückzukehren. Diesmal jedoch war sie nicht allein. M.J. und Jack flankierten sie wie Buchstützen.

„Oh, Mann." M.J. ließ pfeifend den Atem zwischen den Zähnen heraus, während sie ihren Blick über das Chaos im Wohnzimmer schweifen ließ. „Und ich dachte, sie hätten in meiner Wohnung die große Show abgezogen. Allerdings hast du ja auch eine Menge mehr Spielzeug, mit dem man rumschmeißen kann."

Dann blieb ihr Blick an der zersplitterten Balustrade hängen. Und dem Kreideumriss darunter. „Du brauchst es noch nicht zu machen, Grace."

„Die Polizei hat ihre Untersuchungen abgeschlossen. Irgendwann muss ich anfangen."

M.J. schüttelte den Kopf. „Wo?"

„Im Schlafzimmer." Grace rang sich ein Lächeln ab.

„Ich will sehen, was sich bei der Balustrade machen lässt“, sagte Jack. „Man muss sie irgendwie absichern, bis sie repariert ist.“

„Ich wüsste es zu schätzen.“

„Geh schon mal nach oben“, schlug M.J. vor. „Ich hole einen Besen. Und einen Bulldozer.“ Sie wartete, bis Grace auf der Treppe war, ehe sie sich an Jack wandte: „Behalt sie oben im Auge. Ich mache mich hier unten ein bisschen nützlich. Ich will versuchen, dieses... Dings hier loszuwerden.“ Sie schaute auf den Kreideumriss. „Das sollte sie besser nicht selbst machen.“

Er beugte sich vor und küsste sie auf die Stirn. „Du bist wirklich ein prima Kumpel, M.J.“

„Ja, wahrscheinlich.“ Sie zog scharf die Luft ein. „Lass mal sehen, ob wir hier irgendwo eine Stereoanlage oder einen Fernseher ausgraben können. Ich könnte ein bisschen Musik gebrauchen.“

8. KAPITEL

Als Grace in Cades Haus zurückkehrte, erwarteten sie Blumen. Eine herrliche riesige Kristallvase war mit langstieligen weißen Rosen gefüllt. Ihr Herz klopfte ihr idiotisch in der Kehle, als sie den Umschlag aufriss und die Karte herauszog. Dann bekam es einen Dämpfer und sank.

Die Blumen waren nicht von Seth. Natürlich war es töricht gewesen anzunehmen, dass er sich eine so romantische und extravagante Geste gestatten würde. Auf der Karte stand schlicht:

Bis wir uns wieder sehen. Gregor

Der Botschafter mit den seltsam zwingenden Augen, dachte sie und beugte sich vor, um an einer zarten, halb geöffneten Blüte zu schnuppern. Wie süß von ihm. Drei Dutzend Rosen waren ein bisschen übertrieben, aber süß war es dennoch.

Und sie war verärgert zu entdecken, dass sie, wenn sie von Seth gewesen wären, wie ein verknallter Teenager himmelhoch gejauchzt hätte vor Glück, ja, wahrscheinlich hätte sie eine der Rosen sogar zwischen zwei Buchdeckeln gepresst und ein paar rührselige Tränen vergossen. Stattdessen kam sie sich jetzt wie der letzte Idiot vor.

Wenn diese beschämenden Hochs und Tiefs zum Verliebtsein mit dazugehörten, hätte sie vielleicht doch noch ein bisschen mit dieser Erfahrung warten sollen. Sie wollte gerade die Karte auf den Tisch werfen, als das Telefon klingelte.

Sie zögerte, sowohl Cades als auch Jacks Auto standen in der Auffahrt, aber als es zum dritten Mal läutete, nahm sie ab. „Bei Parris."

„Könnte ich bitte Grace Fontaine sprechen?" schallte ihr eine frische Sekretärinnenstimme entgegen. „Hier ist das Sekretariat von Botschafter DeVane."

„Am Apparat."

„Einen Moment bitte, Miss Fontaine."

Die Lippen besorgt gespitzt, schlug Grace sich mit der Karte auf die Handfläche. Es hatte dem Mann offensichtlich keine Schwierigkeiten bereitet, ihren Aufenthaltsort ausfindig zu machen. Und was sollte sie jetzt zu ihm sagen?

„Grace." Seine wohltönende Stimme kam durch die Leitung. „Was für ein Vergnügen, wieder mit Ihnen sprechen zu können."

„Gregor." Sie warf sich das Haar auf den Rücken und lehnte sich mit der Hüfte an die Tischkante. „Was für eine extravagante Idee von Ihnen. Ich bin gerade in Ihre Rosen hineingelaufen." Sie nahm eine Knospe zwischen zwei Finger, schnupperte wieder daran. „Sie sind einfach herrlich."

„Kaum der Rede wert. Ich war enttäuscht, dass wir gestern Abend nicht mehr Zeit hatten. Sie sind so früh gegangen."

Sie dachte an die wilde Fahrt zu Seth, den noch wilderen Sex. „Ich hatte... noch eine Verabredung."

„Vielleicht können wir uns ja morgen Abend dafür entschädigen. Ich habe eine Loge in der Oper. *Tosca*. Es ist so eine wundervolle Tragödie. Es gibt nichts, was ich lieber täte, als sie mit Ihnen zu genießen, und anschließend könnten wir vielleicht noch einen kleinen Bissen zusammen essen."

„Das klingt verlockend." Sie schaute auf die Blumen. Ach du meine Güte, dachte sie. Sie musste ihn enttäuschen. „Es tut mir schrecklich Leid, Gregor, aber ich bin nicht frei." Ohne Bedauern legte sie die Karte beiseite. „Offen gestanden bin ich mit jemandem zusammen, es ist etwas sehr Ernsthaftes."

Für mich auf jeden Fall, setzte sie in Gedanken dazu. Dann schaute sie durch die Glasfenster in der Eingangstür, und ihr Gesicht hellte sich vor Freude und Überraschung auf, als sie Seth' Wagen die Auffahrt heraufkommen sah.

„Ich verstehe." Sie war zu beschäftigt damit zu versuchen, ihren Pulsschlag zu beruhigen, als dass sie registriert hätte, dass seine Stimme eisig geworden war. „Ihr Begleiter gestern Abend."

„Ja. Ich fühle mich sehr geschmeichelt, Gregor, und wenn ich in dieser Sache weniger engagiert wäre, würde ich Ihrer Einladung nur allzu gern folgen. Ich hoffe, Sie vergeben mir und verstehen es."

Sie gab sich Mühe, sich nicht zu winden vor Freude, als sie Seth die Stufen heraufkommen sah. Eilig ging sie mit dem Hörer am Ohr zur Tür und öffnete.

„Natürlich. Falls sich Ihre Lebensumstände wieder ändern, hoffe ich nur, dass Sie sich meiner erinnern."

„Ganz bestimmt." Mit einem sinnlichen Lächeln ließ sie ihre Finger über Seth' Brust spazieren. „Und noch mal vielen Dank für die Blumen, Gregor. Sie sind göttlich."

„Es war mir ein Vergnügen", sagte er und ballte, nachdem er den Hörer aufgelegt hatte, die Hände so fest zu Fäusten, dass die Knöchel weiß hervortraten.

Sie hatte ihn gedemütigt. Er knirschte mit den Zähnen. Zurückgewiesen wegen eines Anzugs voller Muskeln mit einem Polizeiabzeichen.

Dafür wird sie bezahlen, schwor er sich, während er ihr Foto aus seiner Akte nahm und sanft mit einem sorgfältig manikürten Finger darauftippte. Sie würde teuer bezahlen. Und zwar bald.

Grace, die den Botschafter sofort nach dem Auflegen vergessen hatte, hob Seth auffordernd ihren Mund entgegen. „Hallo, Hübscher."

Er küsste sie nicht und schaute nur auf die Blumen, dann auf die

Karte, die sie nachlässig daneben geworfen hatte. „Noch eine Eroberung?“

„Offensichtlich.“ Sie hörte die kalte Distanz in seinem Tonfall mitschwingen und war sich nicht sicher, ob sie sich geschmeichelt fühlen oder sich ärgern sollte. Sie verwarf beides und gurrte. „Der Botschafter wollte mit mir in die Oper gehen... und so.“

Der Stich, den er verspürte, machte ihn wütend. Es war eine neue Erfahrung, und eine, die er verabscheute. Sie machte ihn hilflos, erweckte in ihm den Wunsch, sie an den Haaren nach draußen in sein Auto zu zerren, mit ihr loszufahren und sie irgendwo einzusperren, wo nur er sie sehen und berühren und schmecken konnte.

Aber mehr noch war es Angst um sie. Eine untrügliche Ahnung von drohender Gefahr.

„Es scheint, dass der Botschafter – und du – es ziemlich eilig habt.“

Nein, erkannte sie. Die Wut war nicht aufzuhalten. Es gab nichts, was sie hätte stoppen können. Sie löste sich vom Tisch, ihr Lächeln war eine eisige Warnung. „Eilig oder nicht, ich mache das, was mir passt. Das solltest du wissen.“

„Ja.“ Er schob seine Hände in seine Hosentaschen, um sich davon abzuhalten, sie anzufassen. „Das sollte ich. Ich weiß es.“

Sie hob das Kinn und richtete diese laserblauen Augen auf ihn. „Wer bin ich jetzt, Lieutenant? Die Hure oder die Göttin? Die Elfenbeinprinzessin auf dem Podest oder der Tramp? Ich war schon alles – es kommt immer darauf an, welchem Blickwinkel der jeweilige Mann den Vorzug gibt.“

„Ich sehe dich an“, sagte er ruhig. „Und ich weiß nicht, wer du bist.“

„Sag mir Bescheid, wenn du dich entschieden hast.“ Sie schickte sich an, um ihn herumzugehen und blieb abrupt stehen, als er ihren Arm nahm. „Setz mich nicht unter Druck.“ Sie warf den Kopf in den Nacken, dass ihr Haar flog.

„Dasselbe könnte ich von dir sagen, Grace.“

Sie holte einmal tief Atem, schüttelte seine Hand ab. „Falls es dich interessiert, ich habe dem Botschafter einen Korb gegeben mit der Entschuldigung, dass ich derzeit mit jemandem zusammen bin." Sie warf ihm ein kühles Lächeln zu und ging auf die Treppe zu. „Doch das war offensichtlich ein Fehler."

Er schaute ihr finster nach, wobei er erwog, ihr nachzugehen in einem Haus, das nicht das seine war, und den Streit zu beenden – so oder so. Entsetzt kniff er seinen Nasenrücken mit Daumen und Zeigefinger zusammen und versuchte so, den bohrenden Kopfschmerz zu vertreiben.

Er hatte einen grausamen Zehnstundentag hinter sich, während dem er immer wieder auf die Fotos der Toten gestarrt hatte, die darauf warteten, dass er das entscheidende Verbindungsglied fand.

Er wusste noch immer nicht, was er tun sollte, als Cade den Flur hinuntergeschlendert kam.

„Buchanan." Mehr als nur ein bisschen überrascht, den Lieutenant vom Morddezernat mit finsterem Gesicht in seinem Foyer stehen zu sehen, blieb Cade stehen und rieb sich das Kinn. „Äh, ich wusste nicht, dass Sie hier sind."

Er hatte keinen Grund hier zu sein, erinnerte Seth sich. „Entschuldigen Sie. Grace hat mich reingelassen."

„Aha." Einen Herzschlag später witterte Cade die Quelle der Hitze, die noch in der Luft stand. „Oh", sagte er und unterdrückte weise ein Grinsen. „Fein. Kann ich irgendwas für Sie tun?"

„Nein. Ich wollte gerade gehen."

„Gab's Knatsch?"

Seth wandte den Kopf und begegnete ausdruckslos Cades unübersehbar belustigt funkelnden Augen. „Entschuldigung?"

„Das kommt in den besten Familien vor. Was haben Sie denn angestellt?" Obwohl Seth nicht antwortete, registrierte Cade, dass Seth' Blick kurz über die Rosen wanderte. „Oh, ja. Ich schätze, die sind nicht von Ihnen, hm? Wenn irgendein Typ Bailey drei Dutzend Rosen schicken würde, würde ich sie ihm wahrscheinlich alle auf einmal in den Hals stopfen."

Es war das kurze Aufblitzen von Wertschätzung in den Augen des anderen, das Cade veranlasste, seinen Standpunkt zu überdenken.

Vielleicht gelang es ihm ja, Lieutenant Seth Buchanan irgendwann doch noch zu mögen.

„Möchten Sie ein Bier?“

Die beiläufige und freundliche Einladung brachte Seth aus dem Gleichgewicht. „Nein, ich... nein, ich war eben dabei zu gehen.“

„Kommen Sie mit raus in den Garten. Jack und ich haben gerade ein paar Flaschen kalt gestellt. Wir wollen den Grill anschmeißen und den Frauen zeigen, wie Männer kochen können.“ Cades Grinsen wurde noch breiter. „Nebenbei gesagt wird Ihnen mit ein paar Bieren auch das Zu-Kreuze-kriechen leichter fallen, und Zu-Kreuze-kriechen müssen Sie sowieso, Sie sollten es sich also so angenehm wie möglich gestalten.“

Seth atmete laut aus. „Warum zum Teufel eigentlich nicht?“

Grace blieb trotzig noch eine Stunde auf ihrem Zimmer. Sie hörte die Musik und das Lachen und die knallenden Schläge, die die Leute ihren Kricketbällen mit den Schlägern versetzten. Sie wusste, dass Seth' Wagen noch immer in der Auffahrt stand, und hatte sich geschworen, dass sie erst nach unten gehen würde, wenn er weg war.

Aber sie fühlte sich allein gelassen und hungrig.

Da sie sich bereits Shorts und ein dünnes Baumwollhemd angezogen hatte, blieb sie nur noch lange genug vor dem Spiegel stehen, um ihre Lippen nachzuziehen und sich ein paar Tropfen Parfüm hinters Ohr zu tupfen. Nur um ihn ein bisschen leiden zu lassen, sagte sie zu sich selbst, dann schlenderte sie die Treppe nach unten und ging hinaus in den Patio.

Auf dem Grill brutzelten Steaks, mit Cade als Vorturner, der mit einer riesigen Barbecuegabel herumfuchtelte. Bailey und Jack stritten sich über irgendwelche Spielregeln, während M.J. schmollend an einem Gartentisch saß und Kartoffelchips knabberte.

„Jack hat mich aus dem Spiel rausgeschmissen“, beschwerte sie sich und gestikulierte mit ihrem Bier. „Und ich sage immer noch, dass er geschummelt hat.“

„Jedes Mal, wenn du verlierst, behauptest du, dass jemand geschummelt hat“, erwiderte Grace und nahm sich einen Chip. Dann warf sie Seth einen unauffälligen Blick von der Seite zu.

Er hatte seine Krawatte abgelegt und sein Jackett ausgezogen. Sein Holster trug er immer noch. Wahrscheinlich war ihm das lieber, als es über einen Ast zu hängen. Auch er hatte ein Bier in der Hand und beobachtete den Spielverlauf mit offensichtlichem Interesse.

„Bist du immer noch hier?“

„Ja.“ Er hatte schon zwei Bier getrunken, aber er glaubte nicht, dass es ihm mit diesem Schmiermittel leichter fallen würde, zu Kreuze zu kriechen. „Ich bin zum Essen eingeladen.“

„Ist es hier nicht gemütlich?“ Grace hatte in einem Krug M.J.s Spezialmargaritas erspäht und goss sich ein Glas ein. Der Cocktail war eiskalt, stark und perfekt. Sie wanderte zum Grill hinüber, um zu kibitzen.

„Ich weiß, was ich tue“, sagte Cade gerade, als Seth sich zu ihnen gesellte. „Ich habe diese Gemüsefrikadellen höchstpersönlich mariniert. Schwirr ab und überlass das einem Mann.“

„Ich wollte doch nur wissen, ob du deine Pilze lieber schwarz magst.“

Cade warf ihr einen vernichtenden Blick zu. „Befreien Sie mich von ihr, Seth. Ein Künstler kann nicht arbeiten, wenn ihm der Kritiker im Nacken sitzt.“

„Lass uns dort rübergehen.“ Seth ergriff sie energisch am Ellbogen und zog sie in Richtung Rosengarten.

„Ich will nicht mit dir reden“, sagte Grace wütend.

„Du musst auch nicht reden. Ich rede.“ Aber er brauchte eine Minute. Entschuldigungen kamen einem Mann, der es sich zur Angewohnheit gemacht hatte, keine Fehler zu machen, nicht so leicht über die Lippen. „Es tut mir Leid. Ich habe überreagiert.“

Sie sagte nichts, verschränkte nur die Arme über der Brust und wartete.

„Willst du noch mehr hören?“ Er nickte, machte sich nicht die Mühe zu seufzen. „Also gut. Ich war eifersüchtig, eine untypische Reaktion für mich, und ich bin erbärmlich damit umgegangen. Ich entschuldige mich.“

Grace schüttelte den Kopf. „Das ist die schwächste Entschuldigung, die ich jemals gehört habe. Ich meine nicht die Worte, Seth, sondern die Botschaft. Aber von mir aus, ich akzeptiere sie in demselben Geist, in dem du sie mir angeboten hast."

„Was willst du von mir?" fragte er, frustriert genug, um die Stimme zu erheben und ihre Handgelenke zu packen. „Was zum Teufel willst du?"

„Das." Sie warf den Kopf in den Nacken. „Nur das. Ein bisschen Gefühl, ein bisschen Leidenschaft. Deine schablonenhafte, steife Entschuldigung kannst du dir sonst wohin stecken genau wie die kalte, überlegene und leidenschaftslose Routine, die du mir angesichts der Blumen geliefert hast. Diese eisige Kontrolle macht mich nicht an. Wenn du irgendetwas fühlst, was auch immer es sein mag, dann sag mir Bescheid."

Sie holte tief Atem und hielt ihn dann an, als er sie in seine Arme riss und sie voller Wut und mit brennendem Verlangen küsste. Als sie versuchte, sich aus seiner Umarmung herauszuwinden, verstärkte er rücksichtslos seinen Griff. Am Schluss endete alles damit, dass sie sich bebend und mit weichen Knien wiederfand, nachdem er den Kuss beendet hatte.

„Reicht dir das?" Er zerrte sie auf die Zehenspitzen, seine Finger gruben sich in ihr Fleisch. Jetzt waren seine Augen nicht mehr kühl und leidenschaftslos, sondern stürmisch und aufgewühlt. Menschlich. „Ist das genug Gefühl? Genug Leidenschaft? Ich verliere nicht gern die Kontrolle. In meinem Job kann man es sich nicht leisten, die Kontrolle zu verlieren."

Ihr Atem kam stoßweise. Und ihr Herz flog. „Das liegt nicht am Job."

„Nein, aber es wäre nahe liegend." Er musste sich dazu zwingen, seinen Griff zu lockern. „Es liegt an dir. Ich bekomme dich nicht aus meinem Kopf heraus. Verdammt, Grace, ich bekomme dich einfach nicht mehr aus meinem Kopf heraus."

Sie legte ihm eine Hand an die Wange, spürte, wie sich die Muskeln zusammenzogen. „Mir geht es nicht anders. Vielleicht nur mit dem einen Unterschied, dass ich es so will, wie es ist."

Für wie lange? fragte er sich, aber er sprach es nicht aus. „Komm mit zu mir nach Hause."

„Ich wüsste nicht, was ich lieber täte." Sie lächelte, streichelte seinen Rücken, sein Haar. „Aber ich denke, es ist besser, wenn wir wenigstens noch zum Essen bleiben. Sonst brechen wir Cade das Herz."

„Na schön, dann also nach dem Essen." Es war gar nicht so schwierig, wie er geglaubt hatte, ihre Hände an seine Lippen zu bringen, einen Moment über ihnen zu verweilen, ihr dann tief in die Augen zu schauen. „Es tut mir Leid. Aber, Grace...?"

„Ja?"

„Wenn DeVane dich wieder anruft oder dir Blumen schickt..."

„Ja?"

„Dann werde ich ihn umbringen müssen."

Mit einem erfreuten Auflachen schlang sie Seth die Arme um den Nacken und drückte sich ganz fest an ihn.

Seth war sich ganz und gar nicht sicher, was er von sich halten sollte, als er ein paar Stunden später verschwitzt und mit weichen Knien seine Haustür aufsperrte. War er als Jugendlicher auch schon so scharf gewesen? Dieser lächerliche Leichtsinn, konnte ein erwachsener Mann sich so gebärden? Oder lag es an Grace, die ihn zu so verzweifelten Dingen trieb, wie sich in seiner Einfahrt in seinem Auto zu lieben?

Sie trat hinter ihm ins Haus, hob ihr Haar im Nacken hoch, dann ließ sie es fallen in einer Geste, die sein Herz zum Stillstand brachte. „Mein Haus sollte eigentlich morgen fertig sein, spätestens übermorgen. Wir werden hinfahren müssen. Wir können in meinem Swimmingpool nackt baden. Es ist wirklich irrsinnig heiß draußen."

„Du bist so schön."

Sie wandte sich um, überrascht über die seltsame Mischung von Verärgerung und Bewunderung, die in seiner Stimme mitschwang. Er stand direkt bei der Tür, als würde er sich jeden Augenblick umdrehen und sie verlassen.

„Es ist eine gefährliche Waffe. Tödlich."

Sie versuchte zu lächeln. „Verhafte mich."

„Du magst es nicht, wenn man dir das sagt." Er lachte kurz auf. „Du magst es nicht, wenn man dir sagt, dass du schön bist."

„Es ist nicht mein Verdienst."

Sie sagte es so, als wäre Schönheit eher ein Fluch als ein Geschenk. Und in diesem Augenblick spürte er, dass sie eine neue Verständigungsebene erreicht hatten. Er machte einen Schritt vorwärts, nahm sacht ihr Gesicht in seine Hände und schaute ihr lange und tief in die Augen.

„Also gut, vielleicht stehen deine Augen ein ganz kleines bisschen zu nah beieinander."

Ihr perlendes Lachen kam überraschend. „Tun sie nicht."

„Und dein Mund. Ich werde das Gefühl nicht los, dass er nicht ganz in der Mitte ist. Lass es mich überprüfen." Er maß es mit seinen Lippen aus. „Ja. Es ist nur ein Millimeter, aber es bringt alles durcheinander, wenn ich es mir richtig betrachte. Und lass mal sehen..." Er drehte ihren Kopf erst auf die eine, dann auf die andere Seite und überlegte. „Jawohl. Das linke Profil ist verwaschen. Bekommst du ein Doppelkinn?"

Sie schlug seine Hand weg, hin- und hergerissen zwischen Beleidigtsein und Lachen. „Mit Sicherheit nicht."

„Ich sollte es wirklich im Auge behalten, weißt du. Ich weiß nämlich wirklich nicht, wie ich dieses ganze Ding noch weiter durchstehen soll, wenn du ein Doppelkinn bekommst."

Er packte sie und zog sacht ihren Kopf an den Haaren zurück, bis er sie unter dem Kinn liebkosen konnte. Sie kicherte – ein junger, törichter Klang – und wand sich in seinen Armen. „Hör sofort auf, du Idiot." Sie kreischte laut auf, als er sie hochhob.

„Und ein Leichtgewicht bist du auch nicht gerade."

Ihre Augen wurden zu Schlitzen. „Okay, Freundchen, das war's dann. Ich verabschiede mich."

Es war so eine Freude, ihn grinsen zu sehen – dieses schnelle, jungenhafte Aufblitzen von Humor. „Ich habe vergessen, es dir zu erzählen", sagte er, als er mit ihr zur Treppe ging. „Mein Auto ist fahruntüchtig. Der Tank ist leer. Ich muss dich jetzt einfach anfassen."

Er hatte erst zwei Treppen geschafft, als das Telefon klingelte. „Verdammt." Er streifte mit den Lippen ihre Augenbrauen. „Ich muss rangehen."

„Schon gut. Ich sage dir später, wo du aufgehört hast." Obwohl er sie absetzte, kam es ihr nicht so vor, als würden ihre Füße den Fußboden berühren. Sie ging wie auf Wolken.

Aber ihr Lächeln verblasste, als sie sah, wie sich seine Augen veränderten. Plötzlich waren sie wieder flach und undurchdringlich. Als sie durch den Raum auf ihn zuging, wusste sie, dass er sich von einer Sekunde zur anderen von dem glühenden Liebhaber in den Polizisten zurückverwandelt hatte.

„Wo?" Jetzt war seine Stimme wieder kühl und kontrolliert. „Ist der Tatort abgeriegelt?" Er fluchte leise, es war kaum mehr als ein Flüstern. „Sperrt ihn ab. Ich bin schon unterwegs." Als er auflegte, ließ er seinen Blick über sie wandern. „Es tut mir Leid, Grace. Ich muss weg."

Sie befeuchtete sich die Lippen. „Ist es schlimm?"

„Ich muss gehen", war alles, was er sagte. „Ich rufe dir einen Schwarzweißen, damit er dich zu Cade zurückbringt."

„Kann ich nicht hier auf dich warten?"

„Ich weiß nicht, wie lange ich weg bin."

„Das macht nichts." Sie hielt ihm die Hand hin, aber sie war sich nicht sicher, ob er sie erreichen konnte. „Ich würde wirklich gern warten... Ich will unbedingt auf dich warten."

Keine Frau hatte das je getan. „Wenn du nicht mehr warten willst, ruf auf dem Revier an. Ich sage dort Bescheid, dass man dich nach Hause bringt, falls du anrufst."

„Ja, gut." Aber sie würde nicht anrufen. Sie würde warten. „Seth." Sie ging zu ihm hin, streifte mit ihren Lippen die seinen. „Ich möchte dich sehen, wenn du zurückkommst."

9. KAPITEL

Sie war allein. DeVane saß in seinem Tresorraum und streichelte eine Venus aus Elfenbein. Er stellte sich dabei vor, es wäre Grace. Während seine Obsession sich verfestigte und noch anwuchs, stellte er sich Grace und sich selbst zusammen unsterblich vor. Sie würde sein wertvollster Besitz sein. Seine Göttin. Und die drei Sterne würden seine Sammlung unbezahlbarer Schätze komplettieren.

Natürlich würde er sie zuerst bestrafen müssen. Er wusste, was er zu tun hatte, was sie am meisten treffen würde. Und die beiden anderen Frauen waren nicht schuldlos – sie hatten seine Pläne in Gefahr gebracht, waren die Ursache dafür, dass er Fehler gemacht hatte. Sie würden natürlich sterben müssen.

Nachdem er die Sterne und Grace in seinen Besitz gebracht hatte, würden sie sterben müssen. Ihre Strafe würde der Tod sein.

Jetzt war Grace allein. Es würde leicht sein, sie zu entführen. Hierherzubringen. Am Anfang würde sie Angst haben. Er wollte, dass sie Angst hatte. Es war ein Teil ihrer Strafe. Vielleicht würde er sie umwerben, versuchen, ihr Herz zu gewinnen. Immerhin würden sie nicht nur ein Leben lang zusammen sein.

In einem dieser Leben würde er sie nach Terresa mitnehmen. Er würde sie zu seiner Königin machen. Eine Königin war nicht weniger wert als eine Göttin.

Hol sie dir. Die Stimme in seinem Kopf wurde lauter und lauter. Doch er konnte ihr nicht trauen. DeVane versuchte, langsamer zu atmen. Er würde nichts überstürzen. Alles musste sorgfältig geplant werden.

Grace würde zu ihm kommen, wenn er bereit war. Und sie würde ihm die Sterne bringen.

Seth stürzte die letzte Tasse Kaffee hinunter und massierte sich seinen verspannten Nacken. Sein Magen rumorte noch immer von dem Anblick, der sich ihm in dem ordentlichen Vorstadtheim geboten hatte. Er wusste, dass Zivilisten und Grünschnäbel glaubten, dass man sich an den gewaltsamen Tod gewöhnen könnte – an den Anblick, die Gerüche, die sinnlose Verschwendung von Leben.

Es war eine Lüge.

Kein Mensch konnte sich an das gewöhnen, was er gesehen hatte. Und falls doch, sollte er kein Polizeiabzeichen tragen. Das Gesetz erforderte es, dass man sich seine Sensibilität für Gewalttätigkeiten jeglicher Art wach hielt. Das Schlimmste, was einem Polizisten passieren konnte, war, dass er abstumpfte.

Was trieb einen Mann dazu, seine Frau, die Kinder, die er zusammen mit ihr gezeugt hatte, und sich selbst zu töten? In dem ordentlichen Vorstadtheim war niemand zurückgeblieben, der diese Frage hätte beantworten können. Er wusste, dass sie ihn verfolgen würde.

Seth fuhr sich mit der Hand übers Gesicht. Er rollte die Schultern einmal, zwei Mal, dann straffte er sie, bevor er durch den Mannschaftsraum in den Umkleideraum ging.

Dort traf er auf Mick Marshall, der sich die wunden Füße rieb. Sein drahtiges rotes Haar stand von seinem Kopf ab wie eine Hecke, die gestutzt werden musste. Unter seinen müden Augen lagen tiefe Schatten, sein Mund war grimmig. „Lieutenant." Er zog seine Socken an.

„Sie hätten nicht kommen müssen, Detective."

„Himmel, ich hörte die Schüsse in meinem Wohnzimmer." Er nahm einen Schuh in die Hand, dann verharrte er mit auf die Knie gestützten Ellbogen. „Jesus, meine Kinder haben mit diesen Kindern gespielt. Wie zum Teufel kann man sich das erklären?"

„Wie gut kannten Sie die Familie?"

„In Wirklichkeit gar nicht. Es ist so wie immer, Lieutenant. Er war ein ruhiger, höflicher Mann, der für sich blieb." Er lachte kurz und humorlos auf. „Das machen sie immer."

„Mulroony übernimmt den Fall. Sie können ihm assistieren, wenn Sie wollen. Gehen Sie jetzt nach Hause, schlafen Sie. Und küssen Sie Ihre Kinder."

„Ja." Mick zog seine Finger durch sein Haar. „Hören Sie, Lieutenant, ich habe ein paar Daten über diesen DeVane zusammengetragen."

Seth verspürte ein Kribbeln im Nacken. „Irgendwas Interessantes?"

„Kommt ganz darauf an. Er ist zweiundfünfzig, nie verheiratet gewesen, hat einen Riesenbatzen von seinem alten Herrn geerbt einschließlich des großes Weinguts auf dieser Insel, Terresa. Er baut Oliven an und züchtet ein paar Rinder."

„Der Gentleman-Farmer?"

„Oh, er macht noch mehr als das. Er hat in vielem seine Finger drin. Import-Export, Telekommunikation, bis vor drei Jahren war er als Botschafter tätig. Es scheint ihm hier zu gefallen, er hat sich eine Villa an der Foxhall Road gekauft und führt ein reges Gesellschaftsleben. Die Leute reden nicht gern über ihn, es macht sie nervös."

„Geld und Macht machen viele Leute nervös."

„Ja. Besonders viel habe ich bis jetzt nicht über ihn herausbekommen. Aber vor fünf Jahren gab es da eine Frau. Eine Opernsängerin. Ein Prachtweib, wenn man auf so etwas steht. Italienische Lady. Es hatte den Anschein, als wären sie sehr eng liiert. Dann verschwand sie."

„Sie verschwand?" Seth horchte auf. „Wie?"

„Das ist es ja. Die italienische Polizei hat bis heute noch keine Erklärung. Sie hatte ein Haus in Mailand, in dem sie alles zurückließ – Kleider, Schmuck, Partituren. Sie sang dort an der Oper und tauchte eines Tages zur Abendvorstellung einfach nicht auf."

„Nimmt man an, dass sie entführt wurde?"

„Anfangs ja. Aber es gab keine Lösegeldforderung, keine Leiche in fast fünf Jahren. Sie war dreißig und auf der Höhe ihrer Laufbahn, eine großartige Opernsängerin. Sie hinterließ einen schönen Batzen Geld. Es ist immer noch da."

„DeVane wurde verhört."

„Ja. Er war zu der Zeit, als die Frau verschwand, mit einem halben Dutzend Gäste auf seiner Yacht irgendwo im Ionischen Meer. Dem italienischen Polizisten, mit dem ich gesprochen habe, kam die Sache irgendwie komisch vor, aber man konnte DeVane nichts nachweisen."

„Das klingt ja alles nicht uninteressant. Graben Sie noch ein bisschen weiter", sagte Seth. Und er würde zusätzlich auch noch ein paar Nachforschungen anstellen.

„Ach, noch was." Mick rollte seinen Kopf während des Sprechens langsam von einer Seite auf die andere. „Das wird Sie wahrscheinlich auch interessieren – der Typ ist ein Sammler. Er hat von allem etwas – Münzen, Briefmarken, Schmuck, Bilder, Antiquitäten, Statuen. Er nimmt alles, wenn es nur wertvoll genug ist. Man erzählt sich, dass er eine der größten und wertvollsten Edelsteinsammlungen besitzt, die sich angeblich durchaus mit dem Smithsonian messen kann."

„DeVane liebt Steine."

„Oh, ja. Vor zwei Jahren hat er zwei Mille für einen Smaragd hingeblättert."

„Das wird ja immer interessanter." Und war es nicht seltsam, dass DeVanes Name nicht auf Baileys Liste stand? Ein Sammler mit Wohnsitz in den Vereinigten Staaten und nur ein paar Meilen von Salvani entfernt lebend, der doch nie Verbindung zur Firma Salvani aufgenommen hatte?

Das roch faul, oberfaul.

„Geben Sie mir morgen alles, was Sie haben, Mick. Ich würde gern mit diesem italienischen Polizisten selbst sprechen. Danke, dass Sie für diese Nachforschungen Überstunden gemacht haben. Gute Nacht."

Als Seth am nächsten Morgen erwachte, war er allein. Während er versuchte, die letzten Reste des Schlafs abzuschütteln, fragte er sich, ob er das zärtliche Wiedersehen mit Grace im Morgengrauen nur geträumt hatte. Und doch konnte er sie riechen – ihr Duft lag in der Luft, haftete an seiner Haut.

Grace. Was war mit ihm passiert, dass sein erster Gedanke nach dem Aufwachen einer Frau galt? Er schüttelte den Kopf. Sie hatte in der vergangenen Nacht auf ihn gewartet, genauso wie sie es versprochen hatte. Aber wie lange würde sie warten? Wie lange würde es dauern, bis es ihr zum Hals heraushing, auf ihn zu warten? Sein Herz war bei ihr nicht sicher, es gehörte ihm nicht mehr. Er wollte es zurück, er wünschte sich verzweifelt, in der Lage zu sein, sich umdrehen, sie verlassen und zu seinem alten Leben zurückkehren zu können. Aber er wusste nicht, wie er das anstellen sollte.

Er lag quer über dem Bett und hob jetzt den Arm, um auf die Uhr an seinem Handgelenk, die er niemals abnahm, zu schauen.

Was auch immer ihn umtreiben mochte, seine innere Uhr funktionierte.

Unter der Dusche gab er sich zwei Extraminuten, um seiner Müdigkeit Herr zu werden. Als er sich seine Krawatte band, fluchte er, weil ihm einfiel, dass er vergessen hatte, die Kaffeemaschine anzustellen, bevor er unter die Dusche gegangen war. Die Zeit, die es dauerte, bis der Kaffee durchgelaufen war, würde seinen ganzen Tagesplan durcheinander bringen.

Aber die einzige Sache, der er sich kategorisch verweigerte, war es, den Tag mit dem Gift zu beginnen, das in der Polizeikantine ausgeschenkt wurde.

Seine Gedanken waren so auf den Kaffee konzentriert, dass ihm der Kaffeeduft, der ihm auf der Treppe entgegenwehte, wie eine Illusion erschien.

Nicht nur, dass die Kaffeekanne voll war mit dem dunkelbraunen, lebensspendenden Saft, auch Grace saß am Küchentisch, las die Morgenzeitung und knabberte an einem Bagel. Das Haar floss ihr über den Rücken, und sie sah so aus, als trüge sie nicht mehr als eins seiner Hemden.

„Guten Morgen.“ Sie lächelte zu ihm auf, dann schüttelte sie den Kopf. „Bist du menschlich? Wie kannst du bloß nach weniger als drei Stunden Nachtschlaf derart offiziell und einschüchternd aussehen?“

„Gewöhnung. Ich dachte, du wärst weg.“

„Ich habe dir gesagt, dass ich bleibe. Der Kaffee ist fertig. Ich hoffe, es macht dir nichts aus, dass ich mir selbst geholfen habe.“

„Nein.“ Er blieb genau da stehen, wo er stand. „Es macht mir nichts aus.“

„Wenn es dir recht ist, würde ich gern noch ein bisschen mit meinem Kaffee herumtrödeln, bevor ich mich anziehe. Ich nehme dann ein Taxi zu Cade und ziehe mich um. Am späten Vormittag schaue ich im Krankenhaus rein, dann fahre ich nach Hause. Es wird Zeit, dass ich endlich wieder nach Hause gehe. Die Reinigungsfirma sollte eigentlich heute Nachmittag fertig sein, deshalb dachte ich...“ Sie unterbrach sich, als sie merkte, dass er sie anstarrte.

„Was ist?“ Sie lächelte unsicher und rieb sich die Nase.

Ohne den Blick von ihr zu nehmen, griff er nach dem Telefonhörer an der Wand und wählte eine Nummer. „Hier ist Buchanan“, sagte er. „Ich nehme mir heute die ersten zwei Stunden Urlaub.“ Er legte auf und streckte die Hand aus. „Komm wieder mit ins Bett. Bitte.“

Sie erhob sich und legte ihre Hand in die seine.

Nachdem die Kleider achtlos zu Boden gefallen, die Decken zurückgeschlagen und die Vorhänge zugezogen waren, legte er sich auf sie.

Er musste sie einfach halten, sie berühren, sich in ihr verlieren, bevor er zur gewohnten Tagesordnung überging. Nur eine Stunde lang.

Sie war da für ihn. Schlicht nur da. Sie öffnete sich ihm und gab ihm mit verschwenderischer Großzügigkeit alles, was sie zu geben hatte.

„Sag mir, dass du mich begehrst", flüsterte er rau, während er eine Spur heißer Küsse über ihren Oberkörper zog.

„Ja." Sie ergriff ihn bei den Hüften, drängte ihn, sie zu nehmen. „Ich begehre dich."

„Sag mir, dass du mich brauchst." Seine Zunge umspielte ihre Knospe.

„Ja." Sie stöhnte, als er zärtlich zu saugen begann. „Ich brauche dich."

Sag mir, dass du mich liebst. Aber das forderte er nur in Gedanken, bevor er sie erneut küsste und in dem nassen, willigen Versprechen versank.

„Jetzt." Er schaute ihr tief in die Augen.

„Ja." Sie wölbte sich ihm entgegen. „Jetzt."

Er glitt in sie hinein, begann ganz langsam, sie auszufüllen, so langsam, so peinigend langsam, dass sie beide von einem Beben erfasst wurden. Als er sah, dass sich ihre Augen mit Tränen füllten, spürte er, wie eine unermessliche, nie gekannte Zärtlichkeit in ihm aufstieg. Er küsste sie wieder überaus sacht und begann dann, sich in ihr zu bewegen.

Die Süße, die sein Tun in sich barg, bewirkte, dass ihr eine Träne entschlüpfte und ihre glühende Wange hinunterkullerte. Ihre Lippen zitterten, und er spürte, wie sich die Muskeln ihres Schoßes zusammenzogen und ihn fest umklammert hielten. „Mach deine Augen nicht zu", flüsterte er. „Ich will deine Augen sehen, wenn du kommst."

Sie konnte es nicht aufhalten. Die Zärtlichkeit machte sie wehrlos. Tränen trübten ihren Blick, und das elektrische Blau ihrer Augen verdunkelte sich. Wieder und wieder flüsterte sie seinen Namen an seinen Lippen. Und dann bäumte ihr Körper sich auf, als eine haushohe Welle der Lust sie unter sich zu begraben drohte.

„Oh, mein Gott, es ist zu stark, ich kann es nicht...“

„Gib mir alles.“ Er stürzte, stürzte, stürzte und vergrub sein Gesicht in ihrem Haar. „Gib mir alles von dir.“

„Du wirst wieder gesund werden, Carrie“, flüsterte Grace dem Baby zu, das sie in ihren Armen wiegte. „Deine Mama und dein Papa machen sich so viele Sorgen um dich, aber du wirst gesund werden, glaub mir.“ Sie streichelte dem Baby die Wange und hoffte, Carrie ein kleines Lächeln entlocken zu können.

Grace war versucht, die Kleine in den Schlaf zu singen, aber sie wusste, dass die Krankenschwestern die Augen verdrehen und kichern würden, wenn sie es täte. Aber Babys standen ihren zugegebenermaßen erbärmlichen Gesangskünsten nicht so kritisch gegenüber, deshalb summte sie ganz leise vor sich hin, bis Carrie die Lider schwer wurden und schließlich zufielen.

Selbst als sie schlief, fuhr Grace fort, sie im Arm zu wiegen. Jetzt machte sie es nur noch für sich, wie sie wusste. Jeder, der schon einmal ein Baby in den Armen gewiegt hatte, verstand, dass dies einen Erwachsenen ebenso beruhigte wie ein Kind. Und hier, mit diesem schlafenden Säugling im Arm und ihren eigenen schweren Lidern konnte sie sich ihr tiefstes Geheimnis eingestehen.

Sie verzehrte sich nach eigenen Kindern. Sie sehnte sich danach, sie in sich zu tragen, ihr Gewicht und ihr Leben zu spüren, sie mit der letzten schmerzhaften Wehe aus sich herauszudrücken, ihnen ihre Brust zu geben und zu spüren, wie sie von ihr tranken.

Sie wollte mit ihnen auf dem Arm hin und her gehen, wenn sie unruhig waren, über ihren Schlaf wachen. Sie wollte sehen, wie sie größer wurden. Für sie sorgen, sie trösten, wenn sie schlecht geträumt hatten, auf sie aufpassen, wenn sie die ersten Schritte von ihr weg machten.

Die Mutterschaft war ihr größter Wunsch und ihre geheimste Sehnsucht.

Als eine Krankenschwester hereinkam, legte sie Carrie in ihr Bettchen und lächelte die Schwester dann an. „Es scheint ihr schon viel besser zu gehen."

„Sie ist eine zähe kleine Kämpferin. Sie haben eine wundervolle Art, mit Babys umzugehen, Miss Fontaine." Die Krankenschwester griff nach einer Karteikarte, begann, sich Notizen zu machen.

„Ich werde versuchen, in zwei Tagen wieder reinzukommen. Und falls etwas sein sollte, können Sie mich ab heute wieder zu Hause erreichen."

„Ja?" Die Krankenschwester schaute auf. Der Mord in Grace' Haus lieferte dem Krankenhaus seit Tagen Gesprächsstoff. „Sind Sie sich sicher, dass Sie sich zu Hause... wohl fühlen werden?"

„Dafür werde ich schon sorgen." Grace warf Carrie einen letzten Blick zu, dann verabschiedete sie sich von der Schwester und trat auf den Flur.

Sie hatte gerade noch Zeit, bei ihren anderen Schützlingen reinzuschauen. Dann würde sie Seth im Büro anrufen und ihn fragen, ob er Lust hatte, heute bei ihr zu Hause zu Abend zu essen.

Als sie um die Ecke bog, rannte sie um ein Haar in DeVane hinein.

„Gregor?" Sie zurrte ein Lächeln auf ihrem Gesicht fest und versuchte, sich ihre Überraschung nicht anmerken zu lassen. „Was für eine Überraschung, Ist jemand krank?"

Er starrte sie unbewegt an. „Krank?"

Was war mit seinen Augen los? Warum lag ein so gehetzter Blick in ihnen? „Wir befinden uns in einem Krankenhaus", erwiderte sie noch immer lächelnd, und dann legte sie ihm vage beunruhigt eine Hand auf den Arm. „Ist mit Ihnen alles in Ordnung?"

Er fuhr entsetzt zurück. Anscheinend hatte er eine Sekunde nicht aufgepasst. Er hatte nur Augen für sie gehabt. „Sehr gut", versicherte er ihr. „Ich war nur einen Moment abgelenkt. Ich bin auch überrascht, Sie hier zu sehen."

Natürlich war das eine Lüge, er hatte die Begegnung sorgfältig geplant. Er nahm ihre Hand, beugte sich darüber, küsste sie.

„Aber es ist mir stets ein Vergnügen, Sie zu sehen. Ich bin hier, weil unsere gemeinsamen Freunde mich auf die Kinderstation hier neugierig gemacht haben. An Kindern und ihrem Wohlergehen habe ich ein ganz besonderes Interesse."

„Wirklich?" Ihr Lächeln erwärmte sich umgehend. „Ich auch. Möchten Sie, dass ich einen kurzen Rundgang mit Ihnen mache?"

„Wie könnte ich mit Ihnen als Führerin Nein sagen?" Er gab zwei Männern, die steif ein paar Meter abseits standen, ein Handzeichen. „Meine Leibwächter", erklärte er, schob ihre Hand durch seine Armbeuge und tätschelte sie. „Leider eine unabdingbare Vorsichtsmaßnahme heutzutage. Erzählen Sie mir, warum ich das Glück habe, Sie heute hier zu treffen."

Wie üblich hüllte sie sich über ihr Engagement in dem Krankenhaus in Schweigen. „Die Fontaines spenden der Kinderstation jedes Jahr eine größere Summe. Von Zeit zu Zeit schaue ich rein, um zu sehen, was die Krankenhausleitung damit anstellt."

„Ich bedauere es zutiefst, dass ich keine eigenen Kinder habe", sagte er, während er mit ihr zusammen gemächlich den Flur hinunterschlenderte. „Aber ich habe bisher einfach noch nicht die richtige Frau gefunden..." Er gestikulierte mit seiner freien Hand. „Mit dem Älterwerden habe ich mich damit abgefunden, dass es niemanden geben wird, der meinen Namen weiterträgt."

„Gregor, Sie sind doch in den besten Jahren. Ein starker, gesunder Mann, der noch so viele Kinder haben kann, wie er will."

„Ah." Er schaute ihr wieder in die Augen. „Aber dafür muss ich trotzdem die richtige Frau finden."

Sein bohrender Blick flößte ihr Unbehagen ein. „Ich bin mir sicher, dass Sie sie finden werden. Hier drin liegen die Frühgeburten." Sie trat näher an die Glasscheibe. „So winzig", sagte sie leise. „So wehrlos."

„Eine Schande, dass sie mit Makeln behaftet sind."

Angesichts seiner Wortwahl runzelte sie die Stirn. „Manche von ihnen müssen ein bisschen länger als normal unter ärztlicher Aufsicht bleiben, bis sie voll entwickelt sind. Aber Makel würde ich das nicht nennen."

Schon wieder ein Fehler, dachte er, innerlich zusammenzuckend.

Er schien in ihrer Gegenwart nicht klar denken zu können. „Ah, mein Englisch ist manchmal ganz fürchterlich. Sie müssen mir vergeben."

Sie lächelte wieder in dem Versuch, sein offensichtliches Unbehagen zu lindern. „Ihr Englisch ist wundervoll."

„Ist es gut genug, um Sie zu überreden, mit mir ein ruhiges Mittagessen einzunehmen? Als Freunde", fügte er mit einem bedauernden Lächeln hinzu. „Mit ähnlichen Interessen."

Sie warf, genau wie er, einen Blick auf die Babys. Es war eine Versuchung, das musste sie zugeben. Er war ein charmanter Mann, der über eine Menge Geld und Einfluss verfügte. Wenn sie es richtig anstellte, würde sie es womöglich schaffen, ihn zu überreden, ihr bei der Einrichtung eines internationalen Ablegers ihrer Stiftung zu helfen, ein Plan, der seit einiger Zeit in ihrem Kopf Gestalt anzunehmen begann.

„Ich würde es liebend gern, Gregor, aber im Moment habe ich alle Hände voll zu tun. Ich war eben auf dem Weg nach Hause. Ich muss ein paar... Reparaturarbeiten beaufsichtigen." Das war die einfachste Art, es zu erklären. „Aber ich würde bei nächster Gelegenheit sehr gern auf Ihr Angebot zurückkommen. Es gibt ein paar Dinge, bei denen ich gern Ihren Rat einholen und Ihre Hilfe in Anspruch nehmen würde."

„Ich wüsste nicht, was ich lieber täte, als Ihnen mit Rat und Tat hilfreich zur Seite zu stehen." Er küsste wieder ihre Hand. Heute Nacht, dachte er. Heute Nacht würde er sie sich holen, und dann gab es keine Notwendigkeit mehr, irgendwelche Scharaden aufzuführen.

„Das ist schrecklich freundlich von Ihnen." Weil sie sich plötzlich schuldig fühlte, gab sie ihm einen Kuss auf die Wange. „Ich muss jetzt wirklich los. Vielleicht klappt es ja nächste Woche mit dem Lunch." Mit einem letzten strahlenden Lächeln eilte sie davon.

Während er ihr hinterherschaute, ballte er seine Hände so fest zu Fäusten, dass sich seine Fingernägel in seine Handflächen gruben. Um Selbstkontrolle ringend, nickte er einem der Männer, die auf ihn warteten, zu. „Folgen Sie ihr", befahl er. „Und warten Sie auf weitere Instruktionen."

Cade hielt sich nicht für einen Jammerlappen, und dass er die Zumutungen seiner Familie geduldig ertrug, machte ihn in seinen Augen zu einem grenzenlos langmütigen Mann. Aber er war sich sicher, dass er weinend zusammenbrechen würde, wenn er noch mehr schwere Möbelstücke vom einen Ende von Grace' enormem Wohnzimmer zum anderen schleppen müsste.

„Es sieht großartig aus."

„Hm..." Sie stand da, eine Hand auf der Hüfte, während sie sich mit dem Zeigefinger der anderen gegen die Unterlippe tippte.

Das Glitzern in ihren Augen reichte aus, um sein Herz in einen Alarmzustand zu versetzen und seine schon seit Stunden schmerzenden Muskeln vor Protest aufschreien zu lassen. „Wirklich, ganz fabelhaft. Hundertprozentig. Hol deine Kamera. Ich sehe hier ein Titelblatt von *Haus und Garten*."

„Du bist ein Schmeichler, Cade", sagte sie in Gedanken versunken. „Vielleicht sollte die Couchgarnitur doch am anderen Ende stehen." Sein Stöhnen klang Mitleid erregend, aber sie hatte kein Erbarmen. „Natürlich würde das bedeuten, dass der Kaffeetisch nicht dort bleiben könnte. Und die Palme – ist sie nicht wunderschön? – müsste auch wieder weg."

Das Prachtexemplar wog mindestens eine Tonne. Cade vergaß seinen Mannesstolz und fing an zu jammern. „Ich bin eben erst genäht worden", erinnerte er sie.

„Ach, was sind schon ein paar Stiche für einen großen starken Mann wie dich?" Sie klimperte mit den Wimpern, tätschelte ihm die Wange und beobachtete, wie sein Ego mit seinem schmerzenden Rücken rang. Schließlich gab sie auf und fing laut an zu lachen. „Okay. Es ist erste Sahne so, Darling, absolut erste Sahne. Du musst kein Sofakissen mehr von hier nach da schleppen."

„Ist das dein Ernst?" In seinen Augen glomm ein winziger Hoffnungsschimmer auf. „Haben wir's geschafft?"

„Nicht nur, dass wir es geschafft haben, du setzt dich jetzt auch noch hin, legst die Beine hoch und lässt dir von mir das schöne eiskalte Bier bringen, das ich extra für große, gut aussehende Privatdetektive in meinem Kühlschrank aufbewahre."

„Du bist eine Göttin."

„So sagt man. Mach es dir bequem. Ich bin gleich wieder da."

Als Grace mit einem Tablett zurückkam, sah sie, dass Cade ihre Einladung beherzigt hatte. Er hatte sich in die kobaltblauen Polster ihrer neuen U-förmig angeordneten Couchgarnitur zurückgelehnt, mit einem Fuß auf der spiegelblanken schwarzen Platte des Kaffeetischs, und die Augen geschlossen.

„Ich habe es wirklich geschafft, dich fertig zu machen, stimmt's?"

Er brummte irgendetwas Unverständliches in sich hinein, öffnete ein Auge. Dann riss er beide anerkennend auf, als er das beladene Tablett sah. „Essen", sagte er und streckte die Hand aus.

Sie musste lachen, als er sich mit Heißhunger über die glänzenden grünen Trauben, den Käse und die Kräcker, das Häufchen Kaviar auf Eis mit warmem Toast hermachte. „Es ist das Mindeste, was ich für einen so attraktiven Möbelpacker tun kann." Sie machte es sich neben ihm bequem und griff nach dem Wein, den sie sich eingeschenkt hatte. „Ich stehe tief in deiner Schuld, Cade."

Mit halb vollem Mund ließ er seine Blicke durchs Wohnzimmer schweifen und nickte. „Da hast du verdammt Recht."

„Ich rede nicht nur von der körperlichen Arbeit. Du hast mir einen sicheren Hafen gegeben, als ich ihn brauchte. Und am meisten schulde ich dir Dank für Bailey."

„Für Bailey schuldest du mir gar nichts. Ich liebe sie."

„Ich weiß. Wie ich auch. Ich habe sie nie glücklicher gesehen. Sie hat auf dich gewartet." Grace beugte sich vor und küsste seine Wange. „Ich habe mir immer einen Bruder gewünscht. Mit dir und Jack habe ich zwei. Jetzt sind wir alle eine richtige Familie. Die beiden passen auch gut zusammen, findest du nicht?" bemerkte sie. „M.J. und Jack, meine ich. Als ob sie schon immer ein Team gewesen wären."

„Sie halten sich gegenseitig auf Trab. Macht richtig Spaß, das zu beobachten."

„Stimmt. Aber da wir gerade von Jack sprechen, ich dachte eigentlich, er würde bei unserer kleinen Umräumaktion auch mit anpacken."

Cade schaufelte sich Kaviar auf einen Toast. „Er muss einen Hüpfer aufspüren."

„Er muss was?"

„Er ist hinter einem Grenzflüchtling her. Er glaubt nicht, dass er lange braucht." Cade seufzte wohlig auf. „Er weiß gar nicht, was ihm entgangen ist."

„Ich gebe ihm die Chance, es herauszufinden." Sie lächelte. „Ich habe mit zwei Zimmern oben auch noch ein paar Pläne."

Das war für Cade das Stichwort. „Hör zu, Grace, ich frage mich, ob du das nicht ein bisschen überstürzt. Es wird einige Zeit dauern, bis man ein Haus dieser Größe wieder in seinen Urzustand versetzt hat. Bailey und ich würden uns freuen, wenn du noch eine Weile in unserem Haus wohnen würdest."

In unserem Haus, dachte Grace. Schon war es ihr gemeinsames Haus. „Ich kann hier schon sehr gut wohnen, Cade. M.J. und ich haben darüber gesprochen", fuhr sie fort. „Sie und Jack werden in M.J.s Apartment ziehen. Es wird Zeit, dass wir alle wieder zur Tagesordnung übergehen."

Aber M.J. geht nicht allein in ihre Wohnung zurück, dachte Cade und nahm gedankenverloren einen Schluck von seinem Bier. „Der Drahtzieher läuft noch immer irgendwo da draußen frei herum. Irgendjemand will um jeden Preis die drei Sterne, vergiss das nicht."

„Ich habe sie nicht", erinnerte Grace ihn. „Deshalb habe ich auch nicht den geringsten Anlass, mir Sorgen zu machen."

„Ich weiß nicht, wie viel Sorgen du dir machen musst, Grace, ich will einfach nur nicht, dass du hier allein bist, das ist alles."

„Genau wie ein Bruder." Erfreut über ihn drückte sie seinen Arm. „Hör zu, großer Bruder. Ich habe eine neue Alarmanlage, und ich habe vor, mir einen großen, gemeinen, hässlichen Hund anzuschaffen." Sie schickte sich an hinzuzufügen, dass sie eine Pistole in ihrer Nachttischschublade hatte und dass sie wusste, wie sie sie benutzen musste, aber davon nahm sie wieder Abstand, um ihn nicht noch mehr zu beunruhigen. „Ich komme zurecht."

„Was meint Buchanan dazu?"

„Ich habe ihn nicht gefragt. Er kommt nachher noch vorbei, du siehst also, ich bin nicht wirklich allein."

Zufrieden gestellt, reichte Cade ihr eine Weintraube. „Du hast ihn ganz schön aufgemischt."

Sie spitzte die Lippen, bevor sie den Mund aufsperrte und sich die Weintraube hineinwarf. „Findest du?"

„Ja. Ich kenne ihn nicht sehr gut – ich glaube nicht, dass ihn überhaupt irgendjemand kennt. Er ist sehr... vielleicht ist ‚kontrolliert' das richtige Wort. Aber als ich gestern in ihn hineingelaufen bin, nachdem du nach oben gegangen warst, stand er einfach nur da und schaute dir nach, obwohl du schon längst nicht mehr da warst." Jetzt grinste Cade. „Auf seinem Gesicht spiegelten sich so viele Gefühle, dass ich plötzlich zum ersten Mal das Gefühl hatte, Seth Buchanan gehört auch der menschlichen Rasse an." Dann zuckte er zusammen und nahm einen Schluck von seinem Bier. „Entschuldige, ich wollte dich nicht..."

„Schon gut. Ich weiß genau, was du meinst. Er hat eine fast erschreckende Selbstkontrolle und diese undurchdringliche Aura von Autorität."

„Für mich sieht es so aus, als wäre es dir gelungen, die Rüstung anzuknacksen. Du bist genau das, was er braucht."

„Ich hoffe, er denkt genauso. Es beginnt sich nämlich herauszuschälen, dass er genau das ist, was ich brauche. Ich liebe ihn." Mit einem halben Auflachen schüttelte sie den Kopf und nahm einen Schluck von ihrem Wein. „Ich kann es nicht glauben, dass ich dir das erzählt habe. Ich erzähle selten Männern meine Geheimnisse."

„Brüder sind etwas anderes."

Sie lächelte erneut. „Ja, das sind sie."

„Ich hoffe, Seth weiß es zu schätzen, was er für ein Glück hat."

„Ich möchte bezweifeln, dass Seth an Glück glaubt."

Seth sah die Kerzen in den Fenstern, als er die Auffahrt zu Grace' Haus hinauffuhr. Erschöpfung überlagerte die Frustration, die ihn im Griff hatte, und er rieb sich die brennenden Augen.

Und dort waren Kerzen in den Fenstern.

Er sah sich gezwungen zuzugeben, dass er zum ersten Mal in seinem Erwachsenenleben nicht mit sich und der Welt um ihn herum zurechtkam. Er kam einfach nicht an gegen die Frau, die die Kerzen in den Fenstern aufgestellt hatte und jetzt in diesem weichen flackernden Licht auf ihn wartete.

Auf DeVane war er aus purem Instinkt gestoßen, und ein Teil dieses Instinkts rührte von irrationalen Gebietsansprüchen her. Nichts war untypischer für ihn. Vielleicht fühlte er sich ja deshalb irgendwie... neben der Spur. Außer Kontrolle geraten. Grace war zum Mittelpunkt seines Lebens geworden, ganz überraschend und ohne dass er es gewollt hatte – einfach so.

Oder war es eine Obsession?

War er jetzt hier, weil er sich nicht fern halten konnte? Wie sollte das alles enden? Er musste seine Arbeit machen, und er musste sie gut machen, er musste seine Gedanken zusammenhalten. Er war sich sicher, dass mit DeVane etwas faul war. Es waren nicht nur irgendwelche irrationalen Besitzansprüche gewesen, die ihn hatten hellhörig werden lassen. Mit seinen Nachforschungen heute war er einen großen Schritt weitergekommen, doch das entscheidende Kettenglied fehlte ihm noch. Aber er würde es finden, er würde es mit Sicherheit finden, er brauchte nur noch ein bisschen Zeit.

Im Moment jedoch musste er aus dem stickigen Auto aussteigen, ins Haus gehen und sich dem stellen, was mit seinem Privatleben passierte.

Mit einem leisen Schnauben stieg Seth aus. Privatleben. War das nicht auch ein Teil des Problems? Als ob er je ein Privatleben gehabt hätte, er hatte sich ja nie erlaubt, eins zu haben. Und nun, nach ein paar Tagen mit Grace, drohte es, ihn zu verschlingen.

Er brauchte Zeit. Auch hier brauchte er noch Zeit. Zeit, zurückzutreten und aus einiger Entfernung einen Blick auf das, mit dem er sich konfrontiert sah, zu werfen. Die Dinge hatten sich einfach viel zu schnell entwickelt. Ein Mann, der sich Knall auf Fall bis über beide Ohren verliebte, konnte sich selbst nicht über den Weg trauen. Es wurde höchste Zeit, den Verstand wieder zu aktivieren.

Grace machte beim ersten Klopfen auf, als ob sie nur darauf gewartet hätte. Sie stand auf der Schwelle, weiches Licht fiel von hinten durch die lange, fließende, weiße Seide, die ihren Körper umhüllte.

„Schön, dich zu sehen." Sie fuhr ihm mit den Fingerspitzen über seine Wangenknochen, zeichnete die Schatten unter seinen Augen nach. „Du hattest einen langen Tag, Lieutenant. Komm rein, und entspann dich."

„Ich habe nicht viel Zeit. Ich muss noch arbeiten." Er wartete, sah das enttäuschte Aufflackern in ihren Augen. Es verlieh seiner Entschlossenheit zusätzlichen Auftrieb. Aber dann lächelte sie, nahm seine Hand.

„Dann lass uns die Zeit nicht damit verschwenden, dass wir hier in der Diele herumstehen. Du hast doch noch nicht gegessen, oder?"

Warum fragte sie ihn nicht, weshalb er nicht bleiben konnte? Er fühlte sich irrational verärgert. Warum beschwerte sie sich nicht? „Nein."

„Gut. Setz dich, und trink erst mal einen Schluck. Darfst du Alkohol trinken, oder bist du offiziell noch im Dienst?" Sie ging schon ins Wohnzimmer, während sie sprach, dann zog sie eine Flasche Champagner aus einem silbernen Champagnerkübel. „Ein Gläschen dürfte ja auf keinen Fall schaden. Und ich erzähle es auch nicht weiter." Sie entfernte mit einer geübten Drehung und einem gedämpften, feierlichen Plop den Korken. „Ich habe eben die Kanapees auf den Tisch gestellt, nimm dir bitte."

Sie deutete auf das Silbertablett auf dem Kaffeetisch, bevor sie sich mit einem leisen Seidenrascheln anschickte, den Champagner einzugießen.

„Sag mir, wie du es findest. Ich habe den armen Cade fast zu Tode geschunden, aber ich wollte, dass zumindest das Wohnzimmer so schnell wie möglich wieder bewohnbar ist."

Es sah aus wie aus einem Hochglanzmagazin für perfekte Wohnkultur ausgeschnitten. Nichts war fehl am Platz, alles glänzte.

Und Blumen, Kerzenlicht.

Er schaute auf und registrierte den ungebrochenen Glanz der Balustrade. „Wie ich sehe, hast du es reparieren lassen."

Irgendetwas stimmt nicht, war alles, was sie denken konnte, als sie einen Schritt auf ihn zu machte und ihm das Glas reichte. „Ja, ich wollte es so schnell wie möglich hinter mich bringen. Die Balustrade und die neue Alarmanlage waren mir das Wichtigste. Ich denke, sie wird deinen Beifall finden."

„Ich würde gern einen Blick darauf werfen, wenn du nichts dagegen hast."

„Mir wäre es lieber, wenn du dich entspannst, solange du die Möglichkeit dazu hast. Soll ich das Essen auftragen?"

„Du hast gekocht?"

Jetzt lachte sie. „Das würde ich dir nicht antun, aber ich bin Expertin im Bestellungen aufgeben – und im Präsentieren. Mach es dir bequem. Ich bin gleich wieder da."

Noch während sie hinausglitt, schaute er auf das Tablett hinunter. Eine silberne Schale mit glänzendem schwarzem Kaviar, kleine Appetithäppchen. Er wandte ihnen den Rücken zu, griff nach seinem Glas und trat an die Wand, um ihr Porträt zu betrachten.

Als sie, einen antiken Servierwagen vor sich herschiebend, zurückkehrte, schaute er noch immer. „Er war in dich verliebt, Grace, stimmt's? Der Künstler, meine ich."

Grace holte angesichts des kühlen Tonfalls sorgfältig Atem. „Ja, das war er. Er wusste, dass ich ihn nicht liebte. Ich habe mir oft gewünscht, ich könnte es. Charles ist einer der freundlichsten, sanftesten Männer, die ich kenne."

„Hast du mit ihm geschlafen?"

Ein eisiger Lufthauch kroch ihr über den Rücken, aber sie schaffte es, ihre Hände ruhig zu halten, als sie die Teller auf den mit Blumen und Kerzen geschmückten Tisch stellte. „Nein. Es wäre nicht fair gewesen, dafür bedeutet er mir zu viel."

„Und du schläfst lieber mit Männern, die dir nichts bedeuten."

Sie hatte es nicht kommen sehen. Wie dumm von ihr, dass sie es nicht gesehen hatte. „Nein, aber ich schlafe nicht mit Männern, die ich damit verletzen könnte. Und Charles hätte ich verletzt, deshalb bin ich seine Freundin geblieben."

„Und die Ehefrauen?" Jetzt drehte er sich um und musterte die Frau an Stelle des Porträts. „Wie zum Beispiel die Frau des Earl, mit dem du eine Affäre hattest? Sie zu verletzen hat dir nichts ausgemacht?"

Grace nahm einen Schluck von ihrem Champagner und musterte ihn jetzt seinerseits mit schräg gelegtem Kopf. Sie hatte nie mit dem Earl geschlafen, den er erwähnt hatte, ebenso wenig wie mit einem anderen verheirateten Mann. Aber sie hatte sich nie die Mühe gemacht, das Bild, das die Öffentlichkeit von ihr hatte, zu korrigieren. Und diese Mühe machte sie sich jetzt auch nicht.

„Warum sollte ich? Ich war schließlich nicht mit ihr verheiratet."

„Und der Typ, der versucht hat, sich umzubringen, nachdem du ihm einen Korb gegeben hast?"

Sie brachte das Glas an die Lippen und schluckte das kalte, perlende Nass, das in ihrer Kehle brannte wie Glasscherben. „Eine überaus dramatische Reaktion, findest du nicht auch? Ich glaube nicht, dass du in der richtigen Stimmung für Cäsarsalat und Steak Diana bist, Lieutenant. Während eines Verhörs kann man kein gutes Essen genießen."

„Niemand verhört dich, Grace."

„Oh, doch, du. Aber du hast es versäumt, mir vorher meine Rechte vorzulesen."

Ihre kalte Wut half ihm, seinen eigenen Zorn zu rechtfertigen. Es waren nicht die Männer – er wusste, dass es nicht die Männer waren, die er ihr jetzt in dieses Gesicht schleuderte, das es ihm so angetan hatte. Tatsache war, dass die Männer, die sie vor ihm gehabt hatte, für ihn keine Rolle spielten. Das Einzige, was eine Rolle spielte, war sie.

„Es ist merkwürdig, dass du plötzlich so sensibel reagierst, wenn die Sprache auf Männer kommt, Grace. Du hast dir doch sonst nie die Mühe gemacht, deine... Spuren zu verwischen."

„Ich habe mehr von dir erwartet", sagte sie so leise, dass er es kaum hörte, dann schüttelte sie den Kopf und lächelte kühl. „Dumm von mir. Nein, ich habe mir tatsächlich nie die Mühe gemacht, irgendetwas geheim zu halten – mit Ausnahme der Dinge, die mir wichtig sind. Die Männer waren mir in den meisten Fällen nicht wichtig. Möchtest du etwas anderes von mir hören? Würdest du mir glauben, wenn du es hörtest?"

Er fürchtete, ja. „Es ist nicht nötig. Wir sind zu schnell, Grace. Ich fühle mich nicht wohl damit."

„Ich verstehe. Du möchtest, dass wir es langsamer angehen." Sie stellte ihr Glas beiseite, weil sie wusste, dass ihre Hand gleich anfangen würde zu zittern. „Es sieht so aus, als hättest du hinter meinem Rücken ein paar Riesenschritte gemacht. Ich hätte dieses Spiel als Kind wirklich spielen sollen, dann wäre ich jetzt wenigstens vor plötzlichen Bewegungen auf der Hut."

„Das ist kein Spiel"

„Nein, vermutlich ist es das nicht." Sie hatte ihren Stolz, aber sie hatte auch ein Herz. Und sie musste es einfach wissen. „Wie konntest du heute Morgen und vergangene Nacht auf diese Art Liebe mit mir machen, Seth? Wie konntest du mich so berühren, wie du mich berührt hast – so wie mich noch niemand vor dir berührt hat, und mich dann so verletzen?"

Es war wegen der Gefühle, die ihn am Morgen überschwemmt hatten, erkannte er. Wegen seines Begehrens, das ihn hilflos machte. „Ich versuche nicht, dich zu verletzen."

„Nein, und das macht es nur noch schlimmer. Du tust uns beiden einen Gefallen, stimmt's? So hast du es dir doch zurechtgelegt, oder? Die Sache abbrechen, bevor sie einem über den Kopf wächst. Dafür ist es zu spät." Ihre Stimme brach, aber sie schaffte es, sie wieder in den Griff zu bekommen. „Sie ist dir bereits über den Kopf gewachsen."

„Verdammt." Er machte einen Schritt auf sie zu, dann blieb er abrupt stehen, als sie den Kopf hochriss und ihn aus diesen leidenschaftlichen blauen Augen durchdringend anschaute.

„Komm nicht auf die Idee, mich anzufassen, solange diese Gedanken noch in deinem Kopf sind. Geh deinen geordneten Weg weiter, Lieutenant, und ich gehe meinen weiter. Ich glaube nicht ans Langsamergehen. Entweder geht man vorwärts, oder man bleibt stehen."

Wütend über sich selbst hob sie die Hand und schnippte sich eine Träne von der Wange. „Und wir sind offensichtlich stehen geblieben."

10. KAPITEL

Seth saß in seinem Wagen und fragte sich, was zum Teufel er eben eigentlich getan hatte. Keine drei Meilen entfernt von ihm war die Frau, die er liebte, und die – aus irgendeiner übermütigen Laune des Schicksals heraus – seine Liebe womöglich sogar erwiderte. Dort bot sich eine Chance auf das Leben, das zu leben er sich nie gestattet hatte, auf die Familie, das Heim, die Frau. Und das alles hatte er eben mit beiden Händen beiseite geschoben.

Das Läuten seines Autotelefons platzte in seine Gedankengänge. Er riss den Hörer von der Gabel. „Buchanan."

„Lieutenant, hier ist Detective Marshall. Ich habe eben die Meldung über einen vermutlichen Einbruch in der 2918 East Lark Lane, Potomac, reinbekommen."

„Was?" Einen Moment lang war sein Kopf vollkommen leer. „Grace?"

„Ihre Alarmanlage wurde ausgelöst, aber sie hat das Telefon nicht abgenommen."

„Ich bin fünf Minuten von dort entfernt." Seth riss bereits das Steuer herum, machte einen U-Turn und raste dann denselben Weg, den er eben gekommen war, wieder zurück. „Schicken Sie zwei Streifenwagen hin. Sofort."

„Ich bin schon dabei. Lieutenant..."

Aber Seth hatte die Verbindung bereits unterbrochen.

Es ist eine neue Alarmanlage, sagte sich Seth und setzte alles daran, ruhig zu bleiben und erst einmal Ordnung in seine Gedanken zu bringen. Neue Anlagen hatten oft ihre Tücken.

Sie war aufgebracht, deshalb hatte sie sich wahrscheinlich geweigert, ans Telefon zu gehen, ohne dabei einen Gedanken an die Aufregung zu verschwenden, die sie auf diese Weise produzierte. So war sie. Wahrscheinlich goss sie sich eben noch ein weiteres Glas Champagner ein und wünschte ihn zum Teufel.

Vielleicht hatte sie sogar den Alarm eigenhändig ausgelöst, nur dass er schnurstracks zuückkam mit dem Knoten im Magen und einem Herzen, das völlig gelähmt war. Es wäre typisch für sie.

Und das ist eine weitere Lüge, dachte er, während er um eine Kurve raste. Es war eben nicht typisch für sie.

Die Kerzen brannten noch immer in ihren Fenstern. Er versuchte, erleichtert zu sein, als er auf ihrer Einfahrt bremste und aus dem Auto stürzte. Das Essen würde noch warm sein, die Musik würde noch spielen, und Grace würde dort unter ihrem Porträt stehen und wütend auf ihn sein.

Er hämmerte wie ein Verrückter gegen die Tür, dann riss er sich zusammen. Sie würde nicht aufmachen. Sie war zu aufgebracht, um aufzumachen. Als der erste Streifenwagen vorfuhr, zückte er seine Dienstmarke.

„Überprüfen Sie den Osteingang“, befahl er. „Ich nehme die andere Seite.“

Er wirbelte auf dem Absatz herum und rannte um das Haus herum. Er sah das Wasser in ihrem Pool blau im Mondlicht schimmern, wobei ihm durch den Kopf schoss, dass sie nie nackt zusammen in dieses kühle Wasser hineingesprungen waren.

Dann sah er die eingeschlagene Scheibe in der Haustür. Sein Herz blieb einfach stehen. Mit der Waffe in der Hand nahm er Anlauf und sprang mit einem Satz hindurch, ohne sich Gedanken über Verfahrensfragen zu machen. Irgendjemand schrie ihren Namen, während er in blinder Panik von Zimmer zu Zimmer rannte. Er konnte es nicht sein, denn er fand sich auf der Treppe, völlig außer sich vor Angst, und beobachtete einen uniformierten Polizisten, der einen Stofffetzen vom Boden aufhob.

„Riecht nach Chloroform, Lieutenant.“ Der Officer zögerte und machte dann einen Schritt auf den Mann zu, der sich am Treppengeländer festklammerte. „Lieutenant?“

Er konnte nicht sprechen. Seine Stimme war weg. Seth richtete seinen verschwommenen Blick auf das Gesicht, das Porträt. Langsam und mit großer Anstrengung gelang es ihm, seinen Gesichtskreis wieder zu erweitern und sich seine kontrollierte Maske überzustülpen.

„Durchsuchen Sie das Haus. Jeden Quadratzentimeter.“ Sein Blick saugte sich an der zweiten Uniform fest. „Rufen Sie Verstärkung. Dann suchen Sie das Grundstück ab. Beeilung.“

Grace kam langsam zu sich, ihr Magen rebellierte, und hinter ihren Schläfen hämmerte es. Ein Albtraum, noch immer schwarz an den Rändern, kreiste langsam über ihr wie ein Geier, der geduldig darauf wartete, sich auf seine Beute zu stürzen. Sie kniff die Augen noch fester zusammen, rollte den Kopf auf dem Kissen von einer Seite auf die andere, dann öffnete sie sie vorsichtig.

Wo war sie? Nicht in ihrem Zimmer, erkannte sie gleich darauf und setzte alles daran, den Nebel aus ihrem Kopf zu vertreiben.

Unter ihrer Wange war Satin. Sie kannte das kühle, glatte Gefühl von Satin an der Haut. Weißer Satin, wie ein Brautkleid. Verdutzt fuhr sie mit der Hand über die luxuriöse Decke des Baldachinbetts.

Sie konnte Jasmin riechen und Rosen und Vanille. Lauter weiße Düfte, kühle weiße Düfte. Die Wände des Zimmers hatten die Farbe von Elfenbein und schimmerten wie Seide. Einen Moment lang dachte sie, sie läge in einem Sarg, einem riesigen kunstvollen Sarg, und ihr Herz klopfte schnell und hart.

Mühsam setzte sie sich auf, wobei sie fast fürchtete, sie würde sich den Kopf an dem Deckel stoßen, und sie würde sich nach Freiheit schreiend wieder finden. Aber da war nichts, nur diese mit Blumendüften angereicherte Luft, die sie jetzt tief und zitternd einatmete.

Jetzt erinnerte sie sich wieder – an das Bersten von Glas, an den großen Mann in Schwarz mit den starken Armen. Sie spürte Panik in sich aufkommen und zwang sich zu einem weiteren zitternden Atemzug. Vorsichtig ließ sie die Beine über den Bettrand gleiten, bis ihre Füße in dem dicken, jungfräulich weißen Teppich versanken. Sie wurde von einem leichten Schwindel erfasst und hatte das Gefühl, sich gleich übergeben zu müssen, aber sie zwang sich, trotzdem aufzustehen und über dieses weiße Teppichmeer zur Tür zu gehen.

Ihr wurde schwarz vor Augen vor Angst, als der Türknopf ihr widerstand. Ihr Atem kam stoßweise, während sie wie eine Wilde an dem Knopf aus geschliffenem Kristall zerrte. Dann gab sie auf, lehnte sich mit dem Rücken gegen die Tür und unterzog das, von dem sie jetzt begriff, dass es ihr Gefängnis war, einer genaueren Betrachtung.

Weiß auf Weiß auf Weiß, so viel Weiß, dass es sie blendete. Ein zierlicher Queen-Anne-Stuhl, überzogen mit weißem Brokat, an den

Fenstern durchsichtige weiße Spitzenvorhänge, die dort hingen wie Gespenster, ein Haufen weißer Kissen auf einer weißen, geschwungenen Chaiselongue. Sie sah Ränder aus Gold, die die Lawine aus Weiß noch betonten, elegante Möbel aus hellem Holz in diesem Schneesturm.

Sie ging als Erstes zu den Fenstern und erschauerte, als sie die Querbalken davor sah, dahinter lagen Streifen eines schwarzen Nachthimmels, der vom Mond versilbert wurde. Sie sah nichts Vertrautes – eine weite Rasenfläche, die peinlich genau mit Blumen, Büschen, Sträuchern und abschirmenden Bäumen bepflanzt war.

Als sie sich umdrehte, sah sie eine weitere Tür, stürzte darauf zu und wäre fast vor Erleichterung in Tränen ausgebrochen, als sie sich öffnen ließ. Aber dahinter lag nur ein luxuriöses Bad, weiß gekachelt, die Milchglasfenster ebenfalls verbarrikadiert, das einen Spalt breit geöffnete Oberlicht in schwindelnder Höhe mehr als zehn Fuß über dem Boden.

Auf der langen schimmernden Ablage standen Gläser, Flaschen, Creme- und Puderdosen. Lauter Marken, die sie selbst benutzte, ihre Düfte, ihre Lotionen. Ihr Magen verknotete sich.

Lösegeld, dachte sie. Sie war entführt worden, von irgendjemandem, der glaubte, ihre Familie zwingen zu können, sie freizukaufen.

Aber sie wusste, dass das nicht stimmte.

Die Sterne. Ihr wurde so flau im Magen, dass sie sich gegen den Türstock lehnen musste. Sie presste die Lippen zusammen, um das Wimmern zu unterdrücken, das in ihr aufstieg. Sie war wegen der drei Sterne entführt worden. Sie würden ihr Lösegeld sein.

Ihre Knie zitterten, als sie sich abwandte. Sie befahl sich, sich zu beruhigen, um wieder klar denken zu können. Es musste einen Ausweg geben. Es gab immer einen Ausweg.

Jetzt erinnerte sie sich, dass ihre Alarmanlage losgegangen war. Seth hatte noch nicht weit entfernt sein können. Hatte man es ihm gemeldet, war er zurückgekommen? Es spielte keine Rolle. Er würde es noch früh genug erfahren. Was auch immer zwischen ihnen vorgefallen war, er würde alles tun, was in seiner Macht stand, um sie zu finden. Aus Pflichtgefühl, nichts anderem.

In der Zwischenzeit war sie auf sich allein gestellt. Aber das bedeutete nicht, dass sie hilflos war.

Sie trat zwei taumelnde Schritte zurück, als das Schloss in der Tür klickte, dann zwang sie sich, stehen zu bleiben, und straffte die Schultern. Die Tür öffnete sich, und zwei Männer traten ein. Den einen erkannte sie schnell als ihren Entführer. Der andere war kleiner, drahtig und in förmliches Schwarz gekleidet, mit einem Gesicht, das so unbewegt war wie ein Stein.

„Miss Fontaine“, sagte er in einem kultivierten britischen Akzent. „Wenn Sie bitte mitkommen würden.“

Ein Butler, schoss es ihr durch den Kopf, wobei sie Mühe hatte, das hysterische Kichern, das in ihr aufstieg, zu unterdrücken. Diesen Typ kannte sie allzu gut, deshalb entschied sie sich jetzt für einen sowohl amüsierten als auch verärgerten Gesichtsausdruck. „Warum?“

„Er ist jetzt bereit, Sie zu sehen.“

Als sie keine Anstalten machte zu gehorchen, trat der größere Mann ins Zimmer, stellte sich drohend vor sie und zeigte wortlos mit dem Daumen auf die Tür.

„Charmant“, sagte sie trocken. Sie machten einen Schritt vorwärts, wobei sie zu berechnen versuchte, wie schnell sie sich bewegen musste. Der Butler neigte gelassen den Kopf.

„Sie sind im zweiten Stock“, sagte er zu ihr. „Selbst wenn es Ihnen irgendwie gelingen sollte, das Erdgeschoss zu erreichen, sind dort Wachen. Sie haben Befehl, Sie nicht zu verletzen, es sei denn, es wäre unvermeidlich. Wenn Sie bitte entschuldigen wollen. Ich habe Befehl, dieses Risiko nicht einzugehen.“

Sie würde es riskieren und noch viel mehr. Allerdings nur, wenn sie sich zumindest eine minimale Chance auf Erfolg ausrechnen konnte. Ohne den Mann neben ihr eines Blickes zu würdigen, folgte sie dem Butler aus dem Zimmer und einen weich erhellten Flur hinunter.

Das Haus war alt, aber liebevoll restauriert. Es hatte mindestens drei Stockwerke, also war es groß. Ein Blick auf ihre Armbanduhr sagte ihr, dass es zwei Stunden her war, seit man sie betäubt hatte. Zeit genug, um einige Kilometer hinter sich zu bringen.

Aber der Blick durch die Querbalken hatte nicht ländlich gewirkt. Sie hatte Lichter gesehen – Großstadtlichter, Häuser durch die Bäume. Sie befand sich in einem Stadtviertel, entschied sie, in einem vornehmen, ruhigen Viertel.

Wo Häuser waren, waren auch Menschen. Und wo Menschen waren, war Hilfe.

Sie wurde eine breite gewundene Treppe aus glänzendem Eichenholz hinuntergeführt. Und sah den Wächter am Treppenaufgang stehen, seine Waffe steckte im Holster, war jedoch nicht zu übersehen.

Jetzt ging es einen weiteren Flur hinunter. Antiquitäten, Gemälde, Statuen. Sie kannte sich gut genug aus, um den Monet an der Wand zu erkennen, die Porzellanvase auf einem Podest der Han-Dynastie zuzuordnen, die Terrakottamaske an der Wand als aus Nigeria stammend zu identifizieren.

Ihr Gastgeber hatte einen hervorragenden Geschmack. Die Kunstschätze, die sie sah, kleine und große, umspannten Kontinente und Jahrhunderte.

Ein Sammler, schoss es ihr durch den Kopf, wobei sich ihre Nackenhaare aufstellten. Jetzt hatte er sie, und er hoffte, sie für die drei Sterne von Mithra eintauschen zu können.

Mit einer Förmlichkeit, die Grace unter den gegebenen Umständen völlig absurd vorkam, näherte sich der Butler einer großen Doppeltür, öffnete sie und verbeugte sich dann tief.

„Miss Grace Fontaine."

Grace hatte keine andere Wahl, als durch die geöffnete Tür in ein riesiges Speisezimmer mit einer hohen, reich verzierten Stuckdecke, an der drei funkelnde Kristalllüster hingen, zu treten. Sie überflog die lange Mahagonitafel, die von georgianischen Kandelabern, in denen Kerzen flackerten, feierlich erhellt wurde, und nahm dann den Mann, der sich erhob und sie charmant anlächelte, ins Visier.

Ihre Welten überlappten sich – Wirklichkeit und Angst. „Gregor."

„Grace." Elegant in seinem Smoking, mit funkelnden Brillanten, kam er zu ihr herüber und nahm ihre taube Hand in die seine. „Wie schön, Sie zu sehen." Er nahm ihren Arm und tätschelte ihn liebevoll. „Ich nehme nicht an, dass Sie schon gespeist haben."

Er wusste, wo sie war. Seth hatte keinen Zweifel daran, aber sein erster heftiger Impuls, zu der Villa in dem vornehmen Wohnviertel Washingtons zu fahren und sie aus den Klauen des gewissenlosen Verbrechers zu befreien, musste unterdrückt werden.

Er könnte sie töten.

Seth war sich sicher, dass der Botschafter Gregor DeVane bereits mehrere Menschen auf dem Gewissen hatte.

Aber ihm fehlten die Beweise, mit vagen Vermutungen allein würde er keinen Richter bewegen können, für die Villa eines ausländischen Botschafters einen Haussuchungsbefehl auszustellen.

Wieder einmal stand er in Grace' Wohnzimmer. Wieder einmal schaute er ihr Porträt an und stellte sie sich tot vor. Doch diesmal dachte er nicht wie ein Polizist.

Als Mick Marshall sich zu ihm gesellte, drehte er sich um. „Wir werden hier nichts finden, womit wir ihn in Verbindung bringen könnten. In zwölf Stunden werden die Diamanten dem Museum zurückgegeben. Er wird Grace als Geisel benutzen, um zu verhindern, dass dies geschieht. Ich muss ihn aufhalten."

Mick schaute das Porträt an. „Was brauchen Sie?"

„Nein. Keine Polizisten."

„Lieutenant... Seth, wenn Sie Recht haben und er sie wirklich entführt hat, können Sie das nicht allein machen. Sie müssen eine Mannschaft zusammenstellen. Sie brauchen einen Unterhändler."

„Dafür ist keine Zeit. Wir beide wissen das." Seine Augen waren jetzt nicht flach und kalt, es waren keine Polizistenaugen. In ihnen loderte Zorn und Leidenschaft. „Er könnte sie töten."

Sein Herz war umhüllt mit einer Eisschicht, aber in seinem Gehäuse schlug es wild und schnell. „Sie ist gewitzt. Sie wird jedes Spiel mitspielen, wenn sie damit am Leben bleibt, aber wenn sie einen falschen Zug macht, wird er sie töten. Ich brauche kein psychologisches Profil, um zu wissen, was in seinem Kopf vorgeht. Er ist ein gesellschaftlich angepasster Mensch mit einem schweren Komplex und einer Obsession. Er muss diese Diamanten, die ganz offensichtlich einen Symbolcharakter für ihn besitzen, um jeden Preis in seinen Besitz bringen. Und im Augenblick will er auch Grace, doch wenn sie ihm nichts nützt, wird sie enden wie alle anderen. Das darf nicht geschehen, Mick."

Er griff in seine Tasche, holte sein Polizeiabzeichen heraus und hielt es Mick hin. Diesmal würde er nicht nach Recht und Gesetz vorgehen, diesmal konnte er es sich nicht leisten, die Spielregeln einzuhalten. „Heben Sie es für mich auf, und passen Sie gut darauf auf, ich will es zurück."

„Sie werden Hilfe brauchen", beharrte Mick. „Sie brauchen Verstärkung."

„Keine Polizei", wiederholte Seth und drückte Mick die Dienstmarke in die widerstrebende Hand. „Diesmal nicht."

„Sie können das nicht allein durchziehen. Es ist Selbstmord, sowohl beruflich als auch wortwörtlich."

Seth warf einen letzten Blick auf das Porträt. „Ich werde nicht allein sein."

Du wirst nicht zittern, schwor sich Grace. Sie würde sich nicht anmerken lassen, wie groß ihre Angst war. Stattdessen warf sie sich in einer lässigen Geste das Haar zurück.

„Pflegen Sie immer mit Gästen zu speisen, die Sie mit Chloroform betäuben und aus ihren Häusern entführen lassen, Botschafter?"

„Sie müssen mir meine Ungeschicklichkeit verzeihen." Aufmerksam zog er ihr einen Stuhl heraus. „Es gab Grund zur Eile. Ich hoffe sehr, dass Sie nicht unter irgendwelchen Nachwirkungen zu leiden haben."

„Außer einer großen Ungehaltenheit nicht." Sie setzte sich und ließ ihren Blick über den Teller mit marinierten Pilzen schweifen, den ein schweigender Bediensteter vor sie hingestellt hatte. Sie erinnerten sie schmerzhaft an das lärmerfüllte Grillfest bei Cade. „Und Appetitmangel."

„Oh, Sie müssen wenigstens kosten." Er setzte sich ans Kopfende der Tafel und griff nach seiner Gabel. Sie war aus schwerem Gold und war früher durch die Lippen eines Herrschers geschlüpft. „Ich habe mir beträchtliche Mühe gegeben, Ihre Vorlieben herauszufinden." Er lächelte noch immer, aber seine Augen wurden kalt. „Essen Sie, Grace. Ich verabscheue Verschwendung."

Grace zwang sich, einen Bissen zu essen, wobei sie ihrer Hand befahl, nicht zu zittern, und ihrem Magen, nicht zu rebellieren.

„Ich hoffe, Ihr Zimmer ist komfortabel. Ich musste es sehr schnell für Sie einrichten. Angemessene Kleidung finden Sie in der Armoire und der Kommode. Sie brauchen nur Laut zu geben, falls Sie irgendetwas brauchen sollten."

„Ich bevorzuge Fenster ohne Querbalken und Türen, die sich öffnen lassen."

„Das ist nur eine vorübergehende Vorsichtsmaßnahme, das verspreche ich Ihnen. Wenn Sie sich hier erst zu Hause fühlen..." Er legte seine Hand auf die ihre und verstärkte grausam den Griff, als sie ihm ihre Hand zu entziehen versuchte. „... und ich wünsche mir sehr, dass das bald so ist, damit derartige Maßnahmen nicht mehr erforderlich sind."

Sie zuckte nicht zusammen, als die Knochen ihrer Hand zusammengedrückt wurden. Als sie ihren Widerstand aufgab, entspannten sich seine Finger, streichelten sie einmal, dann nahm er die Hand weg.

„Und wie lange beabsichtigen Sie, mich hier zu behalten?"

Er lächelte, griff nach ihrem Weinglas und hielt es ihr hin. „Bis in alle Ewigkeit. Sie und ich, Grace, sind dazu bestimmt, die Ewigkeit miteinander zu teilen."

Ihre schmerzende Hand unter dem Tisch begann zu zittern und klamm zu werden. „Das ist eine lange Zeit." Sie schickte sich an, ihr Glas unberührt wieder abzustellen, dann fing sie seinen Blick auf und nippte. „Ich fühle mich geschmeichelt, aber auch verwirrt."

„Es ist sinnlos, so zu tun, als verstünden Sie nicht. Sie hielten den Stern in Ihrer Hand. Sie haben überlebt und kamen zu mir. Ich habe Ihr Gesicht in meinen Träumen gesehen."

„Ja." Sie spürte, wie ihr Blut langsamer floss, als ob es aus ihren Adern heraussickern würde. Beim Blick in seine Augen fiel ihr ein, dass sie kürzlich auch einen Albtraum gehabt hatte – ein Schatten im Wald hatte sie verfolgt. Sie nicht aus den Augen gelassen. „Ich Ihres auch."

„Sie werden mir die Sterne bringen, Grace, und mit Ihnen die Macht. Jetzt wird mir klar, warum mir bisher ein Erfolg verwehrt geblieben ist. Es musste alles so kommen, damit sie zusammen sein können. Wir werden die Sterne zusammen besitzen. Und ich werde Sie besitzen. Keine Sorge", fügte er hinzu, als sie zusammenzuckte. „Sie werden als eine willige Braut zu mir kommen. Aber meine Geduld hat Grenzen. Schönheit ist mein schwacher Punkt", fuhr er fort und strich ihr mit den Fingerspitzen über ihren nackten Arm, dann begann er, müßig mit ihrem Armband herumzuspielen. „Und Perfektion ist mein größtes Vergnügen. Sie haben beides, meine Liebe. Verstehen Sie bitte, dass Sie keine andere Wahl haben und deshalb meine Geduld nicht überstrapazieren dürfen. Meine Hausangestellten sind... gut trainiert."

Erneut durchzuckte sie eisige Angst, aber in ihrem Tonfall lag Verachtung. „Und wären einer Vergewaltigung gegenüber blind und taub?"

„Kein schönes Wort und vor allem nicht während des Essens." Er zuckte mit den Schultern und läutete nach dem nächsten Gang. „Eine Frau mit Ihrem Appetit wird noch früh genug hungrig werden. Und da Sie nicht nur schön, sondern auch intelligent sind, werden Sie die Vorzüge einer freundschaftlichen Partnerschaft bald erkennen."

„Es ist nicht Sex, was Sie wollen, Gregor." Sie konnte es nicht ertragen, auf den zartrosa Lachs auf ihrem Teller zu schauen. „Es ist Unterwerfung. Ich bin so erbärmlich schlecht darin."

„Sie missverstehen mich." Er griff zu seiner Fischgabel und fing an, genüsslich zu essen. „Ich beabsichtige, Sie zu einer Göttin zu machen, und eine Göttin unterwirft sich niemandem. Und ich werde alles haben. Kein sterblicher Mann wird sich zwischen uns stellen." Er lächelte wieder. „Und gewiss nicht Lieutenant Buchanan. Der Mann wird langsam zu einem echten Ärgernis. Er mischt sich in meine Angelegenheiten, die ihn nichts angehen. Ich habe ihn..." DeVanes Stimme sank zu einem Flüstern herab, in dem leise Angst mitschwang. „In der Nacht gesehen. In meinen Träumen. Er kommt zurück. Er kommt immer zurück. Egal, wie oft ich ihn töte." Dann wurde sein Blick wieder klar, und er nahm einen Schluck von seinem Wein, der die Farbe hatte von geschmolzenem Gold. „Jetzt stochert er in alten Sachen herum und sucht nach neuen."

Sie spürte, wie ihr das Herz im Hals klopfte, an ihren Handgelenken, an den Schläfen. „Er wird nach mir suchen, und zwar sehr bald, vielleicht schon in diesem Moment."

„Möglich. Ich werde mich mit ihm befassen, wenn es so weit ist. Das hätte schon heute Abend sein können, wenn er nicht so abrupt von Ihnen weggegangen wäre. Oh, ich habe mir schon ein paar schöne Sachen für den Lieutenant ausgedacht. Aber ich ziehe es vor, damit zu warten, bis ich die Sterne habe. Doch vielleicht..." Gedankenverloren griff DeVane nach seiner Serviette und tupfte sich den Mund ab. „Ich könnte es ihm allerdings auch ersparen, wenn ich erst habe, was mir gehört.

Falls Sie es wünschen. Ich kann sehr großzügig sein... wenn die Umstände es erlauben."

Ihr Herz war jetzt in ihrem Hals, füllte ihn aus, drückte ihr die Luft ab. „Wenn ich tue, was Sie verlangen, lassen Sie ihn dann in Ruhe?"

„Möglicherweise. Wir werden es diskutieren. Aber ich fürchte, ich habe eine unausrottbare Abneigung gegen den Mann entwickelt. Und über Sie bin ich immer noch verärgert, liebe Grace, weil Sie wegen eines derart gewöhnlichen Mannes meine Einladung ausgeschlagen haben."

Sie zögerte nicht, das konnte sie sich nicht leisten, in ihrem Kopf wirbelte aus Angst um Seth alles durcheinander. Sie rang sich ein honigsüßes Lächeln ab. „Gregor, gewiss verzeihen Sie mir. Ich war so... am Boden zerstört, weil Sie Ihrer Bitte nicht mehr Nachdruck verliehen haben. Eine Frau möchte schließlich mit deutlich mehr Entschiedenheit umworben werden."

„Ich umwerbe nicht. Ich nehme."

„Offensichtlich." Sie verzog schmollend die Lippen. „Es war schauerlich von Ihnen, mich so unsanft zu behandeln, ich habe mich zu Tode erschrocken. Ich weiß nicht, ob ich Ihnen das jemals verzeihen kann."

„Passen Sie auf, wie weit Sie Ihr Spiel treiben." Seine Stimme klang jetzt tief und warnend, aber sie hörte auch ein unzweifelhaftes Interesse heraus. „Ich bin kein Grünschnabel."

„Nein." Sie fuhr ihm mit der Hand leicht über die Wange, ehe sie sich erhob. „Aber Reife hat so viele Vorzüge."

Mit weichen Knien durchstreifte sie den Raum, wobei ihr Blick über die Fenster, die Türen flog. Flucht. „Sie haben so ein wunderschönes Heim. So viele Schätze." Sie legte den Kopf schräg und hoffte, dass sich das Risiko, das sie jetzt einzugehen gedachte, am Ende auszahlte. „Ich liebe... Dinge. Aber ich warne Sie, Gregor. Ich möchte kein hübsches Spielzeug sein."

Sie schlenderte langsam auf ihn zu, fuhr sich mit einer Fingerspitze über den Hals, zwischen ihre Brüste, wobei die Seide, die sie trug, verführerisch knisterte. „Und wenn ich mich in die Ecke gedrängt fühle... fahre ich die Krallen aus."

Sie stützte sich mit einer Hand auf dem Tisch auf, lehnte sich zu ihm herüber. „Begehren Sie mich?", gurrte sie und sah, wie sich seine Augen verdunkelten, während ihre Finger langsam auf das Messer, das neben seinem Teller lag, zuglitten. „Wollen Sie mich berühren? Mich nehmen?" Ihre Finger umschlossen den Griff, umklammerten ihn fest.

„Nicht in hundert Leben", sagte sie, hob das Messer und stach zu.

Sie war schnell, und sie war verzweifelt. Doch er hatte sich bewegt in der Absicht, sie an sich zu ziehen, und das Messer bohrte sich in seine Schulter statt in sein Herz. Als er vor Wut und Schreck aufschrie, wirbelte sie herum. Sie packte einen der schweren Stühle, schwang ihn durch die Luft und zertrümmerte das vom Boden bis zur Decke reichende Fenster. Ein Regen aus Glassplittern prasselte auf sie nieder. Doch als sie zum Sprung ansetzte, packten sie von hinten starke Arme.

Sie wehrte sich mit verzweifelter Kraft, ihr Atem kam stoßweise. Die dünne Seide, die sie trug, ging in Fetzen. Dann erstarrte sie, als sie spürte, wie sich das Messer, das sie benutzt hatte, gegen ihren Hals drückte. Sie machte sich nicht die Mühe, noch weiter gegen die Arme zu kämpfen, die sie festhielten, als DeVane sein Gesicht ganz nah vor das ihre brachte. In seinen Augen loderte heller Zorn.

„Dafür könnte ich Sie töten. Aber das wäre eine zu geringe Strafe. Ganz abgesehen davon, dass ich mich mit Ihnen auf eine Stufe stellen würde. Jetzt werde ich mir erst einmal von Ihnen nehmen, wonach mir der Sinn steht. Bis ich Sie satt habe."

„Sie werden die Sterne nie bekommen", sagte sie mit fester Stimme. „Und Seth werden Sie auch nie bekommen."

„Ich werde genau das bekommen, was ich möchte. Und Sie werden mir dabei helfen."

Sie schickte sich an, den Kopf zu schütteln, hielt jedoch gleich wieder still, als sie spürte, dass sich die Messerspitze tiefer in ihren Hals bohrte. „Ich werde keinen Finger krumm machen."

„Aber sicher werden Sie das. Wenn Sie nicht genau das tun, was ich Ihnen sage, greife ich zum Hörer. Es bedarf nur eines einzigen Worts von mir, damit Bailey James und M.J. O'Leary noch heute Nacht sterben. Denken Sie daran, nur ein einziges Wort."

Er sah die wilde Angst in ihren Augen aufflackern, die hilflose Panik, die nicht ihrem eigenen Leben galt. „Ich habe Männer Gewehr bei Fuß stehen, die nur auf ihr Stichwort warten. Wenn ich es gebe, wird noch heute Nacht das Haus von Cade Parris in die Luft fliegen. Eine andere Explosion wird sich kurz vor Toresschluss in einem kleinen Pub ereignen und eine dritte im Haus eines gewissen Lieutenant Buchanan. Das Schicksal all dieser Menschen ist in meiner Hand, Grace. Und Sie haben die Wahl."

Sie wollte es als Bluff abtun, doch als sie in seine Augen schaute, wusste sie, dass er nicht zögern würde, seine Drohung wahr zu machen. Nein, er sehnte sich sogar danach. Ihre Leben waren ihm nichts wert. Und ihr alles.

„Was wollen Sie, das ich tue?"

Bailey versuchte, gegen ihre Panik anzukämpfen, als das Telefon läutete. Sie starrte darauf wie auf eine Klapperschlange, die mit dem Schwanz rasselte. Mit einem stummen Gebet auf den Lippen griff sie nach dem Hörer. „Hallo?"

„Bailey."

„Grace." Ihre Finger waren weiß an den Knöcheln, als sie herumwirbelte. Seth schüttelte den Kopf und hob die Hand. „Ist alles in Ordnung mit dir?"

„Im Augenblick ja. Hör mir genau zu, Bailey, mein Leben hängt davon ab. Hast du mich verstanden?"

„Nein. Ja." Zeit schinden, dachte sie. Sie musste so viel Zeit wie möglich schinden. „Grace, ich habe so Angst um dich. Was ist passiert? Wo bist du?"

„Das kann ich dir nicht sagen. Du musst jetzt ganz ruhig bleiben, Bailey. Du musst stark sein. Du warst immer die Ruhigste von uns. Wie damals, als wir dieses Examen in Kunstgeschichte hatten und ich mich so eingeschüchtert von Professor Greenbalm fühlte und du so cool warst. Du musst jetzt auch einen kühlen Kopf behalten, Bailey, und meine Anweisungen ausführen."

„Ich mache es. Ich werde es versuchen." Sie warf Seth einen hilflosen Blick zu, der ihr signalisierte, das Gespräch noch hinauszuziehen. „Aber sag mir vorher wenigstens, dass du nicht verletzt bist."

„Bis jetzt noch nicht. Aber er wird mir etwas antun. Er wird mich töten, Bailey, wenn du nicht tust, was er verlangt. Gib ihm, was er verlangt. Ich weiß, dass ich dich um einen großen Gefallen bitte. Er will die Steine. Du musst sie ihm holen. Du darfst es nicht Cade sagen. Und ruf nicht... die Polizei an."

Zieh es raus, ermahnte sich Bailey. Sie musste alles tun, damit Grace noch weiterredete. „Du willst nicht, dass ich Seth anrufe?"

„Nein. Er ist unwichtig. Er ist auch nur ein Cop. Du weißt, dass er mir nichts bedeutet. Du musst genau bis 1:30 warten, dann verlässt du das Haus. Geh zu Salvani, Bailey. Du musst zu Salvani gehen. Lass M.J. da raus, genauso, wie wir es immer tun. Hast du mich verstanden?"

Bailey nickte und schaute Seth an. „Ja, ich habe verstanden."

„Wenn du bei Salvani bist, tu die Steine in einen Aktenkoffer. Warte dort. Du wirst per Telefon dann die nächsten Anweisungen erhalten. Dir wird nichts passieren. Du erinnerst dich doch noch daran, wie du dich immer nachts aus dem Schlafsaal geschlichen hast, um noch ein bisschen allein draußen rumzuwandern? Mach es ganz genauso, Bailey, und dir wird nichts passieren. Wenn du es nicht tust, wird er mir alles wegnehmen. Hast du mich verstanden?"

„Ja. Grace..."

„Ich liebe dich", hörte sie noch, dann war die Verbindung unterbrochen.

„Nichts", sagte Cade angespannt und starrte auf die Abhöranlage.

„Sie will, dass ich zu Salvani gehe", sagte Bailey leise.

„Du gehst nirgendwohin", fiel Cade ihr ins Wort, aber Bailey legte ihm eine Hand auf den Arm und schaute M.J. an.

„Sie hat verlangt, dass ich dich außen vor lasse wie immer. Verstehst du?"

„Ja." M.J. presste ihre Finger gegen die Augen, um besser nachdenken zu können. „Sie versucht, so viel zu sagen, wie sie konnte. Bailey und Grace haben mich niemals außen vor gelassen, was bedeutet, dass sie will, dass ich mitgehe. Sie will uns hier raushaben. Bailey hat sich nie heimlich nachts rausgeschlichen."

„Sie hat euch Signale gegeben", sagte Jack. „Sie hat das getan, was sie tun konnte."

„Sie wusste, dass wir es verstehen würden. Er muss ihr gedroht haben, dass irgendetwas passiert, wenn sie nicht mitmacht." Bailey nahm M.J.s Hand. „Sie wollte, dass wir uns mit Seth in Verbindung setzen. Deshalb hat sie gesagt, dass Sie ihr gleichgültig sind – weil wir wissen, dass es nicht stimmt."

Seth fuhr sich mit der Hand durchs Haar, eine seltene Geste bei ihm. Er hatte keine andere Wahl, als ihren Instinkten zu vertrauen. Keine andere Wahl, als auf Grace' Überlebensdrang zu vertrauen. „Also gut. Sie will mich wissen lassen, was passiert ist, und will, dass Sie alle das Haus verlassen."

„Ja, sie will, dass wir zu Salvani gehen, weil sie glaubt, dass wir dort sicherer sind."

„Sie sind sicherer auf dem Revier", sagte Seth. „Und genau dorthin werden Sie beide jetzt gehen."

„Nein." Baileys Stimme blieb ruhig. „Sie will, dass wir zu Salvani gehen. Das hat sie deutlich gesagt."

Seth musterte sie und wog seine Möglichkeiten ab. Er konnte sie in Schutzhaft nehmen. Das wäre ein logischer Schritt. Oder er konnte das Spiel mitspielen. Das war ein Risiko. Es sah allerdings so aus, als würde ihm nichts anderes übrig bleiben, als dieses Risiko einzugehen.

„Gut, dann zu Salvani. Aber Detective Marshall wird für Bewachung sorgen. Sie rühren keinen Finger, bis man Ihnen etwas anderes sagt."

M.J. schwoll der Kamm. „Sie wollen, dass wir Däumchen drehen, während Grace in Gefahr ist?"

„Genau das werden Sie tun", erwiderte Seth kühl. „Sie hat ihr Leben riskiert, um Sie in Sicherheit zu sehen. Ich habe nicht vor, sie zu enttäuschen."

„Er hat Recht, M.J." Jack hob eine Braue, als sie ein wütendes Schnauben von sich gab. „Geh von mir aus die Wand hoch. Du bist ausgezählt. Ihr beide befolgt exakt die Anweisungen."

Seth registrierte mit einiger Überraschung, dass M.J. den Mund wieder zumachte und kurz zustimmend nickte. „Was war das mit dem Ex in Kunstgeschichte, Bailey?"

Bailey holte tief Luft. „Professor Greenbalm hieß mit Vornamen Gregory."

„Gregory." Gregor. „Deutlich genug." Seth schaute auf die beiden anderen Männer, die er brauchte. „Wir haben nicht viel Zeit."

11. KAPITEL

Grace bezweifelte stark, dass sie die Nacht überleben würde. Und es gab so vieles, wozu sie nicht mehr gekommen war. Sie hatte M.J. und Bailey Paris nicht gezeigt, so wie sie es immer geplant hatten. Sie würde nie die Weide groß werden sehen, die sie vor ihrem Landhaus auf den Hügel. gepflanzt hatte. Sie würde nie ein Kind haben.

Die Ungerechtigkeit schlug ihre Klauen in sie, genauso wie die Angst. Sie war erst sechsundzwanzig Jahre alt, und sie würde sterben.

Sie hatte ihr Schicksal in DeVanes Augen gesehen. Und sie wusste, dass er vorhatte, diejenigen, die sie liebte, ebenfalls zu töten. Er würde sich nicht mit weniger zufrieden geben, als alle die Leben ausgelöscht zu sehen, die das berührt hatten, was sein besessener Verstand als das seine betrachtete.

Alles, woran sie sich jetzt noch klammern konnte, war die Hoffnung, dass Bailey sie verstanden hatte.

„Ich werde Ihnen jetzt zeigen, was Ihnen hätte gehören können." Er trug einen Verband um den Arm, ein frischer Smoking verbarg die Verletzung. DeVane führte sie durch eine Geheimtür eine lange, gewundene glänzende Steintreppe hinunter, die schwarz war wie Ebenholz. Er hatte eine starke Schmerztablette genommen, die seine Augen glasig machte.

An der letzten Treppenwindung blieb sie stehen, fast irrsinnig vor Angst. Hier unten würde sie sterben. Er hatte sie in seine Höhle verschleppt, in der sie eines elenden Todes sterben würde. Seine Finger gruben sich in ihren Arm, doch sie spürte es kaum.

„Nein." Die Treppe begann, sich vor ihren Augen zu drehen, und sie streckte die Hand nach der kühlen Wand aus, um nicht das Gleichgewicht zu verlieren.

„Sie haben keine Wahl." Er zerrte sie die letzten Stufen hinunter, dann blieb er vor einer Stahltür stehen und bedeutete seinem Leibwächter, der vorangegangen war, mit einer ungeduldigen Handbewegung, zurückzutreten. Mit einer Hand Grace' Arm eisern umklammernd, zog er mit der anderen einen schweren Schlüssel aus seiner Tasche heraus und steckte ihn in ein altes Schloss, bei dem Grace aus irgendeinem unerfindlichen Grund an Alice' Kaninchenbau denken musste.

„Ich möchte, dass Sie sehen, was Ihnen hätte gehören können. Was ich bereit gewesen wäre, mit Ihnen zu teilen."

Er versetzte ihr einen harten Stoß, sie taumelte in den Raum und blinzelte schockiert.

Nein, das war kein Kaninchenbau. Benommen starrte sie mit weit aufgerissenen Augen um sich. Das war Ali Babas Höhle. Goldberge glänzten, Juwelenströme glitzerten. Gemälde, die sie als die Werke alter Meister erkannte, drängten sich an den Wänden. Statuen und

Skulpturen, manche so klein wie die Fabergé-Eier, standen auf goldenen Podesten, reckten sich der Decke entgegen.

Pelze und rauschende Gewänder aus Seide, Perlenschnüre, wertvolle Holzschnitzereien und mit Edelsteinen besetzte Kronen, jeder Quadratzentimeter des Raums war mit Schätzen bedeckt. Aus verborgenen Lautsprechern ertönten die Klänge einer Klaviersonate von Mozart.

Doch was sie hier sah, war gar keine Höhle aus einem Märchen, wie ihr gleich darauf klar wurde. Es war vielmehr das ausgeklügelt eingerichtete Klubhaus eines verwöhnten Jungen, dem die Gier im Nacken saß. Hier konnte er seine Besitztümer vor der Welt verstecken, hier konnte er sie horten.

Und wie viele dieser Spielzeuge mochte er gestohlen haben? Wie viele Menschen hatte er dafür getötet?

Du wirst nicht hier sterben, schwor sie sich. Sie würde mit allen Waffen kämpfen, die ihr zur Verfügung standen.

„Sie haben eine schöne Sammlung, Gregor, aber die Präsentation lässt noch ein bisschen zu wünschen übrig, wenn Sie mich fragen." Die erste Waffe war leise Verachtung, unterlegt mit Belustigung. „Selbst Kostbarkeiten verlieren ihren Reiz, wenn sie zu ungeordneten Klumpen geballt daherkommen."

„Es gehört mir. Alles. Ein Lebenswerk. Hier." Wie dieser verwöhnte Junge griff er nach einem goldenen Kelch und hielt ihn ihr hin, damit sie ihn bewundern konnte. „Königin Guinevere pflegte aus ihm zu trinken, bevor sie Artus Hörner aufsetzte. Dafür hätte er ihr das Herz herausschneiden sollen."

Grace drehte den Kelch in ihrer Hand und fühlte nichts. In ihm war kein Wein, aber auch keine Magie.

„Und hier." Er griff nach einem Paar Diamantohringen und hielt sie ihr unter die Nase. „Noch eine Königin – Marie Antoinette – sie trug sie, während ihr Land ihren Tod plante. Wenn Sie möchten, können Sie sie tragen."

„Während Sie meinen Tod planen." Mit deutlich zur Schau gestellter Verachtung wies sie das Angebot zurück und wandte sich ab. „Nein, danke."

„Ich habe einen Pfeil, mit dem die Göttin Diana zur Jagd gegangen ist. Dieser Hüftgürtel wurde von Juno getragen."

Obwohl ihr Herz hämmerte wie ein Schlagbohrer, musste sie kichern. „Glauben Sie das wirklich?"

„Es gehört alles mir." Wütend über ihre Reaktion, bahnte er sich mühsam seinen Weg zwischen seinen Schätzen hindurch und legte eine Hand auf das Marmorpodest, das er sich gebaut hatte. „Nicht mehr lange, dann werde ich die Sterne haben. Sie werden die Krönung meiner Sammlung sein. Ich werde sie eigenhändig hier auf dieses Podest stellen. Und dann habe ich alles."

„Sie werden Ihnen nicht helfen. Sie werden Sie nicht verändern." Sie wusste nicht, woher die Worte kamen oder die Gewissheit, die hinter ihnen lag, aber sie sah, dass seine Augen überrascht aufflackerten. „Ihr Schicksal ist schon besiegelt. Sie werden niemals Ihnen gehören. Sie sind Ihnen nicht bestimmt. Sie gehören dem Licht, dem Guten. Sie werden sie nie hier unten in der Dunkelheit sehen."

Sein Magen zog sich zusammen. In ihren Worten lag Kraft ebenso wie in ihren Augen, dabei sollte sie Todesängste ausstehen. Es machte ihn nervös. „Wenn die Sonne aufgeht, werde ich sie hier haben. Dann zeige ich sie Ihnen." Er atmete schnell und flach, als er jetzt auf sie zuging. „Und ich werde dich haben. Ich behalte dich so lange, wie ich es will. Und tue mit dir, was ich will."

Die Hand an ihrer Wange war kalt, was bewirkte, dass sie an eine Schlange denken musste, aber sie wich ihr nicht aus. „Sie werden die Sterne nie bekommen und mich auch nicht. Selbst wenn Sie uns in Händen halten, werden Sie uns nie haben. Das war schon vorher wahr, aber jetzt ist es nur noch einmal mehr wahr. Und das wird an Ihnen nagen, Tag für Tag, bis nichts mehr von Ihnen übrig ist als Verrücktheit."

Er schlug sie, hart genug, dass sie gegen die Wand taumelte. „Deine Freundinnen werden heute Nacht sterben." Er lächelte sie an, als redete er über ein gemeinsames Hobby. „Du hast sie bereits ins Vergessen geschickt. Ich habe vor, dich noch eine lange Zeit mit dieser Gewissheit leben zu lassen."

Er nahm ihren Arm, zog sie zur Tür und schleppte sie nach draußen.

„Er hat mit Sicherheit überall im Haus Überwachungskameras", sagte Seth, während sie sich vorbereiteten, die Mauer an der Rückseite von DeVanes Besitz zu erklimmen. „Und Wachen, die auf seinem Grundstück Streife gehen."

„Dann werden wir eben vorsichtig sein müssen." Jack überprüfte die Spitze seines Messers, steckte es in seinen Stiefelschaft, dann untersuchte er die Pistole, die er sich in seinen Gürtel gesteckt hatte. „Und leise."

„Wir bleiben zusammen, bis wir das Haus erreicht haben." Cade ließ den Plan, den sie zusammen geschmiedet hatten, vor seinem geistigen Auge Revue passieren. „Ich mache mich auf die Suche nach der Alarmanlage und schließe sie kurz. Wenn das in die Hose geht, können wir einpacken, dann haben wir nämlich in Sekundenschnelle die Cops auf dem Hals. Und was das heißt, wisst ihr ja."

Jack steuerte ein obszönes Wort mit vier Buchstaben bei. „Los, holen wir sie raus." Er warf Seth ein schnelles Grinsen zu, während er sich an der Mauer hochzog. „Mann, ich hoffe bloß, dass er keine Hunde hat. Ich hasse es wirklich, wenn sie Hunde haben."

Sie landeten im weichen Gras auf der anderen Seite. Es war durchaus möglich, dass ihre Anwesenheit von diesem Augenblick an entdeckt worden war. Es war ein Risiko, das sie bereit waren, auf sich zu nehmen. Wie Schatten bewegten sie sich durch die sternenklare Nacht und nutzten die schützende Dunkelheit der Bäume.

Am Anfang war Seth entschlossen gewesen, die Sache allein durchzuziehen, und möglicherweise wäre ihm diese Arroganz zum Verderben geworden. Verblüfft von dem plötzlichen Gedanken, einem Gedankenblitz, den mancher vielleicht eine Vision genannt hätte, schob Seth das Gefühl beiseite.

Er konnte das Haus durch die Bäume sehen, den Lichtschein in den Fenstern. In welchem Zimmer war sie? War sie sehr verängstigt? War sie verletzt? Hatte er sie angefasst?

Zähneknirschend biss er die Gedanken weg. Er musste sich jetzt darauf konzentrieren, ins Innere des Hauses zu gelangen, sie zu finden, sonst nichts. Zum ersten Mal seit Jahren spürte er das Gewicht seiner Waffe an seiner Seite. Wusste, dass er die Absicht hatte, sie zu benutzen.

Er verschwendete keinen Gedanken an irgendwelche Regeln, seine Laufbahn oder das Leben, das er sich Schritt für Schritt aufgebaut hatte.

Er sah einen Wachmann vorbeipatroullieren, kaum zwei Meter vom Rand der Baumgruppe, durch die sie gerade schlichen, entfernt. Als Jack ihm auf die Schulter tippte und ihm ein Zeichen gab, schaute Seth ihn an und nickte.

Sekunden später sprang Jack den Mann von hinten an, rammte seinen Kopf an den Stamm einer Eiche und zog dann den reglosen Körper in den Schatten.

„Der Erste liegt flach", keuchte er und steckte seine kürzlich erworbene Waffe weg.

„Sie werden regelmäßig Meldung erstatten", murmelte Cade. „Wir wissen nicht, wie schnell man ihn vermissen wird."

„Dann sollten wir uns bewegen." Seth dirigierte Jack zur Nordseite, Cade zur Südseite des Hauses. Geduckt huschten sie auf die Lichter zu,

Der Leibwächter, der Grace in ihr Zimmer zurückbrachte, schwieg. Mindestens zweihundertfünfzig Pfund reines Muskelfleisch, überlegte sie. Aber sie hatte gesehen, wie sein Blick über ihr zerrissenes Oberteil geglitten war.

Sie wusste, wie sie ihr Aussehen als Waffe einsetzen konnte. Sie wandte ihm das Gesicht zu und schaute ihn mit gespielter Hilflosigkeit an. „Ich habe so Angst. Ich fühle mich so allein." Sie riskierte es, mit der Hand seinen Arm zu berühren. „Sie werden mir doch nichts tun, nein? Bitte tun Sie mir nichts. Ich tue alles, was Sie wollen."

Er sagte nichts, aber sein Blick klebte gierig an ihren Lippen, die sie sich jetzt mit der Zungenspitze langsam und provozierend befeuchtete. „Alles", wiederholte sie viel sagend mit heiserer Stimme. „Sie sind so stark, so... verantwortlich." Sprach er überhaupt Englisch? Es war egal. Ihr Angebot war klar genug.

An der Tür ihres Gefängnisses drehte sie sich um, warf ihm einen glühenden Blick zu und seufzte tief auf. „Lassen Sie mich nicht allein", murmelte sie. „Ich habe solche Angst davor, allein zu sein. Ich brauche... jemanden." Wie zufällig hob sie die Hand und fuhr ihm mit einer Fingerspitze über die Lippen. „Er muss es nicht erfahren", flüsterte sie. „Niemand muss es erfahren. Es ist unser Geheimnis."

Obwohl alles in ihr dagegen rebellierte, nahm sie seine Hand und legte sie sich auf die Brust. Das instinktive Krümmen seiner Finger verursachte ihr eine Gänsehaut, aber sie zwang sich dazu, einladend zu lächeln, als er den Kopf senkte und seinen Mund auf den ihren presste.

Denk nicht daran, denk nicht daran, ermahnte sie sich selbst, während seine Hände gierig ihren Körper abzutasten begannen. Das bist du nicht. Das bist nicht du, den er da berührt.

„Drin." Sie hoffte, dass er ihr kurzes Erschauern als Begehren interpretierte. „Komm mit rein. Dort sind wir ungestört."

Er öffnete die Tür, seine Blicke klebten hungrig an ihrem Gesicht, ihrem Körper. Sie wusste, dass sie nur gewinnen oder alles verlieren konnte. Sie lachte neckisch auf, als er die Hand nach ihr ausstreckte, kaum dass die Tür hinter ihm ins Schloss gefallen war.

„Oh, jetzt gibt es keinen Grund mehr zur Eile, Hübscher." Sie schüttelte sich das Haar zurück und glitt aus seiner Reichweite. „Ich möchte mich erst ein bisschen frisch machen für dich."

Noch immer sagte er nichts, aber jetzt glomm ein leiser Verdacht in seinen Augen auf, die sich langsam verengten. Noch immer lächelnd, streckte sie die Hand nach dem schweren Kristallflakon aus, der auf der Kommode stand. Die Waffe einer Frau, dachte sie kalt, während sie sich in einen Parfümnebel hüllte.

Ihre Finger umkrampften die Flasche, als sie zu ihm herumwirbelte, den Arm hochriss und ihm das Parfüm direkt in seine lüsternen Augen sprühte. Er sog vor Überraschung zischend die Luft ein und fasste sich instinktiv an die brennenden Augen. Diese Schrecksekunde nutzte sie, um ihm mit aller Kraft den Flakon ins Gesicht zu rammen und ihm gleichzeitig ihr Knie in den Unterleib zu stoßen.

Er taumelte, ging jedoch nicht zu Boden. Sein Gesicht, das eine fahle Farbe angenommen hatte, blutete. Er tastete nach seiner Pistole, und sie versetzte ihm erneut einen Fußtritt in den Unterleib. Diesmal ging er in die Knie, aber seine Hände tasteten noch immer nach seiner Pistole.

Mittlerweile schluchzend, packte sie einen weiß gepolsterten Fußschemel mit Goldrand und rammte ihm diesen in sein bereits blutendes Gesicht, riss ihn hoch und ließ ihn dann auf seinen Kopf niedersausen. Jetzt sackte er wie ein Mehlsack in sich zusammen und ging ganz zu Boden. Verzweifelt versuchte sie, ihm seine Pistole zu entreißen, aber ihre Finger waren so klamm, dass sie an dem Leder und dem Stahl abrutschten. Als sie sie endlich in ihren zitternden Händen hielt, bereit, das zu tun, was getan werden musste, sah sie, dass er bewusstlos war.

Ihr Atem brach in einem wilden Lachen aus ihren Lungen. „Ich schätze, ich bin einfach nicht die Art von Mädchen." Zu verängstigt, um noch Vorsicht walten lassen zu können, riss sie ihm den Schlüsselbund von dem Karabinerhaken an seinem Gürtel und probierte einen Schlüssel nach dem anderen durch, bis sie endlich den richtigen gefunden hatte. Eine Sekunde später rannte sie wie von einer wilden Meute gehetzt den Flur hinunter.

Am Fuß der Treppe bewegte sich ein Schatten, mit einem tiefen Aufstöhnen hob sie den Revolver.

„Jetzt richtest du bereits zum zweiten Mal eine Pistole auf mich."

Ihr Blick verschwamm beim Klang von Seth' Stimme. Sich hart auf die Lippen beißend, trat sie ins Licht. „Du. Du bist gekommen."

Er trägt keine Rüstung, ging es ihr durch den Kopf. Aber er trug Schwarz – ein Hemd, eine sportliche Hose, Schuhe. Was er trug, war kein Schwert, sondern eine Pistole.

Es war keine Fantasie. Es war Wirklichkeit.

Ihr Kleid war zerrissen, blutig. Im Gesicht hatte sie Schrammen, ihre Augen waren glasig vor Angst. Er hatte zwei Männer getötet, um bis hierher zu kommen. Und als er sie jetzt so sah, fand er es noch nicht genug. Längst nicht genug.

„Jetzt ist alles gut." Er widerstand dem Drang, auf sie zuzurennen, sie in seine Arme zu reißen. Sie wirkte, als ob sie bei der kleinsten Berührung in tausend Stücke zerbrechen würde. „Wir gehen jetzt raus hier. Niemand wird dir etwas zu Leide tun."

„Er wird sie töten." Sie zwang sich einzuatmen und wieder aus. „Er wird sie töten, egal, was ich mache. Er ist wahnsinnig. Sie sind nicht sicher vor ihm. Wir sind nicht sicher vor ihm. Er hat schon vorher getötet", endete sie flüsternd. „Er wird es wieder versuchen."

Er nahm ihren Arm, um sie zu beruhigen, und entwand ihr sacht die Pistole. „Wo ist er, Grace?"

„Es gibt da einen Raum, man geht in der Bibliothek durch eine Tür in der Wand die Treppe nach unten." In ihrem Kopf wirbelte alles wild durcheinander, sie presste sich eine Hand auf die Stirn. „Dort ist er mit seinen Spielzeugen, mit all den glitzernden Spielzeugen. Ich habe ihn mit einem Messer niedergestochen."

„Gutes Mädchen." Wie viel von dem Blut stammte von ihr? Er konnte außer den Schrammen in ihrem Gesicht und den blauen Flecken an ihren Armen keine weiteren Wunden an ihr entdecken. „Komm jetzt. Komm mit mir."

Er führte sie die Treppe nach unten. Da war der Wächter, den sie vorhin gesehen hatte. Aber jetzt stand er nicht mehr aufrecht. Mit abgewandtem Blick ging sie um ihn herum und deutete in Richtung Bibliothek. Sie war jetzt ruhiger.

„Dort hinten ist es, die dritte Tür links." Sie krümmte sich erschrocken zusammen, als sie eine Bewegung wahrnahm. Aber es war Jack, der sich aus dem Schatten löste.

„Die Luft ist rein", sagte er zu Seth.

„Bring sie raus." Sein Blick sagte alles, als er sie Jack in die Arme schob. Pass auf sie auf. Ich vertraue dir.

Jack zog sie an seine linke Seite, um seine rechte Hand für seine Waffe frei zu haben. „Du bist okay, Honey?"

„Nein." Sie schüttelte den Kopf. „Er wird sie töten. Er plant, eine Bombe oder so zu legen, im Haus, im Pub. Ihr müsst ihn aufhalten. Die Geheimtür. Ich zeige sie euch."

Sie machte sich von Jack frei und schwankte wie eine Betrunkene der Bibliothek entgegen. „Hier." Sie drehte an einer Rosette in einer geschnitzten Stuhllehne. „Ich habe ihn beobachtet." Die Wandtäfelung glitt geschmeidig auseinander.

„Jack, bring sie raus. Ruf 911. Ich kümmere mich um ihn."

Sie trieb unter einer dicken, warmen Wasseroberfläche dahin. „Er wird ihn töten", sagte sie matt, als Seth in der Öffnung verschwand. „Diesmal wird er keinen Fehler machen."

„Er weiß, was er zu tun hat."

„Ja, das weiß er immer." Und der Raum begann, sich wild vor ihren Augen zu drehen. „Jack, es tut mir so Leid", brachte sie noch mühsam heraus, ehe sie sich mitdrehte.

Er hatte nicht zur Tür geschaut. Arroganter Schweinehund, dachte Seth. So sicher war er sich, dass kein Mensch einen Fuß auf seinen geheiligten Boden setzte. Mit erhobener Waffe schob Seth die schwere Stahltür langsam auf und blinzelte verdutzt angesichts der glitzernden Schätze.

Er trat ein und richtete den Blick auf den Mann, der auf einem thronähnlichen Sessel inmitten all der Pracht saß. „Es ist zu Ende, DeVane."

DeVane war nicht überrascht. Er hat gewusst, dass der Mann kommen würde. „Sie riskieren Kopf und Kragen." Sein Lächeln war kalt wie eine Schlange, in seinen Augen flackerte der Wahnsinn. „Ich werde Sie töten und Ihren Kadaver den Geiern zum Fraß vorwerfen. Gegen mich haben Sie keine Chance." Er riss die Hand hoch, die eine Pistole umklammerte.

Zwei Schüsse fielen, so dicht hintereinander, dass es wie einer klang. Der Raum erbebte, das Echo prallte von den Wänden ab, dann wurde es still. Langsam trat Seth näher und schaute auf den Mann, der mit dem Gesicht nach unten auf einem Berg Gold lag.

„Jetzt hast du gegen mich keine Chance mehr", murmelte Seth.

Sie hörte draußen im Garten die Schüsse. Einen unsäglichen Moment lang blieb alles in ihr stehen. Ihr Herz, ihr Verstand, ihre Atmung, ihr Blut. Dann setzte es wieder ein, eine riesige Gefühlswelle schwappte über sie hinweg und riss sie von der Bank, auf die Jack sie gedrückt hatte.

Und weil sie noch fühlen konnte und ihr Herz noch schlug, wusste sie, dass es nicht Seth war, den die Kugel getroffen hatte. Wenn er tot wäre, hätte sie es gewusst. Ihr Herz wäre in Stücke gesprungen.

Und doch wartete sie mit angehaltenem Atem, den Blick auf das Haus gerichtet, weil sie ihn erst sehen musste, bevor sie es wirklich glauben konnte.

Über ihr funkelten die Sterne, der Mond schüttete sein Licht durch die Baumkronen. Irgendwo in der Entfernung begann ein Nachtvogel zu rufen, vor Hoffnung und Freude.

Dann kam er aus dem Haus. Unverletzt. Tränen machten ihr die Kehle eng und wurden hinuntergeschluckt. Sie brannten in ihren Augen und wurden weggeblinzelt. Sie musste ihn klar sehen, den Mann, von dem sie wusste, dass sie ihn liebte, aber nicht bekommen konnte.

Er kam auf sie zu, die Augen dunkel und kühl, sein Gang ruhig.

Er hatte sich schon wieder voll unter Kontrolle, wie sie sah. Er hatte das, was er eben hatte tun müssen, schon in eine Schublade gepackt, wo es sich mit dem, was er als Nächstes würde tun müssen, nicht in die Quere kommen konnte.

Sie schlang ihre Arme fest um sich. Sie würde nie erfahren, dass es diese Geste war, die ihn davon abgehalten hatte, die Hände nach ihr auszustrecken.

Deshalb blieb er einfach nur eine Armeslänge entfernt von der Frau stehen, von der er wusste, dass er sie liebte und dennoch weggestoßen hatte.

Sie war blass, und selbst jetzt sah er noch die Schauer, unter denen sie erbebte. Aber zerbrechlich wirkte sie nicht. Selbst jetzt, nachdem sie ihrem eigenen und seinem Tod ins Auge geschaut hatte, wirkte sie nicht zerbrechlich.

Ihre Stimme war fest und ruhig. „Ist es vorbei?"

„Ja."

„Er wird sie töten."

„Das ist auch vorbei." Sein Bedürfnis, sie zu berühren, sie zu halten, war überwältigend. Er spürte, wie seine Knie nachzugeben drohten. Aber sie wandte sich ab und schaute in die Dunkelheit.

„Ich muss sie sehen. Bailey und M.J."

„Ich weiß."

„Du brauchst meine Aussage."

Gott. Seine Selbstkontrolle schwand genug dahin, um ihn seine

Fingerspitzen gegen die brennenden Augen pressen zu lassen. „Das kann warten."

„Warum? Ich will es hinter mich bringen. Ich muss es hinter mich bringen." Sie riss sich zusammen und wandte sich ihm langsam zu. Und als sie ihn anschaute, hingen seine Arme schon wieder an seinen Seiten herab, und seine Augen waren klar. „Ich muss es hinter mich bringen."

Das ist klar genug, dachte Seth. Er war Teil von diesem allen.

„Grace, du bist verletzt und stehst unter Schock. Der Notarzt muss jeden Augenblick eintreffen."

„Ich brauche keinen Notarzt."

„Sag mir zum Teufel nicht, was du brauchst." Wut stieg in ihm auf und summte in seinem Kopf wie ein Nest wild gewordener Hornissen. „Ich sagte, dass diese verdammte Aussage warten kann. Du zitterst. Setz dich um Himmels willen hin."

Als er die Hand ausstreckte, um ihren Arm zu ergreifen, zuckte sie zurück, sie riss das Kinn hoch und straffte die Schultern. „Fass mich nicht an... lass mich in Ruhe." Wenn er sie anfasste, würde sie auf der Stelle zusammenbrechen. Wenn sie zusammenbräche, würde sie weinen. Und wenn sie weinte, würde sie bitten.

Die Worte fuhren ihm wie eine Messerklinge in die Eingeweide, das tiefe und verzweifelte Blau ihrer Augen traf ihn wie ein Faustschlag ins Gesicht. Weil er spürte, dass seine Finger zitterten, schob er die Hände in die Taschen und trat einen Schritt zurück. „Also gut. Setz dich. Bitte."

Hatte er eben gedacht, sie wäre nicht zerbrechlich? Sie wirkte, als wurde sie gleich in tausend Stücke zerspringen. Sie war weiß wie ein Bettlaken, die Augen standen riesig in ihrem Gesicht. Ihr Gesicht war blutverschmiert.

Und es gab nichts, was er für sie hätte tun können. Nichts, was sie ihm erlaubte zu tun.

Er hörte in der Ferne das Heulen der Sirenen und hinter sich Schritte. Cade kam mit finsterem Gesicht auf Grace zu und legte ihr die Decke, die er aus dem Haus geholt hatte, um die Schultern.

Seth beobachtete, wie sie sich ihm zuwandte, wie ihr Körper sich zu verflüssigen schien und in die Arme floss, die Cade ihr öffnete. Er hörte den unterdrückten Schluchzer, obwohl sie ihn dämpfte, indem sie ihr Gesicht gegen Cades Schulter drückte.

„Bringen Sie sie raus." Er konnte sich kaum beherrschen, seine Hände nach ihr auszustrecken, ihr übers Haar zu streicheln, irgendetwas von ihr mitzunehmen. „Bringen Sie sie um Himmels willen hier raus."

Er ging ins Haus zurück, um zu tun, was getan werden musste.

Die Vögel sangen ihr Morgenlied, als Grace in ihren Garten trat. Der Wald dahinter lag grün und schweigend da. Und sicher. Sie hatte hierher kommen müssen, in ihre Zuflucht auf dem Land. Allein. Um allein zu sein.

Bailey und M.J. hatten es verstanden. In ein paar Tagen würde sie ins Dorf gehen, sie anrufen und fragen, ob sie nicht Lust hätten, mit Cade und Jack raufzukommen. Sie würde bald Sehnsucht nach ihnen bekommen. Aber jetzt noch nicht. Erst musste sie noch ein paar Tage allein sein.

In ihren Ohren hallten noch immer die Schüsse. Sie hatte gewusst, dass es DeVane war und nicht Seth, den die Kugel getroffen hatte. Sie hatte es einfach gewusst.

Seth hatte sie in jener Nacht nicht mehr gesehen. Es war leicht gewesen, ihm in dem nachfolgenden Durcheinander aus dem Weg zu gehen. Sie hatte alle Fragen beantwortet, die die örtliche Polizei ihr gestellt hatte. Sie hatte bis zum Schluss durchgehalten und dann leise gebeten, dass Cade oder Jack sie zu Salvani, zu M.J. und Bailey brachte.

Und zu den drei Sternen.

Während sie über ihre blühende Terrasse ging, holte sie die Erinnerung daran in ihren Kopf und ihr Herz zurück. Sie standen zu dritt in einem dunklen, nahezu leeren Raum, sie in ihrem zerrissenen und blutigen Kleid.

Jede von ihnen hatte einen funkelnden Stein in die Hand genommen und die Macht verspürt, die von ihm ausging. Und gewusst, dass es zu Ende war.

„Jetzt ist es genug." M.J. schaute auf und blickte sie der Reihe nach an. „Der Kreis hat sich geschlossen."

„Diesmal ist es ein Museum statt eines Tempels." In Grace stieg eine Mischung aus Bedauern und Erleichterung auf, als sie die Steine wieder hinlegten. „Wir haben unser Versprechen gehalten und vermutlich unsere Bestimmung erfüllt."

Sie wandte sich nach ihnen um, umarmte sie. Noch ein Dreieck. „Ich habe euch immer geliebt, euch immer gebraucht. Können wir noch irgendwo hingehen? Nur wir drei?" Dann kamen die Tränen, sie strömten ihr wie Sturzbäche über die Wagen. „Ich muss reden."

Sie hatte ihnen alles erzählt, ihnen ihr Herz ausgeschüttet, sich ihre Angst und ihren Kummer von der Seele geredet, bis sie sich ganz leer fühlte. Und ein bisschen geheilt.

Jetzt würde sie sich selbst heilen.

Hier würde sie es können, davon war Grace überzeugt, während sie die Augen schloss und tief einatmete. Dann, weil das immer half, stellte sie ihren Korb mit den Gartenwerkzeugen ab und begann, sich ihren Blumen zu widmen.

Sie hörte das Auto kommen, das Knirschen der Reifen auf dem Kies. Leicht irritiert zog sie die Augenbrauen zusammen. Ihre wenigen und weit entfernt wohnenden Nachbarn drangen höchst selten in ihr Allerheiligstes ein. Sie wünschte keine Gesellschaft außer ihren Pflanzen. Sie stand auf, entschlossen, ihren Besucher höflich, aber entschieden wieder wegzuschicken.

Ihr Herz machte einen Satz, als sie sah, dass es Seth' Wagen war. Sie beobachtete schweigend, wie er mitten auf der Straße stehen blieb, ausstieg und begann, auf sie zuzugehen.

Sie sieht aus wie eine Frau aus einem Märchen, dachte er. Sie stand inmitten eines Blumenmeers, ihr Haar wehte im Wind, ihr langer, weiter Rock flatterte. Seine Nervenenden kribbelten.

Und sein Magen krampfte sich zusammen, als er die Schramme sah, die ihre Wange verunzierte.

„Du hast einen weiten Weg hinter dir, Seth", sagte sie mit ausdrucksloser Stimme, als er zwei Schritte vor ihr stehen blieb.

„Du machst es einem nicht leicht, dich zu finden, Grace."

„Es ist mir lieber so. Ich mache mir nichts aus Gesellschaft, wenn ich hier bin."

„Offensichtlich." Um einen Moment Zeit zu schinden, aber auch, weil er neugierig war, ließ er seine Blicke über die blühende Gartenlandschaft und das Haus, das sich an den Hügel schmiegte, wandern. „Es ist ein herrliches Fleckchen Erde."

„Ja."

„Abgeschieden." Sein Blick kam so schnell, so intensiv zu ihr zurück, dass sie fast zusammengezuckt wäre. „Friedlich. Du hast dir ein bisschen Frieden verdient."

„Deshalb bin ich hier." Sie hob eine Augenbraue. „Und warum bist du hier?"

„Ich muss mit dir reden, Grace..."

„Ich hatte vor, dich anzurufen, wenn ich zurück bin", sagte sie schnell. „Wir haben in jener Nacht nicht mehr viel geredet. Wahrscheinlich war ich mehr durcheinander, als mir klar war. Ich habe dir gar nicht gedankt."

Es war schlimm, diese kühle höfliche Stimme war schlimmer, als wenn sie ihn verflucht hätte. „Du hast keinen Grund, dich bei mir zu bedanken."

„Du hast mein Leben gerettet und, wie ich glaube, auch das der Menschen, die ich liebe. Ich weiß, dass du die Regeln und wahrscheinlich sogar das Gesetz gebrochen hast, um mich zu finden und aus seinen Klauen zu befreien. Ich bin dir dankbar."

Seine Handflächen wurden feucht. Ihre Worte bewirkten, dass er die Situation noch einmal durchlebte. All die Angst und den Schrecken. „Ich hätte alles getan, um dich aus seinen Klauen zu befreien."

„Ja, ich glaube, das weiß ich." Sie musste wegschauen. Es tat so weh, ihm in die Augen zu blicken. Sie hatte sich geschworen, dass sie sich nicht wieder von ihm verletzen lassen würde. „Und ich frage mich, ob irgendeiner von uns in dieser kurzen heftigen Zeitspanne überhaupt eine Chance hatte. Ich hoffe nur", fuhr sie mit dem geisterhaften Anflug eines Lächelns fort, „dass du mit dem, was du für mich getan hast, nicht deine Karriere beschädigt hast."

Seine Augen wurden dunkel und flach wie Kieselsteine. „Nein, mein Job ist sicher."

„Das freut mich zu hören." Er muss jetzt gehen, dachte sie. Er musste sofort gehen, bevor sie auseinander fiel. „Ich hatte schon daran gedacht, deinen Vorgesetzten einen Brief zu schreiben. Und du solltest wissen, dass ich einen Onkel im Senat sitzen habe. Es würde mich nicht überraschen, wenn am Ende aus der ganzen Sache nicht sogar auch noch eine Beförderung für dich herausspringen würde."

Er hatte einen Kloß im Hals. Er konnte ihn nicht hinunterschlucken. „Schau mich an, verdammt." Als sie tat, was er verlangte, sah er sich gezwungen, die Hände zu Fäusten zu ballen, um sich davon abzuhalten, sie anzufassen. „Glaubst du, das ist mir wichtig?"

„Ja, das glaube ich. Auf jeden Fall ist es mir wichtig, Seth. Aber jetzt brauche ich erst einmal ein paar Tage für mich, weshalb ich dich bitten möchte, mich zu entschuldigen, ich will mit meiner Gartenarbeit fertig sein, bevor es heiß wird."

„Soll das bedeuten, dass du Schluss machen willst?"

Sie beugte sich vor, nahm ihre Gartenschere in die Hand und schnitt ein paar verwelkte weiße Blüten ab. Sie verwelken so schnell, dachte sie. Und das tat ihr weh. „Ich denke, du hast bereits Schluss gemacht."

„Geh nicht weg von mir." Er ergriff ihren Arm in der Absicht, sie an sich zu ziehen, während Panik und Zorn in ihm aufstiegen. „Du kannst nicht so einfach weggehen. Ich kann nicht..." Er unterbrach sich, seine Hand hob sich, um sich auf die Schürfwunde an ihrer Wange zu legen. „Oh, Gott, Grace. Er hat dich verletzt."

„Es ist nichts." Sie trat, fast zusammenzuckend, schnell einen Schritt zurück, und seine Hand fiel schwer an seiner Seite herunter. „Schürfwunden heilen. Und er ist tot. Du hast es mit eigenen Augen gesehen. Er ist tot, und es ist vorbei. Die drei Sterne sind dort, wo sie hingehören, und alles ist wieder wie vorher. Alles ist so, wie es sein sollte."

„Ist es das wirklich?" Diesmal machte er keinen Schritt auf sie zu, weil er es nicht ertragen konnte, wenn sie so wie eben vor ihm zurückwich. „Ich habe dir wehgetan, und du wirst mir niemals vergeben."

„Nicht ganz", stimmte sie in so leichtem Ton wie möglich zu. „Aber dass du mir mein Leben gerettet hast, werde ich dir nie..."

„Hör auf damit“, fiel er ihr ins Wort. „Hör sofort auf.“ Er wirbelte herum und begann, hin und her zu gehen, wobei er fast ihre sorgfältig angelegten Blumenbeete zertrampelte. Er hatte nicht gewusst, dass er so leiden konnte – das Eis in seinem Bauch, die Hitze in seinem Kopf.

Während er sprach, richtete er seinen Blick in den schattig grünen Wald. „Weißt du, was es für mich bedeutet hat zu wissen, dass er dich hat? Deine Stimme durch dieses Telefon zu hören, die Angst, die darin mitschwang?“

„Ich möchte nicht mehr daran denken. Es ist vorbei.“

„Für mich nicht. Ich kann an nichts anderes denken. Und nichts anderes vor mir sehen. Jedes Mal, wenn ich die Augen zumache, sehe ich, wie du dort in diesem Flur stehst, das Kleid zerrissen und das Gesicht blutverschmiert.“

„Es ist vorbei“, wiederholte sie und spürte, wie ihr die Knie weich wurden. „Lass mich allein.“

Jetzt war er mit seiner Selbstbeherrschung am Ende, er wirbelte auf dem Absatz herum und zog sie in seine Arme, egal, ob sie es wollte oder nicht. Und vergrub mit einem zitternden Aufseufzen sein Gesicht in der weichen Fülle ihres Haars. „Stoß mich nicht weg, schick mich nicht weg. Bitte.“

„Das hat doch alles keinen Sinn.“ Es tat ihr weh, so von ihm gehalten zu werden, und doch wünschte sie sich, er würde sie bis in alle Ewigkeit so halten, mit der warmen Sonne auf ihrer Haut und seinem Gesicht in ihrem Haar.

„Ich brauche dich... brauche dich“, stammelte er und suchte ihren Mund.

Seine Leidenschaft brachte ihren Widerstand zum Erliegen. Sie wurde von ihr ergriffen wie von einer Feuersbrunst. Sie schloss die Augen und schlang ihre Arme um seinen Hals. Verlangen ist genug, versprach sie sich. Sie würde machen, dass es genug war für sie beide. Sie begehrte ihn einfach zu sehr, um ihn gehen zu lassen.

„Ich schicke dich nicht weg.“ Ihre Hände liebkosten seinen Rücken, verscheuchten die Anspannung. „Ich bin glücklich, dass du hier bist. Ich will dich hier haben.“ Sie zog sich etwas zurück, legte ihre Hand auf seine Wange. „Komm mit rein, Seth. Komm ins Bett.“

Seine Finger umklammerten die ihren. Dann legte er ihr einen Finger unters Kinn und hob sich ihr Gesicht entgegen. Es schmerzte ihn zu erkennen, dass sie glaubte, das sei das Einzige, was er von ihr wollte. Dass er sie das glauben gemacht hatte.

„Grace, ich bin nicht hergekommen, um mit dir ins Bett zu gehen. Ich bin nicht hergekommen, um dort weiterzumachen, wo wir aufgehört haben.“

Warum hatte er die ganze Zeit über nicht sehen wollen, was in ihren Augen lag? Warum hatte er sich geweigert zu sehen, was so offensichtlich in ihnen stand, was sie ihm so großzügig anbot?

„Ich bin hier, um dich um etwas zu bitten. Der dritte Stern bedeutet Großzügigkeit“, sagte er fast zu sich selbst. „Ich bin nicht wegen Sex hier, Grace.“

Verwirrt schüttelte sie den Kopf. „Was willst du, Seth? Warum bist du gekommen?“

Bis zu diesem Moment war er sich selbst nicht ganz sicher gewesen. „Ich möchte, dass du mir sagst, was du willst. Was du brauchst.“

„Frieden.“ Sie machte eine umfassende Handbewegung. „Das habe ich hier. Freundschaft. Das habe ich auch.“

„Und das ist alles? Das ist dir genug?“

„Es war mir mein ganzes Leben lang genug.“

Er umrahmte ihr Gesicht mit seinen Händen, bevor sie einen Schritt beiseite treten konnte. „Und wenn du mehr haben könntest, Grace? Was würdest du dir wünschen?“

„Das, was du nicht haben kannst, ohne dass es dich unglücklich machen würde.“

„Erzähl es mir.“ Er schaute ihr tief in die Augen. „Sag es einfach ganz frei heraus, ohne irgendwelche Bedenken. Sag mir, was du dir wünschst.“

„Eine Familie. Kinder. Ich wünsche mir Kinder und einen Mann, der mich liebt – der mit mir eine Familie gründen möchte.“ Ihre Mundwinkel bogen sich langsam nach oben, aber das Lächeln erreichte ihre Augen nicht. „Überrascht, dass ich keine Angst habe, mir meine Figur zu verderben? Dass ich ein paar Jahre meines Lebens damit zubringen will, Windeln zu wechseln?"

„Nein." Er ließ seine Hände über ihre Schultern gleiten, verstärkte seinen Griff. Sie war versucht, sich zu bewegen. Wegzulaufen. „Nein, ich bin nicht überrascht."

„Wirklich? Schön." Sie bewegte ihre Schultern, als wollte sie das Gewicht seiner Berührung abschütteln. „Wenn du hier bleibst, lass uns reingehen. Ich bin durstig."

„Grace, ich liebe dich." Er beobachtete, wie ihr Lächeln erstarb, spürte, wie sie völlig ruhig wurde.

„Was? Was hast du eben gesagt?"

„Ich liebe dich." Noch während er es sagte, spürte er die Macht, die den Worten innewohnte. Die wahre Macht. „Ich habe mich in dich verliebt, noch ehe ich dich gesehen hatte. Ich habe mich in ein Bild verliebt, in eine Erinnerung, in eine Wunschvorstellung. Ich kann nicht genau sagen, was es war oder ob es alles zusammen war. Ich weiß nicht, ob es Schicksal war oder freie Entscheidung oder einfach Glück. Aber es ging so schnell, so tief, dass ich es einfach nicht glauben konnte. Ich befürchtete, meinen Gefühlen nicht trauen zu können. Und ich wandte mich von dir ab, weil du deine Gefühle zugelassen hast. Ich bin hier, um dir das zu sagen." Seine Hände glitten an ihren Armen nach unten und umklammerten die ihren.

„Grace, ich möchte dich bitten, wieder an uns zu glauben, uns wieder zu vertrauen. Und mich zu heiraten."

„Du..." Sie musste einen Schritt zurücktreten und eine Hand an ihr Herz pressen. „Du willst mich heiraten."

„Ich wollte dich bitten, heute wieder mit mir in die Stadt zu kommen. Ich weiß, es ist altmodisch, aber ich möchte, dass du meine Familie kennen lernst."

Der Druck in ihrer Brust ließ ihr fast das Herz zerspringen. „Du möchtest, dass ich deine Familie kennen lerne."

„Ich möchte ihnen die Frau vorstellen, die ich liebe, die Frau, mit der ich den Rest meines Lebens verbringen möchte. Das Leben, das ich schon lange beginnen wollte – mit ihr." Er legte eine Hand an ihre

Wange und ließ sie dort, während er seinen Blick tief in ihren Augen versenkte. „Die Frau, mit der ich Kinder haben möchte."

„Oh." Das Zentnergewicht, das sich über ihre Brust gelegt hatte, hob sich, floss aus ihr heraus... bis ihr Herz in ihren Augen schwamm.

„Wein nicht." Es schien, als würde er am Ende doch noch bitten müssen. „Grace, bitte wein nicht. Sag mir jetzt um Himmels willen nicht, dass es zu spät ist." Unbeholfen wischte er ihr die Tränen mit seinen Daumen ab. „Sag mir nicht, dass ich alles kaputtgemacht habe."

„Ich liebe dich so sehr." Sie schloss ihre Finger um sein Handgelenk. „Ich war so unglücklich. Ich war mir sicher, ich hätte dich missverstanden. Wieder. Irgendwie."

„Diesmal nicht." Er ließ seine Hände an ihrem Gesicht und küsste sie zärtlich. „Nie wieder."

„Nein, nie wieder", murmelte sie an seinen Lippen.

„Sag Ja", bat er. „Ich möchte hören, dass du Ja sagst."

„Ja. Zu allem."

Sie hielt ihn fest und schmiegte sich in dem nach Blüten duftenden Morgen an ihn. Und spürte, wie das letzte Glied einer endlosen Kette einrastete.

„Seth."

Er hielt seine Augen geschlossen, seine Wange an ihrem Haar. Und sein Lächeln erblühte langsam und leicht. „Grace."

„Wir sind dort angelangt, wo wir hingehören. Spürst du es?" Sie holte tief Atem. „Alle von uns sind jetzt dort, wo sie hingehören." Sie hob das Gesicht, fand seinen wartenden Mund. „Und jetzt", sagte er leise, „fängt es an."

Band-Nr. 25005
5,95 €
ISBN 3-89941-005-X

SANDRA BROWN

Bittersüßes Geheimnis

Im Kampf um das Leben ihres kranken Sohnes lässt Angela sich zu etwas hinreißen, das sie später bitter bereut: Sie trägt gegen eine entsprechend hohe Geldsumme für ein Ehepaar ein Kind aus. Als jedoch ihr Sohn trotz der teuren medizinischen Behandlung stirbt, hat Angela nur einen Gedanken: Sie will ihr zweites Kind finden. Ihre Suche führt sie auf die Insel Maui, wo der Tennisstar Daniel McCasslin seit dem Tod seiner Frau allein mit einem kleinen Jungen lebt. Angela und Daniel verlieben sich ineinander. Doch solange sie ihm ihr bittersüßes Geheimnis verschweigt, bleibt ihr das große Glück versagt.

MIRA®

Band-Nr. 25006
5,95 €
ISBN 3-89941-006-8

BARBARA DELINSKY

Begegnungen in Park Hill

„Rendezvous in Park Hill“:
Schon als Teenager fühlte Jessica, Tochter vermögender Eltern, sich zu Brian, dem Sohn des Gärtners, hingezogen – vergeblich. Doch jetzt arbeitet er als Architekt für sie, und plötzlich ist das Glück ganz nah.

„Romanze in Park Hill“:
Die hübsche Innenarchitektin Christine ist überzeugt, dass sie nach dem Streit, den sie mit dem Bauunternehmer Gregory Lowe hatte, den Auftrag vergessen kann. Aber sie erhält den Zuschlag – und eine Einladung von Gregory zu einem romantischen Dinner.

„Hochzeit in Park Hill“:
Zwei Welten prallen aufeinander: Die Maklerin Nina denkt bei der Entwicklung des Park-Hill-Projekts nur an die Investition, während John Sawyer hier eine Oase des Wohnens errichten möchte. Nur in sinnlichen Stunden vergessen sie alle Streitigkeiten.

MIRA®

Band-Nr. 25008
5,95 €
ISBN 3-89941-008-4

HEATHER GRAHAM

Stürmische Nächte in Florida

„Gefahr für Ashley“:
Auf der Flucht vor einem Hurrikan wird das Fotomodell Ashley Dane Zeugin eines Mordes in den Sümpfen Floridas. Voller Angst findet sie endlich Schutz in den Armen des smarten Brian Hawk – oder gehört er auch zu den mysteriösen Verbrechern?

„Heiß wie Feuer“:
Gerade musste die aufregende Kathy erfahren, dass ihr Exmann, der berühmte Sänger Brent McQueen, möglicherweise bei einem Bombenanschlag ums Leben gekommen ist, da traut sie ihren Augen nicht: Plötzlich steht Brent vor ihr und schaut sie begehrend an. Kathy weiß genau, dass sie nie wieder eine Nacht ohne ihn sein will.

MIRA®